夢見る日本文化のパラダイム

荒木浩：編

法藏館

夢見る日本文化のパラダイム◎目次

Ⅲ　ビジュアライズされる夢

Ⅳ　中国の夢と表象

Ⅴ　夢の風景と所在

夢見る日本文化のパラダイム

はじめに――この本へのいざない――

荒木　浩

　ある夜、机に伏してうたた寝をしていると、空の片隅にさっと紅い雲が浮かんだ。いつしかそれは、美しい紅葉に変わって錦を散らす。風が奏でる歌が聴こえ、秋の虫が鳴いて、一人の老翁が現れた。「身には青白の衣をつけ、手には夜光の珠を捧げ、雁に跨り鹿により、歩々桔梗の花を散じて」近づいてくる。彼はわたしにことばを発した。「吾は上帝エホバの子、父の命をうけて」これまで二人の兄、一人の弟とともに、汝のことを見守ってきた。さまざまな便宜を与え、この上ない環境を提供してきたのに、いっこうに「逸楽改めざるものは抑（そもそも）何の心ぞや」。弟はこの上なく峻厳だ。あいつが来たら汝を一室に閉じ込め、「汝の命を縮むる一年なる事を猶予せざるべし」。その時にほぞを噛んで悔やんでも遅いぞとおどされて、「愕然驚き覚むれば」、秋風が草葉を鳴らし、虫の音かしがましい夜に、独りたたずむばかりだった……。

二十歳前後の若き日に、西田幾多郎が見た「夢」だという。「一時之戯文」だ、諸君、嘲笑なさらぬようにと西田は謙遜する。金沢の第四高等中学校時代に、のちに国文学者となる藤岡作太郎や、仏教学者となる松本文三郎らの友人と作った同人会「我尊会」（一八八九年五月―九〇年七月）の回覧誌『我尊会有翼文稿』に載ったものだ（竹田篤司他編『西田幾多郎全集』十一巻所収）。小林敏明『西田幾多郎の憂鬱』を読んで知った一節である。

エホバの子が現れて、西田の学問への加護と恩恵をほのめかし、その怠惰を叱責する。オラクルのような神秘性もただよう。選ばれてあることの恍惚と不安だなと、太宰治ならつぶやくかも知れない。そういえば、作家の中上健次に「夢の力」というエッセイがある。村上春樹にも『夢を見るために毎朝僕は目覚めるのです』という文集があって、それぞれの表現で、小説を生み出す夢のあり方に言及していた。筒井康隆や村上龍は、夢日記をつけて創作につなげているらしい。

文化の表層は、いつも流転して変わっていくが、往々にして、豊穣な地下水を共有する。日本には、古代から、夢の記を誌す伝統がある。仏法の修行として夢を見る営みとも、夢を回路として神仏がお告げをもたらす機能とも深く関係する行為だ。いにしえの夢には、外部性と時空超越的な知が付随していた。だから夢は、神のことばを伝えて詩や和歌や連歌など、文学を生み出す契機ともなった。あるいは、密通がもたらした不義の子の懐妊を知らせたり、より重く皇統や政治の行く末を指し示したりする。不思議な夢を語り合い、その符合で、お互いが同じ文化共同体にいることを確認するような、大事なコミュニケーションツールでもあった。いつも深秘な夢を見ているわけではない。陳腐な日々の夢はすぐに忘れられて無造作に捨てられ、フィルターをかけた、大切な夢だけが残される。夢見の内容は、時に功利的な目的に消費されて、貴族の日常と現実を塗り固めていく。

亡くなったあの人に、儚い夢が、もう一度逢わせてくれることもある。愛し合う男と女は、この世ならぬつながりで結ばれている。夢だけが、届かない過去・現在・未来をつないでくれる。だがその目覚めは、深い喪失感をともなって、ひたすらにもの悲しい。ただし夫婦の夢は、甘酸っぱいラブソングばかりではない。妻が夫の夢を意地悪く曲解して夢合わせしたために、その運命が激変した説話もある。予知夢は、占いとよく似ている。コトダマの国ゆえか、夢の解釈というコトバの力が、まだ見ぬ未来を変えてしまうこともあったのである。

近代になると、夢信仰のかたちとともに、眠りの習慣が大きく変わる。時間や労働の概念が、眠れぬ夜を生み出して人々を苦しめ、やっと得た安らぎの睡眠の中でも、夢は時に残酷なナイトメアを突きつけて、より深い疲労の連鎖に追い込んでいく。近代は、いにしえの夢告がかすかにつないだ庶民の救いを奪い、夢は所詮、五臓六腑の疲れであり、神経がもたらすものだと、逃れられない個人への帰属を強いる。そして、願望の充足だ、認識の原型の反映だなどと心の問題に装いを変え、文化の深層を脅かす。その潮流に、およそ現代も連なっている。希望、将来、ビジョン……。それもまた近代が運んできた、夢の大きな語義である。夢かうつつか、幻か。まさにこの世は、いつまでもどこまでも、夢の語りで満ちあふれている。

このうつろいゆく夢という実現を、いかにして学術的な文化史の中に位置づければよいのだろう。たとえばかつて「夢学」と括って、文理の枠を取り払い、その根幹と総体を捕まえようとした時代がある。しかし今日、それはなかなかむずかしい。夢という生理と文化現象は、時空もメディアも方法論も、およそ無尽蔵の奥行きを持ってしまっている。日本文化に限定しても、そこには依然、うんざりするほどの拡がりと細部が潜在している。

かといって、手をこまねいているわけにはいかない。夢と表象という問題は、文化研究に欠くことのできない表現回路に関わるものだからである。なんとか考究の立脚点を模索してパースペクティブの光を当て、あたうかぎり、全体像の把握と個別事例の分析を積み重ねなければならない。私もいくつかのやり方で分析を行い、相応のまとめを試みたことがあるが、個人の力では、まるで徒手空拳に等しい。限界を強く感じるばかりだった。

そんな折、二〇一〇年四月に国際日本文化研究センターに赴任することとなって、国際・学際・総合をキーコンセプトとして、日本文化に関する共同研究を主催するチャンスが回ってきた。まさに啐啄同時の磁場である。そこで「夢と表象——メディア・歴史・文化」と題する研究会を企画して、翌年に発足した。成果のとりまとめ期間を併せて計四年。その成果が本書につどう論集である。

この共同研究では、夢総体へのアプローチを視野に入れながらもフォーカスをしぼり、日本文化の中で、表現されて残された夢の様相、すなわち夢なるものがどのように捉えられ、認識されて、いかような表象の軌跡を印すのか。その諸相の解明に議論を集中した。そして文学、歴史、美術、宗教、心理、思想、メディア、睡眠文化など、多岐にわたる研究者に参加してもらい、問題意識を共有しつつ、それぞれの視点やディシプリンからの考察をお願いした。日本文化の形成に本質的なインパクトを与えてきた中国文化や、ヨーロッパ文化における夢と表象に関する比較的考究も、重要な視座となる。それらを統合した学際的な方法で、いわば夢見る日本文化を通時的に捉えようとしたのである。

さて本書は、共同研究の成果として書かれた論文とコラムを五章に分けて配列し、それぞれの地平から、日本文化の夢と表象を追っている。

第一章「古典文学の夢と表象」では、編者である荒木浩が、本書総体の序論をかねて巻頭論文を執筆した。日本文化における夢表象と語義の拡がりをポイントに、『源氏物語』と『ハムレット』を対比して論じている。続いて、勅撰和歌集における死者の和歌を通史的に捉え、その内容を分類して記述・解析する室城秀之、懐妊と夢の告知というテーマで、古代中世の伝記と説話、そして作り物語の位相を探り、父母の役割分担とその機能の異なりを照らし出す藤井由紀子、『たまきはる』という、院政期の女房の日記を対象に、作者自身がまとめた部分と、彼女の没後弟の定家が整理した遺文と分類されるテクストの間に見られる夢の記述の内包性の違いをめぐって分析を進め、女性日記における夢の意味やジャンルの問題に言及する丹下暖子による、四篇の論文を収載する。

第二章「古代・中世史の夢叙述」では、九世紀までの僧侶の夢の記を網羅的に追って掲載し、その歴史的背景を分析する上野勝之、古代から中世にいたる貴族の日記における夢を俯瞰的に分析して、その記述の方法と意味を通覧する松薗斉、十三世紀から十五世紀に及ぶ時間の中で、伏見宮貞成親王と花園院の夢想を分析し、北野社の〈場所性〉と皇位継承の関わりを分析する松本郁代という三篇を配置した。古代から中世にいたる歴史資料の夢と夢想が、総論と各論として展開する。前章の文学編と読み比べると、作品世界に即して、夢表象の奥行きがより立体的に映し出されるはずである。

第三章「ビジュアライズされる夢」は、美術史の視点を軸とする。南宋の『仏祖統記』に存する夢に関する記述を詳細に取り上げ、分類・分析することで、夢がいかにして作品制作のきっかけや基盤になるのかを追いかけた仙海義之の論文を筆頭に、中世の説話などを通じて造寺造仏の夢の意義に注目し、特に、中世の重要な渡宋僧でもある慶政の夢想を分析した中川真弓、夢の形象に象徴的な「フキダシ」型の夢が、いかにして日本の文化に移入され定着していったのかという考察を、豊富な画像分析をもとに、江戸文化研究の成果として、比較文化史的視点で跡づける入口敦志、さらに夢の絵画史に多くの蓄積を持つ加藤悦子が、絵画における夢表象の記号として「夕顔」〈花〉＝「瓜」〈実〉のイメージを追い、その意味合いを文化誌の中で追求した論文の計四篇が並ぶ。本章の最後には、春画文化の研究で国際的に知られる早川聞多が、コラムのかたちで、夢の文化と交叉する秘められた貴重な裡面をまざまざと照らし出している。

第四章「中国の夢と表象」は、舞台を中国に移す。亡くなった妻を夢にみる詩人の作品世界を通じて、中国における夢意識の推移とことばの世界を鮮やかに切り取り、歌と美しい枕の造形にも論を展開する高橋文治、『今昔物語集』に描かれた医者の夢の逸話の分析を皮切りに、古代説話集の生成に影響した中国類書の書誌的研究を展開する李育娟、『源氏物語』の夢記述に関する中国語訳を詳細に比較して日中文化のずれと重なりを描き出しつつ、『源氏物語』翻訳論への視界を提供する笹生美貴子という、四篇の論文を載せた。続いて中国哲学の視点から、古代の夢をめぐる言説史をたどって現代の夢との接近を示唆する、伊東貴之のコラムを付している。

第五章「夢の風景と所在」は、これまでの方法と時空を離陸して、新たな視座で論述を展開する。心理学の「パターンマッチング」という理論から、古代の夢解きや夢合わせの構造を問い直す河東仁の論文は、読者をして、はるかに時空を旅して揺らぐ船に乗せ、いつしかパラダイムシフトのびっくり仕掛けに誘い出す。林千宏は、ヨーロッパの中世にいざない、フランス文学史の中で「夢」と出版文化の関わりを論じて、十六世紀のレミ・ベロー『牧歌』における夢幻世界の叙述を問う。そして、夢と文学世界に濃厚な関係性を有する志賀直哉の作品を分析して『暗夜行路』の伯耆大山描写を俎上に挙げる郭南燕の論文が、最後の夢の風景である。この三篇に加え、夢見の場所と眠りについて、睡眠文化研究の鍛治恵によって、眠りの装いの文化とその変遷をたどるコラムが書かれ、最終章は閉じられる。

この本の書名に「パラダイム」と題したのは、こうした本書の世界観を表している。いま簡単に振り返ってみたように、多様なバックグラウンドを有する論者たちが、オーソドックスなディシプリンの立脚地から「夢と表象」という同じ場に集結して、ひとしく夢の文化を論じる。その輝きはいつしか紙面を離れ、各自が放つ綾なす光彩の中に、「夢文化」研究の新しく鮮やかなプロジェクションマッピングが、研究史の楼閣に映し出される……。たとえていえば、そういうイメージである。もしもあなたが、本書を読み進めるたびごとに、各篇が提供するさまざまな光景に魅了されて、あたかも刻々と変化する万華鏡を眺めているかのようだと、そんなふうに感じてくれたなら、編者としてこれ以上の幸いはない。なお本共同研究のテーマの一つに、夢の可視化ということがある。だから本書には、絵画や視覚資料を適宜掲載し、その読み解きが随所で行われている。いわば線条的な文字の糸が、画像という絨毯と織りなす複雑なテクスチュアに包まれて、古典の夢やフキダシから、現代のねむり衣や夢占いまで、夢を夢見る時空の旅をお楽しみいただきたい。

I　古典文学の夢と表象

日本古典文学の夢と幻視
――『源氏物語』読解のために――

荒木　浩

一　夢を記述すること――序にかえて――

作家の村上龍（一九五二―）は、二十年以上にわたって夢の記録を続けているという[1]。村上が最近書いた「夢の記述」[2]というエッセイは、自身の夢日記を具体的に紹介しながら、夢の記という文章が持つ特徴を簡潔に指摘しており、とても興味深かった。たとえば、人称がなぜか「ぼく」や「わたし」ではなく「おれ」になること。時制は現在形がふさわしいこと。時間や場所に飛躍や矛盾があること。作家が書いたものなのに、どのジャンルの文学作品でもないこと。そして、小説では決してやってはいけないことだそうだが、夢の記述は、見た夢をただ「なぞる」かたちで書かれること、などである。そして村上は、「夢は、おそらくわたくし自身に属していないのだ」とその趣旨をまとめている。

私も夢はよく見るほうだが、夢日記などをつける習慣はない。ただ日本古典文学研究の視点から、それなりに長い間、歴史的文献に残された夢の記述とその研究に関心を抱いてきた。小説の実作者である村上龍の指摘には、参考になる点が多い。

たとえば日本の中世には、四十年にわたって記されたという、明恵の『夢記』がある。河合隼雄の研究で、一般にも知られているだろう。[3]現存は明恵二十代から晩年の五十代後半に渉るが、欠損部分も多く、今日でも時折、散逸したと思われていた部分の断簡などが出現する。全貌はどのようなものだったのだろうか。ゆかしいこと限りないが、近年、奥田勲、平野多恵、前川健一らの尽力で、まとまって存する高山寺所蔵本より多くの分量を持つ山外本が、全面的に整理されて、注釈付きの研究書として出版された。[4]読みにくい文字が活字になり、懇切な訓読と現代語訳もついて、見通しはずいぶんよくなった。

明恵の驚異的な夢の記録をゆっくり読んでみると、驚くべきことに、村上の指摘した問題をほぼたどることができる。一人称呼称の問題があり、記述には非論理的飛躍となぞりもある。またそれ故の珍しい写生がなされ、自在な表現性も果たされる。夢の他者性もうかがえて、敬虔な宗教者とは思えぬような内容も含まれている。[5]村上にとっての小説とたぐえられるかどうかはわからないが、明恵にも和歌という創作表現の地場があった。明恵と村上龍と、時空を超えて、夢の記述の普遍性が示される。

二　夢の視覚化とふちどり——所有性をめぐる——

ただし明恵『夢記』の読解は、本文ばかりに注目していては十分ではない。前掲した『訳注』が見本として示すように、残存形態や日時、また明恵の伝記と修行の状態もできる限り追跡して、総合的に夢の記の位置付けを行う必要がある。文字ばかりではない。明恵は時折、『夢記』に添えて印象的な絵を画いている。稚拙で、どこか可愛らしく見える絵もあるが、何を描き、何を意味するのか。その解読は、常に自明というわけではない。

誰でも経験するように、夢見ることは視覚的体験に他ならない。しかしそれは往々にして、目が覚めると、夢を見たという記憶だけは残しつつ、映像は、砂の城のように消えていく。夢を文字でたどって線条的に記録するばかりでなく、より直截に絵画化する、というビジュアライゼーションはどのように行われたか。夢と表象の問題を考える上で、もっとも本質的なテーマである。

この問題の一端についてはすでに論じたこともあるが、その後の研究も補いつつ、以下の議論の前提として確認しておこう。

『石山寺縁起絵巻』や『春日権現験記絵』など、代表的な中世絵巻には豊富な夢の絵画化がなされており、美術史の分野では、すでに研究の蓄積がある。[6]これらの絵巻では、夢の描出と現実の世界とが、同じ場面に隔てなく、連続して描かれており、今日の眼で見ると、『信貴山縁起』や『伴大納言絵巻』などの異時同図法にはじめて接した時と似た違和感を覚える。それが、十六世紀ごろから、中国絵画の影響を受けて、夢に見たことを描線で括り、夢見た人と風船のように結び付けるという描写法が生まれてくる。いわゆる「フキダシ」である。[7]「フキダシ」形成へといたる、日本絵画史上の夢の形象については、近年、研究が飛躍的に進展しつつある。[8]それは、夢形象の比較文化的研究としても、きわめて重要なテーマである。

フキダシに枠取られた夢の内容は、現実とははっきりと区切られて、夢見た人の脳裏へと帰着する。しかし日本においては（日本に限らないことでもあるが）、古代人の夢は、神仏の夢告をもたらしたり、他者の感情などを伝える、神秘的な外部との回路であった。[9]ところがそうした夢の他者性を、フキダシという視覚化はいつしか排除して、夢が夢見た人のモノになってしまう……。

もちろん近代人にも、神秘の存在がもたらすような夢にすがる、古代的な夢信仰の名残はあるだろう。逆に小野小町は、すでに「うたたねに恋しき人を見てしより夢てふものはたのみそめてき」と歌ってしまっている。古代人も夢の個人性に無自覚であったわけではない。

だがよく見ると、夢のフキダシは会話の風船のようには閉じられておらず[10]、画面の隅までひろがって拡散する。その所有性とともに、夢の回路はしっかり担保されているようだ。しかしそれでも、フキダシという視覚化が、夢の所在をめぐって、重要なターニングポイントであることは間違いない。またそれが、中国文化の摂取という、外からのインパクトによって起こったということも忘れてはならない。重大な文化の交流現象なのである。

しかもその受容に際して、日本文化は不思議なバイアスを露呈している。もともとの中国の絵画では、フキダシを頭頂から噴出させるのが常態である。ところが、それを完全になぞった日本の絵は、フキダシ発生の位置にだけ、微妙な抵抗を見せる。同じ絵を描きながら、フキダシの発生した先端だけは、頭頂からの位置取りを嫌う。フキダシの先は微妙にずれ、後頭部の方に流れて描かれる[11]。このズレのバイアスは、絵画史だけではなく、魂や精神の所在をめぐって、日本の思想や信仰の問題と密接に関わる[12]。

三　夢（Dream）と幻視（Vision）――『源氏物語』への視角――

さて、上記を念頭に置いた上で、本稿では『源氏物語』の夢を考えたい。本書掲載の諸論考にも示されるように、日本古典文学においては、「夢」がさまざまな場面で重要な役割を演じている。ここで取り上げる問題は、『源氏物語』ならではの精緻な表現性に関わる。まず日本語文化の特徴として、「夢（Dream）」と「幻視（vision）」の区別がいささか曖昧であるということを皮切りに論述を始めよう。

ギリシャのアルテミドロス『夢判断の書』は、「夢（オネイロス）と睡眠中の幻覚（エニュプニオン）とははっきり区別される」と開巻し、その違いは「夢が未来のことを表わすのに対し、睡眠中の幻覚が現在のことを表わす」ことだという。[13] このように、夢（dream）と幻視（vision）、睡眠時の夢と覚醒時の幻覚、また白昼夢などの意味合いをどのように区分するかということについては、厳密な社会とルーズな社会があるようだ。[14]

たとえば、英文で誌されたジョージ・タナベの明恵『夢記』研究書[15]を読んでみると、明恵の夢の記録を分析する際に「dream」とともに、「vision」という語が多く用いられ、章題ともなっている。たしかに明恵の夢のように、修行や修法に相接して見る夢は「好相」などと呼ばれるべきものだ。[16]「vision」と呼ぶのがふさわしい。ところが逆に、同書に所収されたタナベ英訳の明恵『夢記』（*Dream Diary*）には、「vision」という単語は、わずか一回しか用いられていない。象徴的なことである。

辞書を引けばすぐにわかることだが、「vision」という語は多義的で、〈dream＝夢〉のように、自明で包括的な訳語を示しにくい。このことは、「夢」という日本語の語義の解明（明治時代以降、英語 Dream の訳語となったことも含めて）とも関わって、日本のドリームカルチャーを考える場合に、留意すべきことがらである。

本稿では、こうした問題群に留意して、『源氏物語』の中に描かれた、光源氏と彼の父桐壺帝に関する「夢」の表象を、比較文化史的視点も取り入れながら考察しようと思う。あたかもミレニアムに作られた『源氏物語』は、世界文学として見ても、すぐれて希有な古代長編小説であり、研究史も諸分野に渉って精細に展開されている。そして、英訳を始めとして多くの言語に翻訳されており、多角的な視点から言語分析の対照化がしやすい点でも貴重な作品なのである。

ここで論文のコンテクストを共有するために、分析の対象とする部分にいたるまでのあらすじを、ひとまず確認しておこう。

桐壺帝の次男として生まれた光源氏は、数え三歳で母を失った。彼の母・更衣は、父・桐壺帝にとってかけがえのない愛情の対象であったので、父帝の嘆きは大きく深かった。しかし帝には、皇太子となる長男を産んだ、勢力のある弘徽殿の女御がいた。だが帝は、亡き光源氏の母をしのび、彼女にそっくりだという美しい女性を後宮に迎える。藤壺である。彼女は光源氏と五歳しか違わない。母の面影を慕う彼の幼いあこがれは、やがて抜き差しならぬ恋に変わる。光源氏が元服後娶った正妻葵の上は、藤壺の一つ下で、同年代なのである。光源氏は、やまいの加持に訪れた北山で若紫を見出すが、それは藤壺への愛の確認ともなり、その後、藤壺とやや強引に結ばれて、二人の間には子供が出来てしまう。後の冷泉帝である。しかし父はこの秘密に気付かず、自分の子だと疑わずに、心から可愛がる。帝にとって、光源氏と藤壺と、そして新しく生まれた皇子とは「おもひどち」で、それぞれ等分に真の愛情をそそぐべき対象であり続けた。『源氏物語』の記述を読む限り、父帝が、光源氏と妻・藤壺との密通に気付いていた様子はない。

光源氏は、多くの恋を重ねるが、最愛の人はいつも藤壺であった。若紫を引き取ってから数年が経ち、葵の上が長男の夕霧を出産して亡くなる。四十九日が過ぎて、久しぶりに邸宅に戻った光源氏は、大人びた若紫を再発見して、やがて自分の妻とする。

桐壺帝は、光源氏と、春宮となった後の冷泉の二人を最後まで気にかけて、遺言を残し亡くなった。だが光源氏の色好みはとどまらず、后がねだった朧月夜との恋が発覚する。弘徽殿の妹である。この恋が露見して政治利用され、光源氏は都を離れることを余儀なくされて、須磨に退去することとなった。

都から須磨へと移動する前日、光源氏は、亡き父帝の墓参りをする。そして桐壺帝が光源氏の前に姿を現す。これより以降、いくどか出現する桐壺帝の様子を本稿の中心的な考察の対象としたい。日本語や古典文学の描写からは見えにくい内奥の一隅を、英訳と対比しつつ炙り出し、そしていささか突飛のようではあるが、シェークスピアの『ハムレット』における父王の亡霊と対照することで、解析を深めてみたい。

四 『源氏物語』と『ハムレット』——王妃の密通——

『源氏物語』と『ハムレット』とは、時代も舞台も、そしてジャンルもまったく異なるものであるが、構造的に捉えると、よく似ているところがある。[17] 王と王妃と王子と。たとえばその複雑な関係性と葛藤である。[18]『ハムレット』には、亡き父王と、その子ハムレット、そしてハムレットの母で、夫を亡くして現在は叔父の妻となった王妃がいる。さらに叔父は、ハムレットの父である兄王の妻＝ハムレットの母と密通し、兄を暗殺して位に就き、いまや王となっている。その罪はむろん、王の胸の中に秘匿されていた。一方、『源氏物語』の帝は、光源氏の実母である最愛の桐壺更衣を喪って、彼女とよく似た藤壺を寵愛する。しかし子の光源氏も藤壺に深く愛着し、密通して父から奪う。ただしその罪は、光源氏と藤壺の二人により秘められて、略奪は露見しない。

ハムレットは、亡き王の跡を継いだ叔父の王によってイングランドに追放されるが、途中で海賊に逢って引き返し、すぐデンマークに帰ってくる。光源氏は、亡き帝の跡を継いだ朱雀帝の一派によって平安京からの退去を余儀なくされ、須磨へ謫居するが、明石の君との間に女子を得て、いずれ都に戻ってくる。貴種流離譚も共有するのだ。

こうした類似性を確認した上で注目したいのは、王子の亡父が、繰り返し幻影として現れて、物語の深層を告げに来るエピソードである。

ハムレットの父は、冒頭から、この世に亡霊（ghost）として登場し、やがて葬られた秘密を息子に告げる(19)。

ハムレット　何者だ、善良な亡霊か、呪われた悪霊か、（Be thou a spirit of health or goblin damn'd,）……おまえを何と呼ぼう。ハムレット王、父上、デンマーク王、ああ、ああ、答えてくれ。（That I will speak to thee : I'll call thee Hamlet, King, father, royal Dane : O, answer me!）（第一幕第四場）

亡霊　われこそは汝が父の亡霊なれ（坪内訳。河合訳は「我こそは、そなたが父の霊魂」）。（*Ghost.* I am thy father's spirit.）しばらくは夜毎(よごと)にさまようが運命(さだめ)。日毎(ひごと)、炎に焼かれて贖罪し、生前犯した罪の数々が、焼き清められるのを待つ身。だが、わが牢獄の秘密（the secrets of my prison-house）を語ることは禁じられておる。語れば、たった一言で、そなたの魂は震えあがり、若き血潮は凍り、両の眼(まなこ)は、流星の如く眼窩(がんか)より飛び出し、その束ねた髪も解け乱れ（以上河合訳）、怒る豪猪(やまあらし)の蓑毛(みのげ)のやうに一筋毎に逆立つべきぞよ。さもあれ冥府の一大事は、人間の耳に伝へがたし。聞けよ聞けよ。おゝ聞けよ！　まこと亡き父を愛する心切ならば、

……

ハムレット　おゝ！　おゝ！（*Ham.* O God!）

亡霊　非義非道の弑逆(しいぎゃく)の怨を晴らせ、ハムレット。（*Ghost.* Revenge his foul and most unnatural murder.）

ハムレット　なに、弑逆とな！（*Ham.* Murder!）

亡霊　おほよそ弑逆に非道ならぬことなしとはいへども、これこそまことに例(ためし)も知らぬ、非義非道の弑逆ぞや。（以上坪内訳）（*Ghost.* Murder most foul, as in the best it is ; But this most foul, strange and unnatural...）（第一幕

第五場）

この後、父の亡霊は、自らの暗殺をめぐって具体的に語り出す。その告白にハムレットは驚愕しつつも、どこかで予想していたその真相を悟る。「貞淑の鑑と見えた」母妃は、「恥ずべき情欲」を持つ叔父と姦通（adulterate）していた。邪魔者となった父は、「眠りのうちに」何も知らずに毒殺されて、叔父は、妻と王位とを同時に我が物とする。[20] 恨みを残した先王は、すべてを知る亡霊となって、息子の王子に逢いに来たのだ（第一幕第五場）。

しかし、聡明なハムレットが、無防備にその出現を受け入れたわけではない。「俺が見た亡霊は悪魔かもしれぬ。（The spirit that I have seen May be the devil:）悪魔は相手の好む姿に身をやつして現われる。そうとも、ひょっとして俺が憂鬱になり、気弱になっているのにつけこんでまんまと俺をたぶらかし、地獄に追い落とそうという魂胆か」と疑念を捨てていない。彼は「もっと確かな証拠が欲しい。それには芝居だ。芝居を打って、王の本心をつかまえてみせる」と狂気を装い（第二幕第二場）、演劇に託して、叔父に真相をつきつけ、ついに核心を摑み取る。

この明示的な諸相と比べることで『源氏物語』の意味深長さのひだも浮かび上がってくる。生前の桐壺帝は、情愛と善意に満ちた無知の存在として形象されている。描かれざる劇の前史だが、父王の亡霊の告白と王妃の描写などから推し量るに、英傑だったハムレットの父も、在世中はおそらく何も知らなかった。

さて桐壺帝は、藤壺と光源氏に通い合う幼いほのかな恋情をみつめ、二人とも自分が同じように愛する人たちだ、仲良くあれとほほえましく見守るばかりである。光源氏は、その状況に甘えて、取り返しのつかない密通へと足を踏み出していく。

帝は、光源氏の子供を宿した藤壺に対しても、最後まで信頼を失わない。紅葉賀の巻で、光源氏が、舞を通じて帝の隣にいる藤壺に求愛の含意を投げかけても、父帝は彼女に対して無二の気持ちを疑っていない。我が子の演舞がいかに優れた出来だったか。帝はひたすら無邪気に、嬉しそうに藤壺に語りかけている。

美しい皇子が誕生しても、依然として帝は何も知らない。心から無邪気に子供を可愛がってみせて、罪を犯した藤壺をおののかせる。

（皇子は）四月に内裏へ参りたまふ。ほどよりは大きにおよすけたまひて、やうやう起きかへりなどしたまふ。あさましきまで、まぎれどころなき御顔つきを、おぼし寄らぬことにしあれば、またならびなきどちは、げにかよひたまへるにこそはと思ほしけり。いみじう思ほしかしづくこと限りなし。（帝は）源氏の君を限りなきものにおぼしめしながら、世の人のゆるしきこゆまじかりしによりて、坊にもえ据ゑたてまつらずなりにしを、飽かずくちをしう、ただ人にてかぎりなき御ありさまを容貌にねびもておはするを御覧ずるままに、心苦しくおぼしめすを、かうやむごとなき御腹に、同じ光にてさし出でたまへれば、疵なき玉と思ほしかしづくに、宮（＝藤壺）はいかなるにつけても、胸のひまなく、やすからずものを思ほす。（紅葉賀）(21)

その子は、驚くほど光源氏に似ていた。紅葉賀巻には「月日の光の空に通ひたるやうにぞ世人も思へる」とも書かれている。その類似は、ほとんど客観的事実であった。帝は相変わらず悦びに溢れ、子を抱き上げて〈実父〉の光源氏に見せる。「いとよくこそおぼえたれ。いとちひさきほどは、皆かくのみあるわざにやあらむ」。どうだおまえによく似ているだろうと自慢を続けるのである。

すでに真実を知っている読者から見れば、それはまるで当てこすりのようにも響くきわどい言葉である。しかし同時に物語は、前後の文脈に、光源氏への愛情にあふれた帝の思いを描き出している。だからむしろ懇切な読者ほど、帝の言動を皮肉だと読むことができない仕組みになっている。巧みな文脈作りがなされているといえよう。

五　没後の全知する帝——夢（dream）と幻視（vision）と面影（image）と——

あるいはハムレット以上に、帝は賢帝であった。退位してからも、在位中と同じように治政を行う。多くの女性を愛して、嫉妬心もわきまえている。光源氏の女性関係のルーズさにも厳しかった。しかし本文を見る限り、帝は亡くなるまで、ことばやそぶりから、彼らの罪に対して、ほのめかしさえ見せることはなかった。「弱き御ここちにも、春宮のことをかへすがへす聞こえさせたまひて、次には大将の御こと……」と遺言し、ひたすら春宮（冷泉）と光源氏のことを思い続けて、死にいたる（賢木）。

問題は没後である。光源氏は、朧月夜をめぐる不行跡を政争に絡め取られて行き詰まり、須磨への謫居を決意した。そして亡き父帝がいくどか現前することになるのだが、ハムレットの父王のように、無知だった彼も、幽明境を異にして、全知の亡霊と化すのだろうか。

須磨に出発する前日の夕方、光源氏は桐壺院の墓参をしようと北山に詣でた。父と子は藤壺を間において、不思議な三角関係を幾重にも重ねている。光源氏は、そのすべてを捨象して、必死に父にすがって祈り、彼女とその子を守ろうと決意する。光源氏が北山に参ると、それまでは面影にさえ姿を現さなかったという父帝が、待っていたといわんばかりに、即時に存在感を示すのである。

最初に帝は、生きていた姿のそのままに、光源氏の脳裏に彷彿と想起されてよみがえる。

明日とての暮には、院の御墓拝みたてまつりたまふとて、北山へまうでたまふ。（中略）御山にまうでたまひて、おはしましし御ありさま、ただ目の前のやうにおぼし出でらる。限りなきにても、世に亡くなる人ぞ、言はむかたなくくちをしきわざなりける。よろづのことを泣く泣く申したまひても、そのことわりをあらはにえうけたまはりたまはねば、さばかりおぼしのたまはせしさまざまの御遺言は、何方か消え失せにけむと、いふかひなし。（須磨）

これをロイヤル・タイラーの英訳[22]と比べてみると、その問題がはっきりする。

The evening before he was to leave he went to the Northern Hills to salute His Late Eminence's tomb... He reached the tomb, and there came into his mind the image of his father as he had once been. Only ineffable sorrow remained now that even he, who had been beyond rank, was gone. Genji reported in tears what had befallen him, but his father's judgment remained inaccessible. Alas, what had become of all his parting injunctions?

傍線部に対応箇所を示したが、帝は、生きていたそのまま姿で出現し、彼の心の中にイメージとして飛び込んでくる。

ハムレットの父は、柱書きでは「*Enter ghost*」と書かれ、冒頭の登場から「ghost」である。彼を最初に目撃する護衛の臣下たちは「亡くなられた国王のお姿さながら（like the king that's dead）」「まさに瓜二つ（Most like）」など語りつつ、「亡霊（apparition）」か「気の迷い（fantasy）」か曖昧な把握で、「待て、幻（Stay, illusion）」と呼びかけている（第一幕第一場）。亡霊の存在を知る前のハムレットは「父上――父上が目に見えるようだ――（My father—methinks I see my father.）」、「心の目にだよ、ホレイシオ（In my mind's eye, Horatio.）」と語り、ホレイシオは「二晩続けて、見たのです。お父上そっくりのお姿が」、「怒りというよりは悲しみの表情で（A countenance more in sorrow than in anger.）」とハムレットに応える（同第二場）。そしてようやく亡霊を目撃したハムレットは、最初、「肉体を持たぬ点では亡霊も魂も同じ」（第一幕第四場）などとうそぶき、彼を「ghost」と称していた。しかし「ghost」自らは「spirit」と名乗る。ハムレットもいずれ彼を「spirit」と呼ぶようになり（第一幕第五場）、「The spirit that I have seen」（第二幕第二場）と認識する。

桐壺帝の場合も、類比的な三段階の出現方法をとる。ただし『源氏物語』は帝を決して「亡霊」とは呼ばない。まず「image」として帝を描いた物語は、「夢」という語の周辺にその表象を置く。巧みな言い換えと表現とを重ねて、光源氏の心と現実、そして冥界の父の真実というあわいを、絶妙なかたちで形象するのである。

源氏が墓を拝むと、今度はその視覚の中に、父の在りし面影が、くっきりと浮かび上がる。煩瑣になるので、以下適宜、当該箇所のみ英訳を併記しよう。

御墓は、道の草茂くなりて、分け入りたまふほど、いとど露けきに、月も雲隠れて、森の木立、木深く心すごし。帰り出でむかたもなきここちして、拝みたまふに、ありし御面影さやかに見えたまへる、そぞろ寒きほどなり。（While he prayed, he shivered to behold a vision of his father as he had seen him in life.）（須磨）

如上の推移を、英訳は、想念（image）から幻視（vision）へ、というふうに読んでいる。日本語ではそのように明示的に言語化することが難しいが、たしかに物語は、安易な飛躍を試みず、光源氏の思いが招いた帝の幻影がより迫って表出するさまの推移を、ことさらに類似表現を連ねて描きとっている。

そして彼は須磨に移住し、不如意に堪えながら寂しく暮らしている。およそ一年が経ち、三月一日にめぐってきた上巳の日、光源氏は御祓を行う。前途をはかなみ、「八百よろづ神もあはれと思ふらむ犯せる罪のそれとなければ」という和歌を詠むと、凪いだ海に突然暴風が吹いて空は曇り、雷の鳴り響く大時化へと激変した。暁がたには夢告もあった。さまざまな異変は、明石の巻にまで継承される。都にも不安が広がり、夢のさとしも相続く。ついには雷が光源氏の居宅に落雷して、ようやく騒動は終熄した。

くたびれ果てた光源氏が、ふとまどろむと、久方ぶりに桐壺院が姿を現す。

終日（ひねもす）にいりもみつる雷（かみ）の騒ぎに、さこそいへ、いたう極（ごう）じたまひにければ、心にもあらずうちまどろみたまふ。かたじけなき御座所（おましどころ）なれば、ただ寄りゐたまへるに、故院、ただおはしましさまながら立ちたまひて(While he sat there propped upright, for the room was unworthy of him, His Late Eminence stood before him as he had been in life, took his hand, and drew him up, saying)、「など、かくあやしき所にはものするぞ」とて、御手を取りて引き立てたまふ。「住吉の神の導きたまふままに、はや舟出して、この浦を去りね」とのたまはす。いとうれしくて、「かしこき御影に別れたてまつりにしこなた、さまざま悲しきことのみ多くはべれば、今はこの渚（なぎさ）に身をや捨てはべりなまし」と聞こえたまへば、「いとあるまじきこと。これは、ただいささかなるものの報いなり。われは、位にありし時、あやまつことなかりしかど、おのづから犯しありければ、その罪を終ふるほど暇(いとま)なくて、この世をかへりみざりつれど、いみじき愁へに沈むを見るに、堪へがたく、海に入り、渚にのぼり、いたく極じにたれど、かかるついでに内裏(だいり)に奏すべきことあるによりなむ、急ぎのぼりぬる」とて、立ち去りたまひぬ。[23]（明石）

物語の本文に即して、英訳でも、亡き桐壺院は、何の断りもなく、生前と同じように実態的に、光源氏の目前に立つ。だが帝が立ち去った後の物語描写により、それは「夢」と認知される現象であることがおよそ確認される。

飽かず悲しくて、「御供に参りなむ」と泣き入りたまひて、見上げたまへれば、人もなく、月の顔のみきらきらとして、夢のここちもせず、御けはひとまれるここちして、空の雲あはれにたなびけり。年ごろ夢のうちにも見たてまつらで恋しうおぼつかなき御さまを、ほのかなれど、さだかに見たてまつりつるのみ、おもかげにおぼえたまひて、わがかく悲しびを極め、命尽きなむとしつるを、助けに翔(かけ)りたまへると、あはれにおぼすに、よくぞかかる騒ぎもありけると、名残たのもしう、うれしうおぼえたまふこと限りなし。（明石）

He did not feel as though it had been a dream, because that gracious presence seemed still to be with him ; and meanwhile, lovely clouds trailed aloft across the sky. He had seen clearly and all too briefly the sight he had longed for through the years but always missed, even in his dreams ; and with that dear image now vivid in his mind he reflected wonderingly how his father had sped to save him from dire affliction and impending death, until he was actually grateful for the storm, for in that lingering presence he felt boundless trust and joy. With his heart full to bursting, he forgot in this fresh turmoil every grief of his present life, and dream or not, he so regretted not answering his father better that he disposed himself to sleep again, in case he should return ; but day dawned before his eyelids would close.

英訳でも、当然ここで「dream」という語が用いられる。しかし物語本文はことさらに、むしろそれが「夢」であったという規定を避けるかのように、逆説的な表現を繰り返す。夢でも見たことがないのに、今日見た「おもかげ」(image) はいかが、と対比しつつ、光源氏の認識を彷徨う。日本語の夢の語義の広さと曖昧さを縦横に活用しているかのようだ。

『ハムレット』も、父の亡霊を決して「夢」といわない[24]。だがそれは、夢の意味領域の拡がりとは関係ない。彼らにとって、それは決して夢ではないからだ。

父は亡霊であり、霊魂である。直接的に姿を現し、かつての臣下や、息子のハムレットに語りかける。ただし、昔の妻であるハムレットの母にだけは、亡夫の様子が見えない。ハムレットは、母の前で父の姿を見て対話するが、母はその存在を一向に感知せず、彼が狂気の中で幻に囚われているのだと懼れる。

王妃　おまえこそ、大丈夫？　虚空を見つめ、ありもしないものと会話をしたりして。(中略)
王妃　誰に話をしているのです？
ハムレット　そこに、何も見えないのですか？
王妃　何も。でも、そこにあるものは見えています。
ハムレット　何も聞こえなかったのですか。
王妃　ええ、私たちの声のほかは。

ハムレット　それ、そこをご覧なさい。ほら、行ってしまう。父上が！　生前のままのお姿で！　ほら、今戸口のところに。

王妃　おまえの頭が作り出した幻です。そうした実体のないものを狂気は巧みに生み出すのです。（This is the very coinage of your brain ; This bodiless creation ecstasy Is very cunning in.）

ハムレット　狂気？（Ecstasy!）（第三幕第四場）

光源氏に対しては、認識と夢のあわいにおぼろに出現した桐壺院だったが、光源氏を追いやった側の兄朱雀帝に対しては、明示的に「夢」の中で現われた。その夢は、恐ろしくリアルなもの。院は憤怒の形相で、朱雀を睨み付ける。その結果が招来する残響は、「御けはひ」の「ほのか」な「名残」を求めて慕った光源氏の目覚めとは、まったく対照的なものである。(25)

その年、朝廷(おほやけ)に、もののさとししきりて、もの騒がしきこと多かり。三月十三日、雷(かみ)鳴りひらめき、雨風騒がしき夜(よ)、帝の御夢に、院の帝、御前の御階(みはし)のもとに立たせたまひて、御けしきいとあしうて、にらみきこえさせたまふを、かしこまりておはします。（His Majesty dreamed that His Late Eminence stood below the palace steps, glaring balefully at him while he himself cowered before him in awe.）聞こえさせたまふことども多かり。源氏の御ことなりけむかし。いと恐ろしう、いとほしとおぼして、后に聞こえさせたまひければ（His Majesty described his dream in fear and sorrow to the Empress Mother.）、「雨など降り、空乱れたる夜(よ)は、思ひなしなることはさぞはべる。軽々しきやうに、おぼしおどろくまじきこと」と聞こえたまふ。にらみたまひしに見合はせたまふと見しけにや、御目にわづらひたまひて、堪へがたうなやみたまふ。（Something now went wrong with His Majesty's eyes, perhaps because he had met his father's furious gaze, and he suffered unbearably.）（明石）

遺言を果たさず、光源氏を窮地に陥れたと桐壺帝に厳しく叱責され、睨み付けられて目を合わせた朱雀は、その後、目を患って苦しむことになる。たしかに夢とは〈見るもの〉[26]であったが、ここではそれが、夢中の視線による「邪視」として機能している。[27]しかも現実の朱雀院が、目覚めてなお眼を病むとは、ユニークな実体的形象である。

光源氏の見た故院は、かすかに想念（image）の中に現れて、vision となり、否定形だがさらに dream という外部性を獲得して対話めいたものを果たしつつ、最後にふたたび光源氏の image に戻る。『源氏物語』は「もののけ、いきすだま」（葵巻）という存在も自在に許容して描き出し、物語の主調を形成することのできる作品であったが、光源氏の前の故院は霊ではないかたちを選択した。物語の形象は明確に自覚的であった。

六　夢の所有と『源氏物語』の構造——試論としての結語——

光源氏の見た桐壺帝の姿は、日本語の夢のカテゴリに接しながら、個別の現象としては夢であるという明示をことさら避けている。それは、そうすることで、夢の古代性の桎梏から自由になることを果たしているのではないだろうか。

先にフキダシの話をして夢の所在を考えてみたが、あの分析に準じて言えば、桐壺帝の一連の幻は、ついに「夢」とはならず、「image」や「vision」として、光源氏の所有であり続ける。譬喩的に言えば、光源氏にとって亡き桐壺は、むしろ彼のフキダシの中にいて、絵巻に描かれる夢のように、境目のない現実的な隣接性を獲得できない。ハムレットとは違って、自らのイメージとして括られた枠取りを破り、父の spirit と直接相対することができないようなのである。覚醒して、ほのかな名残を享受するのみ。「夢」を見たがゆえに叱責され、睨まれて眼を病んだ朱雀帝と対照的であった。

『源氏物語』は、光源氏に〈父の夢〉を見せない。光源氏は、希求の魂を絞り出して吹き出し、亡父との交流を求めたが、夢の外部性としては完遂せず、ついに父の心と真実を繋ぐ連続の回路は成立しない。換言すれば、光源氏は、永遠に桐壺帝の〈真意〉に直接触れる通路を絶たれてしまった、ということだ。そこに『源氏物語』の筋立ての深意も存する。桐壺帝は、偉大なる空白の謎として、物語に君臨し続ける。

絶たれた回路としての光源氏の夢もどきは、所有性とのあわいの中で、後世のフキダシのイメージそのままにたゆたう。唐突だが、私は『竹取物語』の末尾を想起する。かぐや姫は月へ帰り、その後、地上から天へ昇る回路は完全に閉ざされた。対象喪失の悲しみにくれる『竹取物語』の帝は、断絶したかぐや姫との通いと戻らぬ昔を表象するかの如く、もらった不死の薬を、最も天に近い富士の煙に燃やして、思いを馳せる。そして煙は、断たれた通いの証として、「いまだ」そびき続けるのだ。かぐや姫は秘密の輪郭だけを告白して真実は語らず、月へ帰っていった。翁と帝の愛情は、もはや構造的にとどかない。煙は空へ向けて昇るが、ついに天へは届かずに、地上の所有として象徴的にたなびく[28]。

帝の無知性に深意が隠されていたのか否か。彼が幽明境をことにしても、それは、光源氏はもとより、すべてを知っているはずの読者にさえ明かされることはなかった。古代的な意味で父の夢を見ない光源氏は、父帝の心を、自分の脳裏で追い求める他はない。それは近代人の孤独や懊悩と、結果的には同じ次元に重ねられるだろう。なぜ

『源氏物語』の魅力には近代性が感じられ、英訳との親和性があるのか。それはこのあたりの表象でも証明される。

光源氏が自分の孤立性と境遇を思い知らされるのは、夢ではなく、経験的思索によってであった。兄朱雀帝から賜った正妻・女三の宮と柏木の不貞を知ったときの文字通りの〈追体験〉のことである。

複雑に入り組んだ因果の末に、父と同じ境遇を自覚した光源氏は、「故院の上も、かく御心にはしろしめしてや、知らず顔をつくらせたまひけむ」とひとりごつ（若菜下）。しかしそれはあくまで「や」「けむ」という彼の推測、厳しくいえば独り合点にとどまる。物語の叙述は正確である。父帝の心にはついに届いていない。この断絶の仕組みこそ、物語の必然であった。

以前、藤壺の没後、「冬の一夜」、「降り積もった雪と冴えわたる月明を前に、源氏は紫の上に」、藤壺をはじめとする「昔今の女性達の人柄を話題に」饒舌に語った。もちろん肝心なことは何も告げず、ただほのかな想いを述べたその言葉に反応したのか、「まどろんだ源氏の夢に藤壺が現れて、源氏を恨む[29]」。

入りたまひても、宮の御ことを思ひつつ大殿籠れるに、夢ともなくほのかに見たてまつるを（he saw her dimly—it was not a dream—）、いみじく恨みたまへる御けしきにて、「漏らさじとのたまひしかど、憂き名の隠れなかりければ、はづかしう、苦しき目を見るにつけても、つらくなむ」とのたまふ。御いらへ聞こゆとおぼすに、おそはるるここちして、女君（＝紫の上）の「こは、などかくは」とのたまふに、おどろきて、いみじくくちをしく、胸のおきどころなく騒げば、おさへて、涙も流れ出でにけり。（朝顔）

しかし本文には「夢ともなく」と記されるから、英訳は〈これは夢ではない〉と明示する。日本語の「夢」と英語の「dream」の意味領域の違いを象徴する事柄でもあるだろう。あの美しく寡黙だった藤壺が、なりふり構わず現れて、光源氏を制した。紫の上に対して、それは絶対のタブーであった。ことほどさように、桐壺帝と紫の上という、源氏・藤壺のそれぞれにとって、もっとも身近な二人に対するきわどい秘匿関係が、物語の根幹的緊張を支えている。

さて時が流れ、女三の宮は男子を産み、五十日の祝いで光源氏は、とうとうその子薫を抱く。『源氏物語絵巻』で著聞する場面である。かつて同じ境遇にあった桐壺帝は、光源氏が新しく生まれた冷泉とあまりによく似ていたことを素直に喜び、かえって光源氏と藤壺を苦しめた。いつしか同じ境遇に追い込まれた光源氏を再び苦しめるのは、父のかつての喜びと裏返し。薫は、滑稽なまでに自分と似ない別の美しさを放ち、そのよき類似性は、他者である柏木にどこまでも付き従うという皮肉であった。

（源氏）「あはれ、残り少なき世に、生ひ出づべき人にこそ」とて、抱き取りたまへば、いと心やすくうち笑みて、つぶつぶと肥えて白ううつくし。大将などの児生ひ、ほのかにおぼし出づるには似たまはず。女御の宮たちは、父帝の御方ざまに、王気づきて、気だかうこそおはしませ、ことにすぐれてめでたうしもおはせず。この君、いとあてなるに添へて、愛嬌づき、まみのかをりて、笑がちなるなどを、いとあはれと見たまふ。思ひなしにや、なほいとようおぼえたりかし。ただ今ながら、眼居ののどかにはづかしきさまも、やう離れて、かをりをかしき顔ざまなり。宮はさしもおぼし分かず、人はた、さらに知らぬことなれば、ただ一所の御心のうちにのみぞ、あはれ、はかなかりける人の契りかな、と見たまふに、おほかたの世の定めなさもおぼし続けられて、涙のほろほろとこぼれぬるを、今日は言忌すべき日をと、おしのごひ隠したまふ。「静かに思ひて嗟（なげ）くに堪へたり」と、うち誦（ずう）したまふ。五十八を十取（とを）り捨てたる御齢（よはひ）なれど、末になりたるここちしたまひて、いとものあはれにおぼさる。「汝（なんぢ）が爺（ちち）にも」とも、いさめまほしうおぼしけむかし。

このことの心知れる人、女房のなかにもあらむかし、知らぬこそねたけれ、烏滸（をこ）なりと見るらむと、やすからずおぼせど、わが御咎（とが）あることはあへなむ、二つ言はむには、女の御ためこそいとほしけれ、などおぼして、色にも出だしたまはず。いと何心なう物語して笑ひたまへるまみ、口つきのうつくしきも、心知らざらむ人はいかがあらむ、なほいとよく似通ひたりけりと見たまふに、親たちの、子だにあれかしと泣いたまふらむにも、え見せず、人知れずはかなき形見ばかりをとどめ置きて、さばかり思ひあがり、およすけたりし身を、心もて失ひつるよと、あはれに惜しければ、めざましと思ふ心もひき返し、うち泣かれたまひぬ。（柏木）

あの時の冷泉と自分のように、世の人はその類似に気付いているだろうか。逃れようのない二重の恥を光源氏はかみしめる。白居易の詩文が響く。まさに「自嘲」である。

五十八の翁、方（まさ）に後有り。静かに思へば喜ぶに堪へ、亦嗟（なげ）くに堪へたり。一珠甚だ小さく還りて蚌（はまぐり）に慙づ。八子多しと雖も鴉を羨まず。秋月晩（おそ）く生（な）る丹桂の実、春風新たに長ず紫蘭の芽。盃を持ちて願を祝して他の語無し。慎んで頑に愚かなること汝が爺（ちち）に似ること勿れと。（『白氏文集』「自嘲」二八二二）[30]

これは「子なくして老にのぞ」んだ白楽天に、「五十八にてはじめて男子」が「うまれ」、「その子にむかひてつくりける詩なり」（『源氏物語奥入』群書類従）。二詩があり、一つは「賀」そして一つが右の「自嘲」である（和刻本『白詩長慶集』附載自注）。文字通りの光としての慶びとその影としての嘲り。詩の一節を静に暗唱する光源氏にとって、父と同じく「はじめて」のなさぬ子との対面であった[31]。おまえの父と同じ轍を踏まぬように、というつぶやきは、薫の実父柏木を揶揄しつつ、同時に、人生の終局で、なさぬ子の父という思いも付かぬ局面に立たされた、自身への自嘲である[32]。

光源氏は、藤壺との密通と不義の子冷泉の誕生を、不敵にも父帝に「しらず顔」で隠した[33]ことで、最も大事な真の「交信の回路」を失った。父が死んで、はかない夢を見ても、彼らは真の会話をすることができない。しかしその沈黙故に、父帝は、密通を犯した罪の子光源氏と、不義の子冷泉とをあたたかく包むことを果たし、向こうの世界から覗いている、という物語構造を支えるのである。

一方、薫の実父柏木は、実の息子と対面さえ果たせずに、誰より先にこの世を去る。しかも光源氏の邪視に取り込まれるかのように[34]である。あの朱雀院の反転だ。複雑に絡み合ったいくつかの因果の再現として、光源氏の手に、不義の子薫が抱かれている。光源氏の〈孤独〉が、こうして如実に描かれる。このちぐはぐな循環が、『源氏物語』第二部の構造であった。

『源氏物語』にはいくつもの重要な夢がある。これまで多くの論述がその解明に寄与し、知見を提供している。本稿では、「夢と表象」という共同研究を通じて私なりに把握した夢の機能を『源氏物語』の言語表現にぶつけて論じてみた。研究史に寄与するところがいささかでもあれば幸いである。

註

（1）拙稿「夢をみる／夢をかく」（『月刊みんぱく』二〇一四年三月号「特集　夢か、うつつか」国立民族学博物館）

で少しこの話題に触れた。同誌には他に、河東仁、木村朗子、岩谷彩子、神谷之康の諸氏が執筆する。国立民族学博物館の Web サイトで pdf 版を講読できる。

（2）村上龍「夢の記述」（『すばる』二〇一四年一月号）。

（3）河合隼雄『明恵　夢を生きる』（講談社＋α文庫、一九九五年）。明恵の文献については、本書所収の「夢と文化の読書案内」参照。

（4）奥田勲・平野多恵・前川健一編『明恵上人夢記訳注』（勉誠出版、二〇一五年二月）。

（5）以上の概観は、拙稿「明恵『夢記』再読――その表現のありかとゆくえ――」（荒木編『仏教修法と文学的表現に関する文献学的考察――夢記・伝承・文学の発生――』（平成一四年度―一六年度科学研究費補助金（基盤研究（C）（2））研究成果報告書二〇〇五年三月）、拙著『日本文学　二重の顔〈成る〉ことの詩学へ』（大阪大学出版会、二〇〇七年）第四章などで記した内容を摘記したものである。

（6）加藤悦子「「春日権現験記絵」に見られる夢の造形について」（河野元昭先生退官記念論文集編集委員会編『美術史家、大いに笑う　河野元昭先生のための日本美術史論集』（ブリュッケ、二〇〇六年）、同「絵画における夢――日本中世の場合――」（『玉川大学　人文科学研究センター年報　Humanitas』一、二〇一〇年）など参照。

（7）高橋淑江「日中版画における夢の表現とフキダシ――通俗小説挿絵を中心として――」（『美術史研究』四一、二〇〇二年十二月）に、中国版画との日本の絵画を比較した先駆的な研究がある。拙稿「夢の形象、物語のかたち――ハーバード美術館所蔵「清盛斬首の夢」を端緒に――」（『国際シンポジウム　日本文学の創造物――書籍・写本・絵巻――』国文学研究資料館、二〇〇九年九月）、本書所収入口敦志「描かれた夢――吹き出し型の夢の誕生――」などに詳論がある。また四方田犬彦『漫画原論』（ちくま学芸文庫、一九九九年）参照。

（8）三戸信恵「日本絵画における「夢」の位相――中世から近代へ――」（『武蔵野美術大学研究紀要』四三、二〇一二年）は詳細にこの問題を追いかけた力作である。

（9）西郷信綱『古代人と夢』（平凡社、一九七二年）、河東仁『日本の夢信仰』（玉川大学出版部、二〇〇二年）など参照。

（10）図像の確認は、前掲註（7）高橋淑江論文、註（8）三戸信恵論文に前近代のものが、また Brigitte Koyama-

Richard. *ONE THOUSAND YEARS OF MANGA*, Flammarion, 2007.（英語版。オリジナルはフランス語）には明治期ころまでのマンガのフキダシが多数載り、概観に便利である。

（11）前掲註（7）拙稿参照。拙稿「夢―古人（いにしえびと）は〝夢〟といかにつきあってきたか」（『怪』No.0043、角川書店、二〇一四年十二月）でも問題を俯瞰した。

（12）前掲註（7）高橋淑江論文には中国版画の挿絵と日本の絵画類を比較して、夢の発生源が日中で異なり、「中国は頭から、日本は胸からというはっきりした違いが見られる。（年代・作品形態に関わらず）」という指摘がある。だが日本の場合はよりルーズで多様である。前掲註（7）、註（11）拙稿では、直接影響を受けた『帝鑑図説』のフキダシを比較して、日本のフキダシが様々な位置から発生することを指摘した上で、中国の挿絵では頭頂部から吹き出したフキダシを、日本では、頭頂部を避けて後頭部に流すような書き方をする、ということに注目した。Brigitte Koyama-Richard の前掲書には、フキダシの起点としての「うなじ」について「江戸時代から明治時代において、これら「フキダシ」は、口でも頭でもなく、首から描き出される。ここは身体の重要な箇所であり、それはいわば魂――また人の病や死を司る悪魔――が人間のからだに入りこむ場所である、と信じられていた。日本のいたずらずきの子供達は、その部分をけっして剃り上げようとはしなかった。着物の下からはみ出した首のうなじをまもるべく、わずかばかりの刈り上げを残しておくのである」（拙訳）という着目と分析がある。

（13）城江良和訳、国文社、一九九四年。

（14）宗教史学論叢17（リトン、二〇一二年）。私の書評は『週刊読書人』二〇一三年六月二十八日号に掲載。

（15）Tanabe, George. *Myoe the dreamkeeper : Fantasy and Knowledge in Early Kamakura Buddhism*. Cambrige : Harvard University Press, 1992.

（16）「好相」については、拙稿「宗教的体験としてのテクスト――夢記・冥途蘇生記・託宣記の存立と周辺――」（阿部泰郎編『中世文学と隣接諸学2　中世文学と寺院資料・聖教』竹林舎、二〇一〇年十月）参照。

（17）以下、拙著『かくして『源氏物語』が誕生する　物語が流動する現場にどう立ち会うか』（笠間書院、二〇一四年）の「はじめに　源氏物語論へのいざない」において違う観点から述べたことと重なる部分がある。あわせ参照されたい。

(18) オフィーリアと葵の上、あるいは若紫の対応も興味深い問題であるが、本稿では割愛する。
(19) 以下引用する『ハムレット』の原文は『Hamlet』(市河三喜・嶺卓二注釈、研究社、一九七七年、二十三版)による。邦訳は河合祥一郎訳『新訳　ハムレット』(角川文庫、二〇〇七年、五版)によるが、一部、坪内逍遥訳・日高只一註(富山房百科文庫、一九三八年、国会図書館デジタルコレクション、坪内訳と略号)を併用した。以下、父の亡霊の実在をめぐる言説については、ハムレットがプロテスタントの教育を受けたというコンテクストをめぐって議論があるが、『源氏物語』読解のための比較を旨とする本稿の文脈では参照にとどめる。
(20) このことは、ハムレット(「王位を穢す悪の権化。王国と王権を掠め取り、棚から大事な王権をくすねて懐にねじ込みやがった」第三幕第四場、「あいつは、父を殺し、母を汚し、王位を掠め取って俺の希望を打ち砕き、この俺の命を狙って釣り針を垂らし、ひどい策略をめぐらしやがった」第五幕第二場)、父王(「こうしてわしは、眠りのうちに、弟の手によって命も、王冠も、妃も、一遍に奪われたのだ」第一幕第五場)、叔父王(「王　なにしろ、殺人で得たものを俺はまだ手にしているのだから――わが王冠、わが野心、そしてわが王妃」第三幕第三場)と、それぞれの言葉で繰り返し確認する。
(21) 『源氏物語』本文の引用は、石田穣二・清水好子校注の新潮日本古典集成による。
(22) *The Tale of Genji*. translated by Royall Tyler. Penguin Classics Deluxe Edition, 2002.による。
(23) 『ハムレット』の父王も「時が迫っておる。やがて灼熱の拷問を受ける煉獄に戻らねばならぬ」、「こうしてわしは、眠りのうちに、弟の手によって命も、王冠も、妃も、一遍に奪われたのだ。……俗世の罪咲き誇る中、命を絶ち切られ、赦しも受けず、この身に罪を負ったまま神の裁きの庭に引き出されたのだ」とその「罪」を語る(第一幕第五場)。
(24) 『ハムレット』には、夢について、いくつか興味深い箴言が吐かれるが、父の亡霊とは関係ない。
(25) 前掲したように、ホレイシオの目に見えた王の亡霊は「怒りというよりは悲しみの表情で」とあったことも想起したい。
(26) 前掲註(9)西郷信綱『古代人と夢』参照。
(27) 邪視についての私見は、前掲註(5)拙著『日本文学　二重の顔』第五章参照。

(28)『竹取物語』をめぐるこうした読解は、益田勝実「伝承から物語へ——竹取物語の成立——」(『国文学』三〇—八、一九八五年七月)に学んだ。
(29) 以上の引用は日本古典集成巻頭解説。
(30) 那波本、巻五十八(平岡武夫、今井清『白氏文集歌詩索引』同朋舎、一九八九年)。訓読は『和刻本漢詩集成唐詩』第九輯の『白詩長慶集(上)』(巻二十八)に拠る。
(31) この白詩引用については、中西進「紫式部と白楽天」(『ひととき』二〇〇八年一月号)を受け、稲賀繁美「「翻訳の距離」と比較文学の前線」(日本比較文学会編『越境する言の葉　日本比較文学会学会創立六〇周年記念論集』、彩流社、二〇一一年)にユニークな読解がある。
(32) 山本淳子「光源氏の「自嘲」——『源氏物語』柏木巻の白詩引用——」(『中古文学』九二、二〇一三年十一月)に、このように「汝が父」を両様に読む説の研究史が示される。山本はここが「草子地」であることに注意を喚起する。
(33)『ハムレット』にも「ふしだらをしても、いけなかったのと知らぬ顔。(and make your wantonness your ignorance.)」という台詞がある(第三幕第一場)。王妃もまた、亡き夫の亡霊を見ることができなかった。
(34) 柏木の口から「六条の院にいささかなることの違ひめありて、月ごろ、心のうちにかしこまり申すことなむはべりしを、いと本意なう、世の中心細う思ひなりて、病づきぬとおぼえはべりしに、召しありて、院の御賀の楽所のこころみの日参りて、御けしきを賜るはりしに、なほ許されぬ御心ばへあるさまに、御目尻を見たてまつりはべりて、いとど世にながらへむことも憚り多うおぼえなりはべりて、あぢきなう思うたまへしに、心の騒ぎそめて、かくしづまらずなりぬるになむ……」(柏木)などと語られ死に至るこのことを、「果てには睨(にら)み殺し給へるほど」と『無名草子』は要約する。

平安文学における死者の夢
――八代集を中心に――

室城　秀之

一

夢は、異界からのメッセージとしてあった。西郷信綱は、「神話の世界では夢は信ずべきものという以上に公的な意味さえもって」いたという（『古代人と夢』[1]）。また、西郷は、『蜻蛉日記』の石山詣で作者が見た夢について、「仏のみせ給ふにこそはあらめと思ふに……」とあることから、「昔の人にとっては、夢はこうして神や仏という他者が人間に見させるものであった。夢が神的なものとして信じられるのはこのためで、だからそれは「夢の告げ」であり「夢のさとし」でありえた」ともいう。

夢は、神や仏が人に見せる、神秘的なものであった。このことは、我々の共通理解としていいことだと思う。ずいぶんと前のことだが、平安文学におけるいくつかの夢をとりあげて講義をしたことがある。その際、物語や日記文学、説話などに描かれる夢に関して、〈夢の三角形〉を描いて説明した。

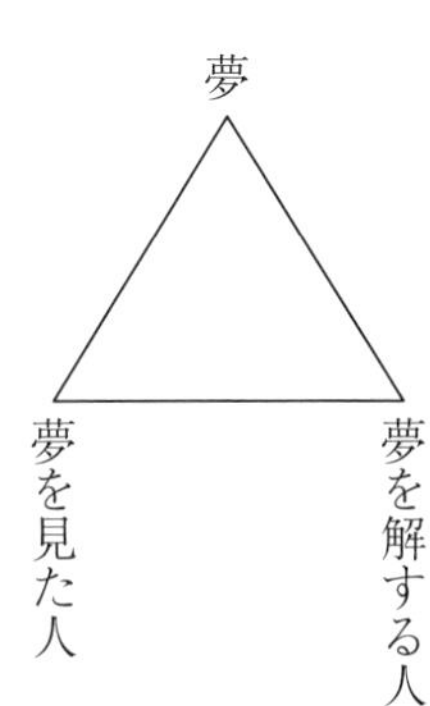

夢を見た人がいる。ところが、その夢が何を意味するものかわからない。だから、その夢が何を意味するのかを解釈しなければならない。そのためには、夢を解釈する特別な能力をもった人が必要とされる。「夢解き」である。正しい解釈をしてくれればいい。でも、誤った解釈をしてしまうと、その夢は実現しない。あるいは、違う夢となってしまう。『大鏡』の師輔(もろすけ)伝に、師輔が見た夢のエピソードが語られている。師輔は、「思しめし寄る行く末のことなどもかなはぬはなくぞおはしましける」人だったが、まだ若かった時に、「朱雀門(すざくもん)の前(まへ)に、左右(さう)の足を、西(にし)・東(ひんがし)の大宮にさし遣りて、北向きにて内裏(だいり)を抱(いだ)きて立てり」という夢を見た。ごく普通に考えて、将来、師輔が朝廷を守護する立場になるという吉夢で、もしそのように解いたら、師輔は、摂政や関白になったものと思われる。だが、師輔がこの夢を見たことを話した時に、それを聞いた「なまさかしき女房」が、「いかに御股(また)痛くおはしましつらむ」といったことによって、この夢が実現せずに、師輔の子孫は栄えたのに、師輔自身は摂政・関白になれなかったという。大宅世継(おおやけのよつぎ)は、「「いみじき吉相(きつさう)の夢も、悪(あ)しざまに合はせつれば、違(たが)ふ」と、昔より申し伝へて侍ることなり」と語っている。この「なまさかしき女房」は夢解きではないが、結果的に、師輔の夢を解いた発言になってしまった。清少納言は、『枕草子』の「うれしきもの」の段で、「いかならむと思ふ夢を見て、恐ろしと胸つぶるるに、事にもあらず合はせなしたる、いとうれし」といっている。「夢解き」のことを、「夢合はせ」とも

いう。不安を感じさせる夢を見ても、その不安を一掃してくれるような夢解きをしてもらうことが、「うれしきもの」だったのである。また、『更級日記』には、長谷寺に代参の法師を行かせて、代わりに夢を見させたことも書かれている。さらに、夢を別の人のものとして解することも、人の夢を取ることもできた。

二

多くの夢は、このように説明できたが、いっぽう、あらためて解釈する必要もない夢もある。たとえば、死んだ者が、この世に生きている人に直接に語りかける夢である。『源氏物語』の「明石」の巻では、亡き桐壺院が、光源氏と朱雀帝それぞれの夢に現れている。なかでも、須磨に流離していた光源氏の夢に現れた桐壺院は、光源氏の手を取って引き立てて、「住吉の神の導き給ふままには、はや、舟出して、この浦を去りね」と告げ、光源氏も、その夢に導かれて、明石へと移っている。須磨に流離中ということで夢解きがまわりにいなかったために解かせることができなかったのではなく、解くまでもなく、光源氏は院の言葉をそのまま信じたのである。

平安文学のなかに、このような死者の夢も少なからずある。

死者の夢に関する先駆的な業績に、石橋臥波の『夢　歴史、文学、芸術及び習俗の上に現はれたる夢の学術的研究』がある。[2] 石橋は、綜説「（乙）平安朝時代」の二「（天）歴史物語等ニ見エタルモノ」の「（甲）前代ニアラハレタルモノ」のなかに、「（五）夢ニ死者ノ霊ニ遇フトスルモノ」の項目を立てて、

◎斉時の室の夢に、亡き人のあらはれて

思ひきや夢の中なるゆめにてもかくよそ〳〵になむものとは

と詠み出でけり。

（栄花物語　衣の珠）

と、

◎賀縁阿闍梨の夢に、前少将（誉賢）は、いたう物思へるさま、後少将（義孝）は、いと心地よげなるさまに見えければ、阿闍梨、君はなど心地よげにてはおはするぞ云々といへば、いとあたはぬさまのけしきにて、

時雨とはちぐさの花ぞ散りまがふなにふる里に袖ぬらすらむ

とよみ給ひて、又誦し給ひける、

昔契二蓬莱宮裏月一、今遊二極楽界中風一

とぞの給ひける。

（大鏡　一三一）

のほか、『源氏物語』の「明石」の巻（故桐壺院が光源氏の夢に現れる）、「総角」の巻（故八の宮が中の君の夢に現れる）、「横笛」の巻（柏木が夕霧の夢に現れる）と、『大鏡』伊尹（朝成の霊が道長の夢に現れる）の例をあげている。

石橋があげた例は、いずれも物語のなかに見られるものである。歴史物語も、物語であるから、それなりのフィクションがあろう。今回は、もう少し当時の人々が見た実際の夢の例として、勅撰和歌集である八代集に見られる

死者の夢を考察したい。

三

『八代集総索引』[3]によって、八代集に見える「夢」の語を数えてみると、次のようになる。[4]

語	古今集	後撰集	拾遺遺	後拾遺集	金葉集	詞花集	千載集	新古今集
夢	22	26	25	17	12	4	36	69
夢うつつ	4	1						1
夢路	5	8		1		1		3
夢の浮橋								1
夢のうち	2	1	1				2	3
夢の通ひ路	1						1	1
夢の心地				1		1	3	2
夢のただ路	1							
夢のなか		1	1					
夢の枕							1	1
夢の世							1	1
合計	35	37	27	19	12	6	44	82

『八代集総索引』は、「和歌自立語篇」の副題がついているように、歌ばかりではなく、序文や、詞書き、左注の例も数えることができて便利だ。それによると、歌には、これほど多く見える「夢」の語が、詞書きには『新古今

集』（一七二〇）の一例、左注には『後拾遺集』（五六五）の一例しか見えない。詞書きと左注で、夢を見て詠んだことがわかるものがあまりにも少ないことに、あらためて驚く。ただ、この索引の、詞書きと左注の例には、いくつか漏れがあると思われるので、八代集の例を、順に考察してゆこう。

『古今集』には例がない[5]ので、『後撰集』から見てゆく。

人を亡くなして、限りなく恋ひて思ひ入りて寝たる夜の夢に見えければ、思ひける人に、かくなむと言ひ遣はしたりければ

藤原玄上の娘

時の間も慰めつらむ覚めぬ間は夢にだに見ぬ我ぞ悲しき

返し

大輔

悲しさの慰むべくもあらざりつ夢のうちにも夢と見ゆれば

（『後撰集』巻二十〈哀傷〉一四二〇・一四二一）

「時の間の」の歌の詠者は、従三位参議刑部卿だった藤原玄上の娘で、『尊卑分脈』に、「延喜前坊（保明親王）妾」と見える人である。また、『大鏡』では、保明親王の御息所の一人として数えられている。歌を贈った大輔は、醍醐天皇の中宮穏子に仕えた人で、保明親王の乳母子でもあった。「時の間も」の歌の詞書きの「人を亡くなして」とある「人」は、この詞書きからは特定できないが、『後撰集』の巻二十に、保明親王が亡くなった翌年の春に、

玄上の娘と大輔が、年が改まっても癒えない悲しみを詠み交わした贈答がある（一四〇六・一四〇七）ので、この「時の間の」と「悲しさの」の贈答も、保明親王の死を悲しんで交わされたものと解されている。保明親王は、醍醐天皇と穏子との間に生まれた皇子で、皇太子だったが、延長元年（九二三）三月二十一日に二十一歳で亡くなった。その早すぎる死は、当時の人々を驚かせ、菅原道真の霊のしわざではないかと噂したという。

　ところで、「時の間の」の歌の詞書きは、やや難解である。亡くなった保明親王の夢を見たのは、誰なのだろうか。「限りなく恋ひて思ひ入りて寝たる」人を、『後撰和歌集全釈』[6]は大輔と解している。亡き保明親王の夢を見た大輔が、「（同じように親王のことを）思ひける人」（玄上の娘）にそれを伝えたために、玄上の娘が「時の間の」の歌を詠んだという内容になる。新日本古典文学大系[7]は、「思ひける人」を「同じく亡くなった人を思っていた人。大輔のことである」と解している。これに従えば、親王の夢を見たのは玄上の娘ということになる。わかりにくい詞書きだが、「かくなむと言ひ遣はしたりければ」とあることを考えると、『後撰和歌集全釈』のように、夢を見たのは大輔と考えたい。次の「悲しさの」も、親王の夢を見た大輔の歌として解して、夢には見たものの、それは夢のなかであって、親王を失った悲しみは慰めることができないと詠んだものである。大輔が親王の夢を見たのがいつの頃かは不明だが、死後そう遠くない頃だと思われる。

　ちなみに、この贈答は、『大鏡』には、少し違うかたちで語られている。

先坊（保明親王）に御息所参り給ふこと、本院の大臣（時平）の御娘具して、三、四人なり。本院のは失せ給ひにき。中将の御息所（貴子）と聞こえし、後は重明の式部卿の親王の北の方にて、斎宮の女御（徽子）の御母にて、そも失せ給ひにき。いとやさしくおはせし。先坊を恋ひ悲しび奉り給ひ、大輔なむ夢に見奉りた

ると聞きて、詠みて送り給へる、

時の間も慰めつらむ君はさは夢にだに見ぬ我ぞ悲しき

御返り言、大輔、

恋しさの慰むべくもあらざりき夢の内にも夢と見しかば

（『大鏡』時平）

『大鏡』の「時の間も」の歌は、先坊（保明親王）のことを「大輔なむ夢に見奉りたる」と聞いた中将の御息所が大輔に送った歌となっている。

『拾遺集』には、二例、死者の夢の例が見える。

題知らず　　　　　　　　　　　　詠み人知らず

うつくしと思ひし妹を夢に見て起きて探るになきぞ悲しき

（『拾遺集』巻二十〈哀傷〉―一三〇二）

「題知らず」の歌だが、哀傷の部立の歌であること、この前の歌の詞書きが「親に後れて侍りける頃、男の訪ひ侍らざりければ」、後の歌の詞書きが「順が子亡くなりて侍りける頃、問ひに遣はしける」であり、それ以外にも、前後に亡き人を思う歌が配列されていることから、この歌も死者の夢の歌と解した。この歌は、『万葉集』の、

うつくしと思ふ吾妹(わぎも)を夢(いめ)に見て起きて探るになきが寂(さぶ)しさ

（『万葉集』巻十二―二九一四）

の異伝歌で、『遊仙窟』の「驚覚攬之、忽然空手」（驚き覚めて之を攬(かひさ)ぐるに、忽然に手を空しくせり）[8]によるものと解されている。いとしいと思っていた亡き妻を夢に見て、夢から覚めてあたりを探っても妻がいないことで、さらに悲しみの思いを強くしたという内容の歌である。この歌は、妻の死からどれほどの時間がたって詠まれた歌なのかはわからない。

○

娘に後れ侍りて　　中務

忘られてしばしまどろむほどもがないつかは君を夢ならで見む

（『拾遺集』巻二十〈哀傷〉―一三一二）

中務が亡くなった娘の夢を見て詠んだ歌である。この娘については、誰と特定はできないが[9]、亡くなった娘を夢以外で見てたいということで、夢を見た時期は不明だが、亡くなった娘をまどろむ度(たび)ごとに夢に見ていたことを詠んだものである。

『後拾遺集』には、多く、死者の夢の例が見える。

子に後れて侍りける頃、夢に見て詠み侍りける

うたた寝のこの夜の夢のはかなきに覚めぬやがての命ともがな

藤原実方朝臣

（『後拾遺集』巻十〈哀傷〉―五六四）

この歌は、『後拾遺集』の亡くなった子を夢に見て詠んだ歌である。私もはかない子の夢を見たまま死んでしまいたいと、切ない父の心情を詠んでいる。詞書きに、「子に後れて侍りける頃」とあるから、娘の死後そう遠くない頃に詠まれた歌だろう。

「この夜の夢」の「こ」に、「子」を掛けた、藤原実方が亡くなった子を夢に見て詠んだ歌である。

この歌は、『実方集』には、「こそ君」という子が亡くなった時の歌として採られている。

こそ君といふ子亡くなりて、七月八日、朝ぼらけに

たなばたの今朝の別れに比ぶればなほこはまさる心地こそすれ

同じ頃、この亡き人を、泣き寝の夢に見て

うたた寝のこのよの夢のはかなきに覚めぬやがてのうつつともがな

（『実方集』四四―四五）

また、『今昔物語集』にも、「愛しける幼き子」に先立たれた時の歌として見える。

また、この実方の中将、愛しける幼き子に後れたりける頃、限りなく恋ひ悲しんで寝たりける夜の夢に、その児の見えたりければ、驚き覚めて後、かくなむ、

うたた寝のこの夜の夢のはかなきに覚めぬやがての命ともがな

となむ言ひて、泣く泣く恋ひ悲しびける。

（『今昔物語集』巻二十四―三七「藤原実方朝臣、於陸奥国読和歌語」）

◯

父のみまかりにける忌みに詠み侍りける　藤原相如の娘

夢見ずと嘆きし人をほどもなくまたわが夢に見ぬぞ悲しき

この歌は、粟田の右大臣みまかりて後、かの家に父の相如宿直して侍りけるに、「夢ならでまたも会ふべき君ならば寝られぬ寝をも嘆かざらまし」と詠みて、ほどもなくみまかりにければ、かく詠めるとなむ言ひ伝へたる。

（『後拾遺集』巻十〈哀傷〉―五六五）

この歌は、藤原相如の娘が、父相如の忌みの期間に、亡き父のことを夢に見ることがないことを嘆いたもので、娘は父を夢には見ていないが、亡き父のことを夢に見ることがあったことを前提にした歌だから、考察しておこう。父相如も、また、「夢見ずと嘆きし人」であった。相如は、生前、誰のことを夢に見ないことを嘆いたのか、この歌だけではわからない。左注によれば、相如は、「粟田の右大臣」（藤原道兼）が亡くなった後に、宿直をしていて、

道兼が夢に見えないことを嘆いて、「夢ならでまたも会ふべき君ならば寝られぬ寝をも嘆かざらまし」と詠んで、じきに亡くなったという。ここも、相如は、亡き道兼のことを夢に見ることが当然だと思っていたことになる。相如は、道兼の家司（けいし）だったと考えられている。娘が亡き父のことを夢に見られないことを嘆くとともに、相如も亡き道兼のことを夢に見られないことを嘆く関係だったことになる。

道兼と相如は、ともに、長徳元年（九九五）、道兼は五月八日に、相如は、道兼の後を追うように、二十九日に亡くなっている。この年は、疫病が流行った年で、道兼の兄道隆も亡くなっている。このことは、『栄華物語』巻四「見果てぬ夢」にも語られている。道兼は、道隆の後を襲って関白になったが、七日間で亡くなったので、「七日関白」といわれた。

「夢ならで」の歌は、『相如集』には、

二条殿失せ給ひて、あはれ限りなしかし
夢ならでまたも見るべき君ならば寝られぬ寝（い）をも嘆かざらまし
（『相如集』六五）

とある。「二条殿」は、道兼のことで、屋敷が二条にあったことからいう。

〇

『後拾遺集』には、藤原義孝の歌が三首並んで採られている。

しかばかり契りしものを渡り川帰るほどには忘るべしやは

この歌、義孝の少将わづらひ侍りけるに、「亡くなりたりとも、しばし待て。経読み果てむ」と、妹の女御に言ひ侍りて、ほどもなくみまかりて後、忘れてとかくしてければ、その夜（よ）、母の夢に見え侍りける歌なり。

時雨（しぐれ）とは千くさの花ぞ散り紛ふなに古里に袖濡らすらむ

この歌、義孝隠れ侍りて後、十月ばかりに賀縁法師の夢に、心地よげにて笙（しょう）を吹くと見るほどに、口をただ鳴らすになむ侍りける、「母のかくばかり恋ふるを、心地よげにては、いかに」と言ひ侍りければ、立つを引きとどめて、かく詠めるとなむ言ひ伝へたる。

着て萎（な）れし衣の袖も乾かぬに別れし秋になりにけるかな

この歌、みまかりて後、明くる年の秋、妹の夢に少将義孝歌とて見え侍りける。

（『後拾遺集』巻十〈哀傷〉―五九八―六〇〇）

三首ともに、詞書きも詠者名もなく、左注によって詠歌状況と詠者名がわかる点で異例である。義孝は、天延二年（九七四）九月十六日に、その年流行した疱瘡（ほうそう）にかかって亡くなっている。時に、右少将だった。同じ日に兄の左少将挙賢（たかかた）も先だって亡くなったので、挙賢を前少将、義孝を後少将と称した。義孝は、『大鏡』に、「極めたる道心者」と語られているように、仏道への思いが強かった人だった。

「しかばかり」の歌は、左注によると、義孝が、亡くなる前に、「妹の女御」（義孝の姉の、冷泉天皇の女御懐子（かいし））に、死んでも経を読み終えるまで葬儀をしないでほしいと頼んでおいたのに、懐子がそのことを忘れて、葬儀をしてしまったために、その夜に義孝の母（代明親王の娘、恵子女王）の夢に義孝が現れて詠んだ歌だという。

「時雨とは」の歌は、義孝の死後、十月頃に、義孝が賀縁法師の夢に現れて詠んだ歌で、夢のなかで、義孝が笙の笛を吹いているかのように口笛を吹いているので、賀縁が、「母上が恋しく思って悲しんでいるのに、なぜそんなに気持ちよさそうにしているのか」と尋ねた時に、立とうとした賀縁を引きとめて詠んだ歌だという。歌は、「ここ極楽浄土では、いろいろな美しい花が時雨のように散り乱れています。それなのに、古里ではどうして時雨で袖を濡らしているのでしょうか」という意味である。まだ、死後四十九日を経ずして、極楽浄土に生まれ変わった義孝が夢に現れたことになる。

「着て萎れし」の歌は、死んだ翌年の秋に、妹の夢に見えたものだという。義孝の妹は女御懐子のほかに、為光の北の方もいるので、誰のことか確定できない。歌は、「着て身に萎れた衣の袖もまだ乾かないのに、別れた秋にふたたびなったことだ」の意味である。一周忌近くになって、妹の夢に現れて詠んだ歌だが、この一連の歌は、『義孝集』にも、順序は違うが、採られている。

　疱瘡やみ給ひて、「死ぬべき心地のするかな。死ぬるか。さなりとも、しばしは、とかくなせそ。誦経し果てむの心侍り」と、女御の御前に聞こえ給ひけるを忘れ給ひて、疾く納め奉り給ひてければ、母上の御夢に

　　しかばかり契りしものを渡り川帰るほどには忘るべしやは

　またの年の秋、六の君の御夢に、この君の御文ありけるに

　　着て萎れし衣の袖も乾かぬに別れし秋になりにけるかな

失せ給ひての十月ばかりに、清円(せいえん)僧都の夢に、父のおとどのおはする所に、物を隔てて兄君とおはするに、兄の少将はもの思はしげにて、笙(しやう)の笛を吹き給ふを見れば、ただ御口の鳴るなりけり。「など、母上の、兄君よりも恋ひ聞こえ給ふを、御心地よげにてはおはする」と聞こゆれば、いと合はず思したる気色にて、

　立つ袖を引きとどめて、かくのたまふ

時雨とは千くさの花ぞ散り紛ふなに古里の袖濡らすらむ

（『義孝集』七七―七九）

また、『大鏡』と『今昔物語集』にも見える。『大鏡』は、石橋臥波が指摘したものである。

　かの後少将は、義孝とぞ聞こえし。御容貌(かたち)いとめでたくおはし、年ごろ極めたる道心者(だうしんざ)にぞおはしける。病重くなるままに、生くべくもおぼえ給はざりければ、母上に申し給ひけるやう、「おのれ死に侍りぬとも、とかく例のやうにせさせ給ふな。しばし法華経誦(ずん)じ奉らむの本意(ほい)侍れば、必ず帰りまうで来べし」とのたまひて、方便品(はうべんほん)を読み奉り給うてぞ失せ給ひける。その遺言を母北方忘れ給ふべきにはあらねども、ものもおぼえでおはしければ、思ふに人のし奉りてけるにや、枕返し何やと、例のやうなるありさまどもにしてければ、え帰り給はずなりにけり。後に、母北の方の御夢に見え給へる、

　　しかばかり契りしものを渡り川帰るほどには忘るべしやは

とぞ詠み給ひける、いかにくやしく思しけむな。

　さて、ほど経て、賀縁阿闍梨と申す僧の夢に、この君たち二人おはしけるが、兄前少将、いたうもの思へる

さまにて、この後少将は、いと心地よげなるさまにておはしければ、阿闍梨、「君は、など心地よげにてはおはする。母上は、君をこそ、兄君よりはいみじう恋ひ聞こえ給ふめれ」と聞こえければ、いとあたはぬさまのけしきにて、

　時雨とは蓮の花ぞ散り紛ふなに古里に袂濡らすらむ

などうち詠み給ひける。さて後に、小野の宮の実資（さねすけ）のおとどの御夢に、おもしろき花の陰におはしけるを、うつつにも語らひ給ひし御仲にて、「いかでかくは。いづくにか」とめづらしがり申し給うければ、その御いらへに、

　昔ハ契リキ、蓬莱宮ノ裏（うち）ノ月ニ、今ハ遊ブ、極楽界ノ中（うち）ノ風ニ、

とぞのたまひけるは、極楽に生まれ給へるにぞあなる。かやうにも夢など示い給はずとも、この人の往生疑ひ申すべきならず。

（『大鏡』伊尹）

今は昔、右近少将藤原義孝といふ人ありけり。これは、一条の摂政殿の御子なり。容貌（かたち）・ありさまよりはじめて、心ばへ・身の才（ざい）、皆人にすぐれてなむありける。また、道心なむ深かりけるに、いと若くして失せにければ、親しき人々嘆き悲しみけれども、効（かひ）なくてやみにけり。しかるに、失せて後（のち）、十月（とつき）ばかりを経て、賀縁といふ僧の夢に、少将、いみじく心地よげにて、笛を吹くと見るほどに、ただ口の鳴らすなむありける、賀縁、これを見て言はく、「母の、かばかり恋ひ給ふを、いかにかく心地よげにてはおはするぞ」と言ひければ、少将答ふることはなくして、かくなむ詠みける、

　時雨には千くさの花ぞ散り紛ふなに古里の袖濡らすらむ

と。賀縁、覚め驚きて後泣きける。また、明くる年の秋、少将の御妹の夢に、少将、妹に会ひて、かくなむ詠みける、

着て馴れし衣の袖も乾かぬに別れし秋になりにけるかな

と。妹、覚めて驚きて後なむ、いみじく泣き給ひける。また、少将、いまだわづらひける時、妹の女御、少将いまだ失せたりとも知らで、「経読み果てむ」と言ひけるほどに、ほどなく失せにければ、その後、忘れて、その身を葬りてければ、その夜、母の御夢に、かくなむ、

しかばかり契りしものを渡り川帰るほどには忘るべしやは

と。母、驚き覚めて後、泣き惑ひ給ひけり。

（『今昔物語集』巻二十四―三九「藤原義孝朝臣、死後読和歌語」）

諸書によって、かなり違いがあり、説話化されたものらしい。特に、「時雨とは」の歌が詠まれた時期は、『義孝集』には「失せ給ひての十月ばかりに」、『大鏡』には「ほど経て」、『今昔物語集』には「失せて後、十月ばかりを経て」とあるが、義孝が九月十六日に亡くなったことを考えると、亡くなった翌月の歌とすべきであろう。

〇

逢ふことを夕暮れごとに出で立てど夢路ならでは効なかりけり

ある人言はく、この歌、思ふ女を置きてみまかりける男の娘の夢に、「これかの女に取らせよ」とて詠み侍りける。

娘の、かの女のもとに遣るとて詠み侍りける

泣く泣くも君には告げつ亡き人のまた返り言いかが言はまし

女、いみじく泣きて、返り言に詠み侍りける

先に立つ涙を道のしるべにて我こそ行きて言はまほしけれ

（『後拾遺集』巻十〈哀傷〉―六〇一―六〇三）

これも、左注で、詠歌状況がわかる歌で、愛する女を遺して死んだ男が、娘の夢に現れて、歌をその女に渡してくれと頼んだものである。男は、なぜか、直接その女の夢に現れていない。この娘は、その女に自分の歌を詠んで、父親の歌を送り、その女も、娘に歌を返している。この歌も、男が死んでそう時間がたっていない頃のものであろう。

『金葉集』には、二例、死者の夢がある。

律師長済みまかりて後、母のその扱ひをしてありける夜の夢に見えける歌

たらちめの嘆きを摘みて我がかく思ひの下になるぞ悲しき

（『金葉集』巻十〈雑部下〉―六一五）

長済は、藤原家経の子で、永保二年（一〇八二）に亡くなっている。「たらちめの」の歌は、その「扱ひ」（葬儀）の夜に、長済が母の夢に現れて詠んだものである。

○

みまかりて後久しくなりたる母を夢に見て詠める

夢にのみ昔の人をあひ見れば覚むるほどこそ別れなりけれ

権僧正永縁

（『金葉集』巻十〈雑部下〉―六一八）

「昔の人」とは、亡き母のことで、永縁は、母の死後「久しくな」って後に夢に見て、夢から覚めることが母との別れだと詠んでいる。「久しく」とあるから、死後かなりの時間がたってからのものかと思われる。母は、死後、「久しく」なって、子の夢に現れて歌を詠んだのである。

○

『千載集』にも、一例、死者の夢がある。

わづらひ侍りけるがいと弱くなりにけるに、いかなる形見にかありけむ、山吹なる衣（きぬ）を脱ぎて、その女に遣はし侍りける

藤原道信朝臣

くちなしの園にやわが身入りにけむ思ふことをも言はでやみぬる

また言はく、みまかりて後、女の夢に見えてかく詠み侍りけるとも。

（『千載集』巻九〈哀傷〉―五四九）

道信は、正暦五年（九九四）七月十一日に、二十三歳で亡くなっている。詞書きによれば、生前に、形見として女に「山吹なる衣」を贈った歌である。『道信集』にも、

いたうわづらひ給ひければ、ほかに渡し奉りけるに、限りに思しければ、北の方の御もとへ山吹なる衣奉り給ふとて

くちなしの色にや深く染みにけむ思ふことをも言はでやみにし

（『道信集』九三）

と採られている。「くちなしの園」とは、死後の世界のことで、「くちなしの園にやわが身入りにけむ」とあるから、生前の歌というよりも、『千載集』の左注にあるように、亡くなってからの歌と見るほうが自然であろう。この歌も、道信の死後そう遠くない頃のものだろう。

『新古今集』には、三例、死者の夢の例が見える。

藤原定通みまかりて後、月明かき夜、人の夢に、殿上になむ侍るとて詠み侍りける歌

古里を別れし秋を数ふれば八年（やとせ）になりぬ有明の月

（『新古今集』巻八〈哀傷〉―七九八）

藤原定通は、永久三年（一一一五）八月二十四日に、若くして急逝している。この夢を見た「人」は、誰のこと

かわからない。歌によって、死後八年を経て、定通がある人の夢に現れて詠まれたものであることがわかる。

○

一条院隠れ給ひにければ、その御ことをのみ恋ひ嘆き給ひて、夢にほのかに見え給ひければ

上東門院

逢ふことも今はなき寝の夢ならでいつかは君をまたは見るべき

（『新古今集』巻八〈哀傷〉―八一一）

一条院は、寛弘八年（一〇一一）年六月二十二日に亡くなっている。「逢ふことも」の歌は、亡き院を夢に見た上東門院彰子が詠んだものだが、詠まれた時期は不明である。『栄華物語』には、院が亡くなった翌年の一月の記事に、

宮の御前（彰子）、返す返す思し嘆かせ給ひて、大殿籠もりたる暁方の夢に、院のほのかに見えさせ給ひければ、

逢ふことを今は泣き寝の夢ならでいつかは君をまたは見るべき

とて、いとど御涙堰きあへさせ給はず。

（『栄華物語』巻十「ひかげのかづら」）

とあって、院が亡くなって七か月ほどたってのこととしている。

○

後一条院中宮隠れ給ひて後、人の夢に
古里に行く人もがな告げやらむ知らぬ山路に一人惑ふと

（『新古今集』巻八〈哀傷〉―八一四）

後一条院の中宮藤原威子（いし）は、長元九年（一〇三六）九月六日に亡くなっている。「古里に」の歌は、威子がある人の夢に現れて詠んだもので、この歌も詠まれた時期はわからない。歌に、「知らぬ山路に一人惑ふと」とあるから、まだ威子が中有（ちゅうう）に迷っている時のものである。

四

以上の八代集に見られる、実際に死者を見た夢十四例を、「部立」、「夢に現れた人」「夢を見た人」、その両者の「関係」、「夢」を見た時期によって表にすると、次のようになる。

勅撰集	歌	部立	夢に現れた人	夢を見た人	関係	夢を見た時期
後撰集	悲しさの	巻二十（哀傷）	保明親王	大輔	親王と乳母子	死後ほどなく？
拾遺集	うつくしと	巻二十（哀傷）	妻	夫	妻と夫（夫婦）	不明
拾遺集	忘られて	巻二十（哀傷）	娘	中務	娘と母（親子）	不明
後拾遺集	うたた寝の	巻十（哀傷）	子	藤原実方	子と父（親子）	死後ほどなく？

後拾遺集	しかばかり	巻十（哀傷）	藤原義孝	義孝の母	子と母（親子）	葬儀の夜
後拾遺集	時雨とは	巻十（哀傷）	藤原義孝	賀縁	義孝と法師	四十九日前
後拾遺集	着て萎れし	巻十（哀傷）	藤原義孝	義孝の妹	義孝と妹（兄妹）	一周忌近く
後拾遺集	逢ふことを	巻十（哀傷）	ある男	ある男の娘	男と娘（親子）	死後ほどなく？
金葉集	たらちめの	巻十（雑下）	長済	長済の母	子と母（親子）	葬儀の夜
金葉集	夢にのみ	巻十（雑下）	永縁の母	永縁	母と子（親子）	「久しくなり」て
千載集	くちなしの	巻九（哀傷）	藤原道信	道信の妻	夫と妻（夫婦）	死後ほどなく？
新古今集	古里を	巻八（哀傷）	藤原定通	人	不明	死後八年
新古今集	逢ふことも	巻八（哀傷）	一条院	彰子	夫と妻（夫婦）	不明
新古今集	古里に	巻八（哀傷）	威子	人	不明	不明

死者の夢の例が見えるのは、あたりまえのことだが、部立は「哀傷」である。『金葉集』には、「哀傷」の部立がないので、「雑下」に採られている。「夢に現れた人」「夢を見た人」との関係は、親子と夫婦が多い。『後撰集』の「悲しさの」の歌の「親王と乳母子」も、これに準じて考えていいと思う。また、『後拾遺集』の「着て萎れし」の歌の「兄妹」も、血縁関係がある。『後拾遺集』の「時雨とは」の歌は、法師が見たもので、義孝と賀縁には個人的な関係があるのだろう。『新古今集』の「古里を」と「古里に」の歌は、「人」とだけあって、なぜ、『新古今集』が特定しなかったのか、あるいは、できなかったのかは、不明とするしかない。「夢を見た時期」に関しては、葬儀の夜の例もあるし、死後八年もたってからのものもある。また、『後拾遺集』の「時雨とは」の歌のように死後往生した後に夢に現れたものもあるし、『新古今集』の「古里に」の歌のように中有に迷って夢に現れたものもあってさまざまである。

なお、死者の夢は私家集にも例が見えるが、今回は、紙数の関係もあって、八代集に限って考察した。いずれ、私家集に見える死者の夢についても考察したい。

註

（1）西郷信綱『古代人と夢』（一九七二年五月、平凡社、平凡社選書）。
（2）石橋臥波『夢　歴史、文学、芸術及び習俗の上に現はれたる夢の学術的研究』（一九〇七年一〇月、宝文館）。
（3）ひめまつの会編『八代集総索引』（一九八六年一二月、大学堂書店）。
（4）『金葉集』は、二度本のものとした。また、表の「夢」のなかには、「うたた寝の夢」「仮寝の夢」「旅寝の夢」「蝶の夢」「見果てぬ夢」を含む、「夢うつつ」のなかには、「夢かうつつか」を含んでいる。
（5）『古今集』の「命にもまさりて惜しくあるものは見果てぬ夢の覚むるなりけり（恋二―六〇八）の壬生忠岑の歌は、題知らずの歌として採られているが、『忠岑集』では、「昔ものなど言ひ侍りし女の亡くなりしが、暁方に夢に見えて侍りしかば」の詞書きで、忠岑が、亡くなった恋人を見た時の歌として採られている。
（6）木船重昭『後撰和歌集全釈』（一九八八年一一月、笠間書院、笠間注釈叢刊）。
（7）片桐洋一『後撰和歌集』（一九九〇年四月、岩波書店、新日本古典文学大系）。
（8）訓読は、醍醐寺本の訓による。
（9）稲賀敬二は、『中務』（一九九九年四月、新典社、日本の作家）で、中務が娘の井殿の死を悲しんだ歌と解している。

（付記）なお、本文の引用は、歌集の引用は国歌大観、それ以外は新編日本古典文学全集により、表記などは読みやすいように適宜私に改めた。

〈懐妊をめぐる夢〉の諸相
――説話と物語のあいだ――

藤井　由紀子

はじめに

日本古典文学には、ある人物の誕生の際に、その母の懐妊に関わって描かれる夢のパターンがある。特に、高僧の出生譚に特徴的に見られるそれらの霊夢・瑞夢は、「入胎夢」とも称され[1]、「出生譚の中核となって機能し、当該僧侶の神格化を推進せしめる」意義を持つことが指摘されている[2]。

一方で、作り物語においても、宗教的な神秘性は薄れるものの、やはり、受胎を象徴的に表すと思しき夢を見出すことができる。その一つに、『源氏物語』若菜下巻に描かれる、女三の宮との逢瀬の合間に柏木の見た猫の夢が挙げられる。この柏木の夢について、旧稿[3]においては、説話に描かれる霊夢との共通性に着目して、モノの授受にこそ懐妊の象徴性があることを指摘した。

しかしながら、説話と物語の言説には、ジャンルの特性を反映した、大きな隔たりがあることもまた事実である。よって、本稿では、その差異に注目し、それぞれの夢がどのような機能をもって描かれているのかを考察していくこととしたい。

なお、本稿の対象としては、平安・鎌倉時代成立の作品を中心とする。また、物語においては、説話に見られるほどの一定の型はないため、必ずしも受胎そのものを表す夢に限らず、何らかの形で懐妊と繋がる要素を持つ夢すべてを扱うこととし、それらを含めて、広義に〈懐妊をめぐる夢〉と呼ぶこととする。

一　説話における懐妊の夢

まず、説話における〈懐妊をめぐる夢〉を見ていくこととする。

説話における〈懐妊をめぐる夢〉は、そのほとんどが受胎を暗示させるもので、高僧の伝記に描かれることが圧倒的に多い。そのような霊夢については、すでに、関口忠男氏による詳細な分析がある。(4)ただし、氏が分析の対象とされた『本朝高僧伝』は、元禄十五年（一七〇二）の成立であり、「先行の各種の僧伝類を総括的に活用して編集」された性格上、個々の僧伝は「成長・変化の到達点としてのもの」と考えられるため、平安・鎌倉期成立の作り物語との直接の比較対象とするには問題があると思われる。同時代の説話集に描かれた、いわば〈始発点〉における霊夢の様相を探るために、ここでは、菊地良一氏による調査(5)を参考としたい。氏は、古代から中世にいたる二十一の主要説話集(6)における夢を分類整理されており、その中に「入胎の夢」の項目を立て、各説話集における該当話の用例数を挙げられている。今、それを基に、該当話を調査し直し、改めて用例数を確認したものが、次の一覧となる。菊地氏の分類では、用例数のみが提示されているが、「入胎の夢」によって生まれる人物名もあわせて列挙した。なお、人物名は一般的なものを挙げ、本文における呼称がそれと異なる場合は（　）に入れて下に示した。

また、複数の説話集において語られる同一人物については、同種類の傍線を付してある。

『三宝絵』二例　聖徳太子（上宮太子）／円珍（智證）
『日本往生極楽記』二例　聖徳太子／千観
『大日本国法華経験記』二例　聖徳太子／源信
『本朝神仙伝』二例　聖徳太子（上宮太子）／陽勝
『拾遺往生伝』五例　善仲・善算[7]／最澄／安恵／浄蔵／相応
『後拾遺往生伝』二例　性信（二品親王）／慈恵（良源）
『三外往生記』二例　増全／性信（二品法親王）
『今昔物語集』八例　釈迦／天竺国王／僧智／聖徳太子／弘法大師／円珍（智証）／源信／千観
『高野山往生伝[8]』二例　良禅／頼西
『古今著聞集』三例　聖徳太子／性信／行尊
『私聚百因縁集』三例　聖徳太子／円珍（智證）／源信

以上を概算すると、のべ三十三例、実数としては二十名の霊夢が確認できるということになる。この数字は決して大きいものではない。往生伝の中では最多の『拾遺往生伝』の五例も、九十四例中の数字であり、全体のわずか五パーセントほどに過ぎない。その根本的な理由として、それほど高名ではない人物については、父母の素性も詳らかではなく、両親について語られない場合には、出生の際の霊夢が描かれる余地がないことが考えられるが、逆に言えば、伝記が整えば整うほど、霊夢が描かれる可能性が高くなるということにもなろう。右の一覧を見てもわかる通り、出生時に夢のエピソードを持つ人物は、「日本仏教史上の錚々たる高僧たち[9]」であることを重視すべきである。『拾遺往生伝』を例にとれば、上中下三巻それぞれの巻頭には、必ず霊夢によって生まれた高僧（上＝善仲・善算、中＝浄蔵、下＝相応）の伝記が置かれており、霊夢による出生譚を持つことが、伝記の理想型の一つとみなされていたことがうかがわれるのである。

さて、このような出生譚の原型に、聖徳太子の伝記があることは疑いない。さまざまな説話集でくり返し語られるその霊夢を、今一度確認しておくこととしよう。『今昔物語集』から引いておく。

今昔、本朝ニ聖徳太子ト申聖御ケリ。用明天皇ト申ケル天皇ノ、始テ親王ニ御ケル時、突部ノ真人ノ娘ノ腹ニ生セ給ヘル御子ナリ。初メ、母夫人、夢ニ、金色ナル僧来テ云、「我ハ世ヲ救誓有。暫ク其御胎ニ宿ムト思」ト。夫人答テ云ク、「此、誰ガ宣ヘルゾ」ト。僧宣ハク、「我ハ救世ノ菩薩也。家ハ西ニ有リ」ト。夫人ノ云、「我ガ胎ハ垢穢也。何ゾ宿リ給ハムヤ」ト。僧宣ハク、「我垢穢ヲ不厭」ト云テ、踊ロノ中ニ入、ト見テ夢覚ヌ。其後、喉中ニ物ヲ含タルガ如ク思ヘテ、懐妊シヌ。（巻十一―一・四頁）

母妃の夢に、観音菩薩の化身である「金色ナル僧」が現れ、世を救うためにその腹に宿りたいといい、口の中に入ってくる。夢から覚めたのち、妃は懐妊し、そして生まれたのが聖徳太子であった。

『今昔物語集』における太子伝は、基本的には『三宝絵』の太子伝によって形成されているとされるが、この「金色ナル僧」との問答による懐胎の夢は、『日本往生極楽記』（『大日本国法華経験記』もほぼ同文）に拠るものであることが指摘されている。(10) そして、『日本往生極楽記』が典拠とするのが、聖徳太子にまつわる伝承を集大成した書とされる『聖徳太子伝暦』なのだが、ここで注目したいのは、『伝暦』には、母妃が夢を見たあとに、次のようなくだりが付されているという点である。

妃意太奇語二皇子一。々々答云。伱之所レ育必得二聖人一。自レ此以後。始知レ有レ娠。（一二六頁）

霊夢を得た妃は、不思議に思って夫である皇子（用明天皇）にその夢を語り、皇子は、「生まれる子は必ず聖人となるだろう」という夢解きをするのである。このくだりは、『聖徳太子伝暦』に先だって成立した『上宮聖徳太子伝補闕記』には見られないものであるが[11]、おそらく、その発想の根源には、『過去現在因果経』に語られる釈迦の出生譚がある。

周知の通り、釈迦の誕生にも霊夢が関わっている。母である摩耶夫人は、「六牙白象」に乗った菩薩が、「従二右脇一入」という夢を見る。夢覚めたのち、夫である白浄王（浄飯王）にその「瑞相」を語ると、王も「我向亦見レ有二大光明一」（六二四頁）と答えるのである。この展開が、太子伝のそれと酷似していることはいうまでもない。『今昔物語集』には、この『過去現在因果経』を典拠とする釈迦伝が巻一―一に置かれているが、そこでは、浄飯王は「我モ又如此ノ夢ヲ見ツ」（五頁）と、同じ夢を見たことになっており、〈二人同夢〉の形をとって、夢への参画がより強化されて描かれてもいる。

しかしながら、今、問題にしなければならないのは、このような釈迦の出生譚を根源に持ち、その伝記形成の根幹に『聖徳太子伝暦』を置きながらも、『日本往生極楽記』以下の説話集における聖徳太子伝は、その出生に関わる霊夢に対する父の関与を、まったく無視してしまっているという点にある。夢の部分が、『伝暦』の記述に忠実なことを考えれば、それは、意図的な排除であると捉えてよいであろう。この父の関与の軽視という姿勢は、何も太子伝に限ったことではない。先に見た諸説話集における三十三例の夢は、たった一例の例外（最澄）を除けば、すべてが母によって見られたものであり、その文脈における父の存在感はきわめて薄いのである。今、いくつかの話を挙げてみる。

●『三宝絵』巻下
智證大師ハ讃岐国ノ人也。其母夢ニソラノ日ヲ口ニ入トミテハラメリ。（二二一頁）

●『本朝神仙伝』
陽勝は、能登国の人なり。俗姓は紀氏なり。その母夢に日の光を呑むとみて、身むことありて生めり。（二六五頁）

●『拾遺往生伝』巻中
大法師浄蔵は、俗姓三善氏、右京の人なり。父は参議宮内卿兼播磨権守清行卿、第八の子なり。母は嵯峨皇帝の孫なり。嘗母夢みらく、天人来りて、懐の中に入るとみたり。覚めて後、身むことあり。（三一九頁）

●『今昔物語集』巻十一
今昔、弘法大師ト申ス聖御ケリ。俗姓ハ佐伯ノ氏。讃岐ノ国、多度ノ郡、屛風ノ浦ノ人也。初メ、母阿刀ノ氏、夢ニ、聖人来テ胎ノ中ニ入ル、ト見テ、懐妊シテ生ゼリ。（三〇頁）

●『古今著聞集』巻二
性信二品親王は三条院の末の御子、御母は小一条の大将済時卿の女なり。昔、母后の御夢に胡僧来たりて、「君の胎に託せんと思ふ」と申しけり。その後懐妊し給ひけり。（九五頁）

すでに、旧稿においても指摘したが、これらの夢は、日輪を呑む、聖人が身体に入る、などの典型的な懐妊を表す要素を伴って、人智を超えた存在と母との直接的な接触が描かれていると捉えられる。そもそも、懐妊という現象が、女性の身体にしか起こらないものである以上、それを示す霊夢において母の存在が大きくなるのは、至極当然のこととして理解できよう。さらに、父の不在が強調されることによって、その懐妊が、始原的には、処女受胎のイメージを伴うものとして描かれていることも見てとれる。すなわち、霊夢によって授かった人物は、父の胤ではないのである。聖徳太子伝における「金色ナル僧」の「暫ク其御胎ニ宿ムト思」という台詞、あるいは、右に挙げた性信の出生譚における「胡僧」の「君の胎に託せんと思ふ」という台詞[12]に顕著に表されている通り、これらの夢が指し示しているのは、聖人側が「胎」を選んで降りてくるという構図である。そこに、父の存在が不要であることはいうまでもない。むしろ、父が不在であればあるほど、生まれてくる人物の聖性は高められるともいえようか。

このように、本朝の説話集に見られる懐妊の霊夢は、基本的には、聖なるものと母との、他者を介さないダイレクトな交渉を示すものであると位置づけることができる。それを、聖母マリアの処女受胎に代表される、「より広い「感精譚」と呼ぶ話型」の系譜に連なるものと捉えることも可能であろう[13]。だとすればなおさらのこと、それを象徴的に表す夢において母なる人に焦点が絞られることは、なかば必然のこととして把捉できるのである。

二　父という存在

前節において、平安・鎌倉期の懐妊の夢に関わる説話には、夢を見る人物を母に設定し、同時に、父の存在を排除することによって、それが霊夢であることを強調しようとする姿勢が見られることを確認した。ただし、そこには、いくつかの例外も見られる。本節では、それらの例外について考察を加えていくこととする。

先に少し触れたが、前節で取り上げた懐妊の霊夢を持つ説話のうち、唯一、夢を見る人物を父に設定するのが、『拾遺往生伝』に載る最澄の出生譚である。

叡山根本大師最澄は、俗姓三津氏、近江国志賀郡の人なり。（中略）父百枝常に子なきを歎きて、衆の神に祈請せり。已に叡山の左脚の神宮に詣でつ。その地景趣幽閑にして、香気芬郁たり。即ち草庵を結びて、香花を供養す。今の神宮禅院これなり。偏に一事を祈りて、もて七日を限れり。第四日の暁に、好き夢を得て帰りぬ。遂に身むことあり。神護景雲元年〈丁未〉大師誕生せり。（上・二八三頁）

『拾遺往生伝』の最澄伝は、『叡山大師伝』を「抄録し文章を潤色したもの[14]」とされるが、この夢のくだりは『大師伝』もほぼ同内容で、「四日五更。夢感二好相一。而得二此児一。」（八〇頁）と記される。この話は、これまでに見てきた高僧の出生譚とは異なる要素が多いのだが、やはり、他の説話集もこれを異色と捉えたのか、たとえば、『三宝絵』における最澄の伝記は、次のようになっている。

大師俗ノ姓ハミツノ氏、近江国志賀郡ノ人也。イトタウトクシテ心サカシ。七歳ニシテサトリアキラケシ。アマタノコトヲカネシレリ。（下・一四二頁）

『三宝絵』の最澄伝も、『拾遺往生伝』と同じく『大師伝』に依拠するものであるが、出生時の挿話を省き、「七歳」の時から語られ始めている。つづく『大日本国法華経験記』もほぼ同文で、やはり、父の見た夢は載せられていない。なぜ『拾遺往生伝』がこの父が夢見るくだりを採用をしたのか、その理由は不明であるが、ここには母なる人が一切登場しないという点において、前節の考察結果に反する内容であることは確かである。「好き夢を得て帰りぬ」という、父が霊夢を得たという一文に、そのまままつづけて「遂に身むことあり」と懐妊を示す一文が連結するこの文脈は、「母」という主語すら省かれてしまったその勢いで、あたかも父が懐妊したかのような錯覚すら生じさせる。それほどまでに、この話には、母が不在なのである。

ここで注目しなければならないのは、この最澄伝には、もう一つ、これまでに見た典型的な懐妊の霊夢にはなかった要素が含まれているという点である。その要素とは、「衆の神に祈請せり」、「偏に一事を祈りて、もて七日を限れり」という〈祈り〉に他ならない。

実は、前節で挙げた二十名の出生譚のうち、神仏に祈請して子を授かるという、いわゆる〈申し子譚〉的な展開を持つものは意外と少ない。最澄の他には、千観（→観音）、源信（→高尾寺）、相応（→仏天）、良源（→三宝）、頼西（→長谷寺）の五名のみとなる。(15) うち、相応以外の四名は、祈るのも母、霊夢を得るのも母であり、その霊夢の内容も、基本的な枠組みを外れるものではないことから、これまでに見てきた例と同様に考えてよいものだと捉えられる。相応に関してだけ、いささかの注意を払っておきたい。『拾遺往生伝』から本文を引く。

無動寺の相応和尚は、俗姓櫟井氏、近江国浅井郡の人なり。その先は孝徳天皇、天帯彦国押人命の苗裔なり。その父天性寛仁にして、郷里の帰するところなりき。常に子のなきことを嗟きて、仏天に祈請せり。天長八年、その母夢に剣を呑むと見て、期ありて和尚を生みつ。
（下・三五四頁）

母が見た「剣を呑む」という霊夢は、懐妊の夢としては典型的なもので、この説話の基本的な骨格は、前節の考察結果から外れるものではないことが見てとれる。ただし、母が霊夢を見る前に、父が「仏天に祈請せり」という形で、霊夢の獲得に参加していることを見逃してはならないだろう。この説話においては、霊夢は、父の祈りによって導かれたものという位置づけになる。

このような父の霊夢への参与を描く説話は、時代が下るにつれて増加していく傾向にあるようだ。鎌倉時代末期に成立した仏教通史『元亨釈書』には、父母が祈り、母が夢を見る、というパターンの高僧の出生譚を六例[16]も見出すことができるのだが、先ほど、「祈るのも母、霊夢を得るのも母」という話の例として挙げた千観・源信の出生譚も、『元亨釈書』では、「父母」が祈ったことに変化しているのである。今、元の説話とあわせて引いておく。

千観

- 『日本往生極楽記』

延暦寺の阿闍梨伝燈大法師位千観は、俗姓橘氏、その母、子なかりき。竊に観音に祈りて、夢に蓮華一茎を得たり。後に終に娠みて、闍梨を誕めり。
（二九頁）

- 『元亨釈書』巻四

釈千観。姓橘氏。父母無レ子。祈二観音千手像一。母夢。得二蓮華一茎一。因而有レ妊。
（七八頁）

源信

●『大日本国法華経験記』巻下

源信僧都は、本これ大和国葛木下郡の人なり。父は卜部正親、誠に道心なしといへども、性甚だ質直なり。母は清原氏、極めたる道心ありて、一男四女を生めり。母、子を求めむがために、郡の内の霊験高尾寺に参詣せり。夢に住僧ありて、一の玉をもて与ふ、云云とみたり。即ち懐妊することありて、男子を生めり。（一五九頁）

●『元亨釈書』巻四

釈源信。姓卜氏。和州葛木郡人也。父名正親。母清氏。父母詣二郡之高尾寺一求レ子。母夢。一僧以二一顆玉一与レ之。即有レ妊。（八〇頁）

このように、内容的にはほぼ同じことを語りながら、母だけではなく父もその祈りに参加することによって、出生譚全体における父の果たす役割が重くなっていることが見てとれる。ただし、それは、もともと父の存在の重さがあったものが顕在化してきた、というわけではなく、すべての〈祈り〉が子のないことを理由として行われたことを考えれば、〈家〉概念の変化といった時代背景が絡んでいる現象のように思われる。

藤島秀隆氏は、御伽草子に見られる、いわば完成された〈申し子譚〉の型が、中世に突如として着想されたのではなく、古代・中古にその淵源を持つものであることを述べるなかで、「古い型（初期）の申し子譚と考えられるのは、申し子の立願が省略された、いわば型のくずれた夢中奇瑞生誕譚ではないか」と推察されている。[17]これを裏返せば、やはり、母が（語弊を恐れずにいえば）偶発的に霊夢を見るパターンこそが原型であり、〈祈り〉という要素は、あくまであとから付随してきたものだということになろう。前節で述べた通り、根源には、聖人側が「胎」を選んで降りてくるという型があって、それを人間側からの働きかけで誘引しようとするのが〈祈り〉の本質であったと捉えられる。そして、その働きかけは、女の身体を必要としないことから、父にも行うことができたという図式になろう。先に見た相応の出生譚において、祈るのは父、夢を見るのは母、と、その役割分担が明確になされていたことを思い出しておこう。

やや迂回してしまったが、ここで最澄に戻りたい。最澄の出生譚において、父が中心的な役割を果たすのは、この説話が〈祈り〉を中心として構成されているからに他ならない。自ら「草庵を結」んで「七日」も祈るという仰々しさは、この部分が「神宮禅院」の草創説話ともなっているがための描写であろうが、それにひきかえ、その霊夢については、「好き夢」という簡潔な表現のみで示されていて、まったく具象性を伴わない。それはつまり、この話において、日輪を呑むなどのパターン化された懐妊の夢が必要とされなかったことを表していよう。ここでの夢は、〈祈り〉が聞き届けられたことを示すだけのものとして機能しているのであって、母の見る夢とは、根本的にその性質が異なるものであったのだと理解できる。

すなわち、この最澄の説話は、これまでに見てきた懐妊の夢を記す説話とは、語られる焦点がずれているのである。いいかえるならば、夢の内容そのものに重点が置かれた話の場合は、父の存在は不要であって、中心が〈祈り〉へとずらされて始めて、その存在が浮かび上がるのだといえよう。懐妊を表す夢に、父なる人は、祈ることによってようやく参加することが可能となるのであった。そして、それはあくまで後発的なものであったことを押さえておきたい。

三　物語における懐妊の夢

前節までに、説話における〈懐妊をめぐる夢〉を辿り見てきたが、その考察結果を踏まえた上で、本節から、作り物語における〈懐妊をめぐる夢〉を見ていくこととしたい。

まず、作品毎の該当例を、以下に一覧として掲げる。ここでは、比喩的な夢は除き、受胎や懐妊を表す機能を有する夢のみを取り上げた。人物名は、夢を見た人物である。あわせて、夢の場面が描かれる巻を（　）に入れて記した。［　］内は、生まれてくる人物にとって、夢を見る人物がどういう関係にあたるのかを示したものである。なお、『夜寝覚物語』は、平安時代後期成立の『夜の寝覚』を改作したもので、南北朝期から室町時代にかけての成立とされる。本稿の考察対象としてはやや時代が下るが、原作の欠巻部の内容を補足できるものであるため、対象に加えてある。

『うつほ物語』一例　嫗［第三者］（俊蔭巻）
『源氏物語』三例　光源氏［父］（若紫巻）／明石入道［父］（若菜上巻）／柏木［父］（若菜下巻）
『狭衣物語』一例　狭衣中将［父］（巻一）
『海人の刈藻』一例　新中納言［父］（巻三）
『苔の衣』二例　西院の上［母］（春巻）／兵部卿宮［父］（冬巻）
『恋路ゆかしき大将』一例　端山［父］（巻五）
『夜寝覚物語』（改作）一例　大納言［父］（巻二）

以上、七作品十例を対象に、考察を進めていくこととする。[18]

一覧を一瞥してわかることとは、先に見た説話とはまったく逆に、ほとんどの夢が父によって見られているということである。[19] 十例のうち、女性が見る夢は、『うつほ物語』の嫗と、『苔の衣』の西院の上の二例しかない。まず、『うつほ物語』の例から確認しておく。

嫗、「いで、あなさがなや。なほ、な思ほしそ。今は心地落ちゐにたり。かかる宝を持ちては、何ごとをか思すべき。この丑三つは、嫗、夢に見たてまつりたり。いとうつくしげに艶やかになめらかなるくけ針に、縹の糸をぞ左糸、右糸によりて、一尋片脇ばかりすげたるを、鶺ぞ、君の御前に落としつる。その針をぞ、いとかしこく行ひさらぼへる行者ぞ、君の御下がひの衽に、つぶつぶと長く縫ひつけて立ちぬる。さてとばかりあれば、その針落としつる鷹は、この針を求むるやうにて、そのわたりを翔りて見るに、君持たまへりと見て、御袖の上にゐて、さらに立たず、とぞ見たまへし。（中略）多く見たまふるに、針にて見ゆる子は、いとかしこき孝の子なり。嫗の、丹波に侍る女の童生まむとて見たまへしやうは、いと使ひよき手作りの針の、耳いと明らかなるに、信濃のはつりをいとよきほどにすげて、嫗の衣に縫ひつく、と見たまへし。（中略）」といへば、……

（六八頁）

俊蔭女が仲忠を出産したあと、俊蔭女に仕える嫗が見た夢である。この夢の解釈については、旧稿において述べたので、今は詳述しないが、父でも母でもない、第三者が見た夢という点においては、異例であると捉えることができる。ただ、俊蔭女の懐妊に関わる夢を語った直後に、嫗自身が、自分が娘を産んだときに見た夢の話をしていること、また、結局、この夢の話は、母である俊蔭女に語られるものであって、父にあたる兼雅は情報の範囲外に置かれていることから、懐妊の夢に関わる人物としては、やはり、女性が自然であるという概念のもとに形成されたくだりであると理解することができる。

それに対して、『源氏物語』以降は、夢を見る人物はほぼ男性に固定されてしまうことから、『源氏物語』の影響力の大きさがうかがわれるのであるが、そのような流れの中でも、『苔の衣』の例は、説話との共通性を残したものとして注目される。

大納言殿には若君たちはものし給へど、姫君のおはせぬことを映えなきことと思して、宮の御方一人具しきこえ給うて石山へ参り給ふ。（中略）暁がたにぞすこしまどろみ給ふに、言ひ知らず気高き女房の傍らについ居て、かくなん、

二葉よりことなる花は得たりとも盛りの春は見もし果てじを

とてなん、えならぬ花の枝を賜ふと見て、返事申さんと思すほどに、「便生端正有相之女ゐ」と読む声にうちおどろき給ひぬ。うつつにもなほ添ひたる心地してなつかし。殿にかくと聞こえ給へば、験あるべきにやと限りなく嬉しく思す中にも、「見もし果てじを」とありしことをあやしくいかにと思す。（一一頁）

姫君のいないことを嘆く大納言は、妻である宮の御方（西院の上）を伴って、石山寺に参詣する。夢は、「言ひ知らず気高き女房」が「えならぬ花の枝を賜ふ」というもので、目が覚めたのちに、「殿にかくと聞こえ給へば」とあることから、西院の上一人が見たものであることが読みとれる。

ここには、父母が祈り、母が夢を見る、という、説話に見られた霊夢の型がそのまま用いられている。夢の聖性は薄れるものの、寺社に参詣し、その祈りに感応する形で見られたものという点では、仏の「験」という位置づけは変わらない。いいかえれば、『源氏物語』の圧倒的な影響下にありながらも、〈申し子譚〉的な文脈においては、母が夢を見るという原則が守られているということになろう。[20]

このように、夢を見る人物が女性の場合には、物語であっても、説話と通底する概念を見出すことができるのだが、では、父によって見られた夢の場合はどうであろうか。説話においては、祈ることによって父が夢に参与していたが、八例中、〈祈り〉によって得られた夢は、次の『海人の刈藻』の一例のみである。

> また初瀬へ参り給ひて、「このたびは三七日ばかり」とぞ思す。明日出で給はんとて、うつくしき御僧の、うしろの障子押し開けて、「かなふまじきことを思し嘆くがいとほしければ、後の世は助け聞こえん。そのほどの慰めに、これをだに奉る」とて押し出で給ふものを見れば、うつくしき女の、黄金の枝に『史記』といふ書を一巻付けて持給へるを、受け取り給ひて見れば、心尽くし聞こゆる人なりけり。いとあさましう嬉しきに、大将おはして、「いみじきもののさまかな」とのたまへば、「それに置かせ給へ」とて、差し奉り給ふと御覧じて、夢さめぬ。（一一六頁）

長谷寺に参詣した新中納言は、「うつくしき女」から「黄金の枝に『史記』といふ書を一巻付け」たものを受けとる夢を見る。この「うつくしき女」は、新中納言が「心尽くし聞こゆる人」すなわち藤壺女御で、この直後に女御が妊娠していることを知った新中納言は、「見し夢もさなめり」（一一九頁）と、それが女御の懐妊を表す夢であったことに思い至るのであった。

神仏に祈願し、懐妊を表す霊夢と見る、という枠組みは、一見、説話に見られたものと共通するように思えるのだが、しかし、ここには〈申し子譚〉的要素は一切ない。新中納言が長谷寺に参詣したのは二度目である。一度目の参詣の折、その目的は、「この思ひやめ給へ。さらずは深き山に思ひ立つ道のしるべし給へ」（一一三頁）という願いからであると語られていた。それは、藤壺女御への叶わぬ恋心を止めるための〈祈り〉だったのである。「若き僧」から「後の世の勤めし給へ」（一一二頁）と忠告される霊夢を得たにもかかわらず、依然として藤壺女御への思いが断ち切れない新中納言に、おそらくは同じ「御僧」が、出家までのしばしの「慰め」として与えたのが、『史記』の一巻、つまり、それが象徴する若君であったのだった。ここには、説話との大きな断絶を見出さざるをえないだろう。説話に見られる霊夢の型を用いながら、その実、子を授かることが「慰め」として描かれる点、こういってよければ、パロディー的な趣すら感じさせるものとなっているのである。[21]

この『海人の刈藻』の例は、〈祈り〉という要素が介在するがゆえに、かえって説話との差異が際立つものであるが、他の物語においても、父の見る〈懐妊をめぐる夢〉は、積極的に子を求めることを前提として成り立ってはいない。そこに、〈申し子譚〉的な文脈を見出すことはできないのである。にもかかわらず、なぜ、夢を見る人物は父に設定されるのであろうか。前提が異なる以上、説話とは別の観点からの考察が必要となろう。次節において検討していくこととする。

四　父が見る夢

物語における、父の見る〈懐妊をめぐる夢〉を概観すると、そこには、大きく分けて二つのパターンがあることに気づかされる。

まず一つは、相手が妊娠していることを夢によって知らされるというパターンで、『狭衣物語』と『恋路ゆかしき大将』の例がこれに該当する。『狭衣物語』を引いておく。

例の夜深く帰りたまひて、我が御かたに臥したまひて、すこしまどろみたまへる夢に、この女の我がかたはらにあると思ふに、腹の例ならずふくらかなるを、「こはいかなるぞ。かかることのありけるを、など今まで知らせたまはざりける。かかる契りもありければ、なにか行末をも疑ひたまふ」とて、夢のうちにもあはれと思ふに、この女、

行くへなく身こそなりなめこの世をばあとなき水を尋ねても見よ

と言ふとおぼすに、……　（九六頁）

狭衣中将の夢に現れた飛鳥井女君は「腹の例ならずふくらかなる」姿であって、この夢によって、狭衣中将は、飛鳥井女君の懐妊に思い当たることになる。『恋路ゆかしき大将』の例も、あるいは、この『狭衣物語』の直接の影響下にあるのかもしれないが、男君（端山）が、妻である女一の宮の「御腹少しふくらかなる」（一六〇頁）姿を夢に見るという、よく似た内容となっている。

実は、この二例には、別の共通点がある。それは、女君が自身の懐妊を相手に告げたくても告げることのできない状況下にあるという点である。『狭衣物語』の場合は、狭衣中将が自身の素性を明かすことがなかったため、飛

鳥井女君には相手を信頼しきれないという精神的な〈隔て〉があった。『恋路ゆかしき大将』の場合、端山と女一の宮は、女一の宮の母后に仲を引き裂かれており、二人の間には物理的な〈隔て〉があった。つまり、現実には伝えることができない苦しみが高じた結果、相手の夢に現れたという背景を読みとることができるのであって、これは、いわゆる〈思ひ寝〉の発想を根幹にしたものだと理解できるだろう。根本的に、説話における霊夢とは異質であることが見てとれる。

もう一つのパターンこそが、説話と同じく受胎を暗示させるもので、これに該当するのが、『源氏物語』（柏木）、『苔の衣』（兵部卿宮）、『夜寝覚物語』となる。『苔の衣』を引いておく。

さばかり心騒ぎなる中にもつゆまどろみ給へるにや、御夢に、めでたくうるはしく装束きたる童の「これなん奉るべき物」とて、この世の物とも見えず光り輝く玉を桂の枝に付けて奉るを、「いとめでたし」と思して持ち給へるに、この女御の君側よりあへなく取りておはしぬるを、「いとあさましきことかな。東宮の御物にこそはならんずらん。何しに取られ奉りぬらん」と、いとねたしと思ひて見果て給ひてうちおどろき給へるに、鳥もたびたび鳴けばいとどあやなく覚え給うながら、ありつる夢を語りきこえ給へど何のかひかはあるべき。

（二一九頁）

兵部卿宮は、春宮女御との逢瀬の合間に夢を見る。夢の中に、美しい「童」が現れ、「桂の枝に付け」た「光り輝く玉」を与えられるのだが、その「玉」は、女御によって奪われ、「東宮の御物に」なってしまうと思ったところで目が覚める、というものである。『夜寝覚物語』の例も酷似しており、左大将との結婚が決まった女君と密会する男君が、密会四日目の明け方に見た夢で、「いとうるはしく鬢頬結ひたる童」に「史記の一の巻の、玉の軸したる」ものを与えられるが、それを女君が横から奪って「懐に引き入れ」（一四一頁）てしまう、という内容になっている。

ここに、『源氏物語』若菜下巻における柏木が見た猫の夢を並べれば、その共通点はもはや明白であろう。すなわち、それは、〈密通〉による懐妊を示す夢なのである。〈密通〉という要素を重視するならば、受胎の瞬間を象徴する夢ではないものの、『源氏物語』若紫巻で光源氏の見た「おどろおどろしうさま異なる夢」（三〇八頁）、前節で見た『海人の刈藻』の新中納言の見た夢も、あわせて挙げることが可能である。[22] 物語においては、〈懐妊をめぐる夢〉に〈密通〉という要素が付随するパターンが、一つの定型となっていることが諒解できるだろう。

説話の場合、母に焦点を合わせた結果、父の存在そのものが語られない例はあるものの、霊夢によって授かる子は、基本的には、れっきとした夫婦の間に生まれることになっている。そこに〈密通〉という要素がないのは、その宗教性に鑑みても、至極当然のことなのだが、だとすれば、物語特有のこの〈密通〉という要素こそが、夢を見る者が父であることの根本的な理由となっていると考えるべきであろう。

いうまでもなく、このような〈密通〉と〈懐妊をめぐる夢〉の膠着は、『源氏物語』によって確立されたものである。『源氏物語』の光源氏と藤壺の宮、柏木と女三の宮の密通については、神話における〈一夜孕み〉のモチーフが底流していることが指摘されている。[23] 湯淺幸代氏は、この〈一夜孕み〉で生まれる子が、「男親から容易に認知されないという事実」に注目され、「一夜孕みを証明する手続き」として「夢告」が必要だったと説かれている。[24] たしかに、〈密通〉という事象がもたらすのは、実際、生まれてくる子が誰の胤であるのかという問題である。物語においては、産み月の齟齬や姿形の相似など、夢以外の要素によっても、密通相手の子であることが仄めかされる場合が多いのだが、しかし、それでもなお自分の子であると（少なくとも本文に書かれている限り）信じて疑わなかった桐壺帝の例などを鑑みれば、夢によって実の父に懐妊が知らされることで、子の血筋が明確に証明されることになるのは間違いない。物語において、父が〈懐妊をめぐる夢〉を見るのは、生まれてくる子がたしかに自分の子であるということを認識するためであったと考えられよう。

このことは、鎌倉期以降の物語に見られる〈懐妊をめぐる夢〉に、顕著に表れている。これまで見てきた『海人の刈藻』、『苔の衣』、『夜寝覚物語』の夢には、「うつくしき御僧」、「めでたくうるはしく装束きたる童」、「いとうるはしく鬟頬結ひたる童」と、説話に登場する聖人に類する存在が描かれている。そして、モノは、必ずその聖人から授けられているのである。母なる女君も登場し、モノの授受に関わっていることから、基本的な骨格は、説話のパターンと変わらないことが見てとれる。ただし、説話の場合と大きく違うのは、いずれの例も、聖なる者が、男君を意図的に選んでモノを授けているという点であろう。子を授かるというのは、人智を超えた存在が関与する現象だという概念はブレないものの、男君がモノを受け取る役割を果たすことによって、紛れもなく、人の胤として生まれてくる子であることが強調されていると考えられるのである。

ここでもう一つ、注意しておかなければならないのは、モノの授受に関わる場面が描かれたあと、男君に与えられたモノが、結局、第三者や女君によって奪われてしまうという場面が加えて置かれている点である。これは、説話にはなかった場面であるが、子が父のもとでは育たないという、のちの物語の展開を予兆するものとして捉えられよう。単なる〈懐妊をめぐる夢〉を超えて、子の運命までをも指し示す夢となっている点は、いうまでもなく、『源氏物語』の明石入道、光源氏の夢によって先鞭を付けられたものであると考えられる。

若菜上巻で語られる明石入道の「日月」の夢は、夢を見た直後に、「そのころより孕まれたまひにし」（一〇六頁）と語られることから、明石の君の誕生を示唆するものであるのは疑いないが、さらにその先の、一族から帝が出るということまでをも予兆する瑞夢となっている。若紫巻における光源氏の夢も、藤壺の宮の懐妊した子が、自分の子であることを「思しあはせ」る機能を有しているだけではなく、それよりも大きな「及びなう思しもかけぬ筋のこと」（三〇八頁）を表す夢であった。つまり、この両者の夢の場合、懐妊という現象のみを表すというわけではなく、父なる男君の運命の予兆の中に、抜き差しならぬ形で懐妊という要素が含まれていると見るべきなのであって、だとすれば、それは、男君自身が見なければならなかった夢であって当然なのである。後代の物語における夢の予兆性は、この二つの夢に比較すると、かなり矮小化されてしまってはいるものの、物語というジャンルの性質上、話の展開を促していく役割は男君が担うため、必然的に、夢を見る者としても父なる男君が選択されたと考えるべきであろう。

さて、ここまで考えてくると、『源氏物語』の柏木の夢は、異色かつ不可解な夢だと位置づけざるをえない。

ただいささかまどろむともなき夢に、この手馴らしし猫のいとらうたげにうちなきて来たるを、この宮に奉らむとてわが率て来たると思しきを、何しに奉りつらむ、と思ふほどに、おどろきて、いかに見えつるならむ、と思ふ。（二一七頁）

土方洋一氏は、この夢が、女三の宮ではなく、柏木によって見られたという点について、「将来物語の主人公たるべき柏木の子の出生と柏木の早世とを、読者と柏木自身に対してコード的に予告する機能を担っている」と、光源氏の夢と同様に、その機能を把捉されている。(25) たしかに、旧稿でも検討したが、ここには、柏木の運命が予兆されているように解釈できなくはない。しかし、その予兆性は、あまりにも曖昧である。さらに、この夢には、母である女三の宮の姿が一切描かれていないのである。それはまるで、説話の霊夢に父の存在が描かれないことの裏返しのようではないか。聖なるものも姿を表さないことから、この夢は、説話に描かれた懐妊の夢を、極限まで反転させたもののようにも見えてくる。柏木という父の視点に固定されることによって、女三の宮の懐妊が、神話的・説話的な世界を離れて、あくまで柏木によってもたらされたものであること、すべてが人の世で起こったものであることを如実に示していると捉えるべきであろうか。

いずれにせよ、物語における〈懐妊をめぐる夢〉は、両親となる二人に〈隔て〉があったり、あるいは、〈密通〉によって結ばれていたりと、情報共有が難しい男女間に置かれているのは確かである。女君が直接男君に懐妊を告げることが叶わない状況において、たしかに男君の子であるということを伝達するために、その夢は機能しているのであった。

おわりに

以上、説話と物語に見られる〈懐妊をめぐる夢〉について、特に、父という存在に注目しながら、それぞれのジャンルにおけるその機能を考察してきた。興味深いことに、時代が下れば下るほど、説話と物語の夢は近似してくる。『苔の衣』のように、申し子の場合は母が見る、密通の場合は父が見ると、明確に使い分けがなされている例もあり、〈懐妊をめぐる夢〉の定型化がうかがわれる。

本稿では、説話と物語にジャンルを限定したため扱わなかったが、たとえば、日記文学において、あれほど夢に対して饒舌な『蜻蛉日記』や『更級日記』が〈懐妊をめぐる夢〉については沈黙していること、唯一例外的に〈懐妊をめぐる夢〉を多く記す『とはずがたり』が物語的要素が強い作品であることなど、あわせて考えなければならない問題も多く残されている。本来的に、女性にとっての懐妊とは、夢を見ずとも、その身体に起こる現象として、否応なく受け入れざるをえないものであるとすれば、夢が必要なのはむしろ男性のほうであり、説話の型にこそ虚構性を見出すべきなのかもしれない。

今回は全体を概観するために、多くの用例を取り上げ、あくまで傾向を探ったために、一つ一つの用例についての考察に対しては、浅薄の譏りを免れない。また、当然取り上げるべき用例を落としていることもあろうかと思われる。大方の叱正を乞いたい。

註

（1）河東仁「仏教と夢（一）――入胎夢・無常の譬喩・修行夢――」（『日本の夢信仰――宗教学から見た日本精神史――』玉川大学出版部、平成十四年〈二〇〇二〉）。
（2）関口忠男「前生・出生」（『仏教文学講座　第六巻　僧伝・寺社縁起・絵巻・絵伝』勉誠社、平成七年〈一九九五〉）。
（3）拙稿「柏木の猫の夢」（『国語国文』七七―二、平成二十年〈二〇〇八〉二月）。
（4）前掲註（2）論文。
（5）菊地良一「説話における夢について――仏教説話を中心として――」（『中世説話の研究』桜楓社、昭和四十九年〈一九七四〉）。
（6）具体的には、以下の通り（書名は原文ママ）。
　日本霊異記・三宝絵詞・日本往生極楽記・本朝法華験記・続本朝往生伝・拾遺往生伝・後拾遺往生伝・新修往

生伝・三外往生伝・袋草子・今昔物語集・宝物集・発心集・選集抄・古事談・続古事談・宇治拾遺物語・十訓抄・古今著聞集・私聚百因縁集・沙石集

総数としては「三百六十余を採取し」たとある。

(7) 善仲・善算は双生児であり、誕生に対応する霊夢も一つであるため、便宜上、一例(一名)として数えることとする。

(8) 菊地氏の調査では対象に含まれていないが、私に調査した結果を加えておく。

(9) 前掲註(2)論文。

(10) 荒木浩「仏法初伝と太子伝――本朝仏法部の始発をめぐって――」(『説話集の構想と意匠』勉誠出版、平成二十四年〈二〇一二〉)。

(11) 聖徳太子の出生譚に霊夢の要素を取り入れたのは、『上宮聖徳太子伝補闕記』が初めてだと思われるが、その記述は、以下の通り、簡略である。

后夢有二金色僧一。容儀太艶。対レ后而立。謂レ之曰。吾有二救世願一。々暫宿二后腹一。后夢中許諾。自レ此以後。始知レ有レ娠。　(一二三頁)

(12)『古今著聞集』が依拠したと考えられる『後拾遺往生伝』においても、夢のくだりは「皇后夢。胡僧来曰。将託后胎云々。」(六四三頁)と語られ、ほぼ同文。

(13) 前掲註(1)論文。

(14) 日本思想大系『往生伝・法華験記』二八四頁頭注。

(15) 良源・頼西の出生譚は、以下の通り。

『後拾遺往生伝』中

大僧正諱良源者。俗姓木津氏。近江国浅井郡人也。其母物部氏。憂無一子。祈請三宝。夢坐海中見天上。日光遥来入懐中。厥後不久有身。　(六五三頁)

『高野山往生伝』

智明房頼西。号伊勢上人。其母祈和州長谷寺懐孕。産生之後。母告云。吾夢。観世音菩薩。賜錫杖閼伽桶。汝即可為聖人耳。

千観・源信・相応の出生譚は、のちほど引用する。　　　　（七〇一頁）

(16) 人物名だけ列挙しておく。
勤操（巻二）・千観（巻四）・勧修（巻四）・源信（巻四）・源空（巻四）・高弁（巻四）。

(17) 藤島秀隆「申し子譚の成立」（『中世説話・物語の研究』桜楓社、昭和六十年〈一九八五〉）。

(18) 他に、『浜松中納言物語』巻五において、唐后が中納言の夢に現れ、吉野の姫君の腹に転生すると告げる夢がある（吉野の姫君が懐妊するのは、式部卿宮の子）。これも、〈懐妊をめぐる夢〉にあたるものだと考えられるが、転生という要素が強く、他の用例と比較できない点も多いため、煩を避けて、今回は考察対象から外すこととする。また、『夢の通ひ路物語』にも、〈懐妊をめぐる夢〉にあたるものが二例（巻一・巻五）見出せるが、成立が室町時代まで下ると見られている作品のため、こちらも、一覧には含めなかった。必要に応じて、注で補足していくこととする。なお、作り物語を含む平安・鎌倉期の諸作品の〈懐妊をめぐる夢〉については、以下の論文にも資料がまとめられている。
笹生美貴子「子出生に関する「夢」資料一覧――中古文学関連の資料を中心に――」（『日本大学大学院国文学専攻論集』一、平成十六年〈二〇〇四〉九月）。

(19) 旧稿においても指摘した。仮名文学における夢を見る人物が「父」に設定されていることを論究したものとして、次の論文が挙げられる。
笹生美貴子「『源氏物語』を中心とした仮名文学における夢主の設定――子出生に関する「夢」を見る者達――」（『語文』〈日本大学〉一二〇、平成十六年〈二〇〇四〉十二月）。

(20) 『苔の衣』は、鎌倉初期成立の作品と考えられているが、だとすれば、父母が祈り、母が霊夢を見るパターンの、むしろ、早い例だと位置づけられる。なお、註(18)で触れた『夢の通ひ路物語』巻一の例は、京極大納言の北の方が、娘である姫君（三条の君）に子がないことを憂えて、長谷寺に小侍従という女房を代参させ、「宝珠を姫君の御袖に入る」（一六頁）という夢を得、そのあとすぐに姫君は懐妊するというもので、本人ではなくその実母による祈請、女房による代参という要素が入ってはくるものの、説話と同じパターンに分類されるものだと言える。

（21）夢の中で授受されるものが『史記』であったというのは、『夜寝覚物語』と共通する。それが、生まれてくる男児を象徴していることについては、以下の拙稿で触れてある。参照されたい。
拙稿「中村本『夜寝覚物語』の〈夢〉の論理」（『詞林』三三、平成十五年〈二〇〇三〉四月）。
（22）註（18）で触れた『夢の通ひ路物語』巻五の例は、男君（一条権大納言）が見た夢で、女君（京極三の君）と一緒に飼っていた「まだ巣立ちせぬ雀」を、女君の「御衣に引き入れ」たのだが、「上より召すとて、鳥を人の引き隠ひて返さず」（二〇一頁）というものであった。この夢については、「三の君が帝に召される夢」（『中世王朝物語御伽草子事典』〈勉誠出版、平成十六年〈二〇〇四〉〉「夢の通ひ路」【梗概】の項）と説明されることが多いが、「雀」が生まれてくる子を表し、その子が帝に奪われることを暗示する〈懐妊をめぐる夢〉と捉えるべきである。この夢を見た直後に、女君の入内話が本格化するため、厳密に言えば、二人の関係は〈密通〉とは言えないものの、結局、女君は、男君の子を懐妊したまま入内し、その子は帝の子として育てられるため、ここに加えても差し支えないものと考えられる。
（23）土方洋一「女三の宮の懐妊――コードとしての一夜孕みと夢の機能――」（『源氏物語のテクスト生成論』笠間書院、平成十二年〈二〇〇〇〉）。
（24）湯淺幸代「物語を切り開く磁場――予言・夢・密通――」（『新時代への源氏学1　源氏物語の生成と再構築』竹林舎、平成二十六年〈二〇一四〉）。
（25）前掲註（23）論文。

※用例の調査・本文の引用は、以下のテクストに拠った。漢文資料の訓読も、テクストの通りである。
・『三宝絵』『今昔物語集』……新日本古典文学大系（岩波書店）
・『日本往生極楽記』以下の往生伝すべて……日本思想大系（新装版）（岩波書店）
・『古今著聞集』『狭衣物語』……新潮日本古典集成（新潮社）

・『私聚百因縁集』『上宮聖徳太子伝補闕記』『聖徳太子伝暦』……大日本仏教全書（講談社）
・『元亨釈書』……新訂増補国史大系（吉川弘文館）
・『叡山大師伝』……伝教大師全集（天台宗宗典刊行会）
・『過去現在因果経』……大正新修大蔵経（大蔵出版）
・『うつほ物語』……新編日本古典文学全集（小学館）
・『源氏物語』……日本古典文学全集（小学館）
・『海人の刈藻』『苔の衣』『恋路ゆかしき大将』……中世王朝物語全集（笠間書院）
・『夢の通ひ路物語』……鎌倉時代物語集成（笠間書院）※読解の便宜のため、私に表記を改めてある。

（付記）本稿は、平成二十六年度科学研究費補助金（若手研究（B））「中世王朝物語の生成過程解明のためのジャンル横断的研究」による研究成果の一部である。

『たまきはる』の夢をめぐって

丹下　暖子

はじめに

十二歳のときから女房として仕えた建春門院の崩御後、八条院のもとに出仕することになった健御前は、ある夢を見た。

建春門院おはしまさでのち、恋しく思ひまゐらせしかば、思寝にや、常に夢に見まゐらせしが、①たゞおなじさまに、おはしましましよりもけ近く参り、宮仕へする心地のみして、覚めて、面影恋しくのみ思ひまゐらせしに、八条の院へ参りて、御塩湯のほどとて、御前へも参らで、十日ばかりありしに、人々は、ゐたる所へ通りて、御前へ参る道の障子のうちにゐて、いとゞ昔恋しくあぢきなくて、この母と頼みし人に、「今日は心地のわびしければ、参るまじ」と言ひて、昼寝したりしに、②例の見まゐらせしに、冷泉殿御前に候はれしに、参りたれば、「や、御前はすは、今日見えさせ給はんずるぞ」と仰せらるると思ひて、うちおどろきたりしに、この三位殿の、局へ立ち寄りて、この坊門殿物語などせられしに、「大方腹立ちて、御前へ参らざらん限りは参らじとて、寝てさぶらふ」と申されしに、笑ひて帰られし。御持仏堂におはしますとて、召されしかば、参りて見えさせおはしましてのち、この世にまた二見まゐらせぬこそ、夢もゆゑのありけるにやと、あやしきにつけてあはれなれ。

（三〇八―三〇九頁）[1]

平家全盛期から鎌倉初期にかけて、建春門院、八条院、春華門院に仕えた健御前による日記、『たまきはる』の一節である。初出仕の折に抱いた「あなうつくし。世にはさは、かゝる人のおはしましけるか」（二六五頁）という気持ちのまま、建春門院を慕い続けた作者は、その崩御の後も頻繁に建春門院の夢を見ていた。同じような有様で、ただ、生前よりも近しく宮仕えする心地がするという夢（傍線部①）は、まさに建春門院を恋しく思う気持ちからのものである。崩御から七年後の寿永二年（一一八三）、作者は八条院のもとに出仕することになるが、塩湯の療養中の八条院へのお目見えはなかなか叶わない。十日ほど経ったある日、昼寝をしていると、いつものように建春門院のもとに参上する夢を見る。このとき、建春門院の姉で、上臈の女房である冷泉殿に、「今日、八条院がお会いになってくださいますよ」と告げられる（傍線部②）。目を覚ました作者は、八条院のもとに召され、夢に見たとおり、初見参が叶うのであった。その後、建春門院の夢を見ることはなかったという。崩御から七年経ってもなお、建春門院を恋い慕う作者にとって、この夢が、八条院への出仕という「人生の転機にみた重要な夢」[2]であったことは想像に難くない。

ところで、右の話は、『たまきはる』の遺文と呼ばれる部分に採録されたものである。『たまきはる』は、大きく分けて、作者自身が晩年にまとめた部分（本編）と、作者の没後、弟、藤原定家が遺された文反古をもとにしてまとめた部分（遺文）の二つから成るのだが、作者の構想などを窺い知ることができる本編には、このときのことが違う形で記されている。

（ア）こゝには、ある限りおなじ心に頼みまゐらせて、男も女も、数事と言ふばかり参り合ひたる女院へ、猶参らせて候はせんと定めて、廿七といふ春、初めて参る。歳のほど、今さらのうひ〳〵しさ、中々にこの度は限りなくつゝまし。宮仕へも、昔のやうに仕立てて、おなじ畳の上もかた〳〵にゐて、人に見えぬれば、その日は、さて暮らす事のみ慣らひたりし。

（イ）十日ばかり、御塩湯の名残とて、御前へも参らで、障子の内の人とつきてありしが、昔のやうにむつかしくて、風起こりたるよし作りて、一日ばかり籠りゐたりしほどに、御持仏堂へ出でさせおはしまして、召ししかば、参りぬ。やがて御供に、常の御所へ参りにしまゝに、つとめてより物参らせ、御装束参らせ、御持仏堂へ返らせおはしませば、又畳置き、御前にては貝覆ひ、将棋差しなど遊びしも……

（二九七―二九八頁）

（ア）では、まず八条院に仕えることになった事情を述べ、今回は大人の女房としての宮仕えであったことを語る。ここには、遺文にあった、建春門院を恋い慕い続け、しばしば夢にまで見ていた（傍線部①）という話は記されない。続く（イ）では、塩湯の療養中の八条院へのお目見えが叶うまでを述べているが、「一日ばかり籠りゐたりしほどに」とあるのみで、遺文の夢の話（傍線部②）はやはり記されない。このように、本編には、二つの夢の話が採録されていないのである。

遺文に残る「人生の転機にみた重要な夢」の話が本編に記されなかったのは、なぜだろうか。「夢は人に語れば忌む」（三〇五頁）という認識によるのか[3]。あるいは、再出仕を語る記事において、かつて仕えた建春門院への思慕の情を示す夢の話は、相応しくないと判断されたのか。本編の文章は「あざやかな回想を刈りに刈り込んで、切り詰めた内容に仕上がっている[4]」と評価されるものでもあるが、いずれにしろ、一つの記事として仕上げる際に、作者自身によって夢の話がすべて刈り込まれてしまったという点は、女性の日記と夢の関係を考えるにあたり、注目されるものである。

一　春華門院にまつわる夢

『たまきはる』の遺文にのみ伝わる夢は、まだある。一時期、作者が養育係を務めた春華門院にまつわる夢である。春華門院は、花や月の光に喩えても足りないほどの美しさで、類い希なる存在であったが、十七歳という若さで崩御する。本編において、春華門院に関する記事の占める割合は大きいとはいえないものの、作者の悲歎のほどは端々に窺え、末尾の追慕の和歌八首に十分に表されている。

次に挙げるのは、遺文の冒頭で、その春華門院にまつわる夢の話である。

袖に乱るゝ白玉とあるは、いまだ明け暮れ添ひさぶらひし時の夢なり。抱きまゐらせてありく程に、白き水晶の玉にておはしましけるを、取りはづして落としまゐらせて、こまぐ\と割れ砕けぬるを、いかにすべしともなくあさましく、泣くぐ\袖に取り入ると思ひて、覚めぬ。うつゝにも涙はこぼれて、胸もひしげ、あさましくおぼえしかど、夢は人に語れば忌むとかや聞きしに、つゝみて、たゞ朝日ばかりに祈り念ぜしに、かく思ひのほかに、さぶらひ果てぬ身となりにしかば、さて見えけるにやと思ひなして過ぎにしに、このごろはたゞ、その玉の砕けにし夢の内の心地にて、明かし暮らせば、夢も今さらにうとまし。（三〇五頁）

話は、作者がまだ春華門院の養育係であった頃に遡る。春華門院を抱きながら歩いていると、作者の腕の中で白い水晶の玉になってしまう。しかも、作者はその水晶の玉を落としてしまい、砕け散った破片を泣きながら袖に拾い入れる。このような夢を見た作者は、当然、目が覚めた後も胸がつぶれるような思いであったが、「夢は人に語れば忌む」というので、誰にも語らず、ただ朝日に向かって祈るばかりであった。後に養育係から外されたときには、その予兆として夢を見たのかと思ったが、そうではなく、春華門院の夭折を暗示する夢だったのだと気づくのであった。

冒頭の「袖に乱るゝ白玉とあるは……」は、本編に記された追慕の和歌「白玉の袖よりほかに乱れにし夢にまどひて消えなましかば」（三〇四頁）を指す。本編には、春華門院崩御に関する具体的な記事は特になく、作者が何らかの夢を見ていたらしいことだけが、追慕の和歌によって示唆されている。遺文には、その夢の内容が記されている、ということである。

白玉の夢に続けて、もう一つ、春華門院の崩御と関わる夢の話が記されている。

また大女院の御色着たるころ、八条殿にて、人々の経読ませ給ふに交じりて、久しく参らぬころ、幼くおはしましを、抱きまゐらせてゐたると思ふほどに、唐猫のうつくしげなるにておはしましける、「あなあさまし。いかなる事ぞ」と思ひて、うちおどろきたりしに、心騒ぎて、心の及ぶ程、方々に御祈りせさせ、又さぶらひ合はる、人々にも、御祈りの事をのみ申しやりしかど、人はさしも思ひ合はれず、御祓への行幸の御桟敷をのみ、出で立ち合はれたりしに、か丶る尼の身に、申し出づべくもなかりし事を、例の身の上かへりみぬ心の癖に、二位殿に参りて、思し事どもを申したりしに、その御幸のとまりにしを、限りなくうれしと思ふかひもなく、例ならぬ御事さへ出で来ぬ。（三〇五―三〇六頁）

建暦元年（一二一一）六月の八条院の崩御により、喪に服していた頃の夢である。このとき、作者はすでに養育係から外れていたが、夢では、かつての幼い春華門院を抱いている。すると、今度は作者の腕の中でかわいらしい唐猫になってしまい、激しく動揺する。今回は胸騒ぎがして、方々に祈禱をさせ、共に仕える人々に訴えかけるものの、十分には理解してもらえない。とうとう春華門院は病にかかり、同年十一月に崩御してしまうのであった。白玉の夢も唐猫の夢も、春華門院の崩御と密接に関連する夢である。これら二つの夢に続けて、病床の春華門院の様子や崩御のときのことが記される。春華門院の夭折を暗示する夢から崩御までの一連の記事の直後には、遺文をまとめた定家による書き入れがある。

此事、殊有レ憚、早可二破却一。（三〇八頁）

公開するには憚りがあり、破却すべきであるというこの書き入れは、一連の記事に「女院に関する不吉な夢を語っていることの非礼といまわしさ」があり、また「女院の御不例を生母宜秋門院らに作者が訴え続けたのに信じていただけないままに急逝されたと記していることが、結局宜秋門院らの責任を問うことになっている」といった事情と関わってのものだろう。[5]

このように、遺文には建春門院にまつわる夢と春華門院にまつわる夢が記されている。いずれも作者が深く思いを寄せた女院達に関わる印象的な夢であるが、本編に採録されることはなかった。『たまきはる』には、夢に関わる言説として、「夢は人に語れば忌む」（三〇五頁）という言葉が記されている。しかし、これは、夢を見た時点での問題であって、作者晩年の『たまきはる』本編編纂時、すなわち夢の意味するところがすべて明らかになった後、日記に書き残すことを制限するものではないだろう。

では、夢の話を本編に採録しなかった理由は何か。特に春華門院にまつわる二つの夢に顕著であるが、これらの夢を書き記すことに、ある種の憚りがあったことは確かだろう。しかし、『たまきはる』の「夢」をめぐっては、比喩としての夢の語例は本編にあって、遺文にはなく、睡眠中に見た夢の内容の記述は遺文にあって、本編にはない、という重要な指摘もある。[6]『たまきはる』の「夢」には、憚りという一言では済ますことのできない、さまざまな問題が潜んでいる可能性がある。

二　女性の日記と夢

『たまきはる』の「夢」を考えるために、ここで、中古・中世の女性の日記（日記文学）における夢を概観したい。なお、日記といっても、この時代の女性の日記は、男性貴族のそれとは違い、基本的に後年の回想録である。

腹の中の蛇が動き回って肝を食うという異様さの漂う夢に対し、「これも悪し善しも知らねど、かく記しおくやうは、かかる身の果てを見聞かむ人、夢をも仏をも用ゐるべしや、用ゐるまじやと、定めよとなり」（二一三頁）[7]

と記し、夢や仏が信じられるものなのか、後世に判断を委ねるという、「夢にたいし独特の醒めた態度を持している」[8]『蜻蛉日記』。あるいは、日記の根幹に関わる夢を数多く記し、そのすべてが執筆時点で創作されたものとも考えられる[9]『更級日記』。そして、現在知られる女性の日記の中で最も多くの夢を記した『とはずがたり』。これら積極的に夢を書き記した日記の印象が強いためか、女性の日記には夢がつきものといったイメージもあるが、実際はそうでもない。以下に、女性の日記（日記文学）に見える夢（睡眠中に見た夢）の数を挙げる[10]。

蜻蛉日記……十例
和泉式部日記……ナシ
紫式部日記……ナシ
更級日記……十一例
成尋阿闍梨母集……三例
讃岐典侍日記……ナシ
たまきはる（遺文）……四例
建礼門院右京大夫集……二例
土御門院女房日記……ナシ
弁内侍日記……ナシ
うたたね……一例
十六夜日記……一例
とはずがたり……十六例

中務内侍日記……ナシ
竹むきが記……二例

各日記の総字数が異なるので、単純に比較することはできないが、『蜻蛉日記』、『更級日記』、『とはずがたり』が突出しているだけで、夢をまったく記さない日記も意外に多いことが分かる。記す場合でも、数例である。『たまきはる』の本編に夢が採録されなかったことに注目してきたが、そもそも、日記に夢を積極的に書き記すこと自体が、どちらかというと、珍しいことであったと捉えられるだろう。

ところで、数例しか夢を書き記さなかった日記は、換言すると、夢に対して淡泊な日記ということにもなる。こうした日記に記された夢とは、どのようなものなのだろうか。いくつか具体的に取り上げてみる。

まずは、日記的私家集とされる『成尋阿闍梨母集』の夢である。[11]延久三年（一〇七一）二月、作者の息子、成尋は渡宋の決意を固め、離京する。その約一ヶ月後に作者が見た夢である。

> 三月五日、夜の夢に、御方例ならずおはす、と見えしかば、「何事にか」と、いとおぼつかなく、人知れぬ命はいとどつすれど、返す返すおぼつかなくのみぞ。（二一五頁）

成尋が病気である、と夢に見て、気がかりに思う。この夢を見る以前から、作者は船旅の途上にある成尋の身を案じ続けており、その延長線上で見た夢だろう。この後、渡宋前の成尋と再会する機会もあるが、当時、八十四歳であった作者にとって、成尋の離京は、永遠の別離を意味するものでもあったはずである。

次に挙げるのは、『たまきはる』とほぼ同時代に編纂された、やはり日記的私家集とされる『建礼門院右京大夫集』の夢である。平家の都落ちにより、恋人であった平資盛との別離を余儀なくされた作者は、平家追討の武士達が西国へと攻め下ってゆく頃、ある夢を見た。(12)

恐ろしき武士ども、いくらも下る。何かと聞けば、いかなることをいつ聞かむと、悲しく心憂く、泣く泣く寝たる夢に、常に見しままの直衣姿にて、風のおびたたしく吹く所に、いと物思はしげにうちながめてあると見て、騒ぐ心に覚めたる心地、言ふべき方なし。ただ今も、げにさてもやあるらむと思ひやられて、波風の荒き騒ぎにただよひてさこそはやすき空なかるらめ(208)

作者にとって見慣れた直衣姿で現れた資盛は、風のひどく吹く所で、物思いに沈んだ様子で何かを見つめている。この夢を見た作者の思いは言い表しようがなく、今の資盛はまさにそんな様子なのではないかと想像してしまう。都落ちの直前に資盛自身の口から覚悟のほどを聞き、後世の供養を託された作者にとって、すでに永遠の別れを意識している状態で見た夢と思われる。

続けて、『十六夜日記』の夢を取り上げる。夫、藤原為家の没後に生じた細川庄の相続をめぐる訴訟のため、鎌倉に滞在中の作者が和徳門院新中納言と交わしたやり取りの一部に、夢への言及がある。

そのついでに、故入道大納言の、草の枕にも常に立ちそひて夢に見え給ふ由など、この人ばかりやあはれとも思さむとて、書きつけて奉るとて、

都まで語るも遠し思ひ寝にしのぶ昔の夢の名残を

はかなしや旅寝の夢に通ひ来て覚むれば見えぬ人の面影

など書きて奉りたりしを、又あながちにたよりたづねて返事し給へり。さしも忍び給ふ事も、折からなりけり。

東路の草の枕は遠けれど語れば近きいにしへの夢

いづこより旅寝の床に通ふらむ思ひおきける露をたづねて

などのたまへり。

（二九六―二九七頁）[13]

具体的な夢の内容は分からないが、亡き夫、為家の夢を旅先でも頻繁に見ていたこと、そのことをテーマにした贈答が記されている。故人を恋い慕う気持ちから、夢を見ていたのだろう。

最後に、南北朝時代の日記、『竹むきが記』[14]の夢である。

その頃、按察の二位殿より、「或る人の御夢に、昔人かくなん仰せらると見給へるは、いかなる御恨のあるにかと、いと悲しうなん」とあるを見れば、

思ひ置くそれをば置きて言の葉の露の情のなどなかるらん

人の御心ども、恨み給ふ事もあるにやと思ひ合する事もあるに、更に悲しう思ひ続けらる。

（三一七頁）

ある人が、作者の亡き夫、西園寺公宗の夢を見たという。公宗は、後醍醐天皇に謀反のかどで処刑された人物。家督は、謀略を密告した弟の公重により奪われてしまう。「思ひ置く」の歌は、ある人が夢に見た公宗の歌であるが、公宗の無念や恨みのほどを伝えるものである。

以上、いくつか具体例を挙げて見てきた[15]。日記に記された夢の内容はさまざまであるが、これらの夢には共通することがある。まず、作者と夢に登場した人物とは、離れた状況、それも再会が望めないような状況にあることである。『成尋阿闍梨母集』や『建礼門院右京大夫集』の場合、夢に現れた人物は生存しているが、再会の可能性はきわめて低い。『十六夜日記』や『竹むきが記』の場合は、故人の夢である。次に、これらの夢は、何かを予兆していると言えるようなものではないことである。したがって、夢に基づいて何らかの展開が生じる、といったことも特にない。

このように、生別、死別を問わず、会えなくなってしまった人物を夢に見、思うのは、きわめて一般的なことだろう。夢が、現実には会えない人物と会うことを可能にするものとして、一般に認識されていたことは、たとえば、次に挙げる鎌倉初期の評論書『無名草子』からも窺い知ることができる。

また、「何の筋と定めて、いみじと言ふべきにもあらず、あだにはかなきことに言ひ慣らはしてあれど、夢こそ、あはれにいみじくおぼゆれ。①遥かに跡絶えにし仲なれど、夢には関守も強からで、もと来し道もたち帰ること多かり。②別れにし昔の人も、ありしながらの面影を定かに見ることは、ただこの道ばかりこそはべれ。上東門院の『今はなき寝の夢ならで』と詠ませたまへるも、いとこそあはれにはべれ」など言ふ人あり。

（一八四頁[16]）

夢の中なら、絶えてしまった仲でも、かつての逢瀬の思い出がよみがえり（傍線部①）、死に別れてしまった人でも、生前の面影をはっきりと見ることができる（傍線部②）。本節で取り上げた夢とは、まさにこうした夢である。

女性の日記と夢というと、『蜻蛉日記』や『更級日記』、『とはずがたり』の夢の印象が強いが、こうした一般的な夢を記す日記、あるいは夢自体を記さない日記の方が、数としては多いのである。一般的な夢には、何かの予兆として、話を展開させる機能はない。だが、夢に登場するのは、それぞれの日記のテーマと深く関わる人物である。そうした人物にまつわる夢を記すことは、日記の根幹を語ることでもある。夢は、日記のテーマを語り伝えるひとつのメディアなのだといえるだろう。

これらの夢と『たまきはる』の遺文の夢を並べてみると、遺文の夢の特徴が浮かび上がってくる。春華門院にまつわる二つの夢は、その崩御の予兆であった。夢から覚めた作者自身も不吉さを読み取り、朝日に向かって祈る、あるいは祈禱させるなど、回避を試みている。建春門院にまつわる夢の場合は、不吉さはないものの、八条院への初見参が叶うという、次の展開を伝えるものであった。このように、遺文の夢は、『たまきはる』に登場する主要人物が関わってはいるものの、本節で取り上げた夢と違い、すべて予兆の夢なのである。

『たまきはる』の夢は、予兆の夢であったため、本編には採録されず、遺文にのみ残ったと考えることはできないだろうか。もちろん、夢のもつ不吉さ、さまざまな事情による憚りがあったことは確かである。だが、予兆をキーワードにしてみると、『たまきはる』の夢に対する姿勢は、多くの女性の日記のそれと矛盾することなく、説明できるのである。こうした点にも注目すべきだろう。そして、多くの女性の日記は、夢を記すことによって、話を展開させるのではなく、日記のテーマに通ずるところを示そうとしていることにも注意しておきたい。

三　比喩としての夢

ここまで、睡眠中に見た夢について取り上げてきた。『たまきはる』の場合、こうした夢は遺文にのみ伝わり、本編には一切記されていない。ただし、「夢」という語自体は、本編でも使用されている。

明け暮れぬとばかり、またおなじ世に長らふと聞くたぐひの、わづかに残りたるも、昔見し人の、おのづから言問ふもなし。六十路の夢は時の間の心地すれど、思ひつゞくれば、さも言ふかひなく思ひ出でなき身の、さすがに幼しとも言ふべかりけるほどより、宮仕へとかや、人のよからず言ひ古しためる事を、朽葉が下に隠れ果てたらんをだに、取る方ならずなり初めにける身を思へば……

（二五四頁）

『たまきはる』の序の一節である。ここでは、日記執筆の背景、目的などを述べてゆく。日記編纂時、作者は六十三歳であったが、その六十余年の人生を「六十路の夢」と表現している。

これから日記に記してゆく自身の人生を「夢」と表現し、また、睡眠中の夢の話は本編に一切採録しないなど、「夢」に対して意識的であったと思われる作者が、「夢」という言葉を用いて表現したのは何か。最後に、『たまきはる』の本編でのみ用いられる比喩としての夢にも注目したい[17]。

序には、もう一例、夢という言葉が見られる。

猶弥生の空、あたりも匂ふばかりなる桜ばかりや、大方のことざまにも思ひよそふれど、さしもほどなき色を分きし御名の恨めしさにつけても、さすがに思ひ捨つまじき心地して、いたづらなるまゝにながめ暮らす日数の、幾日とだにたどられぬに、移ろふほどなき風の情けなさも、見し夢に変はらず。（二五三頁）

序では、六十三歳の作者から見て早世した建春門院、春華門院への思いも語っているのだが、ここでは「さしもほどなき色を分きし御名」の持ち主、春華門院の崩御について述べている。悲しみに暮れる作者が眺める桜の花を、幾日と数えないうちに散らしてしまう慌ただしい風の無情さは、かつて見た「夢」、すなわち女院の崩御と変わらないとある。女院の早世が、「夢」と表されている。[18][19]

次に挙げるのは、建春門院時代の記事である。

安元二年、五十の御賀と言ふ事ありき。三月四日より六日まで、三日ありし事にや。確かにもおぼえず。三日がほど、女房みな日々に装束き替ふ。……中の日の裳、唐衣ばかりなりし日は、さながら浮線綾、織物などの桜の衣どもを、桜の散り花織り浮かし、錦、織物の裳、唐衣などにも桜の歌、詩などを衣の棲、唐衣、裳の腰に、いかにせんと置き縫ひ、金にてもし、木を打ちなど、心々に袴、小袖、扇などまで、たゞ春の花、珍しく清らなる色ふしを、人にまさらんと心を尽くしたりし。やがてその年の七月、花の散るやうなりし夢のはかなさに、桜ばかり、昔も今も恨めしく、さすが形見なる色も匂ひもなかりけり。（二八八―二八九頁）

安元二年（一一七六）三月に行われた後白河法皇の五十賀についての記事である。『たまきはる』には、女院や女房達の装束を詳しく描写するという特徴があるが、この記事でも、同僚女房達の意匠を凝らした装束について描写している。その中に、同年七月の建春門院の崩御に言及した一文（傍線部）がある。建春門院の崩御は、五十賀の時点では想像だにしなかった出来事であったはずで、その儚い崩御が「夢」という言葉で表現されている。

最後に、春華門院にまつわる記事の冒頭を挙げる。

さて、この憂き世の夢は、その御方とて、とありかゝりと見定むるほどの事もなかりき。さすがに若き人々あまた参り集まりて、ほか〳〵の今めかしき事も聞き伝へ、片端見など、心ばかりはうらやましく、好ましくなど思ひ合はれたれば、古き尼の心には、見習はぬ事も多かり。又障子一つが隔てなれど、さすがこの御方のまゝにもなし。

（三〇二頁）

『たまきはる』には、作者が仕えた女院達とその御所の様子が記されているが、この記事でも、春華門院のもとにいる女房達の様子などを語っている。ただ、十七歳という若さで崩御した春華門院のことは、建春門院や八条院と違い、見極める間もなかった。儚くも夭折してしまった春華門院を「憂き世の夢」としている。

以上が、『たまきはる』本編に見られる比喩としての夢である。自身の人生を「六十路の夢」と象徴的に表現した以外は、すべて早世した建春門院と春華門院の崩御にまつわる文脈で使用されている。比喩としての夢は、作者が特に追慕する二人の女院にしか、用いられていないのである。

比喩としての夢を限られた範囲でのみ用いるという傾向は、『たまきはる』に限ったことでもないようである。たとえば、前節で取り上げた『建礼門院右京大夫集』の場合、比喩としての夢は、平家の都落ち以後の日々を語る部分でのみ使われ、建礼門院に仕えた日々や都落ち以前の日々を語る中には見られない。印象的な夢の話をいくつも書き残した『蜻蛉日記』において、比喩としての夢が登場するのは、夫、兼家との関係の悪化が決定的なものとなった中巻以降である。その『蜻蛉日記』以上に日記の根幹と関わる夢の話を記した『更級日記』では、夫の死についての記事でのみ、「夢のやうに」（三五六頁）[20]、「夢路にまどひてぞ思ふ」、「夢の世」（三五七頁）と表現する。このように、何を「夢」と表現するかについては、かなり意識的であったと思われる節がある。

前節で取り上げた睡眠中に見た夢は、それぞれの日記のテーマと密接に関連するものであったが、こうした傾向は、比喩としての夢にも当てはまる可能性がある。睡眠中に見た夢、比喩としての夢を問わず、「夢」は、日記のテーマと結びつきやすい題材であったと考えられるだろう。

おわりに

以上、本稿では、『たまきはる』の遺文にのみ残る夢を起点として、女性の日記に見られるいくつかの夢や比喩としての夢を取り上げてきた。

『たまきはる』の建春門院にまつわる夢、春華門院にまつわる夢は、さまざまな憚りに加え、予兆の夢であったために、本編に採録されなかったと考えられる。これは、中古・中世の多くの女性の日記に見られる夢に対する姿勢と共通するものでもある。一方、『たまきはる』本編にのみ見られる比喩としての夢は、非常に限られた範囲でしか用いられていないが、これもまた、いくつかの女性の日記と相通ずるところがある。

この時代の女性の日記は、男性貴族のそれと違い、後年になって編纂された、いわば回想録である。本稿で扱った睡眠中に見た夢も、比喩としての夢も、日記のテーマを物語る題材として、編纂時に巧みに利用されていたのではないだろうか。そして、日記のテーマを物語る夢として記されたのが、予兆の夢よりもごく一般的な夢であった点、また夢そのものを記さない日記が案外多かった点に、物語ではない、日記というジャンルの性格が表れているのかもしれない。

註

（1）『たまきはる』の引用は、新日本古典文学大系に拠る。
（2）今関敏子「『たまきはる』の夢　本文と奥書以降」（『仮名日記文学論　王朝女性たちの時空と自我・その表象』笠間書院、二〇一三年、初出は二〇〇八年）。
（3）今関敏子前掲註（2）論文。
（4）三角洋一「健御前の八条院追慕について」（『国語と国文学』七十―七、一九九三年七月）。
（5）稲村栄一「『たまきはる』の成立と定家――遺文構成の方法――」（『国語と国文学』七十九―七、二〇〇二年七月）は、遺文の春華門院にまつわる夢から崩御までの部分（定家の書き入れより前の部分）について、本来は本編にあったとする。種々の憚りを感じた定家が「此事、殊有憚、早可破却」と注記を施し、その注記を守った書写者によって後の写本では本編から切り離されたとする。しかし、後述するように、「夢」という語に注目すると、本編と遺文で用いられ方に差もあるため、本稿では、一連の記事は最初から遺文にあったと考えている。
同論文や藤川功和「『たまきはる』（建春門院中納言日記）の構成と諸問題」（『島大国文』十、一九八一年十二月）。なお、
（6）今関敏子前掲註（2）論文。
（7）『蜻蛉日記』の引用は、新編日本古典文学全集に拠る。
（8）西郷信綱『古代人と夢』（平凡社、一九七二年、後に平凡社ライブラリー〈一九九三年〉として再刊）。
（9）倉本一宏『平安貴族の夢分析』（吉川弘文館、二〇〇八年）。

（10）『蜻蛉日記』、『和泉式部日記』、『紫式部日記』、『更級日記』、『讃岐典侍日記』については倉本一宏『平安貴族の夢分析』、『とはずがたり』については河東仁「『とはずがたり』における夢の諸相――入胎夢のインキュベーション――」（『立教大学コミュニティ福祉学部紀要』六、二〇〇四年）を参照した。

（11）『成尋阿闍梨母集』の引用は、私家集全釈叢書『成尋阿闍梨母集全釈』（風間書房、一九九六年）に拠る。なお、『成尋阿闍梨母集』には、他に二例、夢が記されている。

①八月十一日の夢に、阿闍梨おはして、阿弥陀の讃と申すものの古きを書きあらためて、「これを得よ」とて取らせたまへりと見る。②またこの十三日の夜の夢に、「無量義経を読め」とて取らせたまへりと見るに、おどろきても、この世にうち捨てたまへるはつらけれど、後の蓮の上と契りたまひし心ざしは、忘れたまはぬめりと、あはれにはおぼゆれど、おぼつかなさはやむかたなし。（三四八―三四九頁）

延久四年（一〇七二）八月、作者が見た夢である。夢の中で、成尋は作者に「阿弥陀の讃」や「無量義経」を読むようにと渡す。成尋の渡宋後の夢であり、離別が決定的なものとなった状況で見た夢である。

（12）『建礼門院右京大夫集』の引用は、新編日本古典文学全集に拠る。なお、『建礼門院右京大夫集』には、他に一例、夢が記されている。

夢にいつもいつも見えしを、「心の通ふにはあらじを、あやしうこそ」と申したる返り事に、

通ひける心のほどは夜を重ね見ゆらむ夢に思ひ合せよ（154）

返し

げにもその心のほどや見えつらむ夢にもつらきけしきなりつる（155）

作者と恋愛関係にあった人物との贈答である。作者の夢にはいつも恋人が見えたとあり、それを題材にした贈答が交わされている。男女の贈答に典型的なものである。

（13）『十六夜日記』の引用は、新編日本古典文学全集に拠る。

（14）『竹むきが記』の引用は、新日本古典文学大系に拠る。なお、『竹むきが記』には、他に一例、夢が記されている。

いかに思ひ初めけるにか、初瀬の観音を頼み奉りて、朝ごとに香花を供養しなど侍りしを、なべて神仏をも恨めしく思ひし世に、捨て果て聞えしかど、さてもあらず、願など立て置く事あれど、遥けき道にすが〳〵しく

も思ひ立たれず、年月を送る程に、貞和三年正月に夢想の事あるに驚きて、忍びつゝぞ思ひ立ち侍る。

（三三〇—三三一頁）

初瀬詣の記事の冒頭である。なかなか参詣する機会がなく、年月を過ごしていたところ、夢想があって、参詣することにしたという。本稿で取り上げた夢とは異なる性格のものだが、「夢」ではなく、「夢想」という表現であることに注意しておきたい。

（15）本稿で取り上げなかったものに、『うたたね』の夢がある。

夜もいたく更けぬとて、人は皆寝ぬれど、露まどろまれぬに、やをら起き出でて見るに、宵には雲隠れたりつる月の、浮雲紛はずなりながら、山の端近き光のほのかに見ゆるは、七日の月なりけり。見し夜の限りも今宵ぞかしと思ひ出づるに、ただその折の心地して、さだかにも覚えずなりぬる御面影さへ、さし向ひたる心地するに、まづかきくらす涙に月の影も見えずとて、仏などの見え給ひつるにやと思ふに、恥かしくも頼もしくもなりぬ。さるは、月日に添へて耐へ忍ぶべき心地もせず、心づくしなることのみまされば、よしや思へばやすきと、理に思ひ立ちぬる心のつきぬるぞ、有りし夢のしるしにやと嬉しかりける。

（新日本古典文学大系・一六二頁）

恋人との関係が破綻した頃、七日の月を眺める作者は、最後の逢瀬も同じ七日の夜であったと気づく。恋人の面影と向かい合っているような気がするが、それは月光の中でいつしか仏となり、作者は出家を決心する。「有りし夢のしるし」とあるため、夢として数えたが、他の夢の例と異なり、睡眠中に見た夢としては曖昧な部分も多く、幻としても理解されるため、本稿では取り上げていない。

（16）『無名草子』の引用は、新編日本古典文学全集に拠る。

（17）和歌に詠まれた「夢」については、散文の「夢」とは同列に扱えない問題があると思われるため、本稿では取り上げないが、『たまきはる』本編に六例ある。

面影の見し人数は忘れねど語るは夢に変はらざりけり（二九三頁）

過ぎにしも今ゆくすゑも寝るが中のはかなき夢よいつか覚むべき（二九三頁）

恋しさのしばし忘るゝ時もなき憂き世の夢はいつか覚むべき（三〇三頁）

花の散り露の消ゆるもほどぞある夢にまどひし曙の空（三〇四頁）

白玉の袖よりほかに乱れにし夢にまどひて消えなましかば（三〇四頁）

夢にだにさだかに見えぬ会ふ事を寝るがうちとて待つぞはかなき（三〇四頁）

「面影の」と「過ぎにしも」は、建春門院崩御に関わる和歌、残る四首は、春華門院追慕の和歌である。後述するように、比喩としての夢は、建春門院、春華門院の崩御に関わる文脈でのみ使用されているが、和歌においても同様である。

(18) 序において追慕の対象となる人物については、建春門院か、春華門院か、あるいは両者なのか、解釈が分かれている。特に『たまきはる』冒頭の和歌「たまきはる命をあだに聞きしかど君恋ひわぶる年は経にけり」の「君」を建春門院とするか、春華門院とするかによって、追慕の対象が変わってくる。「君」を建春門院とする説（佐々木信綱『建春門院中納言日記新解』〈明治書院、一九三四年〉、玉井幸助校注、日本古典全書『健寿御前日記』〈朝日新聞社、一九五四年〉など）に対し、春華門院とする説（荻原さかえ「『たまきはる』の日記文学性」〈『駒沢国文』九、一九七二年五月〉、大矢はる恵「『健御前日記』の主題について」〈『解釈』十九—二、一九七三年二月〉、森田兼吉「『たまきはる』の序文の考察——その性格と作品との関わり——」〈『日記文学論叢』笠間書院、二〇〇六年、初出は一九九九年〉など）が出されたが、「君」を建春門院とし、序において追慕の対象となるのは建春門院と春華門院の両者であるとする説も示されている（今関敏子「『たまきはる』冒頭部の時間認識と回想　昔と今」〈『仮名日記文学論　王朝女性たちの時空と自我・その表象』、初出は二〇〇五年〉）。この点について、本稿では、いずれとも解せるように表現されていることが重要と考え、建春門院、春華門院への思いを語っているとした。

(19) 「見し夢」についても、建春門院の崩御とする説、春華門院の崩御とする説に分かれる。

(20) 『更級日記』の引用は、新編日本古典文学全集に拠る。

II

古代・中世史の夢叙述

平安時代における僧侶の〝夢記〟

――九世紀以前の僧と夢――

上野　勝之

はじめに

本稿では、九世紀以前の僧の夢記に関する史・資料を集成し、その具体的な内容や表現、記録のあり方を分析することで当時の僧侶の夢に対する考え方や接し方など平安前期の仏教者の夢観念の一端を明らかにしてみたい。

夢を記録する行為は僧俗問わず日本では歴史的に広く見られるが、本稿では、記録として残すために日時を明記して夢の内容を記したもの（狭義の夢記）、書状や日記本文の一部として日時とともに記したもの、日時などが明確ではない本人による夢に関する記述、後年の自伝的記事、他人による一次伝聞記録、時間を隔てた伝承的記事など広く夢内容を記した記述を「夢記」として論究対象とする。また睡眠中の夢以外の覚醒時、精神的変容状態の幻視も基本的に〝夢〟の範囲に含める。

さて、日本における夢の記録者として名高いのは高山寺の明恵上人（一一七三～一二三二）と興福寺多聞院の英俊（一五一八～一五九六）である。明恵は三十六年に渡り「夢之記」を書き続けたほか、著作の奥書などにも多くの夢の記録を残し、さらに夢に関する経典の記述を抜き出した『夢経抄』なども著している[1]。英俊は明恵のような知名度こそないものの、その日記『多聞院日記』巻四～巻四十二に五百件余りの様々な夢記事を書き残した[2]。

明恵については数多くの国内外の研究が積み重ねられ、夢記そのものの解読、高山寺外に散逸した夢記の発掘はもちろん、経典類の夢記述と明恵の夢の内容及び彼自身が夢記に付した夢解きとの比較、その仏教教理的な意味の考察、睡眠中の夢と禅定体験中の好相の関係、著作や思想上の夢の位置付けなど多様な成果がある。そのうち本稿と特に関わりの深い夢の記し方に関しては、夢記を後日に記す場合があること、「夢之記」と別の著作内では同じ夢でも表現に異同が見られること、また仏菩薩よりも周囲の人物が登場する夢が多く、しばしば動物も出現することなど夢記全般の特質を明らかにした奥田勲、山田昭全氏らの論考、日次記である「夢之記」以外の裏書や奥書、消息、署名入りの夢記など夢記の形態の多様性を指摘した米田真理子氏の研究が重要な示唆を与えるものとなる[3]。興福寺僧であった多聞院英俊に関しても、世俗的な内容の夢が少なくないことが指摘されている。

このほかに、これまでの僧の夢記に関する研究としては、ある個人の夢と夢記全般を論じたものに新義真言宗の学匠頼瑜（一二二六～一三〇四）、西大寺の律僧叡尊（一二〇一～一二九〇）、真言宗の栄海（一二七八～一三四七）らに関する研究がある[4]。また法然（一一三三～一二一二）、親鸞（一一七三～一二六二）、一遍（一二三九～一二八九）についてはそれぞれ善導の夢、六角堂の夢、熊野権現の夢という主に宗教的回心の契機としての夢が大きく取り上げられてきた[5]。

以上のように、従来の僧の夢と夢記に関する研究は、質量ともに他を圧する史料を残した明恵を中心として行われてきており、他の人物の場合も主に鎌倉時代以後の僧が対象となってきた。しかし、明恵と彼の夢認識を歴史的に位置づけるためにも、明恵以前、平安時代までの僧の〝夢記〟に関する知識は不可欠である。早くから明恵の夢に注目してきた海外の研究者であるフレデリック・ジラール氏は、その優れた論考において明恵以外の僧を含めた共同研究の必要性をつとに指摘している。[6]また、当時の社会における仏教の存在の大きさを考えるならば、僧の夢に対する考え方は同時代の人々に大きな影響を与えたものと思われる。したがって、僧の夢記を考察することは、平安時代における夢観念全体を知る上でも重要と考えられる。本稿はこうした視点から、十二世紀までの僧の夢記を収集、概観する作業の一部として九世紀までの史料を扱うものである。以下、夢関係記事を記録性の比較的高いものと伝承的なものに区分して作成した**表1、2**に基づき、時代を追って論述を進めていくこととする。

一　初期の〝夢記〟

本節では九世紀前半、円仁以前の夢記および夢記事を順に見ていく。すでにこの時期には本人によるほぼリアルタイムの記録、後年の自伝、没後の伝記や伝聞記録など異なる性格の史料が存在しているが、それぞれの〝夢記〟の内容や夢の意味、記録の形態、夢記の扱われ方などを検討していきたい。

まず、**表1**の冒頭に掲げた三例は淡海三船による鑑真（六八八〜七六三）の伝『唐大和尚東征伝』の記事である。ここには、1鑑真本人の予兆夢、2鑑真を招いた日本僧栄叡の夢、3弟子が鑑真の死を予兆した夢、三つの夢記事が見られる。1は鑑真の五度目の渡航における出来事とあり、鑑真自身により官人＝中国の神が別れを告げに来た夢、つまり渡日の成功を示す予兆と解釈されたという。しかし、この時には海南島への漂着に終わり、その実現は五年後の次回に持ち越されることになった。[7]高僧の伝記として、的中したとはいいがたい夢解きを記している点が面白い。3の建物の梁が折れる夢については、中国の世俗的な夢占い書である敦煌出土の『新集周公解夢書』に

「夢見屋棟折、死」とあり[8]、十二世紀の藤原頼長の『台記』康治元年（一一四二）五月十五日条でも「屋崩」夢を死の予兆とするなど、我々にも理解しやすい連想的な夢解きであろう。

注目したいのは2の夢である。漂流十二日目、船上の人々が水不足に苦しんでいた際、栄叡が「面色忽然怡悦。即説云。夢見官人」と突如恍惚とした状態に陥り、「夢」に見た官人に水を請い了承を得たと語ったという。翌日に雨が降り栄叡の「夢」は現実化するが、これは明らかに睡眠中の夢ではなく、非常時における精神的変容状態で見た幻というべきものである。こうした出来事を「夢」と表記していることは、当時の「夢」なる言葉が睡眠中の夢に収まりきらない幅を持っていたことを示していよう。『東征伝』は鑑真とも交流のあった淡海三船が唐以来の鑑真の弟子思託による伝『広伝』（『大唐伝戒師僧名記』）三巻などの資料に基づき宝亀十年（七七九）に著したものである[9]。『広伝』原本は散逸しているが、同じ思託の手になる『延暦僧録』に栄叡伝4が立項されており、その内容はほぼ『東征伝』と一致する。したがって『東征伝』の栄叡の「夢」記事・表記は鑑真とともに渡航を体験した思託の『広伝』に由来すると見られる[10]。他の記事もおそらく同様であろう。また1のような鑑真本人による予兆夢の不的中まで記載している点からも、これらの記述が高僧伝類にしばしば見られる神格化のために付会された伝承とは一線を画した、実際に鑑真周辺で語られていた夢逸話に基づくものと考えられる[11]。

5は思託の『延暦僧録』に収められた思託自身の自伝、7は聖徳太子が禅定を行っていたところ、当時の人々は禅定を知らず太子が禅定を行う建物を夢堂と呼んだという。伝承ではあるが、先の栄叡伝と同様に夢という言葉の定義に関わる史料である。

続く8は『霊異記』著者の景戒自身の夢とその夢解きを記した著名な記事である。①は乞食に訪れた旧知の沙弥と上品下品の功徳などについて問答し、②は自身の遺骸を焼く光景を見た景戒の魂が遺骸の焼き方を指示しようとする夢であり、①は「聖示」として教学的な意味付けを、②は長命や官位を得る予兆かと案じている。この記事に関する先行研究は数多いが[12]、ここでは夢を見た日時が明記され、かつ夢が実現したか否かの結果を記すという夢記としての記録性を備えていること、また②の死体を焼く夢に関連して、敦煌出土の解夢書類では「夢見身死、主長命」、「夢見作塚墓者、大吉」など死や墓、棺の夢が概して吉兆とされる点を指摘しておく[13]。

六国史では高僧の卒伝に夢記事が見られ、9は死後に同法の僧に極楽往生を告げたという往生夢の先駆けといえる記事であり、「夢に入る」という表現が注目される[14]。13は夢で見た場所に寺院を創建したとする霊験縁起譚、14では吉夢を無暗に他人に語るべきではないとの言葉が法相宗の護命僧正の口から語られている。これらの卒伝は、主に死後に弟子らから提出された資料をもとにしていると考えられる。16の奏状は17とともに神が僧に仏法の助けを求め、代わりに擁護することを約した護法神伝承であり神宮寺の創建に関わる夢である[15]。本人による公的な言上であり、この種の夢言説が当時の社会にいかに受容されていたかを示していよう。10、12は嵯峨皇后の橘嘉智子が見たとされる自身の立后や子息の即位の予兆夢である[16]。事実か否かはともかく、嘉智子は篤実な仏教信仰者として知られており、瓔珞や三十三天といった仏教的要素のある夢を見たとされてもおかしくはない。

17『叡山大師伝』は最澄（七六七～八二二）が渡海のために豊前の賀春山下に泊まった折、梵僧の姿で夢に現れた賀春神の左半身が人、右半身が石のごとき姿が実際の山容と一致していたとする霊異を語っている。『叡山大師伝』は「一乗忠」すなわち弟子の仁忠または真忠が天長年間（八二四～八三三）に撰述したと考えられているが[17]、ここでは夢と後続の託宣の関係に曖昧さが残るなど不自然さが否めない[18]。18、19『空海僧都伝』は虚空蔵求聞持法修行中の空海（七七四～八三五）に訪れた神異、さらに仏に仏道の指針の教授を祈念した際の夢告を記す。『空海僧都伝』は弟子真済が承和二年（八三五）に記したと伝承するが、現在では九世紀後半以降のものとされる[19]。求聞持法については空海が入唐後に記した20『三教指帰』の自序や『続日本後紀』卒伝にも記されており、修行そのものは事実と見られるが、その目的は卒伝や『僧都伝』と異なり大学の学生として記憶力増進のためであった可能性が指摘されている[20]。神異の内容も明星（金星）が現れるものから口内に飛び込むとなるなど夢の記事とともに『僧都伝』の装飾性は濃厚である。通説的な理解によるならば、最澄、空海いずれもこのような祖師に関する夢伝承が直弟子、孫弟子世代には語られていたこととなり、祖師の神格化が早い段階から進むことを示している。

次に21『伝述一心戒文』は、最澄の弟子光定（七七九～八五八）が承和元年三月二十四日に前の叡山俗別当大納言藤原三守に送った書状（の草稿）に記された夢である。本人がほぼリアルタイムで記したことが確かな夢記事として興味深い。内容は難解であるが、大乗戒のことを思念していた正月六日夜に夢想を得たとして、皮衣を着た左衛門佐藤原長良ら三名と光定が立っており、長良が皮衣の上を撫でて良しといったという[21]。また三名は東近衛門（陽明門）から東に向かい、光定は西に向かい、その時に内裏から来た人が光定を召した。光定が内裏に向かおうとしたところ、衛門のあたりに三十人ばかりの人がいると見て夢が終わったという。文意を取りづらい個所もあるが、内裏からの召しなど内裏が関わることは読み取れる。光定は大乗戒壇設立時において他宗の僧綱や朝廷との交渉役を担い、弘仁六年（八一五）には嵯峨天皇の御前で還俗した元興福寺僧の真苑雑物と対論、また大乗戒壇勅許後の最初の受戒時に嵯峨天皇真筆の戒牒を賜るなど内裏にも縁が深かった（『延暦寺故内供奉和上行状』）。光定の夢が実際の内裏近辺の情景を反映していることは確かであろう。

では、夢中の内裏は何を意味するのか。夢想の記述に続けて「義真大師遷化。法弟失途」とあるように、この夢の背景には前年七月に没した叡山初代座主の義真の後継問題があった。当初は義真の弟子円修が義真の譲りとして二代座主を名乗ったが、光定は最澄の弟子円澄を座主とするべく動き出す。まず十月に天皇や三守への上表を行い、さらに翌年正月には叡山の大乗戒壇設立の由来と円澄の補任の正当性を訴える『伝述一心戒文』を記し、二月に藤原三守に呈して天皇への上奏を乞うていた[22]。この三月二十四日付けの三守宛て書状は、「補任既畢。勅使一登」と光定の願い通りに円澄が伝法和尚（座主）に補任され勅使が派遣されるに至ったことへの感謝状なのである。こうした文脈を考えるならば、内裏とは円澄補任の勅許の暗示に他ならないと考えられる。さらに、正月の夢を二月の上奏依頼時ではなく三月の書状で記している点も示唆深い。上のような夢の解釈は、おそらく光定だけでなく藤原三守にとっても容易に思い至る事柄であったであろう。だからこそ、光定もとくに説明を加えず記したものと思われる。三月の時点では、すでにこの夢は実現した正夢として結果が確定しており、夢見た光定の正しさ、また補任処置自体の正当性を補強する夢として機能することになる。もし二月の時点において夢の内容を知らせていたならば、補任が実現しなかった場合には偽夢として、光定にとっては（若干の）マイナスの出来事となり、あるいは夢に名を借りて自分の意志を主張しようとしていると受け取られる可能性もある。このように考えるならば、未確定の吉夢を不用意に周囲に知らせることは、かえって望ましくない結果を引き寄せる危険性があることが分かる。9のような吉夢を不用意に口外するべきではないという慣習的な思考の背後には、こうした実際的な側面も無視し難く存在したのではないかと考える。

二　円仁の夢――入唐僧と夢・その一――

平安時代に入唐（宋）した天台僧円仁（七九三～八六四）、円珍（八一四～八九一）、成尋（一〇一一～一〇八一）はそれぞれ旅の過程を記録した日記を残しており（円珍は抄録のみ）、そこには夢に関する記事も多々含まれている。

先行研究でもそれぞれに論じられているところではあるが、本稿では九世紀代の円仁、円珍の夢について、前後の状況からの心理的意味の考察及び夢の記載形態の分析を行ってみたい。

円仁関係史料としては、その旅行記『入唐求法巡礼行記』[23]、三千院本及び通行本『慈覚大師伝』があるが[24]、ここでは本人によるよりリアルタイムに近い記録である『巡礼行記』を基本史料として検討する。十五歳で最澄に師事した円仁は遣唐請益僧として承和五年（八三八、唐の開成三年）六月博多を発ち七月に揚州に上陸する。揚州で全雅和尚から金剛界法や両部曼荼羅を学ぶが天台山や長安へ赴く許可は得られず、翌年に求法のため不法残留を決意して帰国船を降り、山東の赤山院で新羅人らに庇護された後、開成五年に赤山院を発ち五台山巡礼を経て長安で密教を受法する。その後、会昌二年（八四二）に始まる会昌の廃仏に遭遇し困難の末に承和十四年に帰国、翌年に入京する。『行記』は出発から帰国までの十年間を記録するが、その記述には時期による精粗が見られ、ことに会昌元年の密教受法以後は記載がまばらになり[25]、夢の記事も受法を終えるまでの期間に限られている。以上の求法の経過を念頭におきつつ、円仁の夢を考察する[26]。

22、23では二日続けて夢に叡山の義真、円澄両座主を見たとある。これらは五台山巡礼を志して赤山院から登州都督府へ至り、さらに巡礼の公験（通行許可証）を得るために青州へと発した最初の二日に見た夢である。円仁の郷愁による夢と説かれることが多いが、これに先立つ三月七日条には登州の開元寺において浄土壁画の発願由緒書に昔の日本の遣唐使の名を発見したことを記している。遣唐使の名前に接したことが契機となって円仁が本国を想起していた可能性が考えられよう[27]。むろん、叡山の高僧の夢は円仁にとって吉夢であったはずである。

27では、十月二十九日条に長安の大興善寺で元政和尚に金剛界法を受けたことを記した後、「開成五年十二月二十九日夜。（夢）見画金剛界曼荼羅到本国」と円仁が日本に金剛界曼荼羅をもたらし、喜んだ最澄が円仁を拝礼しようとした夢を載せる。問題は「開成五年十二月二十九日」と二ヶ月後の日付を記していることであるが、「開成五年」という年号を明記することからすれば単純な錯誤とは考えがたい。十二月二十二日条には金剛界大曼陀羅を絵師に書き始めさせた記述があり、同二十九日付けの日記本文こそ存在しないものの、二十九日にこうした夢を見ていたとして不思議はない[28]。それを裏付けるのが28の夢である。

28は会昌元年四月十五日の午睡中、老僧が円仁の胎蔵曼荼羅制作に布施の絹を施す夢、銭を入手する夢、さらに五台山に住む僧が慰問の書と絹・刀を言付ける夢を見たという。円仁はこの時、夢と同じく実際に曼荼羅制作に取り掛かっていた。二日前、同月十三日には胎蔵曼荼羅制作のため絵師を招いて功銭を相談し、十五日の晩には絵師と「五十貫銭。作五幅幀」と決め、二十八日に作画を開始、五月三日に義真和尚から灌頂を受け胎蔵・蘇悉地法を学び始めたとある[29]。注目すべきは、十三日条や十五日条、さらには二十八日条では義真和尚に絹三疋と銭十貫文を送ったこと、元政和尚に支払った謝礼が総額二十五両に上ることを記しているなど、この頃の円仁が明らかに経済的な事柄に敏感になっていた事実である[30]。こう見るならば、28の銭や絹を得る夢は当時の円仁の関心事、曼荼羅の制作や諸種の経費といった問題を直接に反映した夢であることが明白である。したがって24も同様に十二月の曼荼羅制作中の夢であることは間違いなかろう。

では、十二月の夢を十月の日記に記した意味は何か。円仁がこの夢を受法に対する最澄の励ましと受け取ったがゆえに受法開始の十月二十九日条に付したとの見解がある[31]。しかし、五台山からの冥助を示す28の夢を考え合わせるならば、ことは最澄個人の（霊の）励ましといった次元ではなく、広い意味での仏法の加護という文脈において捉えるべきであろう。密教には灌頂における証明夢、すなわち灌頂の前に受者が灌頂を受けるにふさわしいか否かを証明する夢という概念もある[32]。また仏教に限らず当時の社会全般においても、現実を先取りする予兆としての夢は霊夢として一般的であったと考えられる。夢が現実の時間軸に必ずしも縛られないことを念頭におくならば、実際には制作の途中であった曼荼羅を日本に持ち帰る夢は、曼荼羅が完成＝受法の完了の予告を意味し、最澄が拝することは円仁が学んだ仏法、すなわち受法の価値を証明するものになろう。曼荼羅の制作を言祝ぎ、後押しすることの夢は、現在進行中の受法の正しさを示す夢として受け取られたと考えるべきである[33]。先師最澄は唐において順暁から三種悉地法を受けたものの体系的な密教としては十分ではなく、帰国後には空海からの受法を求めるも不完全に終わり、最澄亡き後には高弟円澄らがあらためて空海に受学を求めるなど叡山の遮那業（密教）確立に努めた[34]。そうした叡山の先達たちの行跡を知る円仁にとって、唐における密教受法は自身の求法のためだけではなく、先師らの願いに応えるものでもあったはずである。その願いが実現しつつある中、とりわけ曼荼羅の制作は円仁にとって密教の受法そのものを象徴する行為として感慨深いものがあったのではないかと思われる。27は帰国後の『巡礼行記』の整理・編集段階で、十二月の夢を受法の正統性を証する吉夢として受法開始の日の日記に挿入したと見做すのが妥当であり[35]、夢の内容、編集行為いずれにも求法の成果に対する円仁の思いや自負を読み取るべきであろう。

26は長安で元政和尚に初めて念誦法門（密教）を借り得た十七日の記事に、三千世界を計る秤を入手する夢を見たことを記す。先行研究ではこの記事は同日に長安において赤山院を舞台とした夢を見たと解釈する説と赤山院滞在中の夢を記したとする両説がある。しかし、長安で見た場合には「夢見於赤山寺」と表記するはずであり、両『大師伝』のごとく以前の赤山院滞在時に見た夢をこの日の記事に記したと理解すべきであろう[36]。内容に関しては『巡礼行記』より両『伝』34、47の描写が詳しく、また『伝』には「我必当得大千世界無上法王祕妙法則」と無上の秘法＝密教を習得する兆しとの夢解きが付されているが、『行記』記事のみからでも円仁がこの夢を求法成就の暗示と受け取ったであろうことは十分に読み取れる。元政から念誦法門を借りることが密教受法の最初の一歩、すなわち夢の予兆の現実化を示すと解釈するならば、この日の日記に夢を記したことは予兆とその実現の対応関係を明示するためであったと考えることができる。このように理解した場合、残る問題は26の夢記事が当初からこの形であったのか、つまり十七日当日に円仁が過去に赤山院で見た夢を思い起こして日記に書きつけたのか、あるいは27のように後の編集の結果としてこの日時に追加挿入されたのかということになる。にわかには判断し難いが、『行記』記事が省略形であること、27と異なり夢見た月日が付されていないことからすれば、当初からこのような形であったとしておかしくはない[37]。『伝』は本来の順序に戻して赤山院での出来事として記し、かつ霊験としての予兆性を解説する部分を付け加えたものと思われる。

最後に『伝』の夢について触れておく。『行記』の22、23以外の夢記事や五台山における霊異譚はそれぞれ『伝』に対応する叙述があるものの、細部には異同もあるほか、『伝』にしか存在しない記事もある。概して『伝』には最澄との関係の強調や最澄の神格化の傾向が見られ、ことに27の最澄が円仁を拝そうとする『行記』記事から『伝』の歓喜の言葉のみへの改変は、祖師としての最澄の権威に配慮した結果ではないかと考えられる[38]。また『行記』の記載範囲外である31〜33、44〜46の最澄の忠告・予言の夢はともかく、範囲内ながら『行記』にない39〜41、51〜54の内容の正確性については保留とせざるを得ない。とりわけ「達摩和尚。宝志和尚。南岳。天台。六祖大師。并日本国聖徳皇子。行基和尚。叡山大師」と名僧が揃う41、54については大幅な脚色を疑うべきであろう。56『諸位灌頂秘密目録（都法灌頂秘録）』にある「先師夢告」が円仁の真撰ならば『伝』の夢記事の信憑性を裏付ける材料となるが、残念ながらその真偽は疑わしい[39]。しかし、五台山の霊異を一人円仁のみが感じている場面があるように、円仁も決して感受性に乏しいわけではない。『伝』独自の伝承を全て否定する必要はなく、特に最澄が出てこない40、53の僧の来訪の夢や、あるいは30、43の横川修行中の天人の夢にも何らかの核となる体験があった可能性は十分に存在すると考えたい[40]。

以上、『行記』を中心に円仁の夢記事を検討してきた。円仁の場合もっぱら叡山の先師らの夢、すなわち仏法の加護や求法の成功を暗示するものが多く、受法や曼荼羅制作など人生の節目となるような事柄にまつわる夢であり、かつ予兆とその実現という霊験的要素も見られるものの強調せず総じて控え目な記述となっている。夢の解釈を自ら記すこともない。こうした円仁の夢への態度に関しては、25の例が示唆的である。長安での密教受法を前に師とすべき僧を知らせるように毘沙門天に祈願したところ、翌日事情に詳しい僧が訪ねてきて必要な知識を得ることができたという。即日に祈願が成就した点では感応ともいい得るが、夢中の告げや超自然的要素は現れず、円仁も祈願の効果云々といった奇瑞として語ることはしない。出来事を記すのみである[41]。27、28の夢のように時々の心理状況をそのまま反映したような夢内容の実直さと合わせて、その記述態度からは円仁の篤実な人柄を伺うことができよう。

三　円珍の夢（一）――入唐僧と夢・その二――

円珍は円仁の十五年後、仁寿三年（八五三、唐大中七年）に入唐、大中九年に長安で青龍寺法全に密教を、その前後に天台山国清寺で天台を学ぶなどし、天安二年（八五八、大中十二年）に帰国した。円珍の場合、その『在唐私記（在唐巡礼記）』五巻は伝存しないが、本人による抄出『行歴抄』や他の著作などから入唐の行程をある程度知ることが可能である[42]。夢に関しても断片的ながら他に比してかなり多くの詳細な記録も残されている。円珍の夢について円仁との比較を交えつつ論じておく。

円仁と同様、円珍も唐において日本に関する夢57、58、61、62、63、69、73をしばしば見ている。その筆頭が大中十年（八五六）洛陽から天台山へ向かう途次、蘇州の徐氏宅で午睡中に夢見た複数の場面を記した57『感夢記』である。[43] 延暦寺戒壇院において右大臣藤原良房から円仁の座主補任の適否や花瓶の名義、陀羅尼文書や「地」の意味について問われる夢、良房の持仏堂に安置した普賢延命菩薩像の様子、さらに義真和尚が弟子達を戒和上にすることを良房に請う文書についての夢を見たという。

良房は弟良相とともに円珍の入唐を支援するなど関係が深く、[44] 円珍にとってのその存在の大きさが夢に反映したものと思われる。また円仁について座主に適した人物と評価しながらも寺内の統摂に「寛心」、ゆとりを持てないとすることは、先行研究が指摘するように当時の叡山における円仁ら最澄直系の弟子たちと円珍の属する義真門下の齟齬及び円珍の門流意識が背景にあると考えられる。[45]『感夢記』は他の夢記事と比べもっとも長く、また少なくとも鎌倉時代には独立した文書として伝来していたことが明確であり、[46] 以下に述べる他の円珍の夢記とは一線を画している。おそらく円珍自身が特に記録して保存すべき夢記として扱っていた可能性が高いであろう。この『感夢記』については、先に円珍在唐中の他の夢記を考察した上で、再度その意味について掘り下げたい。

円珍の夢内容を具体的に記した夢記は、『感夢記』を含め現存するものは全て在唐中の夢を記録したものである。これらの夢記は〝夢記〟として一括されてはおらず、旅行記としての『行歴抄』のほか、『三句大宗』、『胎蔵旧図様』、『在唐記』（旅行記とは別書）、『三劫六無畏記』、『三部曼荼』といった円珍の著作中に個々に含まれている。内容面の特徴としては、まず中国及び日本の円珍の実在の知己や旧知の場所が多く登場することが挙げられる。すなわち天台山国清寺の清観和上（67、73）、禅林寺の冷座主（70）[47]、長安青竜寺の法全（60、63）、諸州の常謹和上（60）[48]、龍興寺上座斉舒と寺主予真（69）、徐公祐（63）、善無畏三蔵院主（59）、日本では藤原良房（57）、同夫人源潔姫

（57）、今上（文徳天皇）（62）、叡山の義真（57）、光定（58）、円仁（61）、叡均（57、61）、安聖と安愷（69）、円珍の従僧豊智と従者的良（58）[49]、田口円覚（57）[50]、海和上（73）[51]、といった人名が見られる。過去の人物には中国に密教をもたらした祖師の一人である金剛智（61）、多くの仏典の漢訳を行った鳩摩羅什（64）、天竺や西域を巡った法界和上（73）[52]、その他に人（65、67）、菩薩僧（71）[53]、阿闍梨（68）、文殊菩薩（61）、維摩大士（70）、闐国（西域のホータン）人（59）、青衣人（66）、夢中で名前のみ挙がる人物は円仁（57、58）、67の慧思、最澄、智顗などである。場所としては比叡山、長安、青竜寺、天台山などが主な舞台となっている[54]。

実在の人物や場所が登場する割合の多さは、それらの夢が日常生活上の一場面のごとき内容となっていることと密接に関連する。長安の師法全からの密教教学の教示、海和上ら叡山の同法との教義問答、円仁や光定、義真らの名が挙がる叡山の人事、清観和上や龍興寺僧、常謹らの出迎えや慰問・邂逅、良房との会話など、現実の出来事としてもさほどおかしくはない夢を見ているのである。むろん、登場する人物の大部分が僧であり、会話の内容も多くは仏法に関わり、あるいは場所が寺院であるなど66以外ほぼ全ての夢が何らかの意味で仏教と関わりのあるものではある[55]。しかし、〝密教僧の夢〟との言葉からともすれば連想するであろう超自然的な現象や仏菩薩の出現といった超越・神秘的な内容とは異なる趣きの夢が多数を占めており、この点では円仁とも共通性がある。

一方で、円珍の場合には円仁と異なり、少数派ながら61図像のように文殊菩薩が列座する夢、71菩薩僧の手招き、70維摩大士に背負われる、72仏像の足元から円珍の口へ白乳が流れ出るといった超自然的な内容を持つ夢が見られる。なかでも72は、灌頂の日に見た夢であり、それまでは受法を許されながらもよそよそしい態度をとっていた（と円珍の記す）師法全が、この夢見た夜を境として親しく密教について教授するようになったという。一見、灌頂における受法の資格を示す証明夢のようであるが、灌頂後の夢であり、かつ「至明旦不向人説」と円珍は夜が明けてからも他人に語らなかったとあることから、円珍の夢を耳にした法全が態度を変えたのではない。あくまで法全の自発的な心境の変化とそれによる密教受法の円滑化を予告した不可思議な霊験として円珍は記している[56]。また、円仁との相違点としては、円珍には乞夢による夢見の事例があることも注目される。大中十年正月七日に61「此夜懇節祈願要見無畏大師」と就寝前に中国密教の祖師の一人である善無畏の夢を見ることを願ったところ、無畏ではなく金剛智が現れ、密教に関する疑問について一つ一つ教示を得たという。金剛智は『金剛頂経』などを漢訳したインド僧であり、無畏は弟子不空とともに胎蔵界法の根本経典である『大日経』を訳したインド僧である。この頃の円珍は『大日経』の注釈書である一行撰『大日経義釈』写本の校勘を行っており（『大日経義釈』奥書）、これに関わる疑義を質すために無畏を夢に請うたのであろう。案に相違して金剛智が夢に現れたためか、五日後の十三日に円珍は洛陽南郊の竜門西山に金剛智の墓を訪ねて塔銘を写したという（『請伝法公験奏状案[57]』）。こうした円珍の夢見儀礼を円仁と比較した場合、円仁も同様に教示を得るために毘沙門への祈願を行っているものの（25）、夢見を乞うとは記しておらず、実際の〝感応〟も夢ではなかった。一方の円珍は夢を見ることを念じたのみならず、目的に応じて善無畏の感応を得たいと夢の中身までをも指定している。両者の夢への態度の違いは明らかであろう。円珍の夢への感受性の強さはこの例からも十分にうかがえるが、この点はさらに夢記の伝存のあり方からも裏付けられるものと考える。次に、円珍の夢の記録形態について検討する。

表1にあるように、円珍の夢記には著作中に含まれるものと、著作の裏書に残されているものの二種類がある。後者の場合、表面となる著作と裏書には対応関係が見出される。すなわち裏書に64大中八年十一月四日、65同月十一日の夢を載せる『胎蔵旧図様』は大中八年十一月十六日に校了したとあり、66の大中九年閏四月の二つの夢を記す『三劫六無畏記』は少し以前の三月二十七日の著述とある。58〜63の大中十年正月上旬の夢記を裏書に持つ『三

句大宗』は「大中十年正月十四日」に記したという。このように、表面の著作の成立時期が不明な73『在唐記』を除けば、裏書の夢記が表の著作を記したほぼ同時期に見た夢であることは明白である。では、裏書にある夢記は、夢見た当初から著作の裏面を利用して記されたのか、あるいは別の夢記を後に写したものなのであろうか。『胎蔵旧図様』『三劫六無畏記』に関しては当初から裏面に記した可能性も否定しきれないが、『三句大宗』裏書には貞観二年（八六〇）正月十四日記とあり、帰国後に裏面に夢記を転写した可能性が最も高い(58)。『胎蔵旧図様』も、胎蔵曼荼羅を模写している最中にことさら裏面に夢記を記したとするのも不自然であり、おそらくは事後の転写であろう。このように理解してよければ、次の問題は転写元の夢記とはどのような形態であったのかということになる。そこで『三句大宗』夢記の日付に着目するならば、その表記は大中十年正月一日、十年正月五日、六日、十年正月八日、十三日、（又）十四日となっている。容易に気付くように、日付のみの夢記と年月を記す夢記が混在している。この事実からは、次のような推測が成り立つ。まず、一続きの紙に夢見た日毎に順番に夢を記していく場合、通常ならば年号は最初の夢記のみに付けるか、全ての日に記すかのいずれかである。したがって、一日ずつ夢を記したものとは考えがたい。また、年月を記す夢記に日付のみの夢記が続いている場合、その部分を一括して記したと考えるのが合理的である。ゆえに、上記の夢記は一日、五・六日、八・十三・十四日分がまとめて記されたと考えられる。そして、一続きの紙に連続して夢記を記す場合、数日分ずつまとめて段階的に記したとしても年紀までを繰り返す必要性はやはり薄い(59)。ただし、日時表記については書き手の個性による部分も大きく、それだけでは根拠とするには弱い。ここで注目されるのが、67の『三部曼荼』に記された十年正月十二日の日付を持つ夢記である。後述するように『三部曼荼』は大中九、十年を中心にした複数の日付を有する雑記的な叙述の集合体であるが、『三句大宗』裏書にある正月八～十四日分の夢記の中間に相当する十二日の夢だけがこの場所に別に記されているのである。いくつかの解釈が可能ではあるが、十二日の夢のみ八～十四日分の夢記とは別の時に別の紙に記したとするのがもっとも無理のない考え方であろう。また、『三部曼荼』には他にも相互の関連性を認めがたい十年九月や四月の夢記が点在している。こうした点からは、円珍は夢を一か所にまとめてではなく個々別々に記していたのではないかと考えられ、したがって『三句大宗』裏書の三つの夢記も同一用紙に連続的に書き継いでいたのではなく別個に記されていた可能性が高いことになる。この推測が成り立つならば、『三句大宗』裏書は夢見た時に裏面を利用して記していったものではなく、また一続きの形の"夢記"からの抜書きでもなく、三つの個別の夢記をさらに裏面に転写したものであることになる。このように、『三部曼荼』夢記や他の裏書の夢記の存在を考えあわせるならば、円珍は明恵のような夢に関する記録をまとめた"夢記"は作成しておらず、手近の用紙に個々に夢を記すなどしていた可能性が極めて高いといえるであろう。(60) そして、これらの個別の夢記をあらためて同時期の著作の裏面に転写するような編集行為を行っていたと考えられるのである。

続いて裏書ではない夢記に関しては、旅行記の抄出『行歴抄』の場合、三者とも儀礼的かつ超自然的な性格の夢であることが指摘できる。72は先述した灌頂の日の夢、70は（天台）大師の加護を祈って見た夢、71も沐浴し身を清めた晩に見た夢であり、内容的にも菩薩僧、維摩大士と日常生活とは離れた存在が出現している。元来の『在唐私記』がどのような体裁であったのかは確かめられないが、現状では霊所への参詣、灌頂といった宗教的な儀礼・行動に付随した霊験的な夢が選択的に記されていると言え、円珍自身の編集意識を含めて理解しやすい。次に『三部曼荼』については書誌的な問題があり、かつ上述のように首尾一貫したまとまりある著作ではないことに注意を要する。円珍自筆ともされる聖護院本によると同書に見られる年紀は表面では丑年（大中十一年）二月一日、大中九年十月日、裏書は（九年）十二月九日、十年正月十二日夢記、大中十年四月三十日、十二年正月十六日、九年十月二十三日、□年四月二十七日夢記、大中十年四月二十七日、十年九月十五日夢記となる[61]。聖護院本では夢記はすべて裏書部分に属するが、（平安時代の同一祖本に遡る）近世写本に基づく仏全本、日本大蔵経本では裏書注記がなくすべてが本文扱いとなっている。聖護院本を検討した浅田正博氏によると、『三部曼荼』表面は印契を解説した大中九年十月の記述、裏書部分は十五のブロックに分かれる。そして裏書はかなりの空白部分を開けて（記事ごとに）割書きしてゆき、さらにこの空白部分に後から追補がなされたために錯綜した記述となったとされている。氏の所説にはなお疑問も残るが[62]、本稿にとって余白に記事が順次追加されていったとの指摘は重要である。氏のこの指摘は、円珍の夢記が個別に適宜記録されていたという先の仮説とまさに対応しているからである。『三部曼荼』は文意の通らない個所も多く、夢記と他の記事の関係を考察することも難しい。しかし、『三部曼荼』（聖護院本では裏書）では夢記が教学的な記述と混在して記されており、これをただ余白に便宜的に記したのだとしても、その事実自体がここでは円珍が夢の記録を他の（備忘的な）教学的記述と区別せずに扱っていたことを示すことになる。先述の他著作の裏書の夢記とあわせて、夢記の記録形態からは、円珍が一部の夢をその著述や思索活動と密接な関係にあるものと捉えていたことが読み取れるであろう[63]。

以上、円珍の夢の内容と記録意識についての考察を行った。次に、節をあらためて再度『感夢記』の夢の意味するところについての解釈を試みたうえで、さらに残る円珍の夢についても述べておきたい。

四　円珍の夢（二）——入唐僧と夢その三——

先述のように『感夢記』の夢は、叡山にて藤原良房と①円仁の座主補任、②二つの花瓶の名義、③真言文書、④

容であった[64]。

地の義について問答する夢、⑤義真の良房への上申文書、⑥良房の持仏堂に安置した普賢延命像の様子といった内容であった[64]。

まず、①円仁の座主補任の適否を問う夢については、既述のように叡山の門流間の葛藤と円珍の門流意識の反映を読み取ることができると考える。詳細を補足するならば、円珍は入唐前に円仁から一尊法を学び[65]、また元慶二年（八七八）には延暦寺座主として円仁の二大著『金剛頂経疏』、『蘇悉地経疏』を弘通させることを上表している（「応流伝故座主円仁新撰金剛頂蘇悉地両経疏事」『類聚三代格』巻二）。さらに仁和四年（八八八）の『垂誡三条』第三条では円珍自身が「慈覚大師の遺教を看護」してきたとして、弟子らに「大師の法恩に謝」すことを求めている[66]。すでに諸先学が指摘するように円珍は円仁を敬慕しており、彼が個人的に円仁への対抗心を持っていたとは考えられない[67]。事実、夢中でも円仁を「戒行清潔。智徳殊高」と評価している。しかし、この夢が叡山の門流の問題と不可分と考える理由は、同じ時に⑤義真が自らの弟子達を戒和上とすることを請う夢を見ていることによる[68]。光定の『伝述一心戒文』の夢の個所で述べた義真門下の円修と最澄門下の円澄の後継争いにおいて、円澄を推す光定が上表し求めたのは「円澄和上。為令在戒和尚」（『伝述一心戒文』下）と円澄を大乗戒受戒儀における戒和上に任じることであった[69]。当時の状況ではそれは実質的に円澄が寺務を統括することを意味したのである。義真の夢の戒和上を叡山の大乗戒受戒儀の戒和上と解するならば、それを叡山における門流（の葛藤）の問題と無関係と見做すことは難しい。そして、座主補任の夢では円仁個人の資質とは別に「綱維不合私請。須経大衆共唱其署」、また「摂衆未得寛心」と大衆の同意の必要性やその統制に難点があるとしており、こちらでも叡山大衆内の亀裂の存在を強く示唆している。同じ夜に見た戒和尚と座主という叡山の重職を巡る二つの夢の対応関係は明らかであろう。さらに、義真の夢では弟子たちに円珍を含むことが示されており、ここに円珍自身の立場すなわち彼の門流意識の反映が認められる。むろん、諸先学の指摘するように実際の円珍の言動・見識を考慮するならば狭い意味での派閥意識や対抗心といった次元の〝門流意識〟ではなかろう。義真後継問題が尾を引く当時の叡山の内情を義真門下の立場から見聞してきた円珍ならではの、叡山の仏法に対する憂慮を含んだ問題意識の発露と捉えておきたい。

円仁と義真、二つの夢の深層に円珍の門流意識とそれ故の問題意識を汲み取ることができたとするならば、他の場面は解釈が可能であろうか。②と③への試案を提示しておく。

③は、良房が持ち出した「不是漢字」（漢字ではない）「多作辺傍」（偏や旁を多く作った、または偏や旁のみの文字）を用いた虚偽の真言書に対して、円珍が梵本の原典を示す夢である。[70] 夢中の円珍は「宿怨」円載の妨害によって受学を全うできなかったと謙遜しているが、実際には『大日経義釈』など経論の校勘に意を用い、梵夾なども入手した円珍が抱く、これまでに日本へもたらされた密教（経典）よりもさらに正確な密教（経典）を得たという自信の表れとも受け取れる。また②二つの花瓶の夢については、不安定な二つの瓶、瓶口と左右の宝珠が並行して三つの頭のようになっているとある。憶測ではあるが、花瓶の三頭は三宝であり、不安定な二つの花瓶＝叡山の二つの門流を円珍が落ちつける意と理解できるかもしれない。④⑥については成案がないが、④持念堂の幅一杯の普賢延命絵像の様子を長安から円珍と同行していた円覚がともに見ていたという点はいかにも夢らしい。[71]

次に、個別の場面の心理的解釈を離れて『感夢記』全体の意義について考察したい。具体的に問題としたいのは、この時点で叡山や日本の夢を見た意味は何か、である。円珍はこの年正月などにも叡山の夢を見ているが、これほど長くかつ複雑な夢をことさらに記録しているという点で円珍自身にとっても他の夢とは異なる特別な意味があったはずである。まず、前後の状況の確認から始める。

この時、円珍は蘇州の徐公直宅に滞在中であった。正月十五日に洛陽を発った後、いつごろ蘇州に着いたかは不明であるが、五月十五日に出発するまで一定期間を過ごしていたと見られる。[72]徐氏宅に寄宿するのは初めてではなく、前年の大中九年（八五五）四月、天台山から長安に向かう往路で体調を崩した円珍が療養したのが徐氏宅であり、徐公直の弟徐公祐は63の夢にも出てくるなど円珍との交流の程が分かる。

蘇州における円珍の動向を著作から探ってみるならば、五月五日には金剛界成身会の諸尊を安置する大曼荼羅壇についての著述を成し（『大師雑記』）、四月三十日、四月二十七日には先述の『三部曼荼』の一部を記している。年紀注記には「大中十年四月三十日伏依師口□／唯義記」と師の口決や円珍の推論によったとあり、前年の受法におけるメモなどをもとにあらためて整理したのであろう。[73]四月八日には『大日経義釈』十巻の校勘を終え、三月三日に『義釈更問抄』の裏書を記すなど、数か月間は密教関係の著述、思索を行っていた跡が伺える。[74]

さて、円珍の長期の蘇州滞在の理由に関しては小野勝年氏が興味深い指摘を行っている。すなわち徐家の人々との所縁とともに、航海の拠点でもある蘇州で帰国に関する情報を収集する目的もあったと推測されているのである。ここで想起されるのが、徐氏が海商でもあったことであろう。徐公直・公祐兄弟は承和十四年（八四七）頃に日本に渡り東寺、檀林寺に寓した唐の禅僧義空と書簡をやり取りし（『高野雑筆集』下）、また公祐は大宰府の鴻臚館へも来航し交易を行っていた事実が知られる。[75]これだけでも小野説を補強する状況証拠となりうるが、実のところこの点については円珍の夢記事の一つに当時の彼の心中を直接に示す表現が含まれている可能性が存在するのである。『三部曼荼』の69夢記事の検討によってその事実を明らかにしたい。

再三述べるように『三部曼荼』には書誌的な問題があり、本記事でも聖護院本と刊本の間には著しい文章の異同がある。①聖護院本、②刊本の順に煩を厭わず掲げる。

①年四月二十七日暁。上都龍興寺上座斉舒・寺主予真来慰問珍之縁謝在貴寺不周遍。寺主巻導。不敢作爾許功徳。其弘誓不可思。……又見延暦寺西塔院安聖・安愷両僧伽共珍話。昨〈昨夜有心願日願。唐国中所求及帰国随分伝持。与我如意無害無障。又九会像造了。〉

②季四月二十七日暁。上都龍興寺上座斉舒・寺主予真来慰問珍之像（僑）謝在貴寺不周遍。寺主答導。不敢作爾許功徳。其弘誓不可思。：又見延暦寺西塔院安聖・安愷両僧伽共珍言語。昨夜有心願口願。唐国中所求及帰国随分伝持。与我□□当夜有此夢。□□□□□□□如意無害無障。又九会像造了。

両者ともに年紀が不明であるうえに、末尾の文章がかなり異なっており難解であるが、最初に問題となるのは、この記事が夢か現実かということであろう。冒頭部分は両本とも「暁」に龍興寺僧が来訪したとあるのみで、夢とは記していない。そのため、この来訪を現実の出来事として扱っている先行研究も存在する。(76) しかし、刊本では末尾から二行目に「此夢」とあり夢であることは確実である。また聖護院本によったとしても少なくとも後半部分「又見延暦寺西塔院安聖」と「見」とあること、さらに在唐中の円珍を延暦寺僧が見舞ったとは他の史料からも考えがたく現実ではまず有り得ない。これが正しければ、「又」でつながる前半部分も現実ではないとするのが妥当である。「暁」に突然来訪することも不自然であろう。加えて、寺主らに対して円珍が「在貴寺不周遍」と述べているが、龍興寺は大中九年六月に円珍が長安に入城した後、長安で出会った円覚の世話で七月から同寺内の浄土院雲居坊に居住することになった寺である（『行歴抄』）。同寺滞在は同年七月から十一月の間であり、四月二十七日に「在貴寺」と発言するのでは辻褄が合わない。したがって当記事はすべて夢であることになる。

では、この四月二十七日はいつの年に比定すべきであろうか。龍興寺僧と知り合うのは九年七月以後、円珍が中国を発つのは十二年六月であるから十年、十一年、十二年のいずれかとなる。大中十一年以後の円珍の動きは史料に乏しいが、十一年四月にはおそらく天台山、十二年四月末は台州開元寺もしくは天台山の両方の可能性があるものの、十二年五月十五日に国清寺で『求法総目録』を完成させており四月下旬にはすでに天台山に在った可能性が高い。天台山においても円珍は密教関係の著述を行っている例があることから（『大日経義釈』奥書）、滞在地と著述内容に必ずしも関連性はなく、滞在地から判断することも難しい。残念ながら確証を挙げることはできないが、『三部曼荼』には大中十年四月三十日と同年四月二十七日付の記事があることを勘案するならば、最優先されるのは大中十年四月二十七日の可能性であろう。

以上を前提に夢記事の内容を見るならば、「昨〈昨夜有心願日願。唐国中所求及帰国随分伝持。与我如意無害無障。又九会像造了。〉」（聖護院本）とある点が注目される。刊本では「昨夜有心願口願。唐国中所求及帰国随分伝持。□□当夜有此夢。□□□□□□如意無害無障。又九会像造了」となる。後者の形ならば、円珍は二十六日夜に「唐国中所求及帰国随分伝持」唐で得た法門を無事持ち帰ることを願い、その夜のうちにこの夢、すなわち龍興寺僧の来訪と延暦寺僧と談話する夢を見、「如意無害無障」願いどおりに無事帰国する霊応と感じて喜んだことになる。前者の形ならば、昨日の夜に唐国で得た求法の成果を無事に日本へと伝持すること及び金剛界の曼荼羅像を造ることを願ったと延暦寺僧と語らう夢を見たこととなる。刊本の形であれば明らかにこの時点の円珍は帰国することを考えており、前者の場合でも無事に帰国した後のことを夢に見ていたことになるのである。どちらの場合でも、蘇州滞在中の円珍が帰国のことを意識していたといえる。

ここまでの議論が正しいとしたならば、『感夢記』で円珍が叡山や良房の夢を見ている意味もまた明確になる。『感夢記』③で夢中の円珍が帰国したものの受学の成果の乏しさを恥じると語っているように、帰国後の叡山における夢は当時の円珍にとっては無事に受法を終え法門を持ち帰る意味の霊夢であったと考えられるのである。そして『感夢記』末尾に「此夢通〈神通〉人。准向前故在後合知」と「この夢は神と人に通じ、以前の事に准じている」と記す「以前の事」とは、（刊本の形であれば特に）四月二十七日の夢を指すと解釈することができる。円珍は天安二年（八五八、大中十二年）に帰国後、天台山で記した『求法総目録』の写しを翌貞観元年（八五九）に藤原良房に奉呈している（聖護院文書、平安遺文四四八〇）。かように後援者としての良房の存在は大きく、求法の成果を報告する相手として意識する割合がそれだけ高かったと考えられる。この時の円珍にとって良房に迎えられる夢を見ることはとりわけ有意義なものであったのではないであろうか。だからこそ、独立した夢記として扱われるに至ったのであると考えたい[77]。

『感夢記』に関して憶測を連ねたが、残る円珍在唐中の夢についても触れておく。58光定和上を四天王寺別当に、円仁は二人の年分度者を管轄するとの夢は、『垂誡三条』で円珍が尊崇するとした両人が出てくる点で興味深いが、四天王寺は法隆寺とともに叡山僧が安居の講師を務め（『伝述一心戒文』下「天長元年六月二十二日官符」、『類従三代格』巻二「天長二年二月八日官符」）、年分度者二名は円珍入唐前の嘉祥三年（八五〇）円仁の奏上により天台に金剛頂経・蘇悉地経の年分度者二名を増加している（『類従三代格』巻二「嘉祥三年十二月十四日官符」[78]）。あるいはそれ以前は長く叡山の年分度者が二名であったことから円仁が座主となることを意味しているとも考えられる。同時に見たかつての離反した従僧智聡と従者的良が食を乞う夢とは対照的ながら、ともにしばし消息を絶っていた旧知の人物が出てくる点に共通性が認められる。63は叙公祐が出てきており、これ以前にも同様の夢を見たとある。三条二娘房とあるが、円珍は長安や洛陽では温柔坊、常楽坊などと書いている。唐人の公祐が居るものの、平安京三条の藤原良相第であるかもしれない[79]。66は珍しく仏教色が前面に出ない夢である。療養を終え徐氏宅から長安へ向かう途中、水面を走る女人など不思議な光景を見たという。73は四月二十六日とあるが、年次がない。叡山の夢と唐で親交のあった清観和尚が出てきたとある。円珍が仏法や叡山を常に気にかけていたことの現れであろうか。

最後に、日本における円珍の夢記事を概観する。まず『伝』には、これまでもその史実性が議論されてきた77金人（黄不動）の顕現、79山王の夢告がある。79円珍に入唐を勧めたという嘉祥三年春と翌年の山王の夢告については、先行研究では全面的に信はおけないとされるものの、帰国後の円仁と接した円珍が刺激を受け入唐の意志をいっそう強くした時期にあたることが指摘されている[80]。先行研究に特に付け加えることはないが一点注記するならば、円珍が入唐関係の公験や文書をまとめた『目録』の冒頭に「□□□□行事（夢相記。随喜法会□。次十月三日奉□）」とあることが注目される（『園城寺文書一』、『智証大師全集四』）。この『目録』は「□□□□行事（夢相記。随喜法会□。次十月三日奉□）。最初進奏請入唐状。□□□記。次治部公験（任内供奉）。次太宰府□□。次福州公験」などおおよそ年代順に並んでおり、入唐奏状とは嘉祥三年四月の文徳天皇即位以後に「遂進状求欲入唐学法」と奏上したことであろうから（『乞台州公験状』）、目録の記載が時系列順であるならそれ以前の「夢相」の記録があったことになる。ただし十月三日の日付に相当する関連史料は、管見では大中九年十月三日に法全から金剛界灌頂を受けた日の夢記事ぐらいしか見当たらない。これを特別な意味を持つ夢として目録の冒頭に記したと想定することもできようが、「随喜法会」といった表現は灌頂行事とは対応しないと思われる。山王関係では「共同学等。至再至三。議求法事。終以七年十一月七日。自修願文。詣比叡明神廟」（『請伝法公験奏状案』初稿本）と同法とともに求法の事を議していた承和七年（八四〇）十一月に山王に詣でたとの史料があるが[81]、日付は合わない。根拠のない憶測に留まるが、ここでは入唐に関連した入唐前の夢の記録が存在した可能性を指摘しておく。

77の承和五年の籠山修行中に不動明王を感得し絵像を描かせたとのいわゆる黄不動伝承に関しては、現存する園城寺の黄不動画像が九世紀末とされることから、円珍が画像を描かせたとの記述は事実ではなく感得自体も疑わしいとする見解がある[82]。確かに『伝』では円珍が感得直後に画像を描かせたと読める表現になっており、そうであれば年代が合わないことになる。しかし、これについては円珍の死去は寛平三年（八九一）であり、円珍存命中の制作として矛盾はないとする反論がある[83]。私見でも、若年時の体験を密教修学後の知識で補正し図像化した可能性は存在すると考える。伝承過程における表現の修飾作用によって『伝』のような形になったと理解しておきたい。

さらに、『伝』81では未然の出来事を知る円珍の異能が特記されている。入唐求法を志す僧に対して功名心によるものと見抜きその顛末を予見したこと、唐の師僧らの逝去を消息の伝わる前に知って涙を流したこと、かつて確執のあった円載が四十年ぶりの帰国の途上で溺死したと嘆き、その日時が彼の遭難した時と一致したことが語られている。これらの逸話は厳密には夢によるとは限らないものの、決して大げさでなかったらしいことは、かつての弟子宗叡が入唐後に円載と接して態度を変え、円載に学んだ呪詛法で円珍を呪った経緯を夢中で察したという74の記事によっても確かめられる。また、晩年のものとされる『病中言上書』76では「夢莫出行者。即令占之」と出かけないようにと告げる夢を見たためにこれを占わせたとある。外出を警告する夢は後の貴族たちの日記にしばしば見られるものであり、また陰陽師に夢を占わせることも貴族たちの日記に度々出てくる。円珍の事例は平安貴族の慣習の先駆的な史料としても貴重なものである[84]。以上、夢記事からは日本においても円珍が夢見や夢に類する予見能力を駆使していたらしいことがわかる[85]。

これまでも注目されてきたように、円珍は夢に関する感受性が非常に高い人物であった。既存の史料に限っても様々な霊異を発揮していた様子が伺われ、仮に円珍の記した夢記がすべて残されていたならば相当な量に及んだものと思われる。『伝』81の円珍の言によれば、通常知ることのできない遠方の出来事を知り、予見できないはずの未来の事柄を察知するその能力は幼少から金剛薩埵に帰依したことによるもので、「或夢中示之。或念定之間現形告語」と夢の中で示すか、覚醒時の念定中に金剛薩埵が姿を現して種々の事柄を知らせたという。この円珍の言葉は74記事の善神が夢に示したとする記述とよく対応しており、『伝』は円珍その人の口吻を伝えているとして差し支えない。幼少期からの資質に恵まれた円珍は、まさに明恵にも比肩する夢の達人であったと評すべきであろう。

おわりに

九世紀までの僧の夢記と題して鑑真の『東征伝』から円珍までを論じてきた。当該範囲に入るものには**表1**84以下の天台密教の大成者安然（八四一頃～九一五頃）、**表2**円仁の弟子相応和尚（八三一～九一八）が残る。簡略にまとめておく。

安然に関しては、その夢が著作の序文や奥書に記されている点が注目される。円珍の夢記は主に著作の裏書や雑記中のメモ的に混在して記されていたが、安然の場合は著作の一環としてより有機的に組み込まれた形となっている[86]。夢内容についても、『胎蔵大法対受記』85では遍昭に胎蔵法を受法した六月二十三日夜、夢に現れた遍昭の師円仁に印相を教わり、それは約二カ月後の八月十七日に遍昭より伝授された釈迦伝法印とほぼ同一の形であったという。続けて86九月二日に大枝君承琴と『胎蔵儀軌』を校訂した夜、再び円仁が夢に現れ五台山図を披見し、さらに前回の夢中の印の作法について教えを受け、その際に円仁は円珍の印の作法が不恰好であると評したともいう。夢中の印と伝法印が一致したという霊異性からも想像がつくように、安然の両度の夢の話を聞いた師の遍昭は安然が正しく法を得た徴であると語っており、安然自身87では円仁から夢中で胎蔵を授けられたと記している[87]。また88

では、著作を完成した明け方の夢に現れた老僧二名が著述内容の正しさを認めたとあり、安然はこの夢によって著作の論理の正しさを確信したと述べている。このように、安然の夢は著作の中身とも密接に関わり、著作及びその基礎となった受法の正当性を示す超越的な夢として書き記されている。円珍の『授決集』75でも内容の正当性を認める夢があったことに触れる記載があるが、こうした著述内容の正しさを保証する夢はこれ以後の僧の著作の奥書などにしばしば見られるようになる[88]。

相応の『無動寺建立和尚伝』は長久年間（一〇四〇～四三）成立の鎮源『法華験記』以後、十一世紀後半の成立とされる[89]。全体的に伝承的性格が強く2不動明王との対話や5兜率天内院への訪問など現実味の薄い奇瑞譚の趣きがある。しかし、5「非夢非覚」と夢とも現実ともつかない幻視的な〝夢〟との表現や、4「占夢人」に夢解きを依頼したとあるなど、一概に類型的として片付けるわけにはいかない部分もある。ことに「占夢人」は、円珍の例のような陰陽師ではなく夢内容からその意味を解き明かす〝夢解〟の可能性もある興味深いものである[90]。

以上、九世紀までの僧の夢記や夢記事、伝記類の夢伝承について、その史料性の問題や夢の意味、特に円仁の『巡礼行記』の夢記事の意味及び円珍における夢記の記録形態と『感夢記』の夢の意義などについて私見を提示した。本人の記した夢記と後人による伝記記事の相違点、内容としての信頼性、前後の状況からの夢内容の心理的な考察など、主に夢を記録することの意味に重点をおいた分析、いわば夢記の史料論的考察を行ってきたつもりである。ただし個々の論述は先行研究の消化を含めて目の粗い議論となっている部分も多い。また夢の中身自体に関する議論、睡眠中と覚醒時の相違など当時の〝夢〟概念の定義、仏教における夢認識、夢の宗教性といった問題はいまだ不十分である。史料の信頼性に関しても、リアルタイムの記録としての夢記と後の伝承との相違点を指摘すること自体は目的ではなく、そのような伝承として形作られていくことそのものが当時の社会における夢観念の規範性を示す現象として分析する必要があるが、本稿では至らなかった。さらに僧の夢をテーマとする以上、その宗教性が（日本）社会の夢観念に与えた影響は避けて通れない問題である。残された課題は多いが、ここでひとまず擱筆する。

九世紀以前の僧侶の「夢記」表①、②

現時点で管見に入った夢記、夢関係記事を以下の三種に分類し、表を作成した。

A．本人による（近い時期の）夢の記録、一次伝聞による記録
B．成立時期の早い伝記や編纂物の夢記事
C．成立の遅い、または不明確な伝記類の夢記事や参考史料

ＡＢを**表1**、Ｃを**表2**とし、Ｂは没後三十年程度を目安とした。ただしＡＢＣの区分は厳密なものではない。また説話、往生伝類は原則として除外したほか、覚醒時の幻視体験（禅定・三昧）や俗人の仏教的要素を含む夢を記載した場合がある。本表作成にあたっては、大正新修大蔵経テキストデータベース（ＳＡＴ大藏経テキストデータベース研究会）、『天台電子仏典ＣＤ３』（天台宗典編纂所）を利用した。史料引用については原典の旧字体を通用字体に改め、校訂注記を省略した箇所がある。原文の割書きは〈　〉、その他の注記は（　）で示した。本表における大正新修大蔵経以外の史料典拠は以下の通り。天台電子仏典はその活字典拠を示した。

『唐大和上東征伝』『三千院本慈覚大師伝』――『続天台宗全書』史伝二、六国史。『延暦僧録』(『日本高僧伝要文抄』)――新訂増補国史大系、『日本霊異記』――新日本古典文学大系、『叡山大師伝』『伝述一心戒文』――『伝教大師全集』、『空海僧都伝』――群書類従、『三教指帰』――『定本弘法大師全集』、『入唐求法巡礼行記』――小野勝年『入唐求法巡礼行記の研究』(鈴木学術財団、一九六四―六九)、『通行本慈覚大師伝』――佐伯有清『慈覚大師伝の研究』(吉川弘文館、一九八六)、『感夢記』『病中言上記』――園城寺文書、『都法灌頂秘録(諸位灌頂祕密目録)』『三劫六無畏記』『在唐記』――日本大蔵経、『三部曼荼』――浅田正博「円珍真蹟本の発見」(『龍谷大学論集』四二四、一九八四)・また(　)内は仏教全書本、『三句大宗』『大曼荼羅灌頂儀軌』『胎蔵旧図様』『智証大師年譜』――大日本仏教全書、『円珍伝』『東寺本円珍伝』――佐伯有清『智証大師伝の研究』(吉川弘文館、一九八九)、青蓮院蔵『初夢記』――『大日本史料』一編之一、『天台南山無動寺相応和尚伝』――山本彩「『天台南山無動寺相応和尚伝』の諸本について」(『奈良女子大学人間文化研究科年報』一四、一九九九)。

表①

	典拠	内容	備考
1	『唐大和尚東征伝』	(天宝七年)十月十六日晨朝大和上云。昨夜夢見三官人。一著緋二著緑。於岸上拝別。知是国神相別也。疑是度必得渡海也。	鑑真
2		栄叡師面色忽然怡悦。即説云。夢見官人。請我受戒懺悔。叡曰貧道甚渇欲得水。彼官人取水与叡。水色如乳汁。取飲甚美。心既清涼。叡語彼官人曰。舟上三十余人多日不飲水。甚大飢渇。請檀越早取水来。時彼官人喚雨令老人処分云。汝等大了事人。急送水来。夢相如是。水今応	栄叡

		至。諸人急須把碗待。衆人聞此総歓喜。明日未時西南空中雲起。覆舟上注雨。人人把碗承飲。第二日亦雨至。人皆飽足。	
3		宝字七年（七六三）癸卯春。弟子僧忍基夢見講堂棟梁摧折。覚而驚懼。欲大和上遷化之相也。	忍基
4	『延暦僧録』栄叡伝	至十二日朝。栄叡顔色怡悦。肌澤神癒。普照即問。衆人並大辛苦。叡上座何独悦楽。栄叡即説云。適来夢見二ケ官人。請叡受戒畢。叡即曰。貧道比患渇甚辛苦。如今欲得水飲。彼官即唆人取水。水色如乳。飲異常甘美。叡更云。叡船上三十余人之多。日欲得水。与船上人。彼官即喚両ケ老人処分。汝等大須早事送水向船。唯此境界少時合有水来。好々作准擬受水。至日申時。西南天辺極目見一白物。看似於鶴。栄叡云。水来水来准擬受水。近見是雲覆於舟上。散雨。少時人々各得一升余水飲之。十三日：得二升許水。：感神龍施水。	栄叡
5	思託伝	感夢文殊師利并善財童子。又夢昇妙喜世界衆香国土。	思託
6	道璿	有他俗人。説夢見道璿乗六牙白象着白衣向東而去。	俗人
7	上宮皇太子菩薩伝	世人不識禅定。但言太子入夢堂。	
8	『日本霊異記』下三十八	①延暦六年（七八七）丁卯の秋九月朔の四日甲寅の日の酉時に、僧景戒、慚愧づる心を発し：然うして寝。子時に、夢に見らく「食を乞ふ者景戒の家に来り、經を誦み教化へて云はく「上品の善き功徳を修はば、一丈七尺の長き身を得、下品の善き功徳を修はば、一丈の長き身を得」といふ。爰に景戒聞きて、頭を廻して乞ふ人を瞻れば、紀伊国名草郡の部内楠見粟村に有る沙弥鏡日なり。徐に就きて其の沙弥の前を見れば、長さ二丈ばかり、広さ一尺ばかりの板の札有り。彼の札には、一丈七尺と一丈とを印すなり。景戒見て問ひていはく「斯は是れ上品と下品との善き功徳を修ふ人の身の印すや」といへば、答へていはく「唯然り」といふ。爰に景戒、慚愧る心を発して、弾指して言はく「上品と下品との善を修はば、身の長を得ること是く	景戒

の如く有るなり。我れ先にただし下品の善き功徳すら修はずありき。故に我れ身を受くることただし五尺余のみ有り。鄙なるかな」といひ、弾指し悔い愁ふ。側に有る人、聞きてみな言はく「嗚呼、当なるかな」といふ。すなはち景戒、炊かむとする白米、半升ばかり擎げて、彼の乞ふ者に施す。彼の乞ふ者、咒願して受け、立ち書巻を出し、景戒に授けて言はく「此の書を写し取れ。人を度すに勝れたる書なり」といふ。景戒見れば、言の如く能き書諸教要集なり。爰に景戒、何すれぞ紙無きと愁ふ。乞ふ者沙弥、また本垢を出し、景戒に授けて言はく「斯に写せ。我れ他処に往き、食を乞ひて還来らむ」といふ。然うして板の札併に書を置きて去る。爰に景戒言はく「斯の沙弥は、常には食を乞ふ人に非ず。何故ぞ食を乞ふ」といふ。有る人答へて言はく「子数多有りて養ふ物無し。食を乞ひて養ふなり」といふ」とみる。夢の答いまだ詳ならず。ただし聖の示せるかと疑ふ。「沙弥」とは観音の変化なり。何を以ちての故に。いまだ具戒を受けざるを、名けて「沙弥」とす。観音もまた爾り。正覚を成るとへども、有情を饒益せむとして故に因位に居るなり。「食を乞ふ」とは、普門示現の三十三身なり。「上品の一丈七尺」とは、浄土万徳の因果なり。「一丈」は、果の数とす。円満するが故に。「七尺」は、因の数とす。満たざるが故に。「下品の一丈」とは、人天有漏の苦果なり。慙愧づる心を発し弾指し恥ぢ愁ふ」とは、本有種子、福智を加行するなり。遠く前の罪を滅し、長に後の善を得るなり。「慙愧づ」とは、鬢髪を剃除り袈裟を被著るなり。「弾指す」は、罪を滅し福を得るなり。「我れ身を受くることただし五尺余のみ有り」とは、「五尺」は五趣の因果なり、「余」は不定性の、心を廻して大に向くなり。何を以ての故にと。尺にあらず丈にあらず、数定らぬが故なり。また五道の因と為るなり。「白米を捧げて乞ふ者に献る」とは、大白牛車を得むが為に、昔願を発して仏を造り、大乗を写改めて、懃に善き因を修ふなり。「乞ふ者咒願して受く」とは、観音願ふ所に応ふるなり。「書を授く」とは、新薫種子、人空の智を加行するなり。「本垢を授く」とは、過去の時に本有の善き種子、煩悩に覆はれて久しく形を現はさざれども、善き法を修ふに由りて後に得べきが故なり。「我れ他処に往き食を乞ひて還来らむ」とは、「他処

		に往き食を乞ふ」は、観音の無縁の大悲、法界に馳せて、有情を救ふなり。「還来らむ」は、景戒願ふ所を畢らば、福徳と智恵を得しめむとなり。「常には食を乞ふ人にあらず」とは、景戒願を発さぬ時は、感ふる所無きなり。「何故ぞ食を乞ふ」とは、今願ふ所に応へて、ようやく始めて福来るなり。「子多数有り」とは、化ふる所の衆生なり。「養ふ物無し」とは、無種性の衆生は、仏に成らしむる因無きなり。「食を乞ひて養ふ」とは、人天の種子を得るなり。 ②また僧景戒夢に見る事。延暦七年戊辰の春三月の十七日乙丑の夜に、夢に見らく「景戒の身死にたる時に、薪を積みて死にたる身を焼く。爰に景戒の魂神、身を焼く辺に立ちて見れば、意の如くに焼けず。すなはち自づから楉を取り、焼かるる己が身を策棠き串き挽して、返し焼く。先に焼ける他人を教へて言はく「我が如く能く焼け」といふ。景戒焼かるる己が身を見れば、脚と膝との節骨と臂と頭、みな焼かれて断れ落つ。爰に景戒の神識、声を出して叫ぶ。側に有る人の耳に、口を当てて叫び、教えて遺言を語るに、彼の語言の音、空しくして聞かれざれば、彼の人答へず。爰に景戒、惟ひ付るらく、「死にたる人の神は音無し。故に我が叫ぶ語の音、聞えざるなり」とおもふ」とみる。夢の答いまだ来らず。ただし惟へば、もしは長き命を得むか、もしは高き官位を得むかとおもふ。今より已後、夢に見る答を待ちて、知るのみ。然うして延暦十四年乙亥の冬十二月の三十日に、景戒伝燈住位を得たり。	
9	『日本後紀』	延暦二十三年（八〇四）五月辛卯。伝燈大法師位善謝卒。‥栄華非好。辞職閑居。凡厥行業。必於菩提。一生期盡。終於梵福山中。遂生極楽。入同法夢。時年八十一。	同法
10	『続日本後紀』	仁明天皇即位前紀。仁明天皇。諱正良。先太上天皇之第二子也。母太皇大后。贈太政大臣正一位橘朝臣清友之女也。太后曾夢。自引円座積累之。其高不知極。毎一加累。且誦言三十三天。因誕天皇云。	橘嘉智子
11		承和二年（八三五）三月庚午。‥時有一沙門。呈示虚空藏聞持法。‥攀躋阿波国之大滝嶽。観念土佐国室戸之崎。幽谷応声。明星来影。	空海

12	『文徳実録』	嘉祥三年（八五〇）五月壬午。葬太皇大后于深谷山。‥嵯峨太上天皇。初為親王納后。寵遇日隆。天皇登祚。弘仁之始。拝為夫人。先是数日。后夢出自針孔立左市中。六年秋七月七日后亦夢着仏瓔珞。居五六日。立為皇后。	橘嘉智子
13		仁寿元年（八五一）六月己酉。権少僧都伝燈大法師位道雄卒‥初道雄有意造寺。未得其地。夢見山城国乙訓郡木上山形勝称情。即尋所夢山。奏上營造。公家頗助工匠之費。有一十院。名海印寺。伝華厳教。置年分度者二人。至今不絶。	道雄
14		仁寿三年（八五三）九月丙申。僧正延祥大法師卒‥春日寺。講涅槃経。延祥預聴焉。時護命問延祥曰。汝有夢乎。答曰。有之。護命曰。為我言之。延祥曰。夢臥七重塔上。爾時三日並出。光照身上。護命曰。吉不可言。慎勿語人。天長七年春。於大極殿。説最勝王経。諸宗智者論難鋒起。延祥敏対不滞。聴者莫不歎服。	延祥
15	『三代実録』	貞観六年（八六四）正月十四日辛丑‥円仁卒‥夢見一大徳。顔色清朗。長六七尺。即就其辺。瞻仰礼拝。大徳含咲。摩頂語話。傍有人。問云。汝知大徳否。答云不知。傍人云。此是叡山大師也‥一如昔夢。最澄大師含咲語話。如夢所見。竊自知之。不向人説。‥夢達摩和尚。宝志和紛。南岳天台六祖大師。并日本国聖徳太子。行基和尚。叡山大師等。倶共来集。語云。吾等為護汝令到日本国。故到此間。語竟即起。前後囲繞。向東相送。‥蟄居叡山北極草草庵。夢従天送薬。形如甜瓜。半片噉之。其味如蜜。傍有人。語云。此是三十三天不死妙薬。覚後口裏余味。飲之三過。与夢中噉。其味不異。経旬日知。身健眼明‥。	円仁
16		貞観七年四月二日壬子。元興寺僧伝灯法師位賢和奏言。久住近江国野洲郡奥嶋。聊搆堂舎。嶋神夢中告曰。雖云神霊。未脱蓋纏。願以仏力。将増威勢。擁護国家。安存郷邑。望請。為神宮寺。叶神明願。詔許之。	賢和
17	『叡山大師伝』	昔大師臨渡海時。路次寄宿田河郡賀春山下。夜夢梵僧来到。披衣呈身而見。左半身似人。右半	最澄

		身如石。対和上言。我是賀春。伏乞和上。幸沐大悲之願海。早救業道之苦患。我当為求法助。昼夜守護。竟夜明日見彼山右脇崩巌重沓。無有草木。宛如夢半身。即便建法華院。講法華經今呼賀春神宮院是也。開講以後。其山崩巌之地。漸生草木。年々滋茂。村邑翁婆。無不歎異。又託宣曰。海中急難時。我必助守護。若欲知我助。以現光為験。因茲毎急難時。有光相助。託宣有実。所求不虚。	
18	『空海僧都伝』	或上阿波大竜峰。修念虚空蔵。大剣飛来。或於土佐室生崎閉目観。明星入口。現仏力之奇異。	空海
19		対仏像誓云。我入仏道。毎求知要。三乗五乗。未以為決。仰願。諸仏示我至極。夢有人云。大毘盧遮那汝所求也。即覚悟歓喜。求得一部。	
20	『三教指帰』	躋攀阿国大滝嶽。勤念土州室戸崎。谷不惜響。明星来影。	
21	『伝述一心戒文』光定	承和元年（八三四）正月六日夜。憶伝戒事。得夢之相。彼夢之状。左衛門藤原佐。被皮衣。与高田太吏並立。又立彼辺人。不知其名。三人並立。下情。佐被皮衣〈手〉称〈弓〉好〈之止〉靡其上見了。又此三人。当東近衛門面赴於東。南北通道辺三人前下情立。亦下情面赴西。又自内裏如先人走来衛門之中。東面密召下情。赴於内裏。以右手指。指於内裏。召除髪。除髪名則下情憶捨三人而赴〈止〉思於内裏。当衛門。三十許人在之。夢了。義真大法師遷化。法弟失途。猶夫伝法之首。求於雪山。授戒之師。尋於迷津。雖有一乗。而不被弘。雖在戒珠。而不被精。	光定
22	『入唐求法巡礼行記』	（開成五年（八四〇）三月）十二日：九里戦村少允宅宿：夢見円澄座主。	円仁
23		十三日：徐宋村姜平宅宿。主人心直。夢見義真和尚。	
24		（五月）二十二日。粥後。傍北台東腹。向東北邐迤下坂。尋嶺東行二十里許。到上米普通院。在堂裏。忽見五道光明。直入堂中照。忽然不現矣。惟正・惟暁等同在堂。皆云。不見物。奇之	

		不已。 二十一日。天色美晴。空色青碧。無一點翳。共惟正・惟暁・院中数僧。於院閣前庭中。見色光雲。光明暉曜。其色殊麗。炳然流空。当于頂上。良久而没矣。院中数十僧。不出来者。不得見。 二日：初夜。台東隔一谷。嶺上空中。見有聖燈一盞。衆人同見而礼拝。其燈光。初大如鉢許。後漸大如小屋。大衆至心。高声唱大聖号。更有一盞燈。近谷現。亦初如笠。向後漸大。両燈相去。遠望十丈許焰光焰。然直至半夜。没而不現矣。
25		九月五日。夜。繫念毘沙門。誓願乞示知法人。：六日。早朝。当院僧懐慶。持念為業。将仏舎利五粒。来令礼拝。語曰。如要持祕法。余能知一城内解大法人：。
26		（十月）十七日。遣状起居政阿闍梨。兼借請念誦法門：於赤山寺夢。見買得秤一具。其売秤人云。此是秤定三千大千世界輕重之秤也云々。聞語奇歓云々。借得念誦法門。
27		（十月）二十九日。往大興善寺。入勅翻經院。参見元政和尚。始受金剛界大法。入勅置灌頂道場。礼諸大曼荼羅。設供養。受灌頂：開成五年十二月二十九日夜。（夢）見画金剛界曼荼羅到本国。大師披其曼荼羅。極大歓喜。擬礼拝大師。大師云。我不敢受汝礼拝。我今拝汝云々。慇懃歓喜画曼荼羅来。
28		（開成六年＝会昌元年四月）十五日。斎了。睡見当寺老僧送四十疋絹来云。有施主。知遵和尚擬作胎蔵像。故付布施来云々。房裏有俗人十人許。相共随喜云。和尚今早作胎蔵曼荼羅。銭物満々。無著処。領得其物。又夢。有一僧将書来云。従五台山来。住北台頭陀付書。慰問日本和尚。便開封看書。初注云。生年未相謁。先在五台一見云々。具問詞。付送来白絹帯・小刀子。並旧極好。領得其物。擎喜云々。
29	『慈覚大師伝	又又夢見大徳顔色素白長六七尺。就其辺。瞻仰礼拝。大徳摩頂語話。傍有人問云。汝知是大徳

	（三千院本）』	否。答云。不知。人語云。此是叡山大師。聞之弥増虔誠。夢覚之後。常慕大師。大同末年。随人入京。終登叡山。親拝大師。瞻視顔色。猶如昔夢。但自知之。不向人説。大師喚近面前筆言。何姓何名。弟幾年幾。和尚亦筆言類姓名等。大師含笑。語話亦如夢所見。	
30		因尋叡山北極幽谷。聊構蝸菴。稍三四年。今称首楞厳院者是也。蟄居絶澗。三年修摂其心。夜夢従天得薬。其形猶如甜半斤。喫之。其味如蜜。傍有人語云。此是三十三天不死薬。喫畢夢覚。口裏余味。飲之三度。飲之。夜夢中所喫。其味不異。和尚独心深以怪之。	
31		頃者京師有遣唐事。擇人差使：夜夢大師来到。頭首安置和尚膝上。語云。吾将生来。汝当如何。吾甚憑汝。努力努力。又云。将汝遣大唐。但汝当漂流長波之上。久受辛苦。吾甚愁之。語畢夢覚。久坐思忖。独自怪之。其後山衆使持書状来到。其状云。闔衆讓我大徳。唯冀爲法赴唐〈云々〉。於是和尚固辞不肯。衆使空帰。更有使来請。意亦如前。爰和尚思忖。大師夢裏所示。不得苦辞。強許之。	
32		夢裏大師告云。汝旅中粧束。衆須与人等。語已出去。睡夢覚畢。思忖夢事。言与人等者。是為与聖人等。為当与凡人等。定知大師高意。豈謂与凡人等。麁布納衣。是聖人所歎。大師所示只応是也。	
33		夢裏大師教云。汝往大唐。於真言門先問天部。就天台門先応問中道〈云云〉。更有種種之義。不可具陳。大師如是節節教導。	
34		此赤山院盛伝禅法。故発此願也。即夜夢見。有一人来。手提一嚢。過和尚前。意謂売物。和尚不問。又更廻帰過前。亦復不問。至第三度。和尚問曰。是何人耶。答曰。売物人。和尚問曰。売何物。答。秤三千大千世界秤子。和尚取買。得之自取其看之。不侍問学。自然得知大小斤両。睡覚已。端坐思忖夢裏之事。我必当得大千世界無上法王祕妙法則。	

35	次礼西台。相去中台二十里許。次礼北台。相去中台三十里許。垂至北台。雲霧満山。徑路難尋。纔雲霧開。看路前。見一師子。其形恐怖。開眼看人。猶所畫師子形。纔見師子。胸戦心迷廻身却走。一二三里許。恐怖之心猶未休息。臥地慰心。經於小時。更復進路。謂。彼師子今應退去。更進行。見彼師子。猶在前路。蹲踞不動。復更却走。二三里許。弥增驚怖。心悶身體不安。休息多時。復更進行。見彼師子。猶在不去。遙見人来起立。入重霧中更不見也。 從北台至上米普通院。院中有一房舍。其房舍中。忽然出現五色円光。和尚一人。独得見之。余人皆不得見。 至夏六月。於青天美晴中。五色光雲。忽然出現。光照暉曜。其色殊麗。当于頂上。良久而没矣。弟子惟正。惟曉。兼以院中数十僧等倶同得見。恭敬礼拝。 至七月初。巡礼南台。至黄昏時。忽見聖燈。或谷裏現。或山峰現。一燈之勢。普照五台。一一分明。至五更頭。燈滅不現。於茲和尚自欣慶發願。吾有宿善余。僅礼大聖跡。而得覩見不思議光瑞。：若弟子得帰本国者。必願奉造文殊閣。	
36	始学金剛界大教。数月以後。更受五瓶灌頂。被伝法許可也。至于奉図金剛界大曼荼羅。夢裏大師歓喜云。喜哉。汝奉図此曼荼羅。将来示我。善哉。善哉。甚為喜歓。甚為恭敬。	
37	至奉図胎蔵大曼荼羅。夢裏有人来云。五台山北台和尚。問訊日本国和尚。和尚今日始奉図大曼荼羅。以甚喜歓。仍鞘收入刀子。奉獻和尚云。此是北台和尚所贈。語已便去。覚後方知是文殊大聖之所護也。	
38	又雇画工奉図九仏頂像。画工論其手功銭少。捨棄退去。数日後来云。我深懺悔。願将奉図九仏頂像。夜夢金剛神来云。汝若不図日本和尚所要仏頂像者。我将斫碎汝頭。宜早奉図。説了去。	画工
39	遇着会昌天子毀滅仏法。経歴三年。不得帰国。其間辛苦。実不可説也。於夜夢裏。大師現来語云。我常守護汝。汝莫憂。又云。我為汝向終南山。汝莫愁。語了去。数日已後。有軍裏牒云。	

		外国僧等宜早帰本貫。因此出城。
40		有一官宅。入宅停宿。夢一僧来云。叡山閣衆。遙承和尚帰国。遣使致問。不審和尚尊體万。種種語話。其夢以後。身心輕安。無有苦痛。
41		夙夜憂思。所求法門。徒為塵土。夜夢。達摩和尚。宝志和尚。南岳。天台。六祖大師。并日本国聖徳皇子。行基和尚。叡山大師等。倶共来集。語云。我等為護汝令到日本国。故到此問。語竟赴。前後圍繞。向東相送。夢覚以後。身心快楽。其年春月。有二隻船。
42	『慈覚大師伝（通行本）』	于時夢見一沙門。長六尺余。顔色清朗。大師致礼瞻仰。沙門含咲話語。其傍有人。問曰。汝知此大徳否。対曰。不知。人曰。此是叡山大師也。大師聞之弥増礼敬。夢覚之後。竊以傾慕之。広智知其意携将大師。乃登叡山。付属先師。時年十有五。今年大同三年也。暨于此時。仰望先師之風儀。皆如昔時之夢相。
43		蟄居三年。練行弥新。夜夢。従天得薬。其形似瓜。喫之半片。其味如蜜。傍有人語曰。此是三十三天不死妙薬也。喫畢夢覚。口有余気。大師心恠自恃焉。其後疲身更健。暗眼還明。
44		有人来告曰。頃者朝家有遣唐使之議。随業択人。居之無幾。夜夢。先師忽来。枕大師膝語曰。吾将使汝為求法入唐。但愴漂流風波之上。辛苦船舫之中。我甚愍之。語畢夢覚。
45		時夢先師曰。汝旅中装束。須与人等之。覚後思量。与人等者。与聖人等歟。与凡人等歟。即謂。先師豈謂与凡人等乎。麁布納衣。聖人所美。夢中之誨。其如斯乎。
46		其年冬夢先師教曰。汝往大唐。就真言門。先問天部。就天台門。先問中道。先師教道極多此類也。
47		此山盛伝禅法。故発此願。其夜夢有一人。提嚢来過我前。意謂売物。而不敢問。持去又来。如此三迴。心恠之。問曰。是何人耶。対曰。商人也。鄰房和上。聞其声曰。所持何物。対曰。不是和上可買之物。大師問之。商人曰。懸三千大千世界秤子也。大師買得之。懸此大地。我亦乍

番号		本文	
		居地。随秤上昇。於是自然得知万事。夢覚之後。端坐思惟。我必当得大千世界無上法王祕密法門。	
48		北台。去中台三十許里。欲至此台。雲霧満山。蹊路難尋。纔及霽来。望見前路。有一師子。其形可怖。心神失拠。迴身却走。少時稍復進行。師子蹲踞。猶当中路。大師弥懐驚畏。退行素所。恨悄良久。移時又進。師子於是忽焉不見。大師深恠思之。 遂礼北台。尋至上米普通院。院中有一房。房中出現五色円光。大師独見之。自外不得見。及天方晴。五色祥雲。忽然浮起。光輝照曜。当大師頂。油々靄々。移時乃散。惟暁。惟正。院中数十僧侶。皆倶望見。驚恠讃嘆。 秋七月。礼南台。比至黄昏。俄見聖燈。或満深谷。或燭幽峰。一点之光。普照五台。時及夜半。燈滅不見。於是大師欣感発念。願我有宿昔之念。得礼斯聖跡。冥感相応。適現此瑞。弟子若得帰故国。将造文殊閣。	
49		更受五瓶灌頂。及図写金剛界大曼荼羅。時先師夢中歓喜曰。善哉善哉。汝図写此曼荼羅。将来示我。	
50		即図画胎蔵大曼荼羅。夢有人来曰。五台山和尚。問訊日本国和尚。今始図写大曼荼羅。甚以歓喜。便以鞘加刀子。贈大師曰。此是北台和尚所遺。語訖而去。大師覚後。方知為文殊所守護焉。	
51		亦雇画工。欲図九仏頂像。画工嫌庸少。棄置退去。数日来曰。昨夜夢。称金剛神者来曰。汝負日本和尚命。不図九会曼荼羅。若終不図。必砕汝頭。自後心神不安。深以怖畏。我悔前過。願随教命。遂図写之。	画工
52		会昌天子。破滅仏法。大師顧身悲歎。夜夢。先師曰。我常守護汝。汝莫憂畏。	
53		便入留宿。其夜夢。一僧来曰。叡山僧侶。遙聞大師帰郷。故遣使致問。自後身心軽安。無所愁	

		苦。	
54		即夢。達摩和尚。宝志和尚。南岳。天台。六祖大師。本国聖徳太子。行基菩薩。及先師。倶来語曰。我等為擁護汝令帰郷国。故復到此。特以慰労。語竟。左右圍遶。向東相送。夢覚之後。心楽身穏。	
55		大師造二経疏。成功已畢。中心独謂。此疏通仏意否乎。若不通仏意者。不流伝於世矣。仍安置仏像前。七日七夜。翹企深誠。勤修行祈願。至五日五更夢。当于正午。仰見日輪。而以弓射之。其矢当日輪。日輪即転動。夢覚之後。深悟通達於仏意。可伝於後世。	
56	『諸位灌頂秘密目録』	是則清涼山雲上受文殊師利之化現。長安城月訪法全和尚之門下。宛知先師清夜夢告。而遂入唐求法素意。	
57	『感夢記』円珍	大中十年（八五六）五月十日斉（斎）後夢。珍到延暦寺。在戒壇院比（北）殿共叡均禅師。而右大臣（良房）忽然到来。見丞相来。均公出去。大臣与珍語話曰。近来三綱作状呈我。状云。以円仁闍梨為座主。ム未与判。合得作主否。珍云。此大事也。綱維不合私請。須経大衆共唱其署〈云云〉。大臣道。合伊麼。珍申意云。彼仁闍梨戒行清潔。智徳殊高。為主無事。但恐摂衆未得寛心。雖然除此無人。尚（当）然合得。暫時丞相将出両箇鏤□（金）花瓶。其高一尺余許。当時浮水。水満其腹。其瓶左右有宝形珠。与瓶口斉。合三箇頭。丞相問珍。此等名甚麼。珍道。此瓶。丞相云。同此不同。常仁以名瓶。常時以手弄此瓶。前来未得穏坐。及其珍弄両瓶穏坐。珍報答曰。凡得瓶名者。以盛物之功。此両箇宝□（瓶）。已得盛水。以此義故名瓶〈諸人遠見此事皆然〉。丞相又将出陀羅尼文書。来擬問円珍。々謝曰。珍厚蒙国及大臣高恩。雖到唐国。逢著宿怨。不遂所願。空手却迴。羞見丞相。故蔵不出。今丞相来相見歓問。恥悚無極。相公無答。将出一巻真言。亦不是漢字。略取古文。多作辺傍。忽然難見。雖然乃是古来慣読者也。珍把着（看）便読過之了。珍便将出手中梵文。対丞相曰。此陀羅尼。其本分明如此。恐真言宗法師等為此迷人。故偽作此文〈云云〉。丞相斂切（却）。更不将出。〈未問此之前。丞相曰。	円珍

		地義有疑。欲問決之。珍心思量合此造壇行事。此次又夢。珍列（到）真大師下。受戒弟子等名六七人許。欲上大臣請判。次第令作戒和上。其中名有自名云云〉。又丞相造得普賢延命像。張著自宅中持念道場。其道場闊三間。彼像満台□間之堂。其像面向北。東西満堂。其尾不著地。□等往来人頭。当時有円覚禅和。同在堂中。共珍同語曰。多好。此像横闊満殿〈云云〉。點三両盞燈。珍曰。多點燈著好。時丞相夫人源家居像西辺。面向東坐。此夢通〈神通〉人准向前故在後合知。	
58	『三句大宗』裏書	背書云。大中十年正月一日五更夢見光定和上。懐中抽一張文牒云。円仁勾当二人年分口。次光定勾当四天王寺為別当者。我欲得山中終命。而今有人事更不可得。笑惆悵。 又夢珍等行路。路上過時未喫飯。到否〈到否猶纔到。蓋方言耳〉。教作飯。当時日近中頭。而智豊（聡）逐便来。顔色憂愁。多在困乏以乞飲食。延福亦爾。珍不肯与飲。両人徘徊不去也。	
59		十年正月五日五更夢従温柔坊出。行東南方。登坡。坡上逢著于闐国人。其人新櫃満盛梵経。且立地与珍談語。当日斎。出行到聖善寺玄宗国師無畏三蔵故院相見院主。院主云。聞道朝来于闐国三蔵両人来北院別処喫飯。去来去見那僧。那僧且下大敬愛寺。珍等出寺界。到敬愛禅院相見那僧。	
60		六日五更夢到青龍寺見全和上。和上辺有胎蔵解脱瑜伽本一巻。和上祕之未与許之。珍強把著見。和上不瞋。説導此法大略。悉在那儀。又珍借和上辺梵本真言。和上不教見傍人目撃与珍。 同時夢見諸州常謹和上。和上端正其年五十。著乾陀衣迎円珍。到東都在此相見。珍云。為尋和上擬去武渉。不計与会。不可思議〈云云〉。已後行路上互相知也。	
61		十年正月八日五更夢見金剛和尚。此夜慇節祈願要見無畏大師。而見金剛大師。為珍決疑一一如法。又見二十三箇文殊師利菩薩。其様如九会壇也。上層排列都有二十四箇文殊。各各有因縁。珍一一知之。又見天台止観図〈目具在〉及観心論。委説観心事。又見仁和上領師僧作持念。叡均闍梨独自対仁和上房門礼仏如唱礼時。	

62		十三日夢今上在三昧堂中双方共珍。又送珍而下昔旧房。
63		又十四日夢在三条居二娘房。有徐公祐勾当造。一一如法。而珍在西頭。皆挙新造板簾。〈先夢在三条領向西而同席臥。全見相似也〉。同夢見青龍和上。為珍説両箇三昧会義云。四徳為本〈云云〉。 貞観二年（八六〇）正月十四日記。
64	『胎蔵旧図様』裏書（批記集）	八年（八五四）十一月四日五更。夢見羅什三蔵。 （大中八年十一月十六日了。珍在越記）
65		八年十一月十一日五更。夢有人。与書珍云。可施願。昨夜有心祈。
66	『三劫六無畏記』裏書	（裏書曰）大中九年閏四月暁。泗州夢。青衣人四五許来指於前久。十日於淮水忽現白衣婦人踏水相迸遂而行。並如夢。 （大中九年三月二十七日記之）（大宝院御本此批記一行裏有之）
67	『三部曼荼』	十年（□年）正月十二日暁夢珍行山路遥（□）見寺舎。人指云（□）。禅林寺。到彼有僧作（□□）法花懺（「法」アリ）。珍見彼僧居住堂舎幽深。便過僧所入復深房。壁上題云。日本国事。有血脈伝一巻。列二十八祖師。如止観序。其堂舎内荘厳極如法。第一排南岳大師。便有坦。作身入滅之相〈向南坐〉。第二安坐師翁比叡大師。向北壁坐。此和上面上以物遮覆。其物長剩。更覆思大師眼上。第三安天台大師。師頭（頂）上有仏面。無遮覆。其中荘厳非去如法。珍見了出門。更見礼念之処。床案香花華飾如法。便有情（＝清）観座主。夢（＝喚）珍共上山坡頭遊縦（憩）。又見行路将材木負牛。又其牛牛或臥水中。或起（ナシ）行去〈云〉。
68		十年九月十五日暁夢。珍手持三股杵転（云）。更有一蒙阿闍梨。以金剛界賢劫十六□（＝尊印）真言等都一大巻分付於珍。説導此印□（＝法）世間（「難」字アリ）（以下脱カ）。
69		年（＝季）四月二十七日暁。上都龍興寺上座斉舒・寺主予真来慰問珍之縁（＝像・僑ヵ）謝在

		貴寺不周遍。寺主巻遵（＝答遵）。不敢作爾許（ナシ）功徳。其弘誓不可思。了因結縁因結縁正因結縁。於一切衆生此意広大不可思議〃〃〃〈＝云々〉。便問珍曰。可（＝了）因結縁其義如何。珍了（＝曰）。聞法歓（喜）可知。自身有仏手（＝乎）。是名可（＝了）因仏。三身中此謂（＝報）身因。巳日多々哥。（巳〜哥＝主曰。多奇。）又見延暦寺西塔院安聖・安愷両僧伽共珍話（＝言語）。昨〈昨夜有心願日（＝口）願。唐国中所求及帰本（ナシ）国随分伝持。与我如意無害無障。又九会像造了。〉（「昨〜了」まで本文。また「我」以下＝□□当夜有此夢。□□□□□□□如意無害無障。又九会像造了。）	
70	『行歴抄』	（八年二月）八日黄昏。在国清為上禅林洗浴。時祈求大師加被。其夜夢冷座主下来国清。迎取円珍。将去上方。更有維摩大士。作頭陀像擔負円珍。随路入山〈冷座主是当今禅林云云。住持大師（智顗）遺跡者也。〉。	
71		三月十七日。洗浴了。方欲登華頂。来夜有夢。菩薩僧来取屈。	
72		（九年）十月三日。入金剛界灌頂。当夜夢従壇上諸尊脚足底下。一一流白乳。入円珍口。至明旦不向人説。従此以後和尚一切如法決疑往復。諸事惣得。説云郷賊与爾甚作妨難。都不欲得成就。厶暫時取彼他語。惱乱大徳。此厶錯処〈云云〉。……大中十年（八五六）正月日記。	
73	『在唐記』裏書	（一本裏書云）。四月二十六日記。夢清観和上云。我忙不得作表本。令別人作。法界和上解云。不用更作也。又夢。在延暦大府送書与老宿徳衆。別問円珍〈云云〉。珍向海和上説解〈云云〉。巴達也。 夢及四月二十六日。	
74	『大曼荼羅灌頂儀軌』裏書	貞観五年。……而入唐与円載師相話之後。叡意改変。即学取円載所封式与人法。帰国再三封之呪咀於余〈此夢中所示也〉。而道或無験。再三妬怒。再三趠躍〈云云〉。此善神所示也。後人知之。	

75	『授決集』	余却恐失理再三悚思。当日感夢所記有道。此密語勿外示。‥集此兼義。午後睡夢云。有道理有道理也。六月上旬也。此文已下午後記之。令後有夢似喜所記。故記大師行事也。今月十日夕記。（元慶七年（八八三）カ）	
76	『病中言上書』	（前欠）行。加以一昨夢莫出行者。即令占之。（後欠）	
77	『円珍伝』	承和五年（八三八）冬月。和尚昼坐禅於石龕之間也。忽有金人現形云。汝当図画我形慇懃帰仰。和尚問曰。此化来之人。方以為誰乎。金人答曰。我是金色不動明王也。我愛念法器。故常擁護汝身。汝須究三密之微奥。為衆生之舟航。爰熟見其形。魁偉奇妙。威光熾盛。手提刀劍。足踏虚空。於是和尚頂礼。意存之。即令画工図写其像。今猶有之。	
78		嘉祥元年（八四八）春。和尚夢日光将隠西山。有一異人。以縄繋日。以授和尚。和尚取縄徐引之。日乃再中。正成停午。光彩炳煥。普照天下。覚後遍問諸僧。或云。和尚念願有感。主上延祚之微也。或云。和尚恵光照耀。仏日更明之象也。	
79		嘉祥三年春。夢山王明神告云。公早可遂入唐求法之志。勿致留連。和尚答云。近来請益闍梨和尚仁公。究学三密。帰著本山。今何遑汲汲於航海之意乎。神重勧云。如公語者。世人多剃髪為僧。公何以昔者汲汲於剃髪之志焉。明年春。明神重語云。沙門宜為求法忘其身命。況今公利渉之謀。有万全之冥助乎。努力努力。勿生疑慮。和尚夢中許諾。乃録意旨。抗表以聞。	
80		時門人夢大山崩倒。或夢当寺丈六仏起坐他去。冬十月二十七日。（二十九日死去）。	門人
81		初元慶中。和尚住本山。忽流涙悲哽云。大唐天台山国清寺元璋大徳。昨夕入滅。無幾其後一年。又哭泣甚悲云。我大唐請益之師良諝大和尚。奄忽遷化。貧道須修追福致門弟子之志。‥乃於延暦寺講堂修諷誦。當時聞之者未有信。然其後元慶七年。栢志貞到著大宰府。天台国清寺諸僧。并越州良諝和尚遺弟子等書信。并付志貞送和尚。具録元璋并良諝和尚遷化之日。與和尚先語曾無睽違。亦嘗語諸僧云。嗟乎。留學和尚円載。帰朝之間。漂沒於滄海之中。悲哉。不帰骸	

		於父母之国。空終身於鮫魚之郷。命也如何。再三感咽涕泗漣如。其後入唐沙門智聡帰朝。語云。智聡初随留學和尚円載。乗商人李延孝船過海。俄遭悪風舳艫破散。円載和尚及延孝等。一時溺死。時破舟之間有一小坂。智聡儻得著乗之。須臾東風迅烈。浮櫨西飛。一夜之中飄著大唐温州之岸。其後亦乗他船来帰本朝。於是計円載和尚沒溺之日。正是和尚悲泣之時也。天下莫不歎異。済詮辞山之日拝別和尚。便問大唐風俗。兼将習漢語。和尚默然一無所対。済詮深有恨色。起座之後。和尚語門人云。此師雖有才辯未暁空観。入唐謀似衒名高。若心殿不掃。何得三尊之加持。若加持不至。何踰万里之險浪。其後済詮果不著唐岸。又不知所至。和尚先識鑒皆此類也。弟子或問曰。和尚洞視万里之外。如在戸庭之中。察知将来之事。如置目睫之間。豈神通力之所致乎。将宿命智之所成乎。和尚大笑答云。我自少年帰依金剛薩埵以為本尊。故現在未来善悪業報。或夢中示之。或念定之間現形告語而已。識者服其実語不矯飾也。	
82	『智証大師伝』東寺本	（嘉祥三年八月）十四日辰時漂着琉球国。琉球者所謂海中喫人之国也。：和尚乃合掌閉目念願不動明王。須臾前年所現金色人露立艘上。時舟中数十人皆見之。俄而巽風忽発：十五日午時着大唐国嶺南道福州連江県界。即唐大中七年矣。	人々
83	『智証大師年譜』（『唐房行履録』）	十一月四日。師（円珍）請伝法阿闍梨位灌頂法。：五日黎明。師夢金剛和尚来入青龍道場。而坐東南。全連坐東方。師向東坐西。與皆如大拇指。師述三昧耶戒発願文。	円珍
84	『胎蔵大法対受記』序、安然	安然以貞観十八年（八七六）二月有入唐事。初従道海大徳対受玄法寺法全和上両巻儀軌：後以元慶六年（八八二）六月従権僧正大和上（遍昭）受前全和上両巻儀軌。此大和上元従慈覚大師受之。草創未畢大師遷化。因依夢告則従安恵和上受得首尾。未及授位和上帰寂。後従円珍和上受灌頂位：	遍照
85	『同』第二四	同月二十二日。与由性大徳倶於権僧正大和上辺重受胎蔵大法。最後記得念珠三説已訖時。大和	安然

	三、青蓮院蔵『初夢記』	上命云。函中祕蔵已盡授畢云云。其夜夢。見慈覚大師在叡山講堂西第一座中間。安然在第三座南頭。与一僧倶受大法訖。大師最後教云。先仰左拳捧之。拳首向外。次以右拳風端仰安左掌根。風首向外。次以右風。風首向内。人左風空間而安心前。次舒左右風地覆右手。横安左手上。次以此印三度右転。次倶時二印。以左印。印首向内。仰安左腰上。以右印。印首向内。覆安右肩上。次以左印印面先伏。次仰抛転二度。次以右印印面乍伏向外。次乃向内抛転一度。如是左二右一。数廻乍転此印。大師起向北戸而去。口誦讃音。曲調美妙。不得聴憶。同年八月十七日。為令安然伝授胎蔵大法真言。於中院円堂仏前密授釋迦伝法印。大略暗合夢。印二手各以空押水端。覆右手安左印上。真言 bha 字。加帰命。唯舒二火。与夢為異。	
86		同年九月二日。於報恩寺与大枝君論定胎蔵儀軌。最初正等覚偈是含両種曼荼羅畢。其夜夢見慈覚大師在昔唐院。安然忽卒参到。大師問云。何故忽来。安然答云。為取五台山図。大師云。我先不言写置一本耶。安然答云。写置。大師云。欲見之。安然披彼図二本奉見之。大師云。太好。安然見是肉色曼荼羅二本也。安然問云。前所是何用印。大師答云。是沐水時印。安然作彼印奉見之。其中心所迴転斜引右印至右肩。如前作法。問云。此事是歟。大師答云。不爾。大師即時大広引之。即以右印申臂。従面前挙之。至右肩上乃云。見円珍禅師沐水之時。甚狭引之。甚醜矣。安然問云。彼如何引。大師即作二拳。左拳安心向右。右拳合左拳。引之一寸許。如是数回乃云。如是狭引甚醜。安然以前後夢諮大和上。大和上云。已得夢授。自合現授。実知得法納心明矣。	
87	『同』序	元慶六年六月二十二日。夢得慈覚大師親為安然伝胎蔵。畢即付伝法之印。七年閏八月十七日。大和上令安然読胎蔵界真言授大枝君。且以釋迦伝法印密授。安然見其印相一同夢授。	85と同じ
88	『悉曇蔵』	安然専意捜得首尾。以十二月九日夕定。暁夢有二老僧先一僧云。汝製対策能合問頭。次一僧説彼問頭意。前僧諫云。先已得意。勿更説也。乃知合理。因以編成。若有正旨幸刊改歟。	

表②

1	『天台南山無動寺建立和尚伝』	其夜夢中薬師告云。汝已未度。先令度人。我既摩頂。豈有何思哉。比良山西河都河之滝。祈請智恵。夢中普賢告曰。得一分智恵種子。其後雖不苦学易悟正教之情。安居之間夢中三人童子来云。吾是金剛童子也。依師上人円仁和尚命所来也。而上人威勢未及使我矣。	相応
2		貞観五年（八六三）奉造等身不動明王像。仏師未必其人。頗不端厳。因之取代他財。更欲改造。夢告云。不可更用他材。吾賜好士須令造直。其後不期之外得仏師仁算。依夢想告即令直造。相好円満。霊験日々新。	
3		奉念明王之本誓。合眼之頃。非夢非覚。明王告云。我依一時之後生。生加護之本誓。難応於恨祈之事。仍有相背。我今顕説本縁。昔紀僧正存生之日持我明呪。而今以邪執故墮天狐道。着悩皇后。為守本誓護彼天狐。是以我呪不縛彼天狐也。今汝到彼宮。密告天狐言。汝是非紀僧正後身柿本天狐哉。彼低頭之頃。以大威徳呪加持。将得結縛之便。我伏邪執。為赴仏道故告斯事耳。	
4		十年・造仏写経之間。候於東宮奉仕御修法。夜夢見二男子生自左右脇。其児端正非尋常之人。一名竹林一名靄林。以夢語占夢人。夏陽奉行申云。若造写仏経之事歟。事有実者。依其無差平等功徳之力現世菩提悉地可成就之。夫竹林者現生長生之相也。靄林者涅槃之相也。	
5		同十五年。対本尊前。祈念可示後生所之由。夢中明王捧和尚令坐須弥山頂盤石之上。令見十方浄土都率極楽如見掌中奄羅果。即告曰。随願求而可往生云々。覚後感嘆之涙不覚而落。其後係念於都率内院。而夢中到外院。慈慶大徳坐於内院乗紫磨金師子。忽看和尚出来告曰。我依転読法華一乗之力既生内院。早還本山一心一向可転読法華經。其後専精誠転読一乗妙典。	

註

(1) 単著では高山寺典籍文書総合調査団編『明恵上人資料一～五』(東京大学出版会、一九七一～二〇〇一)、田中久夫『明恵』(吉川弘文館、一九八八)、奥田勲『明恵 遍歴と夢』(東京大学出版会、一九九八)、河合隼雄『明恵 夢を生きる』(講談社、一九九五)、荒木浩編『心と外部』(大阪大学大学院文学研究科広域文化表現講座共同研究・研究成果報告書、二〇〇二)、野村卓美『明恵上人の研究』(和泉書院、二〇〇二)、平野多恵『明恵 和歌と仏教の相克』(笠間書院、二〇一一)など。

(2) 芳賀幸四郎「非合理の世界と中世人の意識」(『東京教育大学文学部紀要』三六、一九六二)、河東仁「夢信仰の衰退一」(『日本の夢信仰』玉川大学出版部、二〇〇二)。

(3) 山田昭全「明恵の夢と「夢之記」について」(『金沢文庫研究』十七―一、一九七一)、奥田勲「華厳仏光三昧観冥感伝解題」(『明恵上人資料資料四』東京大学出版会、一九九八)、米田真理子「高山寺外所蔵二つの夢記を巡る考察」(註(1)前掲『心と外部』)。

(4) 高橋秀城「頼瑜の夢想」(『智山学報』五七、二〇〇八)、追塩千尋「叡尊における鬮と教団規律」(『中世の南都仏教』吉川弘文館、一九九五)、蓑輪顕量「夢と好相と懺悔」(『中世初期南都戒律復興の研究』法藏館、一九九九)、佐藤愛弓「真言僧における夢の機能について」、「聖教に夢か記されること」(『中世真言僧の言説と歴史認識』勉誠出版、二〇一五)。叡尊の自誓受戒時の夢と関わるものに松尾剛次「夢記の一世界」(『薗田香融先生古希記念論文集日本仏教の史的展開』塙書房、一九九九)、山部能宜「『梵網経』における好相行の研究」(『北朝・隋・唐 中国仏教思想史』法藏館、二〇〇〇)。

(5) 先行研究は枚挙にいとまがないが、夢記の史料性に関わる論として霊山勝海「「三昧発得の記」および「御夢想記」の諸問題」(『京都女子学園仏教文化研究所研究紀要』十五、一九八五)、中野正明「「三昧発得記」偽撰説を疑う」(『印度学仏教学研究』三八―一、一九八九)、中井真孝『法然伝と浄土宗史の研究』(思文閣出版、一九九四)、梶村昇・曽田俊弘「新出『大徳寺本拾遺漢語灯録』について」(『浄土宗学研究』二二、一九九五)、瀧弘信「「三夢記」考」(『宗教研究』三六六、二〇一〇)、遠藤美保子「親鸞本人に聖徳太子信仰はあったか」(『日本宗教文化史研究』十二―二、二〇〇八)など。

（6）フレデリック・ジラール、弥永信美訳「明恵上人の『夢の記』」（『思想』七二一、一九八四）。

（7）鑑真は渡日を六度試みたが、航海中の遭難は二度目と五度目のみであり、二度目は出航後すぐに難破している。したがって、この五度目の渡航が海路の苦難の最たるものであり、『東征伝』中のハイライトともなっている。なお、最新の鑑真伝に東野治之『鑑真』（岩波新書、二〇〇九）がある。

（8）鄭炳林『敦煌写本解夢書校録研究』（民族出版社、二〇〇五）に出土夢書類が集成されている。

（9）蔵中進『唐大和上東征伝の研究』（桜楓社、一九七六）。『広伝』逸文と『東征伝』を比較し、『東征伝』は散漫な思託の原文を節略・彫琢したものと論じている。なお、蔵中氏は思託が「思託述和尚行記」と『広伝』を伝や行状ではなく和上「行記」と自称していることに関して（『延暦僧録』思託伝）、『広伝』は鑑真の渡東行そのものに焦点をあてたもので、（出自など）伝記的事実に乏しいものであったかと推測している。しかし、円珍が先行の最澄伝『叡山大師伝』を抄出した『比叡山延暦寺元初祖師行業記』奥書には「此拠寺別当藤納言閣下召祖師行記。撮故僧仁忠記文進奉」とある（大日本仏教全書二十八『智証大師全集四』）。藤原良房による最澄「行記」の求めに応じて円珍が「仁忠の記文」を撮要して提出したという『行業記』は、最澄の行実や出自を記した〝伝記〟となっている。したがって「行記」という名称をもって伝記や行状とは異なるものと見做すことは疑問である。『広伝』の性格について検討した蔵中しのぶ氏は、『広伝』上巻は鑑真の師僧の伝記を列ねてその学系を示す集成僧伝であり、『大唐伝戒師僧名記』が原書名であったと推測している（「三つの鑑真伝」『東洋研究』一七一、二〇〇九）。おそらく思託の言う「行記」を述べたとは鑑真の伝記を記したとの意味であろう。

（10）蔵中註（9）前掲書第十章「唐大和上東征伝と延暦僧録」。蔵中氏は『広伝』を宝亀二年以前撰述と推測している。『延暦僧録』は延暦七年頃（七八八）の成立とされる。蔵中しのぶ『『延暦僧録』注釈』（大東文化大学東洋研究所、二〇〇八）に注釈がある。

（11）基本的に思託ら弟子の見聞や一次伝聞に依拠した逸話と考えられる。ただし、これらの記事が整理や誇張を全く含まないわけではないであろう。逸話が語り継がれる過程及び伝記の撰述における編集や文章表現の調整などを経た上での〝記録性の高さ〟を認めるものである。

（12）近年の成果として、法華経や観音信仰、観音悔過などの視点から論じられてきた①の夢解きに関して、法相宗の五姓各別説の立場からの解釈を試み、かつ唯識派の入門儀礼としての菩薩戒受戒に伴う観仏体験と関連する読み方の可能性を提示した師茂樹「五姓各別説と観音の夢」（『仏教史学研究』五〇―二、二〇〇八）がある。

（13）本話の表題「災と善との表相先づ現はれて、後に其の災と善との答を被る縁」に善悪の予兆と結果を示すとある通り、前半は童謡の流行と謀反や即位の対応関係や天文変異と遷都の関連などの政治的事件、後半は夢のほか狐の鳴く怪異などを景戒の息子や馬の死の予兆とする個人的体験を述べており、中国系の陰陽五行思想や五行占、災異思想の影響が濃い内容となっている。当時の仏教自体が様々な知識を含むものであったことの反映であろう。五行占については山下克明「若杉家文書『雑卦法』の考察」（大東文化大学東洋研究所編『「若杉家文書」中国天文・五行占資料の研究』大東文化大学東洋研究所、二〇〇七）参照。また、本話を表相の観点から論じたものに寺川真知夫「景戒と外教」（『日本国現報善悪霊異記の研究』和泉書院、一九九六）。

（14）慶滋保胤『日本往生極楽記』三にもほぼ同内容の伝がある。『極楽記』では聖徳太子、行基、善謝、円仁の順に伝が並べられている。

（15）初期の神宮寺関係史料における神の意志伝達手段としては夢と託宣の双方が見られる。夢は近江の三上神（『霊異記』下二十四、僧の夢に人の姿、また現実に白猿として出現）、越前の気比神（『藤氏家伝武智麻呂伝』、藤原武智麻呂の夢に容貌非常の人）、託宣は伊勢の多度神（『多度神宮寺伽藍縁起資財帳』）。ほかに、人と化す（若狭神願寺、『類聚国史』巻一八〇、天長六年三月乙未条）、異香のする場所に草庵を建立した神宮禅院（『叡山大師伝』）がある。初期神仏習合史料に関しては中国の僧伝類の影響を指摘する吉田一彦「多度神宮寺と神仏習合」（梅村喬編『伊勢湾と古代の東海』名著出版、一九九六）、同「最澄の神仏習合と中国仏教」『日本仏教総合研究』七、二〇〇八）など参照。

（16）**表1**10の敷物を重ねた座は天皇の着す大極殿の高御座を暗示していよう。『権記』寛弘七年（一〇一〇）三月十二日条に一条天皇の命をうけ石山寺に参籠祈願した藤原行成が敷物（円座）数百枚を積み重ねた上に伏す夢を見たとある。これについて倉本一宏氏は、一条天皇の命は皇子敦康親王の即位祈願であったと指摘しており（『平安貴族の夢分析』吉川弘文館、二〇〇八）、結果的に実現こそしなかったものの行成の夢も即位＝高御座の暗示と考えられる。

(17) 最澄の没年は弘仁十三年である。『大師伝』については佐伯有清『伝教大師伝の研究』(吉川弘文館、一九九二)に詳細な注釈があり、小山田和夫「『叡山大師伝』研究の現状とその問題点の整理」(『立正大学文学部論叢』九六、一九九二)、同「『叡山大師伝』撰述の意図をめぐる研究の回顧と展望」(『立正大学文学部論叢』一〇〇、一九九四)の研究史整理がある。その成立は本文中に淳和天皇を「今帝」とするなど天長年間、なかでも天長二年頃に比定されているが、円珍『祖師行業記』との相違点の比較などから仁忠と真忠の二種の『大師伝』があったとする説(佐伯前掲書)、現行伝は仁忠の原伝に一乗忠が霊験奇譚などを加筆したものとする見解(今成元昭「仁忠撰『最澄伝』新考」『大正大学大学院紀要』三、一九八七)、同様に現行伝が仁忠の原伝から改変された可能性を指摘する説(前川健一「叡山大師伝の成立と仁忠」『印度学仏教学研究』六一—二、二〇一三)、同「『叡山大師伝』と『比叡山延暦寺元初祖師行業記』」『同』六二—二、二〇一四)などがある。

(18) 『続日本後紀』承和四年(八三七)十二月庚子(十一日)条に「大宰府言。管豊前国田河郡香春岑神……元来是石山。而上木物無。至延暦年中。遣唐請益僧最澄躬到此山祈云。願縁神力。平得渡海。即於山下。為神造寺読経。尓来草木蓊鬱。神験如在。毎有水旱疾疫之災。郡司百姓就之祈祷。必蒙感応……」と、最澄が渡海の平安を祈願し神宮寺を造った結果、石山に草木が生じたと太宰府が言上したとある。『大師伝』記事がこの史料/事実に拠った可能性も当然考えられるが、『伝』成立の天長年間より後の出来事であり、佐伯有清氏が指摘するように年代的には当たらない(前注書)。しかし、本文で述べたように当該記事の神託を夢中での神の発言と解するにはやや無理があり、そうであれば最澄の夢と憑依託宣が別に存在したことになる。『伝』では帰国後の弘仁五年(八一四)に渡海時の願を果たすために最澄が宇佐八幡で法華経を講じ神の託宣があったことを記し、次に香春神宮寺で最澄が行った法華講時の雲の奇瑞(を言上する郡司らの状)、渡海前の最澄の夢と託宣と続く。本来は宇佐、香春の奇瑞と託宣を記し、後に香春の夢譚を加筆した可能性も無視できないと考えるが、後考を待ちたい。

(19) 空海は承和二年に没している。『僧都伝』は文章の拙劣さや内容の素朴さなどから真済の真作ではないとされるものの、十世紀代成立とされる『御遺告』に先立つ九世紀後半成立とする説が優勢である。ただし研究史整理の上で『僧都伝』は『御遺告』を抄出し十世紀後半以降に成立したとする近年の見解(武内孝善「『空海僧都伝』と『御遺告二十五ケ条』」『密教文化』二一八、二〇〇七)もある。

(20) 篠原幸久「空海と虚空蔵求聞持法」(『芸林』五七―一、二〇〇八)。九世紀の文人大江音人も「深信仏道」「為秀才。修虚空蔵法。□□福智夢有北斗七星。沈泉底……飲之」と虚空蔵法を修した後に文名が上がったと伝える(『扶桑略記』元慶元年(八七七)十一月三日条)。

(21) 左衛門佐の比定は『公卿補任』承和十一年条による。長良は藤原冬嗣の子であり、冬嗣は最澄の有力な外護者の一人とされる(桑谷祐顕「最澄と弟子と外護者」『天台学報』五一、二〇〇八)。

(22) 『伝述一心戒文』については福井康順「伝述一心戒文について」(『福井康順著作集五　日本天台の諸研究』法藏館、一九九五)、石田瑞麿「光定の円戒思想と『伝述一心戒文』」(『日本仏教における戒律の研究』中山書房仏書林、二〇〇五・一九七六)。義真や円澄、円修に関しては仲尾俊博『日本密教の交流と展開』(永田文昌堂、一九九三)、小山田和夫「天長から天安年間の天台教団」(『智証大師円珍の研究』吉川弘文館、一九九〇)など参照。

(23) 『巡礼行記』については小野勝年『入唐求法巡礼行記の研究一～四』(鈴木学術財団、一九六四～六九)、足立喜六訳注・塩入良道補注『入唐求法巡礼行記一・二』(平凡社東洋文庫、一九七〇、八五)に詳細な訳注があり(以下、本節における小野、塩入氏の見解はこれによる)、先駆けとしてE・O・ライシャワー、田村完誓訳『円仁唐代中国への旅』(講談社学術文庫、一九九九)がある。また先行研究を取り込んだ現代語全訳に深谷憲一訳『入唐求法巡礼行記』(中公文庫、一九九〇)。なお、現存唯一の古写本は東寺観智院本であるが(小野氏は抄本と呼ぶ)、『巡礼行記』は日付の重複や記事の錯簡など未整理な部分を残すものであったことが指摘されている。

(24) 『慈覚大師伝』については佐伯有清『慈覚大師伝の研究』(吉川弘文館、一九八六)、小山田和夫「慈覚大師円仁と『慈覚大師伝』研究の歴史」(『立正史学』六九、一九九一)、同『平安前期天台教団と慈覚大師円仁の研究』(科研研究成果報告書、一九九一)。通行本には「権大納言兼民部卿」が撰述した旨の円仁没後四十九年(延喜十二年、九一二)の奥書と、宇多天皇皇子の真寂(斉世親王、八八六―九二七)原著、甥の源英明が修訂し源庶明が天慶二年(九三九)に叡山に送ったとの趣旨の奉送文が付されている。現在では「権大納言」は斉世親王室の父である菅原道真が確実視され、当奥書の筆者も斉世親王と推定されており、奉送文については別文書であった源庶明書状が伝記の写本奥に書き込まれたこと、道真作の伝記が斉世親王に伝わった可能性が示唆されている(佐伯前注書)。三千院本は平安時代末の写本であり、記述が嘉祥三年(八五〇)で終わることや原史料の引用に留まる部分が多いことなどから、円仁没後早い時期に弟子らが作成した草本の写本と見られている。三千院本と通行本及び『三代実録』円仁伝の関係については説が分かれるが、三千院本が『三代実録』円仁伝の草稿的位置にあるとされる。なお円仁の伝記として佐伯有清『（人物叢書）円仁』（吉川弘文館、一九八九）が有益。

(25)　根本誠「歴史家の見た円仁の巡礼行記」（福井康順編『慈覚大師研究』天台学会、一九六四・一九八〇）に日付毎の記載の有無の一覧表がある。なお『大師伝』には長安における宗穎からの天台受学や元侃や惟謹からの受法の記述など、『巡礼行記』に見えない記事が散見する。

(26)　円仁の夢を論じたものに林慶仁「入唐求法以前の円仁」（鈴木靖民編『円仁とその時代』高志書院、二〇〇九）、日下部公保「慈覚大師の見た夢について」（『天台学報』四七、二〇〇五）、畑中智子「『慈覚大師伝』における、先師の夢」（『女子大国文』一四四、二〇〇九）がある。林氏は円仁が夢を意味のあるものと見做していたとし、日下部氏は予知的、現実的、物語的な夢を見る感性が高い人物であったとする。畑中氏は大師伝の夢記事の多さを多分に伝記作者の意向を反映したものと論じる。

(27)　帰国船を降りた当初の円仁はあくまで天台山を目指していたが、赤山院にて新羅僧から五台山の霊異及び天台教学の盛んなことを聞き、五台山へ向かった（『行記』開成四年七月二十三日条）。なお、円仁の渡海の第一の目的は天台山を訪ね叡山の円澄、義真らがまとめた天台教学の疑問に対する回答を得ることであったとされる（木内堯央「入唐巡礼と密教」『天台密教の形成』（溪水社、一九八四）、同「円仁の入唐伝密について」『密教大系六』（法藏館、一九九五）、のち木内堯大編『（木内堯央論文集二）日本における天台宗の展開』宗教工芸社、二〇一二）。円澄らの疑問は、前年にともに入唐し天台山行きの許可を得た天台留学僧の円載に託すこととなったが（『行記』開成四年二月二十七日条）、円仁自身も五台山にて志遠和上に円澄疑問三十条を問うている（『同』開成五年五月十七日条）。あるいは、円仁は五台山へ向かうにあたってこれまでの経緯や円澄、義真らの疑問について回想していたのかも知れない。

(28)　小野勝年氏は十月の誤りとし、塩入良道氏は暦日の混乱によりここに夾入れたものかとする。塩入氏の言う「暦日の混乱」は足立喜六氏の見解、すなわち十二月二十五日条に「更則入新年」とあることをもって、改元のためにこの年の十二月二十五日を新年の正月一日と改めたとする解釈に基づくが、これは小野氏の指摘のように寺院内行事の新年度の意味であろう。また佐伯有清『慈覚大師伝の研究』（註（24）前掲）では二十二日に描き始めた曼荼羅が二十九日に完成したために夢を見たのであろうとするが、曼荼羅の完成は翌年二月八日である（『行記』同日条）。二月十三日条に金剛界大法を受け終り、曼荼羅を供養したとある。佐伯『円仁』（註（24）前掲）では曼荼羅の完成を正しく二月八日としている。上野英子「『入唐求法巡礼行記』における編纂意識」（『文学・語学』九五、一九八二）は曼荼羅制作中の十二月二十九日の夢と指摘している。註（31）参照。なお、本文は底本では「見」一字であったものを小野氏が意により「（夢）見」と補ったものであるが、「見」のみでも夢見を意味すると思われる。

（29）小野氏が指摘されるように、胎蔵曼荼羅制作は義真からの受法に関わると考えられる。

（30）『伝』38、50には金剛界九会曼荼羅の絵工が賃料の低さに仕事を放棄したところ、夢に金剛神が現れたとある。『行記』会昌元年四月二十日条には絵絹料を除く金剛界九会曼荼羅の絵功料が六千文（六貫）とあり、小野勝年氏は絵絹料を含めた胎蔵界曼荼羅の五十貫と比べた差額の大きさを指摘している。なお、金剛界曼荼羅には義真が絵絹四十六尺を寄付している（同日条）。

（31）上野英子註（28）前掲論文。灌頂には結縁、学法、伝法（伝教）の三種があり、伝法灌頂によって阿闍梨の資格を得るとされる。円仁は十月二十九日に「灌頂を受」けて金剛界法を学び（始め）、翌二月十三日には伝法灌頂を受けており、十月の灌頂は結縁・学法灌頂に相当することになる。上野氏は、二月十三日条に夢記事を付していたならば受法を正統化するものと円仁が受けとめていたといえるが、結縁・学法灌頂の日に記したことは夢をこれからの受法に対する励ましと捉えたことになると論じている。また『伝』においては円仁の受法が夢中の最澄の命令のもとに行われたことになり、夢は曼荼羅及び受法の正統性を保証する権威の象徴となっているとする。氏の議論は、『伝』では『行記』と異なり夢見た時点が曼荼羅制作開始時とも完成時ともとれる曖昧な記述になっていることを一つの論拠としているが、そもそも『伝』は灌頂の日付すら明記しておらず、両者の日時の相違にさしたる意味があるとは思えない。加えて『伝』においても円仁の曼荼羅制作の企図は最澄の夢に先立つもので、最澄の命令によって行われたとまではいいがたい。また、受法も半ば過ぎの十二月末の夢をそれ以後への励ましと解することにも無理があろう。さらにいうならば、「最澄の励まし」との理解自体、当時の僧侶の思考様式から外れた現代的な考え方に基づく解釈ではないかと思う。ただし、この夢によって円仁が励まされたであろうことは想像に難くない。なお、畑中智子註（26）前掲論文では上野英子説について「自らの受法を正統化させる為と解」し「畑中もこの見解に同意する」と述べるが、論旨の誤解であろう。

（32）『大日経』入曼荼羅具縁品、『大日経疏』、『金剛頂経』など密教経典類には灌頂の前に受法弟子が本尊の前で一夜を明かすなどして夢を見、その内容を聞いた師が受法の資格の有無を判断する作法が説かれている。証明夢については、真言僧栄海が弟子に灌頂を授ける際に見た夢記を論じた佐藤愛弓「真言僧における夢の機能について」（註（4）前掲）参照。また浅井覚超「夢論」（『密教学会報』二四、一九八五）は、密教経典類に説く夢を悉地成就、灌頂、修法の成就不成就、造壇吉凶の相などと分類している。

（33）直接の記述こそないものの27、28の夢を（伝法）灌頂のための証明夢として円仁が師に報告していたと想定することも可能である。しかし、円仁の二つの夢は灌頂というよりは曼荼羅制作という行為自体に即している点、また現実問題として夢の内容によって灌頂の可否が判断されていたとも考えがたい点は注意しておく。

（34）最澄と空海及び叡山の密教については、佐伯有清『最澄と空海』（吉川弘文館、一九九八）、高木訷元『空海と最澄の手紙』（法藏館、一九九九）、仲尾俊博註（22）前掲書、木内堯央註（27）前掲『天台密教の形成』、木内堯大編『（木内堯央論文集一）日本における天台宗の形成』宗教工芸社、二〇一二）など。天長八年には円澄ら叡山僧三十余人が空海に受法を求め（「円澄和上受法啓状」『朝野群載』巻十六、『伝教大師消息』）、受学は行われたものの、なお十分ではないまま空海の死去に遇ったと推測されている（木内「叡山教団と空海」前掲『天台密教の形成』、同「台密と弘法大師」『日本における天台宗の形成』、仲尾俊博「寂光大師円澄と慈覚大師円仁」『密教文化』一一九、一九七七）。「円澄和上受法啓状」の専論に山田寿三「「円澄和上受法啓状」の研究一」（『密教学会報』五十、二〇一二）、同「「円澄和上受法啓状」の研究二」（『高野山大学大学院紀要』十三、二〇一三）。

（35）制作を開始したばかりの曼荼羅を持ち帰る夢は、曼荼羅の完成ひいては受法の成功を示す予兆夢でもある。ゆえに受法完了の日ではなく開始の日の記事に付したのであろう。なお、前述のように円仁は開成三年に揚州の全雅のもとで受学し曼荼羅も描いているが（同四年閏正月二十一日条、三月五日条、『入唐求法目録』）、夢見に関する記述はない。この時の円仁は天台山行きの許可を得られず、さらなる求法のため滞在延長を請うなど心理的に余裕がなく、また『行記』には全雅からの灌頂の記事もない（三千院本にもなく、通行本には灌頂を受け学ぶとある）など受学の充足感も不十分であったことが一因であろう。

(36) 小野勝年、塩入良道、日下部公保氏は長安の夢とし、ライシャワー、佐伯有清氏は赤山院における夢とするが、藤原克己「円仁の『入唐求法巡礼行記』」(『菅原道真と漢文学』東京大学出版会、二〇〇一)が指摘するごとく語順の解釈から赤山院における夢とすべきである。

(37) 仮に何らかの事情で元政からの受法が途絶していたとしたならば、反対に編集時に夢の記事内容を削除・変更することもありえたのかも知れない。また『伝』に詳細な記述があることについては、十七日条以外により詳しい夢の記録が別途存在したか、あるいは帰国後に円仁が周囲に詳しく語っていたとも考えられる。実例として、『伝』28、41の五台山の霊異のうち、北台の道中で師子を見たことについては『行記』に記載がないが、貞観十八年(八七六)六月十五日付の太政官符所引「承雲牒」に「慈覚大師入唐求法之日。巡礼台山之時。感逢文殊化現師子・聖燈・円光」とあり、円仁が弟子らに伝えていたと推測できる(佐伯有清註(24)前掲『慈覚大師伝の研究』)。佐伯有清氏も『伝』の赤山院の夢は円仁の談話を記したものと解釈している。

(38) 畑中智子註(26)前掲論文。また、この時に描いた曼荼羅は会昌の廃仏の難を怖れた保管者の劉慎言によって燃やされており(『行記』会昌六年六月二十九日条)、夢中のシンボル的なものとはいえども実際には持ち帰ることができなかった曼荼羅を拝する場面を忌避した可能性もあろう。

(39) 佐伯有清氏は留保をつけつつも裏付けとして扱うが(註(24)前掲『慈覚大師伝の研究』)、本書の真偽は疑問視されている(「都法灌頂秘録」小野玄妙編『仏書解説大辞典』大東出版社、一九三三)。

(40) 通行本と三千院本を比べた場合、通行本では天から薬を得た後に身体が壮健になったことが加わり、また通行本のみ55『金剛頂経疏』、『蘇悉地経疏』の弘通を願い夢を得たとあるなど、より霊験譚としての性格が濃くなっている。55についても、事実であれば『金剛頂経疏』(大正二二三)、『蘇悉地経疏』(大正二二二七)の序や奥書として記載があってしかるべきであるが、序文や奥書などがなく確認できない。

(41) 藤原克己氏は26赤山院の夢記事を具体例としつつ『巡礼行記』全般の傾向について、円仁が体験・見聞した事柄を簡潔に記録するだけで感慨や感想を直接表現する言葉はほとんど付けないが、「記録してゆくという営為じたいが、何らかの円仁自身の感慨に裏打ちされていた」と的確に指摘する(註(36)前掲書)。氏の指摘のごとく、円仁は夢の意味に直接言及しないが、夢の記し方そのものが自ずからその意味を示すような記述になっている。

(42) 小野勝年『入唐求法行歴の研究　智證大師円珍篇上・下』(法藏館、一九八二・八三)が円珍の入唐時の動向及び唐との交流を示す史料を年代順に配列し訳注を付しており、本論も多くの学恩を蒙った。これに先立ち大屋徳城「円珍(智証大師)の入唐求法」(『日本仏教史の研究第二巻』(東方文献刊行会、一九二九・一九五二)、後『大屋徳城著作選集第三巻』(国書刊行会、一九八八)、また『園城寺之研究』(星野書店、一九三一・一九七八)に初出論文の改訂版を収録、本稿は後者による)が円珍帰国後の貞観五年(八六三)に奏上した『請伝法公験奏状案』を軸に他史料(の原本や写本)をも参照しつつ円珍の足跡の大要を論じている。他に佐伯有清『(人物叢書)円珍』(吉川弘文館、一九九〇)が要を得た円珍伝であり、同『智証大師伝の研究』(吉川弘文館、一九八九)は『大師伝』の研究と注釈を施し、小山田和夫『智証大師円珍の研究』(註(22)前掲)は文書史料の分析を中心とした論考、円珍の将来した経典や曼荼羅に関しては石田尚豊「円珍将来目録と録外について」(『智証大師研究』同朋舎、一九八九、後に同『空海の起結』竹林舎、二〇〇四)に詳しい。通行本『智証大師伝』は延喜二年(九〇二)円珍の俗弟子三善清行の手になり、古写本に嘉祥三年(一一〇八)書写の石山寺本と平安末期の曼殊院本がある。曼殊院本識語によれば円珍の遺文や弟子らの合議に基づき弟子台然が「筆授略記」したものを清行が完成させたという(e国宝に画像が公開)。また佐伯有清氏により東寺本『智証大師伝』が清行本系統より遡る別系の伝であることが指摘され翻刻されている(前掲『智証大師伝の研究』)。なお円珍及び円仁と関わった天台留学僧円載についても佐伯有清『悲運の遣唐僧　円載の数奇な生涯』(吉川弘文館、一九九九)がある。

(43) 仏全二十八『智証大師全集四』、また園城寺編『園城寺文書第一巻』(講談社、一九九八)に翻刻及び写真、小野前掲書に訳注がある。『上智恵輪三蔵書』と合わせて一帖となっており、智証大師関係文書典籍の一部として国宝に指定される。寺伝では自筆とされ、小野勝年氏は円珍筆に酷似するが断定には至らないとする。

(44) 佐伯有清『円珍』(註(42))。円珍の入唐実現に良房らの意向が働いたこと、良房の意を受けた円珍が今上(清和)御願として両部曼荼羅を図写将来したことや、円珍が良相から預かった砂金三十両をもって天台国清寺で供養を行ったことなどを指摘している。

(45) 小野勝年氏は円珍の門流意識の反映であり、こうした門流意識が後の山門派と寺門派の分立の源にあるとされる。

また佐伯有清氏は延暦寺内部が平穏でなかったことの反映とする。門流についてはさらに後述する。なお、実際の円仁座主就任は円珍入唐後の斉衡元年（大中八年、八五四）四月である。

(46) 建長四年（一二五二）の慈叡『山家諸祖撰述目録（抄）』（『智証大師全集四』）に「感夢記密語」とあり、密教系の著に分類されている。慈叡は法然の弟子としても著名な隆寛の子であり、写本の書写奥書などに名を残す鎌倉時代の僧である（善裕昭「隆寛相伝の『選択集』に関する資料」『浄土宗学研究』二四、一九九八）。なお、園城寺蔵の貞和二年（一三四六）『大師御重書目録』中に「天台国清寺、五月十日記、二紙」の記載がある。この目録は円珍関係の文書四十二点を採録し、収録文書の書き出しと書き止め周辺の文言を注記したもので、うち三十五点は現存の智証大師関係文書と対応するとされる（下坂守「中世における「智証大師関係文書典籍」の伝承」註（43）前掲『園城寺文書一』）。注記こそ対応しないものの、五月十日記とある点が『感夢記』に一致している。

(47) 円珍はこの日に禅林寺訪問のために沐浴を行い、翌日に禅林寺に上り冷座主と面談している。八日時点で冷座主と面識があったか否かは定かではないが、翌日への期待が夢に現れたのであろう。

(48) 諸州常謹は円珍の『胎金血脈図』（『智証大師全集四』）に見える法全の兄弟弟子懐州の常謹の誤りと考えられる（小野註（42）前掲書）。武陟県は懐州に属する。なお、原文の「已後」以下は夢中の出来事とも実際に常謹と後日邂逅したとも解釈可能である。後者の場合は後日の付記、もしくは夢記全体が邂逅以後に書かれたこととなる。小野氏は円珍が同月十五日の洛陽出立後に懐州河内に赴いたことに関して、武陟の常謹の元に向かった可能性を指摘している。この仮説を採るならば、この夢も常謹に会うことへの期待の現れと解釈でき、60、70ともに円珍の面会予定の人物が円珍を迎えに来る夢を見たことになる。

(49) 両者の比定は佐伯有清『円珍』『悲運の遣唐僧円載』（註（42））による。佐伯氏は、両人が現地で円珍と確執のあった天台留学僧円載の側に付き改名したと考証し、夢に彼らが窮乏した姿で現れることに円珍の無意識の葛藤あるいは憎悪を読み取っている。

(50) 田口円覚は俗姓を田口朝臣、兄は正六位下の年勝といわれる。承和七年に恵蕚とともに入唐したとされ（恵蕚については註（75）参照）、久しく五台山に住した後、長安に至ったという。長安で円珍と出会い、しばし行動を共にして彼のために尽力した。その後、高丘親王が入唐した際には親王とともに天竺を目指したという。佐伯有清

『円珍』、同『円載』、同「円珍と円覚と唐僧義空」（『最澄とその門流』吉川弘文館、一九九三）参照。

(51) 海和上は円珍の母の叔父空海ではなく、叡山の道海であろう。

(52) 法界（悟空）和上はインドを巡礼し梵本『十地経』や仏牙、舎利を長安にもたらした唐代の僧（『宋高僧伝』三）。ただし、この夢では別人を指す可能性もある。

(53) 71の菩薩僧が招く夢も、かつて天台大師智顗が石に座した定光和上に手招きされる夢を見たという伝承に則ったものと考えられる（佐伯有清註（42）前掲『円珍』）。天台山には定光が座したと伝える招手石があり、翌十八日に円珍は招手石を拝したとある（『行歴抄』）。

(54) 83の『智証大師年譜』は応仁元年（一四六七）十一月に三井寺の尊通が同寺所蔵の文書などを参照し編纂したもので、一次史料ではないが参考としてここに収めた。これによれば伝法灌頂を前に法全と金剛智の夢を見たことになる。

(55) ただし密教経典においても親族など俗人の夢を吉兆とする記述がある（『大日経疏』大正一七九六）。

(56) 法全の非協力的態度については、円珍とともに灌頂を受け受法した留学僧円載による妨害があったためと円珍は記している。円珍の証言による円載は志を忘れた破戒僧となるが、佐伯有清『円珍』『円載』（註（42）前掲）は会昌の廃仏に遭遇した不運や後に入唐し天竺を目指した真如（高丘親王）への助力（『頭陀親王入唐略記』）など関係史料を総合的に勘案し、円珍による円載像は多分に誤解を含んだ一方的なものであることを明らかにしている。

(57) あるいは、この墓参の計画が脳裏にあったために夢に金剛智が登場したとも考え得る。円珍は洛陽に入る前の前年十二月十七日竜門西山の広化寺に善無畏の墓を訪ねており、翌日には洛陽の大聖善寺善無畏三蔵院に詣で善無畏の絵像を拝している（『請伝法公験奏状案』）。当初から金剛智の墓に詣でるつもりであればこの前後に参詣したはずであるとも考えられるが、降雪などの事情で断念してずれ込んでいた可能性もある。金剛智はかつて長安の大興善寺翻経院において訳経に従事し、翻経堂には金剛智及び弟子不空の影（絵）があったというが（『巡礼行記』開成五年十月二十九日条）、円珍は前年の冬に大興善寺の智恵輪三蔵を訪ね不空の舎利塔を拝しており（『請伝法公験奏状案』）、この時に金剛智の絵像も見ていた可能性がある。なお、夢を見た十三日には『大日経義釈』巻九を校勘したともあるが（『大日経義釈』巻九奥書）、洛陽から竜門まで二十五里（十三キロ）あることからその余裕が存在したか疑問視されている（小野註（42）前掲書、佐伯『円珍』）。

(58) 『三句大宗』は『大日経義釈』に関する法全の決答を記した『義釈更問抄』（奥書に大中九年十一月十二日記とあり、十年三月三日の裏書もある）末に付された著述であり、一本奥書には「大中十年正月十四日。日本国入唐伝沙門円珍記。更可勘也」ともある。裏書の末尾に「貞観二年（八六〇）正月十四日記」とあることから、裏書（夢記）は帰国後に書写したものとされている。あるいは、『三句大宗』自体をこの時に『更問抄』末尾に書写し直した可能性もないとはいえないが、夢記のみを写したと解するのが穏当であろう。

(59) 明恵の「夢之記」では「同何日」、「同何月何日」といった表記が見られる（『高山寺資料叢書七）明恵上人資料二』東京大学出版会、一九七八）。

(60) 佐伯有清『円載』（註（39））、水口幹記「成尋の夢と『参天台五臺山記』」（『入宋僧成尋、雨を祈る』勉誠出版、二〇一三）では円珍が明恵のような「夢記」を作成していたとする。

(61) 浅田正博「円珍真蹟本の発見」（『龍谷大学論集』四二四、一九八四、後に註（42）前掲『智証大師研究』再録）によって聖護院本が紹介され、円珍自筆と結論されている。聖護院本は（永万二年（一一六六）の同一祖本に遡る）従来の仏全本、日本大蔵経本とは隔たりが大きく、両刊本では聖護院本表面の大中九年十月記二五〇行余りが脱落しており、本文（表面）と裏書の区別もないが、逆に聖護院本では両本の末尾、刊本で三ページに渉る部分が欠落している。この他にも聖護院本裏書の十二月九日は刊本では九年十二月九日とあるなど各所に相違がある。また聖護院本には所々に本文の訂正や末梢、挿入など補訂の形跡が見られ、このことが自筆説の根拠の一つともなっているが、刊本ではそれらの通りに訂正されている箇所と元のままの個所がある。浅田氏は聖護院本の表面を「『三部曼荼』の本文であるかのような感」がすると慎重に留保を付けられているが、本文自体が定かではない聖護院本裏書は通常の「裏書」と同列には扱いがたい。なお、浅田氏は表面部分の奥書「……於大唐国長安城為決問故抄書之／大中九年十月日沙門珍記」を『感夢記』の奥書の体裁に似るとされているが、これは『上智恵輪三蔵書』奥書の誤りである。また表面の「次結結大界印唯前如来……」以下の印契の記述は『大日経疏』の引用であり、「決問」すなわち法全からの受法に備えて円珍が抜書きしたメモではないかと思われる。

(62) 二点記すならば、氏は裏書の後補と思われる部分には細字が多いことから年紀を小文字で記したものを後補として扱うが、年紀の示す本文部分が小文字でなければ年紀のみでは判断しがたいと思われる。ちなみに大文字表記は大中九年十月日、十二月九日、十年正月十二日、十年九月十五日であり、小文字は大中十年四月三十日、十二年正月十六日、九年十月二十三日、(□年四月二十七日)、大中十年四月二十七日となる(氏が見落とされている□年四月二十七日を補足)。大文字年紀は時系列順に並ぶものの、原文とされる大文字年紀より後補とされる小文字年紀のほうが早いものが見られることへの説明は困難である。次に浅田氏は表書きを全て大中九年十月記と見做しているが、丑年二月一日の注記について注意していない。大中年間では丑年は十一年にあたり、十一年二月であれば表書きの冒頭部分に空白が残されておりその部分に加筆したことになる。ちなみに、円珍の他著作では『些些疑文』に「壬寅年(元慶六年)」との干支表記が見られる。なお、『三部曼荼』は曼荼羅の図像や教学的な事柄に関する師の決答及び円珍の考察を集成しているが、浅田氏の指摘する十五のブロックがどの部分に相当するのかは論中に説明がなく、筆者の知識では十五箇所全ての判別はできていないことを付記しておく。

(63)　他の円珍在唐中の著作『阿字秘釈』『止観科節』などには夢記は見られないようである。また、帰国後の元慶八年(八八四)に弟子良勇のために在唐中の口決類をまとめた『授決集』、あるいは後人の著作や目録類に見える円珍の『雑記』(『大日經疏演奥鈔』『山家諸祖撰述目録』など)といった在唐中の記述を集成したと思われるものなど、円珍在唐中のメモ的な記事は多く存在したと推測される。なお、十四世紀の東寺僧杲宝『理趣釋祕要鈔』(大正二二四一)には「智証雑記云。金泥曼荼羅為何会。答。指帰云……」と『三部曼荼』記事と同文を『雑記』として引用しており、メモ的な記述と単独著作の関係は後人の抄出などの可能性も含めてなお究明すべき余地を残すと思われる。

(64)　佐伯有清氏は、①座主、②花瓶、③陀羅尼、④真言、⑤梵文、⑥造檀行事、⑦戒和尚、⑧普賢延命像と分類しているが(『円珍』)、本稿では③~⑤は一連の会話と解釈した。

(65)　木内堯央「円仁と円珍の交渉」(註(27)前掲『天台密教の形成』、また「慈覚大師と智証大師の交渉」木内堯大編註(27)前掲『日本における天台宗の展開』)、小山田和夫「円仁と円珍」(註(22)前掲書第二部)。

(66)　『餘芳編年』(『智証大師全集四』、『園城寺文書一』)。第二条では光定の恩を強調している。円珍と光定に関しては小山田和夫「光定と円珍」(註(22)前掲書)参照。

（67）木内註（65）前掲論文、佐伯有清『円珍』（註（42））、小山田和夫註（65）前掲論文、浅井円道「智証大師円珍」（『上古日本天台本門思想史』平楽寺書店、一九七三）など。しかし、一部の宗徒らが門流の相違に拘っていた可能性も指摘されている（仲尾俊博「室生天台と智証大師円珍」註（22）前掲書）。

（68）「次第に戒和尚たらしめる」（小野註（42）前掲書）と読め、義真自身が弟子たちの受戒の戒和尚となるとは解釈しがたい。もちろん義真と良房では年代が相違する。

（69）承和以前にはいまだ座主呼称の使用がなく、『伝述一心戒文』では最澄以後の延暦寺の最上首を「伝法之主（首）」などと表現しており、最澄の『弘仁三年遺書』では義真を総別当、円澄を伝法座主にするとある（『伝教大師全集』五）。

（70）例えば、空海仮託書の『御遺告』に室生山を宀一山と表記する例がある。ただし、当時の「真言宗」という言葉は空海の真言宗と密教全般を指す場合がある。

（71）佐伯有清氏は②の瓶の不安定さや三つの頭を、良房が三人の兄を超えて立太子させた惟仁親王（清和天皇）を巡る政局の暗示かとされ、普賢延命像についても良房の願望たる惟仁親王の延命のこととする（『円珍』）。なお、円珍は入唐前に太宰府城山で文徳天皇、惟仁親王、中宮藤原順子、良房、良相らのために不動呪や延命呪を修している（「祈祷巻数表」『智証大師全集四』、『園城寺文書一』）。また、普賢延命像は円仁が将来している（『入唐新求聖教目録』大正二一六七）。あるいは、将来した密教を良房が尊崇する意ともとれる。

（72）小野註（42）前掲書では円仁や成尋の行程から洛陽—蘇州間を四十日程度かと推論し、さらに『義釈更問抄』裏書に十年三月三日記とあることから、それ以前の到着かとする。徐氏宅を発った後の円珍は越州を経て六月四日に天台山国清寺に到っている。

（73）院政期の仁和寺信證『住心決疑抄』（大正二四三七）では「唐大中十年四月三十日伏依師口。兼准義記」と引用されている。

（74）小野註（42）前掲書では『三部曼荼』は指摘されていないが、大屋徳城氏はこの時期の円珍の動静を知る史料として『三部曼荼』の名を挙げている（註（42）前掲論文）。

（75）唐で禅宗が盛んなことを知った嵯峨皇后橘嘉智子の意により入唐した恵蕚が日本へ招いたが（『元亨釈書』巻六

義空伝、巻十六恵蕚伝）、嘉智子以外に広く禅宗への理解が得られず帰国したという。義空書簡については高木訷元「唐僧義空の来朝をめぐる諸問題」（『空海思想の書誌的研究』法藏館、一九九〇）に校訂・注釈があるほか、佐伯有清「円珍と円覚と唐僧義空」（註（50）前掲）、山崎覚士「九世紀における東アジア海域と海商——徐公直と徐公祐」（『（大阪市立大学）人文研究』五八、二〇〇七）、大槻暢子「唐僧義空についての初歩的考察」（『東アジア文化交渉研究』一、二〇〇八）、田中史生「唐人の対日貿易」（『国際交易と古代日本』吉川弘文館、二〇一二）など。公祐の渡航は嘉祥二年（八四九）と推定されている（田中論文）。義空宛て書簡のうち年紀を明記するものに公直の大中六年五月二十二日付書状などがある（『続群書類従』十二上、『定本弘法大師全集』巻七、最古写本である高山寺旧蔵の承安元年（一一七一）範杲写本の画像が大谷大学博物館ＨＰにて公開されている）。

（76）佐伯有清『円珍』（註（42）前掲）。

（77）文中で述べたように大中十年である確証はなく、帰国を目前にした大中十二年がふさわしいと考えることもできる。聖護院本と刊本系統の文章の相違について一言するならば、円珍自身の訂正の可能性があるのではないかと考える。浅田正博氏は刊本の祖本である永万二年（一一六六）範杲書写本の系統を「筆写者の意志が加味された」ものと見做すが（註（62）前掲論文）、教学的な内容ならばともかく、夢記に関する限りいたずらに後人が改変を加える意味は少ないと思われる。円珍の場合、大中八年七月に初稿、大中十二年に再訂を行った（ただし未完）『法華論記』のように長く推敲を加えている例もある（尊通編『智証大師年譜』）。聖護院本に訂正を書き入れた円珍がさらに二次草本を作成した可能性もあるのではなかろうか。また、四月二十七日夢記の末尾「又九会像造了」は当該夢記の前行「又尊勝印用大悲胎蔵之印（九年十月二十三日記）。此日受諸尊瑜伽」に接続する可能性もあるのではないかと考える。十月は法全のもとで受法中であり（『青竜寺求法目録』法全奥書）、かつ今上御願の胎蔵・金剛曼荼羅を作成中であった（『請伝法公験奏状案』）。内容的にはこの時期のものとして無理なく理解できる。『三部曼荼』の成立や伝来については、十四世紀の賢杲らの『大日経疏演奥抄』（大正二二一六）に「三部曼荼羅智證云次用難堪忍密印助結護」「三部曼荼羅裏書云」と聖護院本のみに存する印契の記事や裏書記載と「智證三部曼荼云入重玄門重字」と範杲書写本系のみに見られる記事が両方引用されているなど、浅田氏の所論を踏まえてなお考察すべき問題があると思われる。今後の課題としたい。

(78) 同年十二月十六日には光定の上表により止観業の年分度者二名が追加されている(『類従三代格』巻二「貞観十一年二月一日官符」)。小山田和夫「円珍の幼年・修行時代と天台教団」(註(22)前掲書)。

(79) 佐伯「円珍と円覚と唐僧義空」(註(50)前掲)も平安京であろうとする。

(80) 小山田「円仁と円珍との交渉」(註(65))、佐伯『円珍』(註(42))、同『智証大師伝の研究』(註(42))。円珍の入唐動機を再検討した近年の成果に、中国仏教の動向を踏まえて天台(止観)、密教(遮那)双方を学ぶためであったとする佐藤長門氏の論考がある(「円珍の入唐動機に関する学説史的検討」『椙山林継先生古希記念論集 日本基層文化論叢』雄山閣、二〇一〇)。

(81) 『請伝法公験奏状案』には弟子の作成した初稿本、再稿本と自筆本がある。稿本には円珍による添削が加えられており、この部分は削除され、自筆本でも削除されている。ただし内容は事実であると考えられている。

(82) 佐伯『円珍』、同『智証大師伝の研究』(註(42))。小山田和夫氏は「円珍と不動明王信仰については別途考察の必要がある」と述べるに留まる(註(78)前掲論文)。

(83) 福家俊彦「智証大師円珍の入唐求法にまつわる若干の問題」(天台寺門宗HP掲載)。

(84) 陰陽師が悪夢を占う初見は貞観六年(八六四)陰陽師の弓削是雄が夢を「家に鬼」がいると占ったところ、妻の不倫相手が殺害しようと待っていたという説話である(『政事要略』巻九五所引『善家秘記』)。貴族の悪夢に関しては拙稿「平安貴族社会の夢観念」(『夢とモノノケの精神史』京大出版会、二〇一三)参照。また、円珍が「固物忌」と物忌を行っていたと推測されている史料もあり(平安遺文四四九五、櫛木謙周「疫神祭祀と物忌にみる除災習俗の形成と展開」『日本古代の首都と公共性』塙書房、二〇一四)、これが事実であれば円珍が陰陽師による占いを常用していたことはほぼ確実となる。

(85) 入唐中の夢記の伝存の多さは、入唐求法中という非日常性に起因すると思われる。

(86) 84では遍照が円仁の死後、夢告によって安恵に師事したとされるが、『慈覚大師伝』では円仁の遺言によって安恵に師事したとあり、何らかの理由により安然が夢告と書き変えたかと推測されている(木内堯央「遍昭と密教」註(34)前掲『天台密教の形成』、註(65)前掲『日本における天台宗の展開』)。

(87) 青蓮院門跡に「安然夢記」と題する書が伝来するが、現時点で筆者は未見である。東京大学史料編纂所の所蔵史料ＤＢに「貴重書、台紙付写真四一一―六〇七六「安然夢記」応和三年（九六三）十月廿三日明靖記」とあるのがその写真版にあたるようである。なお『大日本史料』一編之一の寛平二年（八九〇）二月十九日条にまとめられた安然関係史料中に、青蓮院本「初夢記（安然和尚御記）」なる史料が翻刻されており、内容は85、86をやや省略したものとなっている。

(88)　法然の『選択本願念仏集』など。詳細は別稿にて述べる。

(89)　酒向伸行「相応和尚伝の成立」（『御影史学論集』一九、一九九四）。三崎良周「比叡山の回峰行とその理論的根拠」（『台密の理論と実践』創文社、一九九四）も平安末期の成立とする。本文については山本彩「『天台南山無動寺相応和尚伝』の諸本について」（『奈良女子大学人間文化研究科年報』一四、一九九九）が諸本の校訂を行っているが、古写本は伝存しない。

(90)　平安時代の事典『掌中歴』『懐中歴』を併せて鎌倉時代に成立した『二中歴』一能歴項には夢解として「世児。世千成。都々。院讃。横頭」の名が挙がる（『改訂史籍集覧』二三、臨川書店、一九八六）。『相応伝』の「夏陽奉行」（高陽、賀陽か）が占夢人の名前ならば姓名を持つ人物として陰陽師である可能性のほうが高いかもしれない。

日記に見える夢の記事の構造

松薗　斉

はじめに

前近代、特に古代・中世の夢をめぐる研究において、王朝貴族たちの日記に記されている夢の記事については早くから注目されており[1]、近年における夢についての主要な研究においても、その素材としてそれらがふんだんに用いられている。

王朝貴族の日記に記されるそれらを分析した数多い研究の中で、特に平安末期から鎌倉初期にかけて記された藤原兼実の『玉葉』にみえる夢の記事を分析された菅原昭英氏の研究[2]は重要であり、氏が明らかにされた記主兼実を中心として夢を共有する人びとによって形成される「夢語り共同体」という概念は、その魅力的なネーミングとともに現在まで当該期の夢の問題を論じる際に欠かせない研究タームとして使用されている。また、摂関期の貴族たちの日記に記された夢を、その内容にまで踏み込んで、記主の政治的立場や信仰、家族関係などと関連付けられて分析した倉本一宏氏の研究[3]も重要である。近代の心理学的な分析方法がどこまでこの時代の人びとの夢分析に有効なのかは若干疑問が残るものの、本稿でテーマとする、日記という記録媒体に夢を記すことの意味を考える際に示唆されることの多い研究である。

一方、中世社会に多様な形で現れる夢の問題を、日記に限らない様々な史料を駆使して論じられたのは酒井紀美氏の一連の研究[4]であり、菅原氏によって提唱された「夢語り共同体」が中世社会において広範に存在していたことが明らかにされているが、日記に記されることの意味は総体的に薄まっている。最近のまとまった成果である上野勝之氏の研究[5]も平安時代を中心にその分析は緻密になっているが、夢を抽出した日記そのものについての言及は多くない。

これら歴史学の立場で分析を試みた研究に対し、宗教学の立場から、『記紀』の時代から近世に至る前近代の夢を総体的に分析された河東仁氏の研究[6]は、特定の宗派や信仰の枠を超えた当時の人びとの宗教的な活動の共通項の一つとして夢を捉えられており、当該期の夢の機能を理解するために欠かせない研究である。ただし、当然のことながら夢の分析が主体であり、その素材のプールとして一つの日記、たとえば『多聞院日記』などを一つの枠組みとして、その中に見える夢の記事を分析されている章が設けられているが、そこで論じられる主体はあくまで夢の内容にあることはいうまでもない。

平安時代の貴族社会において、文学の担い手となった女性や日記の記主である貴族たちに主眼をおいた倉本氏をのぞき、主要な研究は、夢に対する人びとの関心の在り方、信仰、それをめぐる生活習慣などを、この時代の人びと全体の問題として一般化して論じられる傾向にあり、それは当然のことであると思うが、ここでは日記に記される夢を、日記の方に重点を置いて少し検討してみたい。つまり、倉本氏の研究に触れられているように、王朝貴族の日記が姿を現す平安時代中期から夢が記されており、本稿で対象とする中世末に至るまで、夢は彼らの日記に記すべき記事の一つとして継続されていくが、それらはずっと同じ性格のものなのか、記主にとって同じ価値を持って受け継がれているのか、そのあたりに着目して日記に記された夢の記事を検討することによって、私自身の主たる関心である日記の機能やその変化について考えられないか、ひいてはそこから前近代の夢の問題にも新たな視点が付加できないかという試みである。

一　日記に見える夢の記事

平安中期以来、数多く残されている天皇・貴族の日記には、夢の記事を多く残すものと、それほど見られないものとがあるが、単純に前者が、記主が夢を多く見た、もしくは夢に関心を持っていたとはいえないことはいうまでもない。彼らの日記の多くが写本であり、当然、政務や儀式などの公事を中心に抄出されているおそれがあり、それによって原日記にあった夢の記事が失われている可能性があるからである。それにしても、たとえば鎌倉時代前半に記された『猪隈関白記』のように、原本で長期にわたって残されていながら、かつ記主藤原家実の父祖たち、つまり道長以下の摂関家の日記にも後述のように多くの夢が記されていながら、ほとんど夢が記されていない日記も存在する。家実が夢を見なかったはずはないし、すでに明らかにされているこの時代の夢への信仰から自由であった訳でもあるまい。彼も夢に振り回されることが多々あったと思われるが、彼の夢はどこに行ってしまったのだろうか。このあたりが本稿で明らかにすべき問題の一つである。

さて、日記に記される夢の記事には、自身が見た夢と自身以外の他者が見た夢の二種類が存在する。日記だからといって記主本人の夢の記事が多いとは限らない。

表1は本稿で主として対象とした日記（時代順）に見える夢の記事を整理したものであるが、個々の日記に見える夢の記事の総数に占める記主自身が見た夢の割合を示した2番目の項の（　）内を見ていただければわかるように、4の『春記』の場合は、自身以外の者の見た夢の記事が圧倒的に多いが、これは現存『春記』の主たる部分である長暦二年〜長久二年にかけての時期、記主の資房が蔵人頭に在任中であり、職務柄天皇自身の夢もしくは天皇に関わる夢を取り扱わなければならなかったからであろう。また16〜18のように戦国期になると自身の夢はあまり記さなくなるようである。この点については後述しよう。

日記に記される自身の夢には、「夢」の部分だけに着目するならば、夢を見たという事実だけを記す場合と、夢の内容を具体的に記す場合と二つのタイプがある。

前者の場合、ただ夢を見たとだけ記すことはほとんどない。[7]「吉夢」とだけ記していても、[8]そこに「吉相」という評価がなされている訳であり、良くない夢見の場合は、参内しない、他行しないなど、[9]記主の行動を規制する記事が続くし、金鼓を打ったり、[10]僧に修法をさせたり[11]とその対処法が記されている。[12]また、「夢想不静」とか「夢想紛紜」などと記す場合は、複数の夢にうなされる状況がうかがわれ、六角堂などの寺社に諷誦がなされたり、[13]陰陽師に占わせて祈らせたり[14]と対処法も大掛かりとなる。

これらからは、当時、夢、特に良くないそれが天変や病気などに匹敵するほど人びとを悩ませ、彼らの行動を規制する存在であったことが知られる。

時に「聊有㆓夢想㆒、見㆓詛咒（ママ）気㆒、仍以㆓恒盛㆒令㆓解除㆒[15]」と見えるように、夢は呪詛が行なわれていることを感じる手段であったのであり、「為㆑攘㆓天変悪夢㆒[16]」や「為㆓攘災天変・夢想之交（災）厄㆒[17]」とあるように、それらがもたらす災いを未然に防ぐために読経や仁王講などが行なわれることになった。

表1　日記に見える夢の記事（整理）

	日記名（記主名）	記事の総数A	記主自身が見た夢の数B（Aに対する割合）	日記の分量C[1]（単位＝年）	一年あたりの夢の記事数（A÷C）	備考
1	小右記（藤原実資）	137	68（50％）	26	5.3	治安三年（六十七歳）以降、自身の夢の記事が多くなる（39／55、71％）。
2	御堂関白記（藤原道長）	17	8（47％）	15	1.1	夢の内容を具体的に記さない。
3	権記（藤原行成）	29	22（76％）	14	2.1	夢の内容を具体的に記し、公事や昇進に関わる内容が多い。
4	春記（藤原資房）	15	3（20％）	2	7.5	公務に関わる天皇や他者の夢が多い。
5	後二条師通記（藤原師通）	21	20（95％）	12	1.8	夢の内容を具体的に記さない。
6	中右記（藤原宗忠）	174	122（70％）	33	5.3	堀河天皇の夢を晩年に至るまで見続ける。
7	殿暦（藤原忠実）	55	25（45％）	19	2.9	ただ「夢想」と記すばかりで、夢の内容を具体的記さない。

8	台記（藤原頼長）	75	42（56％）	11	6.8	他者から夢記を多く得る。
9	玉葉（藤原兼実）	179	50（28％）	27	6.6	兼実の女房の夢が多く記録される。
10	明月記（藤原定家）	42	18?・（43％）	16	2.6	夢中に見た和歌を日記に記す。
11	平戸記（平経高）	49	19（39％）	2	24.5	菅原為長（大蔵卿）が関わる記事が多い（5）。
12	花園天皇日記	26	11（42％）	9	2.9	慈厳僧正が関わる記事が散見（4）。
13	看聞日記（貞成親王）	30	10（33％）	21	1.4	日記の前半（応永期）に偏る（21／30）。
14	建内記（万里小路時房）	22	17（77％）	19	1.2	夢に故人が現われ、夢の内容も具体的に記す。
15	十輪院内府記（中院通秀）	8	5（63％）	9	0.9	先公（父通淳）の夢が2つ。
16	実隆公記（三条西実隆）	57	12（21％）	45	1.3	ほとんど和歌・連歌関係もしくは寺社の霊験関係。
17	言継卿記（山科言継）	37	12（32％）	20	1.9	夢の記事のほとんどが連歌・和歌関係。

18	御湯殿上日記（禁裏女房）	30	16＊注2（53％）	57	0.5	天皇以外の者が見た夢も、和歌・連歌関係か天皇の身体に関することが中心。

＊注1：現存の日記を月（30日）単位で換算したが、あくまで目安に過ぎない。
＊注2：天皇（後土御門・後奈良）が見た夢の数。

以上は、夢の記事をまとまって残すもっとも古い日記ともいえる『小右記』から主として例を挙げたが、夢は本人の心の中の問題だけでは終わらず、彼らの現実の活動、特に公務にも影響をもたらす存在であったことは、同時代の他の日記も同様であり、この傾向は後代にも受け継がれていく。ただし、院政期後半辺りからは、参内を止めたり、物忌に入ったりという記事は少なくなり、対処法としても金鼓を打つことなどは見えなくなり、代わりに泰山府君祭[18]や夢祭[19]、念仏[20]などが現われるが、総じて中世以降、摂関期のような日常の活動に影響を与えることは少なくなっていくように思われる。さらに室町期以降になると、対処が必要なような悪い夢自体が日記に記されなくなる。いうまでもなく彼らが悪夢を見なくなった訳ではあるまい。夢を記録する場としての日記の紙面の性格が変化したと見るべきではないだろうか。

摂関期の日記においては、記主の現実の活動に影響を与え、実際与えられたことを日記に書きとめている訳であるが、中世に入ると、日記の紙面を見ていく限り、夢がストレートに彼らの現実の生活に影響を与え、それがそのまま記録されるのではなく、より複雑な回路を経由して紙面に現れてくるようである。次章ではその点について考えてみよう。

二　『台記』久安七年正月十日条に見える夢の記録の分析

日記においては、夢を見た当日もしくはその直後には日記の紙面に現われず、しばらくたってその夢の存在が日記の中で知られる場合がある。

たとえば次の藤原忠実の日記『殿暦』に見える記事である。

①「……女房相具渡二成信法橋五条房一（略）、余・内府・姫君・女房皆於二宇治一可二精進一也、仍皆出レ門、件精進余不レ参、立レ使也、依下夢想致二精真（慎）一之心上精進也、**件夢想去年十月比見レ之**、今年慎重、而可レ祈二熊野一之由得二其告一、仍須二参仕一を指合事等極多、仍先立レ使也…」（『殿暦』永久五・一・五）

忠実が前年の十月頃に見た夢によって、今年慎むこと、熊野に祈ることを告げられたので、精進のために一家そろって宇治に向かったという記事である。『殿暦』の永久四年十月を開いてみると二つの夢が記されているが、そのうちの一つ（十月十三日条）は、「去年夢想」によって「過去千仏日月燈明仏（絵仏）」を供養し、その前で大般若経を転読したというものであり、もう一つのものも「始仏四躰、夢想祈也」と記すばかりで（十月二十三日条）、史料①に該当する夢ではなさそうである。

また、前者の場合、「去年」、つまり永久三年には夢の記事が確認できず、これも夢を見た時の日記には記されなかったもののようである。

どうも日記にはすぐ記される夢と記されない夢があったようであり、そのあたりの構造を教えてくれる史料として、忠実の子頼長の日記『台記』に見える久安七年正月十日条がある。この記事は、頼長がかねてから念願の内覧宣旨を蒙った日の日記であり、それを予兆すると考えられた八つの夢を含む一三の部分から構成されており、それをA～Mに整理したものが**表2**である。

A～CとL・Mの部分が日記の地の文にあたるが、Bの部分には割注に「十七日聞此事」とあるように、十日の記事よりも後に記されたものであり、もし『台記』が具注暦に記されていたのならば、C～Lの部分と共に十七日以降に切り継がれたものであろう。現存しないが、別記の存在が示されているので、別記作成と並行してこの夢の記事の部分も作成されたのであろう。

表2 『台記』久安七年正月十日条に見える夢想の引勘

	年月日	記事の内容	備考
A	久安七・一・十	今日余蒙内覧宣旨、未時法皇賜手書禅閤曰、彼事只今可仰下侍也、右府未参侍也、相待者也、朝隆召儲侍者也、又上官可催儲之由、夜前仰師業了、斜重手書曰、申刻許、如支度仰下侍了、毎事頗畏思給者也、委事、面謁次可申侍者也／今夕両院幸法勝寺云々、深更、上書法皇、賀内覧事、手詔曰、承侍了、如支度令沙汰了、悦思給者也、世間頗狼藉見侍者、至于上官、皆自此令催儲侍者也、	当日の日記の地の文
B	久安七・一・十六以降	禅閤仰曰、成雅朝臣曰、太政大臣語曰、法皇使顕遠仰云、公教卿曰、左大臣内覧事、非依入道奏請許之、出自朕意、関白教帝以不孝、朕心	16日以降に書き加えた日記の記事

		太悪、故下此宣旨、以此趣達太政大臣者也〔十七日聞此事〕、	
C	久安六・九月〜十二・二十二	不動〔実寛〕・愛染王〔賢覚〕・千手〔覚仁〕・北斗〔宣覚〕・聖天〔教仁〕等供、皆今夕結願〔已上十二月十六日始終〕、不空羂索護摩〔静経〕同結願〔去年十二月廿二日始終〕、施禄於祈祷僧〔実寛・賢覚各掛一領、覚仁・宣覚各小袖一領、教仁・静経各長絹五疋、已上送本房〕、召泰親於閑所、親取掛一領賜之〔依属星祭其験新也〕、打衣一領賜兼祐〔自去年九月、為余所求成就、参籠春日御社〕、	内覧宣旨実現のために行なわれた祈祷など
D	久安六・十・二十六	久安六年十月廿六日〔辰、一条堀川橋占、左近府生秦公春注進〕／一、はんのことは／こゝゆみとらせんより、いざ、とりあはせんしきりとりはよきに、いかならむとりなりとも、てこ、あはせむ、よにはまけじに／一、又つぎのことば／ほともなく、これを、みたひとをりぬな、これをますくにけは、あれよひてこむ、	一条堀川橋の夢占の文 ＊当日条になし
E	久安四・八・三十	寅時夢、謁禅閤、仰曰、可被譲摂籙之由、示摂政第了〔如覚時、所見無所不審〕	＊当日条にあり
F	久安六・一・二十二	辰時夢、自宇治〔于時禅閤御宇治〕賜御消息、披見之処、其御消息之中、有易筮一巻、亦披見之、其文云、左大臣殿御望事、推之決定成就、不覚維筮何卦〔夢中以為、所望事者、去年十二月十三日、承仰事、彼日仰曰、可被譲摂政之由、明年老僧可示摂政也〕、	頼長が見た夢 ＊当日条になし
G	久安六・九月〜十月間	信雅夢、左大臣在大炊高倉第、蔵人左少弁範家、為内覧文書参彼第、	源信雅の見た夢 ＊当日条なし
H	久安五・十・十九	東大寺僧珍範、於大仏殿夢、自京使来告曰、摂政既薨、在一人家之物、	東大寺僧珍範が大仏

		悉左大臣家了〔于時、覚敏得業、依余命、為祈請入内事、参籠大仏殿、珍範者覚敏之弟子也〕、	殿で見た夢
I	久安六・十二・十六	盛憲通夜春日宝前、件夜夢、如禅閤人〔男形、着冬直衣、其長甚高、不得見自胸上〕来曰、件事在近〔先立奉幣時、請内覧事〕、何以強請、件事成就後、汝等〔謂盛憲〕将有慶賀、	藤原盛憲が春日社で見た夢 ＊当日条になし
J	久安六・十二・八	久安六年十二月七日親隆朝臣、詣春日奉幣了、了宿義海房／同八日寅時夢、入道殿・左大臣殿在所、親隆参入、朝隆朝臣・顕親朝臣・成隆朝臣同候之、親隆来御前之間、盛憲伝仰親隆曰、春日詣雑事、早可注進者、即取散落御所辺之紙三枚書之、注文様／春日詣雑事／一、御幣／一、神宝／具注色目／已上行事親隆／雑事、十余箇条書之、其中書御随身、夢中恠、前度不載、御随身令載之、即覚矣、	藤原親隆が春日社で見た夢 ＊当日条になし
K	久安六・十・十四	寅時夢〔盛憲注進〕／宣旨殿前に盛憲参仕して候ケルニ、世間聞事ハ一定カト尋候ケル(レ)ハ、一定ニ候、東三条殿ニハ人々参上して、車なとやへなみに立て候ト申ケルホトニ、所々に大ナル星の候ケルカ、月の笠を着タル様ニテ、くもりて、かた所はかけて候ケル、かたはらに、きら〳〵とひかりアル星の又ちゐさき星、尻にくし重なり候気なり、そのくもり重る星の上をこえてのほるみ候ケルハ、アレハなにことに天へむかかと、ゆめこゝろに申てけれは、これこそは摂政殿御事よと申候けるほとに、あけ候ひにけり／日来皇后宮宣旨、参籠行願寺、此暁退出之間、従女様多シ、於彼寺所見也、	藤原盛憲が春日社で見て送ってきた夢の状 ＊当日条になし
L	久安六・十一・二十八	僧覚澄注進／久安六年十一月廿八日夜寅時夢状、夢ニ見ル、覚澄、東大寺ノ中門御ノ前立テ見レハ、南国分ノ方ヲサシテ、乗馬僧二人、左	覚澄が見て送ってきた夢の状

右ニ打立テ、漸々向行ケリ、二人容貌美ナリ、鈍色衣ニ青袈裟ヲ着、平笠ノウラヲシタテ着セリ、馬ニテハ穴シ（ク？）ラオキクサリ、オモツラヲセリ、爰ニ覚澄が心中に、興福寺中綱コソ儀式ヲハリテユケ（リ）ト思程ニ、五六段ハカリヲクレテ、非疾非遅、盖高座ノ如ナル、大輿ノ来ルナリ、輿ノ内ニ七十余ノ老僧座ス、寶服ヲ着セリ、表衣幷袈裟、皆紫色ナリ、覚與法印と思トモ、状非覚與法印、二老僧ノ前ニ花机一脚ヲ立リ、其花机ノ上ニ銅ノ仏鉢ヲウツフセリ、其上ニ紫絹ノ広七八尺ナルヲ覆ヘリ、其ノ絹色光耀ケリ、件輿ノ右方ニ歩行ニシテ十七八歳ノ童、四人陪従セリ、左方ニ又四人陪従セリ、左右合八人童、皆ヒンツラヲユ井テカキ（チ？）（ン）ヲキテ、布帯ヲサシ、イチヒヲク、レリ、八人童、皆各手ニ持寶幢、其寶幢、色皆白シ、輪ノ口六寸、長三尺ノ程ナリ、皆龍頭ニ付タリ、輿ノ後ニ同キ装束セル童部、其数無量、皆青色寶幢ヲ捧ケタリ、童部ノ中ニ歳四十許ナル俗、冠シテカチ（ン）ヲキイチヒヲク、リテ、蓋ヲ差シテ、遥ニ輿ノ上ニ覆ヘリ、彼ノ蓋ハ小キ円座ノ程ナリ、其蓋ニ蓮花ヲ以テ造成セリ、其色紺ナリ、又此輿ノ内ニ東帯ノ俗坐ス、件輿ノ上ニ鳳凰ヲ居タリ、其躰神輿ニ似タリ、輿ノ後ニ歩行ノ軍卅人陪従セリ、皆着甲冑兵杖、而ニ此二ノ輿、皆コシカキナシ、地ノ上、参四尺ハカリカ程ヲ行飛スル也、爰覚澄タチノキテ、閑所ニ居テ見レハ、此ノ二荷ノ輿ノユクサキニ、東小路ナカラハカリヲアユミノ板シキ関セシ多ケリ、件関上ニ自然ノ音アリテ言ク、左大臣殿内覧ト申了、覚澄、其音ヲ聞テ、左大臣殿ハ既ニ関白ニコソマシマスナレト思ヘリ、而ニ輿ノ供奉ノ武者一人来テ、覚澄カ傍ニ坐シテ申云、左大臣殿、内覧承御へきナリ、仍春日大明神ニ慶賀ヲ令申

	御トテ、捧幣使ヲ立御也、而前輿ノ老僧ハ興福寺別当、後輿ノ俗ハ左大臣殿御使也、別当並御使相具テ社頭ニ参テ慶賀ヲ令申御也云々、覚了／十二月五日　記之、	
M	已上夢、去年聞之〔珍範夢、去々年聞之〕、不可不信、是以記之、	日記の地の文
N	別記／余蒙内覧宣旨事、	別記現存せず

＊　A・Bについては、『宇槐記抄』によって補った部分がある。
＊　久安五年は、別記（婚記）のみ現存。

Aには、十日に鳥羽院の指示によってなされた内覧宣旨が出るまでの状況が記されており、Bの部分は、十七日に禅閤（父忠実）から聞いた、院が頼長の内覧を認めた理由（忠実の要請に従ったのではなく、関白忠通が近衛天皇に対し、院に対して「不孝」となるように教導していることを慮ってのことであること）を書き加えたものである。『宇槐記抄』[21]正月十七日条には、次の史料②に示すように、忠実から頼長に対して鳥羽院から示された好意が伝えられており、その際に耳にしたことであろう。

②「夜深、法皇賜㆓笏五枚㆒、仰曰、為㆑宛㆓子息之用㆒所㆑賜也、又賜㆓手書禅閤㆒曰、左大臣無㆓随身㆒、徒然見給者、禅閤奏㆓恐悦由㆒」

Cは、内覧宣旨実現のために、頼長が僧や陰陽師・神官らに行わせた祈祷の類とその禄のリストである。頼長が万全の体制を整えてこの内覧宣旨の実現を心待ちしていたことが実感される記事である。

表3　『台記』久安六年九月二十六日条に見える夢想の引勘

ア	久安六・九・二十六	忠実、未明に宇治の別業を出発、辰時入洛、東三条殿に入り、未時、忠通を義絶、氏長者の地位を剥奪して頼長に与えることを伝え、それを実行しこと、更にこの件を鳥羽院に報告し、戌時、院より返事が届いたことまでを載せる。	日記の地の文
イ		「人傳、洒者」以下、この事件を予兆する天変・恠異が列挙される。	
ウ	久安六・九・十九	去十九日〔辰〕、一条堀川橋占〔左近府生秦公春注進〕／このはしのべたうにならん人は、おなじつかさといふとも、めでたきつかさかな、こめをつちとふまんには／又いまひとつのたび／とくと、いきつかんまゝに、よろこびあらんずるぞ	一条堀川橋の夢占の文
エ	久安五・三・？	去年三月夜、頼業夢、頼業送消息於大外記師長家、于時八月三十日師長報状曰、朱器台盤、自摂政殿下、渡内大臣殿、師長奉仕御使、因之忩々不能他営矣、其奥書曰／九月重陽日	清原頼業が見た夢
オ	久安六・九・二十四	去廿四日夜、賢覚法眼夢、虚空有人、誦曰、得一切如来智官〔理趣経文、賢覚日来承禅閤仰、祈請余所求成就、受長者仰、後語此夢、在信不信之間矣〕、	賢覚が後に頼長に語った夢
カ		夜に入って子息の来宿と大外記中原師業の来賀、この日行われた僧事を記す。	日記の地の文
キ		別記／受長者仰事〔禅閤授之〕、	別記現存せず

Dは、久安六年十月二十六日に何らかの夢を見たらしく、その判断に迷ったのであろうか、一条堀川橋の夢占に占わせ、その結果を書いた占文のようである。この時と同じような占文が、忠実が忠通から氏長者の地位を取り上げて頼長に与えた久安六年九月二十六日の日記にも見えている。その日の記事を**表2**と同様な形で整理したものが

表3であるが、やはり占文に続いて夢の記事が並べられている。この時の夢の記事数が少ない[22]のは、氏長者剥奪の事件が突発的なもので、関連の夢をストックしておく余裕がなかったものであろう。**表2**と**表3**を比較すると、その所載されている夢の多さから内覧宣旨実現がいかに期待されていたかが明白であろう。

頼長の祖父にあたる師通の日記などにも、「易占文奉也、去廿一日夢想事也、子細占文云々、西山僧懐尊也[23]」とあるように、自身が見た夢に対して夢占を行わせ、その占文を手元に持っていたことが知られる。師通の日記には夢を見たことは記してもその内容を記している記事は多くない[24]。しかしその夢をしばしば陰陽師などに占わせている記事が見えており[25]、その都度献じられた占文が手元に保管・集積されていたものと推測される。

EからLまで、この内覧宣下の予兆と思われる夢の記事が八つ並べられている。様々な公事に当たって徹底的に先例を調査する頼長らしい、夢の勘例というべきものである。このうち自身が見た夢は、E・Fの二点、他は他者のものであるが、Gの源信雅は、子息師長を生んだ妻の父であり[26]、I・Kの藤原盛憲は、頼長の母方の従兄弟にあたり、頼長の家司として近習していた人物、Jの親隆も頼長の執事家司[27]である。

Hの珍範は記事に見えるように頼長に親しい覚敏の弟子にあたる僧、Lの覚澄は不明であるがそれに類するのであろう。すべて頼長の「夢語り共同体」を構成するメンバーといってかまわないであろう[28]。

Eの夢は、実際、日記の久安四年八月三〇日条に次のように記されている。

③「寅時**有二最吉之夢一**〔**記二録別紙一**〕、定知二春日及南円堂祈霊験一〔南円堂、去廿七日結願、春日未レ願〕、因レ之献二道風手跡妙経於春日一、献二年来所レ着之平緒・於若宮一、余有二紺地平緒・紫淡平緒一、依二神慮難レ知、書二紫紺字於紙一、切レ之分為レ二、則丸レ之、使二侍女〔安芸〕取レ之取レ紺、是以献二紺地一、…」（久安四・八・三〇）

父忠実が、摂関の地位を頼長に譲るように忠通に命じたという夢は、史料③に見えるようにまさに「最吉」の夢であり、ちょうど養女のことで僧を春日社や南円堂に参籠させていたので（八月二十七日条）、春日権現の霊験と強く感じ、「道風手跡妙経」や平緒を献じることにしたというのである。ここでは、夢の内容が日記の紙面ではなく、「別紙」に記録され保管され、その内容が成就された時に日記の紙面に現われた点に注目したい。続くFの夢は、それを見た日の日記には記されていない。夢の中で頼長が判断したのは、自分に「御望事」というのは、前年の十二月十三日、忠実が翌年になったら、忠通に摂政の地位を譲るように示そうということであった[29]。Eより分量も多く、日付の入った具体的な記事なので、これも別紙に記録されて保管されていたに違いない。

G以下は、他者の夢であるが、すべてそれぞれの日付には確認されない記事である[30]。Gは、後日信雅から聞いて書き留めておいたものであろうし、H・Iも頼長が聞いて書き留めて保管しておいたものであろう。Jは、記事の感じから、親隆が自身の日記に書き留めておいたことを、自分に関連した夢と知った頼長が、親隆にその日記を抄出・提出させたものではないかと思われる。勧修寺流藤原氏出身の親隆が日記を記していたことは確認できるし[31]、主家に対して自身の日記を提供するのは、この勧修寺流のような実務官僚的な貴族たちの職務の一環であったことは以前論じたことがある[32]。それを頼長が保管していたのであろう。

K・Lは、夢を見た本人たちが自身で書きとめた夢記を送ってきた夢状ともいうべきものである。漢字・片仮名交じりで記されたその内容は、階層的にJよりも下のランクに属する人々によるものと思われるが、より生々しく感じられる。

同様のものに、頼長にとっては甥にあたる兼実の『玉葉』に見える中原有安（後述）の「夢記」がある[33]。「前飛騨守有安註献夢想、一昨日丑刻所レ見云々、依レ為二希代之事一註載之」というそれは、文治二年六月七日に「去夜丑時」に見た夢として献じられたもので、やはり長文かつ漢字片仮名交じりの文章で書かれている。

この日の夢全体に共通する特色として、藤原氏の氏神である春日社、氏寺興福寺に関わる夢が多いことがあげられよう。内覧宣旨が、藤原氏のトップの地位である関白職の実質的権能である以上、当然のことであるかもしれない。

春日社の宝前で見たI、春日社に奉幣を行ったその夜に奉幣使が見たJ、そして内覧になった頼長が春日社に遣わした慶賀の使いの夢を見たという内容のLがまさにそれであり、史料③に見えるようにEの夢も春日社・興福寺関係であった。東大寺大仏殿に参籠中見たというHもそれに含めてよいであろう。さらに次の史料④に見えるように、春日権現に祈請すると「多々」禅閤つまり父忠実の夢を見るといっており、それは春日権現の加護を具現化したものと理解しているところからすると、Fもそれに含まれよう。

④「今日卯時夢、余従者与二卿従者一（不レ知二誰卿一）、於二法皇宮一有二訴訟一、余憂レ之殊甚、爰禅閤、乗二透車一（四面懸レ簾、禅閤平生乗用輦也）、来二余家門外一、余参上、依レ仰乗二御車後一、仰曰、吾猶在レ世、勿レ所二怖畏一矣、昨日読二心経一百八巻一、奉二春日一、今日有二此夢一、定知レ有二感応一、加之年来、**祈二請春日一之時、多々夢二禅閤一、然則春日加護已明**」（『台記』久安六・二・一六）

藤原盛憲が春日社の宝前で見たIの夢に現れたのは、冬の直衣を着た背の高い男性で「禅閤の如き人」であった。そしてその人物は「不レ得レ見二自レ胸上一」といっている点も注意すべきであろう。『春日権現験記絵巻』に描かれている春日権現[34]がまさにそのように描かれているのであるから（**図1**参照）、「禅閤（忠実）→春日権現」という頼長

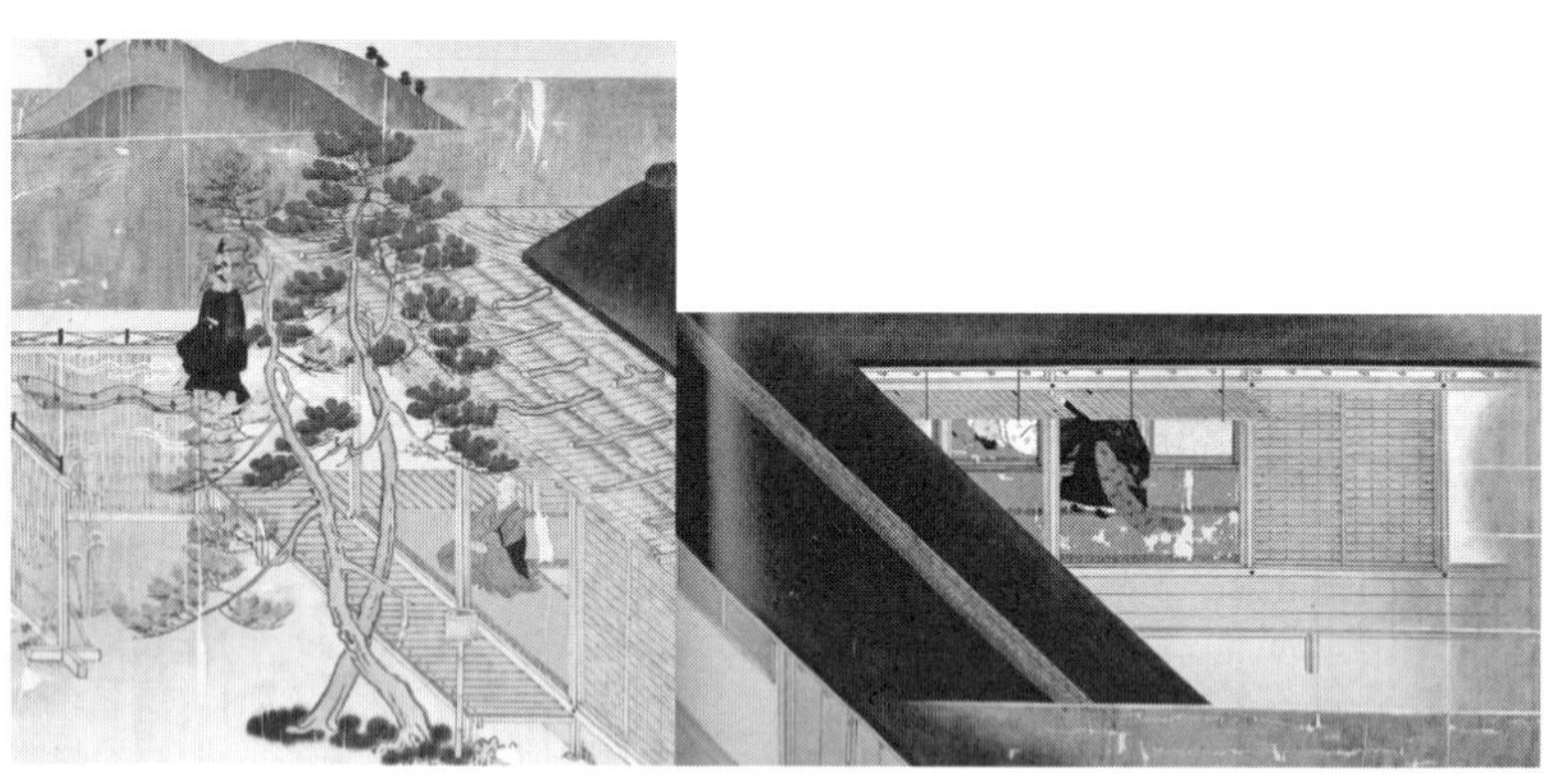

図1　『春日権現験記絵巻』より（冬の直衣ではなく束帯のようで、背の高い男性であるかは不明であるが、胸より上が見えないという姿には近いであろう）

の夢の回路の一つができあがっていると見なしてよいであろう。

三　中世における夢の記録方法とその意識

前章で述べた点を整理すると、記主自身や他人が見た夢が、記主の日記の紙面に現れるまで次の**図2**のような過程が考えられよう。見られた夢はいくつかの経路をたどって⬇印のところで日記の紙面に出てくることになる（ここでは暦記か別記などかは問わない）。

現存する日記を見る限り、平安中期の場合、夢はストレートに日記と結びついており、別紙にストックされて、しばらく後にあるきっかけによって紙面に現れるということは確認できないようである。

図2　夢が日記に記されるまで

〈自身の夢〉

夢 ⬇日記に記録
→別紙に記録→保管…⬇日記に記録
→夢占をさせる　→占文を保管　…⬇日記に張り継ぐ、もしくは書写

〈他人の夢〉
夢 →見た本人から直接内容を聞く⬇日記に記録
　　→別紙に記録→保管…⬇日記に記録
夢 →見た本人が記録し、書状や夢記として送られてくる⬇日記に張り継ぐ、もしくは書写。
　　→保管…⬇日記に張り継ぐ、もしくは書写。

ここで注意しておくべきは、前章で見たような夢の勘例ともいうべきたくさんの日記が、ある事柄に関連して一日の記事の中に数多く記される事例が確認されるのは、今のところ頼長の『台記』だけだということである。他の日記も多くは、摂関期の日記の状況が継続されている。

この『台記』に見える事例は、頼長の個性もしくは彼独自の事情によるものなのか、それともこの時代の特質が極端に現れたのであろうか。二つの見方が考えられるが、その点について以下少し検討してみよう。

頼長が、院政期の貴族の中でも特に個性的な人物であったことはいうまでもない。儒教への傾倒や、極端に法を重視する性格は同時代の上級貴族においては見出すことのできない特異な性格である。そのような彼の人物は日記からうかがい知れる部分が多い訳だが、その日記は、形式的には、当時の公卿の日記の枠を越えるものではないことは確かにしても、現存しない分も含め大量の別記の存在や摂関家の地位を利用した先例となる記録の収集も群を抜いて広範囲かつ周到に行われており、この時代の日記の機能を極度に推し進めたものという印象を受ける。母の出自の低さや年を取ってからの子である頼長に対する父忠実の過度の愛情は、頼長に必要以上に「家」の継承という重荷を背負わせたのであろう。「家」の機能の一つである日記の作成についても、優れた日記を書かなければならないという気負いが感じられるように思われる。その点、九条流を分立させた兼実の日記『玉葉』にも同じような特色が感じられ、道長以来の摂関家嫡流の、ある種おおらかな日記の書き方とは異質なものとなっている。

そして鳥羽上皇や父忠実の支持があったとはいえ、現摂関である兄忠通からその実質を奪い取っての三十二歳での内覧就任は、当然大きな摩擦を覚悟で実現されたものであり、先例というべきものがない異常な事態であった。その精神的なプレッシャーは、本人の自覚は別にして相当に大きなものとして彼に覆いかぶさっていたものであろう。様々な公事における周到な先例の引勘と同様に、この一大イベントについても、それが正当なものであることを裏付けるものが必要だった訳であるが、それが見いだせない以上、夢などに現れる神仏の支持に頼らざるを得なかったのではないだろうか。

この頼長と近い立場にあったのは、当時三十八歳の兼実の場合である。忠通の後を継いだ長兄の基実の早逝の後、次兄基房が摂関の地位を継いだが、家領の大部分は基実の室で清盛の女であった盛子に継承され、実質清盛の管理下にあった。基房が対立する後白河院と清盛の政治的確執の中で失脚した後、平氏政権の支持のもと若くしてその跡を継いだ基実の子基通は、平氏が西海に没落するとともに新たに都を制圧した木曽義仲に結び付いた基房の子師家にその地位を奪われ、その師家も義仲の滅亡と共に失脚後、再び基通が後白河院の支持を得てその地位に返り咲いていた。しかし、平氏と関係深かった基通は、新たに権力基盤を築きつつあった関東の頼朝の支持を得られず、長く右大臣として公事に精通し、かつ後白河院も含め、浮沈激しい権力者たちと距離を置いていた兼実にその地位が回ってくることになったのである。

おそらく兼実が摂関の地位への可能性を強く意識したのは、寿永二（一一八三）年七月の平家都落ち以後であろう。しかしそれ以前から、二人の兄と母が異なりかつその身分も低いながらも僧籍に入れられず、廟堂に出身させられ、急速に大臣の地位にまで昇進できたのは、場合によっては摂関家の跡を託すべきスペアとしての期待が背景にあったことは確かであろう。兼実も若年よりそれを意識し、摂関として瑕瑾のない実力を蓄えることに努力を怠らなかった（このあたりも頼長と同じ）。彼の浩瀚な日記はその努力の賜物であり、摂関になれずともそれに準ずる「家」を形成するための礎として自身の日記を記し、様々な手段を用いて日記・記録を収集し「家記」の充実を図っていた[35]。

激動の中、慎重に身を処してきた兼実がついにその地位を手に入れたのが文治二（一一八六）年三月十二日のことであった。しかし、その日の彼の日記を開いてみても、頼長のようにそのことの前兆と思われる夢が並べられていない。この摂政就任に関する先例調査は、当然怠りなくなされており、寛仁元（一〇一七）年の頼通の例を「規模」とすることに決めており、その点が詔書に見えないことを問題にし、「仍今度詔文尤可㆑載㆑追㆓寛仁㆒之由㆒也、仍以㆓此旨㆒含㆓長守㆒了[36]」と草案を作成した大内記長守に指示している。彼の就任の正当性への根拠が、この寛仁例であったことは、一座・兵仗・牛車の「三ヶ事」の宣下が摂政宣下と同時に行われず、後日行われたことが、寛仁の時の場合と「自然符合」し、「可㆑然之吉瑞」であると喜んでいることにも現れていよう[37]。

確たる先例の下に就任した兼実であったが、決して夢を信じなかった訳ではなく、日記の紙面を追っていくと、この摂政就任に向かってその関連の夢が記されていることが確認される。それを整理したものが、**表4**である。

兼実の場合、「今多年之所願、決定成就之期也[38]」、「下官心願[39]」など早くから「所願」の成就を予見する夢が見えるが、これらの中には後世のことも含まれているので[40]注意する必要がある。ただし、**表4**にあげたような、兼実を「大職冠之後身」と見なす夢（**表4-1**）や「払㆓一切怨敵㆒」って成就する「大願」（**表4-2**）の夢は、明らかに摂関就任を意識したものであろう。

兼実は、その夢の内容を具体的に記すことは少ないが、たとえば**表4-2**に「其中有㆓珍重事等㆒、具㆓別紙㆒」と見

表4　『玉葉』に見える兼実摂政就任前後の夢想

	年月日	夢を見た者	記事の内容
1	寿永二・九・十一（一一八三）	兼実室	…此暁、女房夢云、余相共渡新造宅、頗以半作云々、見廻之後、相共欲就寝之間、人告女房云、其殿ハ〔指余也〕、大職冠之後身也云々、女房、夢中ニ思様、極有恐事也、年来立種々大願、祈社稷安全・仏法興隆等、事体不似近代之風、奇思之処、今聞為彼後身之由、尤其謂ありけりと思て覚了云々、法成寺入道殿ハ、聖徳太子並弘法大師之後身也、先代も有事也、可信仰々々々、
2	元暦元・十・十五（一一八四）	兼実室	日中時〔寅刻〕結願修法、…何況今暁女房見霊夢、委細不遑筆端、事趣非啻此所悩一事、払一切怨敵、可成就大願之由也、殊勝々々、其中有珍重事等、具別紙、雖末代法験尤新、可貴々々、今日依遍身日不加灸治、晩頭、招法印語夢想、頗有悦気、又自身及房中之輩、各有感応之夢想等、然而不及申出之処、有此御夢、於今者散欝陶了云々、…
3	元暦二・一・二十二（一一八五）	賀茂幸平（賀茂社権禰宜）	実厳律師来、示付祈事、於仏前仰今日意趣之間、賀茂幸平持来夢記、其趣、余可有慶之吉祥也、折節、悦思不少、仰而可仰々々、
4	元暦二・一・二十八	兼実室	余転読心経千巻、奉楽春日御社、又写心経一巻、是正月分也、今暁、女房有吉夢、可信々々、
5	文治元・九・八（一一八五）	良通妻	今旦、大将女房夢云、余修此念仏、件女房見之、而余自口放金色光ト見了云々、随分慇懃之志、自有三宝之感応歟、不覚之涙千行万行、弥起信心所勤行也、

6	文治元・十二・二	覚乗法眼ら	覚乗法眼并弟子僧等、為余見最上之吉夢云々、各注進也、在別紙、可蒙神徳之条炳焉、仰而可信、
7	文治元・十二・七	兼実室・良経・三位局	今暁、女房・大将、又女房三位等、同時見吉夢、昨日乞夢之祈請、霊験掲焉者歟、 ＊十二・六「今日終日精進、聊有乞夢事」
8	文治元・十二・十一	兼実	自今日三ヶ日、献幣帛於春日御社、…今日、又献金小笠〔イチメカサ也〕、於御社、一日比依夢告也、余聊書銘祈願之趣也、又御幣之串ニ、以水同書所祈、是故女院御教也、先蹤必成就所願事云々、
9	文治元・十二・十四	「或女房」	今暁、或女房又有夢、自当時摂政之家所献春日之神馬被追帰了云々、去治承三年入道関白有事之時、有此夢、…
10	文治二・三・九（一一八六）	兼実室	今暁女房夢云、十一二日之間可有吉慶□云云、可信之、
	文治二・三・十二	兼実、摂政に就任。	
11	文治二・六・八	中原有安	…前飛驒守有安註献夢想、一昨日丑刻所見云々、依為希代之事註載之、／夢記曰、文治二年丙午六月七日癸丑、去夜丑時、有安住宅ニ客人二人来会〔一人ハ諸司長官、一人式部大夫五位、共以五六年之前早世人也〕、相語曰、殿下御摂録、世人雖相悦、両三之謗家、廻計略懇望之間、射山辺御気色不快、然而殿下ニハ、全非自構、偏仏神御進止也トテ、敢無御傾動云々、此後有安出自住宅之門、南サマニ行テ、徘徊可然之所〔イツクトモ不覚云々〕、此処ニ有築垣〔東西行也〕、其北有竹林〔大和竹也〕、東西行七八丈許也、敢無人屋、然間自東方副築垣テ、

如蛇ナル物ハヰ来、委見之、即件大和竹一本〔無枝葉〕、如蛇ニハヰアリクナリ、昇竹梢テ、更下テ、西方ニハヰ行畢〔于時未時也、天晴日曜〕、心中成奇特思之処、当西南方テ、京中ニ有騒動、即経築垣西妻、出大道テ聞之、其音只有喜音、敢無恐音、于時人三四人許ノ、足ヲトハカリシテ、自西行東、其スカタハ不見、爰有安問曰、京中ノ騒動何事哉、対曰、ヨニユヽシク、アサマシキ事候ハ、只今ノ事也、院ノ御所ニ参テ侍ツレハ、殿下ノ御事、自方々競申人有テ、内々ニ、不便議トモ聞侍リツ、殿下ハ御身上事ナレバ、不及御沙汰、然間今日只今、仏神ノ御使也〔卜天〕、竹ノスカタシタル蛇、御所へ参て申云、此新殿下ハ、全非御懇望、非御結構、我朝守護ノ仏神の、成タテマツラセ給ヲ侍ナリ、而依不善之輩申状テ、イカヽト思食事有ハ、仏神ノ冥鑑其恐可候、為世為君、尤不便ニ候ナム、只彼人ノ運ノ、御セム程ヲサテオハシマセ、仏神ノ御使ナレハ、事々御違背不可候〔候イ然〕ト、眼前ニ申侍ツレハ、上ヨリ下サマニ令聞給人々、畏承伏候ツ、クチナハ如此申託テ、罷出テ、又参他所了ト申テ、去行スル足ヲトス、于時如本帰立竹林北辺、京中ノ音未止、践祚可有トコソ、又不可然トコソ、ナト云音モ聞ユ、然間、ハシメノ竹蛇経本路テ、東方へ帰去了、依聞神明御使之由、伏地恐懼、蛇去了、更起揚テ、望青天爾、朝日高懸テ、照竹樹之根、爰春日神人末包〔年来見知之者也、垂氷牧供祭人〕、率他神人二人、黄衣着冠テ来臨、末包曰、殿下御事ヲサマサマニ、下臈共ノ申候ヘハ、下部マテモ不安堵候ヘハ、為承慥事ニ所参来也、有安申云、只今所承如此者、神人成悦帰去了、此後夢中ニ夢驚テ、心中ニ思様、世間ニさまさまに、いかにそや申つる事を、慥にかく夢に見了、返返珍重殊勝事也、早々ニ、不忘之前ニ書注て、付女房テ可申入、但夢ハ不語日有ト思て、取寄暦テ欲披見、于時前ニ居タル人云、返々目出タキ事也、早速ニ可被申入、世人悦申事也云々、即取暦テ欲披見之間、夢覚了、六月八日注進之、

えるように、別紙に記して保管していたようである。また表4-3や11に見えるように「夢記」がもたらされていたし、同じく6のように「注進」されてきた夢の内容が「別紙」に記録されていた。表4-7のように、彼の妻と息良経、それに女房三位（高階盛章女で良輔らの母）が同時に見たという夢なども別紙に記録されていたと考えられ、そのような別紙はほかにも多数ストックされていたと推測される。

表4に見えるように文治元（一一八五）年十二月にそのような夢がまとまって記されているのは、『吾妻鏡』に見えるように、この十二月初旬段階には頼朝側で兼実の摂政就任が決定されており、その情報が兼実の耳に入ってきていたのではないだろうか(41)。

表4の1・2・4・8・9は、春日社またはその関連の夢であり、藤原氏の頂点に立つこの地位に春日神の支持を期待するのは（9は対抗する基通への不支持の神意を示したものであろう）、頼長の場合と同じである。また夢を見た人々も、兼実の妻たちや子息、その妻などで頼長の場合以上にミウチに限られている(42)。

兼実の元に多くの夢が「別紙」という形でストックされていたことは確かで、この点は頼長と同じであるが、兼実の場合それらはほとんど日記の紙面に登場しなかったことになる。それらを日記の紙面に出さざるを得なかったところに、頼長の置かれた政治的な立場、そこから生じる彼の心理を読み取ることができよう。

兼実の立場も決して安定したものでなかったことはいうまでもない。貴族社会外部の、頼朝という、その段階で

は平氏政権や義仲と同様の末路をたどるかもしれない存在による支持に頼らなければならなかったからである。そのような彼の内面の不安を物語るのが、**表4-11**の中原有安の夢である。この人物が、兼実にとって重要な情報源であったことは、曽我良成氏の研究に詳しい[43]。承安二（一一七二）年、民部省から叙爵して兼実の侍を務めていた有安を自らの知行国である飛驒国の守に任じており、以来、芸能の世界にも通じた彼から平氏や後白河院周辺など京内外の情報がさまざまに兼実に伝えられている。この彼が、兼実摂政就任後に見たといって送ってきた夢は一見阿諛追従のように見えるが、この長文の夢記を他のそれらと同様に兼実が手元に保管したままにせず、あえて日記にそのまま掲載したことには、何らかの意味があるはずである。

夢の内容は、「大和竹」（春日社をイメージか）の林から這い出てきた「如レ蛇ナル物」が「仏神ノ御使」として院の御所に現れ、「此新殿下ハ、全非二御懇望一、非二御結構一、我朝守護ノ仏神の、成タテマツラセ給ヲ侍ナリ」（この新しい摂政は、まったく自ら懇望したものでも計略を廻らせたものでもなく、日本を守護する神仏が就任させたのである）と申し上げたという話である。この話の前に有安のもとにすでに亡くなった人物が現われて「殿下御摂録、世人雖二相悦一、両三之謗家、廻二計略一懇望之間、射山辺御気色不快、然而殿下ニハ、全非二自構一、偏仏神御進止也トテ、敢無二御傾動一云々」、つまり兼実の摂政就任に対して兼実が自ら「計略を廻らせ」たと謗る者たちがおり、それによって「射山辺」、つまり後白河院が不快に思っていることを弁明する話が載せられていることから見ても、兼実の摂政就任を快く思わない勢力が相当強く、それらに対抗して、神仏の支持を得ていることを示現した証言として日記に掲載したものであろう。この夢の話は、おそらく兼実にだけ報告されたのではなく、兼実が指示したかどうかは不明だが、市井に広まることを期待したのではないだろうか。そして有安はそのような情報を兼実にもたらすだけではなく、逆に伝播することが可能な人物であったのであろう。当時の夢にはこのようなプロパガンダとしての機能があったのではないだろうか。

　多くの夢が集まってくるのは、頼長・兼実らが摂関家の当主であったからに他ならないが、自身が見た夢や集まってきた夢を別紙などで保管しておくことは、他の貴族でも確認される。

⑤「昏奉レ書二終法花経一、是先妣十三年遠忌料也、以二此蹤一遂二此願一、以二父恩一報二母恩一、二親深恩重知レ之、喚二寄仏師一、可レ造二地蔵像一由示付〔料物賜レ鞍〕、又令レ奉レ画二千手観音一、**去年七月於二宇治一夢見二先妣一、罪障心中増レ悲、殊営二此事一**、……」（『明月記』元久二・一・一二）

　この日亡くなった母のために仏事を営んだ藤原定家であるが、それは前年の七月に宇治で亡き母の夢を見たからであった。『明月記』を開くと、定家が後鳥羽院の宇治御幸にお供して下ったのは元久元年の七月十一日から十六日にかけてのことであるが、その間の日記に夢にことは記されていない。何らかのメモが別にあったと考えられるが、次の史料のように、夢の内容を記して別に保管しておいた場合と考えられそうである。

⑥「**抑今暁有二夢想事一**、是石蔵堂、自二去月十日一始置二不断念仏一、依二彼利益一、可レ遂二往生極楽一之兆也、念仏功徳不レ可レ説々々、予久慕二往生一、随分所レ修之行、偏廻二向西方往生一之儀也、念仏又不二退転一、依二多年之願一始修二不断念仏一、此等之利不レ空、不覚涙与二筆下一、**記二夢趣一収二箱底一、事委細也、仍不レ注レ之**、奉レ憑二弥陀超世之悲願一事、其心弥可二堅固一々々々、」（『平戸記』寛元二・二・一三）

現存の『平戸記』は、記主の平経高（一一八〇～一二五五）の晩年（六十代）の日記であるためか、仏事関係の記事や後世へ憧憬を述べた部分が多く、短期間の中に関連の夢が集中して現れるのが特徴である。この史料⑥は、「可レ遂二往生極楽一之兆」である夢を見た経高は感激して涙しながらその夢を書き取り、「箱底」に収めたというもので、それは「委細」であるので日記には記さないというのであった。彼の手元には大事な夢を記した「別紙」を収めた「箱」があったようである。

一方、後鳥羽天皇の皇子で承久の乱により佐渡に流された順徳の弟雅成王（六条宮）の後見人を勤めていた関係[44]で、仁治三（一二四二）年の四条天皇の突然の崩御後、その皇嗣をめぐっての騒動が、後嵯峨天皇践祚後もいろいろとくすぶっていたらしく、そのあたりの事情が彼の夢の記事にも反映しているようである。

⑦「巳剋許参二六条宮一、先謁二御乳母尼上一、万事申承、尼上云、自二所々一有二**夢想之記文**一、取出被レ見レ之、又南都神諧事被レ語、不レ能二委記一、次入二見参一、心閑有下被二仰下一事上、又申上畢、就レ中今暁有二御夢想事一云々、委被二語仰一、不レ可レ説之吉兆也、日没之間退出」（『平戸記』寛元三・一二・一〇）

史料⑦は、経高が、いつものごとく六条宮の御所にうかがい、その乳母の尼公と会って「万事」相談していたところ、尼公はあちらこちらから届けられた「夢想之記文」を取出してきて経高に見せた。その後、六条宮に謁し、その際にも宮が「今暁」に見た夢のことが話題となっている。前述のような摂関家でなくとも、皇位継承問題に微妙な立場にある六条宮のもとにも夢が集まってきて、それらを乳母が保管している点が興味深い。経高も六条宮に関する夢を見、その内容に日記に記しているが、それを宮や乳母に語ったかは、日記からは定かではないが、「定吉事歟」とする夢なのでおそらく報告したのであろう[45]。

おわりに

以上のように、貴族の日記に夢が記される場合、ストレートに日記の紙面に出てくる場合もあれば、一旦手元にストックされて、自身の願望の成就など様々なきっかけで紙面に現われる場合もあるようである。後者の場合、推測をたくましくすれば、日記を記さない人びとでも、手元に夢の記録の「箱」が備えられていたと考えることができよう。人びとの傍らに、その「箱」が存在していた時代が（少なくともこの中世前期）夢を信じる時代と考えてよいかもしれない。

まだ調査不足であるが、一応この後の見通しを述べておこう。

表1を再び参照すると、まず**13**の『看聞日記』以降、つまり室町期以降の日記における一年あたりの夢の記事は若干低下傾向にあることがわかるものの、全体にそれほど数量的に減少している訳ではなく、中世前期までの状況が日記の紙面に維持されているように見える。しかし、この**13**以降の日記について整理した**表5**を見るとわかるように、その記事内容のほとんどが、夢想の発句などを得ての法楽連歌や連句などの記事に占められてしまっているのである。その傾向は他人の夢の話題でその傾向が強く、自分の夢についても次第にそれらの占める割合が高まっていく感がある。

夢に現れた神仏や故人[46]などが詠んだ和歌や連歌を記すという夢が多く、夢を見たというよりも、夢に得た神句によって法楽連歌を開くという記事が多くを占めるのである。

表5　中世後期の日記に見える夢の記事

日記名（記録期間）	夢の種類	夢の数A	夢想連歌・和歌・和漢関係（Aに占める割合）
看聞日記（1408～1454）	自分の夢	10	4（40%）
	他人の夢	20	6（30%）
建内記（1414～1455）	自分の夢	18	0（0%）
	他人の夢	5	1（20%）
十輪院内府記（1473～1488）	自分の夢	5	1（20%）
	他人の夢	3	2（67%）
実隆公記（1474～1536）	自分の夢	12	7（58%）
	他人の夢	45	33（73%）
言継卿記（1527～1576）	自分の夢	12	10（83%）
	他人の夢	25	25（100%）
御湯殿の上日記（1477～1557）	天皇の夢	18	16（88%）
	天皇以外の人の夢	12	7（58%）

夢想連歌の流行は、『建内記』に「仙洞有二御連歌一、諸神発句・脇等夢想之連歌、世上之風也云々[47]」と見えるように十五世紀前半にはまさに「世上之風」であった。次の史料⑧に見えるように、『建内記』と同時代の中山定親の『薩戒記』には、夢で得た先考（亡き父満親）の詠じた歌をきっかけにして法楽連歌を思い立つ記主の心の動きがよく示されている。

⑧「丑終剋奉レ夢二先考一（其御形、衣冠）、依二地震連続一令二参内一給之躰也、先考令レ詠二和哥一御、或人令レ見レ予（以二御自筆一、二首在レ之、於二一首一者所レ覚也、今一首不レ覚）／もとうへし松のみとりも色そめて春の子日をたなひきにけり／予暫思惟之間夢覚了、仍則起盥嗽、称名奉二廻向一畢、此御詠甚為二祝言一、予殊有二自愛之心一、必可レ有二吉事一、然者具二件御詠一、為二天神法楽一一座可二張行一也、其後可レ為二毎月法楽一、不レ可二懈怠一、是相二待明春吉事一、可レ遂二其沙汰一也（此事果有吉事）」（『薩戒記』応永三二・一

一・一六）

夢から覚めて、定親は父が夢中に詠じた歌が「吉事」の前兆となる「祝言」として解釈し、天神法楽を思い立つに至る。「此事果而有二吉事一」とあるので翌年の春の日記を調べてみると、正月二十五日、父の月の命日に北野天神の「御詠」を夢で感得したことを指していることが知られる。

また、夢想で得た神句は自分の夢でなくてもよかったらしい。やはり同時期の『看聞日記』に「聖廟御発句、出雲大社脇句、或人蒙二夢想一、以レ之万人付二神句一奉二法楽一云々」[48]とあるように、誰かが夢で見た北野天神の発句とそれに付けた出雲大社の神の脇句が都に流布し、記主貞成の宮家でも法楽連歌を催すことになったのである。

十五世紀後半以降、時代が下れば下るほど、天皇や公家、そしてこの時期に現れる地方武士の日記[49]においても、夢の記事はほとんどこの夢想連歌・和歌関係の記事に占められることになる。

これらはすべて吉夢であるから、中世末期の人びとはすくなくとも日記の紙面においては、悪夢や吉凶不明の夢に悩まされることはなくなることになる。ならば、彼らは吉夢しか見なくなったかというとそうではないであろう。夢を収めた「箱」から日記へ書き記す際の回路が変更されたか、それとも「箱」に収める夢をそのようなものだけに限定したのか、その点については、この時代の日記に頻繁に現れる自身や家族その他の神仏への物詣の記事などとの関連の中で考えてみる必要がありそうであり、それは後日の課題としてひとまず筆を擱くことにしよう。

註

（1）石橋臥波『夢——歴史・文学・美術及び習俗の上に現はれたる夢の学術的研究——』（宝文館、一九〇七年）、カラム・ハリール『日本中世における夢概念の系譜と継承』（雄山閣出版、一九九〇年）など。

（2）菅原昭英「夢を信じた世界――九条兼実とその周囲――」（『日本学』五、一九八四年）。

（3）倉本一宏『平安貴族の夢分析』（吉川弘文館、二〇〇八年）。

（4）酒井紀美『夢語り・夢解きの中世』（朝日新聞社、二〇〇一年）、『夢から探る中世』（角川書店、二〇〇五年）。

（5）上野勝之『夢とモノノケの精神史――平安貴族の信仰世界――』（京都大学学術出版会、二〇一三年）。

（6）河東仁『日本の夢信仰――宗教学から見た日本精神史――』（玉川大学出版部、二〇〇二年）。

（7）たとえば、『権記』寛弘二・一二・二二（以下、日記の記事の年月日を注において記す際はこのように略す）に「申剋著伊勢鈴鹿関戸駅、有㆑夢」と記す場合があるが、これなども公卿勅使として伊勢へ下向する旅の途中の記事であり、何らかの感応として記したと見るべきであろう。

（8）『台記』康治二・一・二〇など。

（9）『小右記』寛和一・六・一五、同永延一・二・二など。

（10）『小右記』正暦四・六・二など。

（11）『小右記』永祚一・七・二八など。

（12）この点については、註（5）上野勝之著書に詳しい。

（13）『小右記』治安三・六・二一、治安三・一一・一二など。

（14）『殿暦』天仁一・一二・一〇など。

（15）『小右記』万寿四・一二・二。

（16）『小右記』治安三・一一・一九。

（17）『小右記』万寿四・一〇・二八。

（18）『玉葉』元暦二・二・二〇、『明月記』嘉禄二・八・一三など。

（19）『殿暦』天永二・八・六、『玉葉』承安三・八・八など。

（20）『平戸記』寛元二・一・二六など。

（21）『増補史料大成』所収。

(22) オの夢は、後日賢覚法眼から頼長に伝えられたものであることからすれば、二六日までに頼長の手元にストックされていた夢は、ウ・エの二つに過ぎない。
(23) 『後二条師通記』寛治六・一〇・二七。
(24) 『後二条師通記』寛治六・一〇・二三、一一・一など。
(25) 『後二条師通記』寛治六・四・八、一〇・一一、一〇・二六、一一・五など。
(26) 橋本義彦『藤原頼長』(吉川弘文館、一九六四年)、一八八ページ。
(27) 同前七ページ及び一一七～一一八ページ。
(28) 他に『台記』久安六・二・二七に見える、頼長の養女多子の立后を祈願して春日社に派遣され、そこでその成就の夢を二度にわたって見たという藤原成隆もこのメンバーと見なしてよいだろう。祖父が師通で頼長の祖父に当たり、母が藤原盛実女であるから、頼長とは父母両方から二重に従兄弟にあたる人物で、頼長の側近として保元の乱に際し阿波国に流されている。
(29) 久安五年一二月一三日の日記は、史料大成本では『別記巻三(婚記第三)』の方に見えるが、抄出のためか、このことは記されていない。
(30) Hは註(29)同様、『別記巻三(婚記第三)』の方に記事があるが、抄出のためか夢のことは記されていない。
(31) 『台記』康治一・一〇・一四など。
(32) 拙著『日記の家——中世国家の記録組織——』(吉川弘文館、一九九七年)第三章。
(33) 『玉葉』文治二・六・八。
(34) 周知のように『春日権現験記絵巻』は鎌倉末期の作品であるが、その神の描かれ方は、すでに十二世紀段階でパターン化されているようである。彼らにイメージが共有されているからこそ、夢の中でもそのような姿の者が現れれば、それは春日権現の顕現と判断され、その夢の信憑性が確認されるのであろう。
(35) 註(32)拙著第八章。
(36) 『玉葉』文治二・三・一二。
(37) 『玉葉』文治二・三・一三。

(38)『玉葉』治承五・閏二・二六。図書寮叢刊本では「余多年之所願、決定成熟之期也」とあるが、国書刊行会本から引用した。
(39)『玉葉』寿永三・三・二二。
(40)伊藤唯真「平経高と専修念仏宗」(『仏教史学』八―一・二(合)、一九五九年)。この論文には、経高が夢によって専修念仏的信仰に傾いたことが指摘されている。
(41)『吾妻鏡』文治一・一二・六、その内容は『玉葉』同一二・二七に所載されている。
(42)**表4-6**に見える覚乗法眼は兼実の家司藤原能季の子で、『尊卑分脈』によれば、能季の姉妹は、兼実の妻で良通らの母となった女性である。**表4**でいう兼実室にあたる。
(43)曽我良成「「或人云」・「人伝云」・「風聞」の世界――九条兼実の情報ネット――」(『年報中世史研究』二一、一九九六年)。
(44)本郷和人「廷臣小伝」(『中世朝廷訴訟の研究』東京大学出版会、一九九五年)。
(45)『平戸記』寛元三・一〇・一五。
(46)前代に比べると、夢らしい夢として見たものには、亡くなった父母や故人を見たという記事が多い傾向がある。ただし、一二世紀でも藤原宗忠の『中右記』のように亡くなってから三十年たっても堀河天皇の夢を記し続ける事例もある。日記に記された彼自身の夢の四分の一が堀河天皇の夢であり、日記の最後に記された夢もそれであった(『中右記』保延四・一・八)。
(47)『建内記』正長一・五・一三。
(48)『看聞日記』応永二七・六・一五。
(49)たとえば『家忠日記』に記される夢想の記事はすべて夢想連歌関係であり、普通の夢は日記に現われない。

夢想にみる持明院統と崇光院流の皇統

――中世北野社の場所性と皇位継承――

松本　郁代

はじめに

夢想は予言や暗示を示唆するが、夢想をみたという経験以外、それは歴史的事実として解釈されない。しかし、記述された夢想のエクリチュールには[1]、複数の共時性を持つ場所が登場し、それは夢想の中で完結しない場所性を持つ。夢想に登場する場所性は、どのようなスケールにあるのか。本稿では、夢想の中の場所性をめぐって、室町時代の伏見宮貞成親王（一三七二―一四五六）と、鎌倉時代末期の花園院（一二九七―一三四八）による皇位継承をめぐる夢想を分析する。

貞成親王と花園院との夢想に共通するのは、北野社と北野天神（以下、特に必要な場合を除き両者を「北野」と称す）が登場する点である。時代や立場の異なる両者が皇位をめぐる夢想の中で、北野という場所はどのように想起されたのか。また、それはどのような意味を持っていたのか。

エドワード・レルフは『場所の現象学』の中で「場所は抽象的な物や概念ではなく、生きられる世界の直接に経験された現象であり、それゆえ意味やリアルな物体や進行しつつある活動で満たされている。それらは個人的なまたは社会的に共有されたアイデンティティの重要な源泉」であると指摘する。[2] 場所を現象として捉え、アイデンティティを認める場所性の問題は、夢想の中に登場する場所であっても同様の意味を持つであろう。ただし通常の場所性の意味と異なり、夢想を実現する場所としての意味も有している。

本稿で分析する夢想は、持明院統と大覚寺統の迭立や南北朝の並立など、政局によって皇位継承のあり方が変則的な時期に登場している。日記に記された夢想のエクリチュールは、即位が実現するまで夢想を諦めておらず、必然的に社会性を帯びるものとなる。彼らの皇位継承に関わる夢想の体験とは、即位した天皇は誰か、という結果ではなく、誰が天皇として即位するのか、という歴史的過程に登場するのである。天皇即位に至る過程は、政治や制度に従って粛々と遂行されたわけではなく、時局によって異なる歴史的過程が多元的に形成されたからこそ、誰が天皇に即位するのか、という歴史的文脈に夢想が登場した。これはカルロ・ギンズブルグのいう「歴史を逆なでに読む」[3] 方法から夢想を捉えるということである。

また北野社の歴史に目を転じれば、二条摂関家出自の僧による曼殊院門跡の北野社別当の兼帯や室町将軍の頻繁な参籠、[4] 法楽連歌の張行があり、[5]『北野天神縁起』の存在は、菅公と天皇家や摂関家との関係を示している。[6] これらは北野の場所性を構成する歴史的要素となる。ただし本稿で扱う北野は夢想を前提としているため、そのスケールは実体論にとどまらない。

よって本稿では、貞成と花園院が日記に記した皇位継承に関わる一連の夢想を、一つの歴史的エクリチュールとして捉え、彼らの夢想における北野――天神に対するスタンスの違いから、なぜ皇統に関する夢想に北野という場所が関わったのか考察する。それは、即位した天皇が誰かという夢想がもたらせた結果とは別に、夢想を通じて期待された北野の場所性と、そのスケールについて論じるものである。

一　伏見宮貞成の夢想と皇統

一　崇光院流再興をめぐる後白河法皇

伏見宮貞成親王（以下、貞成と称す）が著した『看聞日記』[7]には約十五の夢想が記述されている。貞成の夢想を分析した位藤邦生氏は、「貞成の人生における最も大きい野心は、表現の形としては、まず夢想の形としてなされたとみてよい」（一三三頁）と指摘する。[8]氏は、日記の夢想が具体的な「吉夢」や「霊夢」である点に着目し、「日記に書き残す価値」を判断し、彼の「巧みに人生を計算」しつつ「計算のからくりそのものを見せようとは決してしなかった」が、夢想は「計算の過程をときに垣間見させる窓」（一三四頁）と位置づける。また横井清氏は『看聞日記』の叙述を通じて貞成の性情までを読み解いている。[9]

貞成が記した夢想の多くは、祖父崇光天皇（一三三四―九八）以来の皇統再興の伏線となる構成である。貞成がみた夢想という表象は、[10]貞成自身によって言語化され『看聞日記』に記述された。いわば貞成による夢想は、崇光院流再興の意識をもとにしたエクリチュールによって、夢想と現実をつなぐ時間と空間とを生産したといえる。

本節では、貞成が『看聞日記』に記した夢想から、崇光院流皇統の再興とその正統性に関わる夢想を中心に取り上げる。特に夢想が夢想の中で完結せず、社会性を帯びた意味に転化する手がかりとして、夢想と現実に共通する場所に注目したい。先にも説明した通り、貞成の夢想は崇光院流復興のための叙述である。夢想では皇位継承者を、父栄仁親王から貞成自身、そして子息の若宮へと求め、最終的に貞成が天皇の父となるエクリチュールが構成されている。そのため、以下の論述では、時系列に夢想を並べ説明するのではなく、現実と夢想をつなぐ場所性の問題へと導くため、夢想によって貞成が何を求めたかに着目して論じる。

永享八年（一四三六）正月十三日、貞成は次のような夢想を記した（説明の必要上、以下、内容を①から③に分け改行し、引用文の波線は引用者による。以下同じ）。

①予去十日夜夢想ニ、六条殿とおほしき所ニ参、両社之御前のやうなるきた階之所より御房四五十許ニやせ〳〵としたる法師付衣を着して出給、予本願法皇ニてましますﾞ心ちして、恐怖して居たるに、彼御房長押下ニ蹲踞あり、予居直て御礼申ニ、

②被仰曰、今如此御運開給ハ併吾依擁護也、其をさ様ニも不被思食之間、背本意之由有勅定、予仰天、更々不存緩怠之儀、奉憑冥慮之由種々■（陳）謝申、御房如元御殿之内へ入給と見て、夢覚了、

③奇得夢想也、誠如仰非本願、法皇之加護者一流再興可開運者哉、弥可憑可恐、自元有立願之旨間、両社神供御影御供等明盛法橋ニ仰付進之、為御陪膳源宰相参、霊夢之間記之、

①には、貞成が六条殿（長講堂）と思われる場所に参ると、「両社」（＝六条殿後戸にある伊勢・八幡社[11]）の前のような所の階に、「四五十許の」「やせ〳〵」とした法師付衣を着した「御房」が出てきた。貞成は六条殿本願主の後白河法皇（一一二七—九二、在位一一五五—五八）であるような「心ち」がしたという。「御房」は長押の下に蹲踞し、貞成も姿勢を整え「御礼」を申した。②仰せによると、崇光院流の「御運開」は「吾」の「擁護」によるとい

う。貞成はそう思ってないであろうが、それは本意に背くとの勅定があった。貞成は仰天し「緩怠」とは考えていなかったゆえ、「冥慮」を憑みにしておりますと種々陳謝したところ、「御房」は御殿の中へと入っていったところで目が覚めた。③貞成は「奇」な夢想を得たとし、「御房」の仰せによると、これまでの崇光院流の再興は後白河法皇の「冥慮」がなければ開運することはなかった、と六条殿に対する信仰をますます篤くした。また、立願があるため六条殿後戸に祀る伊勢社と八幡社に神供と、後白河法皇御影堂の御供を仰せつけ、この「霊夢」を日記に記した、というものである。

右の夢想の登場は、すでに貞成のほとんどの立願が叶えられた後のものである。そこでまず、この夢想の背景と貞成の立場について説明したい。夢想に登場した「六条殿」とは、後白河法皇が寿永二年（一一八三）に居所とした場所である。同所は焼失と再建を繰り返すが、同地には法華経を長日講読する持仏堂の長講堂も築かれていた。長講堂は多くの荘園を所有し、後白河法皇崩御の後、長講堂領は法皇皇女の宣陽門院などに継承され、その後、持明院統の後深草天皇に相続され、皇室運営の経済基盤となった。同所領は持明院統の後伏見―花園天皇から、北朝天皇の光厳―崇光天皇へと継承された。貞成祖父の崇光天皇の後に弟の後光厳天皇（一三三八―七四）が即位し、続いて後光厳天皇子息の後円融天皇、孫の後小松天皇（一三七七―一四三三）、曾孫の称光天皇（一四〇一―二八）が即位した。長講堂領は崇光院の崩御後、後光厳天皇弟の系統である後小松天皇に継承された[12]。永享五年（一四三三）十月二十日に後小松天皇が崩御し、遺詔により長講堂領が後小松院猶子で貞成嫡子の後花園天皇（一四一九―七〇）に管領され、崇光院流に継承された。長講堂領が再び崇光院流に管領された翌年永享六年（一四三四）正月十四日、貞成は「抑長講堂欲参、旧院御座之時者斟酌、於于今不可有憚歟之間」と、長講堂に参ることに関して後小松法皇が崩御したため、もう憚ることはないと、室町殿参賀の帰りに夢想に登場した同所の伊勢社・八幡社に参り焼香し願書を奉り、御影堂の前でも祈念した。その二年後の夢想で、この伊勢・八幡社の前に後白河法皇が登場したのである。貞成祖父の崇光院は、同所御影堂の後白河法皇自筆の御画像を勅封し（『康富記』文安元年二月三十日条）、それ以来秘蔵の御影とされていた。

貞成夢想の中で崇光院流再興の守護者に時代を超えた後白河法皇が位置づけられた。後白河法皇の皇統は、持明院統や北朝天皇家との間に生じた分立関係を超越した存在であり、また、持明院統の天皇家が歴代管領してきた長講堂領とあわせて、崇光院流の正統性を説明するに相応しかったといえる。また夢想の中で「御房」の法皇が登場した六条殿の社は伊勢と八幡であり皇室と武家に共有された祖神である。そこに摂関家祖神の春日神ではなく、武家政権の成立期に院政を敷いた後白河法皇を伏見宮家の守護神に据えることで、自らの皇統の正統性を新たなかたちで実現化したといえる。

貞成は、後花園天皇が長講堂を管領する以前から後白河法皇忌日の三月十三日は、後白河法皇宸筆法華経を出し六条殿で御経供養を行い（応永三十年八月十五日条）、六条殿後戸の伊勢社と八幡社には、貞成の立願のため正月・五月・九月と定めて神供や経供養を修し、後白河法皇御影供を毎月修していた（永享十年九月十七日条）[13]。六条殿は日常的な貞成立願の場所であるからこそ、夢想に登場する場所として成立し、夢想の中で崇光院流の正統性を説明する場所としての場所性が作られ、現実的な意味を持つようになったといえる。

次項では貞成の崇光院流復興プロセスとしての夢想を説明し、特に、北野社の場所性について論じたい。

二　夢想から崇光院流の再興へ

応永十年（一四〇三）十一月頃から翌正月二十日にかけて貞成は三度の「瑞夢」を記録した。応永十年の十一月晦日に父栄仁親王（一三五一―一四一六）の即位の夢想をみていた貞成は、翌年正月二十日に「夜ノ夢ニ信儀朝臣立文タル状ヲ愚身ニ献ス、上書ノ肩ニキト〳〵ト書之、仍急披見之処、自北山殿彼朝臣ヲ被召テ其御所ヘ、今度之儲君ニ被定申之由可申入之由、被仰下珍重乍余急告示之由、書之心中迷惑歓喜無極然者、此御光ニ愚身進退モ能様ニ定ルヘキカト我人申ト相存テ夢覚畢」と、義満が自らを皇太子に定めた夢想を記し、「瑞夢已及三度珍重之間記之相構云々、不可有他見可被秘云々」と、これらの夢想を「伏見殿御夢想之事」にまとめた(14)。秘すべき夢想がなぜ記録されたのか。それは、夢想それ自体に崇光院流の未来を期待したからではないか。少なくとも貞成は、夢想の解釈を宗教者に委ねることなく自ら判断していた。

応永二十六年（一四一九）六月十七日、貞成に待望の男児が誕生した。のちに後花園天皇となる彦仁王である。当時の貞成は、応永二十三年（一四一六）十一月に父の栄仁親王を、翌年二月に兄の治仁親王を亡くし、第三代伏見宮家を継承していた。それまで父即位の夢想や自ら皇太子となる夢想をみてきたが、一切実現せず四十五歳になった貞成にとって若宮の誕生は、崇光院流を再び皇統へつなぐ希望となった。それとともに、貞成の夢想は前項の夢想を導くかのようなエクリチュールを日記の所々に登場させるようになる。

若宮誕生の前日、応永二十六年（一四一九）六月十六日暁、貞成がみた夢想は「三条大納言（公雅卿）、檳榔毛車一両、（歟二倶・牛二頭）、進之、始終進置之由以状申、大通院（栄仁親王）御座此状御披見、則夢覚了」というものであった。檳榔毛の車は、上皇・親王・摂政関白・大臣らが乗用するものであることから、貞成はこの夢を「是官位先途可吉夢之間記之」と解釈した。その翌日に若宮が誕生した。それ以後、貞成は夢想のほとんどを吉夢や瑞夢と判断している。

さらに応永三十一年（一四二四）正月二十九日の日記には、崇賢門院（後円融天皇の母）に仕える田向あやが貞成に次のような夢想を伝えた。

正月之始真乗寺塔主恵明御房、有夢想事、若宮御器用之間、御位事不可有子細歟、内裏ニても院ニても可為御猶子歟など、誰人やらん申談之由夢想云々、此由塔主崇賢門院ニ被語申、室町殿御耳ニも入云々、あや語之由宰相申、可為正夢間珍重也、有憑々々、

貞成若宮の彦仁王が「御器用」であるため次の皇位に就く、その方法として彦仁王を称光天皇や後小松院の猶子とする、というものであった。貞成の夢想ではないが、真乗寺塔主による夢想が、貞成の義理妹にあたる崇賢門院に伝えられ、それが時の室町将軍足利義持（一三八六―一四二八）にも伝えられたという。夢想の内容のみならず、伝言のように夢想を伝聞し、それが当事者の意向とは別に広がる様を記述している点は、夢想が夢想のままで完了しない「正夢」となるよう、期待が込められている。

この伝聞による夢想は、称光天皇の跡継ぎ不在の中で記された。それは、貞成の崇光院流に競合する後光厳院流の後嗣不在を意味し、皇位継承を自流に期待する貞成の夢想は、この時代の皇統の複雑さを反映していた。当時の皇統は後小松天皇の代に北朝系の天皇に合一されていた。しかし、北朝系初代の光厳天皇（一三一三―六四）以降、貞成祖父の北朝第三代崇光天皇と、第四代に弟の後光厳天皇が即位し、以後、後光厳天皇の系統が天皇に即位していた。貞成の父は伏見宮家初代の栄仁親王となり即位せずに薨去し、皇位は崇光院流から後光厳院流が継承し、後小松天皇の代に南北朝が合一され、皇子の称光天皇に継承された。北朝皇統に崇光院流と後光厳院流という二つの流派が皇位を競合することになったのである。(15)

貞成が北野に関わる夢想をみたのは、若宮が皇太子となる夢をみた同年九月十日のことである。北野は貞成にとって法楽連歌や立願を通じ特別な意味を持つ場所でもあった。ここでは夢想と関わりのある北野についてみていく。

> 今暁有夢想事、北野ヘ参詣、乗車、御前と覚しくて車を立て祈念、而天童の様なる人其姿不分明、其人仏具之花土器のやうなる物を投て我身ニに賜、利生の心ちして則懐中、重又投賜、初はさらの様也、後ハ土器也、其体金色蓋、花土器有文、ちいさく殊勝物也、二を懐中、傍ニ紙あり、其ニ裏て懐中、令祈念心ちして夢覚了、不思儀霊夢也、併聖廟可預御利生奇瑞也、自訴事仙洞ヘ申入最中也、可成就霊夢之間随喜無極、聖廟弥可信仰也、

夢想に相乗する「天童の様なる人」から仏具のような花土器、皿のようなもの、金色の蓋をした小さな花土器などを投げられ、紙に包み懐中に入れたという。祈念する気持ちで夢から覚め、北野の御利益である「奇瑞」と解釈している。天童とは、本地の十一面観音や道真の化身、天神の化身、天神の使役する童子などを意味した[16]。貞成はこれを後小松院に「訴事」を申し入れ最中のことと結びつけた。日記の同日条頭書には、「此夢後日思合、自仙洞八朔御返種々重宝金香箱等被下、別而重宝共済々拝領、此事夢ニ見歟、何様ニも御利生也」と記され、夢想との合致を自ら確認していた。貞成の後小松院への申し入れは贈物ではなく、自身への親王宣下や若宮を皇太子に擁立することであったが、貞成は一連のことを「奇瑞」と判断していた。

翌年一月、称光天皇弟の小川宮（一四〇四—二五）が二十二歳で、翌二月、将軍足利義量（一四〇七—二五）が相次ぎ逝去したことに接し、貞成は、正月以来の「種々怪異風聞巷説」をいくつか列記した。「正月一日、室町殿北野ヘ社参、宮廻之時、御殿内有声、当年御代可尽云々、又北野ニ鶏物ヲ言、今年御代可尽、主上有崩御云々、此鶏被流捨云々」と、北野社に将軍が参詣した際、殿内から当年で御代が尽きるであろうとの声がしたこと、また、同じく北野の鶏が主上の崩御を予言していたことや、「又華王院夢想ニ、神祇官ト覚シキ所ニ諸神会合、一座人云、将軍代欲尽、諸神已捨給了、但北野未捨給之由被申ト蒙夢想云々、仍披露申、北野可参籠之由被仰云々」（いずれも応永

三十二年二月二十八日条）と、神祇官で諸神の会合があり、うち一座が将軍の代を尽くそうとし、諸神も将軍を捨てていたが、北野がまだ将軍を見捨てないと申した、というような夢想である。

両夢想ともに天皇と将軍の一大事を北野社で天神が予言するものである。貞成は、「難信用」ものであっても、現実と符合する夢想の出来事は記録し、公武の後継者の死をめぐる異様な前兆として解釈していた。北野以外の怪異や夢想もあるため断言できないが、少なくとも、北野は天皇や将軍の運命を感知する場所として認識されていた。

応永三十二年（一四二五）四月、五十四歳になった貞成は親王宣下されたが、同年閏六月、後小松院は「御位事ハ此御所ニ有御器用之間、不可御事闕云々、為御猶子親王宣下も有御沙汰之上者、無予儀之由有勅定」と明言したうえで、貞成に出家を命じた。小川宮を亡くし称光天皇に後嗣がなく、伏見宮家の貞成親子を皇位継承者の射程に入れ始めた後小松院と、それを察知した称光天皇との関係が、後小松院による貞成の出家を促したと指摘されている。(17)

貞成出家後の同年八月十日、貞成は彦仁王の皇位継承と北野が関わる夢想を連続してみた。

今暁夢想、故管(菅)宰相秀長卿和歌両三首詠進、其内一首覚悟、自余ハ不覚、
開へき時はきぬそときゝなからまたこの花はつねのこの春
此返歌不案出、夢中ニ思案、近日若宮御事天下有沙汰、此事被詠也と思て夢覚了、併天神御詠也、吉夢勿論有憑、其後又夢想、僧一人来云、一流御運再興御治定ニて候そと申と思て夢覚了、両度夢想不思儀也、更不偽之条、祖神天神等任知見者也、源宰相・重有朝臣等語之、瑞夢之由申、

貞成は、菅原秀長が詠進した和歌には、来るべき時が来た、と詠まれ、その返歌として彦仁王の「天下有沙汰」

を詠もうとしたところで目が覚めてしまった。貞成は、天神の詠歌であるので「吉夢」と解釈した。引き続きみた夢想では、一人の僧が「一流御運再興御治定ニて候ぞ」と申したところで目が覚めたという。この両度の夢も偽りではなく、祖神や天神の知見であると判断した。崇光院流の再興がどのようなかたちで実現したのか。この三年後の正長元年（一四二八）七月十六日称光天皇が危篤となり、彦仁王が後小松院の猶子とされ、二十日に称光天皇が崩御した。そして、二十八日に貞成嫡子の彦仁王が践祚し、後花園天皇となった。ただし、その間の日記は残されていない。

　これによって、貞成の崇光院流再興は果たされたかのように見えた。後花園天皇即位から数年後の永享四年（一四三二）十月二十三日に貞成は、「内裏践祚之時、聖廟へ和歌百首連歌可法楽之由立願了、而所願成就之間、軈可果遂之処、于今懈怠、神慮尤有恐、仍和歌外様人々可勧進之間、短冊内陰〔打曇〕、下絵令書、（以下略）」と、所願成就した後、和歌百首連歌法楽が「于今懈怠」と記し、その翌々日の二十五日に法楽が開催された（永享四年十月二十五日条）。この記述から、貞成の北野社への立願が践祚の完遂、つまり崇光院流再興を実現する彦仁王の践祚であったことがわかる。

　北野天神を連歌の神として捉え、菅公忌日の二十五日に聖廟法楽連歌が行われ始めたのは、二条良基（一三二〇―八八）の頃からとされる(18)。貞成が毎月二十五日の聖廟法楽連歌を伏見宮家の行事としたのは、応永二十五年（一四一八）の頃であった(19)。鈴木元氏は、北野への立願と連歌法楽が対になって行われた背景に、北野へは読経より連歌を重視する風潮を指摘している(20)。応永頃成立の連歌書には、「今は天神の御代なり　其謂いかにといへは　むかしは霊山会浄にして　法を説今は又西方極楽世界の教主にて極悪最下の罪人をも捨しとの方便也　濁世には観世音と顕て善悪人共に物給ふ願有　就中十一面観音と顕て下品の衆生をもらさて導引給ふ也　今の世の北野天神にて御座ありかたき御事をや　近比より連哥の道をたて、愚なるをも此道に入んとの方便也」と、北野天神縁起を想起させる天神像が、連歌によって衆生を救う神に位置づけられ、縁起に基づく性質の「天神」と連歌を好む「北野天神」の性質が分別されていた。さらに「今又北野の御代となり此道殊外四方の民までも数寄の心有極たる真言にて祈禱をいたさんよりも北野の御託宣あり　連哥を百韵興行すへし　去は連哥は無尽経と中経也と天神顕て託宣あり」（『連通抄』下）[21]と、北野では真言の祈禱よりも天神託宣を根拠に「無尽経」としての連歌興行を推奨していた。

このような北野天神を背景に、貞成による北野社への立願と聖廟法楽連歌が張行され、夢想とも交差しながら彦仁王が後花園天皇となり、崇光院流の皇統が再興された。そしてその後、夢想の中に「やせ〳〵」とした「御房」の姿をした後白河法皇が崇光院流の守護神として登場したのである。

二　花園院の夢想と北野天神

貞成以前の皇統に関わる北野の夢想として、花園院（一二九七―一三四八）の夢想が挙げられる。花園院の夢想については以前考察したため詳細は省くが[22]、本節では、花園院と貞成がみた夢想の北野がどのように叙述されているか比較し、同じ北野が関わる夢想であっても、北野と天神に対する捉え方の違いについて説明したい。

花園院は、元亨四年（一三二四）十一月三日から同年十二月にかけての間、北野天神に関する三度の夢想を記録した。すでに文保二年（一三一八）二月に退位し、時の天皇は大覚寺統の後醍醐天皇（一二八八―一三三九）であった。当時の皇統は、鎌倉幕府と朝廷との間で持明院統と大覚寺統の天皇在位を十年ごとに交替させる両統迭立の時期にあった。

元亨四年（一三二四）十一月三日卯刻の夢想で、簾中に座した花園院は、昼間、簾外で束帯を着した俗人の姿をした北野天神と出会った[23]。夢想では、人々が口々に現在を昌泰（八九八―九〇一）の時代だといったという。昌泰四年（九〇一）は菅原道真が大宰権帥に任じられた年である。花園院は、日記に「北野天神可令坐(座)給、御體欲拝見」と、その容貌を「奇猗之俗、眼睛光輝射人、其鬚頗赤」と記した。夢想は簾の隙間から「眼精透徹」した眼と合ったところで覚め、花園院は「瑞夢」と判断した。また「夢想之故」その日は、聖廟社頭で「殊欽敬読誦心経廻向之」「殊致信心」とも記していた。花園院の場合、夢想に登場した北野天神の姿を具体的に追求していくことが、後の夢想を展開させている。

三日後の十一月六日、花園院は北野社別当の慈厳僧正に対し「先日夢想拝神躰事」と夢想を語り、その後、同じく天台僧の慈什法印が天神御影を花園院の元に進覧した。これは、花園が夢想の内容を後伏見院（一二八八―一三三六）に語ったところ、院が先年「彼御影」を拝見しており、それが「今夢中所拝符合、奇異之由有仰」のためであるという。実際には「粗雖相似、有相異事等」というものであったが（以上、二十六日条）、花園院の周辺は、院が夢想の中でみたという天神像を実際に探し始めていた。以降、菅家の家高が持参した本主聖が具す「聖廟御影」を院が持仏堂で拝見し、夢想に符合すると確信したり、後日、家高本主の御影より古本の「粉川聖」所持本である御影を書写させたりした。同年十二月十三日、花園院は北野天神に関する二度目の夢想をみた。寅半剋許にみた「夢中又見夢」とは「聖廟御本地幷小神(不知何社、)御本地有夢想」というもので、夢想の中でさらにみた夢想であり、北野天神の本地に関わるものであった。今度は「仏師」が登場し「天神御本地十一面観音木像一軀」を花園院の元へ持参した。花園院は、先日の夢想によって「垂迹御影」を写したので、今度は天神の本地である十一面観音も造像しようと考えたという。夢想では具体的に「此観音眷属又一躰有之、其躰似天女之躰、着白衣、見了夢覚了」と形まで細かく表現されていた。花園院は、その後も夢想の中で仏師が持参した「聖廟御本地」である十一面観音の造形に執着し、前にみた夢想では「十一面観音一軀、其長二尺余」であるが「眷属躰不似以前夢想」と仏師を召し、眷属の形の違いを指摘したりした。そして、同日条には以下のような夢想の記述が続いた。

仏師語云、量仁親王性稟仁恵、尤可貴事也、加賢明者弥可為賢主云々、其後猶雖有夢想、慥不覚即覚了、（于時卯剋、）依為奇異記之、仏師容皃如在眼、仍写留了、装束衣（鈍色歟、頗薄紫、又聊有紅與墨色、）着白袈裟、彼影所写也、装束如夢可采色也、

夢想に登場した仏師が語るには、量仁親王（一三一三―六四）が「賢主」となる、という。量仁親王とは、花園院兄の後伏見院の皇子であり後の光厳天皇である。当時、花園院の猶子であった。花園院が夢想に基づく北野天神像を追い求めていた時期、量仁親王は後醍醐天皇の皇太子であった。後醍醐天皇は、同じ大覚寺統の後二条天皇（一二八五―一三〇八）崩御の後、幼少であった邦良親王（一三〇〇―二六）の中継ぎで即位したが譲位せず、持明院統にも皇位を渡さなかった。夢想の中で花園院へ天神像を差し出した仏師の正体は、この後の夢想によって北野天神であることがわかる。

同年十二月二十一日の夢想では、「有一俗人告云、天神以秘印令授爾給云々」として、「一者外五鈷印也、一者左右手向背、其躰猶不分明」と、花園院が俗人から印を授かっていた。その意味を尋ねたところ、「此印号無所不知印、是大日如来内証、遍於十界之表也、故外部天童等専用此印、垂迹之印尤相叶歟」と、印が大日如来の内証を示し「外部天童」が用いる「垂迹印」であるとした。さらに、慈円『夢想記』に登場する「日吉山王垂迹根本印」

「無所不知之印」と同様の性質をもつ「垂迹之印」であると具体的に説明された。

これらの印の意味についても別稿で論じたため詳細は論じないが、花園院は、「云本意云傍例、旁以符合三ヶ之霊夢、皆以叶本文、不可説之霊告也」と、北野天神に関する夢想を「三ヶ之霊夢」の「霊告」として、一連の夢想として考えた。花園院は、夢想で授かったこれらの印が天皇の即位儀礼の際に修される天皇の即位印であると理解し、量仁親王践祚の「吉瑞」として秘し、「此間、毎日不食魚味以前、書天神御影、浴後着浄衣書之也」と、精進しながら天神御影を描いたという。

花園院による夢想は、譲位を拒む後醍醐天皇の出現によって、持明院統による皇位継承が不確定な中に登場した。この間、北野天神が一方では具体的な御影や造形として登場し、もう一方では俗人や仏師の姿をして花園院と交流した。一連の夢想が終わった正中二年（一三二五）閏正月二十五日、花園院は「今日供養天神御影」として、自ら筆写した「夢想之像」と絵師に描かせた「或上人相伝本」の二躰の天神御影を開眼供養した。これらの北野天神は花園院猶子の量仁親王による皇位継承を予言する神として夢想に登場したのであり、御影は持明院統皇統の守護神的な役割を持ったと考えられる。花園院の場合、夢想の中で出会った北野天神を再現し、実際に開眼させることで夢想が結実したことを意味した。

以上に示した、花園院の夢想は、北野天神と持明院統の皇位継承に関わる記述である。それは、後醍醐天皇を契機に登場した持明院統と大覚寺統の天皇即位競合を背景に、持明院統の正統性を北野天神が担う、というエクリチュールを形成している。一方、前節で挙げた貞成の夢想では、立願と法楽連歌によって北野社の場所性が作られ、また、夢想の内容と通じ合っていた。皇統が分立し始めた鎌倉時代末期から南北朝期では、即位灌頂が皇統の正統性を示し、また天皇家の中で信仰が競合する祖神の伊勢神や、武家の八幡神ではなく、摂関家の守護神でもあった北野天神から即位印の伝授を想定することで、新たな正統性のかたちが作られていたといえる。しかし、室町時代の貞成がみた夢想は、同じ持明院統の皇統に関わるものであったが、北野天神御影や即位印などではなく、積極的に北野社へ立願するものへと変化していた。

三　平安京の歴史性と北野社の場所性

一　北野天神の宗教性

貞成の夢想の中でも北野に関わる記述は、北野社が立願と法楽連歌を張行する信仰の場所であったことから、北野の場所性の形成に深く関わっていたと考えられる。皇統や皇位継承をめぐる夢想で、花園院は新たな北野天神御影を開眼したのに対し、貞成はむしろ北野天神を含む北野社という場所を対象にしていた。

貞成が北野社に立願したのは、聖廟法楽連歌の張行にも関わるが、応永二十四年（一四一七）二月十一日に没した兄の治仁王（一三七〇―一四一七）殺害の「虚名」を晴らすためであった。貞成は同年三月十一日、北野社に「御遺跡事・虚名等事無為之祈禱」のため使いを遣わせ、後小松院へも奏請した。その効果あってか「虚名」は「其後人々閉口不申」となり、貞成は「神慮之至歟」（同年三月二十一日条）と記していた。

続く応永二十五年（一四一八）七月十七日にも「虚名」のため北野社に立願した。それは、称光天皇の新内侍懐妊に関して「懐妊事主上非皇子之由被仰、今春当所居住之時、此御所男共被嫌凝(疑)」（七月二日条）、さらには貞成が新内侍を「御賞翫」したという嫌疑が降りかかった際、「聖廟以加護晴虚名」（七月十六日条）として北野社に使いを遣わせ、さらに北野の牛玉宝印の裏を翻した願書を奉納していた。日記には「雖末代不背質口惜哉、以纔口蒙虚名之条」（七月十七日条）と記した。また同年十月三日条にも北野社に和歌百首を奉納し「此立願内侍懐妊虚名事也、無為之間可果立願也」とした。[24]これらは貞成に若宮が誕生する前の出来事であり、崇光院流の復興以前に、貞成自身の政治的危機を救う場所に北野社が登場していた。

政治的危機を救う北野の伝承は、建久本に天野遠景の伝承が書き加えられた宝治二年（一二四八）成立の『北野天神御記』（建久本系統天神縁起）などに、[25]「無実ニカヽリタル輩、歩ヲハコヒカウヘヲカタフクルニ、直ニ霊験ニアツカル、官位ヲ求ル輩、福寿ヲネカウタクヒ、キセイサラニタカハス、マノアタリ信心ヲヲサメ、アラタニ不信ヲイマシメマシマス」と、無実の者を救済し官位を求める者に報いると記述され、北野社への祈願目的となった。北野という場所は、無実を晴らす天神を祀る北野社として認識されていた。

このような北野の場所性は、寛元四年（一二四六）六月二十六日付「九条道家敬白文案」からも読み取ることができる。九条道家（一一九三―一二五二）は、九条兼実（一一四九―一二〇七）の孫である。父良経の早世後九条家を継ぎ、承久の乱の際に仲恭天皇の摂政であった関係で一時摂政と藤氏長者を罷免されたが、その後、関東申次に任じられ、子息の頼経が征夷大将軍となり幕府との関係を深めた。また、娘の竴子が後堀河天皇中宮となり、外孫の四条天皇が即位するなど、一時は公武の権力を恣にした。しかし次に示す敬白文を草案した頃の道家は、そのすべてが反故になる政治的失脚直前の時期にあった。

（前文略）凡我所帰者、金剛・胎蔵両部之諸尊、所学者弘法大師之遺法、所憑者北野天神之垂迹、天神・大師者順世・逆世ノ之分身歟、如天神御託宣者、以如我之無実ヲ、有失身之人者、発欲紓明之願、其願已成云々、

祈誓之誠只在此事、我身之今ノ歎何ッ異天神之昔御歎、御願已成者、何不令顕我無実、所悲者父祖ノ之跡以我ヲ留瑕瑾之ノ虚名ヲ、所傷者後代之ノ人以我ヲ処奸謀ノ之同類ニ、（以下略）[26]

引用を省略した草案の冒頭には、道家の法名である「行慧」自ら仏教界の大日の本国に住す弟子の行慧が潔斎し不乱に敬白すとして、国家神のアマテラス、王城神の八幡や賀茂、そして藤原氏祖神の春日と天神に向け必ず弟子の言を聴けと祈誓する一文が記されていた。さらに、祖父兼実の政治的経緯、一門による仏教興隆、政務に対する道家の器量、藤原氏と源氏との藤源和合を訴えながら、道家子息の将軍頼経を中心とする政争の現状が記述されていた。右の敬白案引用部には、天神が無実を託宣したように「我之無実」による「失身」を糺すとし、祈誓の目的はそこにあるとした。そして、父祖や後代のためにも「虚名」を晴らしたいと祈り、「我身」と「天神」の昔を重ね自分の無実を明らかにしようとした。

倒幕等の嫌疑等をかけられた道家の場合、その後の歴史的経過は思わしくない。同年八月二十七日、関東の宮騒動によって将軍職を退いていた頼経が鎌倉追放となり、自身も関東申次を更迭された。翌年幕府が子息で摂政の一条実経を更迭し、将軍職にあった頼経子息の頼嗣を謀反の疑いで廃すなど、次々と道家の政治的生命が絶たれ、建長四年（一二五二）二月二十日失意のうちに没した。

道家の敬白文案では、真言密教、弘法大師、「北野天神之垂迹」である道真への信仰を挙げている。天神と弘法大師の関係は、元々、三筆の空海、三跡の小野道風との関係で、道風と筆跡が似ているとされた道真と結びつけられていた[27]。道家の表白案で「天神・大師者順-世・逆-世ノ之分身歟」と、弘法大師（空海／七七四—八三五）と北野天神（道真／八四五—九〇三）が、順逆の世であっても分身関係にあるとしている。真言密教と天台密教の違いはあるが、花園院の夢想に通じる密教的な北野天神像が構想されていた。

二　失われた平安京の霊場と北野の場所性

なぜ、夢想の中の「北野」と皇位継承が交わったのか――北野社の場所性は、生前の道真の事跡や縁起などの伝承を通じ目的化され、形成された。道家没後、虚言の無実を晴らし、朝廷から高位高官を追贈されたことから、北野天神は政治的地位の復活を表象した。しかし、平安時代に創建された天神社は、太宰府の他多く存在していたにも関わらず、なぜ北野天神であったのか。本稿で論じた夢想の中の北野社のあり方は、他所の天神社とは異なる場所性をもつといえ、政治的地位の復活の場所が、必ずしも天神を祀る全ての社に当てはまるわけではない。北野社の組織は、鎌倉時代中期以降、二条摂関家の出自僧が多い曼殊院門跡が別当を兼ね、組織的には天台宗延暦寺や日吉社、二条家、室町時代以降は将軍家権力を背後にしていた。一方、北野に関わる夢想は、皇位継承問題にみられるように現状の打開であるから、ある意味で北野は反権力的な存在として期待された。だからこそ夢想は非現実的ではなく、むしろ現実が取り込まれた対現実的なエクリチュールを構成するのである。夢想に限定すれば、北野社の組織的な政治権力と北野社に期待する政治的権力は、必ずしも一致していない。このような北野の性質は、平安京おける北野の場所性の問題にも関わる。

以下、本項では平安京という空間に対し、洛外の北野という場所が室町時代の夢想によってどのような場所性を形成してきたのか。平安時代以降の平安京における王権護持の「霊場」に北野を対置させ、天皇家分立の時代における皇統護持のあり方を、北野の場所性という観点から論じる。

室町時代における平安京の「霊場」の概念を示す史料として、次に挙げる長禄三年（一四五九）六月日付「東寺重中状案」はきわめて示唆的である。ただし、この文書に関しては、室町時代の王城鎮護・鎮護国家観に関連させて他稿で論じたことがあるため詳細を省くが[28]、本文書案の主旨は、神泉苑所領をめぐる東寺と唐橋家の相論に関するものである。

右神泉苑者大内霊場、神祇官、官庁、真言院、神泉苑、此四箇所、別而被囲於築垣被立置門者也、仍大内御敷地荒野、応永年中以来、雖被成田畠地、於此所候者、依為霊所不及御沙汰者也、爰去月比号拝領仁、神泉苑築垣之内宛分於丈数被付作人云々、以外次第也、四箇所霊場之内、於真言院幷神泉苑者、就後七日、請雨経両箇御修法、当寺所属也、仍天下炎旱時、為祈雨池中掃除等事、毎度為当寺致奉行者也、此苑於東築垣者雖有之、南西北三方未及御沙汰之間、甲乙人縦横之通路用之、或乞食非人等混巷所任雅意搆私之潤色、或自近所汚穢不浄物捨置此地条、不可然次第也、（以下略）

（『東寺百合文書』ト―一三九〈三〉）

右史料には、鎮護国家や玉体安穏を祈請した神仏の道場や施設が荒廃をきわめ、かつての「大内霊場」すなわち内裏、天皇を含む朝廷、そして「国家」守護の場所の喪失が端的に示されている。この場合の「国家」とは、仏教が護持する範囲の権力主体である「国家」であり、その意味で王法仏法相依に基づくが、室町時代ではすでに形骸化していた。そして「四箇所霊場」と称す神祇官・太政官庁・真言院・神泉苑の四カ所が提示されていた[29]。これらは鎮護国家を標榜する国家規模の祈禱を修す場所であったが、荒廃した神泉苑内は境界も崩れ、敷地には通路ができ乞食・非人が勝手に巷所を作り、汚穢の場所となっているという。ちょうど、貞成の夢想が記録された応永年中（一三九四―一四二八）以降の出来事であった。しかし、国家と王権を護持したかつての「霊場」は、国家を失い、それを支える組織の維持も困難であった。仏教の社会的意義が変質した室町時代にあって「四箇所霊場」の存在意義は、かつての権威に支えられた平安京という空間の歴史にあった。だからこそ跡地が「霊場」として表象化され、歴史的意味をもつ場所性ができ上がるのである。各施設での修法は、江戸時代に後七日御修法が紫宸殿で復興されるなどしたが、平安京の場所性は過去の歴史となり、それが復興されることはなかった。

北野社は鎮護国家に関わる「霊場」ではない。道真生前の政治的境遇や天皇に祟る天神の歴史性を踏まえれば、むしろ権力と真逆の歴史をもつ場所性を形成した。だからこそ無実や官位など現状の政治的不満を抱く者の信仰の場所となった。夢想では、北野が皇位継承を保証する北野天神、北野社となった。それは、皇統混乱期における都の王権主体とその正統性を、何に求めれば良かったのか、という問いの答えに置き換えることができる。

北野の夢想から、花園院は皇統の正統性を授ける北野天神像を、貞成は皇統を獲得する北野の場所性を捉えていた。しかし、皇統をめぐる夢想の中で北野の場所性がなぜ作られたのか。すでに鎮護国家を標榜した四カ所の施設は平安京から喪失し、祖神を祀る社は祈請が競合し、密教修法は新たな超越性を生み出す勢いを失っていた。また、文書案に記されたかつての大内裏の「霊場」や、鎮護すべき「王城」としての場所が確保されていた時代の平安京の歴史は、かつて存在した幻想の空間として認識されつつあった。このような中、実際に夢想の中で皇統獲得の場所として選ばれたのが、洛外の北野社であった。

夢想であるから、北野が皇統の復興に優位な効能を発揮するという典拠はない。夢想を通じてしか北野の場所性は表に出ない。それをどう判断するか。密教修法に公の秘伝があったように、夢想も社会に共有される秘伝であったとも解釈できる。問題は夢想の場所に登場する神仏に何を求めたか、という点である。

おわりに

夢想のエクリチュールは荒唐無稽ではない。本稿で考察した花園院と貞成の夢想における北野に対するスタンスの違いは、一概に鎌倉時代後半から室町時代への時代的変化として捉えることはできない。皇統が不安定になった時期であるからこそ、皇統の安定によって秩序立てられていた宗教と政治の矛盾が一気に顕著となった結果、今までどこにも求められなかった神仏に皇位継承と皇統維持が願われたといえる。二つの夢想の間には、国家と家、王権と皇統、護持と正統性、密教と連歌という歴史の質的変化がみられる。これは空間概念の質的変化でもあり、パラダイムシフトである。

これらの変化は時代の変遷や時局的な問題によるものではない。むしろ、皇統を保持する天皇家や宮家と利害を共有する貴族・公家社会の独特な文化構造に基づくと思われる。皇統に関する夢想は、平安京という歴史性に支えられた独自の社会を抱擁した場所に生きた当事者であるからこそ、登場したのである。

夢想にみる場所性とは、夢想のなかで完結しない複数の共時性を持つ。夢想のなかの場所、その場所の歴史性、夢想から覚めた時の場所との関係によって、その場所そのものの意味が作られる。いわば、その場所の意味が夢想によって再構築され、一つの歴史的空間となる。それは、「はじめに」で指摘したエドワード・レルフのいう場所と「アイデンティティ」との結びつきが場所性を作るように、北野の場所性とは、花園院や貞成のアイデンティティである皇統と皇位継承にあった。あるいは、平安京がもつ場所の歴史性と公家社会が作りだしたものといっても良い。さらにレルフは「アイデンティティは内側の特質であり、空間の中に場所を識別する「内側にいる」という経験なのである」（二九五頁）という。これに即せば、花園院と貞成の夢想も、平安京という全体性をもつ空間に「北野」という場所を識別する彼らの経験であったといえる。このような場所性を登場させた夢想のスケールをどう考えるか。

古記録に散見する「依夢想」や「有夢想」などの夢想を捉える用法は、「夢想」自体が夢想をみた本人から独立している。しかし夢想がエクリチュールの対象となっている時点で、そのスケールは書き手のアイデンティティの「内側」のものとなる。つまり、日記に登場した時点で、夢想しているという意識は喪失し、記述された時点で夢想は社会性を帯び、夢想に対する結論が下される。その意味で夢想のスケールは、当事者を飛び越えて普遍化されることはない。しかし、瑞夢や吉夢といった夢想の事実を抱き、意中の皇位継承者が定まったように、夢想がもたらす決着は歴史的事実となる。その意味で夢想のスケールは、リアルな経験としてエクリチュールに反映されるのである。

註

（1）ミッシェル・ド・セルトー、佐藤和生訳『歴史のエクリチュール』（法政大学出版局、一九九六年、原著一九七五年）。

（2）エドワード・レルフ、高野岳彦他訳『場所の現象学』（筑摩書房、一九九九年、初出一九七五年、二九四頁）。場所や空間を現象として捉える「場所性」に関してはイーフー・トゥアン『空間の経験』（筑摩書房、一九九三年、原著一九七七年）、『トポフィリア』（せりか書房、一九九二年、原著一九七四年）等で着目された。環境を作る人間との関わりから生まれる「場所性」という考え方は、空間における場所を構成する歴史の問題でもあると考えられる。

（3）カルロ・ギンズブルグ、上村忠夫訳『歴史を逆なでに読む』（みすず書房、二〇〇三年）参照。

（4）八木聖弥「初期足利政権と北野信仰」（『太平記的世界の研究』思文閣出版、一九九九年）など参照。

（5）伊地知鐵男「北野信仰と連歌」（『伊地知鐵男著作集Ⅱ〈連歌・連歌史〉』汲古書院、一九九六年）など参照。

（6）笠井昌昭「北野天神根本縁起成立の周辺」（『天神縁起の歴史』雄山閣、一九七三年）、源豊宗「北野天神縁起についで」（村山修一編『天神信仰』雄山閣、一九八四年）、竹居明男「北野天神縁起とその時代」（『北野天神縁起を読む』吉川弘文館、二〇〇八年）参照。

（7）『看聞日記』の史料引用は、宮内庁書陵部編『圖書陵叢刊　看聞日記』一―七（明治書院、二〇〇二―一四年）、『圖書寮叢刊　看聞日記紙背文書・別記』（養徳社、一九六五年）による。

（8）位藤邦生「夢想の意味あい」（『伏見宮貞成の文学』清文堂出版、一九九一年）参照。

（9）横井清『室町時代の一皇族の生涯』（講談社、二〇〇二年、初出一九七九年）。以下夢想の解釈は本書に負うところが多い。

（10）表象に関しては「表象の生産で問題となるのは、時間の空間かではなく、〈時間―空間〉の表象である。われわれが概念化するものは、時間だけではなく〈空間―時間〉なのである」（五八頁）とし、ベルクソンによる時間論とド・セルトー（前掲註〈1〉）による表象〈概念化／記述〉が「時間的であるだけ」として批判し、表象は時間と空間の世界両方を捕獲する企みであるとする（ドリーン・マッシー、森正人・伊澤高志訳『空間のために』月曜社、二〇一四年、初出二〇〇五年）参照。

（11）『看聞日記』応永二十五年二月二十一日条に「六条殿後戸伊勢八幡社御戸開了、御戸二重皆開云々」とある。後戸に関しては服部幸雄『宿神論』（岩波書店、二〇〇九年）参照。六条殿「後戸」の祭神が伊勢―天皇家・八幡―武家の守護神である点、貞成が頻繁に二社に参詣している点、夢想であっても後白河法皇が登場した場所である点で、後戸に「神聖かつ神秘的な、畏怖すべき霊力をもつ神仏のいます、その意味で極めて特殊な空間と考える認識」（二六九頁）は認められるが、障礙神ではない。

（12）この辺りの事情については奥野高廣『皇室御経済史の研究』（畝傍書房、一九四二年）参照。

（13）『看聞日記』同日条には「六条殿両社幷御影之供御等進之（中略）両社ハ正五九月三ヶ度、御影供御ハ毎月進之、依立願吾代献之、祈念成就[者]子孫不可相替者也」とあり、貞成の代から始められた。日記には通常「六条殿両社并御影之供御」と両社と御影が併記され、両社と御影の関係が一見不明瞭であるが、貞成が六条殿に参った際の日記に「先両社参祈念、神供立御箸（割注略）、次御堂参焼香、次御影御前参、御供立箸、暫念誦」（嘉吉元年三月二十三日条）とあることから、六条殿二社と御影堂を別の堂舎と判断した。

(14) 「伏見殿御夢想之事」（『伏見宮御記録』元　廿六坤、東京大学史料編纂所謄写本による）所収。応永十年十一月晦、翌年十一年正月二十日の夢想で父栄仁親王が即位し、自らが皇太子になる夢想をみている。この夢想は『看聞日記』未掲載のもので、同書奥書に「右、後崇光院上皇宸筆之内伏見宮所蔵也、奉令旨謹複写之」とあり、貞成自身が夢記としてまとめたと思われる。

(15) 松薗斉「持明院統天皇の分裂」（『日記の家』吉川弘文館、一九九七年）など参照。

(16) 山本五月「天神と童子――中世天神信仰の物語と図像――」（『天神の物語・和歌・絵画』勉誠出版、二〇一二年）参照。この史料の童子が三者のうち何者を意味するかは断定し難いが、十一面観音であれば持物の水瓶が「花土器」を示唆する可能性もあるが、「さらの様」なものが不明。「金色」「瑩」の物を「懐中」に入れるという行為も示唆的である。いずれにしても、天神は和歌を通じて神慮を託宣する方法が主流であったのに対し、器物を投げる、という行為は特殊である。

(17) 村田正志「後小松天皇の御遺詔」（『国史学』四七・四八合併号、一九四四年）参照。

(18) 島津忠夫「連歌と宴」（『島津忠夫著作集』第六巻、和泉書院、二〇〇五年）参照。

(19) 『看聞日記』応永二十五年二月二十五日条に「自来月月次連歌可始之由面々申之、各取孔子結番了」とあり、翌年四月一日条に「毎月廿五日為式日定之」とある。

(20) 鈴木元「室町初期の北野信仰と伏見宮」（森正人編『伏見宮文化圏の研究』科学研究費補助金研究成果報告書、二〇〇〇年、二九頁）参照。

(21) 島津忠夫「連通抄　付、連歌法度」（『島津忠夫著作集』第五巻、和泉書院、二〇〇四年）所収。

(22) 拙稿「記憶としての夢想、歴史としての夢想――花園院の「三个之霊夢」と持明院統王権――」（『日本文学』五九―七、二〇一〇年）参照。

(23) 以下、花園院の夢想は『史料纂集　花園天皇宸記』（続群書類従完成会、一九八六年）による。

(24) 北野への立願は応永二十七年二月二十五日条「去々年新内侍懐妊虚名之時、北野へ一座可奉納之由立願了、而無沙汰于今不果遂之間、今日奉法楽」とある。

(25) 『神道大系　神社編11　北野』（神道大系編纂会、一九七八年）所収。

(26) 宝治元年三月二日付（2）「九条道家敬白文案」（『図書寮叢刊　九条家文書一』宮内庁書陵部、一九七一年）所収。

(27) 『台記』久安三年六月十二日条には、頼長が北野天神の「神筆」を見た際の会話として、「古人伝曰、此神筆、不異道風手跡、但文書無所見、（中略）相具参入者、即校之、相似、就中彼此共有高字、校之全同、余問定信曰、似生存御手書乎、答曰不似、師安曰、尹良謂、北野者、弘法大師後身、道風者、北野後身云々、定信曰、神筆出現、正暦四年、見府解、是則、道風死後、及五十年也（以下略）」と、道風と筆跡が似ている天神の神筆を目前に、「北野」が弘法大師の後身であり、道風は「北」野の後身と話していた。また、平安時代末期の世尊寺家藤原伊行著の書道秘伝書『夜鶴庭訓抄』には「弘法　天神　道風」が能書の三聖とされ、典拠に『政事要略』所引とすることから十一世紀初め頃に三者は能書家として認識されていた。ただし道家のように本地垂迹之関係としては捉えられていない。

(28) 拙稿「室町期における「鎮護国家」の社会的展開」（『巡礼記研究』四、二〇〇七年）参照。

(29) 「四箇所霊場」の問題を取り上げた論文として西田直二郎「神泉苑」（『京都史蹟の研究』吉川弘文館、一九六一年）、東島誠「隔壁の誕生」（『公共圏の歴史的創造――江湖の思想へ――』東京大学出版会、二〇〇〇年、初出一九九六年）など。

Ⅲ　ビジュアライズされる夢

『仏祖統紀』における夢幻の記述
――視覚イメージとその造形化について――

仙海　義之

はじめに

宗教美術においては、夢見た内容を造形化し、絵画や彫刻作品に遺す例が知られる。たとえば仏教絵画に「夢中感得像」などといって、夢に現れた聖像の形姿を写したとする作例がある。しかしどうした由縁から、夢が、造形作品が制作される時の契機や根拠となったりするのであろうか。小文では、中国宋代の仏教書『仏祖統記』を繙き、夢に関する記述の中に、その理由を探してみたい。

『仏祖統紀』（全五十四巻、大正蔵№二〇三五）は、南宋一二六九年、僧志磐の撰により成った仏教史書である。各宗・内外に及ぶ典籍を渉猟して、天台宗の法系を中心に、紀伝体式に仏教史を編纂する。多数の逸話を採録する中には、夢に関する記事が散見される。同時代の中国仏教界における夢に対する捉え方を知るため、そのサンプルを採集するに適当な材料と考え、本書を閲することとする。

なお小文中では『仏祖統紀』中の夢に関する記事を、あくまでも夢について記述する場合のサンプルとしてのみ扱う。そこで記述されている内容が、事実であるのか、あるいはフィクションであるのかについては問わない。当時の人々が、夢についてどのように語り、どのように関心を持っていたかが知られれば、それで良いからである。

一　夢見る

夢の内容は、どのように記述されるか。中国語で「夢」は、動詞として用いる場合と、名詞として用いる場合とがある。動詞の「夢」を日本語に置き換えるには「夢見る」とするのが最も平易であろう。

たとえば、

○「法師了然」巻十五、諸師列傳第六之五

嘗夢〈坐盤石泛大海。望大士、坐山上竹林間。師曰『平生持尊號。今得見之』遂正立説百偈以讃〉覺憶其半。自是頓發辨才［…］紹興辛酉五月、夢〈兩龍戲空中。一化為神人、袖出書曰『師七日當行』師『唯唯』〉既寤、集眾説法。

（引用中の句読点及び括弧等は仙海に因る。また夢の内容に相当する箇所を〈　〉で括った。以下同様）

では「夢坐盤石泛大海」は、自らが大きな岩の上に坐って、大海原に浮かんでいる様を夢見たということである。ところで、この記事の中では「覚」「寤」の語によって、眠りから醒めたことが示される。夢～覚、夢～寤の間が、夢の内容と知られる。「覚」「寤」等の語を用いて、覚醒状態に移った事を明示している。

他の例では、朝になったり、日が変わったりした事を記して、物語の中の現実空間に立ち返っていることを暗示している場合もある。こうした方式が、夢を記述する際の一つの語り口となっているようだ。

次に、名詞として「夢」を用いる場合がある。この時、日本語での一般的な言い回し「夢を見る」に置き換えるのは不適当で、むしろ「夢で見る」もしくは「夢に現れる」などというのが適当である。名詞の「夢」は、動詞「見る」の目的語として用いられている訳ではない。まるで夢を、現実とは別の或る時空間として捉えているかのようだ。

たとえば、

○「法師慧才」巻十二、諸師列傳第六之二
年十三、進受具戒、往學於四明。性識昏鈍、常持大悲咒、願學通祖道。忽於夢中〈見梵僧長數丈、脱袈裟與披之、呼曰『慧才、盡生記吾』〉翌日、臨講、豁然開悟。前後所聞、一時洞曉。

ここで「於夢中見梵僧」は、動詞「見」を看見の意の見 jiàn とすると「夢の中で梵僧を見た」となり、顕現の意の見 xiàn とすると「夢の中に梵僧が現れた」となり、どちらとも取れる。

また、

○「釋智廉」巻二十八、淨土立教志第十二之三、往生續遺
慶元改元秋八月、書偈別眾曰「我夢中〈見阿彌陀佛、大眾圍遶、而説法云『諸上善人、當須專修淨業、來生我

國』說已即隱〉我既見相、往生必矣」


でも同様に「夢中見阿弥陀仏」は「夢の中で阿弥陀仏を見た」とも「夢の中に阿弥陀仏が現れた」ともいえる。

ところで、これらの夢の中では、現れた仏尊や先覚などによる夢告や、そうした聖人と夢見ている者との対話が記録されている。言葉をかけられたり、対話したりする様子は、夢の場面に現実味をもたらす要素となっている。

夢を記述する時に、その内容の主要な要素となっているのは、まず、夢で見た場所や建物、夢に現れた仏尊や先覚である。そして、そうした仏尊や先覚や、夢見る者自身による夢中での発話である。

前者は視覚情報といえ、後者は聴覚情報といえる。視覚・聴覚は、現実の世界や体験を感得する際に主要な働きをなす手段である。また、視覚・聴覚情報を記録・再現することが、感得した世界や体験を伝達する方法となる。故に、夢の記述においても、夢の内容を伝達するには、視覚・聴覚情報が重視されたのであろう。

二　幻（まぼろし）

さて「夢」が睡眠時の体験であるとするならば、非睡眠時における非現実的な体験は「幻（まぼろし）」と呼んでおくべきか。そうした幻もまた、夢に準じたものとして扱われている例がある。

たとえば、

○「法師法宗」巻十三、諸師列傳第六之三

政和丁酉春、微疾、夢〈彌陀聖眾、授手接引〉後三日、浴身易衣、盥口趺坐、倏然而逝。師素聞天竺光明懺、期之勝因、預同修。至五日、於禪観中〈見慈雲法師、侍僧數十。師作禮、問曰『自昔同修者、皆得往生否』慈雲曰『後之元照、已得往生。擇瑛、尚欲三塗弘經［…］汝宜勤修、以成本願』言訖而隱〉

では、まず阿弥陀聖衆による来迎接引を夢見たことが記される。続いて「禅観中」つまり禅定中に、故人である慈雲尊者遵式を見たことが記される。見 jiàn は遇到の意も有しているので、ここでのように既知の個人等が夢に現れた場合では「出会う」と訳してもよいであろう。

しかしながら、禅定中は夢中では無い。睡眠中とはいえないからである。にも拘わらず、夢に関する記述と同列に、夢の出来事に相当するような事柄が記されている。眠ってもいないのに、現実に起こったとは考えにくい事柄が体験されたという。こうした事例を「幻」と呼んでおこうと思う。つまりここの「於禅観中見慈雲法師」は「禅定の最中における幻で遵式に出会った」といい換えられる。この禅定の幻の中では、遵式と法宗との問答があったことが記されるなど、内容面でも夢との類似が認められる。

また、

○「法師道琛」巻十六、諸師列傳第六之六

一日、於禪定中〈見一老宿、坐禪榻上。謂師曰『吾四明也』師驚喜作禮、問曰『道琛、於一家、習氣法相、未能通達。乞垂指教』尊者、首肯之〉及覺、心地豁然。自是、山家言教観者、皆稟師為正。

の「於禅定中見一老宿」も「禅定の最中における幻に一人の老僧が現れた」と解するのが意に適うであろう。ここで「夢」の語は用いられないが、しかし「覚」の語によって醒めてからの出来事が記される。夢の場合と同様な記述方式が認められる。幻も夢と同様に扱われていたと判断される所以である。

禅定中の幻が夢と同様に記述される例は、他にも散見される。以下では、非睡眠時の幻も夢と同列に取り上げていくこととしたい。

その上で、

○巻四十二、法運通塞志十七之九、唐、荘宗

鳳翔沙門道賢、夢〈遊五竺、見佛指示此某國某聚落〉曁旦、頓解五竺言音。傳粉壇法於世、人稱鳳翔阿闍梨法。

の「夢遊五竺……」では、インドを遊歴し釈迦の教えを受けたと夢見ている。朝になるとインドの言葉がすっかり解り、世に密教の修法を伝えることができたという。

また、

○「行人宗利」巻十四、諸師列傳第六之四

既具戒、往姑蘇、依神悟。即、入普賢懺室、要期三載。忽、夢〈亡母謝曰『蒙汝懺功、已獲生處』又、見普賢、從空過前〉懺畢。復往靈芝、謁大智律師、增受戒法。夢〈大智在座、呼宗利名。口吐白珠、令吞之〉又於靜定中〈神遊淨土、見寶池蓮華、寶林境界〉

では、亡き母や大智律師元照を夢見たのと同じく、禅定中に浄土を「神遊」したという。ここで「神」は、精神であり心である。禅定の瞑想状態において、その精神のみが浄土を遊歴したというのである。その浄土で見たという宝池や宝林は、幻に類するものといえるであろう。

他に、

○「葛繁」巻二十八、浄土立教志第十二之三、往生公卿傳
有僧、定中〈遊淨土、見繁與王古侍郎、同遊寶池、行樹之間〉俄聞「繁、無疾而化」

では、或る僧が、禅定の幻の中で浄土を遊歴し、葛繁に出会ったという。

また、

○「宗本」巻二十七、淨土立教志第十二之二、往生高僧傳
雷峰才法師〈神遊淨土、見一殿殊麗。人曰『以待淨慈本禪師』〉又資福羲師、至慧林、禮足施金、而去。人詰之。答曰「吾定中〈見金蓮華。人言『以俟慧林本禪師』[…]」〉

では、杭州雷峰の慧才が、浄土を「神遊」し、美麗な殿閣を見たという。

これらはいずれも、禅定中に、その場に居ながらにして他所を巡る幻を体験したというものである。こうした類いを記述するに、夢遊や神遊などと「遊」の語を用いる点が興味深い[1]。

こうした静的な禅定中とは別に、いわば動的な行業の間における幻もあるようだ。たとえば、

○「僧濟」巻二十六、淨土立教志第十二之一、百二十三人傳
師執燭停想、延僧諷淨土經。至五更、以燭授弟子元弼、隨僧行道。頃之〈覺自秉一燭、浮空而行。見阿彌陀佛、接至於掌、遍事諸佛〉須臾而覺、喜曰「吾以一夕観念、便蒙接引」

では、二か所「覚」が用いられるが、「覚自秉一燭」は「覚える」、「須臾而覚」は「覚める」の意と解せる。よって「須臾而覚」以前の「覚自秉一燭、浮空而行。見阿弥陀仏…」は、非覚醒状態における幻を記述するものと知れる。誦経遶仏の常行三昧が深夜に至った頃の、平常でない精神状態の所産であろう。

ここでも「夢」の語は用いられないが、三昧中の幻の内容と「覚」以降の現実の出来事とが、夢の場合と同様に記述されている。

また、

○「禪師僧照」巻九、諸祖旁出世家第五之一
後以南岳、命行法華三昧。用銷宿障、妙行將圓〈覩普賢大士、乘白象王、放光證明。又、感観音、為其説法〉於是、頓悟玄旨、辯才無礙。

そして、

○「禪師道遵」巻十、諸祖旁出世家第五之二

天寶元年、於靈巖道場、行法華三昧。忽〈覩大明上燭於天。身在光中〉以問荊溪。溪釋之曰「智恵光明、從心流出。將以顯發第一義天者也」又嘗〈見此身、在空中坐〉先達謂「是垢、盡理明洞、達無礙之相」

では、いずれも「行法華三昧」中の幻が記されているようだ。

ここで両者に「覩」の語が用いられているのも興味深い。「覩」は目睹、目で見るの意。「放光」「光中」等の語の使用と共に、幻の視覚的側面が強調されているように感ぜられる。

睡眠中とはいい難い、禅定中や三昧中においても、幻ともいうべき非現実な体験のあることが記される。何処かに行く、誰かに出会う、対話するなど、幻もまた、視覚・聴覚情報によって記述される。そして、夢がそうであったのと同様に「覚」「寤」などの語によって、覚醒する時点があることが記される。また、しばしば夢幻中の体験によって、覚醒後の状況が変化したことに言及される。

このように、夢・幻の記述には、近似した形式が見られる。夢・幻は相似た体験として扱われていたと判断する所以である。さらに、小文では例示を割愛したが、病中や臨終前など特殊な精神状態の中で、夢幻と同様の体験があることも記される。

なお、夢を睡眠時、幻を覚醒時のものとして対義的に置くのは、一面的な捉え方であると承知する。小文では、論述の便宜を図るためとして、このように使い分ける。

また、仏教用語としての「幻（げん）」は、実体が無いことを指す。一切の事象はただ仮に相を表しているに過ぎないとして「幻相」「幻有」などという。どちらかといえばネガティブな意味を含み持つためか、小文で扱う「まぼろし」という意味では『仏祖統紀』の中では用いられない。

三　視覚イメージ

夢中や幻中で見たり聞いたりしたと思えるものは、実際に目や耳という感覚器官を通じて知覚されたものではない。しかし、そうした心的形象とでもいうべきものであっても、ヴィジョンとして捉え、視覚情報を具体的に記述するものがある。以下では、夢幻の中で捉えた視覚イメージをどのように記述しているかについて、さらに詳しく見ていきたい。

たとえば、

○「劉程之」巻二十六、淨土立教志第十二之一、十八賢傳
嘗貽書關中、與什肇、揚推經義、著念佛三昧詩、以見專念坐禪之意。始涉半載、即於定中〈見佛光照地、皆作金色〉居十五年、於正念佛中〈見阿彌陀佛、玉豪光照、垂手慰接。程之曰『安得如來、為我摩頂、覆我以衣』俄而、佛為摩頂、引袈裟以披之〉他日、念佛〈又、見入七寶池、蓮青白、其水湛湛。有人、項有圓光、胸出卍子［…］指池水曰『八功德水。汝可飲之』程之飲水、甘美〉及寤、猶覺異香、發於毛孔。乃自慰曰「吾淨土之緣至矣」

では、正念仏中の幻で、阿弥陀如来が、白毫から光を発して照らし、手を垂れて優しく迎えてくれ、また劉程之が、頭を撫でて衣で覆ってくれるよう願うと、如来はその通りにしてくれたという。

また別の日の念仏中には、浄土の七宝の池に入り、ハスの緑の葉と白い花、池水が満ちている様を見る。そこに、頭部に円光を負い、胸に卍の字を表した人（如来）がいて、池の水を指さし、これを飲むようにいった。程之が水を飲むと甘美であったという。

仏の形姿や所作、また浄土の光景などの視覚情報が、仏との対話と共に記され、演劇の一場面、映画の一シーンを見るかのような臨場感を伝えている。

また、

○「高浩象」巻二十八、浄土立教志第十二之三、往生庶士傳

杜門靜坐、專誦無量壽經。觀中〈汎紅蕖於玉沼。初未見佛。乃即華上、傾心致敬。遙睇佛之金容、光輝遠映〉

一夕〈見衆菩薩來迎〉奄忽而化。

では、禅定中の幻で、赤いハスの花を浮かべた池で、初めは仏の姿が見えなかったが、ハスの花の上に想いを凝らしていると、仏の金色の姿が彼方を光り輝かせている様が、遥かに見えたという。

「睇」の正義は「横目で見る」の意であるが「遥睇」の語で、遥かに望むの意となる。初めは見えなかったとする分だけかえって、仏の姿を見ることに対し、意識が注がれている様が強調されることとなっている。結果として、仏が遠くにいたために、初めは見えなかった（分からなかった）という蓋然性を示すとともに、浄土の宝地の広大

な光景を想起させる表現となっている。

そして、

○「呉氏縣君」巻二十八、淨土立教志第十二之三、往生女倫傳

呉氏、忽〈見巨迹三雙。皆金蓮花〉數日、又〈見其膝〉又數日〈見其身〉數日〈見其面目、即佛菩薩、三聖人也。及見殿閣、境界清淨〉男子人問「彼佛如何說法」曰「我得眼通、未得天耳」

では、夢とも幻ともつかぬ状況ではあるが、まず三組の大きな足跡を見、次にその膝を見、次にその身体を見、やっと阿弥陀・観音・勢至の顔や、浄土の結構が見えたという。(2) だんだん見えてくるという過程を設けている点が興味深い。部分から核心へ、あるいは全体へと、プロセスを経て、浄土や仏身を観想しようとする、十六観の作法に近似する。

高浩象や呉氏の例からは、仏の姿を目にしたいという願望が明らかに覗える。

他に、

○「大行」巻二十七、淨土立教志第十二之二、往生高僧傳

晩歳、入藏室、陳意隨手取卷、得彌陀經。乃日夜誦詠、至三七日〈覩流離地上、佛及二大士、現身其前〉僖宗聞其事、詔入內賜號「常精進菩薩」封開國公。

では、誦経中の幻で、阿弥陀浄土の瑠璃地の上に、阿弥陀如来と観音・勢至の二菩薩が目の前に現れたという[3]。短文ではあるが、瑠璃色を背景に（金色の）尊像がイメージされている点、色相の対比により、仏菩薩の姿が明瞭に浮かび上がっている様が想像されて「現身其前」の語が活きている。

また、

○「自覺」巻二十七、淨土立教志第十二之二、往生高僧傳

嘗發四十八願「因觀音大悲、接見阿彌陀佛」乃率眾建剎、鑄大悲像四十九尺。俯伏像前、陳其願曰「聖相已就、梵宇已成。願承聖力、早登安養」夜中、忽〈見金色祥光二道、佛及菩薩、左右隨之。佛垂手、按覺首曰『守願勿易、利物為先。寶池生處、終當如願』〉後十一年〈見大神、雲中出半身。謂之曰『安養之期已至』〉即於像前、加趺而化。

では、観音像前で祈願している内の幻か、二筋の金色の光線に、阿弥陀と観音・勢至が左右に随う。阿弥陀は手を垂れ、自覚の頭に触れて往生浄土を約束したという[4]。二筋の光線が、どの方向から射し込んでいるのかは定かではないが、光景の中に特定の方向性を与える表現となっており、光線に沿って仏菩薩が顕現する様が想起されて、場面に出来事としての時間性をもたらしている。その後の、仏による接引、仏告へと続いて、仏が次第に近付いて来る様が想像されるのである。

そして、

○「顯超」巻二十七、淨土立教志第十二之二、往生高僧傳
　後、病中〈見佛菩薩、前迎蓮花、遍滿技樂雜奏〉弟子皆告「留法師、住世救苦」〈淨土變相、漸漸隱沒〉乃復住十五年、行咒救人。一日〈天樂異香。佛及眾聖、如前迎接〉即面西加趺而化。

では、病中の幻で、仏菩薩と迎えのハスの花とが見え、周辺は様々な音楽で満ちたという。この光景が、続く言葉では「浄土変相」といい換えられている。浄土変相は、浄土曼荼羅、浄土図のことであるが、夢幻中のヴィジョンと現実の絵画作品とで、イメージがオーバーラップしている点が興味深い。

大行・自覚・顕超の例では、夢幻中のヴィジョンが、浄土図・来迎図など、実際の絵画作品のイメージと近接している様が覗える。実際の絵画作品として既視され典型化されたイメージを、夢幻の中でなぞっているかのようにも思える。絵画作品とでイメージを共有しているともいえる。

夢幻の中で捉えられる世界もまた、現実の世界に対する知覚・認識の方法に倣って、視覚情報が優位性を持っているようだ。したがって記述もまた、何を見たかという点が詳述されるのであろう。夢の中の視覚イメージを記すものの内には、かなり具体的に情報を伝える例がある。色彩・形態など、個々のモチーフの情報ばかりでなく、大小・遠近・広狭などの関係性が記される。

しかしながら、文字・言語による記述の上では、発話は意味内容がほぼ記録されるのに対し、視覚的イメージは説明的・象徴的にしか表すことができない。

けれども、記事の中では「見」ばかりではなく「覩」「睇」などの語を用いて記す場合は、確かに視覚を通じて捉えた世界についてを述べているように印象づけられる。夢幻中の心的形象を視覚的な疑似体験として捉え、そこ

にヴィジョンとして認め得るような世界があったことが実感される。

一方、こうした具体性を持つ視覚情報の内には、まるで浄土図や来迎図などの現実の造形作品のモチーフや構図をなぞるかのような記述も見受けられた。これらは、夢の中の視覚イメージにしても、実際の作品の図様にしても、どちらが本であるかは確かにいうことができない。夢幻の世界と造形作品とで、イメージが共有されているとしかいい様がない。

四　文芸化

さて、夢幻中で捉えられた視覚イメージを因として、二次的な制作物が作られた例を、まず文芸作品について拾ってみたい。

たとえば、

○「法師有嚴」巻十三、諸師列傳第六之三、神照法師法嗣
建中靖國元年孟夏、定中〈見天神告白『師淨業成矣』〉又夢〈池中生大蓮華。天樂四列〉乃作「餞歸淨土」之詩。越七日趺坐而化。

では、禅定中の幻で、天神から、浄土往生のための正業がすでに達成されていると告げられる。また夢で、池の中に大きなハスの花が咲き、天空で四列の楽団が奏でている浄土の様を見たことに因み「餞帰浄土」の詩を作ったと

いう。

　また、

○「齊翰」巻二十七、淨土立教志第十二之二、往生高僧傳

　一念之頃、即〈見淨土境相〉忽、作歌曰「流水動兮、波漣漪。芙蕖輝映兮、寶光隨。乘光西邁兮、偕者誰」

では、念仏中の幻で、浄土の様相を見たことに因み、歌を作り、浄土の蓮池が仏から発せられた光で輝いている光景などを褒めている。

　そして、

○「若愚」巻二十七、淨土立教志第十二之二、往生高僧傳

　凡三十年、將順世。夢〈神人告曰『汝同學則章、得普賢行願三昧、已生淨土。彼正待汝』〉師乃沐浴更衣、命衆諷十六観經、端坐默聽畢。忽云「淨土現前、吾當行矣」遽書偈而化「本是無家可得歸。雲邊有路許誰知。溪光搖落西山月。正是仙潭夢斷時」又於半月前、書一頌云「空裏千華羅網。夢中七寶蓮池。踏得西歸路穩。更無一點狐疑」

では、神人からの夢告を夢見た後、臨終に際して書した偈頌ではあるが、偈の句「是仙潭夢断時」では臨終に浄土蓮池への往生を願うこと、頌の句「夢中七宝蓮池」では夢中に七宝蓮池を見ることを歌っている。

さらに、

○巻四十六、法運通塞志第十七之十三、徽宗
侍郎邊知白、自京師至臨川、觸暑成病。忽夢〈白衣天人、以水灑之。頂踵清寒〉覺而頓爽。於是、集古今靈驗、作『觀音感應集』四卷。行於世。

では、夢を介して観音（白衣天人）の霊験を被り、病気が治ったことに因み、古今の観音による霊験譚を集めて『観音感応集』なる書物四巻を作って刊行したという。

いずれも、夢幻の中で得たヴィジョン、場景、体験等を題材に、新たなテクストを生み出したものである。

このように、夢に因んで文芸作品が制作される場合がある。こうした文芸化が行われるのは、どのような理由からであろうか。

もとより『仏祖統記』における夢の記述も、夢幻に因んだ言語表現と言える。この場合、仏尊や尊者との対話など、聴覚情報を記録しようとする狙いが一つにはあろう。夢幻での体験を伝達しようとする意志がそこに働いている。

またそれ以上に、夢幻の中の視覚情報を織り込んで韻文を作るような例がある。夢幻の中の視覚イメージを賛美しようとする意図を持つものであろう。

五　造像・作画

夢に因んで文芸作品が制作される例が見られることは、前節にて知られた。造形作品の場合はどうか、幾つかの観点に分けて、より詳しく見てみたい。

たとえば、

○「法師中立」巻十四、諸師列傳第六之四

師在永嘉、扶宗謂曰「吾〈常見摩利支・韋馱〉於夢中、求護法」他日、幸於南湖懺室、置其位。及師主席、乃立像自師始。

では、中立は、永嘉の扶宗継忠から、夢の中で常に摩利支天と韋馱天とを見、護法を求めていることを聞く。南湖の延慶寺に戻った中立は、金光明懺法を行う道場に、まず摩利支天・韋馱天二尊の位牌を置いた。やがて住持となり、二尊の像を立てたという(5)。

先学より教示された夢中の感得に因んで、現実に造像を行った。これは、夢中で得られた視覚イメージに直接的に依拠している訳ではないが、夢で像を見たことを由縁として、造形化を行っている例といえる。

また、

○「法安」巻二十六、浄土立教志第十二之一、百二十三人傳
　嘗欲畫像、須銅青慮不可致。忽夢〈一人跪床前云『此下、有銅鍾』〉寤即堀之、果得二鍾。取青成像。而以銅、
　助遠公鑄佛。後不知所終。

では、夢告に従って画材とする緑青を入手し、作画を完成させたという(6)。
これは夢中の視覚イメージを描いた例ではないが、夢を通じて、作画するという行為自体の正当性を証したものといえる。

そして、

○巻三十六、法運通塞志巻第十七之三、安帝
　戴顒、逵之子、才巧如其父。江夷、嘗託顒、造観音像、積年未成。夜夢〈人曰『江夷、於観音無縁。可改為彌勒』〉顒即馳報、而夷書已至。倶於此夕、感夢。及改造彌勒、觸手成妙（其像在會稽龍華寺）

では、観音像の制作を続けていたが、何か差し障りがあってか進み淀んでいたという。夢告で像主を弥勒に変更すべきことが知らされ、その通りにすると作業が捗って造像が成った。
これらはいずれも、造形活動の由縁に夢を関係づけているものといえる。

他に、

○「法師靈照」巻二十一、諸師雜傳第七

嘗、夢〈三聖儀相。前跪作禮曰『靈照一生、誦大乘經。期生安養、為果願否』観音指曰『淨土不遠、有願即生』〉又誦經、深夜、忽夢〈普賢示身〉遂發心造其像。誦經萬部、以嚴淨報。

では、霊照は、普賢の像容を夢見て発心し、造像したという(7)。

また、

○巻四十八、法運通塞志第十七之十五、理宗

上夢〈観音大士、坐竹石間〉及覺、命圖形刻石。御賛曰「神通至妙兮、隱顯莫測。功徳無邊兮、應感奚速。時和歳豐兮、祐我生民。兵寢刑措兮、康此王國」仍書「廣大靈感」四大字、加於観音聖號之上。又書心經一巻。

では、単なる観音像ではなくて、観音が竹石の間に坐しているという、特別な図様がイメージされている。墨画で描かれる白衣観音のようなものであろうか(8)。

これらは、夢中に感得した視覚的イメージを本として、造形活動が行われた事例といえよう。

あるいは、夢に因む画像と現実の出来事とが一致したと記すものがある。

たとえば、

○「法師無畏」巻二十九、諸宗立教志第十三、瑜伽密教

開元四年、至長安。帝［玄宗］先夢〈梵僧來謁〉及寤、命工肖形於壁。洎師入對、即夢所見者。

では、皇帝が夢見た梵僧の容貌を、肖像に描かせておくと、やがて長安に入京した無畏の形姿に外ならなかったという。(9)

そして、

○巻四十一、法運通塞志第十七之八、代宗

沙門法琛、於鄭耶山、建佛刹、繪圖以進。帝於前一夕、夢〈遊山寺〉及覽圖、皆夢中所至者。因賜名「寶應寺」

では、画図によって描かれた伽藍の様子が、皇帝が見た夢の内容と一致したという。結果として、造寺が是認され、寺名が下されている。

これらの例では、無畏や宝応寺の様子が、為政者によって夢見られた視覚イメージと付合したことで、権威づけられる結果となっている。

以上の例からは、夢幻に因んで造像・作画などの造形活動が行われた事例があることが知られる。その内には、造像の契機として夢を挙げる例があり、造形活動自体を意義づけるものとなっている。また、夢幻中の視覚イメージに基づき、造形化がなされたという記事は、像容・図様の信憑性を夢で保証するものとなっている。そして、夢と現実との一致から、逆に現実世界の人や物の正当性を証しようと、造形作品をその証拠とするものがある。

六　造形化する理由

それでは、なぜ、夢幻中で捉えられた視覚イメージを因として、造形活動が行われるのであろうか。たとえば、

○「孫忠」巻二十七、淨土立教志第十二之三、往生公卿傳

嘗因念佛〈見佛身現空中。即白佛言『惟願我佛少駐。使我二子、同獲瞻禮』〉即走外、尋二子歸〈佛為駐立良久〉後人、因名其地曰「駐佛巷」

では、孫忠は、念仏三昧中に現れた仏の姿を、自分の二人の子供達にも見せたく思い、仏に対し、もう少しその場に留まっていてくれるよう願った。やがて二子が帰ってくると、その時まで仏は久しく佇立していたという[10]。仏が現れたのは、三昧中の幻なのか、現実の出来事なのか、判然としない点もあるが、小文中では、幻に現れたと理解しておこう。ここで着目したいのは、夢幻の中のイメージを、他者にも見せたいと思う意識が働いている点である。

そして、

○「惟岸」巻二十七、淨土立教志第十二之二、往生高僧傳

曾、因出観〈見観音・勢至、現於空中。岸頂禮雨涙曰『幸由肉眼、得覩聖容。所恨世無傳焉』倏有二人、稱善畫。聖相既就、人亦倶失〉乃謂弟子曰「吾西行其時也。有從我者乎」一小童曰「惟師之命」即往白父母。歸寺沐浴。至像前、趺坐而化。岸撫其背曰「汝何先吾而行」即令弟子、助聲念佛。仰目西顧、寂然無聲。

では、観音・勢至の聖容を肉眼で実見したことを喜んだが、恨むらくは世に伝える術が無い、とそこへ画工と称する二人が現れ、二菩薩の画像を須臾の間に描き上げたという。後註に掲げる『龍舒増広浄土文』[11]中の記事を参照すると、弟子の童子に続いて惟岸もまた、描いた菩薩像の前で臨終を遂げたようだ。

ここでもまた、夢見た尊像を世に伝えたく思ったという一節が窺われる。

さらに、

○「國師法照」巻二十六、浄土立教志第十二之一、蓮社七祖

嘗於僧堂、食鉢中〈覩五色雲中、有梵剎。當東北、有山澗石門。復有一寺、金書其題曰『大聖竹林寺』〉他日、復於鉢中〈見雲中數寺、池臺樓観、萬菩薩衆、雜處其中〉師以所見、訪問知識。有嘉延・曇暉二僧曰「聖神變化、不可情測。若論山川面勢、乃五臺耳」四年、師於郡之湖東寺。開五會念佛［…］感祥雲彌覆〈雲中樓閣。覩阿彌陀佛、及二菩薩、身滿虛空。有數梵僧、執錫行道。復見老人謂曰『汝先發願。於金色界、禮覲大僧。今何輒止』〉師遂與同志、遠詣五臺。見寺南有光、及隨至佛光寺。一如鉢中所見。東北五里、果有大山。山有澗〈澗北石門、旁二青衣。一稱『善財』一稱『難陀』引師入門。北行見金門樓観。金榜題曰『大聖竹林寺』寺方二十里一百院。皆有金地寶塔、華臺玉樹。入講堂、見文殊在西、普賢在東、踞師子座、為衆說法。菩薩萬數、

共相圍遶。師於二菩薩前、作禮問曰『末代凡夫、未審修何法門』文殊告曰『諸修行門、無如念佛。阿彌陀佛、願力難思。汝當繫念、決取往生』時二大士、同舒金臂、以摩其頂。與之記曰『汝以念佛力故、畢竟證無上覺』文殊復曰『汝可往詣諸菩薩院、巡禮承教』師歷請教授、至七寶園。復回至大聖前、作禮辭退。向二青衣、送至門外。師復作禮舉頭、俱失〉後與五十僧、往金剛窟。即無著見大聖處。忽〈覩衆寶宮殿、文殊・普賢、及萬菩薩、佛陀波利。師方作禮舉首、即失〉夜於華嚴院〈見寺東岩壑、有五枝燈。師曰『欲分百燈』既而如願。復曰『願分千燈』數亦如之、光遍山谷〉又前詣金剛窟、夜半〈見佛陀波利、引之入寺〉後復於華嚴院、念二大士記我往生。乃一心念佛。忽〈見波利謂之曰『汝華臺已生。後三年華開矣。汝見竹林諸寺、何不使群生共知之』〉師因命匠、刻石為圖、於見處建竹林寺。既畢、謂衆曰「吾事畢矣」數日、別衆坐逝。推波利之言、果三年也。

では、法照は数度の幻に導かれ、五台山に詣でる。後、華厳寺での念仏三昧中の幻に仏陀波利が現れ、五台山で目にした霊異境相を、現世の衆生に普く伝えよと告げられる。法照は「師因命匠刻石為図」と、工人に命じてその画図を石に刻ませ、また五台山中に竹林寺を建立した。

こうした経緯は『宋高僧伝』[12]にも載り、法照は見たところを『大聖竹林寺記』一巻に著したことが記される。同書は実在の書物として日本へも流伝した。『仏祖統紀』では、図像が夢幻と現実とをつなぐツールとして、現報に代わる実証物となっている。

食事の鉢の中に諸寺諸仏を望見するという摩訶不思議な逸話は、読者を物語世界に引き込むのに十分な魅力を有する。同時に、食事という身近な出来事を通じ、共感の中に法照その人が霊力の持ち主であることを得心させる。その際に、現実に図像や寺院が存在したとすることで、真実味を補強する効果を上げている。

夢幻の中で宗教的体験に臨んだ者たちは、その出来事を他者に伝えたいと考えたようだ。聖なる視覚イメージ、ヴィジョンを自分以外の人に見せたい、後世にも遺したいと考え、現実世界の物となる像や画に留めた。これが夢幻に因んで造像や作画が行われた理由といえよう。造形作品は、夢幻の中で得られた視覚イメージを、伝達するための媒体になっていたといえる。

なお、小文では、夢に関してその内容が事実であるかどうかを問わないとしたのと同様に、造形化の例として取り上げている像や画が、実際に作られたものであるかどうかを問わない。夢に関連して、像や画がどのように扱われたかが知られればそれで良いからである。

七　像を仲介とする交感

ところで、現実世界にある仏像を介して、夢幻の世界と交感するという例があるようだ。

たとえば、

○「智顗」巻六、東土九祖第三之一、四祖天台智者
師於長沙佛像前、誓為沙門［…］夜夢〈瑞像授金色手、從窗而入、三摩其頂〉由是、深厭家獄、思求出家。二親愛之、不獲見許。乃刻檀寫像、披藏尋經。當拜佛時、恍焉如夢〈見高山臨海。山頂有僧、舉手招之。須臾伸臂、至於山麓。接入伽藍、見所造像在焉。即悲泣、自陳願『學得三世佛法。對千部論師、說之無礙。用報四事恩惠』僧復指像謂曰『汝當居此。汝當終此』〉

では、現実に拝した長沙仏像が、夢に現れ、手を差し伸べて頭を撫でられるという奇瑞に遭う。それより信心を深め、檀木を彫刻して瑞像を模写した。仏前で夢幻の状態となり、招き入れられた高山の寺院に、自分の造った仏像が安置されているのを見る[13]。

仏像を介して、現実の世界と夢幻の世界とが連携するという体験をする。現実世界の造像が、夢の中で価値づけられており、夢の中でこそ、自らと仏像との個別な関係が意義づけられている。

また、

○「道喩」巻二十七、淨土立教志第十二之二、往生高僧傳
居開覺寺。念阿彌陀佛、日夜不廢。造其像僅三寸。後、於定中〈見佛謂曰『汝造我像、何小』喩曰『心大即大。心小即小』言訖見像、遍滿虛空。告曰『汝且回本國、香湯沐浴。明星出時、我來迎汝』〉至時、感化佛來迎、光明滿室。

では、かつて造った仏像が、禅定中の幻に阿弥陀となって現れ、対話を通じて来迎を約したという。現実の造像が、いわば依り代となって感通が行われたのである。

そして、

○巻三十八、法運通塞志第十七之五、武成
孫敬德、先造觀音像、後有罪當死。夢〈沙門教『誦經可免』〉既覺、誦滿千遍。臨刑、刀三折。主者以聞、詔

　　赦之。還家、見像項上、有三刀痕。此經遂行、目為高王観世音經。

では、かつて造った観音像が、孫敬徳の身代わりとなって、刀刑を受けてくれたという。夢中で授けられた経文の法力が、現実の仏像に対する霊験を通じて証せられている。[14]

　さらに、

○巻四十五、法運通塞志十七之十二、神宗

　十年、夏旱。上於禁中、齋禱甚虔。夜夢〈神僧馳馬空中、口吐雲霧〉覺而雨大霔。敕求其像、得之相國寺閣第十三尊羅漢。詔迎入内供養。

では、夢に現れた神僧の活躍が、現存する羅漢像によって証されることになる。旱害に苦しむ中、たまたま降った雨を、皇帝の威力に帰そうとしたものか。[15]

　なお、道教の例となるが、

○巻四十、法運通塞志第十七之七、玄宗

　帝［玄宗］夢〈老君玄元皇帝、告曰『吾有像、在京城西南』〉乃遣使、至盩厔縣樓観。見紫雲垂覆、白光屬天。得玉像高三尺。迎置興慶宮。命有司寫玄元真容。分置諸郡開元観。

では、玄宗の夢に老子が現れ、そのお告げ通りに、楼観山中で老子の玉像が発見された。その像を宮中に祀り、老子の真実の姿（真容）として写した画像を諸方の道観に置いたという[16]。

これらによると、現実の仏像（造像）が夢幻の中に現れ、霊験や奇瑞を示すことがあったという。現実と夢幻との間における交感を、仏像が仲介したということである。夢幻の中での出来事が、現実世界と因果関係を持ち、仏像が立会者となることによって、応報が実体化されたかのように感ぜられるのである。現実の仏像が関与することによって、夢幻の内容にリアリティがもたらされている。

おわりに

仏菩薩は夢を見ない。夢幻の世界に出入りするのは僧（信仰者）である。夢幻の世界で、聖なる存在に出会い、霊験を被り、自らも尊ばれる者へと高められていったのは僧であった。

夢幻は、僧にとってのイニシエーションための時空間であったともいえる。夢幻として記されるストーリーは、元来、ノンフィクションなのかフィクションなのか知る由も無いが、記述される段においては、一定のシナリオとして整理されたことであろう。そして像や画の造形作品は、夢幻の世界の視覚イメージを現実世界に再現するとともに、夢幻の時空間でのストーリーを現実の時空間に関係づけるためのツールとして役立ったのである。

註

（1）　参考。「華胥の国」の故事で知られる『列子』黄帝の記事では「夢遊」と「神遊」とはおよそ同義に扱われる。

昼寝而梦游、於华胥氏之国。华胥氏之国、在弇州之西、台州之北。不知、斯齐国几千万里。盖非舟车足力之所及、神游而已。

（2）参考。王日休『龍舒増広浄土文』（大正蔵No.一九七〇）巻第五「宋觀音縣君」
忽〈見金蓮捧足者三〉又數日〈見其膝〉又數日〈見其身〉又數日〈見其面目。其中、乃阿彌陀佛。左右、則觀音・勢至也。又悉見其堂殿國界、皎如指掌曉然。知其為淨土〉問其詳。則云「彼皆清淨男子經行遊樂無女人也」又問「彼佛如何說法」云「我得天眼未得天耳。故但見問答指顧。而不能聞所說也」如是者三年、未嘗一瞬不在目前。忽感疾、自言往生、乃終。

（3）参考。『仏祖統紀』内「法師妙行」（巻二十二、未詳承嗣傳第八）に同様な記事がある。
既入居泰山、結草為衣、拾果為食。行法華三昧、感普賢現身證明。後、專持彌陀經、於一夕〈見流離地、佛與二菩薩、涌立空中〉僖宗聞其名、詔賜號「常精進菩薩」

（4）参考。王日休『龍舒増広浄土文』（大正蔵No.一九七〇）巻第五「唐真州僧自覺」
自覺發願「願因大悲觀音引接、見阿彌陀佛」於是化錢、鑄大悲像四十九尺。造寺居之、既成祝願。其夜三更、忽〈有金色祥光二道。阿彌陀佛自光中、乘雲而下。觀音勢至、左右隨之。佛垂金臂、按覺首曰『守願勿悛、利物為先。寶池生處、孰不如願』〉後十一年、七月望夕〈見一人、雲間現半身、若毘沙門天王。俯謂覺曰『安養之期於斯至矣』〉乃於大悲前、跏趺化去。

（5）参考。宗曉『金光明経照解』（卍続蔵No.〇三六一）巻二
昔、天竺・四明各制光明懺、竝不列韋天。熙寧中、明智師游學永嘉、忠公之室。一日、告歸、忠曰「子歸、必紹延慶法席。余嘗、夢〈摩利・韋天、欲為位於道場〉」殆歸果尸是刹、二天預位。從是懺法加召、天下像設亦取則。

林鳴宇「『重編諸天伝』訳注記（二）」（『駒澤大学仏教学部研究紀要』第六六号、二〇〇八年三月）を参照した。

（6）参考。慧皎『高僧伝』（大正蔵No.二〇五九）巻六「釋法安」
後、欲作畫像、須銅青困不能得。夜夢〈見一人、迂其床前云『此下有銅鐘』〉覺即掘之、果得二口。因以青成像。後、以銅助遠公鑄佛。餘一武昌太守熊無患借視、遂留之。安後不知所終。

（7）参考。元照『芝園集』（卍続蔵№一一〇五）巻一「華亭超果照法師塔銘」
嘗於寢夢〈見彌陀・觀音・勢至、聖相殊特。法師前禮跪、而問曰『靈照一生、誦大乘經、學大乘法、修大乘行。期生安養、為果願否』觀音指曰『淨土不遠、有願則生、勿復疑矣』〉又嘗誦經、至於深夜、因而倚臥。忽夢〈普賢身相〉喜而驚寤、遂發心、造普賢像。誓誦法華萬部、以嚴淨報。

（8）参考。熙仲『歴朝釋氏資鑑』（卍続蔵№一五一七）巻十一、宋下
辛丑　淳祐元年、上夢〈觀音生于竹石間〉圖形刊石、讃于上曰「神通至妙兮。隱顯莫測。功德無邊兮。應感奚速。時和歳豐兮。祐我生民。兵寢刑措兮。康此王國」仍書「廣大靈感」四大字、於觀音聖號之上。又書心經一卷、製感應事跡、皆親書、賜上竺、刊石。

（9）参考。李華『玄宗朝翻經三藏善無畏贈鴻臚卿行狀』（大正蔵№二〇五五）巻一
開元繼興、重光大化。聖皇夢〈與高僧相見、姿狀非常〉躬御丹青、圖之殿壁。洎和尚至止、與夢合符。天子光靈、而敬悦之。飾內道場、尊為教主。自寧薩以降、皆跪席捧器焉。

（10）姚行婆が日輪中に見た阿弥陀を、喩弥陀思浄に描かせたという逸話が想起される。法怡「姚行婆日輪見佛偈（并序）」（宗曉『楽邦文類』大正蔵№一九六九A、第五巻）の偈には、

善哉姚氏一老嫗　能以是心求淨土
暮觀朝想無歳年　行持坐念忘寒暑
彌陀忽從心想生　恍惚之間明又覩
是時虛空絕纖雲　桑楡尚駐羲和御
佛日晃耀奪陽輝　紺目玉毫妙相具
目駭心驚喜且悲　走告導師彌陀喻
具陳所見悉希有　願寫金容托毫素
我聞勝事嘆希有　為說偈言開未悟

の文言（抜粋）が見られる。

（11）参考。王日休『龍舒増広浄土文』（大正蔵№一九七〇）巻五「唐幷州僧惟岸」

惟岸、專修十六觀、因出〈見觀音・勢至二菩薩、現於空中、遲久不滅。岸頂禮雨淚、而歎曰『幸由肉眼、得見聖所。恨後世無傳』忽有二人、自稱畫工。未展臂間、聖克就。已而人亦不見〉弟子怪而問之。岸曰「此豈畫工哉」又曰「吾之西行乃其時也。弟子有從我者、當明言之」小童子云「從師而往」岸曰「必能從我。可歸告父母」父母聞而笑罵之。子乃歸寺、香湯沐浴、於阿彌陀佛前、趺坐而往。人或告岸。岸撫其背曰「汝事吾者、何乃先去」遂索筆焚香、向所畫菩薩前、偈云「觀音助遠接、勢至輔遙迎。寶瓶冠上顯、化佛頂前明。俱遊十方剎、持華候九生。願以慈悲手、提獎共西行」遂令弟子、助聲念佛。仰目西顧而亡。

（12）参考。賛寧『宋高僧伝』（大正蔵№二〇六一）巻二十一「唐五臺山竹林寺法照傳」

長文のため引用は略す。

（13）参考。潅頂『隋天台智者大師別伝』（大正蔵№二〇五〇）

於長沙像前、發弘大願、誓作沙門。荷負正法、為己重任、既精誠感通。夢〈彼瑞像、飛臨宅庭。授金色手、從窓隟入、三遍摩頂〉由是、深厭家獄、思滅苦本。但、二親恩愛、不時聽許。雖惟將順、而寢哺不安。乃刻檀寫像。披藏尋經。曉夜禮誦、念念相續。當拜佛時、舉身投地。怳焉如夢〈見極高山、臨於大海。澄渟蓊欝、更相顯映。山頂有僧、招手喚上。須臾申臂、至于山麓。接引令登、入一伽藍。見所造像、在彼殿內。夢裏悲泣、而陳所願『學得三世佛法。對千部論師、說之無礙。不唐世間、四事恩惠』申臂僧、舉手指像。而復語云『汝當居此。汝當終此』〉既從寤已。方見己身、對佛而伏。夢中之淚、委地成流。悲喜交懷、精勤逾至。

（14）参考。「周僧明」曇噩『新修科分六学僧伝』（卍続蔵№一五二二）巻十

定州像者。元魏、孫敬德。防州人也。居家、事觀音像謹。天平中、應募定州。為劫盜所妄指、逮繫京獄、困拷掠誣伏、且即刑。敬德、夜坐獄中、泣誓曰「被枉如此。當是曩宿枉他所致爾。今幸償畢。則願代受、一切眾生、枉屈禍也」既而假寐〈一沙門見夢曰『觀音救生經、皆諸佛名。卿能誦滿千過者、可免死厄』復教誦數過〉敬德既寤、無所遺忘。竟誦不輟口、比明滿百過頃焉、牽赴市。且行且誦、僅千過。而刑者三折其刀、至三易刀、膚體無小損。丞相歡聞而異之、遽奏免其罪、詔傳其經於世。敬德既歸防、徐視其像、則項上三刀痕故在也。敬德大感慟。

また「高王經原起」『高王観音経註釈』（卍続蔵№六四八）Cなども。

なお『仏祖統紀』で、引用した箇所の後文には、

述曰「此經止十句。即、宋朝、王玄謨、夢中所授之文。今、市肆刊行。孫敬徳所誦者是。後人妄相増益、其文猥雜。遂使識者、疑其非真。又、本朝嘉祐中、龍學梅、摯妻失目、使禱於上竺。一夕、夢〈白衣人教、誦十句觀音經〉遂誦之不輟、雙目復明。清獻趙公、刊行其事。大士以茲、至簡經法、救人於危厄之中。古今可紀者三驗矣。可不信乎」

とあって、この観音経に預かる霊験が、孫敬徳以外にも二件知られたことが記される。いずれも夢を介するものである点が興味深い。

(15) 参考。熙仲『歴朝釈氏資鑑』(卍続蔵No.一五一七)巻十、宋中

戊午　元豊元年、天旹久旱。帝禁中、齋禱甚力。一夕夢〈有僧、乗馬馳空中、口吐雲霧〉既覺、而雨大作。翌日、遣中貴道、夢中所見物色。相國寺三門、五百羅漢中、至十三尊、略彷彿。即迎入內觀之。正帝所夢也。

(16) 参考。この件に因み、玄宗は「玄元皇帝の玉像を慶ぶの作」詩を作り、王維は召されて応制の詩を作ったという。

王維「奉和聖製慶玄元皇帝玉像之作　応制」

明君夢帝先、宝命上斉天。
秦后徒聞楽、周王恥卜年。
玉京移大像、金籙会群仙。
承露調天供、臨空敞御筵。
斗廻迎寿酒、山近起炉煙。
願奉無為化、斎心学自然。

慶政の見た夢
——造寺造仏と夢をめぐって——

中川　真弓

はじめに

古今東西の文献には〈夢〉を媒介として展開する物語や説話がしばしば見られる。その事例は枚挙に遑がない。たとえば寺や仏像の縁起などでは、夢が大きな役割を果たしている。

菊池良一「説話における夢について——仏教説話を中心として——」[1]は、古代から中世にかけて編纂された仏教説話集を中心に、夢が関係する計四二四話の説話を採集し、それらがどのような夢なのかを分類した。往生夢・応化転生化身の夢・造寺の夢・守護の夢・入胎の夢・修行の夢に分けられた項目のうち、「造寺の夢」は計二五例で全体の五・九％にあたる。

また、河東仁『日本の夢信仰——宗教学から見た日本精神史——』[2]は、『今昔物語集』の本朝仏法部と世俗部を対象として、さらに抽出の精度を高くし、夢の諭し・瑞相・窮境の訴え・経典の功徳・蘇生という項目を追加して分類をおこなった。それによれば、『今昔物語集』の「造寺の夢」は、計六例で全体の三・五％にあたる。

これらの説話を見ると、そのほとんどは新たに造寺・造像がおこなわれた際のものである。しかし、中世にもなると、古代に造られた仏寺や仏像は老朽化が進み、また火災の被害に遭うなど、修理の必要性に迫られることが多くなってくる。そのような時、〈夢〉はどのように表現され、また活用されているのであろうか。こうした観点から、本稿では特に「造寺造仏に関する夢」に着目してみたい。また、それに関連して松尾上人慶政を取り上げ、夢記が存在した可能性があるとされる彼の著作と、そこに見える〈夢〉についても考察を及ぼしたい。

一　造立あるいは修造と夢

寺社の創建や仏像の造立などの事業にあたって、その契機にはしばしば〈夢〉が語られる。次に掲げる『今昔物語集』の説話では、夢の中に教示を与える者が現れ、その夢を授かった者が行動を起こしている。

……良弁、宣旨ヲ奉ハリテ、七日七夜祈リ申スニ、夢ニ、僧来テ、告テ云ク、「此ノ山ノ金ハ、弥勒菩薩ノ預ケ給ヘレバ、弥勒ノ出世ノ時ナム可弘キ。其前ニハ難分シ。近江ノ国、志賀ノ郡、田上ト云フ所ニ離タル小山有リ。其山ノ東面ヲバ椿崎トナム云フ。様々ノ喬立ル石共有リ。其中ニ、昔シ釣リセシ翁ノ定テ居ケル石有リ。其石ノ上ニ如意輪観音ヲ造リ居奉テ、其上ニ堂ヲ造テ、此ノ金ノ事ヲ祈リ申セ。然ラバ、祈請フ所ノ金、自然ラ思ノ如クニ出来ナム」ト。……天皇ノ宣ハク、「速ニ、夢ノ如クニ、如意輪ノ像ヲ造リ居ヘテ、金ノ事ヲ可祈申シ」ト。然レバ、良弁其所ニ行居テ、堂ヲ起テ仏ヲ造、供養ノ日ヨリ此金ノ事ヲ祈申ス。其後、幾程ヲ不経シテ、陸奥ノ国・下野ノ国ヨリ色黄ナル砂ヲ奉レリ。……此ノ国ノ金ノ出来レル始也。

……彼椿崎ノ如意輪観音ハ、今ノ石山也トナム語リ伝ヘタルトヤ。

（『今昔物語集』巻十一・聖武天皇始造東大寺語第十三[3]）

……而ル間、徳道、夢ノ中ニ、神在マシテ、北ノ峰ヲ指テ、「彼ノ所ノ丈ノ下ニ大ナル巌有リ。早ク堀リ顕ハシテ、此ノ観音ノ像ヲ立奉レ」ト見テ夢覚ヌ。即チ行テ掘ルニ、夢ノ如ク大ナル巌有リ。広サ長サ等クシテ八尺也。巌ノ面ノ平ナル事、碁枰ノ面ノ如シ。夢ノ教ノ如ク、観音ヲ造奉テ後、此巌ノ上ニ立奉レリ。……

（『今昔物語集』巻十一・徳道聖人始建長谷寺語第三十一）

『今昔物語集』巻十一第十三話では、良弁が東大寺の大仏に施す金を求めて祈誓をおこなったところ、夢に僧がやってくる。僧は、山の石の上に如意輪観音を造り、さらに堂を建てよと告げた、と述べられており、この話は石山寺とその本尊の縁起となっている。

また巻十一第三十一話では、徳道上人の夢に神が出現し、「大ナル巌」の存在を示した上で、観音像を造るようにと告げている。その後、「夢ノ如ク」巌が見つかり、「夢ノ教ノ如ク」に観音像が造られる。これらの夢は、寺や仏像を新たに造る際に、神仏の意志が働いている例である。人間は、神仏の命をうけて動くことになり、完成した寺や仏像は、神仏によってその神聖さが保証されることになる。

それでは、修理に関してはどうであろうか。永遠の聖性を保証された仏像も、物質的な荒廃は避けられない。古代に創建された寺社も、年月を経て老朽化するようになる。『続古事談』では、神が自らの窮境を直接訴えるという次のような説話が見られる。

①鳥羽院御時、治部卿雅兼の夢に、此今宮、祇園に参て申給ける、「我居所やぶれ損じて、すでに年月ををくるに、院宣ありて修理せらる、かぎりなきよろこびなり」と見えたりければ、重といふもの、兵衛尉の功につくりける、覆勘をまたでなされにけり。

（『続古事談』巻四―八、今宮神の夢告[4]）

②一条院の御時、六月つごもりに風吹、雷おどろ〳〵しくなりけるほどに、母后の御方に藤典侍と云人に、北野天神つき給てのたまひける、「我家やぶれたり。修理せらるべし」。……

（『続古事談』巻四―九、北野天神の託宣）

用例①では、鳥羽院の御時、今宮神が祇園に参り、「自分の居所が長年荒廃していたのを、院宣によって修理がなされたのは限りない喜びである」と告げた、と源雅兼の夢に見えたという。また、次話にあたる用例②では、北野天神が女房に憑いて、社殿の老朽化と修理を訴えたという。この説話などは、社寺の修理について〈夢〉が契機とされる例である。一方、老朽化以外の理由で仏像が造り直された例がある。

……同じき五年、等身の不動明王の像を造り奉れり。仏師いまだ必ずしもその人ならずして、頗る端厳ならず。これに因りて他の材をもてこれを造り改めむと欲す。夢の告に云はく、他の材を用ゐることなかれ。吾好き工をもて造り直さしむべし、云々といへり。その後慮らずして仏師仁算を得て、これを造り直さしむ。相好円満にして、霊験日に新なり。同じき七年、仏堂を造立して、もて中尊を安んぜり。号づけて無動寺と曰ふ。……

（『拾遺往生伝』巻下・一、原漢文[5]）

『拾遺往生伝』巻下の冒頭話、無動寺の相応和尚の往生伝は、夢告のエピソードに満ちた話である。その中に、無動寺の本尊となる不動明王の像が造られたエピソードが出てくる。仏像はいったん完成をみるが、仏師の力量が不足しており、端正さと荘厳さを欠いていた。そこで他の材によって仏像を造り改めようとしたところ夢告があり、他の材を用いてはならない、優れた仏師によって造り直させるから、などと告げられる。その後、改めて仏師仁算によって造られた仏像は、相好が円満であり霊験も多かったという。造り直すことは決定しているが、それをどのように進めるかということについて、仏自身からの指示があり、それによって造り直された像は、結果として聖性が高められ保証されるものとなっている。

また、次のような例がある。『本朝文集』巻六十六に所収される願文「為二亡男某一修二冥福一願文〈代二法印宗清一〉」は、石清水八幡宮寺別当田中宗清（一一九〇―一二三七）が、貞永元年（一二三二）十二月十五日、亡くなった息子の章清のための供養をおこなう際、菅原為長（一一五八―一二四六）に執筆を依頼したものである。(6)


仏子宗清、不ㇾ堪二恋子之心一。敬凝二導西之誠一。……弟子有ㇾ子。齢已十六歳。告ㇾ離惜ㇾ離。悲又千万□。……

今生之面会永空、他界之音問亦絶。何以休二恋慕之思一、何以知二罪福之趣一。

只須憑二大雄一兮為二使鳥一、写二華文一兮代二芳礼一者也。

仍黒漆厨子、奉四造二‐立安三‐置三寸八分阿弥陀如来像一体一、御身内奉ㇾ納二東寺仏舎利一粒一。正面左扉図二‐絵普賢
菩薩像一、同右扉図二‐絵大菩薩御体一。

此皆以前供養早畢。委趣見二彼願文一。


其後夢告維新。色目聊有二相違一。双扉之右。改二大菩薩御体一兮図二観世音一。厨子之奥。左扃書二帝釈梵字一、右

扃書二炎魔天梵字一。中奉レ移二大菩薩御体一兮並二阿弥陀一。事之次第、誠以有レ謂。……

（仏子宗清、恋子の心に堪えず、敬ひて導西の誠を凝らす。……弟子子有り。齢已に十六歳。離れを告げ離れを惜しむ。悲しみまた千万□。……今生之面会永く空し、他界の音問亦た絶ゆ。何ぞ以て恋慕の思ひを休めん、何ぞ以て罪福の趣を知らむ。只だ須く大雄を憑み使鳥と為さむ、華文を写して芳礼に代えむものなり。

仍て黒漆厨子に、三寸八分阿弥陀如来像一体を造立安置し奉り、御身の内に東寺の仏舎利一粒を納め奉る。正面左扉には普賢菩薩像を図絵し、同右扉には大菩薩御体を図絵す。

此れ皆以前の供養早く畢りぬ。委しき趣は彼の願文に見ゆ。

其の後、夢の告げ維れ新たなり。色目聊か相違有り。双扉の右は、大菩薩の御体を改め観世音を図す。厨子の奥は、左扃に帝釈梵字を書き、右扃に炎魔天梵字を書く。中は大菩薩の御体を移し奉り阿弥陀に並ぶ。事の次第、誠に以て謂れ有り。……）

（『本朝文集』巻六十六、菅原為長「為二亡男某一修二冥福一願文〈代二法印宗清一〉」）[7]

宗清は亡息のために黒漆厨子を造り、その中に東寺の仏舎利一粒を納めた三寸八分の阿弥陀如来像を安置した[8]。厨子の正面左扉には普賢菩薩像、右扉には大菩薩像が描かれた。これらについては以前に供養がおこなわれていた。ところが、その供養の後で問題が起こる。厨子に描かれた絵の配置に不備があったというのである。それを知らしめたものこそ、〈夢の告げ〉であった（「其の後、夢の告げ維れ新たなり」）。

夢告に従い、厨子の正面右扉には、大菩薩像を改め観世音像が描かれた。厨子奥の左扃には帝釈天の梵字、右扃には炎魔天の梵字が追加された。そして厨子奥中央には、以前は右扉に描かれていた大菩薩像を移して本尊阿弥陀如来像と（前後に）並べた、という。すでに造られ供養も済まされていた厨子であったが、夢告によって尊像の配置内容が覆されたのであった。図絵されている尊像を描き改めるというのは、それ相応の〈理由〉が必要であったに違いない。この尊像が変更された必然性については、次の記事が参考になると思われる。

真縁上人は、愛宕護山の月輪寺に住せり。常に誓願を起てて曰く、法花経の文に常在霊鷲山、及余諸住所といふ。日本国はあに入らざる余の所ならむや。然らば面りに生身の仏を見奉らむといへり。……第八巻の内題に到りて、行業已に満てり。その夜の夢に曰く、石清水に参るべし、云々といふ。かの宮に毎朝に御殿の戸を開く者を宮主と謂ふ。忽ちに客僧の御帳の前にあるを見て、大きに驚きて追却せむとを欲す。この間矣に石清水別当〈その名を失ふ〉使いを遣して、宮主の僧に告げて曰く、神殿の中に定めて客僧あらむ。左右にすべからず。これ今夜の夢の中に霊託を蒙るが故なり、云々といへり。ここに知りぬ、生身の仏は、則ちこれ八幡大菩薩なることを。その本覚を謂はば、西方無量寿如来なり。真縁已に生身の仏を見奉れり。あに往生の人にあらずや。

(『続本朝往生伝』十六・真縁上人、原漢文)[9]

石清水八幡宮の八幡大菩薩は、「西方無量寿如来」すなわち阿弥陀如来が本地とされている。この認識は、平安時代末期にはすでに存在していたようである[10]。田中宗清が造らせた厨子の「大菩薩御体」が、正面右扉から厨子奥中央へと移動させられ、また阿弥陀如来と並べられた背景には、八幡大菩薩の本地に対する意識が反映されていたと考えられる。

先に述べたように、一度造られたものを修理するのには、それなりの〈理由〉がなくてはならない。造られたものに「誤り」があったことを認めることに変わりはないが、その「誤り」を告げたのが〈夢〉であったことによって、マイナスのイメージはむしろプラスへと転換された。夢の告げこそが、「誤りを正す」目的以上に、むしろ積極的な〈理由〉となったのである。

二　慶政と夢

本節では、〈夢〉が行動を規定した人物として、松尾上人慶政（一一八九―一二六八）を取り上げたい[11]。日本中世において「夢記」といえば明恵上人の存在が大きいが、彼と交流があったことが知られる慶政にも夢記が存在したようである。明恵の弟子である空達房定真は、明恵の臨終の前後に際し、多くの人々がその死に関する夢を見たことを記録している。その中の一つに、慶政が見た夢が挙げられている。

松尾勝月房上人夢記云、寛喜四年正月十九日辰剋〈行法正念誦時〉如夢如幻有人〈不見其体〉告云、明恵上人十八日酉剋入滅已了（歟）云、覚後如呑物耳、而十九日暮聞今日巳刻御入滅之由、而倩思之十八日酉剋者観音来迎瑞歟、上生内院（必歟）亦観音来迎歟、……

（空達房定真「最後臨終行儀事」[12]）

「松尾勝月房上人」すなわち慶政の夢記によれば、寛喜四年（一二三二）一月十九日辰の刻に、夢か幻のごとくに人が現れ、姿は見えないものの、明恵上人が前日の十八日酉の刻に入滅したと告げたという。この記事は、慶政が夢を書き記していたことを示すものとなっている。慶政もまた〈夢〉共同体の一人であった。また、藤原兼経による『岡屋関白記』[13]寛元四年（一二四六）条に見える次の記事のように、慶政が見た夢が他者に影響を及ぼしている例もある。


a　十四日甲辰降雨　自宣陽門院以小宰相有被仰事、鷹司院今来月間可有落飾之由也。松月上人有夢想事云々。

（十四日甲辰降雨、宣陽門院より小宰相を以て仰せらるること有り。鷹司院、今来月の間、落飾有るの由なり。松月上人、夢想事有りと云々。）

（寛元四年正月十四日条）


b　……入夜参六条殿、鷹司院可有落飾事也。廿九日自宣陽門院被勧申歟。有子細云々。松月上人夢想ニ無御出家者、可為重御悩之由見之間、去正月之比申之。

（夜に入て六条殿に参る、鷹司院落飾有るべきことなり。二十九日宣陽門院より勧め申さるるか。子細有りと云々。松月上人の夢想に、御出家なくば、重ねて御悩みとなるべき由、之を見るの間、去る正月の比、之を申す。）

（寛元四年四月二十日条）


記事の中に名が見える宣陽門院（一一八一―一二五二）は後白河院の娘である。また鷹司院（一二一八―七五）は、宣陽門院の猶子となり、四条天皇の准母ともなった人物である。正月十四日条によれば、兼経のもとに宣陽門院から小宰相を介して、鷹司院が今月か来月のうちに出家するとの知らせが舞い込む。この出家の話は、「松月上人」すなわち慶政による「夢想事」と関連づけられていた。さらに同年四月二十日条では、改めてその「夢想事」の詳細が語られている。それによれば、鷹司院が出家しなければ病がますます悪化するということを、慶政は夢想によって見たというのである。

慶政もまた「夢」を重視していた人物であった。次節では、さらに慶政と夢の関わりを知るために、彼の著述した二つの資料を取り上げたい。

三　慶政『金堂本仏修治記』と夢

まず一つ目に取り上げる『金堂本仏修治記』は、慶政が園城寺（三井寺）金堂の本尊である弥勒像の修理をおこない、仮金堂に安置するまでの経緯を記したものである。文末に、「文永四年十月十八日、入寺奉安置仮金堂已畢、相似沙門慶政〈生年七十九歳〉敬以記之」と見え、文永四年（一二六七）に仏像を仮金堂に安置したことが述べられている。慶政が文永五年（一二六八）十月五日に八十歳で没していることから（『三井続灯記』）、慶政が亡くなる前年に行われた仏像修理の記録であり、現在知られている著述の中では最後のものと目されている。宮内庁書陵部に慶政自筆本が存し、図書寮叢刊『伏見宮家・九条家旧蔵　諸寺縁起集』[14]に所収されている。

本書については、柴佳世乃・戸波智子によって、翻刻・釈文を含めた詳細な研究がなされている。[15]柴・戸波氏は、本書の性格に対し、次のように述べている。

園城寺僧として師資相承を受けた慶政は、九条家の人脈を背景にした、宗派を超えた多彩な活動を展開しながらも、修行の最初期から最晩年に至るまで、園城寺に寄せる並々ならぬ思いを持ち続けていたと想像される。……本書は、単なる仏像修理の記録というに止まらず、詳細に描かれた夢告や秘伝等を通じて、慶政の「記録」に対する思いや方法、そして九条家をはじめとする興味深い人脈のありようを具さに映し出すものである。

本稿では、柴・戸波論文に多くを拠った上で、『金堂本仏修治記』の内容と夢告について見ていきたい（以下、引用は柴・戸波論文の翻刻による）。

弥勒慈尊二尺座像、御頭金也、御身銀也。無左御手、又無座光矣。欲奉修治之、付冥顕有其怖焉。文永四年八月八日、限一七ケ日奉祈念冥衆之処、十二日暁夢、参詣故東福寺禅定大閤御居所、雑談之次申入此事。仰云、可被仰合行如也、親率天事為行如奉行也。于時行如忽然出来〈下野前司入道名也〉。即問之、答曰、尤可被修治候也〈行如者行如々理上人名字歟〉。夢覚已後、問修治用途於銀細工之処、申云、最上品座光幷御手ニ銅銭百廿貫、中品七十貫云々。貧道身仰天之外無他事者也。

冒頭に見える「弥勒慈尊二尺座像」は、柴・戸波論文では、「丈六の弥勒像の内に秘仏たる弥勒像が籠められたもの」、「園城寺本尊（すなわち金堂本尊）は、三国伝来の如来形の生身弥勒を胎内仏として収める、木造の弥勒菩薩である」と比定されている。仏像の「御頭」は金、「御身」は銀で造られていたが、左手と座光が無かったという。このことから慶政は修理を施すことを決意するが、冥顕に付けて畏れがあり、実現できないでいた。そこで文永四年（一二六七）から七日間の祈誓を行ったところ、十二日の暁に夢による示しがあった。

慶政は夢の中で「故東福寺禅定大閤」の居所に参詣し、雑談のついでに修理について申し入れる。「故東福寺禅定大閤」とは、東福寺の開基である九条道家（一一九三―一二五二）を指す。道家と慶政とは兄弟関係にあったと推定されている。道家はこの時すでに故人であったが、亡くなってからも慶政にとっては相談をしたい相手であったかと想像される。道家からは「行如」に問い合わせるとよい、との助言が与えられる。すると「行如」が忽然と現れたので問うてみると、修理すべきであるとの返答があった。夢を見た後、修理に用いる材料と費用について銀細工に尋ねたところ、仏像の座光と仏手は最上級品であれば銅銭百二十貫、中級品でも七十貫かかるとのことであった。慶政は「貧道の身、天を仰ぐの外、他事なきものなり」と嘆く。

同九月十二日、沙弥蓮寂〈三郎入道〉以書状申云、年来自大唐国令渡馬瑙候、子御要ニ候者、可令進上候。即申云、近日殊有大要、早々可随身来臨也云々。此夜夢有禅僧、被仰云、此馬瑙者聖徳太子御計にて信一と云者を用て被送遣也云々。

即夢中思云、為金堂本仏座光御計の有歟之時、故洞院摂政殿下北政所出来、被仰云、聖徳太子御計能々可悦申也〈護法形躰歟〉。

先の流れで同年九月十二日、沙弥蓮寂から書状が届く。それによると、数年前に大唐国から瑪瑙を渡らせていたのだが、もし御入り用であれば進上したい、という。慶政はすぐさま返答し、近日特に必要なことがあるので、早く持ってきてほしい、と伝えた。この日の夜、慶政は夢を見る。ある禅僧が現れて語るには、この瑪瑙は聖徳太子のお計らいであり、信一という者をもって送り遣わされたということであった。これは金堂本尊の座光のためのものなのかと慶政が思っていると、夢に「故洞院摂政殿下北政所」が現れ、聖徳太子のお計らいをよくよく悦ぶべきであると告げた。ここで登場した「故洞院摂政殿下北政所」は、道家の嫡男である教実の妻、恩子（忠家の母）である。夢の中の「北政所」の登場と言葉によって、瑪瑙の件と修理の費用との結びつきが肯定されることになるのである。

こうして、慶政は仏像の修理を成し遂げる。この本尊は、聖徳太子が前世で百済国王宮に生まれた時、その御産が安穏であるように大王が鋳らせたものであると、『金堂本仏修治記』の末尾では語られている。先行研究でも指摘されているように、慶政は聖徳太子ゆかりの寺社を修復する事業に携わっていた[16]。それに関して、慶政の著した『比良山古人霊託』に興味深い記事がある[17]。

（慶政）問ふ。聖徳太子の御時の人と仰せらるるの間、何と無く貴く覚せ給ふなり。太子の仏法興隆しおはしまししは、御覧ぜしか。また太子の御旧跡を随分に修補し奉る人は、何様に申さるるや。
（天狗）答ふ。太子の仏法を弘め給ひしは、これを見き。その時は、我は未だ修行せざるなり。仏法を修行するの人は、来世をも遥に見るなり。我は修行せざる故に、見ること能はざるなり。また旧跡修補の条、それを讃めざらんの人は誰か有るべきや。

『比良山古人霊託』は、延応元年（一二三九）五月十一日、前摂政関白九条道家入道が発病、法性寺にいる間に、邸内の二十一歳の女房に天狗の霊が憑いたのを、慶政が問答して記したものである。この中で慶政は、聖徳太子ゆかりの旧跡の修補に尽力する者に対しての評価を尋ねている。天狗の返事は、「旧跡を修補することを讃えない者などいない」というものであった。このことは、聖徳太子関連の遺跡を修造する慶政自身にとって大きな励ましとなったに違いない。それと同様に、〈夢〉もまた慶政の行動を後押しするものとなったと考えられる。

四　慶政『法華山寺縁起』と夢

次に、慶政が著した『法華山寺縁起』について取り上げたい。本書は、慶政自筆と認められる宮内庁書陵部蔵本（以下、書陵部本）と、南北朝書写の天理図書館蔵本（以下、天理本）の二つの伝本が知られている。書陵部本については、図書寮叢刊『伏見宮家・九条家旧蔵　諸寺縁起集』[18]に翻刻が収録され、また『僧慶政関係資料　法華山寺縁起』[19]として複製も刊行されている。また、天理本に対しては、先に挙げた二書でもそれぞれ異同や翻刻の形で示されており、書陵部本との関係についても言及がある。これらの先行研究を継承した上で改めて整理し、発展させたのが、近本謙介「天理図書館蔵『法華山寺縁起』について――影印・翻刻・解題と考察[20]――」である。近本氏は天理本を中心に据え、書陵部本と比較した上で、次のように指摘している。

> 伝本の性格を考える上からは、天理本にも慶政奥書が存し、縁起伝承記事は書陵部にもあって、天理本の叙述と方法を異にするものではない点などから、天理本も後人の手によって大きな改編が加えられたと考えるよりは、書陵部本に見える箇条書きや別紙に譲っていた内容を縁起内部に取り込む作業などを経た、慶政による推敲・加筆の後と考えた方が自然ではあるまいか。こうした二種の草稿本が縁起形成の過程に残され伝えられることは極めて稀な事象といえるであろう。

本稿ではこれらの研究の驥尾に付して考察をおこない、『法華山寺縁起』に見える夢について検討したい。近本氏は、書陵部本と天理本との比較のために、両者の本文を対照させる手法を採る。本稿でもそれに倣い、考察の対象となる部分を並記する形で以下に掲げる。

引用①

（天）金堂内奉安置石像　不動明王　、因縁待　時不期　同来、

（書）金堂　石像大聖不動明王者、因縁待於時不期而自来、

（天）中比備前国浦辺、有一石、海人常坐其上、時々夢此石仏躰、不可穢之、雖経年序、未知其実、或時石破而為両段、見其岩面、不動形像宛然如絵、尓時、海人結庵敬仰、

（書）厥後経多年、後白川院遣使者、請之奉安置道場、或時有夢告、早可送本所、及度々故、被奉送本所、其後或者拝之盗取畢、為備東夷将軍実朝興仰、而将軍他界之間、窃安淀津問男室、而家内温病充満、令卜惟之、霊像所為云々、相尋問本主宿所、件男病死畢、仍以此石像令捨灾井辺石中畢、其後於井辺下女等多受病、因玆安置或墓所上畢、今伝聞此由、所奉迎請之矣、其後本所住侶伝聞来臨当山、已被奉入於大殿御所之由返答畢、是則依御気色、其後験瑞不一、病患之輩不累其日平癒数多、実珍物碍主来此謂歟、

（書）〈委細在別紙〉、仍造立半丈六木像、所奉納件像也、

引用②

（天）菩薩其長五寸許、即取之、瞻仰之観音勢至仰接之像也、惟時昔夢告拝謝而安置、

（書）　其長五寸　　即　　　観音勢至仰接之像也、

引用③

（天）先　是始平地之時、夢有一禅僧、　　　　相此地云、此地名自然往生地、

（書）先従此始平地之時、夢有一禅僧〈即是／自身也〉、相此地云、此地名自然往生地、

引用④

（天）天然地形、夢告不空者歟、

（書）左谷貌行、右□貌智耳、此山行谷尤深、故行者可蒙徳哉、弟子始挙登此地之時、但以上人墳墓為樹下之主、以繊芥盤路為山上之道、即構方丈草庵、修法花弥陀法、受処雲務覆頂、独澄神寂思矣、

引用⑤

（天）

（書）奇事条々

曳塔廻廊敷地之時、打破一石、其裏面有観音・勢至二菩薩形像事

又曳廻廊敷地之時、引出水精軸一片、弟子所持智証大師御筆水精軸、日来無片、令試立之、其大幷角宛然如旧、不可思議々々々々、

又当山異香薫事〈余両三度聞之、其香如沈／又他人聞之〉

又他人連々告瑞夢〈某院女房夢／又住僧等夢〉
又当初鎮西沙弥、於東山、見当山之紫雲事〈其皃上広、下狭、如引布直向上〉

まず引用①では、金堂の不動明王の石像について、書陵部本が「委細在別紙」とするのに対し、天理本では詳しく記述され、より縁起化されたものとなっている。注目したいのは、その中に夢告が出てくる点である。書陵部本においても、引用⑤に掲げた末尾部のように、「奇事条々」として「他人連々告瑞夢」という一条を挙げており、「某院女房夢」や「住僧等夢」が存在していたことが知られるが、天理本の場合、本文の中で独自に「夢」の文言が見られることが特徴的である。たとえば引用②では、「惟時昔夢告拝謝而安置」という一文が見える。また、引用④では、書陵部本が、「弟子始挙登此地之時」として、慶政が実際に現地に赴いた時のことを述べているのに対して、天理本は、「天然地形、夢告不空者歟」とのみ記述して、夢告が現実化されたことを示している。引用②と④はいずれも、以前からの夢告があって、慶政が導かれてきたことを語るものとなっている。

引用③は、夢に一人の禅僧が現れたことを述べているが、書陵部本では「一禅僧」に「即是自身也」という割注があるのに対し、天理本には見られない。「一禅僧」の正体が「自身」であることを明かさないことにより、「一禅僧」は夢告を授ける超越的存在とも読み取れる。このことは、天理本がより縁起的な本文を志向したためと考えられないだろうか。

おわりに

寺社の創建や、仏像の造立のための事業には、しばしば霊験が現れた。造寺造仏に関して〈夢〉を見るということは、神仏に認められることであり、使命を与えられ、義務を負わされることでもある。また、〈夢〉を見た者の行動を肯定し、評価し、保証するものでもあった。『金堂本仏修治記』における慶政のように、自らの修造事業への確信を与えた〈夢〉は、次の段階として、資金調達の勧進に活用されることもあったと考えられる。夢の共有圏においては、他者が見た夢が集約されていくこともある一方で、「自夢」[21]が発信されていくこともあった。慶政の『法華山縁起』では、複数取り込まれている夢告に着目し、二つの伝本の比較を通して、〈夢〉が縁起を形成していく一過程についてささやかながら考察を試みた。

註

（1）菊池良一「説話における夢について――仏教説話を中心として――」（『中世説話の研究』桜楓社、一九七四年）。
（2）河東仁『日本の夢信仰――宗教学から見た日本精神史――』（玉川大学出版部、二〇〇二年）。
（3）新日本古典文学大系に拠る。
（4）新日本古典文学大系に拠る。
（5）日本思想大系『往生伝　法華験記』（岩波書店、一九七四年）に拠る。
（6）詳細については、拙稿「石清水八幡宮権別当宗清亡息追善願文考――菅原為長の『本朝文集』所収願文を中心に――」（『詞林』五六、二〇一四年）参照。

（7）国史大系に拠る。訓読は私に施した。

（8）『石清水八幡宮史料叢書五　造営・遷宮・回禄』（石清水八幡宮社務所、続群書類従完成会、一九七五年）五七六頁所収の「仏像目録」に、宗清の造らせた厨子を指すと考えられる記事が見える。

a

（見返し）

可賜修理別当（田中行清）水文小厨子幷白木大／厨子等仏菩薩目録

嘉禎三年五月十日

検校法印（田中宗清）（花押）

b

黒染小厨子

三寸八分阿弥陀立像〈泥　仏師院範法印〉

左扉図絵普賢菩薩

右扉図絵聖観音像

後中央大菩薩御体

絵師法橋勝円

炎魔天・帝尺種子ヲ左右付之

本尊御身奉納物

亡者所持仏舎利〈安貞年中参東寺、自奉請之、〉

臍緒　髪

御座奉納宗清歯

（9）日本思想大系『往生伝　法華験記』（岩波書店、一九七四年）に拠る。

（10）日本思想大系の頭注は、『続本朝往生伝』の当該話を「石清水八幡の本地を阿弥陀仏とすることの、おそらく初見の記事。」とする。また、逵日出典『八幡宮寺成立史の研究』（続群書類従完成会、二〇〇三年）参照。

（11）慶政の人物像および著作物については多くの先行研究がある。橋本進吉「慶政上人伝考」（『橋本進吉著作集　伝記・典籍研究』岩波書店、一九七二年。初出は、大日本仏教全書「遊方伝叢書」第三、仏書刊行会、一九一七年）、平林盛得「慶政上人伝考補遺」（『国語と国文学』四七―六、一九七〇年）、堀池春峰「法隆寺と西山法華山寺慶政上人」（『南都仏教史の研究　下　諸寺篇』法藏館、一九八二年）、原田行造『中世説話文学の研究』上（桜楓社、一九八二年）など参照。また柴佳世乃「書写山の秘説をめぐって――書写山と慶政に関する新出資料――」（『読経道の研究』風間書房、二〇〇四年。初出は、『文学』一〇―二、一九九九年）は、慶政の年譜をまとめる。

(12) 高山寺蔵。『明恵上人資料　第二』（高山寺典籍文書綜合調査団編、東京大学出版会、一九七一年）所収。

(13) 大日本古記録に拠る。訓読は私に施した。

(14) 宮内庁書陵部編、明治書院、一九七〇年。

(15) 柴佳世乃・戸波智子「慶政『金堂本仏修治記』を読む――慶政と園城寺、九条家――」（千葉大学『人文研究』三八、二〇〇九年）。

(16) 牧野和夫「基調報告　慶政と聖徳太子信仰――宋版一切経補刻事業を軸に――」（『仏教史学研究』五〇―一、二〇〇七年）、近本謙介「聖地の継承と再構築に関する言説と行為――聖徳太子信仰をめぐる託宣と巡礼の視点から――」（『アジア遊学』一一五、勉誠出版、二〇〇八年）、近本謙介「特集・南都の文学　南都復興の継承と展開――慶政の勧進をめぐる二つの霊託――」（『文学』一一―一、二〇一〇年）等参照。

(17) 新日本古典文学大系『宝物集　閑居友　比良山古人霊託』（岩波書店、一九九三年）に拠る。

(18) 前掲註（14）に同じ。

(19) 宮内庁書陵部編、八木書店、一九九一年。

(20) 近本謙介「天理図書館蔵『法華山寺縁起』について――影印・翻刻・解題と考察――」（『唱導文学研究』六、三弥井書店、二〇〇八年）。

(21) 蓮禅『三外往生記』（一一三九年以降成立）には、「自夢」という語が見える。慶政は承久二年（一二二〇）に本書を書写している。

①『三外往生記』〔七〕

延暦寺楞厳院妙空沙門者、欣求浄土、不染世縁。……但素功未畢、露命忽殞。在世之時、自夢、有一大集会処、諸僧之中、相撰念仏者計度西方。指妙空云、彼不乱念仏、大徳早可行度。即歓喜、度西方了。夢覚以後、踊躍歓喜云、縦雖散乱之心、念仏之功不虚歟。……

②『三外往生記』〔二〕

理満自夢、我身死去、棄置曠野。群狗食噉我骨肉。夢中思惟此事何因縁、有千万狗乎。……

③『三外往生記』〔九〕

阿闍梨明普、住延暦寺楞厳院。数十年間、修西方業。念仏読経、薫修有日。往年祈願曰、願知命期。自夢、六十九是其期也。……

（付記）本稿は、平成二十六年度科学研究費補助金・特別研究員奨励費（課題番号23・40076）「中世寺院および博士家における願文作品の基礎的研究」による成果の一部でもある。

描かれた夢
——吹き出し型の夢の誕生——

入口　敦志

はじめに

『金々先生栄花夢』をご存じだろうか。江戸時代の庶民文学を代表する作品の一つ。赤本、青本、黒本などという子供向けの絵入小型本の体裁を踏襲し、黄色の表紙を付して刊行された、いわゆる黄表紙の嚆矢とされるものである。今風に説明するならば、子供向けの漫画本を大人の読みものとして、面目を一新した画期的な試みであった。作者は恋川春町（一七四四―一七八九）。本名を倉橋格（いたる）といい、駿河小島（おじま）藩松平家に仕えた歴とした武士である。栄花を求めて江戸に出ようとしていた金村屋金兵衛が、旅の途中うたた寝をしている間に、一生の盛衰を夢に見てむなしく思い、故郷へ帰るという、謡曲『邯鄲（かんたん）』を踏まえた筋を持つ。その最初の部分に金兵衛が粟餅屋の店先でうたた寝をし、夢を見ている場面が描かれる（**図1**）。

顔に団扇をあてて眠る金兵衛。その首筋あたりから曲線の吹き出しのようなものが出ており、その枠に囲まれて夢の内容が描かれている。現代の我々が何の説明もなしに見ても、この吹き出しが夢を表していることは直ちに了

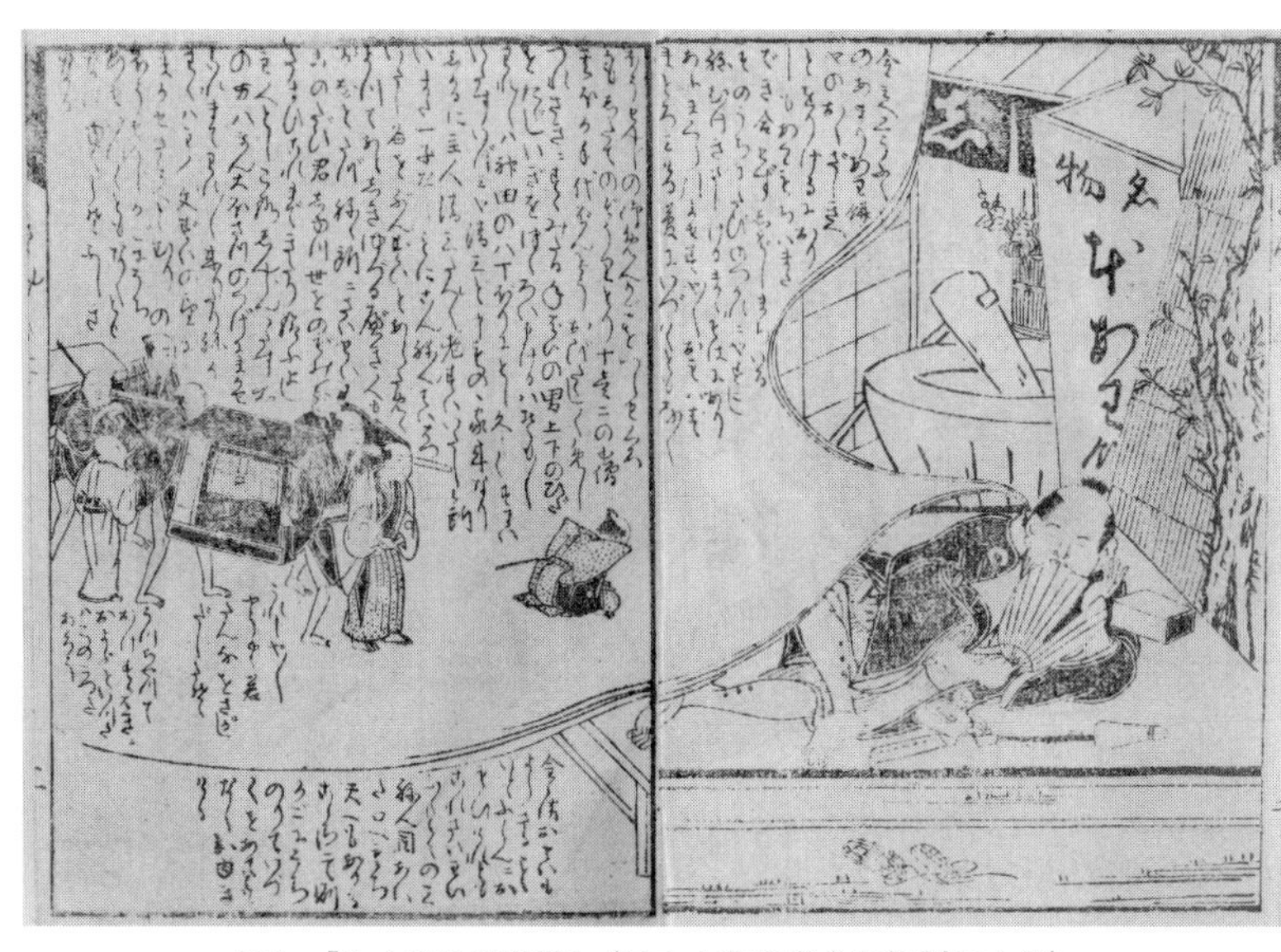

図1　『金々先生栄花夢』（日本古典文学会の複製による）

解されるだろう。そういう意味で、この夢の描き方は現代に通じるものであるといえる。この作品は安永四年（一七七五）の刊行だが、七十年ほどさかのぼった元禄（一六八八―一七〇四）頃までは、こういう夢の描き方は一般的ではなかった。結論を先にいえば、吹き出し型に描く夢は江戸前期までの日本には定着していなかったといってよい。だからといって、吹き出し型に描く夢を知らなかったわけではない。知っていたのだ。知っていてそのような描き方をしなかった。なぜならば、江戸時代前期までの日本には別の夢の描き方があったからである。さて、それはどういうものであったのだろうか。

その淵源を探るため、まずは、アジアにおける古代の夢の描き方から見てみよう。

一　ガンダーラから北宋まで

古代の人々がどのように夢を描いてきたかを探るのに格好の題材がある。それは「托胎霊夢（たくたいれいむ）」（「下天托胎」「入胎」

図2　托胎霊夢図『ガンダーラ仏伝石彫』（東京国立博物館蔵）

などの呼称もあるが、本稿では「托胎霊夢」で統一する）の場面である。「托胎霊夢」とは、摩耶夫人（まやぶにん）が、白象が胎内に入る夢を見て釈迦を懐胎したという、仏伝中の重要な場面である。古代インドにおいて、仏像や仏伝が図像化（以下「仏伝図」と呼ぶ）される際に、この托胎霊夢の場面も図像化されている。古い例は二、三世紀のガンダーラの石彫である。**図2**は東京国立博物館に展示されているもので、寝台の上に横たわる摩耶夫人の上部に象が彫刻されている。様式としては、象を円で囲むか囲まないかの違いがあるようで、宮治昭氏に次のような指摘がある。

> 象が円で囲まれず、そのままあらわされているのは、それが「夢のなか」のできごとではなく、象が実際に兜率天から下生したことを示しており、じつはインド的な特徴である。（略）ところで、象を円形内に収める意味は、これは現実と区別される聖なるできごと、いわば現実世界とは異なる世界の存在であることを示しているのであろう。経典では、兜率天より下生する菩薩である象が、光り輝く超現実的な存在として、太陽にたとえられている。（略）このように、「託胎霊夢」における白象は太陽に比すべき光り輝

図3・4　『仏伝播』敦煌莫高窟出土
（大英博物館蔵、『敦煌蔵経洞流失海外的絵画珍品　西域絵画・6（仏伝）』による）

く存在、超現実的な存在としてとらえられており、円形内にあらわすことによって聖なる異次元世界の存在であることを強調しているといえよう。（『ガンダーラ　仏の不思議』一九九六年、講談社。「第三章　仏伝の図像学」）

図録等で確認すると、確かに丸で囲まれたものと囲まれていないものがある。いずれにせよ、眠っている摩耶夫人と夢に登場する象の間には、夢であることを示す記号は何もない。このような描き方のものを本稿では「無枠型」と呼ぶこととする。

このガンダーラにおける仏伝の画像は、その後中国へと伝播していく。**図3**（『敦煌蔵経洞流失海外的絵画珍品　西域絵画・6（仏伝）』二〇一〇年、重慶出版社。**図4**も同じ）は絹に描かれた仏伝幡（ばん）で、九世紀のものとされ、敦煌で発見されたもの。寝台に横たわる摩耶夫人の頭部上方に、雲に乗り丸で囲まれた象が描かれる。また、同時期の別の幡にも同様に描かれた托胎霊夢図がある（図4）。こちらは、象の上に童形の釈迦が乗り、象の両脇に二人の侍者が描かれる。いずれも無枠型。象が雲に乗るという違いはあるが、ガンダーラから図像がそのまま持ち込まれたものと考えてよいだろう。

それより遡る北魏の時代の中国にも托胎霊夢図がある。北魏皇興五年（四七一）の銘を持つ石造仏坐像の光背浮き彫りには、托胎霊夢や誕生などの仏伝図があるとされる。その石造仏は陝西省東興平県出土とのこと（百橋明穂『日本の美術267　仏伝図』一九八八年、至文堂）。その図柄も無枠型で、丸で囲まれた象があるのみである。

さらに、北宋第二代皇帝太宗（在位九七六―九九七）が著した『御製秘蔵詮』に付された挿絵にも、托胎霊夢図が描かれている。十世紀末、宋版大蔵経の一部として刊行されたもので、後に高麗において覆刻される。

その覆宋版『初雕高麗大蔵経』に収められた『御製秘蔵詮』中の仏伝図が図5-1（江上綏・小林宏光『南禅寺所蔵『秘蔵詮』の木版画』一九九四年、山川出版社）である。現在知られている北宋版の『御製秘蔵詮』は「大観二年歳次戊子十月　日」（一一〇八）の年記を持つ巻第十三の一巻のみで、ハーバード大学サックラー美術館所蔵のもの。近時『開宝遺珍』（方広錩・李際寧編、二〇一〇年、文物出版社）として複製された。これには図版四図が含まれているが、残念ながら托胎霊夢図はない。その四図を『初雕高麗大蔵経』のものと較べてみると、『初雕高麗大蔵経』の図は、多少線刻の荒さがみられるものの、構図そのものは北宋版を忠実に覆刻していることがわかる。よって、北宋版の托胎霊夢図は遺されていないものの、『初雕高麗大蔵経』の図によって、北宋版の図様は推し量ることが可能であろう。

では図5-1にもどってみよう。細緻な描線によって、托胎霊夢から誕生までが描かれている。全体の右半分を

図5-1　『御製秘蔵詮』より托胎霊夢図（『南禅寺蔵、『秘蔵詮』の木版画』による）

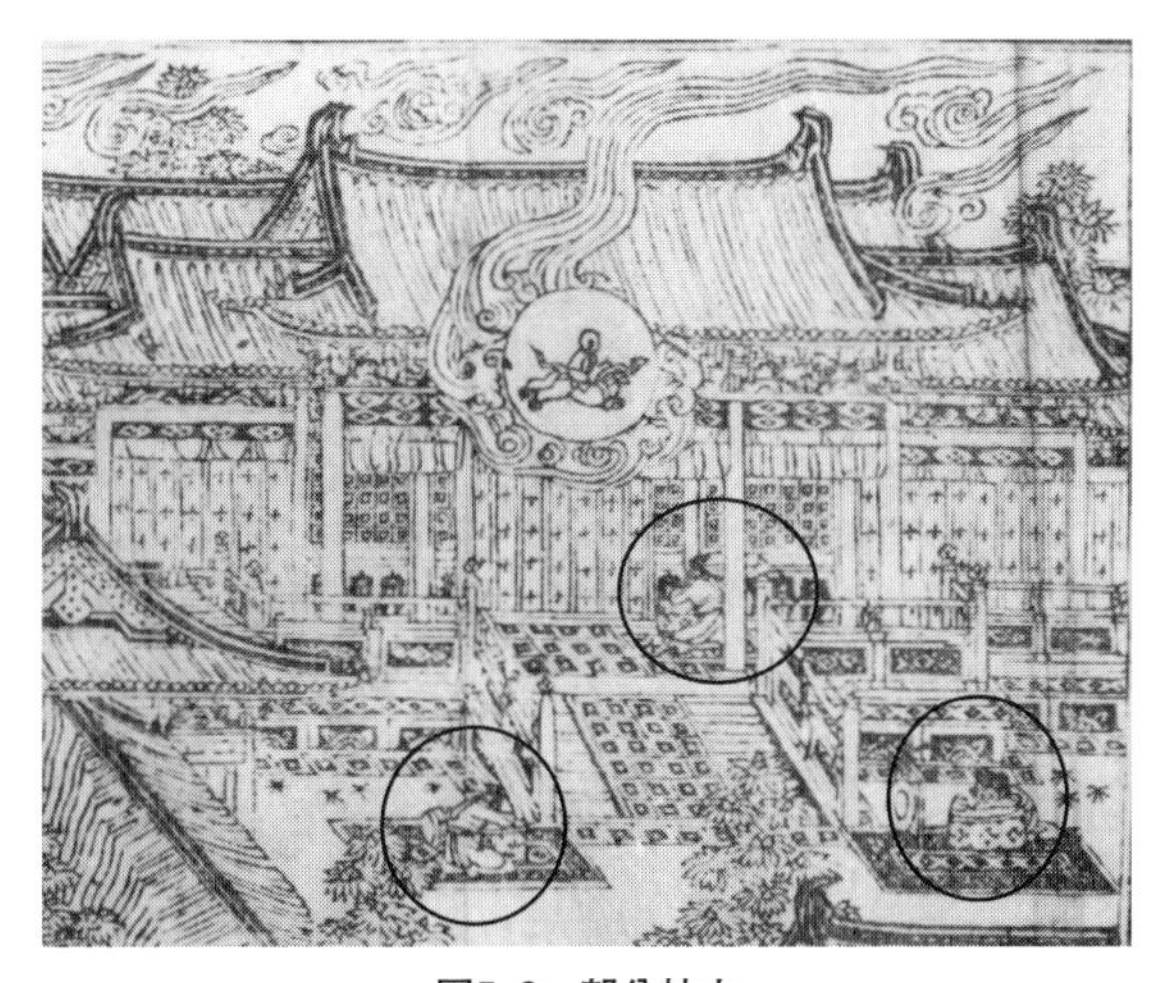

図5-2　部分拡大

占める托胎霊夢の場面を拡大してみたい（図5-2）。

ここに摩耶夫人の姿はない。おそらく中央の豪壮な建物の中にいると思われる。描かれているのは、扉の右前方に一人、階の下左右に一人づつの合わせて三人の侍女らしき人物である。この三人はいずれも臥して寝た状態で描かれており、これによって建物の中にいるはずの摩耶夫人も寝ていることを暗示するのだろう。その建物の屋根のあたりに、象に乗った幼児らしき人物が丸に囲まれ、さらにその丸が雲に乗った姿に描かれる。すでに見てきた敦煌の幡や北魏の浮き彫りと軌を一にした描き方のもので、やはり無枠型である。

この『御製秘蔵詮』の持つ意味は大きい。一つは、古代インドや敦煌と同様、中国の中央においても、北宋（九六〇―一一二七）の頃までは托胎霊夢図は無枠で描かれていたことがわかる点で。もう一つは、図示した『御製秘蔵詮』が京都南禅寺に所蔵されている『初雕高麗大蔵経』のものである点で。無枠型の夢の描き方は、十一世紀には朝鮮半島を経由して、日本にまで伝来していたのであった。

では、古代の日本では、夢をどのように描いていたのだろうか。

二　古代日本の夢

『御製秘蔵詮』の持つ意味が大きいとはいえ、その将来以前の日本に仏伝図がなかったわけではない。その最も著名なものが、奈良時代の『絵因果経』である。上図下文の形式をもつこの絵巻は、現在完全なかたちでは遺っていない。本稿で注目している托胎霊夢の場面は巻一に収められていたと考えられているようであるが、その巻一はまったく遺されていないこと（『日本の美術２６７　仏伝図』）は残念である。また、天平二年（七三〇）に建てられた薬師寺の東塔には托胎霊夢に始まる釈迦八相塑像群があったとのことであるが、これもほぼ壊れてしまっている（『日本の美術267　仏伝図』）。ただ、塑像という立体的な造型であったことを考慮すれば、夢を枠で囲っていたとは考えにくい。おそらく、横たわる摩耶夫人の上方に象が浮かんでいるような、ガンダーラの石彫と同様のかたちをとっていたのではないだろうか。

鎌倉時代に入ると、「釈迦八相図」と呼ばれる仏伝図が多く描かれるようになる。それ以前、平安時代にも堂扉壁画として描かれていたようだが、これもほとんど遺されていない。

「釈迦八相図」における夢の描き方に注目すると、鎌倉時代の托胎霊夢図は二種類に分けることができる。一つは無枠型、もう一つは光明型である。無枠型はすでに述べてきたように何も記号を描かないもので、剣神社、大福田寺などが所蔵する仏伝図がそれにあたる。光明型（**図6**）とは、眠る摩耶夫人と空中の白象との間を二条の光明で結ぶもので、常楽寺やＭＯＡ美術館などに所蔵のものがこの形式をとる。

ここで少し托胎霊夢から離れて、一般に夢をどう描くかを見てみよう。

正中年間（一三二四―一三二六）に起草された『石山寺縁起』には、観音の霊験譚として多くの夢告の場面が絵画化されている。次にあげるのは、巻五に描かれる藤原国能の妻の参籠の場面である。国能夫妻は貧乏な上に子にも恵まれなかったため、国能は妻を離縁する。悲しんだ妻は石山寺に七日の参籠をした。

かなしみのあまりに、当寺に七日参籠して、日夜に三千三百三十三度のをかみをまいらせて、命のたえむ事をかへりみす、まことをいたし祈請しけるか、いさゝかまとろみたる夢に、御張の内より観音現給て、是は汝か子なりとて如意宝珠をたまはるとみて、ふとうちおとろきたる掌のうちに一の珠あり、其色金色にあらす、又赤色にあらす、普通の色にことなり、よろこひおもふ事かきりなし、いそき家にかへりて、あかめおこなひけるに、彼国能もかへりあひて、ひきかへ富さかへつゝ、中二年をへて男子いてきて、思のことく家をつき、宝珠を相伝し侍けり、（『石山寺縁起』巻五。私に読点を付した）

その参籠の様子が**図7**である。屏風を引き回し、青畳を二枚敷いて伏して眠る国能の妻。その枕元には夢に示現した観音が描かれるが、夢であることを示す記号はまったく描かれない。『石山寺縁起』中の夢の場面は、すべてこのような無枠型である。『石山寺縁起』に限らず、中世の絵巻物については、夢の場面は同様に無枠型で描かれている。神仏の示現については、絵巻物では空中に浮遊するように描かれることが多い。その示現が眼前に起こっていることか、あるいは夢中でのことかを区別するのは、その横に眠った人物が描かれているかどうかという点だけである。眠っている人物の枕元に、無枠型で夢の内容を描く。このかたちが古代日本における夢の描き方の一般であったと考えてよいだろう。ガンダーラや敦煌、『御製秘蔵詮』における描き方と軌を一にしていたのである。

では、先に見た托胎霊夢図のうち、摩耶夫人と白象を光明で結ぶ光明型をどう考えるか。これについては、何らかの影響関係をうかがわせる二つの事象を指摘するにとどめたい。

ひとつは、やはり鎌倉時代以降盛んに作られる『聖徳太子絵伝』である。夢告の場面ではないのだが、四天王寺蔵本をはじめ多くの『聖徳太子絵伝』の太子誕生の場面に、光明を描いている（**図8**左方）。これは、『聖徳太子伝暦』の次のような記述にみえる、「赤黄の光」の二度の「照耀」に対応するものである。

敏達天皇元年壬辰春正月一日、妃、宮第中を巡り、厩の下に到りて、覚えず産あり。女孺驚きて抱えて疾く寝

図6　托胎霊夢図「釈迦八相図」（部分）

図7　『石山寺縁起』（石山寺蔵、『日本絵巻大成』18〈中央公論社、1978〉による）

殿に入る。妃亦恙無くして、幄の内に安宿して、皇子驚きて侍従の庭に会するに詢ふ。忽ちに赤黄の光あり。西方より至りて、殿の内を照耀し、やや久しくして止みぬ。天皇たちまちに此の異を聞きて、駕を命じて之を問ふころをひ、殿の戸に及びて復た照耀することあり。（『聖徳太子全集』第三巻。私に訓み下した）

延久元年（一〇六九）に法隆寺東院絵殿に描かれていたという現存最古の『聖徳太子絵伝』（東京国立博物館蔵）では、誕生した聖徳太子から光明が射しているように見えるが、これは二度目の照耀であろう。鎌倉時代以降のものでは、上空から太子に向かって光明が射しているように描かれるが、こちらは西方からの光明の表現であると思われる。この太子伝絵における光明が、仏伝図の光明になにかしら影響を与えているのではないかと推測する。

ちなみに太子伝絵にも仏伝図におけると同様、托胎霊夢ともいうべき場面がある。妃の夢に金色の僧侶が現れ、問答をした後、口から妃の胎内に入るという話である。延久元年の『聖徳太子絵伝』には、この話の詞書はあるのだが、絵の方は剥落が激しく、どのようなものであったかはわからない。鎌倉時代以降の太子伝絵では、父用明天皇と母穴穂部間人皇女とが同衾しており、その枕元に金色の僧侶が描かれる（**図8**右方）。ここでも夢は無枠型である。

光明のもう一つの例は、来迎図である。阿弥陀如来が末期の衆生を迎えるために西方から現れ、その白毫から光明が衆生に向かって発せられるかたちに描くのである。あるいは、阿弥陀如来は描かずとも、瑞雲のような雲の中から光明が射すかたちに描くこともある。いずれにせよ、来迎をあらわす記号として描かれていると考えられるのだが、これも仏伝図の托胎霊夢図における光明となんらかの影響関係を考慮する必要があるように思う。

三　吹き出し型の夢、発端

日本で『石山寺縁起』が作られたのと同じ頃、中国では、元王朝の至治年間（一三二一―一三二三）に「新刊全相平話」を題名に冠した小説類が建安の虞氏によって続々と刊行された。『新刊全相平話武王伐紂書』『新刊全相平話楽毅図斉七国春秋後集』『新刊全相平話秦併六国』『新刊全相平話前漢書続集』『新刊全相平話三国志』の五種が、日本の国立公文書館に現存している。いわゆる「全相平話五種」である。

「全相平話五種」は、「全相」の名のとおり、全頁に挿絵が入った読みものである。挿絵は上部に区切られて描かれ、下部には本文が置かれており、いわゆる上図下文の形式を持つ。この「全相平話五種」のうち『三国志』を除く四種に吹き出し型の図様が使われている。それらを細かく見てみると、必ずしも夢にだけ使われているわけではなく、人物の魂が遊離していることを示す場面で使われる例が多い。

『楽毅図斉七国春秋後集』では、「迷魂陣困孫子四人」と「独孤角入迷魂陣」の二場面に吹き出しが描かれ、四人の人物の魂が遊離している様を表している。また、『秦併六国』の「韓国恵王薨」と『前漢書続集』の「漢高祖升遐立恵帝」の場面の挿絵では、それぞれ死んだ恵王と漢の高祖の遺骸から、その幽魂が遊離している様を表現する。『秦併六国』の「沛公当道断蛇」では、沛公が大蛇を剣で切ったところ、その大蛇から「白炁（気）」が空中に上り、その中に「老嫗」が現れたという場面が描かれる。「白気」とは雲や霧のようなものをいう。図では大蛇の口から吹き出しが上がり、その中に老嫗が立っている。これも幽魂の表現の一種とみてよいだろう。これらの図は、文字通り体内から魂が吹き出しているる様を描いているのである。これを仮に「離魂型」と名付けておく。

図8　『聖徳太子伝絵』（部分）
（光照寺蔵、『真宗重宝聚英』7による）

図9　阿弥陀来迎図
（エルミタージュ美術館蔵、『仏教与図像論稿続編』による）

この離魂型の淵源となったのではないかと推測するのが、仏画における表現である。古代の仏伝図においては、吹き出し型の表現が確認できないことはすでに述べた。しかし、ある時期から仏画のなかに吹き出し型の表現を使うものが見られるようになるのである。

ロシアのエルミタージュ美術館には五種類の阿弥陀来迎図（X-２４１０、11〈**図9**〉、12、15、16）が所蔵される。敦煌で発見されたもので、西夏の時代（十一世紀から十三世紀）のものと推定されている（『浄土信仰衍生図像実例三則—以大勢至菩薩的図像学特征為中心」『仏教与図像論稿続編』李翎著、二〇一三年、文物出版社)。どの図も阿弥陀如来の白毫から吹き出し型の光芒が出て、往生する人物を包み込むかたちに描かれる。李翎氏はこれを「白毫光芒」と呼んでいる。こう説明すると、前節末で触れた、日本における阿弥陀来迎図と同じように思われるかもしれない。しかし、日本における光明は直線であり、その先端は往生する人物を包み込むようには描かれない。一方、この西夏の来迎図における光芒は、うねるような曲線で表わされ、その先端は大きく開いて往生する人物を包み込んでいるのである。李翎氏の論文に引用される、高麗時代の来迎図(サムスン美術館リウム蔵)では、阿弥陀如来からの光明は直線であるが、先端がラッパのように開いており、往生する人物を包み込むかたちに描かれる。ちょうど、西夏と日本の来迎図の中間的な様相を示しており、来迎図の伝播と変容を考える上で大変興味深い。ただ、そのことは本稿の趣旨とは異なるので、その事象だけを指摘するにとどめる。ここでは、仏画における吹き出し型の表現が、仏から発せられる光芒あるいは気のようなものの表現として使われていることを確認しておきたい。

時代は少し下るが、南宋時代(十二、十三世紀)、臨安府の賈官人宅で刊行された『仏国禅師文殊指南図賛』(京都国立博物館蔵、『中国仏教版画精選』所載)にも仏の示現する気のようなものを曲線の吹き出しで表現する描写がある。この刊本には善財童子に示された善知識の教えが図像化されているのだが、その第五、六、七、十四、三十二、四十二詣の六図に吹き出しが使われる。たとえば、第五詣では、弥伽長者の放つ「光照」つまり光明が、二本の絡まり合った曲線の吹き出しで表現される。また第六詣では、解脱長者が一身から放って善財童子に示現する「十方仏刹土」が、それぞれ十方に放射される曲線の吹き出しの中に描かれる。善知識が示現する具体的な像が描かれており、単なる光明や来迎の表現とは別のものとなっていることに注意しなければならないだろう。

いずれにせよ、これら仏画における吹き出しの表現が、「全相平話」などの通俗書の挿絵にも影響を与えたものと考えたいのである。

では、「全相平話」に話を戻し、夢の描き方を見てみよう。

『武王伐紂書』に「紂王夢玉女授玉帯」の場面がある。標題のとおり、殷の紂王が、玉女に逢って玉帯を授かる夢を見る話で、吹き出しによって挿絵が描かれる（図10）。机に伏して眠る紂王。その頭のあたりから吹き出しが左側へでており、その先端に立っている紂王が描かれる。紂王は玉帯を持った玉女と相対しており、今しも玉女から玉帯を授かろうとしている。しかし、吹き出しで囲まれるのは、夢の中の紂王のみであり、玉女を含む夢の内容すべてが吹き出しで囲まれているわけではない。つまり、紂王の魂が肉体を離れ、夢の中に現じたように描かれているのである。夢に注目してみれば、無枠型の夢に離魂型の吹き出し表現を組み合わせたものといえようか。

『前漢書続集』「呂后夢鷹犬索命」では、別の描き方が見られる。夢の内容は、一羽の鷹が呂后の額を嘴で啄き、また一匹の犬が呂后の足を咬むというもの。画面右方建物内、寝台の上に呂后が眠っており、その頭のあたりから左に向かって吹き出しが描かれる。ここまでは紂王の場合と同じであるが、こちらでは夢の出来事そのものが吹き出しの枠で囲まれている（図11）。逃げる呂后と、額を啄こうとしている鷹、足を咬もうとしている犬が、すべて同じ枠内に描かれているのである。これが、夢を吹き出し型に描く最初期の例と見てよいだろう。

紂王の例にしても、呂后の例にしても、夢を見ている本人が夢の中に現れていることから、夢を吹き出し型に描くことは、やはり離魂型のものに影響をうけて始まったと考えられるのではないか。その後、明代には数多くの挿絵入りの小説や戯曲が刊行されるようになる。それらにおいては文字通り枚挙にいとまがないほどの夢が描かれるのだが、ほとんどが呂后の夢のように、夢を枠で囲むかたちの吹き出し型で描かれる。しかも、夢の中には夢を見ている人物が描かれない、離魂型とはまったく様相を変えてしまった例も数多い。吹き出し型は、離魂型から離れ

図10 「紂王夢玉女授玉帯」
『武王伐紂書』（国立公文書館蔵、『中国古典文学挿画集成』6による）

図11 「呂后夢鷹犬索命」
『前漢書続集』（国立公文書館蔵、『中国古典文学挿画集成』6による）

て、夢そのものを描く形式として定着していく。一例を示す。**図12**は明末崇禎十二年（一六三九）刊『西廂記』の一場面。背景を描かないため、夢が吹き出し型の枠の中に描かれていることが鮮明にわかる。

前述したように、明代には、挿絵入りの小説や戯曲が多く出版されるようになる。その挿絵には吹き出し型の夢が多く描かれており、相当数の用例が確認できる。そしてこれらの用法は、小説や戯曲にとどまらず、科挙の殿試首席合格者（状元）の逸話を絵入で紹介した『明状元図考』（万暦三十五年〈一六〇七〉刊）のようなものにまで及んでいるのである。

四　吹き出し型の夢、日本への伝来

明代、出版の隆盛とともに定着していった吹き出し型の夢は、出版物をとおして日本に伝来する。その早い例を、『釈迦堂縁起』に見ることが出来る。

『釈迦堂縁起』は永正十二年（一五一五）頃、狩野元

図12　『西廂記』明崇禎十二年刊本浙江図書館蔵

信によって描かれた絵巻で、第一巻と第二巻は仏伝図である。その図像については、土谷真紀氏が、明の成化二十二年（一四八六）刊『釈氏源流』の図を粉本として利用していることを指摘する（「『釈迦堂縁起』をめぐる一考察――第一巻・第二巻仏伝部分を中心に――」『美術史』一六三号、二〇〇七年）。その托胎霊夢の部分を見てみたい。

図13は『釈氏源流』、**図14**は『釈迦堂縁起』である。土屋氏の指摘のとおり、参照関係にあることがわかるだろう。『釈氏源流』では、右方建物中寝台に眠る摩耶夫人の頭部から左上方に向かって吹き出しが出て、その中に白象に乗った仏が描かれる。宋代までの托胎霊夢図が、無枠型で描かれていたことはすでに述べた。おそらく、明代の吹き出し型の夢の盛行を受けて、托胎霊夢図も吹き出し型に描かれるようになったと推測する。同じく托胎霊夢場面を吹き出し型に描く、伝雪舟筆『仏伝図』（壬生寺蔵）や、明代に描かれた『仏伝図』（鹿児島県歴史資料センター黎明館蔵）などの存在が、土谷氏によって指摘されている。明代に盛行した吹き出し型の夢は、托胎霊夢図として日本に伝来したのであった。

しかし『釈迦堂縁起』では、その図様をまったくそのままに使っているわけではない。吹き出しをよく見てみると、幾筋かの白い雲か煙のようなものがゆらゆらと立ち昇っているように描かれており、象に乗った仏はその雲の上に乗っている。吹き出しが枠として使われていないことは、仏の背後の部分には雲がかかっておらず、背景の瓦屋根があることで明らかである。吹き出し型ではあるが、枠としては描いていないのである。すでに触れた「全相平話五種」の『秦併六国』「沛公当道断蛇」において、切られた大蛇から吹き出したものは、本文では「白気」と書かれている。「白気」とは雲や霧のようなものを意味している。つまり吹き出しは雲や霧の表現でもあったのだ。また、釈迦如来が雲に乗っていることは、これもすでに触れた敦煌出土の「仏伝幡」や『御製秘蔵詮』の図を想起させる。それらとの直接の関係はないとしても、日本においては、夢は古来無枠型で描いてきたものであり、また示現した仏は雲に乗る姿に描いてきた。その伝統にひかれて、『釈迦堂縁起』のような描き方に変貌したと想像するのである。これを「吹き出し雲煙型」と呼ぶ。

この『釈迦堂縁起』の托胎霊夢図は、さらに次の吹き出し雲煙型の夢の図を生む。

寛永十六年（一六三九）、狩野探幽は『東照社縁起』を完成させる。徳川家光の命を受け、東照大権現徳川家康の生涯と、日光に祀られるまでの縁起を三巻の絵巻にしたもの。その冒頭に家康誕生に関わる伝説が記される。家康の父松平広忠とその妻お大の方は、男子の誕生を祈念して三河鳳来寺に参籠。その後、お大の方は薬師如来の霊夢を見て家康を身ごもることになる。その霊夢は**図15**のように描かれる。この伝説自体が、仏伝における托胎霊夢を下敷きにして創作されていることは明白である。家康を釈迦になぞらえているのだ。

図13　托胎霊夢図『釈氏源流』明成化二十二年刊本（『中国古代版画叢刊』二編第二輯による）

寛永十三年（一六三六）、京都所司代板倉重宗は『釈迦堂縁起』をはじめとする多くの絵巻を借用している（『続々日本絵巻大成　伝記・縁起篇8　東照社縁

図14　托太霊夢図『釈迦堂縁起絵巻』清凉寺蔵

図15　お大の方霊夢『東照社縁起』日光東照宮蔵

起』小松茂美編、中央公論社、一九九四年)。『東照社縁起』に取りくむ探幽の参考に供するため、幕府の権威を以て集めたのであった。探幽は『釈迦堂縁起』の托胎霊夢図を直接見て、お大の方霊夢の場面を描いたのだ。その際、吹き出し雲煙型の夢はそのままに使い、檜皮葺の建物や畳の上に蒲団を敷いて眠る様子などは、家康の縁起にするために日本風に描き直したのである。

さらに、『東照社縁起』は住吉如慶によって書写される。その『東照宮縁起絵巻』におけるお大の方霊夢場面が**図16**である。梅の木の位置や建物の方向など、異なった部分はあるものの、探幽の『東照社縁起』を参照して描かれたものである。薬師如来が乗る雲とお大の方を結ぶ吹き出しは、限りなく直線に近づいており、たゆたうように立ち昇る雲煙というよりは、光明に近いものであることに注目したい。これは、鎌倉時代の仏伝図に見られた光明型と吹き出し雲煙型とを折衷したような図といえよう。

『釈氏源流』『釈迦堂縁起』『東照社縁起』『東照宮縁起絵巻』は、直接の参照関係にあったことがわかっている。直接見ているにもかかわらず、夢の描き方が「吹き出し型」「吹き出し雲煙型」「光明雲煙折衷型」というように変容していることは大変興味深い。それぞれ参照しつつも、別のものに描き変えているのである。このことがどこまで意識的になされたかはわからない。しかし、見慣れぬ新奇な描き方を、見慣れた伝統的な描き方に変える方向に変容させせていることは間違いないだろう。保守性の強さがうかがわれる。室町時代に伝来した、吹き出し型の夢は、江戸時代の初期までは定着することはなかったといえる。

その実例をもう少し見ておこう。

図17は、寛文六年(一六六六)刊『釈迦八相物語』の托胎霊夢場面(「婦人御ゆめみ給ふ事」)である。石畳の床の上に絨毯のようなものを敷き、掻巻を掛けて摩耶夫人が眠っている。その頭部に光明が射しているのだが、その光

図16　お大の方霊夢『東照宮縁起絵巻』

図17　「婦人御ゆめみ給ふ事」『釈迦八相物語』
（『仮名草子集成』35による）

明は右方上空の仏の白毫あたりから発せられている。仏は象に乗り、瓦屋根の堂に入り、さらには飛天や幡で荘厳されている。雲煙型との折衷ではなく、光明型で描かれるのだ。

このほか版本類には無枠型の夢を数多く見ることができる。寛文九年（一六六九）刊古浄瑠璃『釈迦八相記』の摩耶夫人の夢、元禄四年（一六九一）刊古浄瑠璃『用明天皇』における長者夫婦の夢、元禄七年（一六九四）刊古浄瑠璃『平家物語』の康頼と成経の夢等々。また、同じく元禄期に刊行されたと考えられる、竹田近江少掾（宝永元年〈一七〇四〉没）のからくりの評判『花柏（はなもみじ）末広扇（すえひろおうぎ）』中に「邯鄲」の図がある。寝台の上に眠る盧生の周囲には夢の内容が散りばめられており、その端々に雲が描かれている。この本では、他に「白楽天」「道成寺」などの挿絵も描かれるのだが、画中に雲を描くことはない。「邯鄲」における雲は夢であることを表しているようで、無枠雲煙型の一変形といえるだろう。いずれにせよ、元禄期においても無枠型の夢が一般であったことがわかる。

ただ、吹き出し型の夢の江戸初期の例として、二点確認しておきたい。

一つは『帝鑑図説』である。明の万暦元年（一五七三）に成立したこの書物は、子供向けの簡潔な文章と絵入という特徴を持つため、すでに万暦期に数種の版本が作られていた。日本でも慶長十一年（一六〇六）に豊臣秀頼によって和刻される。いわゆる秀頼版『帝鑑図説』である。その後寛永四年（一六二七）には和訳されたひらがな本が出版されるなど、よく読まれたもののようである。また、この『帝鑑図説』は画題としても盛行する。安土桃山時代から江戸初期にかけて、格式の高い画題として、屏風や障壁画に好んで使われた。たとえば寛永三年（一六二六）二条城行幸御殿、寛永十一年（一六三四）名古屋城本丸御殿上洛殿、江戸城帝鑑之間などがある。

そのうちの一話「夢賚良弼」に吹き出し型の夢が描かれる。「夢賚良弼」図も画題として用いられるのだが、吹き出し雲煙型（東京国立博物館蔵・狩野山楽筆「帝鑑図屏風」や、スペンサーコレクション蔵奈良絵本『帝鑑図説』など）、吹き出しのない雲煙型（大英図書館蔵・奈良絵本『帝鑑図説』）に描かれており、吹き出しを夢の枠としては用いていない。枠としての吹き出し型の夢は、明版あるいは和刻本として流布しており、それを見て描いたにもかかわらず、枠ではないかたちに描き変えている。ここにも、『釈迦堂縁起』に始まる吹き出し型の夢の受容と変容のありかたと同様の傾向が見いだされるのである。

もう一つは承応三年（一六五四）刊『絵入源氏物語』である。「横笛」の巻、夕霧の夢に現れる柏木が、吹き出し型の夢に描かれる（**図18**）。これは、和書の刊本に使われた例としては最早期のものである。しかし、この図が直ちに影響したのは、万治三年（一六六〇）刊『絵入源氏物語』にそのまま模刻された例だけで、現在のところ見いだせない。特異な描写というべきであり、元禄までの江戸前期においては、吹き出し型の夢は定着していなかったとするのが穏当であろう。

五　吹き出し型の夢、突然の隆盛

元禄の末になると、吹き出し型の図を持つ版本が出現し、しかも、夢に限らない多様な使い方が確認される。多く集中しているのが、西沢一風の浮世草子作品における挿絵である。年代順にみると、日本伝統の無枠型に始まり、多様な吹き出し表現を経て、吹き出し型の夢に到っており、興味深い様相を呈している。

元禄十三年（一七〇〇）刊『御前義経記』（一之巻「御乳母のゆうれい」、五之巻「大磯石の枕」）、元禄十四年（一七〇一）刊『寛濶曽我物語』（十二之巻「草庵の尼衣」）の二作の挿絵に夢の場面が描かれるが、ともに従来のような無枠型である。ところが、元禄十五年（一七〇二）刊『女大名丹前能』から、吹き出し型の図が描かれるようになる。

二之巻「一念姿見の井筒」に**図19**のような挿絵がある。対応する本文は以下のとおり。

暫有て筆かみしたし。又は身をふるはし。硯の墨を障子に打かけ眼を見つめ歯ぎしりなどし。つくえに身をなげうつてよねんなく夢を結と思へば。老たる形をのこし魂おのれと若草の。見とる丶姿あらわに。昔男の面影みまがふ風情。丹前やうのあゆみふり。一振ふつて庭前なる。井筒のもとへゆかんとする。

（『西沢一風全集』第二巻）

夢を結んだ老人から昔男とおぼしき人物が吹き出し、井筒のところへ向かっている。右に棒を持って立っている

図18　「横笛」『絵入源氏物語』承応三年版（『絵入本源氏物語考』による）

図19　「一念姿見の井筒」『女大名丹前能』（『西沢一風全集』第二巻〈汲古書院、2003年〉による）

二人は、宿屋主人夫婦で、現れた昔男を狐の変化と思い込み、様子を窺っている。この吹き出しは離魂型である。『新刊全相平話武王伐紂書』で紂王の分身が夢の中に現れている様の描き方とよく似ている。しかし、ここでは、吹き出した先は老人の夢の中ではなく、宿屋夫婦が生きている現実の世界なのだ。また、井筒のもとに立っている人物は老人その人ではなく、老人に身を借りた昔男であった。このあと、宿主夫婦に起こされた老人が井筒をのぞくと、そこには若い男が映っており、それは、老人が絵に描きたいと切望していた在原業平（昔男）の面影であるというのである。夢でもあり、離魂でもあり、老人以外の別の人物でもあるという複雑なものとなっている。

当事者以外の別の人物が吹き出しの中に描かれる例は他にもある。元禄十六年（一七〇三）刊、同じく西沢一風作『風流今平家』である。この作品では、伊丹の分限者である何某入道を清盛とするのにはじまり、一家をそれぞれ平家の一門に見立てている。その見立が挿絵では吹き出しとして描かれる（**図20**）。同様の方法が、『伊達髪五人男』（宝永四年〈一七〇七〉刊）や『熊坂今物語』（享保十四年〈一七二九〉刊）にも見られる。このような描き方は、中国の仏教の刊本にも例を見ることができる。明洪武二十八年（一三九五）刊『観世音菩薩普門品経』はその典型である。観音菩薩が宰官としこの世に現じて説法をすることを示す図（**図21**）では、宰官を描き、その頭部から吹き出しが起こり、その上方に観音菩薩を描く。このように『観世音菩薩普門品経』の観音の化身としての人物の描き方と、『熊坂今物語』の清盛の化身としての人物の描き方が類似していることがわかる。

さらに、離魂型の一種として、人物の心（魂）そのものが吹き出す図が描かれる。先にあげた『御前義経記』をはじめ『傾城武道桜』（宝永三年〈一七〇六〉刊）などに認められるもので、吹き出しの先端が丸くなっており、その丸が心を表していると考えられる。さらに『傾城武道桜』には、その丸の中にわざわざ「心」という文字を入れている図もあり、心（魂）の表現であることがはっきりとわかる。関連すると思われるものに『和漢三才図会』の

図20　『風流平家物語』（『西沢一風全集』第二巻による）

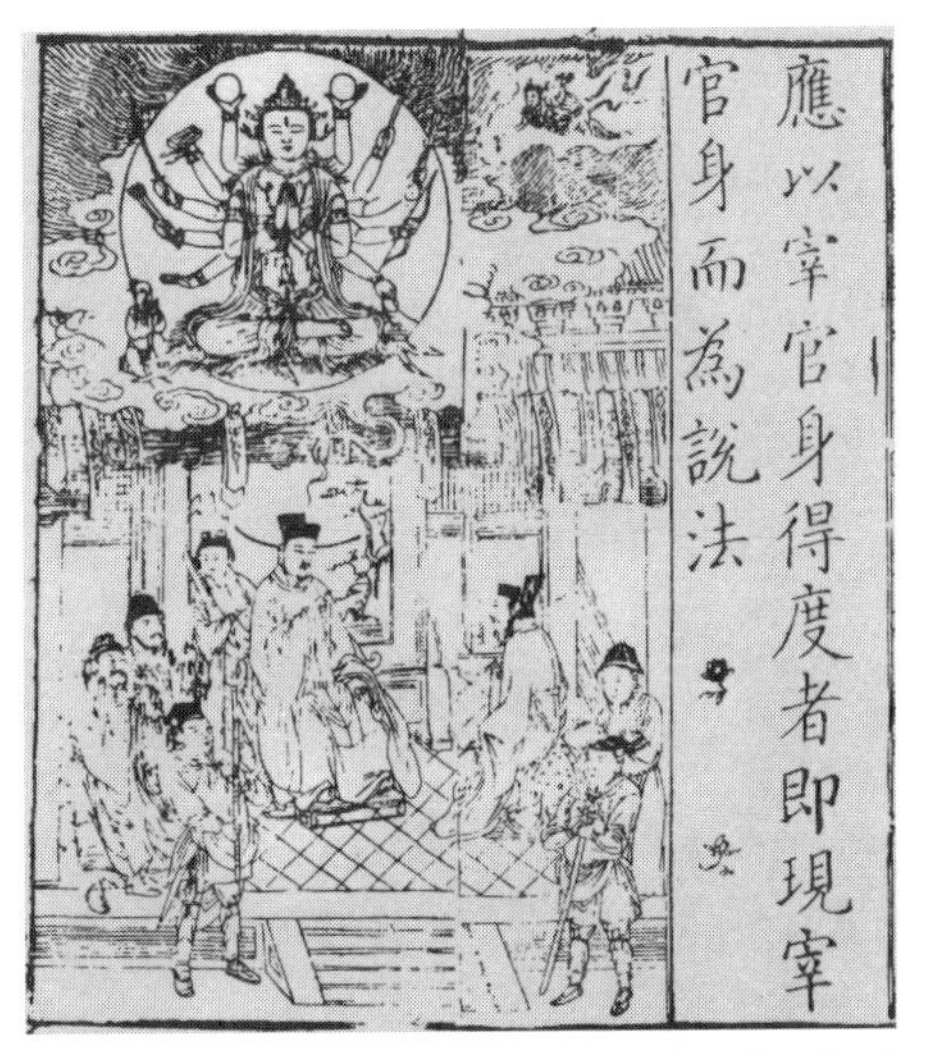

図21　『観世音菩薩普門品経』明洪武二十八年刊
（『中国仏教版画全集』第二巻による）

「霊魂火（ひとたま）」の図がある。『三才図会』にはなく、日本で独自に付け加えられた項目である。その図は、吹き出しとして描いているわけではないのだが、細い曲線の先端が丸くなっており、浮世草子の挿絵に描かれる「心（魂）」の図とほぼ同じものである。

また、夢ではなく、目覚めている人物が考えていること、その想念そのものが人物から吹き出しているような図も、『風流三国志』（宝永五年〈一七〇八〉刊）に確認される。本稿の主題である吹き出し型の夢も、『風流御前二代曽我』（宝永六年〈一七〇九〉刊）、『今源氏空船』（正徳六年〈一七一六〉刊）に見られる。このように西沢一風の作品では、吹き出し型の図の多様な使われ方を見ることができる。

他の浮世草子も同様の傾向を示す。一部を指摘すると、次のようなものがある。『けいせい色三味線』（元禄十四年〈一七〇一〉刊、江島其磧）「離魂」、『渡世商軍談』（正徳三年〈一七一三〉刊、江島其磧）「心」、『世間娘客気』（享保二年〈一七一七〉序、江島其磧）「想念」、『武徳鎌倉旧記』（享保三年〈一七一八〉刊、八文字屋自笑）「吹き出し型夢」、『世間子息気質』（正徳五年〈一七一五〉序、江島其磧）「想念」などである。さらに、赤本、黒本などの草双紙類にも多く使われており、このような流れの中で冒頭に述べた『金々先生栄花夢』の夢が描かれるのである。

同じ浮世草子としてくくられる作品でも、井原西鶴（一六四二―九三）、北条団水（一六六三―一七一一）、石川流宣（とものぶ）（生没年未詳）のものには吹き出しの図はなく、西沢一風（一六六五―一七三一）、江島其磧（一六六六―一七三五）、八文字屋自笑（生年未詳―一七四五）が関わるものには、既述のとおり吹き出しが多用されていることは興味深い。何か世代間の差、地域の差などがあるものか。後考を俟ちたい。

いずれにせよ、元禄末年から突如として吹き出し型が多用されるようになったことは、以上の例から確認できよう。問題は、何がこの現象を誘発したかということである。

白話の小説に関しては、元禄頃から翻訳が出版され始める。特に流行したのは、いわゆる「通俗軍談」と呼ばれるものであった。徳田武氏（『秋成前後の中国白話小説』勉誠出版、二〇一二年　など）によると、元禄二年（一六八九）から同五年（一六九二）にかけて刊行された『通俗三国志』に始まり、元禄八年（一六九五）刊『通俗漢楚軍談』などが続き、享保期にかけて十数種類が出版される。先にとりあげた浮世草子の中でも、『風流三国志』や『渡世商軍談』などは、題名からだけみてもこれら通俗軍談の流行に乗ったものであること、明らかであろう。また、通俗軍談の文章が浮世草子や読本をはじめとする様々な文芸に影響を与えていったことも、すでに多くの指摘がある。

ところが、これら通俗軍談には挿絵がない。挿絵のあるものには『通俗戦国策』（宝永元年〈一七〇四〉刊）、『明清軍談国姓爺忠義伝』（享保二年〈一七一七〉刊）、『通俗台湾軍談』（享保八年〈一七二三〉刊）があるが、これらには吹き出し型の図像は描かれない。これだけ流行し、また刊行時期も重なる通俗軍談は、吹き出し型の夢に関していえば、浮世草子の直接の典拠になり得ないのである。

それでは、元禄以前、寛文頃から和刻本の刊行が始まった各種の「画譜」類はどうであろうか。寛文十二年（一六七二）刊『八種画譜』をはじめとして、これも続々と刊行され続ける。しかし、ここにも吹き出し型の夢は描かれない。これら画譜は肉筆画を描くための絵手本であり、花鳥画や山水画を中心としたものであるため吹き出し型の図とは関係が薄い。『八種画譜』のうち、三種（五言、六言、七言）の『唐詩画譜』と『古今画譜』にはその題材から人事を描く図が多いが、夢を描いたものは見られない。寛文六年（一六六六）刊『訓蒙図彙』に始まる数種類の「訓蒙図彙」類も同様。「画譜」「訓蒙図彙」類も吹き出し型の夢の典拠にはなっていないのである。

そうすると、これら吹き出し型の夢の図は、中国で刊行された挿絵入り本の直接の影響下に出来ていると考えるほかない。現時点で、これが典拠であるという書物を明確に示すことは出来ないが、通俗軍談が多く訳されていることから考えれば、その和訳の原本となった中国の小説類が多く日本にもたらされ、民間においても触れる機会があったと思われる。江戸初期のように、それらの書物が幕府や大名家の文庫の奥深くに秘蔵されていたわけではなかったのである。おそらく、絵師たちも、中国の挿絵入りの本を見ていたものであろう。

夢とは関わらないが、吹き出し型の図を持つ和刻本は出版されている。

日本の絵師がよく用いたものに『仙仏奇踪』と『列仙全伝』がある。いずれも明の万暦期に刊行されたもので中国の仙人や釈迦如来以下、著名な仏教者の逸話とその画像を載せている。『列仙全伝』の方は、慶安三年（一六五〇）に『有象列仙全伝』として和刻され、後にその図像をほぼそのまま使って『異形仙人つくし』（菱川師宣画、元禄二年〈一六八九〉刊）が刊行される。また、『仙仏奇踪』の図は『三才図会』（明、万暦三十五年〈一六〇七〉序）にも取り入れられている。『三才図会』は江戸時代の早い時期に日本に将来されていたと考えられ、それを手本として寺島良安が『和漢三才図会』を編纂する。正徳二年（一七一二）のことである。これらの書物にも吹き出し型の図が用いられる。頭上に満月を吹き出す龍樹尊者（『仙仏奇踪』『三才図会』『和漢三才図会』）、思い描いている崑崙山が頭上に吹き出している荘伯微（『列仙全伝』（**図22**）『有象列仙全伝』『異形仙人つくし』）など。これらが影響している可能性もあるだろう。

おわりに

夢の描き方について概観してみた。細部については例外的なこともあるのだが、大きな流れは示すことが出来たのではないかと思う。元禄末年に始まった日本での吹き出しの流行は、その後途絶えることなく続いていく。具体的な例も出さず言及もあまり出来なかったが、江戸中期以降の草双紙や浮世絵における用例は、私が確認しただけでもかなりの数にのぼる。高島淑江氏に詳細な論考（「日中版画における夢の表現とフキダシ――通俗小説挿絵を中心として――」『美術史研究』第41冊、二〇一三年）があるので参照いただきたい。現在漫画などで多用される吹き出しは、ここに淵源があるといえる。冒頭で紹介した『金々先生栄花夢』の図が、説明なしに理解出来るのはこのためであろう。

しかし、元禄に到るまでは、まったく違った認識を日本人が持っていたことは注意すべきことであろう。今定着している様式も、簡単に受け入れたわけではないのである。直接そのことに言

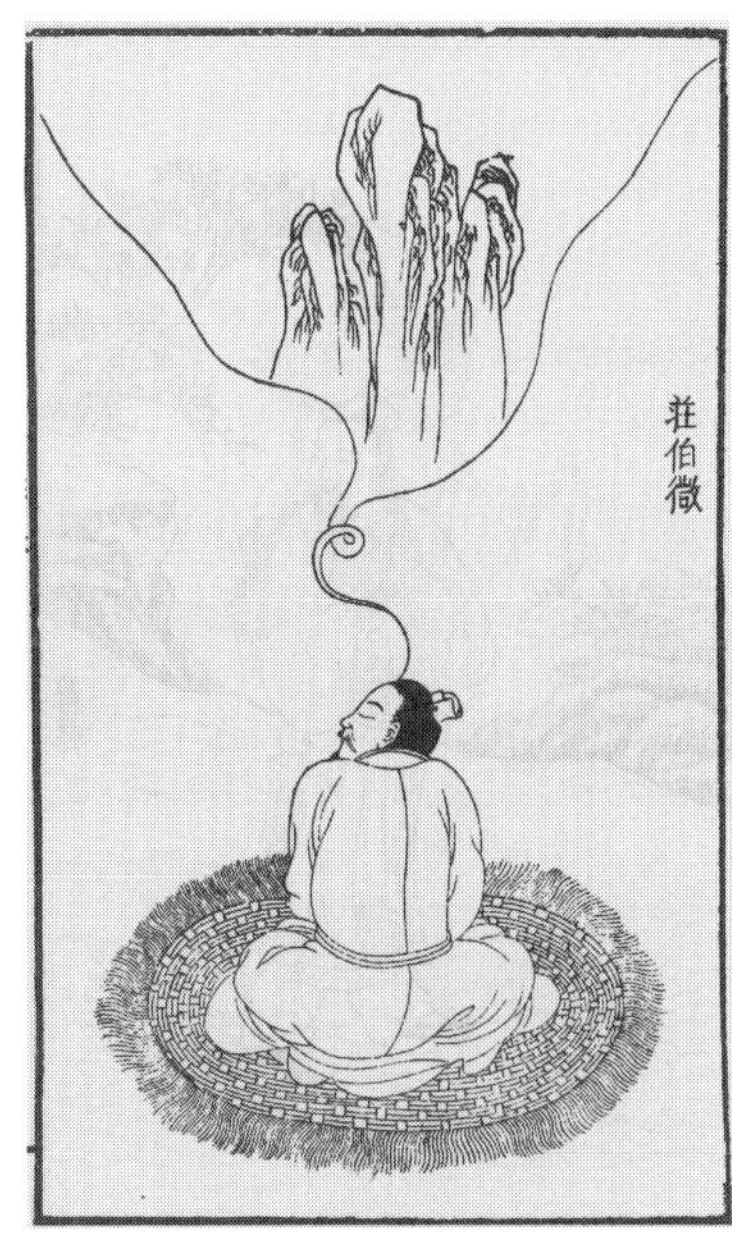

図22　荘伯微『列仙全伝』
（広陵書社刊の複製本『列仙全伝』による）

図23　「紅葉狩」『謡曲画誌』
（『謡曲画誌　影印・翻刻・訳註』〈勉誠出版、2011年〉による）

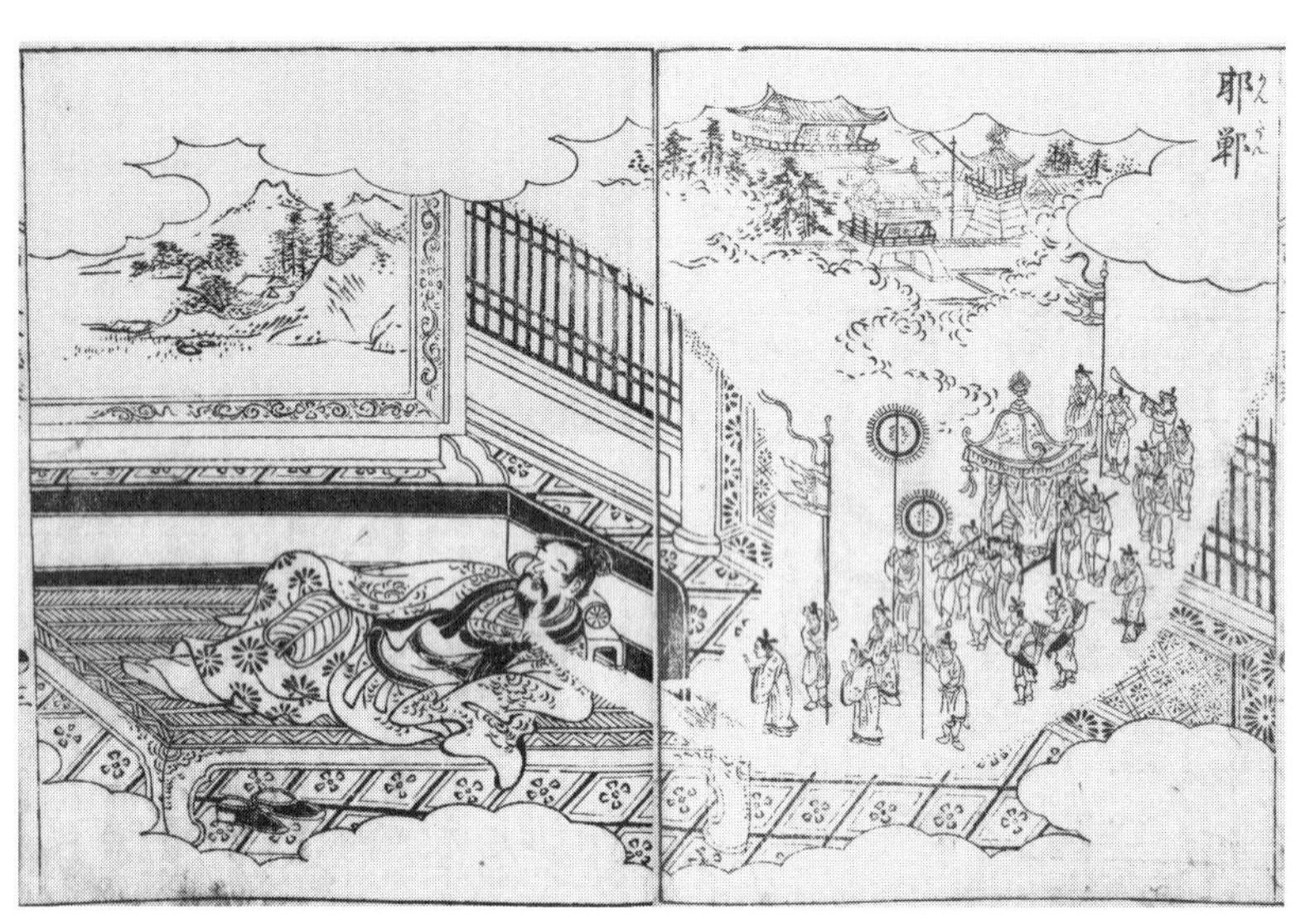

図24　「邯鄲」『謡曲画誌』（『謡曲画誌　影印・翻刻・訳註』による）

及する文献は見いだし得ないが、吹き出し型の夢には相当の違和感を持って接していたことは、托胎霊夢図の受容例をみればはっきりとわかる。見ていたのに見えていなかったのだ。

では、なぜ見えていなかったものが見えるようになったのか。同時代の漢学の動向は参考になるかも知れない。荻生徂徠が漢文訓読ではなく、中国音を直読することで経書を理解すべきであると主張したことは周知の事実である。正徳元年（一七一一）には、中国語の学習会である「訳社」を始める。そこに講師として招かれたのが、通詞の経験もあった岡島冠山であった。冠山は通俗軍談の一つ『通俗皇明英烈伝』（宝永二年〈一七〇五〉刊）の翻訳者でもある。訳社には、明末清初に日本に渡ってきた黄檗僧も加わっていた。そこで教材となったのが白話小説類であり、従来の漢文訓読ではなく、中国語を直接読むことが出来る人々も増えてきていたのである（中村幸彦「近世小説史」〈『中村幸彦著述集』四、中央公論社、一九八七年〉など）。このような機運と吹き出し型の図の流行とが、ほぼ時期を同じくしていることは興味深い。むしろ、言語を介さずに理解出来る図像の方がこの傾向を先取りしているようにも見える。中国を直接理解しようとする傾向が、文章においても絵画においても高まってきていたからであると解しておきたい。

最後に興味深い例を紹介しよう。

享保二十年（一七三五）『謡曲画誌（うたいのえほん）』（中村三近子編、橘守国画）が刊行される。題名のとおり、謡曲のあらすじを示し、場面の挿絵を入れたものである。そのうちの『紅葉狩』（図23）と『邯鄲』（図24）に夢の場面が描かれる。『紅葉狩』は日本の伝統を踏まえて無枠型に、『邯鄲』は中国の図様を受けて吹き出し型に描いている。橘守国は狩野派に学んだ絵師。延宝七年（一六七九）生まれで、元禄末年の吹き出し流行の頃には二十歳前後。守国は双方の夢の描き方の違いを理解したうえで描き分けていると思われる。当時すでに、夢の描き方の日中の違いについて、正しい認識がなされていたのであった。しかし、細かく見てみると、『邯鄲』の夢の縁取りは実線ではなく、小さな点を集積したものである。雲煙型への近親性がうかがわれるのだ。

そこでもう一度冒頭に掲げた『金々先生栄花夢』を見てみる。すると、夢を縁取る吹き出しは一本の実線で描かれてはいない。数本の線でなぞるように描かれていることが確認出来るだろう。ここでも雲煙型に通じるような描き方がなされているのである。

ここに中国風の描き方に対する日本の絵師の根深い抵抗感を見ることが出来るのではないだろうか。

【主要参考文献】

宮治昭『ガンダーラ　仏の不思議』一九九六年十一月、講談社。

土谷真紀「「釈迦堂縁起絵巻」をめぐる一考察――第一巻・第二巻仏伝部分を中心に――」『美術史』163、二〇〇七年十月。

荒木浩「夢の形象、物語のかたち――「清盛の斬首の夢」を端緒に――」『国際シンポジウム　日本文学の創造物――書籍・写本・絵巻――』二〇〇九年九月、国文学研究資料館。

高島淑江「日中版画における夢の表現とフキダシ――通俗小説挿絵を中心として――」『美術史研究』第41冊、二〇一三年十二月。

加治屋建司「日本の中世及び近世における夢と幽霊の視覚表象」http://www.art.hiroshima-cu.ac.jp/~kajiya/kajiya2011.ghost.pdf

夢の表象？
——夕顔あるいは瓢——

加藤　悦子

はじめに

夢は古代より、人間の普遍的な関心の対象であった。夢を見た時の不可思議な感覚を経験したことのない人はおそらくいないだろうし、その実体と虚構の交差する感覚によって、程度の多寡はあれ、夢は人々を惹き付けてきた。そして多くの夢が視覚的な経験として認知されることは洋の東西を問わず認められており[1]、そこからヴィジュアル・イメージと夢との関係は様々な位相を持つと考えられる。良く知られるシュールレアリスムの絵画の問題以外にも、日本のいわゆる夢中感得図など、近代的な意識と無意識、視覚体験と記憶など、多方面から考察すべき領野といえよう。ここでは、そのような、いわば肥沃なジャンルからみればささやかではあるが、日本中世に制作された絵巻に描かれた一つのモティーフが、どのように夢の表象となり得ていたかを考えてみたい。

考察する対象は夕顔（瓢）である。

一　「春日権現験記絵」における夢の絵画化

延慶二年（一三〇九）頃に制作されたと考えられる「春日権現験記絵」には、夢の絵画化が多くみられ、当巻の主要絵師である高階隆兼が夢の表現に高い関心を持っていたことが指摘できる。[2]この作品は全二十巻九十三段から構成されているが、その内四十段の詞書に夢の記述が含まれ、また二十九段に夢の絵画化がみられる。つまり全画面の約三分の一に夢が描かれているわけで、これは中世の他の作品と比較すると突出している。そこから隆兼の、夢の表現に対する高い関心が容易に汲み取れるのだが、その具体相を明確にするために、かつて次のような分類を試みた。[3]

〈「春日権現験記絵」における夢の表現の分類〉

Ⅰ　夢を見ている主体は描かれず、夢の内容のみを描く画面

Ⅱ　夢を見ている主体と、夢の内容が描かれる画面

①覚醒している主体が、夢の光景に描かれる。

②夢うつつの状態の主体が、夢の光景に描かれる。

③眠っている姿の主体が、夢の光景の中に、あるいは並列して描かれる。

Ⅲ　複数の夢が同一場面に描かれる。

Ⅳ　現実の光景と、夢の光景が連続的に描かれる。

Ⅴ　夢見る主体が現実の光景の中に描かれ、夢の内容は具体的に表現されない。

図1　「春日権現験記絵」七巻二段（宮内庁三の丸尚蔵館蔵、
角川書店『新修日本絵巻物全集16　春日権現験記絵』より転載）

これらの画面を通覧すると、夢の造形化にあたって隆兼がもっとも苦慮したのは、夢の光景と現実の光景を如何に異なったものとするかという点にあったと思われる。むろん、絵巻作品というところから詞書が画面に先行しているので、観者は夢の場面か現実の場面かあらかじめ認識できた筈だが、隆兼はそれに頼ること無く、叙述された夢の内容に忠実に、かつ「夢のリアリティー」を視覚化しようとしている。ところで、そのうち分類Ⅴにあたる七巻二段（**図1**）には夢の内容が描かれず、現実の光景の中に夢見手の姿を描き、他画面とは異色の構成となっている。厳密にいえば眠る人の姿のみでは、果たして夢がその人物に訪れているのかどうか視覚的に認めることはできない。ただ先述したように詞書によって観者は夢のシーンと認識できないことはないのだが、他の夢の場面で様々な試みを行っている隆兼が、当場面のみ、詞書だけに依存しているとは考え難い。ここには、現代の私たちがすぐには気付かない夢の表現がなされているのではないだろうか。

二〔七巻二段〕の内容と画面

当段の詞書に記されるのは、次の説話である。

興福寺に尊遍侍従といふ僧の母に開蓮房と申比丘尼侍けり。かの尼の夢にある人つげて云「汝南無大明神といふ真言をとなふべし。自余の真言は　わづかに一の仏菩薩の徳をあらはす。南無大明神といふ真こむ　一反となふるときは　ひろく五所の勝利をあらはすゆへに、利益莫大なり」と云と見けり[4]。

以上のように、その内容は大変簡素で、開蓮房という尼の夢にある人が、南無大明神という真言を唱えれば、利益が莫大であると告げたというもの。すなわち詞書には環境描写や情景描写が一切無く、したがって、その画面の造形は絵師や注文者などからなる制作者集団の裁量に任されるところが大きかったとみられる段である。

次に画面を見てみよう。

まず眼に入るのは板葺きの質素な家屋に眠る人物群である。白い衾を掛けて眠るのが開蓮房、傍らには扇を手にする侍女が眠り、さらにその手前にも下女が寝込んでいる。下女は夏の宵の寝苦しさの余りか、伊予簾を外れ、縁にほとんど体を出し、白い足や腕を顕わにしている。彼女の傍らの火の灯された灯台には、よく見ると羽虫が群がり、また画面左後方の黒白の犬は蚤を追っている。何気ない描写であるが、静かな夏の夜の情景を細やかに描き出す。そして一見したところ、当時の老尼の平凡な生活の有様と見られる構成でありながら、よく見ると半透明の簾や蚊帳を透かして人物たちを見せることによって柔らかな造形効果を挙げている。と同時に、縁にはみ出した下女のむき出しの手足の現実感から、伊予簾によって隔てられた侍女、さらには伊予簾と蚊帳によって二重に隔てられた空間に眠る老尼へと、ヴェールの効果を活用した、日常から非日常への変化の描写が巧みに意図されている。二重のヴェールによって現実の空間から隔てられた老尼には、夢告という聖化された時間が訪れていることが暗示されているといえよう。ここには、老尼の夢は具体的に描かれていないが、夢告を受けている尼に相応しい、希薄化した現実感が醸し出す清浄な雰囲気があり、そこから当画面が「夢をみている」場面と了解されることを意図していたと思われる。

しかしながら、夢を表す表現はそれだけだろうか。この抑制された色調の、かつモティーフの限定された簡素な場面で、一際その魅力を放っているのは、左前方の板塀に絡みつく夕顔である。夕方から開花するその花は夜のモティーフとして相応しいが、この画面に描かれた唯一の植物として看過することのできない存在感を示す。果たしてこの夕顔は、単に陋屋の夏のモティーフとして描かれているだけだろうか。

三　夕顔について

夏の宵に開花する夕顔の花は、ほの暗い光の中でその白さがいっそう際立ち独特の魅力を放つ。夕顔はウリ科の一年生の蔓性植物として真桑瓜などの仲間だが、特に瓢箪とは近縁の種であり容易に交配し、「瓢」「匏」などと記され、古代から日本では身近な植物として親しまれていた(5)。

すなわち、実用を備えた有用な植物として、いわば日常的なものであったとみられるが、『枕草子』六五段では、その花と実についての評価がかなり異なっている。

夕顔は、花の形も槿に似て、いひつゞけたるに、いとお（を）かしかりぬべき花の姿に、実のありさまこそいとくちおしけれ。などさ、はた生ひいでけん。ぬかづきなどいふものの、やうにだにあれかし。されどなを、夕顔といふ名ばかりはお（を）かし(6)

清少納言は、夕顔の花は美的対象としてかなり評価しながら、一方実（瓢）の姿に対する失望は、あたかも「みにくいあひるの子」を連想させる書き様である。さらに彼女は「夕顔」という名称を評価しているが、それは通常花に注目した時に与えられる名付けであり、実に注目した場合には、瓢・匏・ひさごなどと呼ばれていた(7)。すなわち清少納言の指摘や、花と実での名付けの相違からは、夕顔の花と実の喚起するイメージは、かなり異なっていたことが推測されるのである。

ところで「春日権現験記絵」七巻二段の夕顔には、白い花と共に実が描かれている。清少納言の言及からすれば、その描写は対照的なイメージを二つながら混在させていることになろう。すなわち夕顔が、この夢の場面にどのようなイメージを喚起しているのかを検討するためには、これら二種の夕顔の要素、すなわち花と実（瓢）それぞれのイメージを追う必要があるように思われる。そのため次に、まず夕顔の花のイメージを中心にみていくこととする。

1 花（夕顔）のイメージ

ところで「春日権現験記絵」に先行する、夕顔を扱ったヴィジュアル・イメージの作例は少ない。「信貴山縁起絵巻」山崎長者の巻（図2）は、その数少ない先行例であるが、長者の家の門脇に、垣に絡む夕顔が描かれている。その場面は二回描かれており、それは絵巻冒頭、飛んでいく倉を追いかける人々が門に殺到する下方に何気なく描かれるのと、最終場面の、米俵が命蓮の鉢の先導によって長者の家の庭に飛んで帰り、落下するのを、丁度夕顔の実を摘んでいた下女が驚愕の表情で見上げているところである。花は僅かで実が多い点が異なるが、人家の垣の夕顔として、また奇跡の場面の添景として、その扱いには「春日権現験記絵」に近い側面があることが興味深い。近年「信貴山縁起絵巻」に神仙世界的性格が指摘されており、それは説話構造のみにとどまらず、視覚形式の内にも、その痕跡がみられるとされることに注意したい[8]。そして、このような類縁性は他の十二―十四世紀前半の絵巻作品に見出すことはできない[9]。「春日権現験記絵」には、従来より十二世紀の絵巻からの影響が指摘されるので、「信貴山縁起絵巻」の夕顔の扱いとの類縁性は必ずしも単なる偶然ではなく、日常的な空間におこる奇跡の瞬間に相応しいモティーフとして、これら二作品が夕顔を捉えている可能性をみておきたい。

尚、十一―十二世紀の唐紙の料紙装飾における瓜文様では花と実を付けたものが多く、その中には「寸松庵色紙（伝紀貫之筆・五島美術館蔵）」・「本願寺本三十六人家集・素性集（西本願寺蔵）」・「金沢本万葉集（藤原定信筆・宮内庁三の丸尚蔵館蔵）」など絵画的構成を持つものがある。またそれら料紙装飾における瓜文様の流行には、中国北宋における草虫画の隆盛が背景にあることが指摘されていることに注意したい[10]。

ところで後代の作例の内、中世までの作品に夕顔のモティーフを辿ると、註（7）で河野元昭氏が端的に指摘さ

図2　「信貴山縁起絵巻」山崎長者の巻（部分、朝護孫子寺蔵、中央公論社『日本絵巻大成4　信貴山縁起』より転載）

図3　「源氏物語扇面貼付屏風」夕顔図扇面（浄土寺蔵、村上宏治撮影、講談社『日本美術全集13　雪舟とやまと絵屏風』より転載）

れていることだが、圧倒的に『源氏物語』「夕顔」巻に関わるものが多い。十五―十六世紀の扇面画とみられる「源氏物語扇面貼付屏風」夕顔図扇面（浄土寺蔵、**図3**）や、その他二作例の「源氏物語扇面貼付屏風」（個人蔵）のそれらでは、見舞いのために京の五条の乳母の家を訪れた光源氏が、傍らの家の檜垣に懸る夕顔の花に目を留め、随身を遣わすと、その家の女童が夕顔の花を載せた扇を差出しているところを描く。浄土寺本では、夕顔の花は光源氏の乗る牛車にまで鏤められ、場面全体を花で充満する装飾的な構成となっているが、それは「夕顔」巻の発端である、夕顔の花の贈答が強調された効果を持っている。これに対して、同様の構図を採る二種の個人蔵本には浄土寺本ほどの装飾性はみられず、客観的かつ説明的な要素が強くなる。この場面は天文二十三年（一五五四）の年記を持つ「スペンサー本・白描源氏物語絵巻（ニューヨーク公立図書館蔵）」にも採られており、辻が花風の文様化された表現ながら同様の場面を描き、物語本文には、前出の扇面画より忠実である[11]。

また室町時代の工芸品に夕顔を辿ると、やはりそのほとんどが『源氏物語』「夕顔」巻に取材しているとみられる。たとえば「御所車夕顔図芦屋釜」は、御所車に夕顔の花と葉がおおらかにデザインされている。次に「源氏夕顔蒔絵手箱」では夕顔が絡んだ垣の前に御所車が止まり、光源氏の存在を暗示する。蒔絵の技巧を凝らした写実的な表現で、注目されるのは花以外に実も表されている点である。『源氏物語』「夕顔」巻では、花に纏わる和歌の贈答が、はかなく不可思議な恋の発端となっているので、実まで表されているのが果たして物語に相応しいかは疑問だが、客観的な表現とはなっている。また「夕顔蒔絵硯箱（北村美術館蔵）」では夕顔の花と檜垣が大きく取り上げられているが、『源氏物語』「夕顔」巻の知識が暗黙知となっている上に形成された構成といえよう。

　そのような暗黙知の存在は、歌語としての「夕顔」についての指摘からもうかがえる。すなわち「夕顔」は、『源氏物語』成立以前には詠われることが多くなかったが、その成立以後は良く詠われるようになった。そして物語の中で詠まれた「心あてにそれかとぞ見る白露の光添へたる夕顔の花」や「寄りてこそそれかとも見めたそかれにほの〴〵見つる花の夕顔」の歌、また源氏が引用した「うちわたす遠方人にもの申すわれそのそこに白く咲けるは何の花ぞも」に依拠した歌が多く詠まれるようになったという。[12] すなわち歌語としての「夕顔」は、『源氏物語』に拠った《花》のイメージとして広まったと考えられる。尚、建久五年（一一九四）頃成立の『六百番歌合』では夕顔は垣とともに詠まれるものが多く、先述の「夕顔蒔絵硯箱」のモティーフを彷彿とさせる。

　このような夕顔の花のイメージは、室町時代にかけて普遍的になったとみられる。世阿弥周辺作とされる謡曲『夕顔』は『源氏物語』に取材しているが、そこでは「小家がちなる軒のつまに、咲かかりたる花の名も、えならず見えし夕顔の」「散果てし夕顔の、花は再び咲かめやと、夢に来りて申とて、ありつる女も、かき消すやうに失にけり。（中入）」「夕顔の笑の眉　開くる法華の　花房も」と夕顔の花が詠われ、そしてここでは夢幻能の定型とはいえ、夕顔の霊が夢に現れると語られるのが興味深い。また世阿弥作『斑女』では「シテ輿の内より　地取出せば、折節黄昏に、ほのぼの見れば夕顔の、花描きたる扇なり、此上は惟光に、紙燭召して、ありつる扇、御覧ぜよ互ひに」と語られ、吉田少将と斑女（斑捷妤）と渾名された花子が取り交わした扇には夕顔の花が描かれていたとされる。その上「惟光云々」は『源氏物語』「夕顔」のシチュエーションを仮借している。すなわち扇と夕顔の花のイメージは、『源氏物語』とわかち難く結びついていることが知られる。[13]

室町時代の扇面画などの絵画や工芸品の夕顔のイメージは、このような文学的な傾向と歩調を同じくし、また依拠したものとみられる。そしてそのような志向は、鎌倉時代にまで遡ってうかがうことができる。『とはずがたり巻二』には「善勝寺（大納言隆顕）は檜垣に夕顔を織りたるしじらの狩衣にて」とあり、このような衣の意匠にまで『源氏物語』「夕顔」巻のイメージを追える可能性がある。[14]さらに『徒然草』第十九段「六月の比、あやしき家に夕顔の白く見えて、蚊遣火ふすぶるもあはれなり」における夕顔の花にまで、そのイメージの反映が指摘されており、[15]このようにみてくると、夕顔の花のイメージにおける『源氏物語』の影響は絶大であったといえよう。ところで『とはずがたり』の作者二条は、当時の宮廷文化の中で成長し、西園寺実兼（雪の曙）の恋人として、後年もその庇護を受けていたとされる。「春日権現験記絵」は、まさしく同時代の宮廷文化の産物であるが、さらにいえば「春日権現験記絵」の発願者である公衡は実兼の息であるところから、二条の生きた文化的空間は、「春日権現験記絵」が生み出されたそれと、さらに重なるものとみて良いだろう。

以上のようにみてくると、「春日権現験記絵」七巻二段の垣に絡む夕顔の花が、当時の観者にもたらしたイメージには、『源氏物語』「夕顔」巻を連想させる要素が強くあったとみなして良いのではないだろうか。

2　夕顔のイメージ＝夢？

そこで次に問題となるのは、『源氏物語』「夕顔」巻が、果たして夢と関係があるのか、またあるとしてもどのような関係性にあるのかということである。

まず夕顔の花がどのようにこの巻に述べられているのかを確認していきたい。乳母の見舞いに五条を訪れた光源氏の目に留まった隣家の夕顔は、以下のように述べられる。

切懸だつものに、いと青やかなる葛の心ちよげに這ひかゝれるに、白き花ぞおのれひとり笑みの眉ひらけたる、「をちかた人に物申」とひとりごち給を、御随身ついゐて、「かの白く咲けるをなむ夕顔と申侍。花の名は人めきて、かうあやしき垣根になん咲き侍ける」と申す[16]

そして光源氏の命を受けた随身が夕顔の家に入り、花を手折ると「さすがにされたる遣戸口に、黄なる生絹の単袴長く着なしたる童のお（を）かしげなる出で来て、うち招く。白き扇のいたうこがしたるを、『これにを（お）きてまい（ゐ）らせよ。枝もなさけなげなめる花を』」という印象的なプロットから、源氏と夕顔の交渉は始まり、前記した花に纏わる和歌の贈答となる。

「（夕顔）心あてにそれかとぞ見る白露の光添へたる夕顔の花」

「（源氏）寄りてこそそれかとも見めたそかれにほの〴〵見つる花の夕顔」

すなわち、源氏と夕顔の交渉は、夕顔の花によって展開していくのだが、周知のように、このような夕顔との逢瀬は、連れ出した院での、物の怪に憑かれた夕顔の頓死という思いがけない事件によって終わる。ところでそれは、次のように夢の中の出来事として描写される。

宵過ぐるほどに、すこし寝入りたまへるに、御枕上にいとおかしげなる女ゐて、「おのがいとめでたしと見たてまつるをば尋ね思ほさで、かくことなることなき人を率ておはして時めかしたまふこそ、いとめざましくつらけれ」とて、この御かたはらの人をかき起こさむとすと見たまふ。物に襲はるる心地して、おどろきたまへれば――右近を起こしたまふ。これも恐ろしと思ひたるさまにて参り寄れり（傍線は筆者による）（夕顔の容態を見るために紙燭を取寄せた源氏は）たゞこの枕上に、夢に見えつるかたちしたる女、面影に見えてふと消えうせぬ

また後に夕顔の侍女の右近は、夕顔が源氏との交渉を「うつゝともおぼえず」――すなわち現実のこととは思えないと述べていたと述懐している。

（右近）はじめより、あやしうおぼえぬさまなりし御ことなれば、「うつゝともおぼえずなんある」とのたまひて、「御名隠しもさばかりにこそは」と聞こえ給ながら、なを（ほ）ざりにこそまぎらはし給らめ、となんうきことにおぼしたりし

さらに夕顔の四十九日の法要の翌日に、源氏は夕顔と物の怪の夢を見る。

君（源氏）は夢をだに見ばやとおぼしわたるに、この法事し給てまたの夜、ほのかに、かのありし院ながら、添ひたりし女のさまも同じやうに見えければ

そして「玉鬘」巻では、夕顔が乳母の夢に現れると語られている。

夢（乳母の）などに、いとたまさかに（夕顔が）見え給ときなどもあり。おなじさまなる女など添ひ給ふて見え給へば、

以上のようにみてくると、夕顔との物語は、うつつとも思えない逢瀬の後に、その頓死もまた夢の中の出来事のように述べられていることが判る。

つまり宵闇に花開く夕顔の花によって始まった恋物語は、いわば夢とうつつのあわいの中の出来事のように語られているといえるのではないか。

また河東仁氏によれば、『源氏物語』にみられる夢の用例は二十四例が挙げられるが[17]、その内夕顔に関連するものは三例あることになり、その頻度は高いといえよう。

以上のようにみてくると、『源氏物語』を知悉していた読者にとって夕顔の白い花は、容易に夢を連想させるモティーフであったのではないだろうか。

但し考慮しなければならないのは、「夕顔」巻で語られる夢は吉夢では全くなく、物の怪の出現するおぞましいものであった点である[18]。

3　実――瓜・瓢

　ところで前述したように「春日権現験記絵」七巻二段の夕顔には、花のみならず実も描かれている。その形態から描かれているのはナガユウガオと思われるが、夕顔も含めた瓜については、すでに網野善彦・大西廣・佐竹昭広氏による包括的な著作をはじめ、和歌に詠まれた瓜の問題、さらには隠逸思想との関係などさまざまな先行研究がある。[19]ここでは、それらの研究に導かれながら、「春日権現験記絵」の夕顔の実について考えてみたい。

　先述したように瓜類の多くは有用な植物として人間生活に密着したものであったが、同時に心的対象として呪術性・聖性を兼ね備えたものであったことも指摘される。それゆえ瓜のイメージは豊かだが、反面茫洋とした捉えどころの難しい面がある。しかしまず和歌に詠まれた瓜についてみると、現実の瓜に因んだ日常詠が多く、院政期以後は題詠歌などとしても詠まれるが、その数は少ない。また俳諧的・機智的なものが多いと指摘されている。[20]たとえば実物の瓜の贈答に関わる和歌の中には、小瓜に顔を描いたものに付けられた歌などがあり趣向に富むが、そのような瓜の扱いからもたらされるイメージは、前節でみた夕顔の花の喚起するそれとは大分異なる。つまり、そのような機智的扱いは、夢とはむしろ反対の、現実的で生き生きとした方向にあるとみられる。さらに、絵巻に描かれた人間生活の中で活用されている瓜を見ると、贈答用（「鳥獣人物戯画」甲巻・「彦火々出見尊絵巻《模本》」六巻）、病人を癒す（「春日権現験記絵」六巻三段）、商品として並べられる（「石山寺縁起絵巻」二巻四段）が挙げられ、人々に喜ばれる現実的なものであったことが推測される。

　しかしこれらの、一見すると現実生活に密着したとみられる扱いには、さらに含意の可能性が指摘できるものがある。まず瓜が病人を癒すことは、四十歳にして体力の衰えた慈覚大師円仁が、衰弱の中で天人から忉利天の妙薬を与えられたが、その形は瓜に似ていたという『元亨釈書』（一三二二年成立）の記事に通じる。[21] 水分の多いメロンなどの瓜類が病気見舞いの好適品であることは現在も変わらないが、ここにそれ以上の瓜への眼差しをみることも可能だろう。尚「春日権現験記絵」に描かれた病人を癒す果物としては、この他に梨（一五巻二段）と桃（九巻二段・一五巻六段）があるが、後者に西王母の桃のイメージを当時の人々が連想した可能性もあろう。[22] しかしさらに興味深いのは、「彦火々出見尊絵巻」（**図4**）[23] に描かれた瓜類である。古代神話に取材した同絵巻の最終場面で、彦火々出見尊に恭順を誓った兄の尊は、年毎の節会に贄を捧げることを誓ったが、その贄として描かれているのが瓜である。庭上の竹台に載せられた籠入りの瓜が、馬の背に積まれ、さらに道中の雨にあったらしく蓑を被せられる場面まで、三回に渡って丁寧に描かれる。場面が欠失している可能性はあるが、[24] それにもかかわらず贄としての瓜がこの逸話の重要な要素であることは明らかに見て取れる。さらに大和国吉野郡の兄の尊の住居の右方の藁葺の屋根には瓢箪（夕顔の近縁種で容易に交配する）が絡まっており、瓢箪・瓜が当場面の主役といっても過言ではない。大和瓜の名があるように、古来より同地の名産が瓜であったことに拠ることがまず考えられる。[25] しかしそれ以上に、古代神話の物語において、王権への恭順の徴として瓜が献上されていることに意味を見出したい。すなわちこの場面が、古代の神話的世界における王権による権力や権威の吸収を表しているとするなら、瓜はその古代的パワー＝神話的パワーを象徴するものと看做されよう。そしてこの「彦火々出見尊絵巻」の原本は、その画風や伝来から、十二世紀に常盤源二光長の周辺において制作された、後白河院の一連の絵巻制作の内の一つと推測されていることが注目される。[26] なぜなら、「春日権現験記絵」の制作にあたって高階隆兼とその工房は、光長とその工房の制作と考えられる「年中行事絵巻」を参照していると推定されるからである。[27]「彦火々出見尊絵巻」原本の伝来は明確ではないが、後白河院の宝物を収蔵した蓮華王院宝蔵に鎌倉時代後期になっても存した可能性は高いと推測される。

図4　「彦火々出見尊絵巻（模本）」六段（部分、明通寺蔵、中央公論社『日本絵巻大成22　彦火々出見尊絵巻　浦島明神縁起』より転載）

蓮華王院宝蔵は文永十一年（一二七四）以降、持明院統の所有に帰していたが、[28]隆兼は当時の持明院統の歴代の天皇に重用された宮廷絵所預であることから、同宝蔵のコレクションの情報を得やすい立場にあったと考えられる。神話的世界における瓜の意味するところを描いたと考えられる作品が、隆兼の活動圏の中で保全されていた可能性があることに留意しておきたい。

最後に、当時の瓜の使用法について興味深い例を挙げたい。それは七夕の行事である乞巧奠に瓜が用いられていることである。牽牛と織女が一年に一度、七月七日に会合するという伝承は、後漢時代には、その主要部分が出来上がっていたという。[29]そして瓜は天帝の娘の織女が収蔵するものの一つであるとされていた。また六朝中期頃の成立とされる『荊楚歳時記』には、女性達が七月七日に色糸を結んで七本の針に通し、庭上に酒や肴や瓜などの果物を並べて《巧》を授かるように祈るとある。[30]正倉院にはこの七夕の行事に用いられた七本の針が残り、それは唐代の宮廷の風習をそのまま承けたものと推定されている。この女性たちが、手仕事の巧みさを祈る行事は乞巧奠と呼ばれた。七夕の行事は、これ以外にもさまざまに行われたようだが、[31]瓜の登場する乞巧奠について少し追ってみたい。平安時代に宮廷で行われた乞巧奠については十二世紀初期成立の『江家次第』に詳しい。清涼殿東庭の儀式の舗設では、机の上に桃や茄子などとともに「熟瓜（ほぞち）」が並べられている。また瓜の上に蜘蛛が糸を張れば手仕事の上達の願いが叶うという『荊楚歳時記』の記事が引かれている。[32]摂家の年中行事を述べた平安時代末期成立の『執政所抄』にも乞巧奠の記事があり、供え物の一つとして白瓜が挙げられている。[33]また鎌倉時代初期の成立とされる『年中行事秘抄』の「乞巧奠事」では、先行する故実書から記事を引き、『荊楚歳時記』に載る、瓜を庭上に並べることも記されている。[34]尚、先述した「彦火々出見尊絵巻」に描かれた瓜について、七夕の節句のための調と推測されているのも興味深い。[35]後醍醐天皇による『建武年中行事』も乞巧奠について触れるが、残念ながら机に置くものについては、具体的に述べられていない[36]。しかし、この行事が十四世紀初めになっても定例的に行われていたことは、『花園天皇宸記』に「乞巧奠如例年」と再三にわたって記されていることからも知られる[37]。また先述した『とはずがたり』には、二条の狼藉の贖いの引き出物として、糸でつくった瓜のつくりものが挙げられている[38]。先に引いた、蜘蛛が瓜に糸をかけると手仕事の上達の願いが叶えられるという『江家次第』の記事と考え合わせると、このようなつくりものは女房への贈り物として大変相応しいものと思われたのではないだろうか。そしてそこには、古代以来の伝承が反映されていたといえるのではないか。

以上のことから、「春日権現験記絵」が制作された頃になっても、瓜が乞巧奠の儀式に付き物の飾りであったことが広く認められていたと考えて良いだろう。そして七月七日には天界の牽牛星と織女星に思いを馳せ歌を詠んだり、手芸の上達などの願い事を織女星に祈る長い伝統が育まれていたことと考え合わせると、七夕とは天界との交信が可能になる日であり、その折の飾り物である瓜とは天界と関連の深い、さらにいえば天界と地上とを結ぶメディアに相応しいものという感覚が、無意識の内に、しかし当然のこととして人々の内に存したのではないだろうか。

このようにみてくると、「春日権現験記絵」が制作された時空間では、病を癒すための天からの贈り物としての瓜、また神話時代のパワーの象徴としての瓜、さらには地上と天を媒介するものとしての瓜という、複層的なイメージが存したと推測される。そして、その複層的なイメージが喚起するのは、瓜とは天や神仏という聖性と関連の深いものということであったのではないだろうか。

ここから同絵巻七巻二段の夕顔に、実（瓢）が描かれる必然性が出てくるといえよう。つまり『源氏物語』「夕顔」巻に由来する、夕顔の花の喚起する夢のイメージはどのように魅力的であっても、それは物の怪の跳梁する夢であった。しかしこの「春日権現験記絵」七巻二段の場面で老尼開蓮房が授かったのは、春日大明神からの聖なる夢告である。瓢は一見奇妙な形ながら瓜類として、古代的・神話的聖性のイメージを保持した重要なモティーフであったため、ここに必然的に描かれるべきものとなったのではないだろうか。すなわち《聖なる》《夢》は、夕顔の《実（瓢）》と《花》によって初めて十全に表象されたと考えられたのではなかろうか。

4 「天稚彦草子」絵巻の杓・瓲

ところで、このような瓜のイメージが活用された作例として、「天稚彦草子」絵巻に触れておきたい。七夕伝説などに取材したこの中世の物語では、夕顔と瓜が重要なモティーフとして機能しており、それは次の二つのプロットにおいて語られる。天に上ったまま帰らない夫・天稚彦に会うために娘は、かねて教えられていた通り、西の京の女から《一夜ひさこ（杓）》を譲り受け、それに乗って天に上る。「ひさこ」とは「ひさご」のことで、夕顔・瓢簞などの総称であり、杓はその実を縦に二つに割って用いた水などを汲む用具とされる。[39] 現存する最古の「天稚彦草子」絵巻はベルリン国立東洋美術館所蔵「天稚彦草紙」であるが、残念ながら上巻が欠失しているため、当場面は見られない。しかし幸いベルリン本の内容と構図をほぼ受け継ぐ江戸時代前期の写本が二点存在し、当画面を知ることができる。それらは専修大学図書館蔵「七夕のさうし」とサントリー美術館蔵「天稚彦物語絵巻」であるが、両者ともに《一夜ひさこ》として、垣に絡む、白い花を付けた夕顔が大きく描かれている（図5）。そして写本における異動を勘案しても、このような夕顔の表現は、原本にも採られていたと考えられる。[40] 両本ともに、夕顔の蔓の頂部に乗った娘の前には上昇する瑞雲が描かれ、彼女が天上に上っていくことを示しているが、瓜類の中でも特

図5　「七夕のさうし」上巻六段（部分、専修大学図書館蔵）

にひさこ＝夕顔がこの物語の重要な役割を担って登場していることに注目したい。先述したように七夕の夜は、一年に一度の天との交信が可能な時と捉えられていた。そして夕顔は、〈一夜〉に開花して萎むことから、天への通行の場面に相応しい瓜類として、ここに採られたということが考えられる。また夜と夢は別ち難い関係にあるから、すなわちここには、神や異界への通路は夢こそ相応しいという夢信仰が、いまだ生きていることをうかがわせる。しかしそれだけではなく、夕顔の蔓は地を這うよりも、先述した『源氏物語』に規定された垣に絡まるものとしてのイメージが強かったために、天に向かって上昇していく表現に相応しいと看做されたことも考えられる。「春日権現験記絵」七巻二段でも、夕顔の蔓はほぼ上方に向かい空中を漂っている。さらに、この娘の昇天の場面で注意されるのは白い花は咲き乱れるが、実は描かれていないことである。それは、娘が聖なる天上の世界に向かうことより、恋しい夫・天稚彦を求めてロマンティックな冒険に旅立つという要素が、この物語では強いためではないだろうか[41]。そして、そのような恋物語を展開させる重要なモティーフとしては、『源氏物語』「夕顔」巻に連なるイメージこそが相応しかったのかもしれない。

さて「天稚彦草子」絵巻で、七夕の飾りとして古代中国以来使用されてきた瓜が描かれるのは、最終場面である（**図6**）。詞書では、天稚彦と娘を隔てる天の川は、鬼が投げた瓜から出来たと述べられ、ベルリン本には二人を隔

図6 「天稚彦草紙」七段（ベルリン国立アジア美術館蔵）©Staatliche Museen zu Berlin, Museum für Asiatische Kunst, Foto： Jürgen Liepe.

てる天界の川の中に割れた瓜（真桑瓜か）が描かれている。ところでこの七夕に由来した物語には、これら絵巻形態を採る作品（短文系）以外に、冊子形態を採るもの（長文系）があり、短文系から長文系へと展開したという推定が有力である。[42]興味深いことは長文系では、上記のような夕顔と瓜の超越的な役割は消失し、その役は煙や娘の涙に変えられていることである。長文系では夕顔の花は、娘が煙に乗って昇天する直前に、彼女が眼を留めるものとして登場し、『源氏物語』「夕顔」巻を彷彿とさせる叙述が取られるが、昇天の奇跡とは関係付けられていない。[43]また天の川は、一年に一度の逢瀬となってしまった娘の流す涙から出来たことになっている。すなわち『天稚彦草子』絵巻系では、いまだに瓜の超越的な力が物語の重要な要素として機能しているが、冊子系では忘れ去られたか、あるいは看過されているといえる。

ところでベルリン本は詞書は後花園天皇宸筆、絵は土佐廣周と記された後崇光院貞成親王の奥書が持ち、[44]文安五（一四四八）年に制作されたものであることが指摘されている。[45]そしてベルリン本制作以前に、後崇光院は「春日権現験記絵」及び、その中書本を閲覧しており、また「彦火々出見尊絵巻」原本は後花園天皇・貞成親王ともに閲覧していることが注目される。[46]すなわちこれまで取り上げてきた瓜のイメージを描く重要な古絵巻に、「天稚彦草紙」の制作に関わった両人は、すでに触れていたことになるのである。

そして瓜の豊富なイメージを活用した作品である「彦火々出見尊絵巻」「春日権現験記絵」「天稚彦草紙」が、全て神的世界を題材とした作品であること、さらにこれらの絵巻が全て宮廷あるいは高位の貴族による注文であり、また宮廷絵所、あるいはその周辺で制作されている点も見逃せない。ここに、宮廷文化における一つのイメージの継承をみることが可能であろうし、またかつて大西廣氏が指摘された「日本の神話的想像力の水脈[47]」が、中世という時代に脈々と流れていたことの証左をみることもできるのではないだろうか。尚、「天稚彦草子」絵巻の物語が一見ナイーヴでありながら、宮廷の伝統や嗜好を反映したものであったことも付加したい。

おわりに

以上、『春日権現験記絵』七巻二段に描かれた夕顔について、そのイメージを辿ってきた。その表現をもう一度見てみると、繊細な描写と写実的な傾向の両側面を持っているのに気付く。板塀に絡む蔓の曲線は柔らかく、ハート型の葉は緑の濃淡によって表裏の別が表され、さらに病葉まで描かれている。花は蕾から全開のものまで変化に富み、またそれらの向きも微妙に変えられている。瓢も同様に、赤子のようなものから成熟したものまであり、緑の濃淡によって丸みが表されている。その整えられてはいるがリアリティーのある描写は、当絵巻作品全体に共通する特徴といえ、隆兼の優れた表現力を示しているのだが、このような描写に通じる傾向が、中国の常州草虫画に指摘されている[48]。瓜についてみると、たとえば伝趙昌「竹虫図」の右下にはふくべ（夕顔の変種）が描かれているが、葉の表裏が描かれる。また「草虫図（東京国立博物館蔵）」の右幅・左下にも瓜が描かれるが、この場合は花や小瓜までも描かれ、やはり写実的で細やかな描写を見せる。さらに、この作例とほぼ同様の構図を採る「草虫図（戸方庵井上コレクション）」の瓜には病葉まで描かれている。隆兼工房の制作と推定される「伊勢物語絵巻（久保惣記念美術館本）」には草虫画の影響が指摘されており[49]、隆兼が夕顔を描くに当たって、草虫画を参照した可能性は十分ある[50]。ところで中国の瓜——特に小瓜を共に描くものには「瓜瓞綿綿」——子孫が次々に恵まれるという吉祥的な意味のあったことが指摘されている[51]。このような中国の瓜図の意味は、果たして七巻二段の夕顔に含意されていたのだろうか。この点については、先述した『年中行事秘抄』の「乞巧奠事」の条が参考になる。そこには、七月七日に輝く天に向かって、子が無い場合に願えば、叶えられるとあり[52]、すなわち、子孫繁栄という瓜図の含意が日本において知られていたとしても、その意味は乞巧奠、さらにはより風土的な風習も抱合する七夕と拮抗するものではなかったに違いない。むしろそのような吉祥性は、瓜の聖なるイメージをさらに豊かに高めたのではないだろうか。

また先述したように、平安時代末の唐紙の料紙装飾には瓜文様が挙げられ、中国北宋における草虫画の隆盛を反映していることが指摘されているが、そのような唐紙文様への嗜好は、舶載された新奇な品やモティーフへの強い関心から来ると同時に、元来瓜が日本の神的世界と深く結びついたモティーフであったところからも来ていることを考える必要があろう。

そしてさらにいえば、そのような瓜イメージの保持されていた時代は、神との回路への希求も生きていた筈である。夕顔は瓜類であると同時に、宵闇に花開く、夢や神の出現する夜と関係の深い植物であった。しかし私たちが誰でも持ち得る、その夕顔のナイーヴなイメージを基底に、日本・中世において、そのイメージの輪を広げたのは『源氏物語』などの文学や神話、そして儀式や絵画などのヴィジュアル・イメージであったといえるのではないだろうか。

註

（1）聴覚や運動感覚による認知例も報告されているが、視覚によるものがきわめて多い（岡田斉『「夢」の認知心理学』勁草書房、二〇一一年）。
（2）秋山光和「春日権現験記絵巻」（『御物聚成　絵画Ⅰ』朝日新聞社、一九七七年、二二一―二二三頁）。
（3）拙稿「『春日権現験記絵』に見られる夢の造形について」（『美術史家、大いに笑う　河野元昭先生のための日本美術史論集』ブリュッケ、二〇〇六年、二六一―二八三頁）。
（4）『新修日本絵巻物全集　一六　春日権現験記絵』（角川書店、一九七八年）翻刻による。
（5）『日本大百科全書』による。また夕顔から作る十瓢は、「瓠畜」という名で中国では三～四世紀から蓄えられたという。『延喜式巻第廿三　民部省下』（神道大系本）には瓢の産地として「遠江国（中略）大瓠三十口　常陸国（中略）大瓢十口」が載る。
（6）新日本古典文学大系本。
（7）『日本書紀』「仁徳十一年〈七二〇〉冬十月匏（ヒサコ）ふたつをとりてふさきかたき水にのぞみて」（神道大系『日本書紀註釈〈上〉』）。『日本国語大辞典』によれば、建治元年（一二七五）成立『名語記』九に「ゆふがほといへるひさぐ如何、瓠也、瓢・匏も同じ。これをばひさことといへる歟」と載る。
河野元昭氏は、このような夕顔の特性について、和漢の視点から指摘されている（同氏解説〈図一八七―一九二〉（小林忠編『琳派2　花鳥二』紫紅社、一九九〇年、三一三―四頁）。
（8）伊藤大輔『肖像画の時代　中世形成期における絵画の思想的深層』（名古屋大学出版会、二〇一二年〈初版二〇一一年〉、三〇頁）。
（9）垣に絡む夕顔としては、「一遍聖絵」四巻の備前国藤井政所や、「善信聖人親鸞伝絵」（専修寺蔵）四巻四段〈熊野霊告〉に描かれる親鸞の住房の垣に絡む植物がそれとみられるが、前者は描写が小さく、後者は花も実も付けておらず、簡素な住居の添景描写としての役割だけを持っているように看做される。

(10) 島田修二郎「呂敬甫の草虫画――常州草虫画について」(『島田修二郎著作集二　中国絵画史研究』中央公論美術出版、一九九三年〈初出一九四八年〉、一九九頁)。

(11)『源氏物語』本文で童女は、夕顔を載せるようにと、扇を随身に差し出したのであり、夕顔を載せた扇を差し出したのではない。扇面画では童女の手にある扇に既に夕顔を載せて描かれているのに対して、白描本は夕顔を手にする随身に、童女は扇を差し出している。

(12) 片桐洋一『歌枕歌ことば辞典』(角川書店、一九九〇年、四二四頁)。
その影響は、例えば次の詠歌にみられる(《　》は国歌大観番号)。
「　ゆうがほをよめる　　前太政大臣(藤原頼実〈一一五五―一二二五〉)
しら露のなさけおきけることの葉やほのぼの見えし夕がほの花」
(『新古今和歌集』巻第三　夏歌《二七六》)
「　藤原隆信〈一一四二―一二〇五〉
黄昏にまがひてさける花の名を遠かた人やとはばこたへむ」
(『夫木和歌集』巻第四《三五〇五》)

(13) 謡曲は新日本古典文学大系本による。

(14) 新日本古典文学大系本。尚、荒木浩氏より、『とはずがたり』には『源氏物語』の影響が強いことから、「夕顔」巻のイメージの可能性は高いと、御示教頂いた。

(15) 新日本古典文学大系本。久保田淳氏校注による。

(16) 新日本古典文学大系本。『源氏物語』については、以下同様。

(17) 河東仁『日本の夢信仰――宗教学から見た日本精神史――』玉川大学出版会、二〇〇二年、一七〇頁。

(18) 註(17)及び久富木原玲「憑く夢・憑かれる夢――六条御息所と浮舟――」(『源氏物語をいま読み解く三　夢と物の怪の源氏物語』翰林書房、二〇一〇年、二一二―二三六頁)。

(19) 佐竹昭広・網野善彦・大西廣編『瓜と龍蛇　いまは昔　むかしは今』(福音館書店、一九八九年)。

久野幸子「久隅守景筆『夕顔棚納涼図』に描かれた瓢箪に関する一試論」（『美術史家、大いに笑う　河野元昭先生のための日本美術史論集』ブリュッケ、二〇〇六年、六九―八五頁）。

(20) 堤和博「瓜を詠み込む歌――付・『師輔集』の「大和瓜」の歌――」（『古代中世文学研究論集』第三集、和泉書院、二〇〇一年、二四六―二四八頁）。

(21) 「夜夢。天人與薬。其形似瓜。割食半片。其味似蜜。有一人。告曰。是忉利天妙薬也。」（『元亨釈書』巻第三　慧解二〈国史大系本〉）。尚、上野勝之氏によれば、先行する通行本『慈覺大師伝』には「夜夢従天得藥。其形似瓜。」とあるが、三千院本では「瓜」は「甜菜」となっているとのことである。

(22) 『箋注倭名類聚抄』には「桃子――西王母桃三千年一生実」とある。（『諸本集成倭名類聚抄　本文編』前川書店、一九七七年〈初版一九六八年〉、四五三頁）。

(23) 原本は十二世紀の作品と考えられている。源豊宗「彦火々出見尊絵」（『大和絵の研究』角川書店、一九七六年〈初出一九五九年〉、二一一―二二七頁）。

(24) 現模本（明通寺本）の第十四紙と第十五紙間には欠落があるとみられる。

(25) 天喜・康平頃に成立した藤原明衡『新猿楽記』（東洋文庫四二四、一三七頁）では「四郎の君（受領の郎党）」が集めた諸国の土産の中に「大和苽」が挙げられる。

(26) 「彦火々出見尊絵巻」に、後白河院による王権の意図が込められているという指摘は近年複数の研究者によって成されている。また「伴大納言絵巻」や「年中行事絵巻」（模本）、また「吉備大臣入唐絵巻」との比較から、同原本が光長周辺で制作されたという指摘も註(23)の源豊宗氏以来、多くの論者によって成されている。詳しくは、五月女晴恵「『彦火々出見尊絵巻』の制作動機に関する一考察――絵巻の基となった説話と仏画の図様との共通性に着目しながら――」（『仏教芸術』三三四、毎日新聞社、二〇一四年、九―三二頁）を参照のこと。

(27) 拙稿「『春日権現験記絵巻』研究」（『美術史』一三〇、美術史学会、一九九一年、一二四―一四〇頁）。

(28) 池田亀鑑『古典の批判的処置に関する研究』第一部（岩波書店、一九四一年、二一―四六頁）。

(29) 小南一郎『西王母と七夕伝承』（平凡社、一九九一年、三〇頁）、尚、七夕については同書に拠るところが多い。

(30) 「是の夕、人家の婦女、綵縷を結び、七孔の針を穿ち――几筵・酒脯・瓜果を庭中に陳ね、以て巧を乞う。――」

守屋美都雄訳注『荊楚歳時記』（東洋文庫三二四、一九七八年、一九〇頁）。

（31）泉万理「神護寺山水屏風の秋」（『中世屏風絵研究』中央公論美術出版、二〇一三〈初出二〇一二〉、五三—八〇頁）に詳しい。

（32）「——其東南机南妻居菓子等、——杯㮇瓜」「——（割注）有蟢子、羅於瓜菓上即以為得巧——」（『江家次第』巻第八、新訂増補故実叢書本）。

（33）「供物。——瓜。（割注）以白瓜飯鉢盛之。一裹」（『執政所抄』群書類従本）。

（34）「荊云。——設瓜菓於庭中。」（『年中行事秘抄』群書類従本）。

（35）保立道久「『彦火々出見尊絵巻』と御厨的世界」（『物語の中世——神話・説話・民話の歴史学』東京大学出版会、二〇〇〇年〈初出一九九八年〉、五五頁）。

（36）「夜に入て乞巧奠あり。——机に色々の物すへたり。」（『建武年中行事』群書類従本）。

（37）『花園天皇宸記』（増補史料大成本）正和二年、元応二年、元亨元年、同三年、正中二年に載るが、特記すべきことを付加する以外は、儀式次第を具体的に記さない。

（38）「——女房たちの中へ染物にて行器を作りて、糸にて瓜を作りて、十合参らせらる。」（『とはずがたり』巻二、新日本古典文学大系本）。

（39）日本国語大辞典による。尚『箋注倭名類聚抄　巻四器皿部　木器』「杓（割注）瓢附　按瓢、古単言比佐古、其長項者、割之為斟水器、」と記される。註（22）二二三頁参照。

（40）ベルリン本・専修大学本・サントリー本の異動については、大月千冬氏による綿密な検討がある。「『天稚彦草子』絵画化の展開過程——赤木文庫旧蔵本を中心に——」（『美術史研究』三九、二〇〇一年、六五—八四頁）、及び「『天稚彦草子』長文テクスト絵画化における図様の展開過程」（『奈良絵本・絵巻研究』一号、二〇〇三年、一—二六頁）。

（41）詞書によれば娘は、離郷の思いや、この事態を知った時の親たちの嘆きへの配慮、さらに天稚彦との再会の成就への不安から、心細さに満ちた歌を詠んでいる。

（42）註（40）参照。

（43）伊東祐子氏はこの点を、冊子（長文）系テクストが絵巻（短文）系テクストから展開した一証左として挙げられる。「〈天稚彦草子〉の二系統の本文の展開とその性格――絵巻系・冊子系・赤木文庫旧蔵本・乾陸魏説話をめぐって――」（『都留文科大学研究紀要』六五、二〇〇七年、三三―五〇頁）。

（44）秋山光夫「天稚彦草紙絵巻と住吉廣周」（『日本美術協会報告』四二、一九三六年、一―一九頁）、秋山光和「『天稚彦草紙絵巻』をめぐる諸問題――上巻図様の新出を機に――」（『国華』九八五、国華社、一九七五年、九―二五頁）。

（45）源豊宗『日本美術史年表』（座右宝刊行会、一九七二年、一九一頁）。

（46）「抑鳴瀧殿御絵春日御縁起中書一合廿巻借給。拝見殊勝也。――此絵正本春日社被奉納。先年鹿苑院殿絵合之時。自社頭被出了。其時拝見了。」『看聞御記』永享十（一四三八）年二月廿七日条。
「抑若州松永庄新八幡宮ニ有絵云々。――今日到来。有四巻。彦火々出見尊絵二巻。吉備大臣絵一巻。伴大納言絵一巻　金岡筆云々。――禁裏為入見参有召上了。」『同右』嘉吉元年（一四四一）四月廿六日条。

「若州絵内裏入見参。」『同右』廿七日条。

（47）註（19）四一四頁。

（48）板倉聖哲「『芙蓉に蟷螂図』解説」（『平城遷都一三〇〇年祭特別展　花鳥画――中国・韓国と日本――』奈良県立美術館、二〇一〇年、一六二頁）。

（49）村重寧『和泉市久保惣記念美術館　伊勢物語絵巻研究』（和泉市久保惣記念美術館、一九八六年、四七頁）。拙稿「和泉市久保惣記念美術館『伊勢物語絵巻』の考察（後）」（『美術史論叢』九、東京大学文学部美術史研究室、一九九三年、二八―三一頁）。

（50）七巻二段には、灯台に集まる虫や犬に纏わりつく蚤が描かれ、やはり草虫画に通じる。特に蚤には金線が使用されており、その傾向が強い（註〈49〉拙稿参照）。

（51）宮崎法子『花鳥・山水画を読み解く――中国絵画の意味――』（角川書店、二〇〇三年、一九九頁）。

（52）「風土記云。七月七日。――天漢中有奕々正白気。――見者便拝而願乞富寿。無子乞子。唯得乞一。」（『年中行事秘抄』群書類従本）。

コラム

春画のなかの夢

早川　聞多

春画、特に浮世絵春画には夢を題材にしたものがあちこちに見られる。春画における夢の描写は、その多くは一見してそれとわかるやうに、漫画の吹出しのやうな枠のなかに、男と女の性事が描かれてゐる。さうした春画のなかの夢の描写の特色は、いづれも人物が目を閉ぢ、その吹出しがその喉元または首の後辺りから出てゐることであらうか。

図1　勝川春章『股庫想志春情抄』（国際日本文化研究センター蔵）

　さて夢と性といへば、夢精といふことがまづは思ひ浮かべられるが、勝川春章の『股庫想志春情抄』（寛政七年頃）のなかの一図（第一図）などはその典型である。本書はその題名からもわかるとほり、北村季吟の『枕草子春曙抄』の春画風パロデイ本である。図柄は薄い敷物の上で男が下半身を露にして寝てをり、枕元には煙草盆と煙草入に煙管、それに見開いた本が描かれてゐる。図上の詞書を読むと「見て心知よきもの」として「初春に出る新板の枕草子、または妄

図1-2　勝川春章『股庫想志春情抄』（国際日本文化研究センター蔵）

図2　勝川春章『会本腎強喜』
（国際日本文化研究センター蔵）

想」とある。男の首の後から出てゐる吹出しの線をおつて次頁を開くと、遊郭の遊女の部屋の場面となり、屏風の向かうでは二枚重の蒲団に男が眠つてをり、部屋の入り口で遊女と男が抱き合つてゐる。二人の書入れには、「今日は出られぬ所をやう〳〵来た。手前、客は誰だ」「今夜の客はうねきさんだよ。よく寝てゐる」とある。すなはち前頁の独り寝の男は夢のなかで好きな遊女の間夫になつて、ちよんの間の出合ひを楽しんで射精してゐるのである。

春章は夢精によほど興味があつたやうで、『会本腎強喜』（寛政元年）のなかにも同様の図（第二図）がある。こちらの男は寝間着をほとんどはだけて大きな一物を直立させ、寝顔はにやけて口は大きく開いてゐる。頭元には行燈と倒れた枕、開いたままの本に団扇や煙草盆が散らばつてゐる。奥には竃の前に夕飯の盆と銚子が置きつ放しになつてゐる。すなはちこの男は長屋住まひの独り者で、夕飯の後片付けもせずに一服して、本を読みながら寝てしまつたのであらう。本図には夢の場面を表す吹出しの図はなく、男の寝言の書入れでその夢の状況がわかる仕掛けになつてゐる。そこには「お前の方から俺に惚れてゐるとは今まで知らなんだ。お前、俺が好きか。俺もお前が大好きだ。誰もゐないからさあ〳〵ちよつとまづ口を吸はせな。ヲヽお前の口はたいへんいい匂ひだ。お前、するのが初めてならちよつと辛抱してゐな。それ入れるよ。おや〳〵、何かへのこがシク〳〵する。ハアフウ、ゴウ〳〵。隣の嫁のやうな女房をもちたい。ゴウ〳〵。豆腐屋の娘ならなほいい。ゴウクウ、フウ〳〵」とある。一読して解るとほり、風采のあがらぬ独り者の男が、思ひがけずもてて一儀を仕掛ける夢を見てをり、ついでに隣の嫁のやうな女や豆腐屋の娘を夢想してゐるのである。本図が前図より面白いのは、そんな男の姿を長屋の女たちが窓から覗き見て、「おや〳〵すごいことになつてる。糸源さんは面白い夢でも見てゐるやうだ。長い寝言だね」「大きな物(もん)だね。嘉四郎さんの物ほどある」と言ひ合つてゐるところであり、さらによく見ると男の直立する一物にしがみ付く二匹の鼠が描かれてをり、しかも根元の白鼠が「俺の両手で五周(まはり)ほどある。チイ〳〵」といひ、天辺に登つた黒鼠が「こゝへ来てみろ。吐淫(といん)がぬら〳〵出て滑る(すべる)」といつてゐる。これは明かに笑絵としての趣向である。

図3　鈴木春信「無題春画」
（フォーニッツ・コレクション）

浮世絵春画には男だけでなく、女の「夢精」図もある。**第三図**は鈴木春信の無題春画（明和七年頃）であるが、本図はまさに女性が男と交はる夢を見つつ吐淫してゐる様を描いたものである。枕元の開いた扇に「中車」と署名された句が記されてをり、吹出しのなかの男の着物の紋が「蟹牡丹」であるところから、男はこの女のご贔屓役者、市川八百蔵（二代）と察せられる。憧れの役者に抱かれる夢のなかの自分の手足の格好が、掛蒲団を抱いて眠る女の手足とぴたりと重なつてゐるところが生々しい。なほ本図の左隅に「林忠正」の印とアンリ・ベベールの所蔵印が捺してあるから、この一図はジャポニスム最盛期に林忠正によつてパリにもたらされたものであることがわかる。

春信の後、

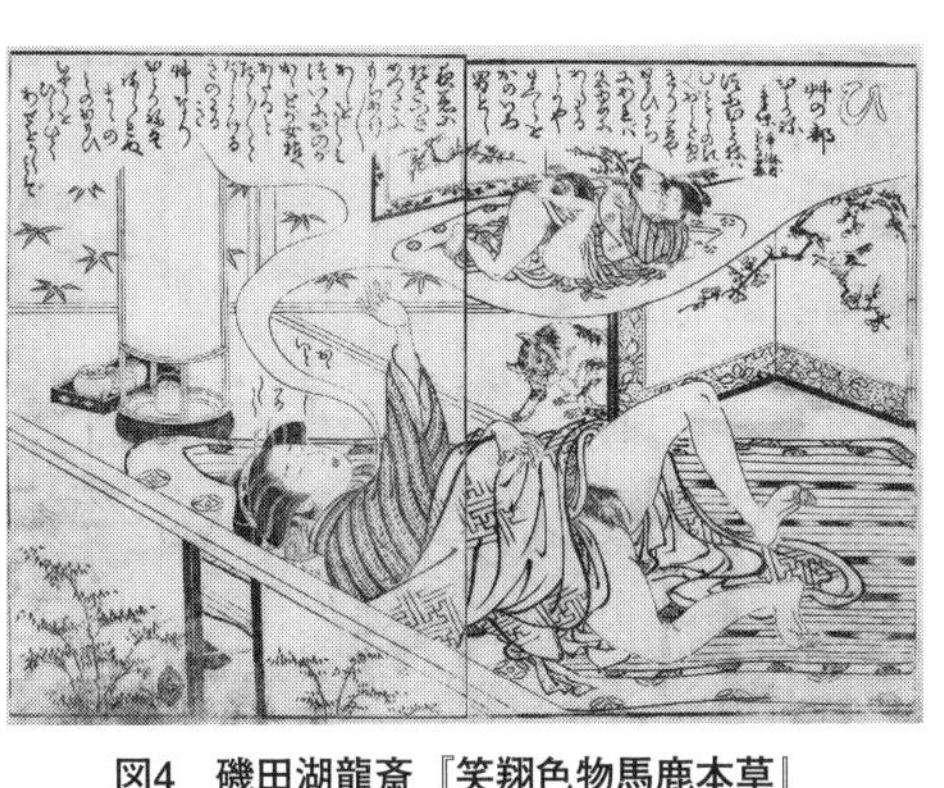

図4　磯田湖龍斎『笑翔色物馬鹿本草』
（国際日本文化研究センター蔵）

磯田湖龍斎も夢を見る女の春画を何図か描いてをり、なかでも『笑翔色物馬鹿本草』（安永七年）の中の一図（第四図）はいかにも洒落つ気に富んでゐる。本書は様ざまな食物を和歌を用ゐながら本草書風に記した『和歌食物本草』（寛永七年）を春画風にもぢつたパロデイ本で、本図は男と交はる夢を見ながら寝間着の裾を大きく開けて寝てゐる女を描いて、その図上に次のやうな解説を書き入れてゐる。「ひ　艸の部　独り寝。気味、辛ニシテ淋敷寒、有小毒。注に独り寝は人目の類也。少しき匂ひ有り。実や思ひ内にあれば色夢に現るとかや。枕をかの色男とし夜着に抱き付き、めつたに持ち上げ〳〵足をからみ、つひにおのが踵が女根へあたると、だら〳〵と出しかける気の悪き艸なり。」

独り寝は寐られぬまゝのもの思ひ
　鼻口を開いて汗をかくとぞ

右に見てきた春画はいづれも睡眠中に夢を見てゐる図であるが、同様に喉元から吹出した枠の中に男女の交合図を描きながら、いはゆる「夢」の図とは異なるものもある。たとへば同じ湖龍斎の『咲本色春駒』（安永三年）の一図（第五図）では、目を閉ぢて机に頬杖をついてゐる娘が描かれてゐる。吹出しの中で交はる若い男女の書入れを読むと、娘「わたしやお前の事ばかり案じて今日は痞へがおこつた」若衆「また嘘ばかり御勤めかえ」とあるから、これは願望ではなくすでに経験した思ひ出の場面と察せられる。なほ若衆がここでいふ「お勤め」とはリップ・サービスの意である。

図5　磯田湖龍斎『咲本色春駒』
（国際日本文化研究センター蔵）

同じやうに月岡雪鼎の『艶道日夜女宝記』（明和元年頃）には、「心通」と題してまだ若い男が蒲団のなかで手紙を読みながら、「ヲヽ可愛い〳〵」とつぶやいて目を閉ぢてゐる図（第六図）がある。一方吹出しの中の二人のやり取りは、娘「アヽよい首尾。きつう〳〵」若衆「互ひの念がとどきました」とあるが、このやり取りだ

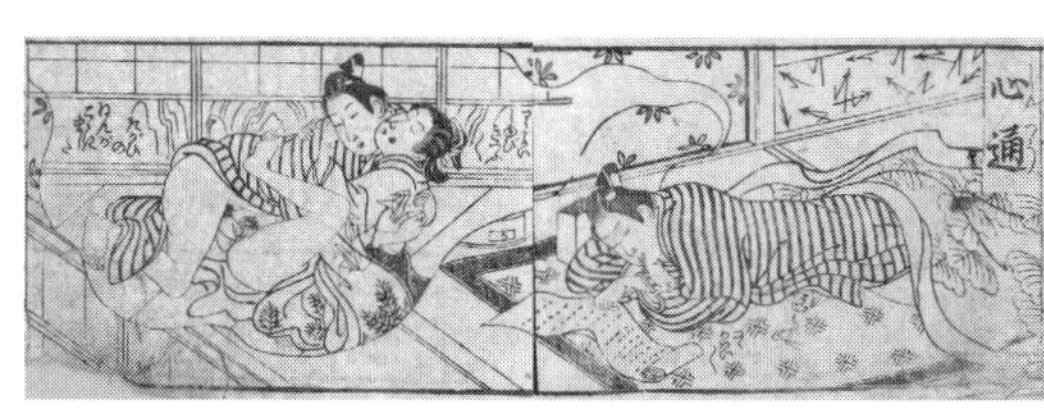

図6　月岡雪鼎『艶道日夜女宝記』（国際日本文化研究センター蔵）

けでは若衆の願望なのか追想なのかわからない。そこで吹出しにしたがつて次の頁を開くと、娘が起き上がつて枕紙で陰(ほと)を拭きながら、前頁の男の吹出しと同じ場面を思ひ描いて「ヱヽ残(のこりおほ)多い」（名残惜(なごりを)しい）と独り言をいつてゐる。とすると、この二人はつい先ほど互ひの願ひがかなつて初めての出合ひをもつたすぐ後といふやうに解せるが、しかし考へやうによつては、二人の強い念願が通じて（心通）、同時に同じ妄想を抱き、娘は妄想から覚めても己が體にその余情が残り、夢が覚めなければよかつたのにと惜しんでゐるとも解せよう。まさに「思ひつつ寝ればや人の見えつらむ夢と知りせば覚めざらましを」（小野小町）である。

次に紹介する宮川春水の『百色初(ももいろはじめ)』（明和中期）のなかの一図（第七図）は、一見性的な夢を見る女の図のやうに見えるが、よく見ると吹出しが出てゐる女の目は薄く開いてゐる。登場人物の書入れを読むと、娘「飯炊き男をなぜに暇(いとま)をやるとおつしやるぞ。わたしは此間こへ押し込めて苦しいめをさす。母様の御心がうらめしい。恥しいけれど、わたしが前を見てくださんせ。此やうに此事ばかりを思ひ暮らしてをりまする。」母親「ほんにこれでは命も続くまいから、飯炊きと女夫(めうと)にして店を出してやりませう。」隣の部屋から様子をうかがふ女中「きつい好きな事だ」とある。すなはち本図では

図7　宮川春水『百色初』（国際日本文化研究センター蔵）

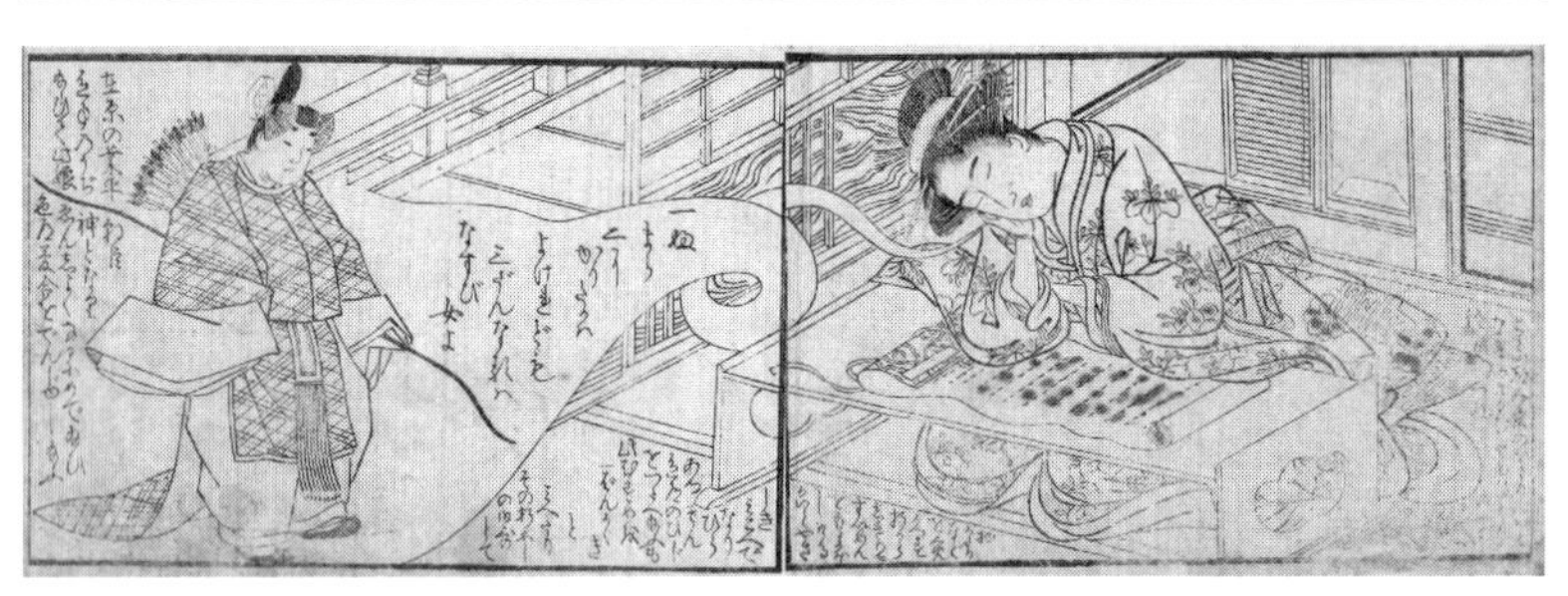

図8　北尾政演『泰佳郎婦寝』（国際日本文化研究センター蔵）

吹出しの中の図は、娘が思ふ「此事」を描いてゐるのである。かうなつてはもはや夢の図とはいへないだらう。

　夢と春画といへば、吹出しや寝言の書入れによつて表したもの以外にも、夢は様ざまな趣向として用ゐられてゐる。竹原春朝斎の『於荘玉開』（寛政七年）では、眉を剃つた中年の女が小人になつて唐国の様ざま性風俗を見て廻り、最後に本箱に頬杖をつきながら「夢から覚め、色道の悟をひらく」といふ、邯鄲の夢を春画風にもぢつた趣向のものもある。

　また北尾政演こと後の山東京伝の『泰佳郎婦寝』（天明元年頃）では、最初に文机の上に巻物を開いて古い物語を読んでゐた女性が、やがて深い眠気をもよほして頬杖をついて眠りこんでゐる。その夢に色事の氏神となつた在原業平が立ち現れ、この娘に色道の夢合（夢占）を伝授するといふ趣向ではじまり（第八図）、次頁から「春の景色を夢見れば、末長き契を語らひてめでたし」といつたやうな夢占を題した見開きの春画が二十四図も展開する。そこには様ざまな男女の出合図が描き分けられてをり、他の春画本を見てゐるのとほとんど違ひがない。本書は政演自身の『色道ゆめはんじ』の続編といふから、京伝は夢と性の関係によほど興味を抱いてゐたものと思はれる。ちなみに本書の内には「色事の夢を見れば」といふ夢占は見当たらない。

　春画のなかの夢の特色といへば、無論性的な色合ひが濃いものであるが、同時にその夢を見る男や女の體が呼応してゐるところが面白い。すなはち夢見る人の内で夢と體が分離してをらず、深く結びついてゐるやうに描かれてゐるのである。見方を変へれば、春画そのものが夢と現(うつつ)の間、心身一躰の性愛世界を描いてゐるやうに見えてくる。このやうに考へてくると、夢の吹出しが頭部からでも腹部からでもなく、その間の喉元から出てゐるやうに描かれてゐることも興味深いことに思へてくる。

Ⅳ　中国の夢と表象

つまの死の歌

――中国文学における夢と悼亡――

高橋　文治

序にかえて――井戸の夢――

元和五年（八一〇）、ないし六年の春の夜ことであろう、中唐の高名な文人元稹（げんじん）（七七九―八三一）は高原に登って深い井戸のまわりをめぐり、その中を覗き込んで嗚咽をもらす、という夢を見た。「井を夢む」という詩を書いて、彼は次のようにいう。

夢上高高原　原上有深井　登高意枯渇　願見深泉冷　徘徊遶井顧　自照泉中影　沈浮落井瓶
井上無懸綆　念此瓶欲沈　荒忙為求請　遍入原上村　村空犬仍猛　還来遶井哭　哭声通復哽
哽噎夢忽驚　覚来房舎静

夢で高い高い原に登った。その原には深い井戸があった。高みに登ったからか、枯渇を感じ、深い泉の冷たい水を見たくなった。井戸のまわりをぐるぐる巡り、泉の中に私の姿をのぞき込んだ。釣瓶が浮き沈みしており、その紐はない。いまにも沈んでしまいそうなので、わたしは慌てて助けを求め、高原の村をあまねく尋ねた。村は空っぽで犬だけが猛々しく吠える。井戸のほとりに帰ってきてわたしは哭した。その哭声は大きく、さらに嗚咽となった。その嗚咽の声に夢は覚め、目覚めれば房舎は静まりかえっていた。

元稹は元来、夢の多い人だったと想像され、またおそらくそのためであろう、自身が見る夢に深い関心を示した文人でもあった。現存する彼の文集『元氏長慶集』全六十巻に夢にかかわる記述は少なくないが、その中でも特に巻九（版本によっては巻十二）は、そこに収められる約五十首の詩歌のすべてが何らかのかたちで夢にかかわる、元稹の夢体験の標本箱といってよい。右の「井を夢む」も『元氏長慶集』巻九に収録されているのだが、では、元稹はなぜ、深い井戸を覗き込んで嗚咽をもらすという奇妙な夢を見たのだろう。というより、彼はなぜその夢を記述し、記憶に残そうとしたのか。また、元稹の夢にかかわる詩歌はなぜ、彼の文集の巻九に集中しているのだろう。「井を夢む」は上記につづいて次のようにいう。

灯焰碧朧朧　涙光凝冏冏　鍾声夜方半　坐臥心難整　忽憶咸陽原　荒田萬余頃　土厚壙亦深
埋魂在深埂　埂深安可越　魂通有時逞　今宵泉下人　化作瓶相警　感此涕汍瀾　汍瀾涕霑領

灯のあおい光がぼんやりと私の涙を照らし出す。鐘の音はちょうど夜半を知らせ、起き上がり、また横になっては、胸騒ぎは抑えられない。ふと思えば、咸陽郊外のあの荒田一万余頃の地、土は厚く穴は深い、その奥深くに〈埋魂〉はあるのだ。あの深い穴をどうやって越えたのか、〈魂〉には通力があり、時に自在に霊力を発揮するのか。今宵、泉下の人は釣瓶に変化して知らせに来たのだ。このことに突き動かされ、涙は溢れて我が襟を濡らした。

元稹は、井戸の底で浮沈し、紐を絶たれて今にも沈みそうな釣瓶に、彼の死んだ妻の姿を見た。彼の言葉により忠実にいうなら、死んだ妻の〈埋魂〉が釣瓶の姿をとって彼に何かを知らせに来た、と考えたのである。『周公解夢書』などの〈占夢書〉によれば、「井を穿つを夢に見るものは、遠い信を得るなり」とか「井の沸くを夢に見るものは、まさに大いに富むべし」、「身の井中に臥すを夢に見るものは、大凶」というように、内容に応じて〈井戸の夢〉はその〈解〉もいろいろである。だが、たとえば唐代の伝奇小説『唐晅』（『太平広記』巻三三二所収）に登場する占い師が「井戸の中を覗って笑う夢」を解いて「泉路を喜ぶなり」と述べたように、〈井〉とは元来〈泉路〉、すなわち黄泉・冥界を暗示するものだった。「井戸を覗きこむ夢」とは、「黄泉への入り口に自身が立った夢」として元稹には理解されたのである。また、釣瓶が井戸に沈むイメージは、たとえば斉の釈・宝月「估客楽」に「瓶の井に落つるを作すなかれ」といい、李白「遠くに寄す　十二首」第八首に「金瓶　井に落ちて消息無し　人をして行くゆく嘆じ　復た坐思せしむ」、さらには、元稹の盟友・白居易の新楽府「井底　銀瓶を引く」に「瓶沈み　簪折る　知んぬ　奈何せん　妾の今朝　君と別るるに似たり」というごとく、古くから男女の離別を暗示した。「井戸をめぐり、沈みゆく釣瓶に嗚咽をもらす」とは、今日の我々からすれば必ずしも解りやすい夢ではないが、唐代の中国文人にとってはさほど不可解でもない、〈妻の死〉という〈解〉に容易にたどり着き得る比較的解きやすい夢だったのである。

「井を夢む」は次のように結ばれる。

所傷覚夢間　便覚死生境　豈無同穴期　生期諒綿永　又恐前後魂　安能両知省　尋環意無極
坐見天将昞　吟此夢井詩　春朝好光景

痛ましいのは、夢と覚醒の境が生と死の境でもあること。目が覚めてしまえば、死者に会うことは二度とない。墓を同じくする日が来ないわけではないが、わたしの命はいつ終わるかはわからない。それに、二人の死には先後があるから、顔を合わせても、互いにそれとわかるまい。あれこれ思い悩んで堂々巡りをするうち、坐して見れば空が白んでくる。この「井を夢む」を吟じれば、美しい春の日である。

元稹は、元和四年の七月九日、彼が三十二歳の折に、その最初の妻・韋叢(いそう)を洛陽において喪っている。韓愈(かんゆ)が書いた韋叢の墓誌銘によれば、その年の十月十三日に韋叢の亡骸は咸陽(かんよう)郊外に埋葬されたらしく、右の「井を夢む」にいう「忽(たちま)ちに憶う咸陽の原　荒田　万余頃」が妻の〈墓所〉をいうこと、明らかである。もっとも、妻の埋葬に際して元稹は、政務のために咸陽に赴くことが出来ず、したがって、墓送に立ち会うこともなかったという。十月十四日の日付をもつ「空屋に題す」（巻九所収）という詩において、彼は遠く離れた咸陽の墓送地に思いをはせ、次のように詠っている。

朝従空屋裏　騎馬入空台　尽日推閑事　還帰空屋来　月明穿暗隙　灯燼落残灰　更想咸陽道
魂車昨夜回

朝、人気のない家を出て、私は馬に乗って人気のない御史台へと向かう。一日中、つまらぬ仕事をかこち、また人気のない家へと帰ってくる。月の光が隙間から漏れ、人気のない部屋を照らす。灯は燃え尽き、残った灰が落ちる。あの咸陽の道を、夜、妻の遺骸を乗せた車は墓所に向かい、昨夜、引き返してきたのだ。

ここにいう「灯は燼き残灰を落とす」とは、妻の遺体をではなく、燃え尽きて灰も同然になった元稹の空虚な心をいう。その空虚な心に去来するのは夜の咸陽道であり、遺骸を下ろしてむなしく引き返す〈魂車〉の映像であった。元稹は、「庾及之(ゆきゅうし)の烏夜啼引(うやていいん)を弾じるを聴く」（巻九所収）という作品においても「当時　我がために烏を賽(まつ)りし人(つま)（「賽烏」とは、烏を殺して神に供え、夫の福を祈るまじないをいう）は死して咸陽原上の地に葬らる」と詠じているから、咸陽という土地は一時、彼の悔恨が起ち上がってくる悲傷の地になっていたのである。

『元氏長慶集』巻九は、元稹みずからがそう名付けたからであろう、現存する版本がみな「傷悼詩」という標題をもつ。その標題に明らかな通り、巻九とは〈哀傷詩〉と〈悼亡詩〉、すなわち家族や友人の死を悼む詩歌を収めた巻だったが、その巻九に〈夢〉を描く詩が多いという事実は、彼が死者をよく夢に見たことのみならず、死者との霊的な交流を〈夢〉に求めた人だったことを意味するように思われる。晋の潘岳が「悼亡詩三首」を書いて以来、〈悼亡〉とは〈妻の死を傷む〉意となったが、その〈悼亡詩〉に〈夢〉をもち込むことによって元稹は、亡き妻との霊的交流を果たす最初の詩人になったといってよい。死んだ人の命を夢に喩える詩歌は古来無数にあったが、夢に起ち現れる死者を詩歌の世界にもち込んだのは、おそらく元稹が最初だった。この意味で元稹の〈悼亡詩〉は、中国文学史にある種の画期をもたらしたといえるだろう。

たとえば、『元氏長慶集』巻九は「夜閑」と題される次の五言律詩が巻頭に置かれる。

感極都無夢　魂銷転易驚　風簾半鈎落　秋月満床明　悵望臨階坐　沈吟遶樹行　孤琴在幽匣

時迸断絃声

妻の死の衝撃に私は夢さえ見ない。妻との邂逅を果たす私の魂が消え去り、目覚めやすくなっているからだ。部屋に懸けられたカーテンは風のために半分落ち（身の半分がなくなったこと、すなわち妻の死をいう）、秋の月は、誰もいなくなったベッドを照らし出す。あなたのいなくなった階に坐し、悲しく庭を眺めやる。庭樹の間を、焦仲卿のように死を求め、呻吟して歩きまわる。琴と瑟のうち、一人となった琴は暗い柩に収められ、絶たれた弦がしきりに音を立てるのだ。

内容から判断するに、妻の死からほとんど時を経ずして書かれた、元稹にとっては〈悼亡詩〉の第一作ともいえる作品だったと想像される。冒頭に「感極まりて都て夢すら無し　魂銷えて転た驚め易し」というように、〈夢〉という語が首聯に置かれ、妻の死の衝撃が実に効果的に示されている。「魂も銷えいらんばかりの悲しみに沈んでいる」のはいうまでもなく元稹の方であり、そのために彼は死者との遭遇を可能とする夢さえ見ることがない。ただ呆然と坐し、庭樹の間を徘徊して呻吟するのみなのである。

しかるに、その二年後に書かれたと思われる「夢に感ず」という七言絶句においては、元稹は次のように詠じる。

行吟坐歎知何極　　影絶魂銷動隔年　　今夜商山館中夢　　分明同在後堂前

あなたの死の衝撃に、私は居ても立ってもおられず、うろたえるばかりだった。あなたの姿は見えず魂も消えて、そろそろ二年になろうか。今宵、商山の公館でありありと夢を見た。あなたは寝屋にいて一夜を共にしたのだ（「後堂」は寝所の意）。

「影は絶（た）え魂は銷（き）えて」の〈影〉と〈魂〉とは、ここではもちろん、妻のそれを指す。元稹の眼前から姿を消した妻の〈魂〉は、今宵、商山の館中に彼を尋ね、一夜をともにする。彼が体験した〈夢〉の内容は書かれていないが、「夢さえ見ない」とした「夜閑」の茫然自失はここにはなく、覚醒の後の静かな喪失感が夢中における二人の交流の質を暗示する。元稹に〈悔恨〉はあっても〈慟哭〉はない。時の流れとともに変化してゆく心のあり様を、二つの詩が言及する〈魂銷〉と〈夢〉は、実に見事に物語っているのではあるまいか。

ではここで、本稿の冒頭で紹介した「井を夢む」という作品にもう一度もどってみよう。

この作品の特徴は二つある。その第一は、元稹の見た夢の内容が具体的に書かれていること、またもう一つは、その夢に死者は実際には姿を現していないことである。元稹は妻の姿を夢に見たのではない。あくまで「自身が高原に登って井戸の周りを廻り、中を覗き込み、沈みゆく釣瓶に嗚咽をもらす」夢を見たのだ。彼は〈井〉の夢を見ることによって自身が黄泉の世界の入り口に立ったことを直感し、沈みゆく釣瓶に妻との永訣を悟る。だが、彼はそこで考える、「妻は地中深くに埋められており、その〈深埂〉を越えてくるはずはない」と。彼のこの推理が、「〈夢〉は〈魂〉の物理的飛翔によって起こる」とする考え方に立脚していることは明らかだろう。そこで元稹はまた考える、「〈埋魂〉には〈霊力〉があって、その力によって〈深埂（ふかいあな）〉を越え、わたしに何かを知らせるために釣瓶に変身して飛来したのだ」と。「妻の〈埋魂〉が釣瓶に変身して彼を訪ねてきたのなら、〈夢〉からの覚醒が二人を分断する新たな境界になる。なぜなら、生と死の境界を飛び越え、沈みゆく釣瓶を追う通力は生者の〈魂〉にはないのだから。だとすれば、妻と次に邂逅し得るのは彼が死して妻と合葬される日以外にない。だが、それはおそらく遠い未来のことであり、あまりに永い年月のあいだ二人は分断を余儀なくされる。二人が将来邂逅した際、二人は互いにそれと認識し合えるのであろうか」。こうした堂々巡りのうちに元稹はやがて朝を迎え、闇に消えた〈夢〉を追う機会も失うのである。

「井を夢む」における〈夢〉とは、元稹の意識がもたらす幻影などではない。彼は、単に〈釣瓶が沈む夢〉を見たとは考えていないのであり、その釣瓶はかならず妻の〈魂〉の変身したものでなければならなかった。彼は、咸陽の地下に埋められた〈魂の実在〉に疑いを差しはさんでいないのであり、その〈実在〉から発せられる〈霊的な信号〉こそが〈夢〉に他ならなかった。元稹における〈夢〉とは〈魂〉の物理的作用であり、〈死者の夢〉は彼を〈訪ねて来るもの〉であって〈訪ねて行くもの〉ではなかったのだ。

霊魂と夢

〈夢〉の内容を丁寧に記述した元稹の〈悼亡詩〉には、他に「江陵の夢　三首」と題される作品もある。その第一首を、これも二段に分けて次に引用してみよう。

平生毎相夢　不省両相知　況乃幽明隔　夢魂徒爾為　情知夢無益　非夢見何期　今夕亦何夕
夢君相見時　依稀旧妝服　晻淡昔容儀　不道間生死　但言将別離　分張碎針線　褶疊故屏幃
撫稚再三囑　涙珠千万垂　囑云唯此女　自歎総無児　尚念嬌且騃　未禁寒与饑　君復不憘事
奉身猶脱遺　況有官縛束　安能長顧私　他人生間別　婢僕多謾欺　君在或有託　出門当付誰
言罷泣幽噎　我亦涕淋漓

日ごろ、私があなたの夢を見るたびに、あなたも私の夢を見ていたのか。それは私にはわからない。まして今、二人はこの世とあの世とに隔てられている。夢の中を浮遊する魂がいたずらにその姿を見せているだけなのだ。夢に見たからといって何の役にも立たないことはよくわかっているが、夢の中でなければあなたには会えない。今宵はどういう夜なのか、あなたに会った夢を見た。あなたは在りし日と同じ姿で、昔のままの薄化粧。「生と死に隔てられました」とはいわず、「お別れいたします」というだけだった。こまごまとした裁縫道具をかたづけ、あなたがよく用いたあの衝立を畳んでいた。おさなごを撫でながら、再三にわたって私にその子を託し、涙を流すのだった。

　私に託していうには、「ただ、このむすめがいるばかり。息子を生まなかったことが悲しゅうございます。この子は甘えん坊で愚か、餓えや寒さに耐えられませぬ。あなたは面倒をお厭いなり、ご自身のこともお構いになりません。まして、お仕事はお忙しく、私事にかまけたりなさらない方。他人（後妻をいうであろう）はとかく妬みが多く、奴婢や下僕は嘘ばかり。あなたがこの子の側にいて下さればよろしゅうございますが、外にお出しになって誰に頼めましょう」。こういい終わるとむせび泣き、私もまた涙にくれた。

　ここに描かれる〈夢〉が衝撃的であるのは、死者の言葉がそのまま写される直接話法の生々しさにあるだろう。在りし日の姿そのままに妻は身を現し、こまごまとした裁縫道具を取り片付けつつ、元稹の日頃の信条を忖度して遠慮がちに、残していったむすめの不幸と孤独を訴える。彼女の来訪の目的はむすめの後事を元稹に託す点にあった。だが彼女は「君は復た事を憘(この)まず、奉身して猶(な)お脱遺あり」といい、また「況(いわ)んや官の縛束有り、安(いず)くんぞ能く私を長顧せんや」と述べることによって、彼の〈日常〉と〈剛直〉に理解を示す。日常を共にしたものだけが示し得る細やかな気遣いなのである。こうした描写が元稹の感情の起伏をより具体的なものにしていくといえるだろう。

元稹は冒頭において、妻の生前にも彼女の夢をしばしば見ていたことをいう。すでに述べたように、彼は〈夢〉を〈魂〉の物理的作用の一種とみている。だからこそ元稹は、「私が彼女を夢に見ている時に、彼女の方も私を夢に見ていたのだろうか」と反問するのだ。この反問は、妻が死んでその〈魂〉が私を来訪している今、彼女の〈魂〉は私をどのように夢に見ているのだろうという疑問に根差すものと思われる。だが、その答えは生きているものには結局出せない。だから元稹は「夢魂の徒らに爾為すのみ」と述べ、妻との再会を〈自身の夢の中だけのこと〉とし、さらに「夢は無益なものだ」という。〈無益〉なものと知りつつも、〈夢〉においてしか死者と邂逅できない今、その〈夢〉を信じる以外にないではないか、というのだ。ここにいう〈無益〉とは、おそらく、文字通り〈役に立たないもの〉の意味であって、〈幻影〉とか〈肉体的な実質をもたないもの〉と同義ではない。たとえば、すでに紹介した唐代伝奇小説『唐晅』は、幽冥の地に去った妻と唐晅の再会を描いて次のようにいう。

> 唐晅はカーテンや帳を下ろさせ、夫婦の情愛を尽くした。妻は生前と変わりなかったが、手足や呼吸が冷たいように感じられた。冥界での住まいを訊ねると、「私の父母（あなたの舅姑）とともに居ります」という。唐晅は「あなたの神霊はこのように確固としているのに、生き返ることはないのですか」と問うた。妻は答えて、「人は死んだ後、魂と魄と、それぞれ居場所を異にいたします。それぞれに登録された居場所があって、前もってみな帳簿に書かれているのです。死んだ後、精神（魂）は形骸（魄）とまったく関わりをもちません。それはあなたも夢の中で経験なさっていることです。夢においては、誰も身体のことを意識いたしません。私

は自分が死んだ時のことを覚えてはおりませんし、また、どこに埋葬されたかも存じません。お供えとしてあなたが私に与えて下さったお金や奴婢については、私はそれを管理いたしますが、自分の肉体〈魄〉については、私の〈魂〉は一切これを関知しないのです」という。

夫婦二人の夜は更け、唐晅は述べた、「私が死んでお前と同じ墓に入る日も近かろう」と。妻はいう、「夫婦の合葬は、単に形骸をともにするに過ぎません。精神〈魂〉は互いに顔をあわせたりいたしませんし、関わりをもつこともないのです」と。「妻であった人が地下に没して、別の人と再婚することがあるのか」と唐晅が訊くと、「この世とあの世と、何の区別もございません。その人品の如何によって道は異なるのです。私の場合は、親兄弟が再婚をせまり、北庭ビシュバリクの都護・鄭乾観の甥の明遠に嫁ぐことになりましたが、私があなたを愛し操を立てようとするのを知り、家のものたちも哀れに思って沙汰止みとなりました」と答えた。

この『唐晅』という作品は、『太平広記』の注記によれば陳邵（ちんしょう）という人が編纂した『通幽記（つうゆうき）』に出るといい、また、その『通幽記』は貞元の頃〈およそ八〇〇年頃〉には成立していたと推測されるから、元稹が妻を喪った時にはすでにあった物語だと思われる。この小説にあっては、死した妻は、夫の夢の中にその姿を現したのではなく、一種の〈幽鬼〉として現実の中に姿を現している。だが彼女は、みずから「人は死んだ後、魂と魄と、それぞれ居場所を異にいたします。それぞれに登録された居場所があって、前もってみな帳簿に書かれているのです。死んだ後、精神〈魂〉は形骸〈魄〉とまったく関わりをもちません」と述べているように、死後、〈魄〉をともなわない〈魂〉だけで〈実体〉をもち、夫と〈夫婦の情愛〉まで尽くしているのである。元稹のイメージする妻の〈魂〉も、これと同様の性格をもち、同様の〈力〉をもつものではなかったろうか。元稹の夢の中に出現した妻の〈魂〉は、それが〈魂〉であるかぎり生前と同様の〈形骸〉をもつものではない。だが、少なくとも元稹の〈魂〉と対峙しているその時には、確固たる〈実体〉をもってある種の〈形骸〉を顕現しているのである。元稹が「夢は無益だ」という場合の〈無益〉とは、死者が生き返ってくるのではないことをいうのであり、実体や形骸がないことをいうのではないだろう。

元稹は右に続けて次のようにいう。

驚悲忽然寤　坐臥若狂癡　月影半床黒　虫声幽草移　心魂生次第　覚夢久自疑　寂默深想像
涙下如流澌　百年永已訣　一夢何太悲　悲君所嬌女　棄置不我隨　長安遠於日　山川雲間之
縦我生羽翼　網羅方縶維　今宵涙零落　半為生別滋　感君下泉魄　動我臨川思　一水不可越
黄泉況無涯　此懐何由極　此夢何由追　坐見天欲曙　江風吟樹枝

悲しみのうちにふと目は覚め、呆けたようにベッドに坐したままだった。月明かりに照らされたベッドにあなたの影はなく、虫の声が草葉の陰を移動していった。私の魂はしだいに正気を取戻し、夢に見たことをあれこれ考えた。静寂の中であなたの姿を思い返せば、とめどなく涙が流れる。この世でのあなたの人生はすでに終わったのだ。思えば、夢は何と悲しいことか。哀れにも、あなたが愛したむすめは捨て置かれ、私の手元にはいない。太陽は仰ぎ見ることができても、それより近いはずの長安は望むべくもない。そのように、あの世にいるあなたとは夢でめぐり会ったが、この世にいるはずのむすめと私の間には山があり川があり雲がある。たとい私に羽が生えたとしても、あなたのもとに飛翔することは私には出来ない。今宵、涙にくれた再会は、まるで〈生き別れ〉のそれだった。黄泉の世界に降りていったあなたの屍体が姿を現し、あらためて私に、この世で二度とは会えぬあなたの面影を見せてくれた。川の流れを越えていくことは出来ない。まして黄泉の水は果てしなく広いのだ。私の悔恨は止むことなく、夢の続きを求める手立ても絶たれた。ベッドに坐して見れば、やがて空は白みゆき、木陰をささやきながら江陵の風が渡るばかり。

後段の展開で注意を要するのは、まず「月影　半床黒く　虫声　幽草に移る」の二句だろう。「月影　半床黒く」とは、もともとは全体が明るかったベッドの半分が暗くなったことを意味し、「虫声　幽草に移る」とは、〈虫〉とは別の何かが〈幽草〉の間を移動していったことを意味するだろう。すなわち、月影に照らされて先ほどまではベッドの半分を占めていたものが〈幽草〉の間に場所を移し、やがて消え去ったことを語るのである。

また、次に注意を要するのは「長安遠於日、山川雲間之」以下の元稹の意識の流れである。「長安遠於日」とはむろん、『世説新語』「夙慧第十二」が記述する次の逸話に基づく。

晋の明帝が父・元帝の膝に抱かれて坐っていた時、長安から来た者がおり、元帝が「長安と太陽とどちらが遠いか」と訊ねた。明帝は「長安から人は参りますが、太陽から来た人を聞いたことがありません。太陽の方が遠いでしょう」と答えた。元帝は翌日、朝臣との宴席で同じ質問を明帝にした。すると明帝は「太陽が近うございます」と答えた。元帝は色を失い、「なぜ昨日と異なることを申すのじゃ」と問うと、「太陽はここから見えますが長安は見えません」と答えた。

この逸話を元稹がここで用いたのは、おそらく、見ることは出来ても到達することのない太陽に妻を、到達することは出来ても望むことのない長安にむすめを喩えるためであろう。妻は夢に見ることは出来ても現実に再会することはない。一方のむすめは、生きてはいるが手のとどかない遠方にいる。「山と川と雲と　これを間む」とはこの世における物理的な懸隔をいうのだから、むすめとの距離を指していうものでなければならない。

また、次の「縦い我　羽翼を生じるも　網羅に方に縶維められん」の一聯は、おそらく、『太平広記』巻三一六「鬼一」にある「韓重」という小説（同話は『捜神記』にも収録される）に引く、呉王夫差のむすめが詠う次の詩を意識した表現だと思われる。

南山有鳥　北山張羅　……（中略）……　羽族之長　名為鳳凰　一日失雄　三年感傷　雖有衆鳥
不為匹双　故見鄙姿　逢君輝光　身遠心近　何嘗暫忘

南山に鳥はいて、北山に網が張ってある。……（中略）……鳥類の長を鳳凰という。鳳凰が夫を失えば、三年のあいだ悲しむ。どれだけ多くの鳥がいようと、決して夫婦にはならない。それ故にこの姿を現し、輝かしく美しいあなたにお会いしたのです。あなたと身体は遠く離れていますが、心は近くにあるのです。あなたのことを一瞬たりと忘れたりいたしません。

右の詩は、恋人と結ばれることなく死した夫差のむすめの墓を恋人が訪ねた際、夫差のむすめが姿を現し、恋人を墓に引き込もうとして詠うものである。中国の古楽府にあっては、飛ぶ鳥のイメージは死別した夫婦の魂をしばしば象徴したが、ここでもそれは同様で、南山から飛翔しようとする鳥は死者の魂を、北山に張られる網羅は生死の懸隔を象徴するものと思われる。南山の鳥は亡き夫を求めて飛翔しようとする、が、その飛翔を北山の網羅が許さない、というのである。とすれば「縦い我　羽翼を生じるも　網羅に方に縶維められん」は、亡き妻を冥界に訪ねようにもその術をもたぬ元稹の絶望をいうことになる。夢における今宵の再会は「なかば生別の滋（生き別れの味わい）」を醸した。だが、二人の間には果てしない黄泉が広がっているのであり、亡き妻の顕現はかえって元稹に「臨川の思（生者として黄泉に望む思い）」、すなわち「二人の懸隔の大きさ」を思い知らせる結果となったのである。

〈夢〉は二つの〈魂〉が邂逅を果たすトンネルだったとしても、生者の側がそのトンネルを越えてゆくことはあり得ない。元稹にとって〈死者の夢〉は、死者の側からそのトンネルを抜けて来てもらわなければならぬ〈魂の邂逅〉だったといえるだろう。

東坡の夢

自身の命脈が尽き、亡き妻と合葬される日を予想して、元稹は、「井を夢む」において「また恐る、前後の魂、安んぞ能く両ながら知省せん、と（二人の死には先後があるから、顔を合わせても、互いにそれとわかるまい）」と述べていた。そのおよそ二十年後、太和五年（八三一）七月二十二日に元稹は五十三歳で他界し、友人白居易の書いた「墓誌銘」によれば、翌年の七月十二日に咸陽県奉賢郷洪瀆原の先祖伝来の墓地に「合わせ祭られた」という。韓愈が書いた韋叢の「墓誌銘」は韋叢が咸陽郊外の元氏の墓所に埋葬されたというから、二人は合葬されたものと思われるが、一方、中国文学史にはもう一人、元稹の〈夢〉を意識して同じ心配をしながら〈悼亡詩〉を書いた巨人があった。その巨人は三十歳で妻を亡くし、先祖伝来の墓所にその妻を埋葬したが、それから三十六年後に彼自身が他界した折には、妻の墓所から一千キロはあると思われる汝州の地に埋葬され、〈墓内での邂逅〉を果たすことがなかった。

次に示すのは、北宋の文人蘇軾（そしょく）（一〇三六―一一〇一）が熙寧八年（一〇七五）に書いた〔江城子〕という詞である。蘇軾は王弗（おうふつ）という女性と嘉祐七年（一〇六二）に結婚し、その三年後の治平二年（一〇六五）、事務官として鳳翔府に奉職中にその妻を喪う。〔江城子〕には「乙卯正月二十日の夜、夢を記す」という副題が付され、妻の死から十年後の熙寧八年、密州の知事を務めていた際、正月二十日の夢に亡き妻が出てきたことに突き動かされて書いた〈悼亡詞〉である。

〔江城子〕十年生死両茫茫。不思量。自難忘。千里孤墳、無處話凄涼。縦使相逢応不識、塵満面鬢如霜。
○夜来幽夢忽還郷。小軒窓。正梳粧。相顧無言、惟有涙千行。料得年年腸断處、明月夜短松岡。

この十年、生と死に隔てられて、ふたりは会うこともなかった。恋しく思い返したりはしない。だが、忘れ去ることはもちろんなかった。あの千里離れた墳墓にあなたはひとり埋められ、私のこの孤独と寂寥を語るすべもなかった。私とあなたと、たとえ出会えたとしても、あなたは私を覚るまい。埃と垢にまみれ、私の鬢は霜のように白くなっているのだから。

昨夜、故郷に帰った夢を見た。あなたは小廊の窓辺にちょうど化粧をしていた。ふたり顔を合わせ、言葉なく、互いに涙に暮れた。思うに、毎年、はらわたがちぎれるほど悲しく夢見つづけるのは、月影に照らされ、丈も短い松の木陰にある、あなたの住まいなのだ。

蘇軾も元稹と同様、〈夢〉を見ることの元来多い人だったと想像され、またそのために、〈夢〉に多大の興味を寄せた詩人だったと思われる。彼の文集にも〈夢〉についての言及は元稹以上に見られるが、ただし蘇軾は、宋人らしい理屈っぽさと彼もち前の諧謔からであろう、〈夢〉についての議論においても、元稹のような〈官能〉や〈主情主義〉に流れるよりは、〈理知〉と〈中庸〉を旨とした。たとえば「夢斎の銘　幷びに序」（『東坡全集』巻九十七所収）という随筆において、彼は次のようにいう。

> 〈完全なる人〉は夢を見ないという。だが、殷の武丁や周の武王、孔子は夢を見たし、仏陀も夢を見た。〈夢〉は〈覚〉と異ならず、「色即是空、空即是色」に従っていうなら、〈覚〉は〈夢〉である。〈完全なる人〉は夢を見ないという真意はこの点にあるだろう。
>
> 衛玠が楽広に〈夢〉を質問したら、楽広は「想念だ」と答えた。また、「肉体（魄）も精神（魂）もともに接触していないのに〈夢〉を見ることがあるが、それも想念なのだろうか（〈想念〉は何かに触発されて生まれるものだ、との考え方による）」と質問すると、楽広は〈因〉を説いた。わたくし東坡居士（東坡は蘇軾の号）がこの〈因の説〉を考えるに、人の心は眼・耳・鼻・舌・身・意からもたらされる六つの感覚・六塵から出来ており、心は元来、確固として独立したものではない。六塵とは生成と消滅を繰り返すものであり、ある想念が永続的に続くわけではないのだ。〈夢〉と〈覚醒〉を繰り返し、〈塵〉から〈塵〉へと想念は伝えられ、生成と消滅が何度か続けば、想念の元来の姿は失われてしまうだろう。肉体（魄）も精神（魂）も接触していないのに〈夢〉を見ることがあるのは、つまり、〈因〉すなわち〈感覚の連鎖〉によって起きるのだ。ある羊飼いがいて眠ったとする、羊から馬を想い、馬から馬車を想い、馬車から馬車の天蓋を想い、天蓋と楽隊をもった王

公になった夢を見る。羊飼いと王公とは遠い関係にあるが、〈因の説〉をもって考えれば、別に怪しむには足りないのである。

私は芝上人（曇秀道人）と夢の中で知り合い、朝、夢の人を捜したところ彼に会って、以来、二十四年になる。これまで五回会い、会えば互いを見て笑う。その場所がどこで、その日が何時で、私と彼が何人であるかはわからない。その芝上人が寓居している部屋を「夢斎」と呼び、子由（蘇軾の弟・蘇轍の字）が銘を書いた。

……（以下略）……

ここにいう「夢斎」とは、文中に「芝」と記述される人物、すなわち、俗姓銭氏、法名は芝、字は曇秀という禅僧の、廬山における寓居の斎号をいう。「夢斎の銘　幷びに序」は、その曇秀上人の斎号に蘇軾がなぜ「夢」を冠したのか、そのいわれを説明した、いわば〈命名の記〉といえる。蘇軾ははじめ、曇秀上人と〈夢〉で会した。それ故にその寓居に「夢」を冠したが、〈夢〉とは元来〈幻影〉ではなく、彼にとって「色即是空、空即是色」という場合の〈空〉、すなわち、〈実体〉や〈現実〉と不断に入れ替わって流転を繰り返す、〈真理〉の一局面に他ならなかった。〈色〉に〈空〉は宿り〈空〉に〈色〉が宿るように、〈夢〉と〈覚〉とはどちらか一方に〈真理〉があるのではなく、おそらく両者ともに〈真理〉の一翼を担う。曇秀上人とは「形骸を越えた〈真理〉」において交わりを結んでいる、それゆえふたりは〈夢〉と〈覚〉の両者において邂逅するのだ、というのである。

蘇軾は右の一文において、『世説新語』「文学篇」にある衛玠と楽広の問答を引き、楽広がいう「夢とは因である」という考え方を仏教的な文脈の中で解釈し、〈夢〉がなぜ〈想念〉でもあり〈因＝因果律＝連鎖〉でもあるのかを解説している。彼は「心は六塵から出来ている」という。〈夢〉は〈心〉に生まれ、その〈心〉は眼・耳・

鼻・舌・身・意といった肉体的刺激や精神的刺激によって成り立っている。肉体的刺激や精神的刺激によって直接〈夢〉が生成された場合には、〈夢〉はもちろん肉体や精神が生んだ〈想念〉であるが、一見なんら接触する所なく、肉体や精神の状態と無関係に生まれたように見える〈夢〉であっても（つまり、外界から突然降りてきたように思える不可解な〈夢〉であっても）、結局は肉体的・精神的な刺激の〈因＝連鎖〉がもたらした、内発的な〈想念〉と解釈することができる。これが蘇軾の〈因の説〉といえよう。これを中国の古典的な文脈にしたがって表現するなら、「〈夢〉は、〈魂〉という形而上的な要素と〈魄〉という形而下的要素とによって生成・消滅する」といい直すことも可能だろう。その意味においては蘇軾の議論は、元稹のそれと特に選ぶところはないのだが、ただし蘇軾は「〈夢〉は〈心〉に生成・消滅する」といっているのであって、「外界からもたらされる」とはいっていない。蘇軾も元稹と同様に「〈夢〉は神秘的世界に通じる」と考えていたに違いない。だが、その神秘的世界は、蘇軾の場合は自身の心の中に広がっているのであって、外界にあるのではなかった。この点におそらく、二人の詩人が描いた〈夢〉の最も根本的な差異があった。

　蘇軾の〈悼亡〉の作を元稹のそれと比較して私が思うのは、元稹の妻がもつ肉体性、たとえば元稹の〈悼亡詩〉でいえば「夢に感ず」といった小品にあってさえ「今夜　商山館中の夢　分明として同（とも）に後堂の前に在り」と描かれる妻の実在感、場合によっては愛欲の場面さえ空想させかねない肉感性を、蘇軾の描く妻が揺曳させない点である。元稹の妻は多くの場合〈存在感〉を現出させる。それに対し東坡の妻は、化粧を整え涙を流してはいても、そこに女性の姿態が発する香気はない。墓の中での再会を空想する場面にあっても、元稹は「また恐る　前後の魂　安（いずく）んぞ能く両（ふたつ）ながら知省せん」と、自身が妻に投げかける視線を描いているのに対し、東坡はただ「私とあなたと、たとえ出会えたとしても、あなたは私を覚えるまい。埃と垢にまみれ、私の鬢は霜のように白くなっているのだから」と、自身が自己に投げかける内省的な視線のみを描く。そこにはもちろん、二人の詩人の資質の違いや元来の夫婦関係、それにまた、元稹の〈悼亡詩〉は妻の死から二、三年の内に書かれているのに対し東坡のそれは十年の月日を経て書かれているのだから、詩人の年齢や制作時期の違いも当然あったろうが、そうしたさまざまな要素を勘案してもなお、二人の〈悼亡詩〉の間には決定的な差異があって、そうした差異が両者の描く〈夢〉にもっとも端的にあらわれているように思われてならない。元稹の〈夢〉は妻とともに外部から到来したのに対し、蘇軾の〈夢〉は彼の内部に発したものだった。「夜来　幽夢に　忽ちに郷に還る」と述べたように、東坡は、みずから〈夢〉で故郷へ帰ったのである。元稹の描く〈夢〉は妻が外界から肉体をもって彼を訪ねてきたのに対し、蘇軾の〈夢〉は、妻の孤独を気遣って彼が〈魂〉を飛翔させたものに他ならなかった。東坡にとっての妻の記憶は、おそらく、我々が想像する以上に複雑な、深い陰影をともなったものだったに違いない。

蘇軾の〈悼亡〉の作に見られる屈折は文体の選択にもみられる。

元稹は、士大夫が社交の具として用いる韻文体、〈言志の文学〉と認識された〈詩〉に、〈妻〉や〈閨房〉といった私事・家庭生活をもちこんで、〈悼亡詩〉にある種の革新性を付与した。すでに引用した「江陵の夢」において彼は、妻の口を通して「安んぞ能く私を長顧せんや」と語ったが、これは「家庭内のわたくし事を男子がいつまでも気に掛けましょうや」の意であり、「妻の死やむすめの養育は、士人（おのこ）の心を占める問題ではない」との認識を示したものだった。そうした〈閨房の私事〉を元稹は〈詩〉という文体を用いて公にする〈露出趣味〉をもち、その〈大胆さ〉の中に彼の文学のある種の新しさがあった。が、一方の蘇軾が選択した〈詞〉という文体は、ちょうど元稹が活躍したころから士大夫も手を染め始めた〈小唄〉〈端唄〉の類、わが国の文学史でいえば『梁塵秘抄』や『閑吟集』にまとめられたような白拍子や遊女たちの〈唄〉に当たり、すなわち、ある種のサブ・カルチャーとみなされたものだった。〈詞〉は元来が白拍子や遊女たちが歌う流行歌だったから、そうした女性たちに象徴される感情や環境、人間関係を主題とした。たとえば、唐末五代に出現した〈詞〉の大家・韋荘(いそう)(八三六―九一〇)の次の作品を見てみよう(『花間集』巻三所収)。〔女冠子〕とは蘇軾の〔江城子〕と同様、歌曲のメロディーの名前であって、作品の表題ではない。

〔女冠子〕昨夜夜半、枕上分明夢見、語多時。依旧桃花面、頻低柳葉眉。○半羞還半喜、欲去又依依。覚来知是夢、不勝悲。

昨夜の夜半、枕辺にあなたの夢をありありと見て、長いあいだ語り合った。あなたはむかしのまま、桃の花のように美しく、柳の葉のような眉をしきりに顰め、羞じらっていた。

半ば羞じらい、半ば喜び、去ろうとして立ち去らず、名残惜しげであった。目が覚めてみれば夢だった、悲しくてたまらない。

ここに登場する男女は従来の〈閨怨詩〉が描いた皇帝や宮女たちではない。名もない市井の男女である。作中の〈わたし〉を訪ねてくるのは過去の記憶であり〈悔恨〉である。女の来訪に男は我を失い、別れの夜をまざまざと思い出す。が、やがて女は立ち去り、男は目を覚ます。〈夢〉だったと知って、男の未練は絶望へと変わるのである。

〈詞〉という文学ジャンルは十世紀の頃にはある種のピークを迎え、華麗な表現のなかに哀調をたたえた俗謡風の恋歌を陸続と生み出していった。韋荘がここに描いたのはそうした市井の恋愛であり、作中の二人を隔てているのもおそらくは単にそうした世俗の事情に他あるまい。だが、〈夢〉に訪ねてきた女の〈魂〉に我々は死者のそれを連想し、その連想が男の慨嘆に〈死別〉の滋味を添える。俗謡風の淡い表現の奥に深い陰影をたたえた、韋荘ならではの絶唱といえようが、蘇軾が選択した文体とはつまりこのような、遊女たちが歌うような新興の、巷の恋を描く俗謡のそれだった。蘇軾の〔江城子〕は、「十年生死」や「千里孤墳」といった表現はもちろんあるものの、一首が醸す詩的情趣は韋荘〔女冠子〕と何ら択ぶ所がないのであり、喩えていえば、韋荘が〈死別〉めかして描いた男女の別れを〈生き別れ〉めかして描いてみせたといって過言はない。東坡はすなわち、パブリックな文体を用いて元稹が声高に叫んだ〈閨房の私事〉を〈ささやかな悲しみ〉にもう一度引き戻し、俗謡めかして呟くように唄ったのである。そこにおける〈夢〉は死者の肉体の顕現ではなく、屈折した東坡の意識の反映に他ならなかった。

おわりに――枕上の夢――

元稹の〈悼亡詩〉における〈夢〉は、死者の〈魂〉が具体的な形骸をとって訪ねて来ることであったが、蘇軾のそれは、彼が自身の〈想念〉を飛翔させることであった。「夢斎の銘　幷びに序」のなかで東坡がみずから述べた「〈夢〉は〈覚〉と異ならず、〈覚〉は〈夢〉である」ということば、ないし、中国の白話小説がしばしば説く「仮（にせ物）を真（本物）と作さば真も亦た仮、無を有と為さば有も還た無」の喩えに倣って謂えば、蘇軾が〈夢〉に見たのは〈想念〉が現出した一種の〈現実〉であり、と同時に、手に取れば消える〈虚無〉でもあった。中国文学史における〈夢観念〉が元稹のそれから東坡のそれへと移行したか否かは俄には定めがたいが、詩歌に詠われる〈夢〉が〈実体〉から〈幻影〉へと姿を変え、「〈幻影〉であるからこそ却って〈真実〉を写す」とする観念が通俗

三彩詞文枕（金時代）
（白鶴美術館蔵）

文学の世界においてしだいに醸成されていった事実は、広く認められてよいことのように思われる。そのことを端的に示すおもしろい例があるので、〈悼亡〉の典型とすることはできないが、最後にその作品を紹介して本稿の結びとしよう。図に掲げるのは、白鶴美術館が所蔵する金代の磁州窯（磁州窯とは、河北省邯鄲市を中心とする地域で焼かれた、元来は実用を旨とした皿・茶碗・花瓶・枕等の陶器をいう）の瓷枕である。東坡の〈悼亡詞〉のおよそ百年後に造られたものといえようか。

　この瓷枕は、図を見れば明らかなように、頭をのせるくぼみが二つある。中国には〈並頭の蓮〉という言葉があって仲睦まじい男女を喩えるが、正しくその〈並頭〉の言葉通り、一組の男女が〈頭をならべて〉眠るように、この瓷枕はしつらえてある。また、その二つのくぼみには文字が彫り込まれており、左右共に末尾には「中呂宮　七娘子」と書かれている。ここにいう「中呂宮」とは楽曲の調名を、また「七娘子」とはメロディー名をいうもので、〈並頭〉の枕に書かれた文字が実は同形式の二首の韻文であることを意味している。〔七娘子〕とは、蘇軾〔江城子〕、韋荘〔女冠子〕ですでに紹介した、〈詞〉と呼ばれる文学ジャンルのメロディー名（〈詞牌〉という）である。また、〈詞〉と呼ばれる文学ジャンルには同一の楽曲を二首ならべてセットにするスタイルもあって、これを〈聯章(れんしょう)〉という。たとえば、すでに示した韋荘〔女冠子〕には実はもう一首、〈聯章〉を成す〈片割れ〉があって次のようにいう。すでに示した一首とともに示してみよう。

〔女冠子〕四月十七、正是去年今日、別君時。忍涙佯低面、含羞半斂眉。○不知魂已断、空有夢相随。除却天辺月、没人知。

四月十七日、正しく去年の今日、あなたとお別れしたとき。うつむいて涙を隠し、羞じらって、眉をしかめた。

あのとき以来、私の魂は私の身体を離れ、夢の中でむなしく、あなたに付きしたがっていたのね。天にかかる月以外にそのことを知るものはない。

〔女冠子〕昨夜夜半、枕上分明夢見、語多時。依旧桃花面、頻低柳葉眉。○半羞還半喜、欲去又依依。覚来知是夢、不勝悲。

昨夜の夜半、枕辺にあなたの夢をありありと見て、長いあいだ語り合った。あなたはむかしのまま、桃の花のように美しく、柳の葉のような眉をしきりに顰め、羞じらっていた。

半ば羞じらい、半ば喜び、去ろうとして立ち去らず、名残惜しげであった。目が覚めてみれば夢だった、悲しくてたまらない。

右の〔女冠子〕が、一首目は女の言葉を、二首目は男の言葉を写し、二首で一つの別れを描いていることは明らかだろう。

いわゆる〈聯章〉には次のような例もある。

〔章台柳〕章台柳、章台柳。昔日青青今在否。縦使長条似旧垂、也応攀折他人手。

章台の柳よ、章台の柳よ。昔と変わらず今も、青々と美しいのか。しなだれる柔らかな枝はたとえ昔と変わらずとも、きっと誰かに手折られているに違いない。

〔章台柳〕楊柳枝、芳菲節。所恨年年贈離別。一葉随風忽報秋、縦使君来豈能折。

楊柳の枝は今まさに美しい春。心残りは、来る年も来る年も旅立つ人との別れのために折られること。葉を落とす秋の風が吹きはじめれば、あなたが来ても、手折る枝さえありませぬ。

右の〔章台柳〕は、唐代の伝奇小説『柳氏伝（りゅうしでん）』に描かれる生き別れの男女によって交わされる〈詞〉であるが、一首目が男の問いかけ、二首目が女の答えになっていて、二首で問答を形成していること、明らかであろう。つまり〈聯章〉とは、同じ〈詞牌〉の〈詞〉を二首ならべることにより、ある種の問答を形成するスタイルをいうが、図に紹介した瓷枕は〈並頭の蓮〉に見立てて二つのくぼみが作られ、そこに〔七娘子〕という二首の〈詞〉が刻まれているのだから、当然〈聯章〉を形成していると見るべきだろう。

では次に、右側から左側へと、枕上の〈聯章〉を紹介してみよう。俗語を用いた難解な作品なので、訳とともに語注も付す。

〔中呂七娘子〕月明満院晴如昼。繞池塘四面垂楊柳。涙湿衣襟、離情感旧。人人記得同携手。○従来早是不即溜。悶酒児渲得人来瘦。睡里相逢、連忙先走。只和夢里厮勵逗。

月の光は庭に満ち、まるで昼間のよう。池の四周をめぐって楊柳は葉を垂らす。涙に衣を濡らしつつ、懐かしいあの頃を思い、別れの悲しみにくれる。ともに手をとり合って歩いたあの日を、あなたは覚えているかしら。

もともと、あたしが結局バカだったのね。やけ酒を飲んで、すっかり痩せてしまった。眠りの中でやっと会えたのに、そそくさと帰るなんて、あなたは夢の中でもわたしをいじめるのね。

【注】人人―親しい人を指す言葉。　即溜―「即」は原文では「やまいだれ」がつく。「即溜」は「伶俐」「漂亮」といった意。　和―現代語の「連」と同意。　勵逗―「拖逗」。「逗引」「勾引」といった意。

〔中呂七娘子〕常憶共伊初相見。対枕前説了深深願。到得而今、煩悩無限。情人覷着如天遠。○当初両意非情浅。奈好事間阻離愁怨。似揞得一口、珠、珍米飯。嚼了却交別人咽。

お前と初めて会った時をいつも思いだす。枕辺で何度も何度も願賭けをして神に誓ったじゃないか。今じゃあ、腹が立って仕方ない。惚れたお前は天の果てにいるようなものなのだから。

あの頃は随分いい仲だったが、いかんせん、好事は隔てられ、離れ離れの恨みばかり。まるで、真珠のような飯粒を掬ってはみるが、噛んでみたって飲み込むのは他人様って具合さ。

【注】伊―この場合は二人称。　願―願掛けをして神に誓うこと。　似揞得一口珠、珍米飯―〔七娘子〕の格律からすれば、この十字は四字句二句でなければならない。〈詞牌〉が〈曲〉のように扱われている例であろう。

一読すれば明らかなように、この二首は韋荘〈女冠子〉などと同様、俗謡風の恋歌である。右側の一首には「涙」への言及があり、また「人人」の語が男への呼びかけであるようにみえるので、おそらく女の言を写すものと思われる。とすれば左側「常憶共伊」が男の言である。二首は寝具に書かれた〈聯章〉の恋歌であるから、〈夢での逢瀬〉を主題とする。女は男に問う、「夢の中でやっと会えたのに、そそくさと帰るなんて、あなたは夢の中でもわたしをいじめるのね」と。それに対して男は答える、「好事は隔てられ、離れ離れの恨みばかり。まるで、飯粒を掬って噛んではみるが、飲み込むのは他人様って具合さ」と。ここにいう「飯粒を掬って噛んではみるが、飲み込むのは他人」がなにをいうかは明らかだろう。〈夢〉での逢瀬に実体感がともなわず、女を抱き寄せてみても腕が宙を画くばかり、まるで、飯を口に入れるが呑み込むのは他人、食べ物に味がないのと同様だ、というのである。ここにおける〈夢〉は元稹が見た実体感のあるそれではなく、〈幻影〉に過ぎないそれである。そんな逢瀬だったら無駄だから、男は「すぐ帰る」という。

では、男は一体どこに帰るというのだろう。

私の想像を率直に述べてみよう。瓷枕に彫られた二人の〈問答〉は、離れ離れになった男女がやっとのことで〈夢〉に邂逅した体裁で書かれている。右側「月明満院」は「月の光は庭に満ち」といい、また「池の四周をめぐって楊柳は葉を垂らす」ともいうから、二人の〈魂〉が邂逅した場所は女の住む屋敷、また「まるで昼間のよう」ともいうから時間は夜なのである。そんな女を〈夢〉に訪ねる〈魂〉とは〈亡き夫〉以外にないのであり、つまりこの〈聯章〉は、夫婦の死別を俗謡風の恋歌にのせて描いた一種の挽歌だったと思うのである。たとえば、漢代の墳墓から出土する銅鏡の銘文には「長相思（「永久に愛する」の意）」の語がしばしば刻まれ、死者に対する生者の愛慕の念が詠われている。たとえば銭坫『浣花拝石軒鏡銘集録』（一七九七年）が収録する次の銘文はどうだろう。

常富貴　楽未央　長相思　勿相忘
永久に富貴で、楽しみは尽きない。とこしえに愛し続け、忘れることはない。

また、次のような銘文もある。

君有行　妾有憂　行有日　返無期　願君強飯多勉之　仰天大息　長相思
あなたは旅立ち、わたしは悲しい。出発に期日はあるが、帰還の日はない。どうかちゃんと食事を摂ってください。天を仰いで大きなため息をつく。永遠に思い続けます。

ここにいう「妾」とは女性の自称であるから、旅立っていったのは男であり、それを見送るのは女である。上記二首はともに韻文であり、ともに「長相思」と述べ、死者への思慕を恋情めかして詠うものである。こうした銘文がやがて通俗化し、妻を訪ねる夫の唄も形成されて、〈挽歌〉や〈哀傷歌〉が恋歌として歌われるようになったとしよう。右の〔七娘子〕はそのようにして生まれた恋歌の一種なのであって、元来の含意はおそらくは恋愛にはなかった。銅鏡がもともと日常の調度品であり副葬品にもなったように、瓷枕も同様、明器にもなれば夏の昼寝の道具にもなった（磁州窰瓷枕は夏の昼寝に用いられることが多かったという）。十一世紀から十四、五世紀にかけての華北の墳墓からは磁州窰瓷枕がしばしば副葬品として発掘されるし、また今日、世界各地の博物館に収蔵される磁州窰瓷枕の多くは、美しい装飾を施された贅沢品であった。贅沢品だからといって明器の性格を失うわけではなく、また、明器だからといって調度としての役割を失うわけではない。白鶴美術館が所蔵する右の瓷枕はその美しさから推して調度品だったと思われるが、明器の役割を担う詩歌がそこに書かれていたとしても、特に怪しむには足るまい。

右の瓷枕は、独り寝の〈夢〉に〈愛の夢〉を見る趣向で作られた磁州窰の逸品である。そこに選ばれた詩歌は男女の問答を構成する〈聯章〉であったが、この〈聯章〉は元来、生と死とに隔てられた夫婦が〈夢〉で再会を果たし、迎えに来た夫を妻がうまく言いくるめて追い返すという、多少諧謔を帯びた〈愛の歌〉だった。そこにおける〈夢〉は、元稹の〈悼亡詩〉がそのように位置づけた如く、依然として、夫婦が再会を果たす秘密の場所であり続けたが、食事を摂っても味のしない、肉体性を捨象された〈想念〉の世界、恋歌の中にだけある〈幻影〉に他ならなかった。〈悼亡詩〉における〈夢〉はかくして、中国文学史においては、大切な人の不在をいう単なる符号へとしだいに堕していくのである。

『今昔物語集』「震旦部」と中国文献
――「医者の夢」と「日の遠近比べ」を手がかりとして――

李　育娟

はじめに

『今昔物語集』「震旦部」と中国文献との関わりは、今までの研究では、作者の誤読や改変などの原因で文献との対比が困難で、依然として不明な点が多い。元となった故事の由来を把握しても、直接引用ではないため、どのような間接資料を使用したかは不透明な例が多い。

『今昔』の使用した文献の性質により近づくために、二つの説話を糸口として検証を行う。『今昔』巻十第二十三話、医者の夢に出てきた病の鬼という説話がある。この説話は、前半と後半の二つの故事に分けられ、前半は「病膏肓に入る」という故事成語の由来で、後半は未詳とされている。この説話に関しては、いままで詳しい調査が施されていなかった。二つ目の説話は、巻十第九話の一部を取り上げて、「日の遠近比べ」という故事をめぐって考察を行う。この二つの説話を手がかりとして、その背後に関連性のある文献を調査し、こうした作業を通して、『今昔』の作者が用いた文献の性質をより浮き彫りにしたい。

一 「医者の夢」

『今昔物語集』「病成人形、医師聞其言治病語 第二十三」

今昔、震旦ニ□代ニ、身ニ重キ病ヲ受タル人有ケリ。其ノ時ニ、止事無キ医師有ケリ。彼ノ病ヲ受タル人、病ヲ令療治メムガ為ニ、其ノ医師ヲ請ズルニ、医師、既ニ請ヲ受ケツ。

医師、其ノ夜ノ夢ニ、彼ノ病、忽ニ二人ノ童ノ形ニ成テ歎テ云ク、「我等、此ノ医師ノ為ニ被傷レナムトス。何ガ可為キ。何所ニカ逃ゲムト為ル」ト云フニ、一人ノ童ノ云ク、「我等、肓ノ上、膏ノ下ニ入ナバ、医師、何ゾ我等ヲ傷ムヤ」ト云フト見テ、夢覚ヌ。其ノ後、医師、彼ノ病スル人ノ許ニ至テ、病ヲ見テ云ク、「我レ、此ノ病ヲ不可治ズ。針モ不可至ズ、薬モ不可及ズ」ト云テ、不治ズシテ返ヌレバ、病者、即チ死ヌ。胆ノ下ヲバ肓ト云ヒ、胆ノ上ヲバ膏ト云フ也。然レバ、其ノ所ニ至ヌル病ヲバ、治ノ無ケレバ如此ク云フナルベシ。

其ノ後、亦、重キ病ヲ受タル人有リ。同ジ医師ヲ請ジテ、病ヲ令療治メムト為ルニ、医師、請ヲ受テ病者ノ許ヘ行ク道ニ、忽ニ二人ノ鬼有テ歎テ云ク、「我等、遂ニ此ノ医師ノ為ニ被傷レナムトス。何ガ可為キ」ト云フニ、亦、前キニ夢ニ云ヒシガ如ク、「我等、肓ノ上、膏ノ下ニ入ナバ、更ニ力不及ジ」ト云フ。亦、一人ガ云ク、「若シ、八毒丸ヤ令服メラズラム」ト云ヘバ、今一人ガ云ク、「其ノ時ニコソ我等術無カラメ」ト云フヲ聞テ、医師、病スル人ノ所ニ怱ギ行テ、此ノ度ハ八毒丸ヲ令服ツ。病者、此レヲ服シテ、病、即チ愈ヌ。

然レバ、病モ皆心有テ、如此ク云フ也ケリトナム語リ伝ヘタルトヤ(1)。

昔の中国で、ある人物が重い病気を患っており、有名な医者を招いて治療を依頼した。医者は患者の所へ赴く途中、夢を見た。その夢に病が二人の童子の姿と化し、一人は、「腕のいいお医者さんが来て、私たちは傷つけられる」と言い、もう一人は、「大丈夫だ。肓の上、膏の下に入れば、医者はどうしようもできない」と言った。目が覚めた医者は患者のところに行き、患者に「病魔が膏肓に入ったから、そこは針も薬も届かないところであるため、治すすべがない」と言い切った。

それから、同じ医者が患者のところへ行く途中、病が二人の鬼に化けて会話しているところを盗み聞いた。一人は、「私たちはこの医者に傷つけられる」、もう一人は「肓の上、膏の下に入れば、大丈夫だ」と前の夢と同じ会話を交わした。さらに、八毒丸を使わない限り、鬼たちを退けるすべがないという内容を聞いた医者は、八毒丸で病の鬼を退治した。

前半の話では、次の『左伝』と対照すれば、夢を見たのは、実は患者の晋景公であり、医者ではない。さらに、後半の話では、その後の調査で明らかになったが、別の医者であり、『左伝』に登場した医者とはまったく関係ない。医者が夢を見た役に仕立てられたのは、その後半の話を一つの説話に繋がらせるという理由にあるからかもしれない。

次に掲げた『左伝』の記事は「病膏肓に入る」という成語の典拠で、かなり有名な話であり、数多くの文献に転載されている。『今昔』に記されているのは、『左伝』「成公十年」記事の一部であった。

『左伝』「成公十年」

晋侯（晋景公）夢大厲、被髪及地、搏膺而踊曰、殺余孫不義、余得請於帝矣。壊大門及寝門而入。公懼、入于室。又壊戸。公覚、召桑田巫。巫言如夢。公曰、何如。曰、不食新矣。公疾病、求医于秦。秦伯使医緩為之。未至。公夢疾為二豎子曰、彼良医也、懼傷我、焉逃之。其一曰、居肓之上、膏之下、若我何。医至。曰、疾不可為也。在肓之上。膏之下。攻之不可。達之不及。薬不至焉。不可為也。公曰、良医也。厚為之礼而帰之。六月、丙午、晋侯欲麦、使甸人献麦、饋人為之。召桑田巫、示而殺之。将食、張、如廁、陥而卒。[2]

晋景公は夢にうなされたため、桑田巫を招いてその夢解きをしてもらった。桑田巫は景公が今年収穫した麦を召し上がることがなく、その前に亡くなるという予言を下した。まもなく景公が病気になり、夢の中で病が子供の形をして現れ、前記の膏肓の話を交わした。それから秦の医者が到来、夢に出た子供の談話と同じ内容を景公に伝えた。景公はすばらしい医者だと褒めて、厚くお礼をして帰らせた。景公は、病気ではなく廁に行ったところ落ちて亡くなったため、予言通り新しい麦を口にすることはなかった。

『今昔』の話と『左伝』の違いは、占いの話が欠如、夢をみたのは医者、それから晋景公の死因を適当に病に帰したところなどである。そのうえ、「病が膏肓に入る」という「膏肓」の説明については、『春秋左伝注疏』で示したように、

『春秋左伝注疏』巻第二十六、「成公十年」

杜注肓、鬲（膈）也。心下為膏。肓、徐音荒。『説文』云心下鬲上也。[3]

概説で「膏肓」は、心臓の下、横膈膜の上のあたりとしているが、『今昔』では、胆の上は肓、胆の下は膏と、「膏

肓」を別々の場所とし、意味不明の説明となっている。『今昔』「震旦篇」において、こうした原拠と行き違った説話はかなり多く、以下、池上洵一氏がまとめた従来の考察や説で説明する。

世俗説話を集めた巻十についても一瞥しておきたい。この巻には秦始皇帝以下の国王譚や王昭君・楊貴妃などの后妃譚、荘子、孔子の話や相如・文君の話など著名な話が多いが、『今昔』は『史記』や『荘子』はもちろんのこと、『蒙求』でさえ直接には利用した形跡がない。巻十全四十話のうち出典関係が明らかにされているのは『俊頼髄脳』に依拠した六話だけであるが、先掲の「表Ⅲ」に示したように『宇治拾遺』と共通する話が五話あり、その他にも『注好選』と共通する話や源為憲の『世俗諺文』や藤原孝範の『明文抄』など平安・鎌倉時代の啓蒙的な故事要約書の類に見られる話が少なくない点から見ると、この巻にはしかるべき漢籍に直接依拠した話は皆無といってよさそうである。そのため原典の漢籍から見れば大きく変形してしまった話が多いが、一面からいえば、そこにこそ説話集『今昔』の存在意義があるともいえる(4)。

『芸文類聚』、『太平御覧』、『通志』、『冊府元亀』などで引用されている文には、景公が病気になったところから取り上げられているものが多い。

『芸文類聚』巻七十五「医部」

左伝曰、晋侯求医於秦、秦伯使医緩為之、未至、公夢二豎子曰、彼良医也、懼傷我、焉逃之、其一曰、居肓之上、膏之下、若我何、医至曰、疾不可為也、在肓之上、膏之下、攻之不可達、針之不及、薬不至焉、公曰良医也、厚礼而帰之。[5]

『太平御覧』、『通志』などでは、前記の『左伝』と同じ、「針」の字無し。ただし、『冊府元亀』では、「達之不及」に「達、針也」と注記。また成安の『三教指帰注集』には、『雑抄』と注記した書籍よりの引用文があり、「景公」が「霊公」に変わったが、同話である。『雑抄』に関しては、敦煌写本に同名の類書があるが、成安が引用した記事は現存している『雑抄』に確認できない。両者は同書であるか、別々の書籍より抄録したものであるかは、不明である。

『雑抄』(『三教指帰注集』巻中)

秦緩善医人也。霊公疾、使人求緩。緩入晋未到。公夢見二豎子相謂曰、良医至奈何、一童子曰、居膏肓上、湯薬針灸不可及。緩至、言如夢。公曰、良医也、厚礼遣之而去。[6]

これら『左伝』より転載した引用箇所において、最も多く見られるのは、晋公が病気になってから、医者に謝礼をあげ帰らせたところであった。また、医者を帰らせてから、まもなく景公が亡くなるという病気と死亡を結びつけるような例は、宋代の『通志』「公曰良医也、亦厚為之礼而帰之。無幾而景公薨」[7]、句道興『捜神記』が挙げられるが、きわめて少ない。

上述した「医緩」という名の医者とは別に、「盧医」という医者が登場する同話が存在している。

『類林雑説』巻六「医薬篇」第三十五

「盧医」

盧医秦人也、晋悼公遇疾、因使人至秦求医、秦遣盧医往治、未至、悼公夢見二豎子自相謂曰、秦良医至、必傷我等、一童子曰、若居膏之上、盲之下、針炙不及、湯薬不下、其那我何、明日医至、悼公命視病、医曰、病在膏肓之上下、針灸湯薬不及、此病難治也、悼公曰、此真良医也、遂厚礼遣之、周霊王時人。出『史記』[8]

『類林』は小型の類書で、『新唐書』や『崇文総目』に、十巻、作者が唐・于立政と記されているが、宋代以後散逸し、長期間にわたって逸書として扱われてきた。金・王朋寿が『類林』に基づいて編成した『増広分門類林雑説』や、西夏語の『類林』、及び敦煌『類林』の残巻が次々発見されることで、『類林』の輪郭がようやく明白となってきた。ただし、どれも完本ではなく、記事の残欠や文字の脱落箇所がある。『増広分門類林雑説』の序文に、王朋寿が『類林』を入手したとき、すでに一部が散逸していたと語られている。『増広分門類林雑説』または『類林雑説』と称するが、その「医薬篇」では、「桑田巫」、「扁鵲」、「盧医」の順で医者の逸話が羅列されている。西夏本『類林』は、『類林』の原姿を最もよく残しているといわれ、「盧医」の記事が残っている。「盧医」条に関して、西夏本『類林』と『類林雑説』の違いは、その配置順は、「医巫篇」第二十九に「桑田巫」、「扁鵲」、「管略」、「盧医」となっている。

『類林雑説』「盧医」の記事は『左伝』と大筋が類似、文の最後に出典を『史記』と記しているが、確認したところ、『史記』にはそういう内容が存在しない。張守節『史記正義』には、「秦越人与軒轅時扁鵲相類、仍号之為扁鵲。又家於盧国、因命之曰盧医也[9]」。名医扁鵲の故郷は盧国にあるゆえ、「盧医」とも呼ばれているという注記が見える。

それに対し、『類林雑説』では、「盧医」と「扁鵲」を別々の人物とした。『類林雑説』以外、「医緩」ではなく「盧医」を主役に仕立てた同話は、北宋『釈常談』にも見られるが、関連記事がきわめて少ない。「盧医」または「扁鵲」の故事は、主に斉桓公の病と関わり、上記『左伝』の故事とはまったく関係ない。『類林雑説』「盧医」の記事は原拠の『左伝』から離れ、巷説異聞を採録しているようである。

以上で見られるように、後世に伝わる「膏肓」の故事においては、医者名の混乱に止まらず、病人の「晋景公」も「景公」、「霊公」、「悼公」などそれぞれ違った名前で記されている。病が童子と化する『今昔』の説話は、医者や国王の名前を明示していないため、具体的にどの文献を利用したかは判明できない。

今まで積み重ねた「震旦篇」の研究で明白となったのは、作者が原拠ではなく限られた資料や故事要約集を利用したことである。『今昔』では、漢文資料に対する誤読が頻繁で、「曲解誤訳がひきがねになって自らの物語理論をおし進めた[10]」。『今昔』の作者の漢文読解能力は問題視され、「震旦部」説話が原拠より大きく変形してしまった一因でもある。『左伝』、また『芸文類聚』、『太平御覧』、『通志』、『冊府元亀』などの引用は、その文脈や語彙は決して理解しやすいものではない。これら官撰類書と比べ、『雑抄』や『類林雑説』は、「豎子」と「童子」の語彙が交互に使われ、読者に子供の意味を把握させ、全文の語彙や文脈も官撰類書より簡単明瞭に書き直されている。こうした庶民向けの私撰類書、もしくは故事要約集は構文が簡単、検索が便利である故に、唐代ではかなり流行しており、『三教指帰注集』などに『類林』の引用もあることから、平安中期以後頻繁に使用されていることが看取される。こうした私撰類書の特性をまず念頭において次へ進む。

前半説話と関わりのある資料の数と対照的に、後半の医者説話の由来は、ほぼ湛然の『止観輔行伝弘決』の引用文に絞ることができる。

二　張華と李子預

湛然（七一一―七八二）『止観輔行伝弘決』第八之二

張華治李子預病、病鬼在膏肓不肯治之、華乃走避、預自乗馬逐之、華乃下道隠、聞草中有鬼、而相問言、弟何不隠去。答、我住其膏肓針灸不至、何須隠去。但懼其用八毒丸耳。須臾子預至、華便以八毒瀉之、其鬼叫喚而走。出本草郭注[11]

張華は李子預の病を診察、病がすでに膏肓に侵入したため、もう手遅れだと思い、治療することを拒否したうえ李子預から逃げた。李子預は馬で追いかけたため、張華は道から離れて草場に隠れた。その時、草場から病の鬼の対話が聞こえた。その一人が、「弟はどうして逃げないのか？」と聞いて、もう一人が「私は、膏肓に住んでおり、ここは針も届かないところで隠れる必要がない。ただ八毒丸だけが命取り」と答えていた。その会話を聞き、張華は李子預に八毒丸を投与したため、病の鬼が叫びながら去っていった。

張華は晋代著名な詩人、政治家で、宋・張杲『医説』が引用した徐広『晋紀』には、張華の医薬に詳しい一面が見られるが、医者としての事跡があまり知られていない。

張華、字茂先、范陽方城人也。学業優博、辞藻温麗、精於経方、本草、診論、工奇理、療多效。出晋書及徐広晋紀（『医説』[12]）

また、同じ宋代周守忠の『歴代名医蒙求』では張華の名が挙げられているが、『晋書』の記事を引用するに止まり、医者の事跡を記していない。張華の名医としての記事の乏しさと対照的に、実は『輔行記』において病人役の李子預こそ晋代高名な医者であり、彼が「八毒赤丸」で病魔を退治する逸話、また「八毒赤丸」の処方箋が、『捜神後記』、『外台秘要』、『太平御覧』、『太平広記』、『医説』、『衛生宝鑑』、『天中記』、及び惟宗具俊の『医談抄』、韓国の『医方類聚』、など数多くの文献に記載され、李子預の鬼退治が広く伝わっていよう。

『捜神後記』巻六「腹中鬼」

李子豫、少善医方、当代称其通霊。許永為豫州刺史、鎮歴陽。其弟得病、心腹疼痛十余年、殆死。忽一夜、聞屛風後有鬼謂腹中鬼曰：「何不速殺之。不然、李子豫当従此過。以朱丸打汝、汝其死矣。」腹中鬼対曰：「吾不畏之。」及旦、許永遂使人候子豫、果来。未入門、病者自聞中有呻吟声。及子豫入視、曰、「鬼病也。」遂於巾箱中出八毒赤丸子与服之。須臾、腹中雷鳴鼓転、大利数行、遂差。今八毒丸方是也。[13]

この記事に見る李子豫の「豫」は、『輔行記』の「預」と異なっているが、『医方類聚』を参照すれば、「預」を施した文献も存在している。[14]『輔行記』と李子預「腹中鬼」の記事、両者の大筋は一見類似しているが、「腹中鬼」の記事に「膏肓」の対話が欠け、そのうえ「八毒赤丸」という薬名の違いから見れば、『今昔』の話は明らかに

『輔行記』の引用記事と同系統のものである。ただし、『今昔』の場合、張華が李子預の治療を拒否する文が見られず、構文がより簡略化されてしまっている。

『今昔』では、後半は同じ医者の話であると語っているが、違っていた。これは、二つまったく関係のない話を繋ぎ、一つの説話に持ち込んだからであろう。先行研究では、『今昔』には二つ以上の話が取り入れられている状況がよく見られるが、この話においても同じ特徴が顕れている。

では、湛然『輔行記』に記されている張華の逸話は、『今昔』の作者がどのような経路を通って接触したかという疑問を残している。張華が「八毒丸」で李子預を治したという話が意外と伝えられていないようである。「晋景公の膏肓」と「李子預の八毒赤丸」はかなり著名な話で、歴代の文献で大量の関連記事を跡付けられる。しかし、「張華の八毒丸」に関しては、現段階では『輔行記』のほか、『輔行記』が用いた外典を注釈する『弘決外典鈔』にしか確認できない。

楊守敬『日本訪書志』巻四

『弘決外典鈔』四巻宝永丁亥刻本

日本村上天皇子具平親王撰。蓋拠釈蔵『止観輔行伝弘決』所引外典之文而詮釈之。自序称正暦二年、当中土宋太宗淳化三年也。按『輔行記』所引已多異聞、如説隋字云本無走、唐祚既興、謂隋已走、是故加之。与周斉不遑寧処之説相反。又如張華治李子預病、用八毒丸、称出『本草郭注』、案本草無郭注、豈有誤字与。(15)

楊守敬『日本訪書志』の説明によれば、『輔行記』の引用は現在に伝えられていない異聞が多い。「張華の八毒丸」に関して、湛然が引用元を「本草郭注」と記したが、郭璞が注を施した作品は、『尓雅』、『山海経』、『穆天子伝』、『方言』、『楚辞』などがあるが、『本草経』は含まれていない。一つの可能性としては、「郭璞注」の名を借りた散逸した書物に拠ったのであろう。

三 「日の遠近比べ」と私撰類書

「臣下孔子、道行値童子問申語」第九

而ル間、孔子、車ニ乗テ道ヲ行キ給フニ、其ノ道ニ七歳許ノ童三人有テ戯レ遊ブ。……。孔子、童ニ問テ云ク、「汝ガ姓名何ゾ」ト。童答テ云ク、「姓ハ長也。我レ、年八歳ナルガ故ニ字無キ也」ト。……。孔子、此レヲ聞テ、「此ノ童、只ノ者ニハ非ザリケリ」ト思テ、過ギ給ヒヌ。

亦、孔子、道ヲ行キ給フニ、七八歳許ノ二人ノ童、①道ニ値ヒヌ。②共子ニ問テ云ク、一人ノ童ノ云ク、「日ノ始メテ出ヅル時ハ日近シ。日中ニ至テハ日遠シ」ト。一人ノ童ノ云ク、「日ノ始メテ出ヅル時ハ日遠シ。日中ニ至テハ日近シ」ト。先ノ童、亦返シテ云ク、「日ノ出ル時ハ熱クシテ、湯ヲ探ガ如シ。日中ニ至ヌレバ涼シ」ト。後ノ童、亦返テ云ク、「日ノ出ヅル時ハ涼シ。日中ニ至リヌレバ熱クシテ、湯ヲ探ルガ如シ。豈ニ、日ノ出ヅル時ハ近ク、日中ヲ遠シト云ハムヤ」ト。③如此ク二人シテ諍テ、問フト云ヘドモ、孔子裁リ給フ事不能。

其ノ時ニ、二人ノ小児咲テ云ク、「孔子ハ悟リ広クシテ、不知ヌ事不在サズトコソ知リ奉ルニ、極メテ悚ニコソ在シケレ」ト。孔子、此レヲ聞キ給テ、④此ノ二人ノ童ヲ感ジテ、「只者ニハ非ヌ者也ケリ」トナム讃メ給ヒケル。昔ハ小児モ如此キ賢カリケル也。[16]

この説話は、まず簡潔に孔子の生い立ちを語ってから、四つの故事を配置している。ここで取り上げるのは、全ての内容ではなく、第五段の三つ目「日の遠近比べ」の故事である。孔子が道で二人の子供と出会うが、二人は太陽の遠近について弁論している。一人は、日が昇ったときは近く、真昼は遠い、もう一人は、日が昇ったときは遠く、真昼のほうは近いと言い合っている。先の子は、「日が昇ったとき熱い、まるで熱い湯に手を入れたように熱い。日中のほうが涼しい」、もう一人の子は、「日が昇ったとき涼しい。日中になったら、まるで熱い湯に手を入れたように熱い」と、それぞれ自分の主張に論理づけをしている。二人は、争ってもらちがあかないため、孔子にどっちが正しいかと聞いた。孔子は判断できなくて、子供にばかされた。孔子は、ただ子供たちは只者ではないと嘆くだけ。昔、これほど賢い子供がいたと結んだ。

『列子』巻五「湯問」

孔子東游、見両小児弁闘。問其故、一児曰：「我以日始出時去人近、而日中時遠也。」一児以日初出遠、而日中時近也。一児曰：「日初出大如車蓋、及日中、則如盤盂、此不為遠者小而近者大乎？」一児曰：「日初出滄滄涼涼、及其日中、如探湯、此不為近者熱而遠者涼乎？」孔子不能決也。両小児笑曰：「孰為汝多知乎？」[17]

この説話は、『列子』「湯問」と大筋が類似している。『新論』、『博物志』、『隋書』、『歳華紀麗』、『法苑珠林』、『白氏六帖』、『太平御覧』などにも『列子』「湯問」の故事が転載されている。『列子』の記事と比較し、『今昔』には子供の弁論の叙述に大きな問題があることに即気付く。『列子』では、一人目の子供は、日の初めは車の蓋ほどの大きさがあり、真昼には食器の鉢ぐらいになってしまうと述べ、遠いものは小さく近いものは大きいと主張する。二人目の子供は、真昼が熱いお湯に手を入れたように熱いということで、真昼は日が近いと主張する。『今昔』の場合、二人目の子供の主張内容を逆にして、一人目の子供の主張にし、「日が昇ったとき熱い、まるで熱い湯に手を入れたように熱い。日中のほうが涼しい」という意味不明の文になっている。これが『今昔』における誤読、曲解のもう一つの例であろう。

この説話については、本田義憲氏がその成立背景に考察を行った。

本文（Ⅳ）の主要内容は、列子湯問篇ないしその抄物に直接したか、あるいは法苑珠林巻四に媒介せられたか、このいずれかにより、その一部の変化は無意味な改訳にすぎないであろう。……しかるに、さらに本文（Ⅳ）を検すれば、その冒頭および結末は、宇治拾遺物語（一五二）に細部的に類するところがある。この宇治拾遺物語（一五二）の主要内容は、晋書明帝紀、などなど数多くの原書もしくは類書に大同してみえる、晋元帝と明帝との相問内容が、列子湯問篇相当の孔子と童子との相問という関係の中に転入したものである。……「今昔本文（Ⅳ）と宇治拾遺物語（一五二）との間に共通するところがあるのは、そのそれぞれがこの類の共通の伝承を母胎としている」……そして、これにつづく本文（Ⅳ）の「共子ニ問テ云ク、一人ノ童ノ云ク」の連接に少しく拮屈の感があるとすれば、それは、宇治拾遺物語（一五二）に類すべき共通母胎に存したであろう「孔子に問申やう」ないしこれに近似する句を「共子ニ問テ云ク」として採り、かつ、列子湯問篇相当の「一（小）児曰」を「一人ノ童ノ云ク」として採って、これらを直接癒着したからである。

この最後に「昔ハ小児モ如此キ賢カリケル也」という一文がある。これは宇治拾遺物語（一五二）には存しない。これは、その「こうし、かしこき童なりと、感じ給ひける」に類したであろう原拠は感じてもいようが、「小児」の語の露呈からみても、本文（Ⅳ）の補充に属するであろう。そして、これは、本文（Ⅱ）（Ⅲ）（Ⅳ）、すなわち「（孔子）此ノ童只ノ者ニハ非ザリケリト思テ過ギ給ヒヌ」で終る物語と、「（孔子）只者ニハ非ヌ者也ケリトナム讃メ給ヒケル」で終る物語とを、対位法的に結合しているはずである。そして、もしこの一文に一種の嘆声があるとすれば、これは本文（Ⅳ）の補充であるから、それは今昔物語集の声であった。[18]

本田氏は、この段の主要内容に『列子』「湯問」篇相当の漢文資料を採り、その前後に宇治拾遺物語に類する和文資料を用いた、と推定した。この「日の遠近比べ」について、池上洵一氏は「『列子』と直接の交渉はなく、この話は『法苑珠林』にも引かれ、『世俗諺文』にもあるなど、よく知られた話であったから、『列子』と『今昔』との間を仲介する何らかの資料があったに違いない。『今昔』の(3)の部分に見られる文脈の混線も、その中間媒体的な資料の本文に原因があるのだろう」と指摘した。[19]

こうした文脈の混乱状態を引き起こしたのは、中間媒体的な資料の介在と想定されている。以下、筆者が『列子』と『今昔』との間の媒体的な資料について、その存在の可能性を提示したい。

次の①②③④は、『今昔』の本文より抽出して、のちの資料と合わせて比べる際、特に留意しておきたいところである。以下、掲げた『宇治拾遺物語』や『世説』などの文献に、『今昔』と関連していると考えられているところを、それぞれ番号を付して対比する。

①道で子供と会う表現…孔子、道ヲ行キ給フニ、七八歳許ノ二人ノ童、道ニ値ヒヌ。（『今昔』）
②共子という語の表記…共子（孔子？）ニ問テ云ク、（『今昔』）
③争っても解決できないため、孔子に聞く…如此ク二人シテ諍テ、問フト云ヘドモ、孔子裁リ給フ事不能。（『今昔』）
④賢い子供の知恵を讃える…此ノ二人ノ童ヲ感ジテ、「只者ニハ非ヌ者也ケリ」トナム讃メ給ヒケル。昔ハ小児モ如此キ賢カリケル也。（『今昔』）

『宇治拾遺物語』（一五二）「八歳童孔子問答事」

今は昔、もろこしに、孔子①道を行給に、八ばかりなる童あひぬ。②孔子に問申やう、日のいる所と洛陽といづれか遠きと。こうしいらへ給やう、日の入所は遠し。らくやうはちかし。童の申やう、日の出入所は見ゆ。らくやうはまだみず。されば日の出る所はちかし、らくやうは遠しと思ふ、と申ければ、こうし、④かしこき童なり、と感じ給ひける。こうしにはかく物とひかくる人もなきに、かくとひけるはただものにはあらぬなりけり、とぞ人いひける。[18]

『世説』「④夙慧」第十二
晋明帝年数歳、坐元帝膝上、有人従長安来、元帝問洛下消息、潸然流涕。明帝問何以致泣？具以東渡意告之、因問明帝：「汝意長安何如日遠？」答曰：「日遠。不聞人従日辺来、居然可知。」元帝異之。明日及群臣宴会、告以此意、更重問之。乃答曰：「日近。」元帝失色、曰：「尓何故異昨日之言邪？」答曰：「挙目見日、不見長安。[19]」

『世説』では、晋明帝の幼い頃の逸話を記した。晋明帝は子供の頃、父帝が二回にわたって問うた太陽と長安の遠近という質問に、頓智で違う返答をした。『宇治拾遺物語』の説話では、この『世説』晋明帝と元帝の親子会話が孔子と子供の会話にすり替えられた。傍線を付した冒頭と最後の文は、本田氏が『今昔』と類似していると指摘しているところである。

ただし、『今昔』と『宇治拾遺物語』の描写が類似していると考える箇所は、他の文献にも対応する内容を確認できる。

『類林雑説』巻四「③聡慧篇」第二十三（目次＊小児、張安世、王充、＊班固、＊蔡琰、＊晋明帝、＊応奉、＊王粲、楊修、＊黄琬、＊楊氏子、＊夏候栄、顧譚、＊東方朔）＊は、子供の頃の聡明さを記した故事

「小児」『世説』　孔子出遊、①路見両小児相詰難。其一先曰、我謂日之初出也、去人近、及其中也遠。其一曰、我謂日之初出也遠、及其中也近。先者問曰、汝何以験之。答曰、日之初出也、蒼蒼涼涼、及其中也、如探湯、豈非近者熱而遠者涼乎。其一曰、殆非也。日之初出也、大如車輪、及其中也、小類盤盂、豈非近者大而遠者小乎。②久之不能分、於是問於孔子、孔子不能答。小児曰孰謂子多知乎。[20]

『不知名類書甲』（P4022）

「③幼智」

孔子出遊、①道逢二小児闘弁、孔子観之。一小児云…「日初出近、日中遠。」□□（一児）言…「日初出遠、日中近。」各問其故。前小児曰…「為近者大、遠者小。」次小児曰…「火為遠者涼、〔為〕近〔者乃〕熱。辞曰…「日初出、清清涼涼、日午如□（探）湯」②夫子不能決。両小児謂孔子曰…「何謂汝有智乎？」②夫子黙然而去。[21]

『類林雑説』では、「小児」を「聡慧篇」の第一話に飾り、西夏本『類林』にこの記事が欠けている。『類林雑説』では、原拠を『世説』と記したが、現存の『世説』にこの記事は確認できない。これは、『世説』の散逸した記事か、前記『史記』の状況と同様、『世説』に拠ったのではなく、巷説異聞を取り入れた可能性もある。

　敦煌写本の類書P4022とP3636は、同じ書物の断簡である。王三慶によれば、この類書の部立てはかなり混乱し、紙には加筆のために空白を置き、書き直しの痕跡も見えることで、玄宗天宝以前に書写した未完成の類書であると推定される。[22]この類書の「幼智篇」に「小児」、「項羽」、「司馬相如」、「劉備」、「孫堅」の五人の幼少故事が記されている。

　類書P4022「日の遠近比べ」の記事は、『類林雑説』より文章量が少なく、叙述に違いがいくつか見出せる。小児の主張をある説や書物の引用とするところ、「夫子」と「孔子」の称呼を混ぜて使用、圧倒された孔子は黙って去っていったなどである。『類林雑説』と敦煌類書P4022の記事は、明らかに出典は違うようである。『類林雑説』の文脈は『列子』に近いが、やはり表現にも違いが見られる。これは、「日の遠近比べ」の故事が広く伝わり、抄録の際に、添削、潤色、書き換えなどを施したため、このような異なる故事が生じたと見受けられよう。

①道で子供と会う表現

『今昔』や『宇治拾遺物語』には、孔子が「道」で子供と出会う、という描写は、『列子』「湯問」では、「孔子東游、見両小児弁闘。問其故」とあり、道で出会う文が見当たらない。『類林雑説』や、敦煌類書P4022に「路見両小児」、「道逢二小児」とあり、対応する描写がある。

『孔子項託相問書』（『敦煌変文集新書』）

昔者②夫子東遊、行至荊山之下、①路逢三箇小児……②夫子嘆曰：③「善哉！善哉！方知後生実可畏也。」(23)

また、「日の遠近比べ」の故事ではないが、敦煌写本『孔子項託相問書』にも「道で会う」という表現がある。『今昔』一つ目と二つ目の説話は、『孔子項託相問書』と深く関わっていると認められるため、三つ目の説話に類似した表現を用いても説明がつく。

②共子という語の表記

次に、②「共子ニ問テ云ク」については、「共子」を「くじ」と読んで、孔子を指していると解釈されている。敦煌類書P4022と『孔子項託相問書』に、孔子を夫子と称する文があり、それを『今昔』の「共子」という言葉と対照すれば、おそらく『今昔』の「共子」は誤写で、「夫子」つまり「先生」の尊称のほうが正しいのではないかと考えるようになった。仮にこれを「夫」の字の誤写だとすれば、「共子」より、「夫子」のほうがよほど合理的で、意味も通じる。特に、敦煌類書P4022の場合、「孔子」、「夫子」二つの称呼が一つの文に用いられており、その状況は、『今昔』にも見られる。

③争っても解決できないため、孔子に聞く

③『今昔』「如此ク二人シテ諍テ、問フト云ヘドモ」と、子供が争ったあげく孔子に聞くという文は、『列子』や『宇治拾遺物語』、または前掲した宋代以前の各文献などに確認できない。『類林雑説』では「久之不能分、於是問於孔子」という表現が『今昔』と対応している点をここで特筆したい。

④賢い子供の知恵を讃える

最後に、④子供の賢さを讃える文については、前記の私撰類書には子供への称賛は見られないが、「幼智」、「聡慧」などの標題をつけ、使用者はその標題で内容を選出、確認できる。選出した時点で、聡慧たる人物の故事であることは認識していよう。『類林雑説』の場合、「聡慧」篇では、子供の聡明さを記す記事は大多数を占め、敦煌類書P4022の「幼智」篇では、稚児や著名人の幼少期の逸話だけを採録する。また、『世説』(「夙慧」)や『類林』の体裁を受けついだ『琱玉集』(「聡慧」)にも稚児の頓智や聡明の逸話を記すグループが存在する。一部の故事集や類書の部立てでは、子供の賢さを語った故事が自ら一つの主題として成り立つ。『孔子項託相問書』においては前半の記事の最後に、「夫子嘆曰、善哉、善哉、方知後生実可畏也」と、孔子が七歳の項託の機敏を讃える文も見える。このように、『今昔』の聡明な子供への賛嘆は作者の意志で書き込まれたこととも読み取れるし、主題に沿った感想を綴ったとも考えられよう。

『宇治拾遺物語』の冒頭と末尾における『今昔』と類似していると言われた要素①、②、④は、『類林雑説』が引

用した『世説』の逸文、敦煌類書P4022、及び『孔子項託相問書』において、それぞれ対応している内容が見つかる。しかも③『今昔』にみる「二人の子供が争ってもらちがあかないため、孔子に聞く」という文は、『類林雑説』にしか確認できない。以上をまとめると、『今昔』における「日の遠近比べ」説話の性格は、孔子と子供の逸話を収録する『類林雑説』や類書P4022などの、私撰類書に近いと捉えられよう。

『類林雑説』、類書P4022、『列子』をめぐった資料を検討した結果、少なくとも三つ違った系統が存在していることは明白となった。『類林雑説』と類書P4022の資料は同じ故事であっても、それぞれ違う「日の遠近比べ」故事の流れを汲んでいる。これら二つの文献のそれぞれ一部の描写は『今昔』と一致しているため、おそらくこれらの要素を揃えた資料が存在していたと考えられよう。ただし、それがより『今昔』の文脈に近寄った漢籍であるのか、あるいは『注好選』のような日製類書が介在しているのかは、現段階の資料では判断できない。

おわりに

『今昔』巻九、巻十の説話は『注好選』、『蒙求』と共通する話が多い。巻十の場合は、特に『注好選』が出典と擬されるほど表記や文脈の近似で注目されてきた。しかし、『今昔』と『蒙求』の共通説話は、大きく変形する例が多く、直接利用された形跡は認められない。

『蒙求』より早く成立した『類林』、また『類林』の記事を多く引用した『琱玉集』は、『日本国見在書目録』に書名が記され、『三教指帰』や『和漢朗詠集』の注釈書の手引き書として利用されている。『類林』は、著名人の逸話を類聚する体裁を創出し、その体裁がのち『琱玉集』、『太平広記』に受け継がれている。このような私撰類書は、故事を類聚する体裁で編成、検索に便利、広く利用していたことも推察できようが、日本で散逸したため、今まで看過されてきた。

ここでは、「類聚の故事」という視点を据え、『今昔』巻九の孝子譚を例として改めて説話の共通現象を考え直そう。『今昔』巻九のテーマを「孝養」としながら、四十六話に十七話の孝子譚しか配置されていない現象について、小峯和明氏が「考えられるのが資料の項でふれた孝子伝非典拠説、つまり孝子伝を直接手にしたのではなく、もともと孝子伝を十数例程度しかもたず、かつ巻十の短小な故事譚の出所ともなった注好撰集的資料に拠った必然の結果を示すのではなかろうか」と指摘した。[24]『今昔』巻九、孝子説話の依拠に関しては、小峯氏及び宮田尚氏が、『注好選』と共通する第三の資料が使用されたと推測している。[25]

それでは、先行研究をふまえて、まず、『類林』には孝子譚が集約的に編成されている現象に着目する。『類林雑説』及び西夏本、敦煌本『類林』の存在で、原『類林』の輪郭が浮き彫りとなったが、収録する故事の内容から完全復元に限度がある。それは、敦煌本『類林』が略本、『類林雑説』が脱文、西夏本が翻訳本で、そのうえ、三者それぞれ散逸した記事もある。ただし、原『類林』を確認しなくても、現存している諸本の記事と標題から、ある程度『今昔』と『類林』との関連説話の数と状態を把握できる。

『類林雑説』第一巻に「孝行篇」、「孝感篇」、「孝悌篇」、「孝友篇」など四篇に分けて三十三話の孝子譚が収められているが、脱落箇所が多く、各故事の精粗の差が甚だしい。西夏本『類林』では、第一巻が欠け、第二巻が「伊伯奇」、「鮑山」の孝子故事の残篇で孝子譚を配置することがわかり、王朋寿『類林雑説』の順番と違っている。原『類林』の編成では第二巻を孝子譚、第一巻を勤学譚に配置しているようである。また、敦煌写本『事森』の断簡に、孝子故事を類聚する「孝友篇」が残っている。このように、『類林』の体裁を受け継ぎ、または『類林』より孫引きで作成した類書には、「孝子」関係の編目もそのまま受け継がれている。『類林』系統の類書は孝子故事の残存量が少なく、対比の対象に扱いにくいが、類聚の孝子譚は存在している点はまず提示したい。

次は、類聚という性質の延長線から、『類林』系統の類書と『今昔』の共通故事の数を見てみよう。

『類林』系統の類書（『事森』、『事林』も含めて）と『今昔』巻九、十の関連説話は、「郭巨」、「孟宗」、「丁蘭」、「楊威」、「張敷」、「曹娥」、「申生」、「高鳳」、「朱買臣」、「尹伯奇」、「李広」、「養由」、「眉間尺」、「卞和」、「卓文君」、「蘇武」、「王昭君」、「燕太子丹」、「季札」、「費長房」（標題だけ残る）、「田真三荊」などであり、話数は「盧医」、「小児」の例も含めれば二十を越えた。されに細かくみれば、これらの故事は、『類林』の編目では、「孝行」、「孝感」、「孝友」、「勤学」、「敦信」、「烈直」、「聡慧」、「医巫」、「方術」、「感応」、「貧窶」、「善射」、「美人」などに配されている。

実は、『類林』、『蒙求』にとどまらず、敦煌類書の残存写本にも著名人の逸話を大量に採録する現象はみられる。以下、便宜的に、『今昔』の説話と共通する例だけを取り上げる。

『事林』「朱買臣」
『事森』「孟宗」、「郭巨」、「季札」
『琱玉集略本』S2072「李広」、「費長房」
『不知名類書甲』P3636＋P4022「榮啓期」、「韓伯瑜」、「小児」
『籯金』「孟宗」、「張敷」、「韓伯瑜」、「郭巨」
『北堂書鈔体甲』P2502「郭巨」、「尹伯奇」
『北堂書鈔体丁』P3715「朱買臣」

また、類書ではないが、初学向けの長編詩歌『古賢集』は、七言を連ねた対偶の文で古代著名人の事跡を語り、『今昔』と共通する故事は「蘇武」、「朱買臣」、「眉間尺」、「張騫（乗槎）」、「田真（三荊）」、「孟宗」、「季札」、「郭巨」、「尹伯奇」などが数えられる。これらの資料を通して、唐代から五代にかけて、知識伝播のために、検索や口誦記憶に便利なテキストが大量製作されていた状態を垣間見ることができる。

上記、関連説話を詳しく考察する紙幅がないため、最後に、『今昔』巻十「李広箭、射立似母巌」の説話を特筆したい。従来、『今昔』と『注好撰』に類似度の高い説話が多いということは指摘されており、その中の一つは、「李広貫巌」である。原拠は『漢書』で、猟に出かけた李広が巌を虎に見間違えて、虎に射たところ、矢が巌を貫いた。『今昔』と『注好撰』ではさらに李広が猟に出向いたのは、母が虎に殺されたため、虎を狩に行ったという描写が付け加えられている。ところが、敦煌本『類林』、及び『琱玉集』の略本と思われている敦煌類書S2072では、李広は母に父がなくなった原因を聞いたところ、「母曰、為虎所食」、虎に殺されたと答えたが故に、復讐のために虎を狩りに出た[26]。敦煌本『類林』と『琱玉集』略本では、虎に殺されたのは、父と変わったが、親の復讐という理由で虎を捜す描写あたりは、近縁関係をもつと考えられよう。

類書の編纂に当たって、出典の違い、または書き改めや、添削などの改変も繰り返されているため、各文献に記された著名人逸話も違った様相を呈している。正統的文献や類書と比べ、『類林』系統の類書、または『類林』の体裁を引き継いだ改編本『琱玉集』などは、異聞、俗説を採録する性格がかなり顕著である。その俗説の一部が『今昔』と『注好撰』に現れていることは、この類の類書と何らかの繋がりがあることを意味している。

『類林』系統類書の複雑な伝本関係や、『今昔』作者の誤読、改変などで、正確に『今昔』の依拠資料を割り出せないが、少なくとも『今昔』の作者が用いた資料の性質に近づけたといえる。『注好選』、『今昔』、『宇治拾遺物語』

などに共通説話が多いという現象は、一筋縄では解決できないものの、歴史的、教育的文化圏を視野に入れれば、その生成の基盤と、『類林』的な異聞俗説を採録する故事集の存在とを切り離してはならないであろう。『類林』系統の類書と『注好選』の共通説話についての検証も要ると思うが、別稿に譲る。

註

（1）『今昔物語集』（『新日本古典文学大系』、岩波書店、一九九九年）、三三八―三四〇頁。
（2）周・左丘明伝、晋・杜預注、唐・孔穎達疏、唐・陸徳明音義『春秋左伝注疏』（『重刊宋本十三経注疏附校勘記』芸文印書館、一九六〇年）、四五〇頁。
（3）『春秋左伝注疏』、註（2）に同じ。
（4）池上洵一「震旦部の展望」（『今昔物語集の研究』和泉書院、二〇〇一年）、三〇二頁。
（5）唐・歐陽詢『芸文類聚』（上海古籍出版社、一九九九年）、一二九一―一二九二頁。
（6）成安注『三教指帰注集』（佐藤義寛『三教指帰注集の研究』）、一一三―一一四頁。
（7）宋・鄭樵『通志』、巻一百八十一「芸術伝」第一（『文淵閣四庫全書』台湾商務印書館、一九八三年）、五五二頁。句道興『捜神記』（『敦煌小説合集』浙江文芸出版社、二〇一〇年）、一一三頁、一八〇―一八一頁。
（8）金・王朋寿編『重刊増広分門類林雑説』、『筆記小説大観』三十編、九、五三〇六頁。
（9）唐・張守節『史記正義』（『文淵閣四庫全書』台湾商務印書館、一九八三年）、二一八頁。
（10）小峯和明「今昔物語集震旦部の形成と構造」（『徳島大学教養部紀要』十七、一九八二年）、一六頁。
（11）唐・湛然『止観輔行伝弘決』第八之二（『大正新脩大蔵経』第四十六冊、一九一二年、大正新脩大蔵経刊行会、一九九一年）、三九九頁。
（12）宋・張杲『医説』（『文淵閣四庫全書』台湾商務印書館、一九八三年）、二九頁。
（13）晋・陶潛『捜神後記』巻六（木鐸出版社、一九八二年）、四二―四三頁。

(14) 金礼蒙輯『医方類聚』巻四「医人」(人民衛生出版、二〇〇六年)、八九頁。
李子預有殺鬼之方、劉涓有遺鬼之録。耆婆童子、妙述千端、喩父医王、神方万品。
(15) 楊守敬『日本訪書志』巻四(北京図書館、二〇〇三年)、二六九頁。
(16) 註(1)に同じ。三一二―三一四頁。
(17) 『列子』(『文淵閣四庫全書』台湾商務印書館、一九八三年)、六二〇頁。
(18) 本田義憲「敦煌資料と今昔物語集との異同に関する一考察(Ⅱ)」(『奈良女子大学文学会研究年報』九、一九六六年)、一六―一七頁。
(19) 註(4)に同じ。三〇五頁。
(20) 『宇治拾遺物語』(『新日本古典文学大系』岩波書店、一九九〇年)、三〇七―三〇八頁。
(21) 南朝宋・劉義慶、南朝梁・劉孝標注、余嘉錫箋疏『世説新語箋疏』(中華書局、二〇〇七年)、六九四―六九五頁。
(22) 金・王朋寿編『重刊増広分門類林雑説』、『筆記小説大観』三十編、九、五二七五頁。
(23) 王三慶『敦煌類書研究』(麗文文化出版、一九九三年)、二六四―二六五頁。
(24) 註(23)に同じ、八一―八三頁。
(25) 潘重規編『敦煌変文集新書』(中国文化大学中文研究所敦煌学研究会、一九八四年)、一一一九―一一二一頁。
(26) 小峯和明「今昔物語集震旦部の形成と構造」(『徳島大学教養部紀要』十七、一九八二年)、三三一頁。
(27) 宮田尚「今昔物語集と注好撰・再考」(『日本文学研究』十九、一九八三年)、六三―七一頁。
(28) 註(23)に同じ、二二四・二四六頁。

豊子愷訳『源氏物語』における明石像

――明石入道の見た夢の訳出方法を起点として――

笹生　美貴子

はじめに

　現在、『源氏物語』は様々な言語による翻訳が見られるようになった。その中でも、中国語訳は、外国語訳の中で圧倒的数を占める。その詳細（完訳）を述べると、豊子愷訳（人民文学出版社、訳の完成：一九六五年、出版：一九八〇年―八三年）、林文月訳（中外文学月刊社、一九七四年に初訳出版、二〇〇〇年に修訂版、二〇一一年に大陸版〈簡体字〉が刊行されている）、殷志俊訳（遠方出版社　一九九六年）、梁春訳（雲南人民出版社　二〇〇二年）、夏元清訳（吉林撮影出版社　二〇〇二年）、鄭民欽訳（「世界文学文庫」北京燕山出版社　二〇〇六年）、姚継中訳（深圳報業集団出版社　二〇〇六年、その後「全新修訂版」出版　二〇一一年）、康景成訳（陝西師範大学出版社　二〇〇八年）、葉渭渠・唐月梅訳（作家出版社　二〇一四年）の計九訳が存在する。今現在、研究対象として扱うことの可能なものは、林訳、豊訳、鄭訳[1]、そして今年刊行されたばかりの葉・唐訳[2]である。その他の訳書については、諸先行研究の示すように、豊訳を基盤として作られた訳として位置付けられる[3]。以上を踏まえて、本稿では豊訳、林訳、鄭訳、葉・

唐訳の四訳の訳出状況を比較検討する。

また、中国は東アジアに共通する漢字文化圏の発祥地であり、古くから日本との交流がある。『源氏物語』自体にも『長恨歌』をはじめとした中国文学からの摂取が見られる。本稿では完訳としてある中国語訳『源氏物語』翻訳者の資質・翻訳態度や文体についてふれるとともに、翻訳によって見出すことのできる世界観に着目する。『源氏物語』の中国語訳という翻訳行為が、原典『源氏物語』の新たな読み（解釈）の世界を拓くものとして位置付けられることを追究したい。翻訳は、異文化圏に日本の文化を紹介する役割を担うだけではなく、むしろ翻訳書が注釈の役割をも担い、あらたな読みの可能性を拓きつつ、再び日本に返しうる回路をも有するのであると考える。

その点を検証するにあたり、本稿では豊訳における『源氏物語』中の夢描写の訳出の特徴を分析する。とりわけ、夢の神秘的な力により、栄達そして栄華を遂げた、明石一族を取り巻く夢について注目する。外国語訳というフィルターを通すことにより見えてくる、物語の解釈を積極的に論じることが、そろそろ求められてきているのである。[4]豊子愷は、「夢」に関して「夢幻連想コンプレックス」[5]を抱くほどの、ある種の思想的側面が見られる。つとに、楊暁文[6]により、豊子愷の随筆や漫画等の作品において、彼の夢に対する思想性が見て取れることが指摘されてもいる。すなわち、『源氏物語』での夢がどのように訳出されているかを探ることも有効と考える。そのうえで、豊訳を通して『源氏物語』を読むことで、どのような解釈が新たに付加されるのか、という点についても試みに論じたい。

一　豊子愷訳『源氏物語』について——参考テキストを中心に——

豊子愷は、中国の著名な画家であり、漫画・随筆・翻訳など文学面にも才能を開花させていた人物である。また、日本への留学経験もあり、帰国後は『縁縁堂随筆』をはじめ、多くの随筆集を出版している。豊子愷の死後、一九八八年に『豊子愷文集』（二巻七冊）・『豊子愷漫画全集』（十六冊）にまとめられ出版されている。

また、豊子愷が『源氏物語』を翻訳する際に用いたテキスト類については、彼の訳した『源氏物語』「訳後記」に詳細が書かれている。

関于此书之注释本，在日本甚多，主要者可举六种：藤原定家《源氏物语注释》、四辻善成《河海抄》、一条兼良《花鸟余情》、三条西公条《细流抄》、中院通胜《岷江入楚》、北村季吟《湖月抄》。现代日语译本亦甚多，主要者为谷崎润一郎译本、与谢野晶子译本、佐成谦太郎对译本。今此中文译本乃参考各家译注而成。（一〇七三頁）

＊藤原定家《源氏物语注释》……『奥入』のこと。

だが、実際のところ、豊子愷が主に参考にしたテキスト類は、現代語訳である谷崎潤一郎『旧訳』、与謝野晶子『新新訳源氏物語』、佐成謙太郎『対訳源氏物語』、古語原文として金子元臣『定本源氏物語新解』であったことが近年の研究により明らかにされている[7]。文体は、諸先行研究にもふれられているように、文語的であり源氏物語の風格を重視したうえでの訳出がなされている[8]。訳中に金子元臣『源氏物語新解』や、谷崎潤一郎の『旧訳』が反映されているという点も興味深いことではあるが、本稿の論旨から乖離してしまうため、機会を改めて考察したい。

ところで、中国語訳の特色としては、同じ漢字を使うことでの長所がある。それは「女御」「更衣」「右大臣」「左大臣」「僧都」といった身分、「二条院」「六条院」といった建物などを、そのまま漢字で示すことが可能なことである。『源氏物語』に引用されている漢詩文に至っても、そのまま漢字語で現すことができる。(9) そこからは、英訳を始めとした他言語に比べ、遥かに翻訳の負担が少ないことがわかる。中国語訳には、原典『源氏物語』の世界をより色濃く反映させた世界が広がっているのであり、そこには、新たな読みの発見につながるヒントが提示されていることもあると考えられそうである。

二 明石一族を取り巻く夢

明石一族は、夢を基調として一族栄達、さらには栄華を遂げた一族として造型されている。(10) それは、孫の明石姫君が帝との間に男児を授かったことを知った明石入道が、娘明石御方へ宛てて送った手紙に、「わがおもと生まれたまはむとせしその年の二月のその夜の夢に見しやう……」(若菜上④一一三頁)と、一族栄達の吉夢を得ていたことを明かすところからも容易にうかがえる。明石入道は、「六時の勤めにも、ただ御事を心にかけて、蓮の上の露の願ひをばさしおきてなむ、念じ」(若菜上④一一三頁)ていたのであり、吉夢実現に対する執着は並大抵のものではなかった。このような明石一族を取り巻く夢は、源氏物語中のどの一族にも描かれない類の夢であり、特徴的である。

明石一族を繁栄に導いた夢を、中国語訳ではどのように訳出しているのか。また、夢に対してある種の思想的側面の見られる豊子愷の翻訳した『源氏物語』では、明石一族の特徴的な夢がどのように訳出されているのか、検討していきたい。なお、検討するにあたり、一族の長である明石入道の見た夢二例——源氏に会う直前に見た夢（「明石」巻）と、娘明石御方出生の直前に見た一族栄達の夢（「若菜上」巻）——を豊訳、林訳、鄭訳、葉・唐訳の順に並べて検討する。

1．『明石』巻　明石入道が源氏に会う直前に見た「夢」——儒教的要素——

去ぬる朔日の夢に、①さまことなる物の告げ知らすることはべりしかば、信じがたきことと思うたまへしかど、②『十三日にあらたなるしるし見せむ。舟をよそひ設けて、かならず雨風止まばこの浦に寄せよ』とかねて示すことのはべりしかば、こころみに舟のよそひを設けて待ちはべりしに、いかめしき雨風、雷のおどろかしはべりつれば、他の朝廷にも、夢を信じて国を助くるたぐひ多うはべりけるを、用ゐさせたまはぬまでも、このいましめの日を過ぐさず、このよしを告げ申しはべらんとて、舟出だしはべりつるに、あやしき風細う吹きて、この浦に着きはべりつること、まことに神のしるべ違はずなん。ここにも、もし知ろしめすことやはべりつらんとてなむ。いと憚り多くはべれど、このよし申したまへ」と言ふ。（明石②二三一—二三二頁）

道人言道："以前，上巳日之夜，①我梦见一个异样的人，叮嘱我来此相访。起初我不相信，②后来再度梦见此人，对我说：'到了本月十三日，你自会看到灵验。快准备船只！那天风雨停息了，你必须前往须磨。'于是我试备船只，静候日期来到。后来果然风雨大作，雷电交加。在外国朝廷，相信灵梦而赖以治国的前例甚多。因此之故，即使贵处不信此事，我亦当遵守梦中所示日期，乘船前来奉告。岂知今天果然刮起一股奇风，安抵此浦，

与梦中神灵所示完全相符。我想贵处域许也有预兆，亦未可知。敢烦以此转达公子，唐突之处，不胜惶恐。“

（豊子愷訳　二四八頁）

皈道者見良清之面，説道：「本月初一之夜，①會有形狀奇異之人託夢囑咐，這種事情本難輒予相信的，②**但是他又道**：『十三日再給你看見新驗證。務必要備妥船隻，風雨一停，即來此海邊。』所以試爲準備啓航，沒想竟遇到風雨雷鳴。我想到外國也常託夢救國的故事，所以不管源氏之君聽取與否，也要依照所指示的時間出航。説也眞怪，一路上竟然風平浪靜，得安然到此地。神明指示的，果眞不錯啊！這話説來或有冒昧之嫌，不過，可否請問也這邊是不是也有什麼巧合之事呢？」良清祕密地回報此話。

（林文月訳　三〇五頁）

明石入道说道：„本月上巳日，①我做了一梦，梦见一个面目怪异的人，嘱咐我到此地来。我甚觉诧异，难以置信，②**没想到后来又梦见他**，他告诉我说：‚本月十三日，你自会看到灵验之事。立即准备船只，届时自然风平浪静，送你前往须磨浦。‘既然两次托梦，我虽然半信半疑，但还是准备好了船只，静候日期。后来狂风暴雨，雷鸣电闪。我想在外国也常有梦求圣人治国之事，所以即使你们不信此事，我也要遵照梦中所言，于十三日之前前来告知。出发之时，果然风轻浪静，一股神风轻轻吹送我们平安来到这里，真是不可思议。这无疑就是神佛指引。我想贵处或许也有此种托梦的预兆，亦未可知。现特烦请将此事转告公子，不胜惶恐之至。“

（鄭民欽訳　二〇二頁）

明石道人对良清说：„前些日子，即上巳之日那天夜里，①我梦见了一个装扮得奇形怪状的人，叮嘱我要办一事。

起初我不相信，②就不当一回事，可是，**后来我又再次梦见此人**，他对我说：'本月十三日，你将会看到灵验著，要把船准备好，暴风雨一停歇，务必立即把船开到须磨湾去。'于是我试着把船准备好，等候这天的到来，后来猛烈的狂风暴雨、电闪雷鸣果然来了。常听说外国的朝廷，也有很多相信托梦并借以救国的例子，缘此即便贵方不信此事，我也不会错过梦中人所示的此日子，乘船前来告知。船刚起航，只觉得一阵奇异的顺风徐徐地吹送过来，船能平安地抵达须磨湾，诚然与梦中神灵的指引相吻合。我想贵方说不定也会有什么预兆，因此，不瑞冒昧，烦请将此情况转达贵公子。"

（葉渭渠・唐月梅訳　三五四―三五五頁）

須磨退居をした源氏は、幾日も続く暴風雨や夢に異形のものが現れ自分を探し回る奇怪な夢を見るなど、いまだかつて経験したことのない災難に見舞われていた。そのような折、夢に亡き桐壺院が現れ、源氏に救いの手を差し伸べる。「住吉の神」（明石②二二九頁）の導くままに、この浦（須磨）を離れるように告げたのだった。当該夢は、その後の出来事である。明石入道は、夢に異形の者が現れ、源氏を訪ねるよう告げてきたことを部下の良清を介して伝える。波線部①②の部分は、共に夢の内容を示すものであるが、中国語訳では、この部分の訳出が微妙に異なる。詳細については、以前拙稿において論じたことがあるのだが[11]、新たに葉・唐訳を含めたうえで再度検討する。

ここでの夢は、日本においても解釈の分かれるところであり、池田利夫[12]は夢を一回と判断しており、河東仁[13]は二回と判断している。日本の諸注釈と同じような解釈が、個々の訳者により出ているところは注目に値する。

中国語訳②太字部分を見てみると、豊訳「后来再度梦见此人」、鄭訳「没想到后来又梦见他」、葉・唐訳「后来我又再次梦见此人」の三訳は当該箇所の夢を分けて解釈している。林訳では「但是他又道」と訳出しており、夢を一続きのものとしても取れるし、分けても取れるような形で訳出しており、原点のニュアンスに近い形で訳出されているように考えられる。さらに、細かく見ていくと、鄭訳に至っては「両次托梦」とも書かれており、二回にわたって見た夢ということが訳中に明確に示されている。また、葉・唐訳では、「不当一回事」というように、明石入道のもとに現れた異形の者が、一回ではなく何度か現れていたことを強調して訳出をしている。その後で、再度夢に異形の者が現れ、十三日に船を出すよう指示をしたと解釈し、訳出しているのである。異形の者は、源氏の夢にも現れていた。源氏の場合は、「須磨」巻から「明石」巻にかけて異形の者を繰り返し夢に見ているのであり、明石入道も源氏同様に異形の者を繰り返し夢に見ていたと強調することで、両者の夢が共鳴しているかのようなニュアンスを色濃く浮かび上がらせているような訳出と受け取ることができようか。ともあれ、葉訳では、ここでの明石入道の夢の回数を他の訳よりも強調して描いていることがわかる。

また、明石入道は夢の告げを源氏へ伝える際に、信憑性を持たせるため二重傍線部にあるように、異国―中国での朝廷の例をあげる。林訳と葉・唐訳では「救国」と訳出しているのに対し、豊訳と鄭訳では儒教思想の用語「治国」や「圣人」といった単語を訳出に反映させている特徴がうかがえる。ここでは『史記』傅説の故事が反映されているところであるのだが、豊子愷は、おそらく金子元臣『源氏物語新解』の頭注「夢を信じて國を助くる……殷の傅説の武丁に用ゐられた類」を見たのだろう。鄭民欽は、豊訳や『新編日本古典文学全集』「漢籍・史書・仏典引用一覧」などを参考材料にしつつ訳出したと考えられる。両者ともに、参観したものは異なるが、『史記』傅説の故事にある世界観を『源氏物語』訳出の際に積極的に取り込んでいる点は注目される。それに、『史記』には時代背景などを鑑みても儒教の精神が反映されてもいる(14)。ここにおいて「治国」や「圣人」という儒教思想の用語を訳に積極的に反映させることにより、「今まで朧げにしか見えていなかった異国――「他の朝廷」――の持つ〈夢〉観が具体性を帯びてくる」わけであるし、「それにより、明石入道の見た〈夢〉――源氏を明石へ迎えよとの神託

——が、より神聖なものであることを強調する雰囲気を訳出に反映させてもいる」とも考えられる[15]。

だが、本稿においてさらに深く掘り下げてゆくと、そこには、明石入道という、仏道に帰依する者が見た夢という視点をも踏まえて考える必要もあるだろう。明石入道の夢について、宗教色の強い語彙を選び取り訳出していくことにより、それが宗教に帰依する者の見た尊い夢（信じるべき夢）としてのニュアンスを鮮明に表現することに成功しているとも読めてくるのである。これは、後の「若菜上」巻にて明かされる、明石入道の夢——一族栄達の吉夢——の訳出との比較により、さらに鮮明となってくるところである。

「明石」巻の夢に戻る。また、ここでの明石入道の見た夢についての受け止め方が、各訳出によって微妙に異なってもいる。豊訳では、「起初我不相信」と最初は夢を信じていない様子が描かれるが、再度夢に現れた異形の者の指示により船を用意したところ、風雨雷鳴が起こった場面に至り、「后来果然风雨大作，雷电交加」とあるように、ここでの異常気象を境に、夢告げが疑念から確信へと変わっていく様子を描く。「果然」は、副詞で「果たして」という意味であり、夢告げの通り神秘的な出来事が起こったことを確信するニュアンスを訳出に強く反映させている。林訳では「這種事情本難輒予相信的」と最初は夢を信じていない様子が描かれるが、「没想竟遇到風雨雷鳴」とあるように、夢告げを疑う心の方が強いため、思いがけないことに風雨雷鳴が起こったという意外性を強く訳に反映させている。鄭訳でも「我甚觉诧异，难以置信」と訝る思いから、最初は夢を信じていない様子が描かれ、さらに度重なって見た夢に対し「半信半疑」という語彙も訳出に加えている。再度夢に現れた異形の者の指示により船を用意したところ、風雨雷鳴が起こり、そこから異国でも夢により国を救った例があることを考えるに至って、「我也要遵照梦中所言」と、夢の中のことについて従いたいという気持ちへと変わっていく様子が訳されている。葉訳では副詞の多様により、ここでの夢を確信的に捉える訳出をしている。「起初我不相信」と最初は夢を信じていない様子が描かれるが、再度夢に現れた異形の者の指示により船を用意したところ、風雨雷鳴が起こった場面に至り「后来猛烈的狂风暴雨、电闪雷鸣果然来了」と、豊訳同様に副詞「果然」を用いて、夢告げの通り神秘的な出来事が起こったことを確信するニュアンスを訳出に強く反映させている。さらに、「まことに神のしるべ違はずなん」部分の訳では「诚然与梦中神灵的指引相吻合」と、夢告げと神の導きとが一致したことを副詞「诚然」（確かに）を付け加えることで、強調して訳出がなされている。ちなみにこの部分は、豊訳では「与梦中神灵所示完全相符」夢告げと神の導きとが一致したと訳出されており、副詞による強調は見られない。

翻訳が解釈に繋がる部分を見出していくには、ここまで述べてきたような、各訳者によっての強弱の度合を丹念に追いかけてゆくことが必要なのである。

2.「若菜上」巻　明石入道が娘（明石御方）出生の直前に見た一族栄達の夢――仏教的要素――

わがおもと生まれたまはむとせしその年の二月のその夜の夢に見しやう、みづから須弥の山を右の手に捧げたり、山の左右より、月日の光さやかにさし出でて世を照らす、みづからは、山の下の蔭に隠れて、その光にあたらず、山をば広き海に浮かべおきて、小さき舟に乗りて、西の方をさして漕ぎゆくとなむ見はべし。……（中略）……ひかり出でん暁ちかくなりにけり今ぞ見し世の夢がたりする　（若菜上④一一三―一一五頁）

你诞生之年，二月中某夜我做一梦，梦见我右手托着须弥山，日月从山左右升起，光辉灿烂，遍照世间。而我自己隐身于山之阴，不受日月之光。后来我将山放入大海，使浮水上，自己乘一小船向西驶去了。梦中所见如此。……（中略）……

図1　「世界大相図」（龍谷大学図書館蔵、『世界大百科事典』〈平凡社、1988年〉より転載）

己见曙光天近晓，
敢将旧梦证今情。
（豊子愷訳　五七四―五七五頁）

回想汝誕生之年二月，一夕，忽夢見右手擕須彌之山，山之左右有日月之光普照世界。吾身則隱於山下，故未得被其光芒。却見山在滄海之中，乘小舟西駛云云。……（中略）……

暁已近兮光皓皓，
宿願既償心漸平，
乃今話昔兮將夢告。
（林文月訳　七三四―七三五頁）

因为在你出生的那一年二月，我做了一个梦，梦见我右手托着须弥山，月亮和太阳分别从山的左右两边升起来，光辉灿烂，遍照世界。我自己则在山背后，日月之光未能照我身上。接着，我将须弥山放在辽阔大海上，使其浮起，然后我乘坐一条小船，向西方划去。……（中略）……

日光将出天近晓，
今始见证话旧梦。
（鄭民欽訳　四六九頁）

你行将诞生的那年二月里，有一天夜里，我做了一个梦，梦见自己右手托着须弥山，日月之光从山的左右两侧射出，鮮艳灿烂，普照世界。但是我自己则隐身于山脚的背阴处，没有承受日月之光。后来我将山放入宽广的大海里，漂浮在水面上，自己乘上一叶扁舟朝向西方划行远去。……（中略）……
曙光初露近拂晓，
托梦应验呈美妙。
（葉渭渠・唐月梅訳　八三三―八三四頁）

明石入道は、「若菜上」巻に至り、手紙にて、娘が生まれる直前に見た一族栄達の吉夢を打ち明ける。その夢描写の中で最も注目されるものとしては、「須弥山」という仏教の宇宙観の中で語られる、世界の中心にそびえる巨大な山である。そこには、**図1**に示されているように、月日が山の中腹辺りを巡っている。明石入道は夢の中でこのような光景を見ていることになる。

この部分の描写方法であるが、豊訳はことさらに仏教観を反映させて訳出している傾向にある。実際、豊訳では、明石入道の手紙に綴られた夢語りの脚注に、仏教観を補強するタイプの解説が、他の三訳に比べて一番多く見られる――豊訳三箇所、林訳一箇所、鄭訳二箇所、葉・唐訳二箇所――ことも特徴的である。たとえば、傍線部の訳「月日の光さやかにさし出でて世を照らす」では、左に挙げたような注が付けられている。

【傍線部の注】
「豊子愷訳」「按佛教的说法：须弥山位在四大洲中心，处大海中，高三百三十六万里。」
「林文月訳」「なし」
「鄭民欽訳」「佛教认为，须弥山是位于世界中心的高山，其东西南北各有一洲，日月围绕山腰运行，以照昼夜，山顶上居住着帝释天。」

「葉渭渠・唐月梅訳」「须弥山：梵文的音译，汉译为妙高、妙光，在古印度宇宙学说中，称谓耸立于世界中心的高山，日月均在其中旋转。」

つぎに、傍線部の訳「日月の光さやかにさし出でて世を照らす」の訳出状況を比較してみる。原典『源氏物語』では、山の左右から日月の光が明るくさし出して世の中を照らしているという内容である。豊訳は、「日月从山左右升起，光辉灿烂，遍照世间」としており、「升起」という方向補語を用いることにより、山の左右から日月がいっ昇ってくる様子を描いた。その後に、日月が光を発し、その光が遍く世界を照らすという訳出をする。近年出版された鄭訳も「月亮和太阳分别从山的左右两边升起来，光辉灿烂，遍照世界」と訳出しており、方向補語を伴った訳出となっている。

一方、林訳では「山之左右有日月之光普照世界」となっている。日月の光が遍く世の中を照らしている部分のみ訳されており、日月の光が「さやかにさし出で」た部分の訳出を省いているようであるが、日月の光が世の中を遍く照らしたところを強く訳に反映させていることがいえる。葉・唐訳では「日月之光从山的左右两侧射出，鲜艳灿烂，普照世界」となっており、日月が光を「射出」と表現していることから、日月の光が包み込むように遍く世の中を照らすのではなく、放射性の光に満ちている様子を描き出す。その光景は、鮮やかで美しい（「鲜艳灿烂」）ものであったとの訳出が続く。葉・唐訳では、夢の中での日月の光り方に重きを置いた形で訳出しており、そこには、夢の中の光景を色濃く描きたいという意向が反映されているように思われる。

また、明石入道が、見た夢をすぐには信じられず、様々な書籍を調べたという場面「俗の方の書を見はべしにも、また内教の心を尋ぬる中にも、夢を信ずべきこと多くはべりしかば」（若菜上④一一四頁）にも、豊訳は、仏教観をことさらに強く反映させた訳出をしている。豊訳では「我检阅世俗书籍，考查佛教经典，发现做梦可信之事例甚多」（五七四頁）と、「俗の方の書」を「世俗书籍」、「内教の心」を「佛教经典」といったように、仏教書であることを明確に示している。林訳では「其後，廣查外典與內典，皆謂當信夢境」（七三四―七三五頁）と、「俗の方の書」を「外典」、「内教の心」を「内典」としており、中国人にわかりにくい仏教語で訳している。豊訳の方が広い読者層を想定した訳出――仏教の知識のない者でもわかりやすい表現――となっている。また、ここでの動詞「俗の方の書を見はべし」「内教の心を尋ぬる中」の訳出についても着目したい。豊訳は、一重傍線部にあるように「俗の方の書」では「检阅」（調査する）、「内教の心」では「考查」（考査する）という動詞を用いており、明石入道が「内教の心」（仏教経典）の方にウェートを置いて調べ夢を確信した様子がわかりやすく描かれている。林訳では、「俗の方の書」と「内教の心」の動詞を一括りにして「广查」（遍く調べる）と訳出しており、両書を同等な形で調べる明石入道の様子を訳出している。

　近年刊行された訳ではどうだろうか。鄭訳では「此后我查阅世间各种书籍，甚至探求佛教经典之真义，发现圆梦之记载甚多」（四六九頁）、葉・唐訳では「此后我查阅世俗各方的汉学书籍，还探寻佛教经典的真义，看到书中记载托梦可信之事例甚多」（八三三頁）と訳出されている。[16] 豊訳同様、両者ともに「内教の心」の方にウェートを置いて訳出している様子がうかがえる。とりわけ鄭訳では、「圆梦」の語彙を訳出に反映させており、「内教の心」から夢が実現すると記載されていたものが多かった――夢が確実に現実のものとなることを強調――との訳出には、鄭なりの解釈が示されているところでもある。夢を見た後の明石入道の行動の訳出状況を検討してきたが、こうした訳出の姿勢からは、明石入道の見た夢の光景や、明石入道が夢を確信するにいたるまでに取った行動などが、いかに仏教観に根ざした文脈で固められ形成されているか、改めて考えさせる機会を得られることにも繋がっており、翻訳書が新たな読みを模索するうえでの役割を担っているといえるだろう。

さらに、明石入道が夢の恩恵に与からないと語られる部分について着目する。明石入道は、娘明石御方出生の際に、一族栄達の吉夢を見たわけだが、「みづからは、山の下の蔭に隠れて、その光にあたらず、山をば広き海に浮かべおきて、小さき舟に乗りて、西の方をさして漕ぎゆく」とあるように、自分は夢の恩恵に与かれないことが明示されていたのであった。なぜ、明石入道は自身が恩恵に与からない夢を見なければならなかったのか[17]。豊訳は、そのような疑問に一つの答えを提示するような訳になっていると思われる。それは、仏教理念としてある〝子孫のために陰徳を積む〟〝一切――自分――を捨てることにより子孫に良い結果――子孫に栄達そして栄華――をもたらす〟といったニュアンスを明石入道の取った行動に積極的に重ね合わせることであったと考える。豊は、ここでの明石入道の夢には仏教理念が根幹にあると考えいたったがゆえに、脚注や仏教用語を訳出に多く取り入れたのではないだろうか。

最後に、明石入道の詠んだ和歌について注目する。和歌の訳出方針については、諸先行研究においても度々言及されているところであるが[18]、今一度、葉訳を加えて整理をしてみたい。豊訳、鄭訳、葉・唐訳では、五言（四句）・七言（二句）の中国の読者になじみやすい詩句形式を用いており、対偶法を意識した訳出となっている傾向がうかがえる。林訳では、三つの句を字下がり形式で記載している[19]。林訳以外の中国語訳は全て横書きで出版されている。よって、この形式は縦組みだからこそ生み出された発想ともいえよう。さらに、先に引用した明石入道の詠んだ和歌の訳出を見ても分かるように、林訳では三つの句で構成することにより、他の三訳と比べて比較的情報量を多くした訳出をしている。林訳の当該和歌の訳出部分「宿願既償心漸平」は、長年の願いがようやく叶い明石入道の安堵する様子が付加されており、より踏み込んだ歌の解釈となっている。

また、林文月は、和歌の翻訳について傍線部にあるように、漢の高祖劉邦の「大風歌」を基準としつつ、「兮」の字を初句と末句だけに使用し、中間は避」け、「ライム（脚韻）も初句と最後の句の末字に踏み、中間の句はライムと異なった音調に気を配る」という二点についての変化を試み、訳出されている。[20]「兮」は、『詩経』や『楽府』など、古代の詩賦において多く用いられ、語気を整える語である。[21]

以上、豊訳をはじめとした四訳の明石入道に関する夢描写を比較検討した。先の「明石」巻での夢と同様、訳者によって夢中の描き方に微妙な差異があり、そこから時として、読みに広がりを持たせる効果が期待できるのである。

おわりに

豊訳を中心として、林訳、鄭訳、今年出版されたばかりの葉・唐訳の四訳における、明石入道の二つの夢の訳出状況を比較検討してきた。そもそも、豊子愷は、前半にて言及したように漫画、絵画に造詣が深いだけではなく、仏教に精通している側面も見られ、とりわけ、日中の共通する思想である『大乗起信論』[22]に注目していた。さらに豊は、当該書籍の翻訳書『大乗起信論新釈』を刊行しており、[23]『大乗起信論』の世界観が彼自身の作品世界にも深く影響を及ぼしていることが指摘されている。[24]それは、豊の手がける漫画や随筆作品のみにとどまらず、翻訳においても認められる。先に検討した、明石入道の見た夢の訳出において、とりわけ仏教観に力を入れて訳出する傾向が見られたのであり、訳者の資質や方針が大きく影響している部分と考えられるのである。

＊『源氏物語』引用テキストは、『新編日本古典文学全集』に拠った。

註

（1）呉衛峰「『源氏物語』の中国語訳　豊子愷訳の成立を中心に」（『越境する言の葉――世界と出会う日本文学――』二〇一一年六月）、周以量「中国的《源氏物语》翻译三十年」（『日本研究』二〇一一年第三期）。また、鄭民欽訳については、小田切文洋（「郑民钦新译《源氏物语》について」『国際文化表現研究』第三号　二〇〇七年三月）により「新訳は、心の動きや情動、また心象に映る情景を分析的に捉え、訳文の中で細かくそのニュアンスを補っているので、『源氏物語』自体の読み方にも一つの解釈を提供することになるだろう」と言及されている。

（2）葉渭渠・唐月梅訳『源氏物語』は、本書の「訳後記」において、八年を費やして訳を完成させたことが書かれている。そのことは、二〇一四年三月二十一日付の『江西日報』（http://news.163.com/14/0321/01/9NQSO3B200014AED.html）において大きく取り上げられており、最新の完訳として中国国内で注目されている。新聞には「八年双訳　源氏絶唱」との見出しがつけられており、八年を費やして訳を完成させたことがここにおいても書かれている。また、葉渭渠は、二〇〇五年に『源氏物語図典』（訳文・導読・図解：葉渭渠　上海三聯書店）を出版しており、『源氏物語』に関する造詣の深い様子がうかがえる。なお、葉渭渠は、『源氏物語』の翻訳作業中に亡くなったため、妻の唐月梅が残りの作業を担当したことが「訳後記」において記されている。

（3）張龍妹「中国における『源氏物語』研究」（『源氏研究』第五号、二〇〇〇年四月）、「中国における源氏物語の翻訳と研究――翻訳テキストによる研究の可能性――」（伊井春樹編『海外における源氏物語の世界――翻訳と研究――』風間書房、二〇〇四年）、拙稿「中国語訳『源氏物語』の訳出方法――新しい出版状況を踏まえて――」（『日本大学大学院国文学専攻論集』第五号、二〇〇八年九月）、呉川「『源氏物語』における和歌の対訳研究――「桐壺」の中国語訳を中心に――」（『日本大学大学院総合社会情報研究科紀要』九、二〇〇九年二月）。なお、完訳以外では、銭稲孫訳（「桐壺」巻以外は、文化大革命の混乱の中で原稿紛失）があり、豊子愷訳より前に出版された。茅盾主編『訳文』（一九五七年八月）に銭稲孫訳「桐壺」が掲載されている。また、『源氏物語』各巻の梗概で構成されている『源氏物語絵本』（編者・張培華　上海古籍出版社　二〇一〇年）、与謝野晶子訳を翻訳した『源氏物語』（訳者・王烜　中国華僑出版社　二〇一〇年）、田辺聖子訳を翻訳した『源氏物語』（『源氏物語』翻訳委員会訳　企画・彭飛　二〇〇八年）など、多様な出版物がある。

（4）山田利博（「豊子愷による『源氏物語』中国語訳について」『平安文学の交響　享受・摂取・翻訳』勉誠出版、二〇一二年五月）は、中国語訳に関する諸論文について「語学的な問題（≒訳し方）に関してのものがほとんどで、物語内容に言及したものは少なかった」と指摘する。

（5）楊暁文「第三部　第三章　豊子愷の仏教思想」（『豊子愷研究』東方書店、一九九八年）。楊は、「夢ということばは、豊子愷の作品のキーワードの一つである」と言及しており、傾聴に値する。

（6）（註5に同じ）。豊子愷の夢に関する主立った作品は、以下の通りである。漫画では「瞻瞻くんの夢」（一九二六年）、「夢」（一九二七年）、「悪夢」（一九六二年）、「いい夢を見てのぬか喜び」（一九六二年）。随筆では「朝の夢」（一九二七年）、「夢か本当か」（一九三二年）、「夢の痕」（一九三四年）、「揚州夢」（一九五八年）。

（7）徐迎春「豊子愷『源氏物語』中国注釈の舞台裏」（『語文研究』一〇七号、二〇〇九年六月）に詳しい考察が載せられている。その他主要文献をあげておく。楊暁文「中国における『源氏物語』全訳の成立に関する一考察――豊子愷，銭稲孫，周作人の関わりを中心に――」（『中国研究月報』第六十六巻第二号、二〇一二年二月）、徐迎春『豊子愷の翻訳方針について――記念館所蔵豊子愷訳『源氏物語』の原稿を通して――』（『COMPARATIO』十四号、二〇一〇年）、呉衛峰（註〈1〉に同じ）、山田利博（註4に同じ）。

（8）河添房江「世界文学としての源氏物語――翻訳と現代語訳の相関――」（『異文化理解の視座　世界からみた日本、日本からみた世界』東京大学出版会、二〇〇三年）。拙稿（「『源氏物語』の翻訳により開かれる世界――丰子恺译『源氏物語』を中心に――」『物語研究』第七号、二〇〇七年三月）にて詳細に論じている。

（9）林文月（「源氏物語の中国語訳について」『源氏物語の探究』第七巻　風間書房、一九八二年）は、「これは中国語訳の特権ともいえようか。他の外国語訳では到底想像もできない一つの方法である」と述べ、漢字文化圏である日中間特有の表記方法について言及する。

（10）拙稿「明石物語の達成――三つの視座から――」（『中古文学』第八二号、二〇〇八年十二月）、明石論を網羅的に分析しているものとして、竹内正彦（『源氏物語発生史論――明石一族物語の地平――』新典社、二〇〇七年）がある。

（11）拙稿「中国語訳『源氏物語』訳出の特徴――「霊夢」描写を中心に――」（『日本大学大学院国文学専攻論集』第四号、二〇〇七年九月）。

（12）池田利夫『更級日記　浜松中納言物語語攷』（武蔵野書院、一九八九年）。

（13）河東仁「第六章　王朝人の夢信仰（三）――『源氏物語』と『浜松中納言物語』」（『日本の夢信仰　宗教学から見た日本精神史』玉川大学出版部、二〇〇二年、一六九頁）。

（14）『史記』では儒教の祖である孔子を「世家」として扱っていることからも、儒教観を重んじていることがうかがえよう。また、加地伸行（『「史記」――再説　司馬遷の世界――』中公文庫、二〇一〇年）において「司馬遷の成長期は儒教の発展期に重なる」ことが述べられている。

（15）拙稿（註〈11〉に同じ）。

（16）鄭訳と葉・唐訳は、豊訳や『新編日本古典文学全集』「漢籍・史書・仏典引用一覧」をはじめとした多数の現代註釈を参考材料にしつつ訳出できる環境下にあるため（鄭訳『源氏物語』「訳後記」、葉・唐訳『源氏物語』「訳後記」に、参観した書籍が明記されている）、仏教観を訳に反映させる方針を採っていることがうかがえる。

（17）藤井貞和（「第九章　赤い糸と家を織る糸　第二節　夢に読む――家を織る糸――」『源氏物語論』岩波書店、二〇〇〇年三月）は、西方浄土を夢に予見する往生伝での説話の類との関連を指摘しつつも、結論としては「夢の予言にしたがって髪をおろしたのであって、道心のうながしによるそれではない」とされる。拙稿「『源氏物語』を中心とした仮名文学における夢主の設定――子出生に関する「夢」を見る者達――」（『語文』第一二〇輯、二〇〇四年十二月）においても、明石入道の夢と往生伝との関わりについて論じている。

（18）たとえば、楊暁文（「第二部　第三章　豊子愷の翻訳――その『源氏物語』訳について――」『豊子愷研究』東方書店　一九九八年）において、五言（四句）・七言（二句）の詩句形式が用いられていることを言及している。

（19）字下がり形式については、林文月（「源氏物語の中国語訳について」『源氏物語の探究』第七巻　笠間書房　一九八二年）は、谷崎潤一郎や円地文子の現代語訳本よりヒントを得たもであり、「従来の中国には前例のない書き方である」と言及している。

(20) 林文月（註19に同じ）

(21) 拙稿（註11に同じ）においても以前考察したところである。

(22) 『総合仏教大辞典』（法藏館、一九八七年）下巻「大乗起信論」の項目に「『大乗起信論』は馬鳴菩薩（アシュヴァゴーシャ Aśvaghosa）の造と伝える」としつつも「古来、作者・訳者ともに疑問がもたれ、仏所行讃などで知られる馬鳴（一―二世紀頃）の作とする説は今日ではほぼ否定されているが、同名異人の馬鳴の作とするなどのインド撰述説と、中国国内で作られたとする説とがあり、確定的な結論をみていない。論が簡明整然であるため中国および日本で盛んに学習され、疏も多い」と記される。『大乗起信論』を哲学的視点から論じたものとして、井筒俊彦『東洋哲学覚書　意識の形而上学――『大乗起信論』の哲学――』（中公文庫 BIBLIO、二〇〇一年）がある。

(23) 豊子愷訳『大乗起信論』の原文は以下のサイト（http://bookgb.bfnn.org/books2/1149.htm）で読むことができる。

ちなみに、豊子愷は『大乗起信論新釈』を翻訳刊行する際、訳者名を「無名氏」としている。『豊子愷年譜』（青島出版社、二〇〇五年）に以下の記事がある。

一九七三年　癸丑　七十六岁　十二月二十日

因国内政治形势更加紧张，丰子恺承受了更大的心理压力，遂致函周颖南，谈《大乗起信论新释》的译稿及出版之事："旧译《大乗起信论新释》即将出版，此乃广洽法师之要求，非弟本意，故具名'无名氏译'。今特奉告，请勿在报上宣传为荷。"

(24) つとに、楊暁文（註5に同じ）において「大乗起信論の内容と豊作品の関係を見てみれば、無常は彼の作品のテーマの一つであり、随筆「無常の苦痛」がその代表的なものである。衆生救済をはたそうとする気持ちがうかがえる」と言及されている。

コラム

夢の病因論
——古代中国医学とフロイト理論の間

伊東　貴之

古代中国に「フロイトの先駆」が存在した？——おそらく多くの古代文明においてと同様、古代中国の人びとにとっても、夢は時に未来の吉凶を占い、また、人間の精神活動の深層さえも窺い得るものとして、重要な意義を帯びていた。

たとえば、つとに正真正銘の儒家の経典、『周礼』春官にも、周王に仕え、王のために吉を祈り、悪を祓う、多分にマジカルな色彩の濃厚な職掌であったかと推測されるが、夢占いを司る「占夢の官」という役職の存在が記載され、さらには、「占夢（官）は、……（中略）……日月星辰を以て六夢の吉凶を占う。一に曰く正夢、二に曰く噩夢、三に曰く思夢、四に曰く寤夢、五に曰く喜夢、六に曰く懼夢」として、夢を六つに分類している。

後に後漢の鄭玄は、『周礼』に注釈を施して、この「六夢」についても、「感動する所無く、平安にして自から夢む」とされる「正夢」に対して、「噩夢」とは、喜怒哀楽や驚きなどの強い感情を伴う、悪夢や夢魔の類であると類推する。他にも、「思夢」は「覺むる時之を思念する所にして夢む」、「喜夢」は「喜悦して夢む」、「懼夢」は「恐懼して夢む」などとして、覚醒時の思念や想念と夢との関わりが想定されている。次いで、唐の賈公彦も『周礼疏』の中で、こうした所説を踏まえて、「感ずる所無くして夢む」という「正夢」に対して、他の五つの夢を「皆感ずる所有りて夢」（同書、春官・占夢）みるものと注釈している。また、『列子』周穆王篇においても、『周礼』春官の「六夢」を全面的に踏襲しつつ、「夢に六候有り」とした上で、「一に曰く正夢、二に曰く噩夢、三に曰く思夢、四に曰く寤夢、五に曰く喜夢、六に曰く懼夢。此の六者、神の交わる所なり」と説いて、やはり明らかに何らかの精神活動の影響を前提としている。ちなみに、「六候」の「候」とは、微かな萌しを意味し、あるいは、一種の予兆夢の如きものと観念されていたのかも知れない。

　もとよりこうした夢占いは、夢が吉凶を示唆すると考える迷信に属しているが、その分類に当たっては、夢の内容的な特徴に従って、その精神的・心理的な原因を遡源的に類推するという、ある種の擬似科学的な要素の萌芽をも垣間見ることが出来る。翻って『荘子』（刻意篇）に、「真人」「聖人」は夢を見ない、という議論が見出されることも、夢の原因を当事者の精神状態の反映と見ることの裏返しであろう。その他、こうした点とも関連して、興味深いのは、戦国時代の慎到に仮託される『慎子』（佚文）に、「昼事無き者は夜夢みず」とされるほか、さらに降って、唐の段成式の『酉陽雑俎』（巻八・夢）には、「夫れ瞽者は夢無ければ、則ち夢を知るは習いなり」として、盲人は本来、夢を見ないものだとするなど、何れにしても、夢を精神活動の何らかの所産としつつ、それを覚醒時の知覚や見聞、取り分け、視覚的な体験と関連づけて推論する傾向が顕著に見られることである。

　これに対して、やがて後漢の頃より、前述したような夢占いの迷信性を批判するとともに、人間の身心の活動を全て「気」のはたらきに還元させる、精気論などの同時代の医学理論の影響を媒介としつつ、精神活動ばかりではなく、むしろ夢と人間の精神や肉体との相関関係を模索する志向が擡頭してくる。

　その嚆矢は、独自の無神論、鬼神論の立場から、『論衡』を著した王充であり、彼もまた、基本的には、夢は人間の精神活動の所産であると見做したが、その背後には「精神は形体に依倚する」という考え方が前提とされていた。すなわち、「精念存想（同・訂鬼篇）が夢に化すとされる一方で、夢の生理学的な要因を覚醒時の活動によって「気倦み精尽く」（同・論死篇）状態に至るためであるとした。次いで、王符は、その著『潜夫論』（夢列篇）において、夢を十種類に分類して、「凡そ夢は、直有り、象有り、精有り、想有り、人有り、感有り、時有り、反有り、病有り、性有り」と規定している。彼の場合、ある種の予兆夢の存在も否定しておらず、その意味では、些か迷信的な要素も多分に見られるのだが、その中で、「想夢」は、いわば意識や精神の極度の集中の結果とされ、また、「感夢」は、陰陽の気に感応する夢、「時夢」は、春夏秋冬の時節に対応する夢、「病夢」は、疾病が夢の内容に影響する夢とするなど、当時の医学理論なども参照しつつ、身体論的ともいえる夢の原因論を展開している。

さて、中国の伝統医学においては、しばしば夢の生理的・病理的原因の説明とそのメカニズムの解明を試みている。これは、哲学的に見るなら、いわゆる形神関係、肉体と精神の関係に関わる議論とも符節を合するものである。

伝統医学の古典というべき『黄帝内経』は、その『霊枢』のなかで、陰陽の気の多寡や偏り、過剰や不足によって夢が発生すると見做して、「淫邪発夢」「正邪発夢」などと呼ばれる理論を展開している。また、五臓の「気」の状態を踏まえて、「肝気盛んなれば、則ち怒るを夢む。肺気盛んなれば、則ち恐懼し、哭泣し、飛揚するを夢む。心気盛んなれば、則ち善く笑い、恐れ畏るるを夢む。脾気盛んなれば、則ち歌い楽しみ、身体重くして挙がらざるを夢む。腎気盛んなれば、則ち腰脊両つに解けて属かざるを夢む。」（淫邪発夢篇・第四十三）などと関連づけている。

他方、『素問』では「夢象」、すなわち特定の夢を「臓象」、つまりは特定の臓器の状態や病症に結びつけて考える病因論を構築している。一例を挙げれば、「陰盛んなれば、則ち大水を渉りて恐懼するを夢み、陽盛んなれば、則ち大火潘灼するを夢み、陰陽倶に盛んなれば、則ち相殺し毀傷するを夢み、上に盛んなれば、則ち飛ぶを夢み、下に盛んなれば、則ち堕つることを夢み、甚だしく飽けば、則ち予うることを夢み、甚だしく飢うれば、則ち取ることを夢み、肝気盛んなれば、則ち怒るを夢み、肺気盛んなれば、則ち哭くを夢み、短虫多ければ、則ち衆を聚むるを夢み、長虫多ければ、則ち相い撃ち毀傷するを夢む。」（脈要精微論篇）といったかたちで、それ自体は、むしろプリミティブな連想に過ぎないものの、ある種の禍々しいイメージの横溢が描出される。

いま、暫定的な結論としては、端的に呪術的な世界観とも通底していた古代思想においては、外因決定論とも言うべき観点とも相俟って、夢の原因を覚醒時の知覚や体験などと関連づけて、当事者の精神的・心理的な状態の反映として捉える見方が強かったのに対して、後年、徐々にではあれ、迷信的でマジカルな世界観が否定され、いわば内因重視ともいうべき見方へと転換するのに伴って、夢を個人の特定の病因に結び付けるという、それ自体は、些か荒唐無稽な観念への変容が見受けられる。その意味では、古代の夢観念の方にこそ、かえってフロイト以後の現代の精神病理学などの考え方にも一脈通じるところがあるという、ある種の逆転現象さえ見出し得る。しかるに、伝統医学における夢判断にしても、現在から見れば、一種の擬似科学的な観念に過ぎないとはいえ、身心／心身の相関といった身体論的な観点からすれば、むしろ相応の示唆に富み、大変興味深い現象でもある点を指摘しつつ、取り敢えず、擱筆することとしたい。

（余記）小論の前半は、拙稿「醒めて見る夢――古代中国の思想・文学に現れた夢の言説」（『文学』隔月刊、第六巻・第五号〔特集：夢の領分〕、岩波書店、二〇〇五年九・十月号）にもとづき、その後の知見を踏まえて、適宜、補筆したものである。行論の都合上、内容的に一部、重複する箇所があることをお断りしておきたい。

【参考文献】


吉川忠夫『中国古代人の夢と死』（平凡社選書・八九、一九八五年）。

龍　伯堅（丸山敏秋訳）『黄帝内経概論』（東洋学術出版社、一九八五年）。

加納喜光『中国医学の誕生』（東京大学出版会・東洋叢書、一九八七年）。

丸山敏秋『黄帝内経と中国古代医学――その形成と思想的背景および特質』（東京美術、一九八八年）。

南京中医学院編・石田秀実監訳『現代語訳　黄帝内経素問』（上・下）（東洋学術出版社、一九九一・一九九三年）。

石田秀実『中国医学思想史――もう一つの医学』（東京大学出版会・東洋叢書、一九九二年）。

石田秀実『こころとからだ――中国古代における身体の思想』（中国書店、一九九五年）。

劉　文英（湯浅邦弘訳）『中国の夢判断』（東方書店、一九九七年）。

南京中医学院編／石田秀実・白杉悦雄監訳『現代語訳　黄帝内経霊枢』（上・下）（東洋学術出版社、一九九九・二〇〇〇年）。

劉文英・曹田玉『夢与中国文化』（中国文化新論叢書・人民出版社、二〇〇三年）。

家本誠一『黄帝内経霊枢訳注――東洋医学の原典』（全三巻）（医道の日本社、二〇〇八年）。

家本誠一『黄帝内経素問訳注――東洋医学の原典』（全三巻）（医道の日本社、二〇〇九年）。

湯浅邦弘「中国古代の夢と占夢」（『島根大学教育学部紀要』〔人文・社会科学〕第二十二巻・第二号、一九八八年）。

伊東貴之「醒めて見る夢――古代中国の思想・文学に現れた夢の言説」（『文学』隔月刊、第六巻・第五号〔特集：夢の領分〕、岩波書店、二〇〇五年九・十月号）。

V　夢の風景と所在

夢を解釈し語ることとパターンマッチング

河東　仁

はじめに——夢は合わせがら——

（一）「夢野の鹿」

『摂津国風土記逸文』に、「夢野（いめの）」（現、兵庫県神戸市兵庫区夢野町近辺）という地名の由来をめぐる、次の物語が記されている。[1]

雄伴（をとも）郡に夢野という地がある。代々のいい伝えによると、むかし刀我野（とがの）の地に一匹の牡鹿がいた。嫡妻の牝鹿もこの地にいた。さらに妾の牝鹿が淡路国の野嶋におり、牡鹿はひっきりなしに通っていた。さて、牡鹿が嫡妻のところに宿ったときのこと、朝になってこう語った。「昨夜の夢に、私の背中に雪が降るのが見えた。また〔背中に〕ススキがいっぱい生えているのも見えた。この夢は何の前兆だろう」。すると嫡妻は、夫がまた妾のもとへ行こうとしているのが嫌で〈詐り相せて〉、わざと誤った夢合わせをして、こういった。

「背中に生えた草は、背中に矢を射られる前兆です。また雪が降るのは、塩を砕いて肉にまぶされることの前兆です。あなたが淡路の野嶋に渡ったら、必ずや船人に出遭い、矢を射られて殺されてしまうでしょう。決して行ってはなりませぬ」。しかし牡鹿は恋しい気持に勝てず、またもや野嶋へ渡った。すると海上で船に出遭い、射殺されてしまった。

そのため刀我野を夢野という。土地の人びとに、〈刀我野に立てる眞牡鹿も夢相のまにまに〉、つまり刀我野の鹿もそうであるように、〔何事も〕夢の合わせ方次第といい伝えられている。

夢の合わせ方、つまり解釈の仕方次第で、その後の運命が変わってしまう。同じ夢でも良く〈悪く〉合わせれば良い〈悪い〉事態が生ずるというのである。この論理は、わが国のさまざまな書物において語られている。たとえば兄から自分の邸にたくさん矢を射られる夢を、兄から権力が自分に移ってくる様を表しているという良い方向へ夢合わせをしてもらい、実際に逆境を払い除けて関白の座についたという藤原兼家（九二九〜九九〇）の話などがある。(2)

しかしそれでは「夢野の鹿」に関して、わざと詐った解釈でなく、詐らない良い解釈というのは存在しうるのであろうか。もちろんこうした問いを発すること自体、無意味かもしれない。だが本稿では、「わざと」良い夢合わせをすることによって、夢を解釈するとはどういうことなのか、この問題を論究してみたい。

そこでまず注目したいのが、雪は白い、ということである。これまた兼家をめぐり、『江談抄』巻一「大入道夢想の事」の条に、大江匡衡が次の話を記している。(3)

大入道〔兼家〕が不遇の身であられたころ、逢坂の関を越えるとき雪が降ってきて、道があちこち白くなるのが夢に見えた。……これを聞いたわたくしは、「逢坂の関とは関の字を表します。雪は白の字を意味します。それゆえ殿が必ずや関白になられるという意味です」、こう申し上げた。実際その翌年、関白就任の宣旨が下された。

話を分かりやすくするための措置として右では中略としたが、その部分を改めて書き足すと次のようになる。

雪は凶兆なりと仰天された殿は、夢解きを召され、悪夢を祓わさせようとした。ところが夢解きは、「この御夢にて見られたことはきわめて吉き相です。きっとどなたかが白黒斑の牛を献上してくるということです」と申した。果たしてそののち斑の牛が進上され、夢解きは褒美にあずかった。

ところでわたくし大江匡衡はこの経緯をお聴きして大いに驚き、「〔関白になられるという折角の吉夢を、夢解きが間違って解釈したままにならぬよう〕褒美を召し返すべきです」と申し上げた。すると殿は、すぐにそうなされた。

まさしく「夢は合わせがら」である。そしてここでは最初、雪が凶兆とされながら、解釈次第で白黒「斑の牛の献上」さらには「関白への就任」という吉兆へと読み換えられている。その理由は、指摘するまでもなく、「雪」さらには「白」という言葉のみならず、およそ概念それ自体が多義包含的（polysemantic）であり、吉凶どちらの意味も有しうるからである。

そして「白」を吉祥とみなす場合として想起されるのが、白雉や宝亀・神亀という元号である。大化六年（六五〇）のこと、長門国の国司が白い雉を献上してきたのを吉祥とし、大化を白雉に改元した。同様に養老八年（七二四）、白亀が献上されたのを祥瑞とし神亀に改元、さらに神護景雲四年（七七〇）には、肥後国より白い亀が相次いで献上されたとの理由で宝亀に改元がなされている。

（二）白鹿

このように白い生き物を吉兆とみなす観念は古くから存在し、鹿をめぐっても、仙覚（一二〇三～？）が著した『万葉集註釈』巻第一に、今は散逸した『尾張国風土記』のものとして、次の話が引用されている。[4]

尾張国風土記に云わく。葉栗郡（愛知県一宮市）、川嶋社（河沼郷川嶋村に在り）をめぐり、平城京の御代、聖武天皇のとき、凡海部忍人が申すに、此の〔川嶋の〕神は白鹿となって時々出現されるという。そこで詔があり、天社として奉った。

ただしわが国の「白鹿」概念には、中国の考え方が反映していることも考えうる。たとえば中国南北朝時代の任昉（四六〇～五〇八）が編纂したとされる志怪小説集『述異記』に、次の記載がある。[5]

鹿は千歳で蒼くなり、さらに五百年たつと白くなり、さらに五百年で玄くなる。……仙人が説くところによると、玄鹿を脯〔肉を細くさき、塩をまぶして干したもの〕にして食すると寿命が二千歳となる。

玄鹿は長寿の象徴として、七福神の一人である寿老人が連れていることでも知られるが、白鹿もすでに中国において霊異な存在とみなされており、わが国に影響を与えたことは十二分に考えうる。ただしここではそうした中国からの影響の問題には触れず、日本において白鹿が登場する、今一つの物語を取り上げてみたい。鎌倉期の図像で、「春日鹿曼荼羅」（奈良国立博物館蔵）と呼ばれる**図1**をめぐる物語である。

図1　春日鹿曼荼羅（奈良国立博物館蔵）

この図は春日明神が、神体山である御蓋（三笠）山からふもとの春日大社へ影向する様を表している。雲に乗った白鹿は、神の依り代として、背中にある鞍の上に榊をたてている。榊の枝は五本あり、本社四所――武甕槌命（常陸鹿島神）・経津主命（下総香取神）・天児屋根命（河内牧岡神）・比売神（同）――そして若宮に相当し、それぞれの枝に乗る形で、五所の本地仏が描か

図2　鹿島立神影図
（奈良国立博物館蔵）

れている。また神木としての榊全体を金色の円相が囲むことで、荘厳さが醸し出されている。(6)

この社は、平城京の安寧を祈願するため、常陸の国から武甕槌命を三笠山の浮雲峰（うきぐものみね）に勧請したことに始まる。そして『皇年代記』神護景雲二年（七六八）の条に、十一月九日のこと、「春日大明神移坐（うつりいます）三笠山」という記述とともに、このとき山麓に社殿が造営されたことが記されている。(7)

図2は、武甕槌命が常陸国の鹿島社を出立する様を描いた室町期の図像「鹿島立神影図（かしまだちしんえいず）」（奈良国立博物館蔵）であり、その足元に控えている二人の人物は、鹿島から従い、春日社司の祖となった中臣時風（ときかぜ）と秀行（ひでゆき）である。また武甕槌命に続いて三笠山へ下総国の香取社から勧請された、経津主命が後ろに同形で書き添えられている。(8)

（三）今一つの「夢野の鹿」

このように神の化身や依り代としての白鹿、そして神が乗る白鹿を見ていると、冒頭の夢野の鹿をめぐり、次のような夢合わせが浮かび上がってくる。

これを聞いた嫡妻は、こう夢合わせをして、夫が野嶋へ渡らぬようにした。「背中に雪が積もるというのは、あなたが白鹿になられることです。ススキは、そよいで神や人を招くものです。つまり、つまらないことはやめ、ここに居て身を浄めていたら、必ずや背中に神の依り代をお乗せする白鹿となる、こういう夢の知らせです」。これを聞いて納得した雄鹿は、淡路の野嶋へ渡ることがなくなった。

ただし『述異記』など中国の考え方からすれば、白鹿になってから五百年経つと玄鹿になるが、そのとき肉を細くさかれ塩をまぶされた干し肉となり、長寿の霊薬「脯(ふ)」として食されてしまうことになる。しかしそれはさておき、このように白鹿をめぐる物語や図像と並べると、「夢野の鹿」をめぐる今一つの夢合わせにも、それなりに意味がありそうに思えてこないであろうか。そこで次に、パターンマッチングという考え方をもとに、夢の解釈において既存の物語(の型(パターン))の及ぼす影響について考察してみたい。

一　パターンマッチング

（一）マンダラの諸相

曼荼羅と呼ばれる密教系の図像がある。サンスクリット語のmaṇḍalaを漢字で音写した語で、本質・心髄を意味するマンダmaṇḍaと、所有を表す接尾辞ラlaを合成した語であり、「本質を所有した状態」「本質を図示する図像」といった内容である。

また、宇宙の真理、真実相を表象するものでもある。その多くは本尊である大日如来を中心に、仏や菩薩の諸尊、明王や天部など守護にあたる存在が、四角形や円形の区画の中に規則性をもって整然と並べられた構図となっている。周知のとおり、「金剛界曼荼羅」および「胎蔵界曼荼羅」が代表例である。

日本においては、空海（七七四〜八三五）らの手で伝来した密教が貴族階層に浸透した後になって、世界仏教史の上では先に成立していた浄土思想が、源信（九四二〜一〇一七）たちにより広まりだした。そのため阿弥陀如来や極楽の様相を描いた「変相」と呼ばれる図像も、日本では「浄土曼荼羅」の名称で呼ばれるようになった。これまた本尊である阿弥陀如来を中枢にさまざまなものが秩序をもって配置されている。具体的な名称を挙げると、智光曼荼羅（**図3**）[9]、當麻（たいま）曼荼羅、清海曼荼羅などである。

こうした仏教系の図像は、わが国の神道にも大きな影響を及ぼした。社殿にて祀っている神祇とその本地仏（ほんじ）を描く曼荼羅の成立である。熊野曼荼羅、日吉(ひえ)曼荼羅、そして春日曼荼羅などが知られる。この範疇には、その社の由緒や霊験譚をモチーフとした図像もあり、前章の**図1**「春日鹿曼荼羅」はその一例である。

また垂迹神や本地仏に力点を置かず、境内に社殿が並ぶ様を俯瞰的に描く「宮曼荼羅」もあり、「参詣曼荼羅」とも呼ばれる。成立は、前章で述べたように一般庶民の寺社参詣が始まる鎌倉中期頃とされる。[10] **図4**[11]は、「富士参詣曼荼羅」と総称されるものの一例（富士山本宮浅間大社蔵）であり、画面下に清見ヶ関、清見寺、田子の浦から美保の松原、その上に浅間大社の境内が描かれ、最上部に富士山が聳え立っている。

図3　智光曼荼羅（元興寺蔵）

（二）ユングのマンダラと元型

仏教系・神道系曼荼羅につづいて、C.G.ユング（一八七五〜一九六一）がいう、元型的表象としてのマンダラ（mandala）も取り上げておきたい。

「元型」archetype とは、時代と文化を超えた人類普遍的な表象（Vorstellung）を紡ぎだす、心の深奥に想定される源泉・鋳型といった意味をもつ。[12] この語の後半部にある type は、「(共通の特徴を持ち、1つのグループを成す）類、型、タイプ、様式」を第一の語義とする。[13] 日本語の「気質(かたぎ)」（形木＝型の木）にも同様の語義がある――「（1）物の形を彫りつけた板。布にすりつけて、その模様を染め出す時などに用いる。（2）文

図4　絹本著色 富士曼荼羅図
（富士山本宮浅間大社蔵）

字を彫りつけた板。紙にすりつけて印刷する時に用いる。板木（はんぎ）。（3）手本や基準となるもの。模範。基本形」[14]。

そしてArcheはギリシア語のアルケー（arkhē）に由来し、万物の根源や始原を意味する。またユング心理学の領域では表象Vorstellungを、image and ideaと英訳している。心像（イメージ）と概念である。

それゆえ元型（archetype）とは、個々人の心に浮かんでくる表象（イメージと観念）にはそれぞれ一定の共通「型（パターン）」が見られ、それらの中には後天的に習得したとは想定しがたいものも存在する。それゆえ普遍的な「型」を紡ぎ出す元（もと）の「鋳型（タイプ）」が存在するのでは、という仮説のもとに展開されているのがユングの「元型論」である。ただし、まさに水晶や雪の結晶軸が、「母液の中での結晶形成に前以て一定の型式を与えており、それでいて自身は物質的には存在していない」のと同じく、元型それ自体は実体存在ではない[15]。

そしてユングが元型的表象のなかでも特に注目しているのが、マンダラ図像である。すなわち一九一六年、仏教の曼荼羅を知る以前のこと、**図5**の図像がユング自身の手で自然と描かれ出した[16]。その後、こうした型（パターン）の図像が時代と文化を超えて発現しうることに気づき、仏教の曼荼羅にちなんでマンダラ（Mandala）と呼ぶようになったのである。

また元型的表象としてマンダラが個人の心のなかに発現する時には二つの場合があるとみなした。その一つは、心が危機的状況にあるとき紡ぎ出されてくるものであり、崩れようとする心を何とか保とうとするときである。今一つは、「夜の航海」などと呼ばれる退行状態が終わったときに現れるものであり、心の整理が一段落したことを表すとしている。

このような対立物が統合された状態を表す幾何学的な図像というユングのマンダラ観は、金剛界曼荼羅、胎蔵界曼荼羅、**図3**の智光曼荼羅においても確認されうる。**図4**の富士参詣曼荼羅に関しても海と大地、富士山の横にある太陽と月といった対立物の双方を記すことで、宇宙の全体を統合的に描こうとするモチーフを見出すことができる。

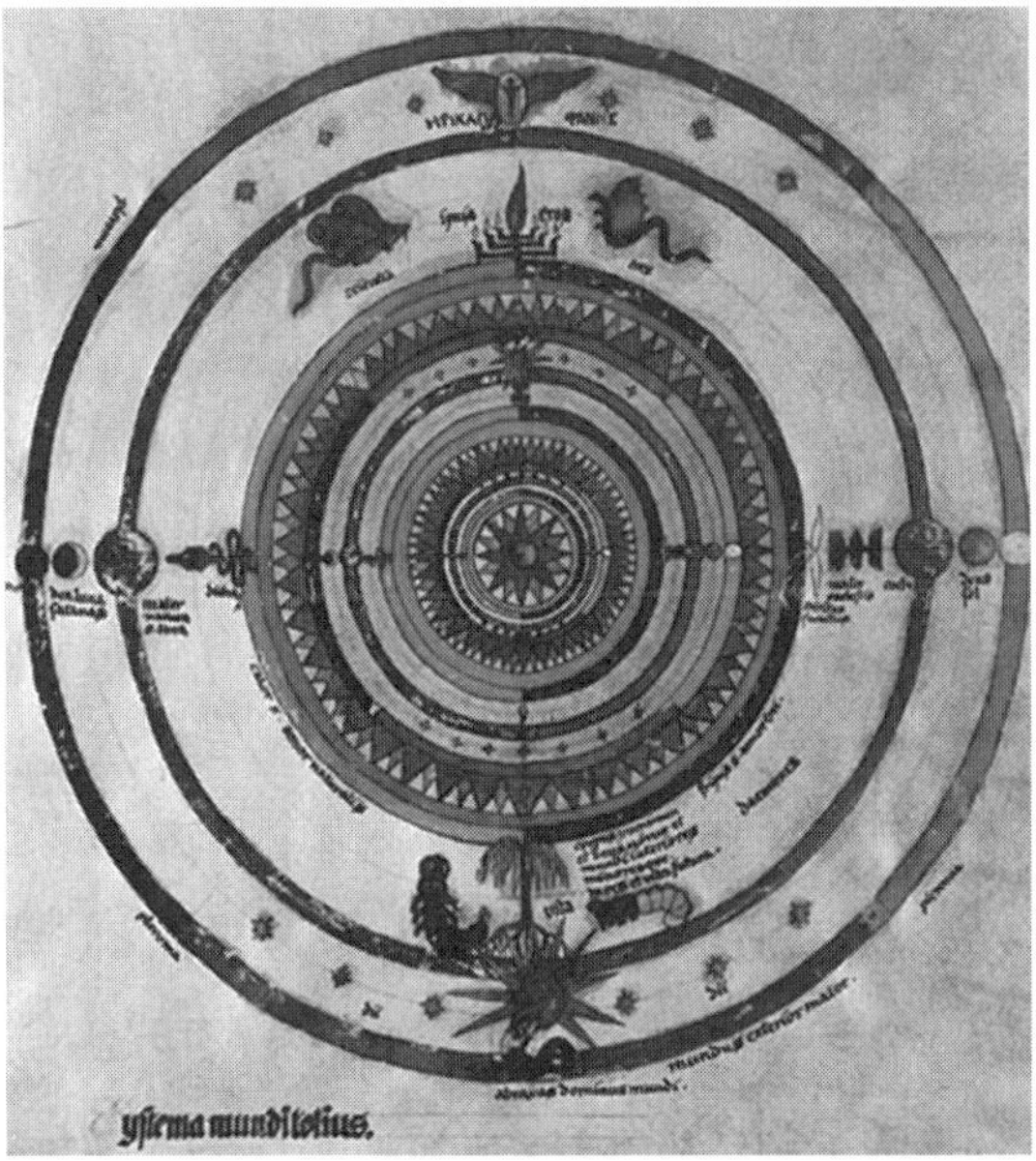

図5　ユング自身の手によるマンダラ図

（三）南方曼荼羅

ところがわが国には、これらとは趣をまったく異にしながら、マンダラ（曼荼羅）の名で知られる図像がある。南方熊楠（一八六七～一九四一）が、一九〇八年七月一八日付けにて真言僧の土宜法竜（ときほうりゅう）（一八五四～一九二三）宛てに出した書簡に描かれた

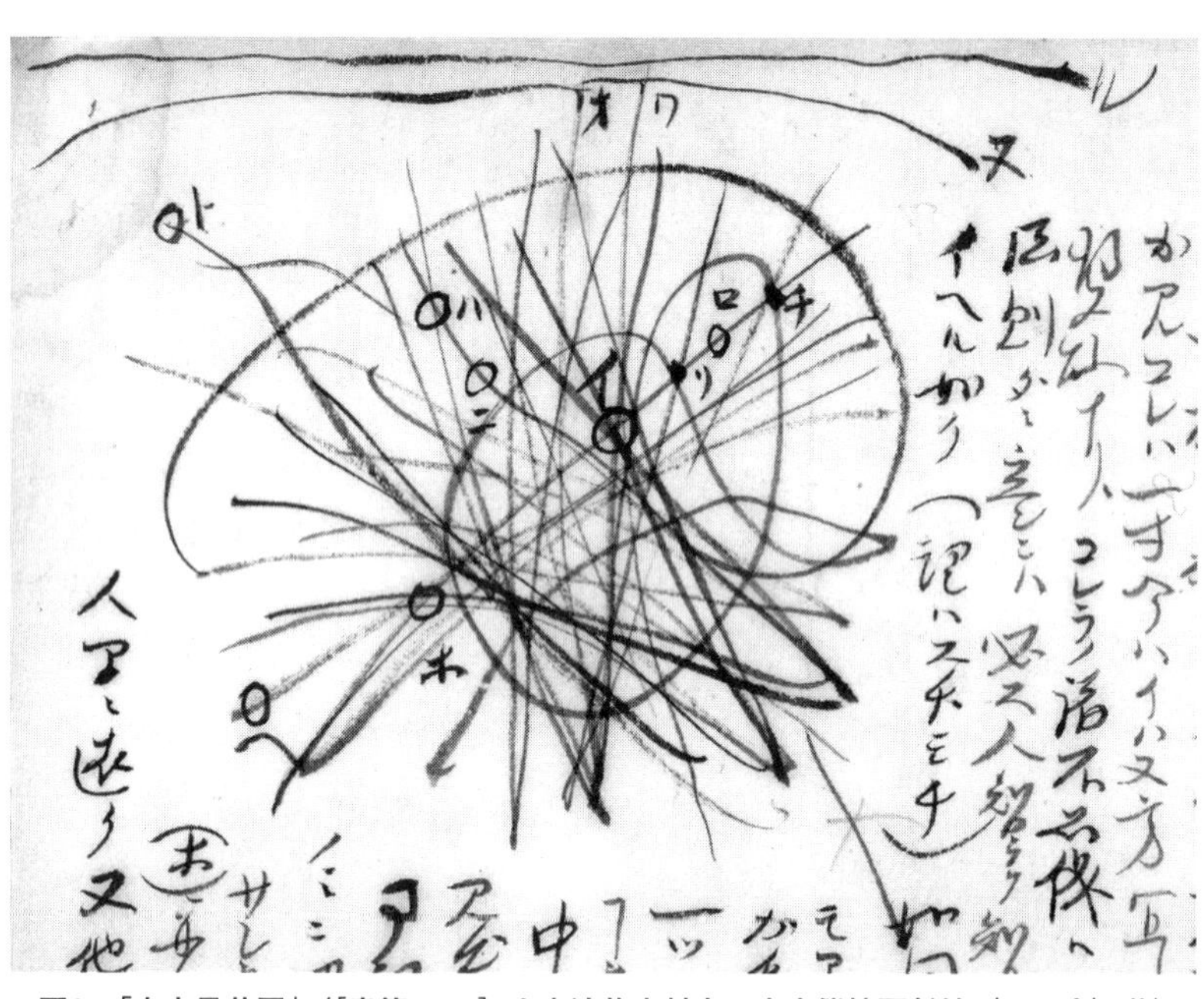

図6　「南方曼荼羅」（[書簡1771] 土宜法龍宛封書、南方熊楠顕彰館〈田辺市〉蔵）

図6であり[17]、「南方曼荼羅」と呼ばれる。同日付けの書簡には、この図の説明が、次のように記されている。

> 図のごとく（図は平面にしか画きえず。実は長(たけ)、幅の外に、厚さもある立体のものと見よ）、前後左右上下、いずれの方よりも事理が透徹して、この宇宙を成す。その数無尽なり。故にどこ一つとりても、それを敷衍(ふえん)追及するときは、いかなることも見出だし、いかなることもなしうるようになっておる。

　このように熊楠にとって曼荼羅は、複雑かつ巨大な宇宙の見通し図を二次元にて描こうとするものであった。南方曼荼羅をめぐって中沢新一はこう記している[18]。

> 宇宙でおこるすべてのプロセスは、単純な因

果の関係におさまることが、めったにない。さまざまな力が出会い、交差し、入り混じりながら力の交通がおこっているのだ。……マンダラの全体構造は動き、変化していることになる。この変化はたえまなくおこっている。

ここで仏教における「縁起」思想が大きく関わってくるが、本稿では触れず[19]、大宇宙の真相であれ、小宇宙としての人間の心であれ、実は一瞬たりとも静止することなく、絶えず消滅を繰り返し流動している、このことを確認しておくにとどめたい。つまり金剛界・胎蔵界曼荼羅、**図3**や**図5**のマンダラは、本来、三次元以上のもので、その細部が絶えず消滅・変動を繰り返す大宇宙や小宇宙を瞬時的に固定し、整理付け、人間が認識しうるものにしたということになる。

（四）パターンマッチング

以上をいい換えると、この世はいわゆるマンダラのようには整然としてはいない。すべてがお互いに関わりながら揺らぎ、うごめいている。随所で、「色即是空」「空即是色」が生じている。南方曼荼羅が示そうとしていることの一つは、こうした一切の存在の相依性・流動性・雑然性とみなすことができよう。

しかし人間には、大宇宙や小宇宙をそのままに認識することはきわめて困難であり、そこにあらかじめ自分の心に内在するマンダラ「型（パターン）」を介することによって、それを了解可能なものに還元する過程がともなわれることになる。その際、心に内在する「型」は、先天的な元型的表象であれ[20]、後天的に自らの位置する時代と文化のなかで徐々に形成された「型」であれ、事情は変わりない。人は遭遇している存在に対して、自らに内在する「型」のうち最も「合致(マッチ)」するものを瞬時に検索し、それを通して了解しているのである。

周知のごとくこうした認識の在り方を、生物学者のK・ローレンツは、「パターンマッチング」(pattern matching)と呼んでいる[21]。

さて、ここに来てようやく、本稿のメインテーマである夢、それも夢合わせに話を戻せるまでになった。これまでのマンダラの話でいえば、現実の大宇宙や小宇宙の真実相は南方曼荼羅のごとく、つねにあらゆる部分が流動し消滅を繰り返している。しかし人間はそれを認識する際に、すでに自らに内在しているさまざまな表象のうち「マンダラ型(パターン)」を選択し、それを通してマンダラ存在を了解可能なものにしている。それと同様に、夢というものも、きわめて多義包含的であり、捉え所のない場合が多い。そこで自らに内在する、あるいはその時代、その文化において知られている「型」の物語を当てはめて理解する。そして本来はさまざまな意味に溢れている夢をめぐり、枝葉末節を刈り取り、特定の「型(パターン)」の物語に「合致させる(マッチング)」、これこそが「夢合わせ」と呼ばれる行為なのではなかろうか。

二　「語り」、「象り」としての夢合わせ

以上見て来たように、夢合わせには「型合わせ」という要素があることになる。そしてさらに夢を合わせたことを「語る」ことにも、パターンマッチングの要素を見て取ることができる。というのも「語る」の語源が次のように考えられているからである[22]。

語源は、次の二説があります。説1は、「カタ（型、形、順序づけて話す意）」です。説2は、「コト（物事・事象）＋る」です。世間話をする。物事を話す意です。カタリベ、カタライベなどの語があるので、ずいぶん古い言葉のようです。

それゆえ「夢合わせ（解釈）」の結果を「語る」ことによって、二重の「型取り」がなされることになり、訳の分からない夢が一義的なものへと変換され、それが夢見手の心に刻み込まれる。そしてそれが当人の行動に対して、意識的・無意識的に影響を与えることがある。これが「夢は合わせがら」という事態の一側面であるとみなすことができる。

（一）渦に飲み込まれる夢

そこで本稿の最後に、一つの夢が、前提となる物語の型（パターン）によって、さまざまな解釈がなされうることを実験的に試してみたい。

二〇年ほど前、あるカウンセラーから、次に紹介する夢の解釈をめぐって意見を求められた。夢見手は高校一年の女子、主訴は通学電車での目眩（めまい）である(23)。

渦に飲み込まれそう。すごく怖い。でも中には、理想的な世界が広がっている。

さてここには相反する想いが交錯しているが、夢であるだけに、矛盾し意味不明であるのも当然かもしれない。しかし何らかのメッセージがありそうでもある。そのため夢は、古今東西、人びとを惹き付け、さまざまな解釈法が考案されてきた。その一つに、前世紀が始まろうとするころに誕生した深層心理学がある。

そこで右の夢を、まずはS．フロイト（一八五六〜一九三九）、ついでC．G．ユング（一八七五〜一九六一）の説、つまりは「前提となる物語の型（パターン）」に合わせて解釈してみよう。

（二）フロイト的な夢解釈

前提となる物語の型――子どもは三歳ごろ性差を意識しだすと、異性の親への性愛的な欲動が生じ、同性の親には憎しみの念をおぼえる。さらにその後、こうした密かな気持ちを知られて罰せられることへの恐怖の気持ちも生まれる。そしてこの錯綜した感情や観念の絡まり、心的複合体（コンプレックス）は、六歳ごろまでに無意識のなかへ抑圧される。だがその後も、さまざまな状況で意識に干渉してくる。

夢合わせ（マッチング）――この女子は、思春期に入り、異性への関心が高まりつつある。だが今は、思春期特有の心身が不安定な状態のなかで、エレクトラ・コンプレックスが活性化している。そして異性の親に対する性愛的な欲動と、それに対する忌避感とが同時に発現し、そのはざまで葛藤し、それが目眩という身体症状として発現している。つまり理想的な世界はエレクトラ願望が充足される状態を意味し、渦に飲み込まれることへの恐れは、願望を充足することへの忌避感の置き換えである。したがって、やがて現実の異性と出会うことで、今の状況から脱却できるであろう。

（三）ユング的な夢解釈

ではユング心理学的にはどう解釈されるだろう。

前提となる物語の型――「楽園回帰願望」の物語。つまり自我は、三歳ごろまでに萌芽的なものが形成され、三十歳を過ぎたころ、一応の確立期を迎える。そしてそれまでは、母親的存在から、また自我の《母胎》であった無意識から「自立」しようとする力と同時に、その中へ「退行」しようとする力の間で揺れ動く。自立することは、それまで自分を包み込んでいた存在から離脱し、善悪・正否・好悪などさまざまなことを主体的に判断し決定せねばならない、苦しみの道でもあるからである。

聖書によれば、アダムとエバは、エデンの園であれこれ考える必要がなく、何の苦悩もなく暮らしていた。しかしまさに善悪を知る知恵の実を食べたため楽園から追放され、さまざまなことに苦しみながら生きる道が始まった。あるいは新宗教の教祖の一人、北村サヨ（一九〇〇〜六七）の言葉を借りると、物事を知れば知るほど、つまり学問するほど、「我苦悶（がくもん）」して「陰照（インテリ）」になってゆく。それゆえ学問など捨てて無我になれば、苦しみから救われるということになる。

夢合わせ――右の夢は、まさしくこうした「楽園回帰願望」をめぐる内なる闘いを表している。すなわち《母胎》に戻って、自立に伴われる苦悶から逃れたい。だがそれは自分が無になる、自我が解体されることでもある。それゆえ怖ろしい。そうした葛藤状況である。

（四）覚醒時の体験や想いへの還元

もちろん、夢は覚醒時の出来事や想いの再現であるという観点からの夢の解釈も可能である。そしてその際にも、時代や文化などの枠のなかで、一定のパターンとのマッチングがたとえば次のように想定されうる。

前提となる物語の型——二十世紀末ごろまで存在していた「大学進学神話」。

夢合わせ——この女子は、高一となり、電車通学が始まった。朝のラッシュアワーの人の渦は、時に目眩を生じさせることもある。だがこの電車に乗り込んで高校を終えれば、憧れの大学生活が待っている。そうした日々の想いが現れたのが、この女子の夢である。

（五）平安時代の夢解き

それでは以上のうち、どの夢合わせが「正しい」のであろうか。本稿の第二章で指摘したように、夢は多義包含的であり、おそらくはこれらの合わせ（マッチング）はどれも「正しい」。さまざまな解釈が並立しうるのが夢の特性ということになろう。

とすると平安末期の夢解きなら、この女子の夢をどのような物語の型と合わせたであろうか。それを夢想しながら、この稿を終わりにしたい。

夢合わせ——光源氏の君は須磨の地にて、渦巻く波に憂い苦しむ違（たが）い目の日々を過ごされました。然しそののち栄華を極められました。

姫さまも、ここしばらく違い目の日々におられました。ご体調の不例、渦に飲み込まれるような目眩のお苦しみです。でもこの御夢が示されたからにはご安心ください。違い目は過ぎ去り、これからご境涯が大きく開けること必定です。御夢は、姫さまが宮中に入られる、つまり入内されることを、御仏が知らせ賜うたものに相違ございません。

註

(1) 前田家本『釈日本紀』巻十二「菟餓野鹿」の条に、「摂津国風土記に曰く」という形で残っている。植垣節也校注・訳『風土記』(小学館、一九九七年)、四二七―四二九頁に所収。

(2) 『大鏡』「兼家伝」。また他の夢譚については、拙著『日本の夢信仰――宗教学から見た日本精神史――』(玉川大学出版部、二〇〇二年)を参照されたい。

(3) 後藤昭雄、池上洵一、山根對助『江談抄　中外抄　富家語』(岩波書店、一九九七年)、二十二頁。

(4) 註(1)『風土記』五七四頁に所収。

(5) 『述異記』(程榮輯録『漢魏叢書』第三十二巻、上海・涵芬樓、一九二五年に所収)十五頁。なお原文は次の通りである。「鹿千年化為蒼又五百年化為白又五百年化為玄漢成帝時山中人得玄鹿烹而視之骨皆黒色仙者説玄鹿為脯食之寿二千歳」(漢字はすべて筆者が現代日本の新字体に直した)

(6) 奈良国立博物館・仏教美術協会編『春日信仰の美術』(財団法人仏教美術協会、一九九七年)、および文化庁・国立情報学研究所運営「文化遺産オンライン」http://bunka.nii.ac.jp/SearchDetail.do?heritageId=171138を参照。

(7) 『続群書類従』第二十九輯下・雑部(訂正第三版)所収『興福寺略年代記』(続群書類従完成会、一九八九年)、一二〇頁。

(8) 前掲書および前掲「文化遺産オンライン」を参照。

(9) 元興寺極楽坊本尊「智光曼荼羅」、「歴史街道推進協議会」の記事、http://asahi.co.jp/rekishi/2007-05-07/01.htm

より転載。

(10)「参詣曼荼羅」については、拙稿「神道曼荼羅」『季刊アズ三四号——美術と無意識の世界——』（新人物往来社、一九九五年）、一三六—一四二頁を参照されたい。

(11) 静岡県文化・観光部　富士山世界遺産課 http://www.fujisan223.com/reason/arts/picture/faith.html より転載。

(12) A. サミュエルズ他（山中康裕監修）『ユング心理学辞典』（創元社、一九九三年）、「元型」の項。

(13)『ランダムハウス英和大辞典』（小学館）、"type"の項。

(14)『日本国語大辞典　第二版』（小学館）、「形木」の項。

(15) C. G. ユング（林道義訳）『元型論』（紀伊國屋書店、一九八二年）、一一六頁。

(16) 林道義は、このマンダラが表している意味を細部にわたって解き明かし、図像全体で「小宇宙の諸対立が、大宇宙の諸対立の内部にあることを示している」と指摘した。詳細は、林道義「ユングのマンダラ」『季刊アズ二七号——ユング　現代の神話』（新人物往来社、一九九三年）、五八—六八頁を参照されたい。図像は、http://cgjungsociety.org/より転載。

(17)『南方熊楠全集7』（平凡社、一九七一年）、三六五頁より転載。

(18) 中沢新一『森のバロック』（せりか書房、一九九二年）、九五頁。

(19) 拙稿「元型論から見たコトバの深層」『現代宗教学1　宗教体験への接近』（東京大学出版会、一九九二年）、二〇三～二二五頁を参照されたい。

(20) より正確にいえば、元型的表象そのものは極めて多義包含的であり、こうした表象が夢や幻視（vision）の形で感得された場合、それを既存の「型」へと変容させてゆく過程が必要となる。たとえば、イエズス会の創始者であるイグナチオ・デ・ロヨラ（Ignatius de Loyola, 1491?-1556）は若いころ、深い意味のありそうな幻視を感得して、それに魅せられた。贖罪と自己を浄化するため鞭打ちや断食をおこない、洞窟に籠って祈りに専念したところ、「空中に目ではないが目のように輝くものをたくさん持った、美しい蛇のようなもの」が幾度も顕われたのである。この幻視に惹かれた彼は、最初は深い慰めと悦びをえた。しかしやがて心身のバランスが崩れ、自死の念に駆られるまでになった。そこでキリスト教の教義体系に即して解釈をするなかで、この表象が悪霊からもたらされたものとの結論に達した。するとこの幻視が変容して、三位一体や聖母マリアの示現といったキリスト教に即した「型」に合致するようになった。以上の詳細については、拙稿「『霊操』の心理学的考察」林道義責任編集『ユング研究2』(名著刊行会、一九九一年)、八二―一〇二頁を参照されたい。

(21) K・ローレンツ(谷口茂訳)『鏡の背面』上、(思索社、一九七四年)、五二―五四頁。(Lorenz, K., *Die Rückseite des Spiegels*, R. Piper & Co. Verlag, München, 1973, SS. 38-9.

(22) 増井金典『日本語源広辞典』(ミネルヴァ書房、二〇一〇年)、「語る」の項。

(23) この章は、拙稿「夢と心理学――夢は合わせがら――」『月刊みんぱく　特集　夢かうつつか』(国立民族学博物館、二〇一四年三月号)、四―五頁を加筆修正したものである。

(付記) 本稿は、二〇一四年三月一五日、日本大学桜上水キャンパスにおいて開催された物語研究会ミニシンポジウム「夢と語り」の場で発表するために作成した、レジュメ「物語化としての夢の解釈」を文章化したものである。またこのとき、「語り」には「型取り」「象り」の語義があるとご教授いただいた。この場を借りて、感謝の気持ちを記しておきたい。

印刷の時代における「夢」
――レミ・ベロー『牧歌』（一五六五）を中心に――

林　千宏

はじめに

十六世紀フランスの文学作品において夢というテーマはどのような意味を持っていたのだろうか。古来夢は西洋においても多くの文学者たちが取り組んだ主題であり、フランスのルネサンス期と呼ばれるこの時代の詩人たちもその伝統を継承しつつ作品を創り上げていった。彼らが夢を扱った作品としてまず思い浮かべたのは、自国語で書かれたものとしては十三世紀の韻文作品『薔薇物語』（*Roman de la rose*, 1268頃）であろう。これはギヨーム・ド・ロリスとジャン・ド・マンという二人の作者による韻文物語だが、夢そして宮廷風恋愛という枠組みに古今のあらゆる知識が集積された一種の百科全書でもある。ついで彼らとほぼ同時代の作品としてイタリアのフランチェスコ・コロンナ作とされる散文作品『ポリーフィロの夢』（*Hypnerotomachia Poliphili*, 1499）にも影響を受けている。いずれも夢の中で展開される一人称の物語である。『薔薇物語』では「私」は壁に囲まれた庭園の中でひときわ美しい「薔薇の蕾」に出会い、その薔薇に対して自らの思いを遂げるまでの数々の試練が描かれ、一方で『ポリーフィロの夢』では「私」（ポリーフィロ）が、古代の建築、庭園の廃墟といった場の中で愛する女性ポリアを求めて冒険を繰り広げる。共に暗示的な細部の数々が作品理解の難解さを際立たせている。

『ポリーフィロの夢』は印刷術がすでに発明され、普及しつつあった時代の作品である。その初版はヴェネツィアの出版者アルド・マヌーツィオにより出版されたが、これは印刷術の特徴を活かして多くのページに挿絵が付され、また美しいフォントで印刷されたものであった。この書物の視覚的な美しさは同時代の作者たちに大きな影響を与え、一五四六年にパリの出版者ジャック・ケルヴェールから発表された翻訳版にも、多くの挿絵が付され、その印刷には細心の配慮がなされている。

本稿で取り上げる詩人レミ・ベロー（Remy Belleau : 1528–77）も急速に普及する印刷の時代を生き、創作した詩人である。散文と韻文からなる彼の『牧歌』（*La Bergerie*, 1565）の直接的な源泉はイタリアの詩人ヤーコポ・サンナザーロ（Iacopo Sannazaro : 1457–1530）の『アルカディア』（*Arcadia*, 1504）とされている。確かに『牧歌』は明らかに『アルカディア』の影響下にあるが、その展開――主人公「私」がある城館の中を歩き回り、自らの目に映るものを描いていく――や構成を考えるなら、前述の夢を主題とした作品と無関係に創作されたとは考えにくい。本稿で検討するのは『牧歌』におけるこの夢のモチーフだが、それというのも印刷術の普及によって文学作品のあり方も大きく変わっていくこの時代にあって、その変化が『牧歌』においては夢というモチーフに最もよく現れているように考えるからだ。まずは詩人について概観した後、作品を具体的に見ていこう。

一　レミ・ベロー作『牧歌』

レミ・ベローはフランス文学史においてプレイヤード派と呼ばれる詩人の一人である[1]。プレイヤード派とは十六世紀フランス最大の詩人ピエール・ド・ロンサール（Pierre de Ronsard : 1524-85）を中心とした詩人たちを指すが、古代ギリシャ・ラテンの古典文学に原語で触れ、それらをいまだ貧しいと考えられていたフランス語に移し替えて、いかに新たなフランス詩を作るかに取り組んだ。レミ・ベローも仲間の詩人たちの例にもれず、ギリシャ・ラテンの古典文学を始めとする広範な知識を備え、初期の作品『アナクレオンのオード』（*Les Odes d'Anacréon*, 1556）では古代ギリシャ詩人アナクレオンの詩を主に翻訳し、彼の古典文学に関する知識の深さを示している。彼は一五六三年から宗教戦争で混迷を深めるフランスにおいてカトリック勢力の中心的存在であったギーズ家の家庭教師として、フランス北東部、現在のオート＝マルヌ県ジョワンヴィルの城に仕えていた。この城を作品の舞台として創作したのが一五六五年に出版された『牧歌』である。パリの出版者ジル・ジルより発表されたこの作品のタイトルが示す通り、古代ギリシャ詩人テオクリトス以来の牧歌詩の伝統に連なり[2]、古代ローマ詩人ウェルギリウスの『牧歌』も模範とするが、直接的な源泉のひとつと考えられているのは、先にも述べたイタリア・ルネサンス期の詩人ヤーコポ・サンナザーロの『アルカディア』である[3]。これは韻文と散文からなり、ギリシャのペロポネソス半島アルカディアの美しい自然を舞台として、語り手「私」が羊飼いたちと交流し、彼らの風習や遊戯、そして歌を見聞きするというものだ。ベローの『牧歌』も散文と韻文からなり、ジョワンヴィルの城を舞台として羊飼いたちとの交流が描かれる[4]。一方でこの作品はその創作の背景からもうかがわれるように、ギーズ家の讃歌としての側面が強く、ギーズ家の人物を褒め称える歌が多く含まれる。[5] このように同時代の出来事や実在の人物を歌う展開も古代の『牧歌』からサンナザーロに至るまでの伝統に従ったものだ。

二 『牧歌』の構成

作品の展開は、主人公である詩人の「私」が朝から小高い山の上にある城館（ジョワンヴィルの城館）の内外を歩き回り、そこで目についたタピスリーや絵画、墓石（墓碑）、鏡など美術工芸品を眺めて描き、また途中で出会う羊飼いたちの歌に耳を傾ける、というものだ。こうした美術工芸品の詳細な描写はエクフラシス（ギリシャ語で「描写」）と呼ばれ、ホメロスの『イリアス』（第十八歌）における「アキレウスの盾」を模範とする伝統的な技法である。『牧歌』では、このタピスリーや絵画などに詩のテクストが織り込まれ、また描き込まれていたりする。これは画中の人物が歌う詩が文字化されたもの、という設定で、「私」はそれを書き写していくのだ。さらに途中で城の住人、羊飼いたちに出会い、また城を出て山の麓の町の人々と出会って、そこで目に映るもの、また耳に聞こえてくるものを次々に書き写していくという構成である。ちなみに、この舞台となるジョワンヴィルの城館は、フランス革命時に破壊され現存しない。また記録も限られているため、実際にベローの作品とどれだけ一致しているのかも知ることはできない。だがその描写を見れば、必ずしも実在の城館をそのまま描いたものでないことは明らかだ。ある程度まで実在の城館をたどっているとはいえ、登場する人物の多くはその源泉と同じように羊飼いなのであり、ベローの『牧歌』もまた古代の理想郷たるアルカディアのひとつを描いたものなのである。

三　『牧歌』と夢

ではこの作品はどのような点で夢と関係してくるのか。作品の冒頭を見てみよう。『牧歌』は以下のように始まる。

太陽は、夜の深い暗さを追い払い、「時」の神の黄金色の一群に伴われてすでに現れ始めていたが、山々の頂にはその編んだ金髪を広げ、空の白んだ野原を巡り、堅い大地を訪ね、海の泡立った波を再び暖めていた。「運命」と「宿命」は、昔より私の不幸を企て、彼らの力ずくの掟がどれほど人間に影響を及ぼすかを私に感じさせていたのだが、その時には私を苦しめることにも飽き疲れて、恩恵をもたらしてくれた。私をある場所へと導いてくれたのだ。そこでは、誉れと力、愛と恩寵が、私の思慮を惑わし、理性を酔わせ、私から魂を少しずつ奪いとったが、視覚、聴覚、嗅覚、味覚や触覚といった感覚をも失わせていったのだ。すると視覚には（以下のものが映った）[6]。

古代ギリシャ・ローマの異教神話と抽象概念の擬人化（アレゴリー）を用いながら、日の出を歌うこの冒頭部は一日の始まりを暗示すると同時に、「私」という語り手をも導入する。そこで「私」はそれまで苦しめられていた「運命」と「宿命」に、休息を得られる場所へと導かれる。そこでは「誉れ」「力」「愛」「恩寵」のそれぞれが「私の思慮を惑わし、理性を酔わせ、私から魂を少しずつ奪いとっていたが、視覚、聴覚、嗅覚、味覚や触覚といった感覚をも」奪っていく。つまり、ここでは五感が奪われるある種の恍惚状態が描かれているのだ[7]。こうした恍惚状態は、ロンサールら詩人たちが真の詩人に不可欠とした霊感も暗示しているだろう。ここで唯一機能するのが視覚であり、「私」の目にジョワンヴィルの城館が映る。そして、その目によって城館の内部に広がるアルカディア的世界を発見していくのである。ルネサンス期にしばしば見られる展開として、夢を見るのが明け方であることを考えるなら、この冒頭部は明らかに夢の主題を暗示していよう。さらに作品の結末部を前もって確認するなら、ここでも作品は眠りと結びつけられる。「私」は眠りにつくため部屋にこもる。

この眠りが快く甘いものであったかは御想像にお任せしよう。眠りはしっとりとした翼で私の疲れた怠けものの眉を覆うやいなや、この美しい日に、愛と歓びそしておそらくいくらかの情熱に伴われて私が観、聴いたもののうっとりする魅力的な記憶が、揃って感覚を誘惑しにやってきて、私の知覚に新たな攻撃と局地戦を仕掛けたのだ。というのも、私は観たものを観、聴いたものを聴き、理解したものを理解し、感心したものを感心しているように思っていただけでなく、本当にこの美しい日の歓びが続くという幸せを手にしたように考えていたのだから。……ああ美しく優しい星々よ、なぜお前たちはこれほど快い私の夢を終わらせないよう、太陽神の馬たちが逃げ帰るよう、押し返せなかったのか？　あの美しい太陽を眺めるために私の瞼をひらかせることなく、この夜が私にとって永遠の夜であったなら良かったのに[8]。……

ここで一日の終わりに眠りにつく「私」は、夢の中で再び自らが体験したその日一日を辿り直し、その歓びが続くかのように思う。だが、新たな日の出は着実に迫り、その夢が束の間の幻でしかないことを知るのだ。

こうして眠りから目覚めへ、夜から朝へと移行する結末部は読者を再び作品の冒頭部へと導く。『牧歌』はこのように循環的な構造を備えているが、すでに冒頭においてそれが現実なのか、夢（幻影）なのかがあえて曖昧にされていたことを考えるなら、この結末はさらに夢という作品世界の境界を不確かにするものだろう[9]。つまり、ベローの『牧歌』は夢という枠組みを扱いつつも、構成において夢そのものに対する問いかけを含んでいるのだ。ではその枠組みの中で描かれるものは何か。「私」の目に映った世界を具体的に見ていこう。

四　『牧歌』と記憶

恍惚状態の「私」の目にまず映るのは城館の構造である。「私」はそれを以下のように描き出していく。

それはほどほどの高さでなだらかではあるが、登るには困難な山の頂であった。太陽が美しい日の光をもたらす側には、岩の腹に長いテラスが見られた。それは二トワーズ半（約五メートル）の幅があり、手摺と石の透かし彫りの欄干が取りつけられていたが、その下部には逆円錐形の持ち送りも付されており、それらはテラスを支える擁壁から突き出していた。テラスは白と、赤と、緑と、灰色とその他無数の混交色の班石で舗装され、ガーゴイルとライオンの鼻先に付けられた排水溝から水が流されるようになっていた。このテラスの片方の端はガラスで覆われた回廊があり、色とりどりの七宝の床に壁は化粧材で覆われていた。その回廊の正面部には筋の入った縄状装飾のある数本の大きな柱が立っていたが、土台、柱頭、アーキトレーヴ（化粧縁）、フリーズ、コーニス（上部の縁飾り）、優美で釣合のとれた刳形が繋がっていた。……

そしてこの回廊の内側には優れた職人の手になる無数の絵画が見られたが、私はそのうちの三枚に注目をした。[10]

『牧歌』における特徴のひとつ、建築を含む美術工芸品すなわち事物の詳細な描写（エクフラシス）が冒頭から表れる。このエクフラシスが、「私」が建築物の中で、そこに飾られている絵画などを眺めていくという動きと組み合わされることで作品は展開していくが、この展開は先に挙げた『薔薇物語』や『ポリーフィロの夢』にも通ずるものだ。しかし『牧歌』批評校訂版の編者の一人、マリー＝マドレーヌ・フォンテーヌほか多くの研究者も指摘するるように、ここにはもうひとつの意味を読みとるべきだろう。それはこの展開が記憶術の方法に一致しているということだ。[11]記憶術とは古代ギリシャ詩人シモニデスが発明したとされ、頭の中で出来る限り詳しくひとつの場所、建築物を思い浮かべてその各所に記憶すべき事柄を配置し、後にその想像上の場所を「歩き回る」ことによって想起するものだ。[12]実際にベローの建築描写は詳細かつ具体的で、「私」が見ていく絵画はまさしく記憶すべき事柄を描いたものだ。たとえば先の三枚の絵画の内一枚にはギーズ公フランソワの戦争が描かれている。

三枚目の絵画は戦争画で、一方の端にはメスやカレー、ティオンヴィルといった町の包囲戦と占領が描かれ、そこには部隊が集められ、遠征のための部隊、前哨戦、小競り合い、伏兵、攻撃、接近、砲列、夜襲、対壕、坑道、歩哨、梯子での敵陣攻撃が描かれていた。もう片方の端には、かの勇ましい騎士の指揮による若いフランス人のイタリアへの旅が見られた。[13]

これは一五五二年から五三年にかけてのギーズ公フランソワによるメス奪還、一五五八年のカレー奪還を描いたものであり、さらにはフランソワが一五五六年に企てたナポリ遠征も描かれている。作品の発表年（一五六五年）にも近いこれらの戦いは、読者の記憶にも新しかっただろう。一五六二年には同じフランソワはいわゆる「ヴァシーの虐殺」において新教徒を虐殺し、これが対立激化のきっかけとなったが、翌年には新教徒側の襲撃を受けて、自身が死亡している。つまり、この作品が創作されたのはフランスにおいて宗教戦争が本格的に幕を開けた時期にあたり、『牧歌』はその戦争の中心にいたギーズ家の記憶すべき事柄を含みながら、現実の惨状のまさに裏返しとしてのアルカディアを描いているのだ。実際に、「私」が見るもう一枚の絵画にはアルカディア的世界が描かれ、羊飼いたちが会話をしているが、そこでも戦争は無縁のものではない。

その絵の真ん中には二本の楡の木にもたれて座る二人の羊飼いがいた。彼らは物思いにふけり、とても悲しそうな様子で、われらの時代の悲惨を嘆いているのが容易に見て取れた。じっさい彼らは目を伏せて、青白く苦悶の表情を浮かべていたのだ。私の記憶が確かなら、彼らの嘆きをあなた方にお伝えしよう。というのもそれは木の幹の上に筆で巧みに書かれていたのだ。その幹は、まるで浮き出したり、窪んだり、樹皮で厚くなっているかのようであった。一人目の羊飼いは昇りゆく太陽に向って、次のように嘆いていた。

フランサン
随分長くなるね、シャルロ、シャルロよ、不運が
まるで宿命のように、我々二人に同じものとなってから。

嘆かわしい悩みを常に我々の頭に積み上げるのだ、
煩わしくも、災いに満ちた世界は

シャルロ
ああ、幸せな者などいるのか？　我々の地方では
町が町に、王侯が王侯に、
貴族、商人、兵士、職人、
判事、弁護士、農奴、宮廷人、
教師、学生、雄弁家、詩人、
僧侶、隠者、庶民の女さえ
同胞に対して武装し、野心に囚われ、
腹の中に反乱を抱えているというのに（14）？……

同時代の悲惨を嘆くフランサン、シャルロとは羊飼いの名を表す。人物の言葉が絵画の中にテクストとして描きこまれるという方法は、実際に宗教画などでも見られた技法だが、この羊飼いの嘆きは対話形式で数ページにわたって展開されており、絵画の形式を大きく超えているだろう。ここでフランサン、シャルロという名がそれぞれフランソワ、シャルルの愛称であることを考えるなら、当時の読者とりわけベローの身近の読者には当然ギーズ公フランソワが想起され、さらにシャルルとは、フランソワの弟であるロレーヌの枢機卿シャルルが想起されただろ

う。シャルルは当時ギーズ家の中心人物の一人であり、ベローが『牧歌』を執筆していたと考えられる時期にジョワンヴィルに滞在していた[15]。つまりフランソワとシャルルという兄弟、死者と生者がアルカディアを描く絵画の中で羊飼いとして対話しているのだ。この羊飼いたちの対話詩の後には次のような散文が置かれている。

二人の羊飼いは当代の悲惨をこんな風に嘆いていた。あともう数行あったようだが、残りの部分をあなた方に暗唱することはできない。なぜなら、この絵にまっすぐ向かいあった窓がいかなる不運によってか知らないが半ば開いたままにされ、風がこれらの詩句の書かれていた所に吹き付けるがままになっていたために、これ以上読み取ることができなかったのだ。……[16]

絵画は半ば開いた窓から吹き付ける風によって傷み、そこに書かれた文字が読めなくなっている。つまりこの絵画が描かれ展示されてからの時間の経過が示されると同時に、絵画があくまで「私」の視線を通しての描写であることが強調されるのだ。さらにここで指摘しておきたいのは、当時、詩と絵画の優劣論争がしばしば作品において取り上げられたという点だろう。ギリシャ詩人シモニデスの言葉「絵画は物言わぬ詩、詩はもの言う絵画」や、「詩は絵画のように」というホラティウスの言葉に代表されるように、詩はまるで眼前にその光景が見えるかのように歌われることを目指し、絵画は逆にまるでその絵画が動き、音が聞こえてくるかのように描かれることを目指す[17]。まるでこの理想を体現するかのように、ベロー以外の同時代の詩においても絵画を描写するものが現れたが、そうした作品ではしばしば絵画中の人物たちが文字通り動きだし、また歌い出す。だが、ベローの『牧歌』では絵画中の人物は歌い出さず、かわって文字のテクストが書き込まれている。つまり絵画と詩が区別され、詩が視覚を介して読むものとして提示されているのだ。『牧歌』で絵画やタピスリーの多くはこうして添えられた文字のテクストによってその意味が説明されることになる。

城の中で「私」が次に行き着くのがこのフランソワの父クロードの霊廟であり、またフランソワ自身の墓である。タピスリーを見ていた「私」が目を上げると、そこには羊飼いの娘たちがおり、彼女たちは徳高い高齢の女主人に仕えている。これはクロードの妻でフランソワそしてシャルルの母である、アントワネット・ド・ブルボンを指す[18]。彼女らに従って「私」が入った礼拝堂にあるのが、フランソワの父、クロードの壮麗な霊廟であり、その傍には簡素なフランソワの墓が配置されている。

この素晴らしい墓所の近くに、もうひとつの大きな棺が置いてあった。緑の芝、高い糸杉、無数の墓碑銘、嘆き、涙、ため息によって飾られているのみであったが、それは尋ねるまでもなくこの勇ましい騎士の長男のものであることを私はよく知っていた。彼の墓を私は訪ねていたのだが、あなた方により良く知らせるため、羊飼いが通りがかりにブロンズの板に鑿で刻み込んだ墓碑銘をお伝えしよう。それはこんな風に始まっていた[19]。

記録によると、クロードの霊廟はジョワンヴィルに実在し、その壮麗さによって有名であったという[20]。一方でフランソワの墓は引用部にもある通り、きわめて質素で、また彼の死は『牧歌』が発表される二年前の一五六三年と、まだその記憶も新しい出来事であった。ここで墓碑銘を刻んだのが羊飼いであることが示されており、続く一七〇行からなる墓碑（詩句）「ギーズ公にしてフランス国王の直臣フランソワ・ド・ロレーヌ」もその長さを考えるなら実際に刻まれたものであったかは疑わしい。

その後「私」は「羊飼いの娘たち」に導かれ、食事に向かう。その食堂に飾られた絵画の解説を聞きつつ、食事の後には「私」はさらに散歩を続け、目にしたタピスリーを読者に紹介していくが、そこに描かれるのはギーズ家のシャルル・ド・ロレーヌとクロード・ド・フランス（王母カトリーヌ・ド・メディシスの次女）の婚礼である。そこには妖精たちが歌う祝婚歌も記されているが、この婚礼は実際に一五五九年に行われたものだ。[21] さらに時間は進み、夕べになると城の住人たちは夕食をとる。食事を終えると伝令がやって来て、この家に小さな王子が生まれたことを知らせるのだ。この知らせを聞くと、三美神の衣装を身にまとった娘たちがその生誕を祝う歌を歌い始める。この時その生誕が称えられているのは、先の婚礼に描かれた二人の息子にあたるアンリ・ド・ロレーヌであり、実際にギーズ公フランソワが没した一五六三年に生まれている。[22]『牧歌』はこうしてまさしくギーズ家の記憶すべき（記憶されるべき）事柄がアルカディア的世界と混じり合いながら建築物内部に配置されていくのである。

五　『牧歌』における時間

『牧歌』にはこのようにギーズ家の讃歌としての側面もあるが、ここで注目したいのが、同時に描き込まれる時の流れである。たとえば先に見た絵画や墓碑銘には実際に起こった戦いが描かれ、また実在の人物の墓碑であることで、その歴史的年代が読者にはすぐに特定できたはずだ。加えて、この『牧歌』には人間の誕生（アンリ・ド・ロレーヌ）と、死（クロードおよびフランソワ・ド・ギーズの墓）という「時」と密接に関連した二つの瞬間が描かれている。墓や生誕という主題は、源泉でもあるテオクリトスやウェルギリウスの牧歌にも描かれているが、墓の人物そして生まれてくる人物がともに現実のギーズ家の人々であることによって、『牧歌』の同時代的側面がいっそう強調されることになろう。一方で、絵画中に書かれた二人の羊飼いの対話詩は、先の引用にもあったように窓から吹き付ける風によって最後までは読めなくなっている。つまり、モノとしてのテクストは時間の流れによって傷み、消失してしまう。

さらに城館を散策する「私」は、城の中で流れている時間を身をもって感じることになる。夜明けとともに始まった「私」の散策は、絵画やタピスリーを鑑賞し、また礼拝堂での礼拝を終えると食事となるのは先に述べた通りだが、その場面では次のように時間が示される。

礼拝堂での祈りが終わるや、この敬うべき貴婦人はその美しく白い両手から葡萄酒、乳、百合、薔薇の花をこれら二つの墓の上に注ぎ、九時ちょうどに彼女の侍女を再び部屋に入れ、手を洗い、テーブルにつく。あの羊飼いの娘たちは、普段彼女たちが食事をすることになっている部屋へと戻り、正餐と夜食だけ、それぞれの食事として朝九時と、夕方五時に、けっして欠かすことなく、あらゆる種類の肉そして果物が、季節にあわせて用意されているのであったが、それはこの善い女主人の鷹揚さによるものであった……[23]

このように、明確に時刻が示され、城館での生活が描かれている。次に時間が示されるのが、ここで予告されている夕食の場面である。

私はあなた方に断言するのだが、この哀れな羊飼いはとても優雅に、また愛情をこめて別れの言葉をかけたので、そこにいた羊飼いの娘たちすべての目には涙が浮かんだ。彼がこのように話していると、五時が鳴り、娘たちはできる限りの軽やかさで城館に、そして部屋に戻り、二度大きくお辞儀をすると、手を洗い、食事をとるためにテーブルについた……[24]

この食事が終わり、伝令による王子の誕生の知らせをうけて、羊飼いたちが歌う詩に耳を傾ける間にも、時を告げる音は鳴り、人々はそれぞれの住まいへと戻っていく。そして作品の結末近く、先にも引用した就寝は次のように導入される。

これほどの歓びに酔いしれ、十時頃に私は休息をとるために部屋にこもる。この眠りが快く甘いものであったかは御想像にお任せしよう。[25]

こうした時刻の指示によって、夜明けという自然における時間の指標に加え、時計が指し示す時の流れが作品の展開ともなっているのだ。これは、夢やアルカディアといった主題がえてして無時間的なものと表象されることを考えるなら、注目すべき設定といえよう。

また作品そのものは日の出から夜の就寝まで時間を追って展開するのに対して、作品冒頭近くではギーズ公クロードおよびフランソワ父子の墓によって死が暗示され、作品の後半の夜の食事後に王子の生誕が描かれている。これは当時も一般的に見られた朝＝生誕、夜＝死の比喩を考えるなら逆の結びつきを示しているだろう。[26]だが常套的な結びつきが逆転させられることで、循環性をも読者に感じさせる。すなわち、朝という始まりは死に結びつけられ、夜という終わりは生誕に結びつけられているのだ。

このように見てくると、ベローの『牧歌』には時間への参照が様々に歌いこまれていることがわかる。太陽の運行によって表される自然の循環的な時間、食事や就寝の時刻に表されるジョワンヴィルの城館での生活の時間、さらに同時代の出来事に対する歴史的な時間、羊飼いたちのいるアルカディアという古代の神話的時間、誕生、結婚そして死に至る人間の一生の時間、また美術工芸品の傷みに表される、作品の創造とそれを受容する（読む）時間の隔たりに至るまで、様々なレベルで時間が表現されている。さらにいうならばこの作品のほぼ全体は「私」の目を通してその記憶をもとに描かれるという設定であることで、作品中での「私」と執筆する「私」の間にも時間的隔たりがあるのだ。このように多様な時の流れが描かれ、それらの時間の混交が見られる一方で、先にも見たように作品の枠組みとしては夢が暗示され、これら全ての時間がその中に含まれてしまっている。これは何を意味するのだろうか。このことを考えるために、この作品におけるもうひとつの混交ともいえる、対立する世界や概念、ジャンルなどの越境についても見ていきたい。

六　『牧歌』における越境の表象

ベローの『牧歌』においては、対立する二つの世界の境界が越えられる様子が読者にしばしば提示される。たとえば、「私」が眺める絵画中で対話を繰り広げる羊飼いたち、フランサン（Fancin）、シャルロ（Charlot）は、先にも述べた通り、前者が戦争で没したばかりのギーズ公フランソワを、後者がギーズ家のロレーヌ枢機卿シャルルを想起させる。つまりここでは羊飼いの姿をしたフランソワとシャルルが生死をもまたいで共に現実世界を嘆いているのだ。ここに象徴的に表されているのは、絵画と現実、古代アルカディアと現代、生と死、実在の人物と虚構の羊飼いとが結びつけられ、その境界があえて無視されているということだ。

さらにもうひとつの例、ギーズ家のシャルル・ド・ロレーヌとクロード・ド・フランスの婚礼および祝婚歌が描かれたタピスリーの描写後の場面に注目してみよう。そのタピスリーが飾られている部屋を「私」は描いていくが、その部屋はいわばひとつの大きな鳥かごのようになっており、多くの鳥が飼われている。

この部屋はというと小さな鳥が沢山飼われていた。描かれたものや模造の鳥ではなく、生きた、羽ばたく鳥である。まるで小さな真珠のように実のついた緑なすヤドリギの茂みをついばむ鳥がいれば、とげのあるアザミをついばむ鳥もおり、またテラスに面した鳥かごの格子の中で飛び回る鳥もいれば、その小さな鉤型のくちばしで注意深く、羊飼いの娘たちの頭から抜け落ちた髪の毛を運んで、巣を作るために運ぶ鳥もいた。その巣で卵を産み、孵し、小鳥を育てるのだ(27)。

実際に、当時の城ではその鳴き声を鑑賞するため鳥を飼育する習慣があったが(28)、引用部分の描写ではジョワンヴィルの城館の一部屋が鳥かごと同化してしまっている。まるで部屋の中にひとつの森が出現したかのようなこの「鳥かご」は、現実と虚構が入り混じったものといえよう。というのもこの部屋には羊飼いの娘たちもおり、彼女たちが手仕事をしているのだ。

この部屋、というよりむしろ常春のこの場所ではしかし、緩んだ怠惰や、無為は少しも支配していなかった。これらの娘たちは絶え間なく働いていたのだ。ある者は優美な刺繍作品に取り掛かり、またある者は撚った糸の、あるいは色とりどりの絹糸で、粗い網目の、あるいは細かな網目のレースを作っていたが、それは罠として、かすみ網として恋に苦しむ羊飼いの目や心を不意に襲い、絡ませてしまうためのものであろう。ほかの者は絶望した自らの恋人の運命の糸を紡いでおり、その可愛らしい指で錘を回し、優美さという自らの糸を繰り取っていた。中にはマジョラム、バラ、ストック、タイム、ハッカの花束を作っている者もいたが、私が思い出すのは、その花束をある羊飼いに渡すと、彼はその花束についてこんな風に話しながらお礼を言ったことだ。(29)

……

ここで部屋は「むしろ常春のこの場所」すなわちアルカディアとして形容されつつも、「部屋」であることを保っているという点において先の例と同様に城とアルカディアという二つの世界の境界が曖昧になっていよう。だが、この場面を境に、それまでは書かれたテクストを「読んで」いた「私」は、次第に城の中を行き交う羊飼いの歌を直接「聴く」ようになる。つまり視覚的であった世界から、聴覚的な世界への越境をも描いて、詩と絵画の優劣論争を暗示するものだろう。詩は視覚的であると同時になにより聴覚的なものでもあるのだ。だがここでもまた興味深いことは、その羊飼いたちの歌の多くにブラゾン（多くは女性の身体の美を、その様々な部位ごとに歌い賛美する詩）が含まれることだ。これは『牧歌』において様々な事物（モノ）が歌われている点とパラレルになっている。たとえば羊飼いが自らの恋人の「目」について歌う場面を見てみよう。

私と話していた羊飼いは、私に敬意を払って自らの情熱を明かしてくれ、意中の人の目について語りながら次のように言った。ああ、あまりに美しく、澄んだ視界を持つ目よ、あの小さな詐欺師たる「愛」の、安全で真の住処よ。「愛」が矢じりを鍛え、水に浸し、硬くする鍛冶場よ。私の想いの愛の翼に風、空気を送り込み、その想いを大地から持ち上げ、天なる事物を眺め、その力を褒め称えるために引き上げるものよ。……
暗く不愉快な雷雨が、黒く厚い雲で光線を遮った後の太陽のように、愛に苦しむ彼女の目の一閃は、彼女の厳しく残酷な振舞が私の心の中に湧き起こすひどい嵐をも鎮め、明るくするのだ。彼は息も継がずに、その目について作っていたソネを歌ってくれた。それはこんな風に始まる。

目よ、いや目ではない、天なる灯よ、
守護女神にして、わが魂の導き手よ
私の美しい日々の最も幸せな事柄をも
百の新たな苦しみへと変えてしまうものよ、
目よ、美しい星々が天を黄金に輝かせ、
美しい太陽の美しい炎が自らの髪を
再び赤々と燃やし、それを夕べには
水の中に沈めてしまおうとも、私はあなたを見つめる
だから美しい目よ、もしあなたが私の命を
救いにやって来ようと思うなら、
私にいくらかの愛情という矢を放ってください
あるいは、あなたの内に私の場所を少し与えてください

私を御厚意の小道へと導くために。それができないのなら
あなたの憐れみなど全く与えないでほしいのです[30]。

このように散文、そしてソネ形式の韻文で恋人の目が歌われていくが、散文、韻文共に同じ比喩、すなわち太陽としての目と、その視線の「愛」の神が放つ矢への比喩が用いられているのだ。

『牧歌』が散文と韻文とから構成されていることは先に述べた通りだが、散文と韻文という形式およびその内容に注目するなら、作品前半では散文は「私」が歩きながら目に映ったものを描写していき、韻文はその「私」が絵画やタピスリーの中に書き込まれた韻文あるいは図像を説明する韻文を転写していくという構成があった。しかし、後半ではその構成が次第に揺らぎ、詩人が耳にする歌（韻文）を「私」が書き写していくことが多くなる。ここに「読むもの」としての韻文から「聴くもの」としての韻文へという移行が見られるが、散文でも韻文のような比喩を駆使した描写が現れるかと思えば、韻文でも何に書かれたわけでもない、散文の展開を引き継ぐような詩が語り手「私」によって歌われるようになっていく。つまり散文は詩に近づき、韻文は散文に近づくのだ。これは恋人の目を歌う箇所が示している通りである。羊飼いが私に語りかける「目」という主題についての言葉は同じ比喩を用いて、韻を踏まずとも詩のように響く。だからこそ「私」は彼の歌うソネが、その言葉に続いて「息も継がずに」歌われるのである。

ただ、書物というモノとしてのレベルで見ると、当時の印刷本では散文はローマン体で、また韻文はイタリック体で印刷されていたために、視覚的には明確に区別されていた。つまり、読者にとって境界は視覚的にもはっきりと存在しているのだ。このイタリック体とローマン体の混在したページ構成はベローの『牧歌』にだけ見られたも

のではない。同時代でこのようにフォントの混在した書物の代表的なものを挙げるならば、ベローの盟友ロンサールの『恋愛詩集』第二版（一五五三年）であろう。これはロンサールの詩作品が難解な神話表現を用い、また多くの古典作品への暗示が込められていたために、古典学者マルク＝アントワーヌ・ミュレが注釈を付したものである。この書ではロンサールの詩（イタリック）を中心として、その間に注釈（ローマン）が挟まれている。そしてベロー自身も、『牧歌』を出版する五年前にロンサールの作品『恋愛詩集第二の書』に注釈を付しているのだ[31]。古典文学に関する幅広い知識を備えたベローであるからこそ可能であったこの本は、ラテン語、ギリシャ語の原典を縦横に引用しつつロンサールの詩句を解説する。また詩を散文でパラフレーズするベローの注釈は、マリー＝マドレーヌ・フォンテーヌも指摘しているように単なる注釈の域を超え、散文作品としての魅力を備えている[32]。

そして『牧歌』も正確にいうなら、ベローの作品のみからなっているわけではない。「かの偉大なヴァンドーム出身の羊飼い」という表現で、ロンサールの詩が挟み込まれているのだ[33]。それはアンリ・ド・ロレーヌの洗礼で歌われた仮面劇のテクストである。作品後半に至って「私」が出会う羊飼いたちは三美神や、パルカ（時の女神たち）に仮装し、それぞれに王子の誕生を歌い、また王子の運命を予言する。この仮面劇は実際にアンリ・ド・ロレーヌの洗礼の折に上演されたというが、あえて仮装という筋立てを用いることで再び古代の神々の世界と現実世界との境界を指摘できよう。ここで歌われるのがロンサールによる世界を形作る四元素についての詩なのだ。さらに、作品の終盤で、十三篇のソネが並べられているが、これらは、同時代の夭逝したラテン語詩人ジャン・スゴンの作品集『接吻』（*Basia*, 1539）からの翻案である[34]。つまり『牧歌』には、ひとつの物語の中に他者の作品がそのまま、あるいは翻案して組み込まれているのだ。これも二つの世界の隣接であり、それを一続きのものとしてベローが作品を創り上げていく行為は、ある意味では注釈を加えること、あるいは読解にも等しいだろう。

ここで改めて注目したいのが、こうした二つの世界の境界の設定とその越境が事物（モノ）を通じて表現されているという点である。作品冒頭で牧歌的・アルカディア的世界は絵画やタピスリーに描かれたものであり、その描かれた世界において現実世界の事柄と牧歌的世界、あるいは生と死は越境されている。また城館の部屋と同化した鳥かごの中で、「私」と羊飼いたちの世界は交わることになる。さらに羊飼いたちの世界では、彼女らは仮装することによって「私」の目には三美神、時の女神たちになり、古代の神々の世界と一体となる。さらに書物としてのレベルでも、散文と詩とはローマン体とイタリック体という二つのフォントによって区別されつつも、内容における越境がみられ、また『牧歌』という作品にはテクストとしてベロー自身の詩と並んでロンサールの詩が含まれ、またジャン・スゴンの詩の翻案が含まれることで、いわば創作する詩人の混交が起こっているのだ。

七　エクフラシス（描写）

ではなぜ事物なのか。そこには、作品冒頭で五感のうち何よりも「視覚」に重点が置かれていたように、語り手「私」の視線、「視覚」が関係しているだろう。美術工芸品を文学作品において再現する技法エクフラシスは、先にも述べた詩と絵画の優劣論争に連なるものであるが、これら事物の描写は翻ってそれを観る「私」の視線を問題とすることになる。「私」はジョワンヴィルの城で目に映ったものを転写し、また途中からは耳にした歌を書きとっていく。とりわけ前半において「私」が描いていく絵画やタピスリーには、文字のテクストが提示されている点は重要だろう。絵画が「歌い出す」のではなく、テクストそのものが書き込まれているのだ。それは詩のテクストが事物すなわち「見るもの」として描かれているということを意味する。

実際にベローの時代には印刷本の普及によって詩は「聴くもの」として以上に、「読むもの」としての側面も大きくクローズアップされるようになった。触れることのできるテクストの種類と量が格段に増え、さらに古代のテクストを原典から読むことが出来るようになり、書き言葉としての詩に触れる機会が格段に増えたのだ。また印刷術の特性を生かし、テクストに図像を組み合わせる作品も発表されるようになる。先に『ポリーフィロの夢』を挙げたが、フランスにおける代表例としてはモーリス・セーヴの『デリー』（*Délie*, 1544）を挙げられよう。こうした図像は、ルネサンス期にその存在が再発見された古代の表意文字ヒエログリフなどを模範として創作されたものであった。[35]それはつまり、これらのテクストの作者が、モノとして古代より伝わったテクストや表意文字（図像）をいかに解読していたか、という問題と密接に繋がっている。というのも、十六世紀の詩人たちは何より、再発見された古代のテクストをいかに読解し、それを模倣すべきかという問題意識を常に持っていたのだ。それはテクストや図像と読者（鑑賞者）たる自身との時間的・距離的な隔たりを認識することでもある。

ここで『牧歌』には様々な時間が描きこまれているということの理由がわかる。『牧歌』に描かれたのは朝から晩へ、晩から朝へと至る自然の循環的時間と、歴史的な時間、すなわちキリスト教世界においては世界の創造から始まり世界の終末へと至る直線的時間、羊飼いたちの神話的時間、さらにはジョワンヴィルの城での時計によって計られる定時法的時間、そして誕生から結婚、そして死へと至る人間の一生の時間などが描きこまれていた。こうした時間はそれぞれが固有の意味を持っている。そして事物とは、時の流れによって破壊されることはありながらも、一人の人間以上の時間ひいては様々な時間を貫いて存在し続けうるものだ。その事物を作った人間とそれを見る人間は同じ時間を共有することはないが、事物を「見る」という行為を通じて二人の時間は混じり合う。そのことを最もよく表しているのが絵画やタピスリーなどに書き込まれた文字テクストだろう。このテクストを読む時、語り手「私」と読者の目はぴったりと重なり合う。『牧歌』において事物を見る「私」の目は『牧歌』の読者の目にもなりつつ、読者はまた読者自身の時間を生きている。こうして、時間の混交は新たな意味を生み出していくのである。

八　印刷本と「夢」――結びにかえて――

現代の我々が『牧歌』を読むときに考えるのが、ベローによるジョワンヴィルの城館および工芸品の描写および生活はどこまでが現実であり、またどこからが虚構なのか、ということだ。もちろん当時のジョワンヴィルを知る人々にとってそれは一目瞭然であり、現実のジョワンヴィルが文学作品においてどのように再現されているかを読者――たとえばギーズ家の人々――は見ることができた。だが現代の我々はそのことを知りえない。しかしこの事態をベローは予想していただろう。何より印刷本の普及によって、想定しうる読者の層が飛躍的に広がったことを、古代ギリシャ・ラテンの作品に親しんだ彼は理解していたに違いないのだ。古代の文学作品や図像などを受容するということがすでに失われた遠い世界の事物や風習の数々を、時には様々な文献をたよりに自分の方法で読解／解読し、頭の中で再現することなのだと分かっていた。そしてベローら詩人にとって受容するとは、自らの言葉でそれらを混交し、歌い直し、語り直すことであったのだ。それは、作品の後半でロンサールの詩やスゴンの詩を自らの作品中で歌い直したことや、ロンサールの『恋愛詩集』の注釈で行ったことに通ずる。彼は自らの作品がどのように後世に引き継がれるかを十分に意識しながら作品を創り上げていったに違いない。つまり自らの作品の意味も時間によって大きく変容し、作品は読者の頭の中、あるいは記憶において初めて完成する。この作品の視覚性、混交性は建築物の中を歩くという作品の展開と同じく記憶の働きの比喩ともなり、さらにそのことを最もよく表しうるのが夢という枠組みだったのではないか。夢はきわめて個人的な視覚を中心とする体験であると同時に、その視覚的臨場感によって容易に現実と転倒しうる。だからこそベローは作品結末部において、眠る「私」が記憶の中でその日に目にしたものを再現しつつ、その美しさゆえに早すぎる朝の訪れを嘆く。そして永遠の夜を願うのである。だがそもそも冒頭においてもそれが目覚めであったのか、あるいは夢であったのかが判然としない以上、描かれた一日は覚醒して巡った一日なのか、あるいは夢の中での一日なのかも分からないのだ。こうして夢という枠組みで表されるヴィジョンの相対性がこの作品『牧歌』の「見ること」さらに「読解」の相対性を補強しているのである。

十六世紀当時のヨーロッパでは、宗教戦争の激化と共に新教・旧教間の教義、信仰の実践についての対立も鮮明になっていった。なかでも旧教側の宗教画やイエズス会の『霊操』など、図像の是非あるいはヴィジョンそのものについての論争が行われた時期でもある。その問題意識は、印刷物としての書物にも当然及んだことだろう。ベローはこうした時代の流れを意識しつつ『牧歌』において、視覚と記憶、そして書物と読解の関係を夢という枠組みを利用しつつ歌ったのである。

註

（1）日本でのレミ・ベローの受容に関しては、作品のごく一部が翻訳され『フランス詩大系』（窪田般彌責任編集、青土社、一九八九年、一三二頁―一三五頁）に収録されている。また相田淑子氏によるレミ・ベローについての一連の研究がある。

（2）たとえば一五五一年には詩人エティエンヌ・フォルカデルがその作品集にテオクリトスの翻訳を収録している。Cf. Étienne Forcadel, *Poësie d'Estienne Forcadel*, Lyon, Jean de Tourne, 1551.

（3）『アルカディア』の翻訳（抄訳）は『原典　イタリア・ルネサンス人文主義』（池上俊一監修、名古屋大学出版会、二〇一〇年、七六〇頁―七九六頁）に収録されている。

（4）散文と韻文からなるという構成は、サンナザーロのほかにもたとえばダンテ（Dante Alighieri, 1265–1321）の『新生』（*La vita nuova*, 1293頃）を挙げることもでき、珍しいものではない。だが、同世代のフランスの詩人たち、とりわけプレイヤード派にあって、このような構成の作品を創り上げたのは、レミ・ベローが初めてだ。

（5）ベローは七年後の一五七二年にこの作品に大幅に加筆・改変を行い、再び発表した。一五七二年版の最も明らかな違いはこの版が二部構成となっていることであり、前篇は「第一日目」後篇は「第二日目」と題されている。本稿では一五六五年版に対象を絞って論じる。

（6）本稿で使用するテクストは、Remy Belleau, *Œuvres poétiques II*, édition critique sous la direction de Guy Demerson et Marie Madeleine Fontaine, Paris, Honoré Champion, 2001. 収録の *La Bergerie*（1565）である。必要に応じて Gallica（http://gallica.bnf.fr）上で公開されているオリジナル版 *La Bergerie de Remy Belleau*, Paris, Gilles Gilles, 1565（RES P-YE-327）、および *La Bergerie*, texte de l'édition de 1565 publié avec une introduction, des notes et un glossaire par Doris Delacourcelle, Genève, Droz《Texte Littéraires français》, 1954. を参照した。原文は以下の通り《LE SOLEIL ayant chassé la brune espaisseur de la nuict, acompagné de la troupe doree des heures, desja commançoit à poindre, estendant ses tresses blondes sur la cime des montagnes, faisant la ronde par les plaines blanchissantes de l'air, visitant les terres dures, & réchauffant les flots escumeux de la mer : lors que la Fortune, & le destin, qui de long tems avoient conjuré mon malheur, m'ayant fait sentir combien leur contrainte forcee a de pouvoir sur les hommes, lassez & recreus de me tourmenter, me presterent tant de faveur, qu'ils me conduirent en un lieu, où je croy que l'honneur, & la vertu, les amours & les graces, avoient deliberé de suborner mes sens, enyvrer ma raison, & peu à peu me dérober l'ame, me faisant perdre le sentiment, fust de l'œil, de l'ouye, du sentir, du gouter & du toucher. Et quant à l'œil.》, pp.5–6.

（7）*Ibid.*, p.131, note p.5, l.22.

（8）*Ibid.*, pp.125–126.《Je vous laisse à penser si ce dormir me fust plaisant & doux : Car si tost que le sommeil eust couvert de ses aelles humides la lasse & paresseuse paupiere de mes yeux, l'anchanteresse & charmeresse memoire de ce que j'avois veu & entendu ce beau jour, acompagné d'Amour, de plaisir, & possible de quelque passion, tous ensemble viennent suborner mes sens, faisant nouvelle recharge & nouvelle escarmouche à mes apprehensions, Car non seullement il me sembloit voir ce que j'avois veu, ouir ce que j'avois ouy, entendre ce que j'avois entendu, admirer ce que j'avois admiré, mais je pensois veritablement avoir cet heur que de continuer le plaisir de ce beau jour. [...] Hà belles & gentilles estoilles, pourquoy n'avez-vous repoussé & mis en fuitte les chevaux du Soleil sans mettre fin à mes songes si plaisans? Que pleust à Dieu que cette nuit m'eust esté une nuit perpetuelle, sans jamais pouvoir dessiller mes paupieres pour œillader ce beau Soleil, & qu'un songe tel, couvast éternellement dessus mes yeux.》

（9）　Cf. Michel Jeanneret, 《Les œuvres d'art dans 《La Bergerie》 de Belleau》, in *Revue d'Histoire Littéraire de la France*, 1970, pp.1–13.

（10）　Belleau, *op.cit.*, pp.6–7. 《C'estoit une crouppe de montagne moyennement haute, toutesfois d'assez difficile acces : du costé où le soleil raporte le beau jour, se découvroit une longue terrasse pratiquee sur les flancs d'un rocher, portant largeur de deux toises & demie, enrichie d'apuis & d'amortissemens de pierre taillee à jour, à petites tourelles, tournees & massonnees à cul de lampe, & avançees hors la courtine de la terrasse, pavee d'une pavé de porfire bastard, moucheté de taches blanches, rouges, verdes, grises, & de cent autres couleurs, nettoyee par des égouts faits à gargouilles, & mufles de Lion : L'un des bouts de cette terrasse estoit une galerie vitree, lambrissee sur un plancher de carreaux émaillez de couleur. Le frontispice, à grandes colonnes, canellees & rudentees, garnies de leurs bases, chapiteaux, architrave, frise, cornice, & mouleures de bonne grace, & de juste proportion. [⋯] Or dedans ceste galerie couverte se monstroit une infinité de tableaux, faits de la main d'un gentil ouvrier, entre autres, j'en remarquay trois.》

（11）　*Ibid.*, p.243.

（12）　Frances A. Yates, *The Art of Memory*, London, Routledge & Kegan Paul, 1966.（フランセス・A・イエイツ

『記憶術』玉泉八州男監訳、水声社、一九九三年）他にもパオロ・ロッシ（『普遍の鍵』世界幻想文学大系第四十五巻、清瀬卓訳、国書刊行会、一九八四年）、メアリー・カラザース（『記憶術と書物――中世ヨーロッパの情報文化』別宮貞徳監訳、工作舎、一九九七年）、リナ・ボルツォーニ（『記憶の部屋――印刷時代の文学的―図像学的モデル』足達薫・伊藤博明訳、ありな書房、二〇〇七年）による研究などが翻訳されている。

（13） Belleau, *op.cit.*, p.16. 《Le troisieme tableau estoit tout guerrier, d'un costé c'estoient sieges & prises de villes, comme de Mets, de Calais, & de Theonville, c'estoient camps assemblez & camps partis, escarmouches, saillies, embuches, entreprises, aproches, bateries, camisades, sappes, mines, sentinelles, & escalades : De l'autre costé se voyoit le voyage d'une jeunesse Françoise en Italie, sous la conduitte de ce vaillant Chevalier》

（14） *Ibid.*, pp.7–8. 《[…] au milieu se découvroient deux bergers assis & apuiez du dos contre le tronc de deux ormes, ils estoient si pensifs & de si triste contenance qu'on jugeoit facilement qu'ils se lamentoient sur les miseres de nostre tems, & à la verité ils portoient l'œil baissé, le visage palle & chagrin, & si j'ay bonne memoire, je vous diray leurs complaintes que je vis si mignonnement traçees, & contrefaites au pinçeau sur le tronc de ces arbres, qu'il sembloit qu'elles fussent de relief, creües & engrossies avec leur escorce, le premier qui estoit vers le soleil levant souspiroit en cette façon.

FRANCIN.

C'Est de long tems Charlot, Charlot que la fortune / Est comme par destin entre nous deux commune, / Un miserable soin tousjours sur nostre chef / Importun amoncelle un monde de mechef.

CHARLOT.

Hé qui seroit heureux? quant en nostre Province, / Cité contre cité, & Prince contre Prince, / Le noble, le marchant, le soldat, l'artizan, / Le juge, l'avocat, le serf, le Courtisan, / Le maistre, l'escolier, l'Orateur, le Poette, / Le prestre, le reclus, la simple femmelette, / S'arment contre leur sang, & pris d'ambition, / Dedans leur estomac font la sedition?》

（15） *Ibid.*, p.220.

（16）*Ibid.*, p.13.《Ces deux bergers se complaignoient en cette sorte sur les miseres de nostre tems, je sçay qu'il y avoit encores quelques vers, mais je ne vous puis reciter ce qui restoit, parce que je ne sçay par quel malheur on avoit autrefois laissé une fenestre entr'ouverte, qui regardoit droit sur ce tableau, & le vent avoit donné à l'endroit où estoient ces vers, de façon, qu'il ne me fut possible d'en retirer d'avantage.》

（17）シモニデスの言葉はプルタルコスの『モラリア』に含まれ、ホラティウスの言葉は『詩論』に含まれる。ルネサンス期におけるこれらの詩作に関しては、ロザリー・L・コリー『パラドクシア・エピデミカ　ルネサンスにおけるパラドックスの伝統』（高山宏訳、白水社、二〇一一年）を参照。

（18）Belleau, *op.cit.*, p.144, notes p.23, l.11.

（19）*Ibid.*, pp.25–26.《Pres de cette magnifique sepulture gisoit un autre grand cercueil non autrement enrichy que de gazons vers, de hauts cypres, de cent & cent epitaphes, plaintes, larmes, souspirs, & sans m'enquester que c'estoit je congnu assez apertement que c'estoit le fils aisné de ce vaillant Chevalier, duquel j'avois visité le tombeau, & pour vous le faire mieux cognoistre je vous diray un epitaphe qu'un berger en passant grava avec un poinçon sur une petite tablette d'airain, il commance ainsi.》

（20）*Ibid.*, pp.232–238.

（21）テオクリトスの牧歌『エイデュリア』第十八歌も祝婚歌である。テオクリトス『牧歌』（古澤ゆう子訳、京都大学出版会、西洋古典叢書G040、二〇〇四年）。

（22）たとえばテオクリトスの『エイデュリア』第十七歌にも子どもの誕生は歌われ、ウェルギリウスの『牧歌』第四歌にも、ある子どもの生誕が歌われている。とりわけ後者においては、その子どもの誕生によって世界に平和がもたらされるという展開となり、中世期にはこの子どもをキリストに重ねあわせる解釈があった。ウェルギリウス『牧歌／農耕詩』（小川正廣訳、京都大学出版会、西洋古典叢書L013、二〇〇四年）。

（23）Bellau, *op.cit.*, p.32.《Les prieres finies en la chapelle, cette venerable dame apres avoir versé de ces belles & blanches mains du vin, du lait, des lis, & des roses, dessus ces deux tombeaux, remaine justement à neuf heures sa troupe en sa chambre, lave ses mains, se met à table, ces bergeres rentrent en la salle où elles ont de coustume de faire leur ordinaire & y paroissent sans plus au disner & au souper, l'un & l'autre repas se trouvant dressé à neuf heures du matin, & cinq du soir sans jamais y faire faute, de toutes sortes de viandes, de toutes sortes de fruits, selon la saison, & ce, de la liberalité de cette bonne maistresse : […]》

（24）*Ibid.*, p.91. 《Je vous promets que ce pauvre berger dist cet adieu de si bonne grace, & de telle affection, que les larmes vindrent aux yeux de toutes ces filles. Pendant ces discours cinq heures sonnent, retournent au chasteau le plus legerement qu'elles peurent, entrent dans la salle, font deux grandes reverances, lavent leurs mains, se mettent à table pour souper, […]》

（25）*Ibid.* , p.125. 《Enyvré de tant de plaisirs, environ les dix heures je me retire en ma chambre pour prendre mon repos. Je vous laisse à penser si ce dormir me fust plaisant & doux : […]》

（26）たとえば、ロンサールのソネでは「今日を摘め（今を楽しめ）」（*Carpe diem*）のテーマは、しばしば1日の時間にも対応させられる。朝に花開く薔薇が女性の花開いたばかりの美しさに喩えられ、また年老いた恋人は夜に糸を紡ぎながらすでに死んだ詩人の自らへの賛美を思い出す。

（27）Belleau, *op.cit.*, p.56. 《Cette chambre est plaine de petis oiseaux, non pas peints ou contrefaits, mais vivans, & branlant l'aelle. On voit les uns becqueter une touffe de guis verdoyant, semé de petis grains, comme de petites perlettes, les autres des chardons herissez, les autres voleter par dedans les barreaux de la voliere qui regarde sur la terrasse, les autres emporter soigneusement de leur petit bec crochu les cheveux perdus & tombez du chef de ces bergeres, pour batir & façonner leurs nids, où ils ponnent & couvent leurs œufs & nourrissent leurs petis.》

（28）*Ibid.*, pp.246–247. Cf. Marie-Madeleine Fontaine, 《La vie autour du château : témoignages littéraires》 in *Architecture, jardin, paysage l'environnement du château et de la villa aux XVe et XVIe siècles, actes du colloque tenu à Tours du 1er au 4 juin 1992*, Paris, Picard, 1999, pp.259–293.

（29）*Ibid.*, p.57. 《Or en cette chambre, mais plustost printems perpetuel, la paresse engourdie, ny l'oisiveté n'y habitent jamais : car ces bergeres y travaillent sans cesse, l'une apres le labeur industrieux de quelque gentil ouvrage de broderie, l'autre apres un lassis de fil retors, ou de fil de soye de couleur, à grosses mailles & mailles menues, & croy pour servir de ret & de pantiere à surprendre & empestrer les yeux ou le cueur de quelque langoureux berger, l'autre à filer la destinee de son amant desesperé, tournant de ses doigts mignars le fuzeau, vuidant & devidant son fil de bonne grace. Entre autres y en avoit une qui faisoit un bouquet de marjolaine, de roses, de giroufIee, de serpolet, & de pouliot, & me souvient que l'ayant donné à un certain berger il la remercia en cette façon parlant de ce bouquet.》

(30) *Ibid.*, pp.61–62.《Le berger discourant avecques moy me fist cet honneur que de me découvrir ses passions, & parlant des yeux de sa maitresse disoit ainsi. Hà trop beaux & trop clervoyans yeux, seure demeure & vray sejour de ce petit affronteur Amour, la forge & l'affinoir où il forge, trempe, & assere ses sagettes, yeux qui donnez le vent & l'air aux aelles amoureuses de mes pensees, les levant de terre pour les tirer à la contemplation des choses celestes, & admirer ses vertus, [⋯] comme le soleil apres un noir & facheux orage vient à rompre de ses rayons la brune épaisseur de la nüe, ainsi, un seul trait de ses yeux languissans rend serain & éclaircit la cruelle tempeste que sa façon rude & farouche fait naistre & sourdre dedans mon cueur. Il me recita de mesme aleine un sonnet qu'il avoit fait de ces yeux, & commançoit.

Yeux, non pas yeux mais celestes flambeaux / Seurs gardiens, & guides de mon ame, / Qui deguisez la plus heureuse trame / De mes beaux jours en cent tourmens nouveaux : / Yeux que je voy, soit que les astres beaux / Dorent le Ciel, soit que la belle flame / Du beau Soleil la perruque renflame, / Soit qu'il la plonge au soir dedans les eaux. / Donques beaux yeux si vous avez envie / De survenir au secours de ma vie / Jettez sur moy quelque trait d'amitié, / Ou me trouvez dedans vous quelque place, / Pour me guider au sentier de sa grace, / Ou me niez du tout vostre pitié.》

(31) Cf. Remy Belleau, *Commentaire au second livre des* Amours *de Ronsard*, publiés par Marie-Madeleine Fontaine et François Lecercle, Genève, Droz, 1986.

(32) Belleau, *op.cit.*, pp.268–270.

（33）一五六四年、この『牧歌』でその誕生が歌われているアンリの洗礼の際に催された祝祭のためにロンサールが仮面劇のテクストを執筆。ロレーヌ地方バル・ル・デュクで上演された。Cf. Pierre de Ronsard, *Œuvres complètes*, édition critique par Paul Laumonier, STFM, Paris, M. Didier, XIII, 1948, pp.222–225.

（34）Belleau, *op.cit.*, p.286.

（35）以下の三冊を参照。アンドレア・アルチャーティ『エンブレム集』（伊藤博明訳、ありな書房、二〇〇〇年）。マリオ・プラーツ『綺想主義研究　バロックのエンブレム類典』（伊藤博明訳、ありな書房、一九九八年）。伊藤博明『綺想の表象学　エンブレムへの招待』（ありな書房、二〇〇七年）。

志賀直哉の夢景色

郭　南燕

はじめに

志賀直哉は、夢を多く描写する作家の一人である。『志賀直哉全集』[1]には、夢の記録、描写、夢に関する考え、夢らしい場面が少なくとも一一四例ある。刊行された作品には五五例[2]、日記・草稿には五九例ある。

志賀の夢に注目する人は少なくない。たとえば、藤枝静男は、志賀の夢は「一つの完全な風景を構成してい」て、志賀はそこから「自分の潜在意識を抽出」し、「そういう潜在意識を持つている自分というものを、もう一度見る」とする[3]。日比野正信は、志賀にとって夢は「現実と密接につながっているものあるいは現実の一部で」あり、「現実の気持よりも信頼出来るもの」なので、読者は「その夢を辿ることによって、作者の精神の変遷を知ることが出来る」と考える[4]。

志賀の夢を総合的に論じる饗庭孝男の論文「志賀直哉論――その「自然」と「夢」――」は、右の観点と似たものの以外に、「夢」の描写と「自然」の描写との関係についての指摘である。

志賀直哉が、「自然」の表現や生活の中の出来事を描くに、しばしば「夢のやうに」という言葉をつかっている（略）。人は現実の風景を見るのに、おのおの、おのれの内部の深い夢想にてらしあわせるようにして眺めている。心はそうした風景を求め、彼の夢想をそこに投影しているのである。[5]

つまり、志賀の現実で目にした風景は、夢で見た景色の反映だろうという観点である。町田栄は、短篇『イヅク川』は志賀の「豊かな言語感覚」が生み出した「夢」で、その「意識と無意識との両界の相互通行、相互作用」が、「夢」の「予知性、心霊作用への深化に向って行く端緒」となっていると論じる。[6]

坂口周は、明治の終わりから大正にかけて、夏目漱石、志賀直哉、内田百閒らが「夢を夢らしく」描き出す文学史の系脈があるが、志賀と百閒との間に大きな差異があり、志賀は「夢のロジックの部分的なスケッチに留ま」り、百閒は夢を「テクストの原理にまで全体化し、そして昇華していく」と見る。[7]

右から見られるように、志賀文学の夢はすでに諸氏によって考察されている。本稿は、志賀の特徴的な夢の描写、夢への言及を整理してから、管見ではまだ他の研究者に指摘されていない、『暗夜行路』の末尾にある伯耆大山の曙光の「夢らしさ」を証明してみる。本稿の目的は、志賀の見た夢と愛する風景との関係を明らかにすることによって、志賀文学の本質に迫ることである。

一　夢と創造

志賀は夢をよく見る人である。「夢がなかつたら自分は困る」[8]と書いたほど、自分の夢に深い関心をもっている。

「普通の思考の道では飛び上がれない所に飛び上つて或る暗示をする」と思うからである。[9] 志賀は、「覚めて居ては決して起り得ない事が夢の中では起る」[10] と思い、「人間は夢現の時が最も賢」く、「第一人格がボーッとして、第二人格が考へるのを音無しくカン察してゐる時」、「ハッキリしてゐる時一寸思ひ着かぬやうな事を精細に考へ」ることがよくあると言っている。[11] 醒めた時に考えなかったことを夢によって教えられるので、志賀の夢は潜在意識の複雑さを思い知らせてくれる。

志賀のそのような夢をいくつか見てみよう。夢の中で若い女性が「心に好きな人が出来ると、何んだか涼しいやうな気持がして来る」と話すのを聴いて眼が醒める。「熱するといふ言葉と反対に「涼しい気持する」といふのは面白し。夢といふものは思ひがけない事を見る、この言葉自分が意識して考へた事嘗つてなし」[12] と手帳に書いてから、随筆『青臭帖』にふたたびこの表現を書いた。[13] また、夢の中で木村長門守重成が殿様を殺すための演技をしているので、「夢といふものは中々意表に出るものだと感心」する。[14] 夢は、潜在意識にそのような表現や動作があったことを証明してくれる。

志賀は、「夢の人物と覚めた人物とはカナリ異ふ」一方、「夢の人物が覚めて人物中にゐる」（ママ）ことに気づくことがある。[15] 彼は夢からの啓示を受けて、現実を理解している。

人は或る事を考へてゐるとツイそれを夢に見る、色々とホントあり得からざる想像が加へられる（それは醒めてゐる時のやうに時間と空間にさへぎられないから）時には非常に意外な事を夢見る、（略）其夢見た事は、新しい事実であるかのやうに知らず知らずの内に思ふ、[16]

とある。

一方、志賀の夢は非常にリアリスティックである。「小さな路を田圃へ下りヤウとした時に、ツッと足をすべらして手を土手の上へつく、そこが水溜りで、袖を濡した」夢を見て、「その一瞬間の細かくてハツキリしてゐる事は「事実」とは全く変りがなかつた。その事実も、それとしては初めの事実である」と意識したことがある。[17]

志賀は夢を通して未来を知ることもしばしばある。『稲村雑談』で「夢で予知したり、今日、此人に途で会ふと思ふと、会つたりした経験は度々あ」り、「人間にさういふ能力のある事を信じてゐる[18]」といったように、夢は現実世界の出来事を先行している。

志賀は夢からヒントを得て、創作に利用しようとした。たとえば、「夢の生活と覚めた生活とを対とうに置いて夜とヒルを書く[19]」ことを考えたり、「面白い夢を見てそれをや、明確り覚めてる時程何んとなく愉快な事はない（略）いやな事が実でないといふ事が明らかで、しかも尚其夢が何時あつた事実のやうな気もするといふ所が何んとなくスヰート[20]」という感覚をもって、二人称の Du Roman を「うまく書くと読むでる人が自分が其本の主人公に全くなり切つて前夜の夢を思ひ起して居るやうな感にある事が出来はすまいか、霊筆でなければ六ケしいが何か一つ試みてみたいものだ[21]」と思ったことがある。

そのような夢と現実との境界を曖昧にする書き方は、『濁つた頭』や『或る男、其姉の死』で使われたが、あまり多くはなかった。座談会「作家の態度」で、「夢の世界と現実の世界とは全然別なのを、そのヘンな世界を現実の世界へ持込むと変なことになる。（略）初めから夢として書くなら、何だって構わない。夢として嵌めこむなら構わないけれど、夢から得たものを現実的なものに変貌させるのはいけない[22]」という発言であった。

二　風景の頻出

志賀の夢にある特殊な風景がよく現れている。二十三歳の時（明治三十九年六月）に志賀の見た娘義太夫（東猿）の夢では、バーン＝ジョーンズの絵画『アウロア』の「溝のやうな所で深い其水の清いつたらない（略）夢だから水中でも息は少しも苦しくはなく、空中で見ると同じやうに――否空中で見るよりもモット美しく四方が見えた、（略）水晶の中で人に会つたらこんなものだらうと思ふ位い、それが美しかつた――其人が美しかつたのではなく、此面会が非常に奇麗だつた[23]」と記録されている。

もう一人の娘義太夫（呂昇）が夢に現れて、「太陽からある星までスーッと糸のやうに光の来てゐる夢、それにつゞいて広い広い川に焼けてるやうな汽船が、沢山船を惹いて行く」という景色であった[24]。数日後、娘義太夫（昇菊）と他の女二人と自分とが「大きな水鳥の形をした船（？）のやうな物に乗つて、池に浮むだ」夢を見た[25]。これらはみな現実の世界で見られない美しいものである。

そのため、志賀は現実の世界で非常に美しいものを見、聴き、感じると、「夢のやうだ」とよく喩える。たとえば、娘義太夫を聴く時、「何を考へるともなく、ボーッとした場合、歌ふ声を聴き弦の音を聴き、（略）憧憬の念といふか、何といふか、一種タマラヌといふやうな、ムヅカユイやうな、夢のやうな美しい感」じが生じる[26]。

これらの娘義太夫の夢に共通するのは水と光である。志賀には草原、森、水、光という四要素の入り交じる夢がよく現れる。以下は、このような夢の記録、描写、「夢のやう」だと喩えられる景色を見てみよう。

志賀は「一人で、大きな森の中の清い水の湧く泉の傍へ腰かけてゐる[27]」という夢を見たり、「縁に腰をかけて景色を見てゐる、大木の林でその太い幹の間に広い穏やかな海がひらけてゐる、落日の光線が海を色づけて、その色を誘つて更に林の幹の間をぬけて来る、手で空の明るい光をさえぎるやうにして見ると何んともいへない程美しい(28)」という風景を夢で見たりする。草稿には、「自分は、その道を更に進むだ、草の青々とした、原がある。（略）左の方に、轟々と、水の流れる音がする。きれいな水がどんどん流れてゐる(29)」と描かれている。

志賀が「夢のやう」だと喩える現実の風景もこれらと似ている。たとえば、明治三十九年四月二十七日、武者小路実篤と二人で信州高原を通る時、「此原の景色は何時か夢で見た事のあるやうな景色で高原だ、人の背位の木が（主に樺）所々にある計りで其広い広い見ゆるかぎりの高原の中を清い流れが幾条も通つてゐる、それが少しも小川らしくないので、それかといつて溜りから溢れてくるやうな汚れたのでないのが何ンとなく夢のやうだ、其水が此広い原、何所から流れてくるか想像が出来ぬ。見渡すかぎり源と思はれる高い所があるではない、之れが又頗る夢らしく感じた」と有島生馬宛の書簡に書いている(30)。

草稿「山の水車」にも、「流れに添つて登る、山の湿つぽい土の香が身に浸みる、日は森の上にかゝつた（略）彼は草むらへ分け入つた。二三間にして、何丈かの谷がある、彼は崖上に立つて谷を見下ろす。（略）清い流れは二所で折れ曲がつて、静かに水車へ流れて行く、黒く蒼味を帯びた車は、幾百年の夢にも未だ覚めやらぬが様で、いとゆるやかにギーッギーッと廻る　青年も夢心地になる(31)」という描写がある。このような風景に対する志賀の特別な好みが見られる。

かの四要素は、ある時は夢の風景として、またある時は現実の描写として、作品に登場する。処女作『菜の花と小娘』は、森のある山から麓へ向かい、清い流れに沿うて、小娘は歩き、菜の花は小川の中で流れる、という設定である。『イヅク川』では、「近道をするつもりで道から右へ小さな草原へ入ると、踏む毎にジュクジュクと水が枯草や芥ににじ」み、「間もなく大きな池のふちへ出た。澄んだ水を一つぱいにたたへて居る。底の水草の陰に小魚の動くのが見」え、「池は浅いが広くて、水が歩いて居る足元と殆ど同じ高さまでたたへてある。池の彼方に杉の森が頭だけを見せて居る。如何にも平和な景色である。白鷺のやうで嘴のそれ程尖つて居ない鳥が池の中の所々に立つて居る。イヅク鳥と云ふのはこれだなと思ふ。皆眠つて居る。[32]」と、志賀は自分の夢を非常に細かく描写している。

『蘭斎歿後』では、蘭斎の妻が夢の中で蘭斎を探しに、渓流のある山路を登り、「その渓流が幅広くなつた場所へ来」て、「水面は道と殆ど同じ高さで脛位しかない浅い池で、綺麗な水が細い水草を一方へ揺り動かしながら流れてゐた。しかも池の中には色々な雑木が立つてゐて、それは山奥の自然の庭と云ふ趣だつた[33]」という場面がある。これはもちろん、志賀自身がもっとも好む夢の風景の再現といえよう。

『和解』では、父と和解した後、主人公は心身とも疲れ、「濃い霧に包まれた山奥の小さい湖水のやうな、少し気が遠くなるやうな静かさを持つた疲労だつた[34]」という比喩は、志賀の好きな風景を借用している。また、小品『転生』では、妻と夫は死後それぞれ狐と鴛鴦に生まれ変わり、女狐は「森から森、山から山と良人を尋ね歩」き、男鴛鴦は「清い渓流に独り淋しく暮して居」る[35]と設定される。これも志賀の夢景色に基づいている。

『豊年虫』には、「森は北から南へ真直ぐに一筋の道があるだけで、道以外は木に被はれた薄暗い中にイタイタ草が三尺程の高さで一杯茂つてゐた。霧といふほどではないが、木の高いところは水蒸気に包まれ、ぼんやりしてゐた。総てが灰色で、恰も夢の中の景色だ。向ひ合つて黙つて煙草をのんでゐる二老人も如何にも夢の中の人物らしかつた[36]」という描写がある。

長編小説『暗夜行路』では、主人公時任謙作は、伊勢参りに出かけて、「五十鈴川の清い流れ、完全に育つた杉の大木など見てみなければわからぬ気持のいい所があった」と感じ、伊勢神宮の外宮で「林の中の池に何百となく野生の鴛鴦が水面に、又岸の木の水へ差し出した大きな枝に一杯にゐるのを見て、夢の中の場面のやうに思ひ、興じた[37]」という箇所がある。謙作は城崎でも似ている風景を目にしている。「彼は寝不足のぼんやりした頭で芝生の庭へ出て見た。直ぐ眼の前に山が聳え、その山腹の松の枯枝で三四羽の鳶が交々啼いてゐた。庭に、流れをひき込んだ池があり、其所には青鷺が五六羽首をすくめ立つてゐた。彼は未だ夢から覚めないやうな気持だつた[38]」とある。右から見られるように、志賀は草原、森、光、水などの要素の組み合わせで出来た風景を特に好んでいる。夢の風景は現実で再現され、現実で見た風景は夢の風景と比較される。志賀は「夢に見る事実或いは景色にして二三度同じものを見し如く思ふ事あり[39]」と書いたことがあるが、彼の繰り返し見たものはこの風景だろうと思う。

三　『暗夜行路』の伯耆大山

すでに引用したように志賀は「初めから夢として書くなら、何だって構わない。夢として嵌めこむなら構わないけれど、夢から得たものを現実的なものに変貌させるのはいけない」という発言がある。しかし、そのような夢から変貌した現実を意識的に書いたのではないかと思われる名描写がある。すなわち『暗夜行路』の主人公時任謙作が伯耆大山で見下ろした山の影の移動だろうと思う。

伯耆大山で迎えた曙光は、謙作が「暗夜」から脱出し、解脱の心境に到達したことを象徴している。日本近代文学における風景描写の白眉とされている。須藤松雄は日本文学において「宇宙の姿を含むものとして稀有のもの」だとし[40]、大久保喬樹は「幻視汎神論的、アニミズム的存在としてあらわれ」た自然の前で「人間は心身全体を挙げて一体化し、陶酔法悦の境地に至る」と論じる。[41]

志賀は、その描写の部分を雑誌『改造』（昭和十二年四月）に掲載する時、網野菊宛ての書簡に「二十四年前の景色を憶ひ出して書くのでその割りにはよく書けたといふ程度かも知れませんが[42]」と書いている。また、『続創作余談』でもこのことを繰り返す。

（略）後篇の最後の大山の朝景色は二十四年前行つたきりの場所でうまく書けるかどうか、書くまでは不安であつた。若し季節が同じなら、もう一度見に行つてもいいと思つたが、小説では夏なのに書いてゐた時は冬だつた。高い山の雪景色では仕方がなかつた。然し書いてみたら、前の印象が深かつた為めか、案外はつきり頭に浮んでくれたので大いに助かつた。兎に角、気持がそれにすつかり入り込めたのは大変嬉しかつた。[43]

しかし、志賀の描写は目撃した景色そのままかどうかを検証する必要がある。過去の風景は、そうであってほしいという願望が伴えば、記憶に組み込まれ、実際の体験のように「思い出される」ことは日常生活にある。伯耆大山の曙光は大半が真実であり、わずか大山の影の移動に虚構が交じっているのではないかと思う。本稿はその曙光を考察してから、虚構と志賀の夢との関係を考えたい。

志賀（または謙作）の伯耆大山の登攀期日と登山ルートをまず確かめたい。

1　登攀期日

志賀の大山滞在の期間を示すのは書簡と草稿である。大正三年八月三日の友人山脇信徳宛の葉書に「今君の手紙見た、明日午后出発、夕方かへる[44]」とあるので、大山から松江に戻るのは八月四日と考えられよう。草稿に「大山の十日間は自分には忘れられない。此間に思つたり、仕たりした事の意味をいまにハッキリさすつもりだ[45]」と書いているので、大山の蓮浄院での十日の滞在は七月二十五日か二十六日から八月三日までだと考えられる[46]。

志賀が大山山頂の弥山（一七〇九メートル）に向かって登攀したのはその滞在中であるが、具体的な期日は、『暗夜行路』の描写を手がかりに推測するしかない。謙作は「かう天気続きで今度降り出すと又降り続きさうにも思はれ、今の間に山登りをして了はうと思」い、登山の夜は「空は晴れ、秋のやうな星がその上に沢山光つてゐた[47]」とあるので、好天に恵まれた登攀だったと分かる。

当時の『松陽新報』によれば、松江（大山から直線距離約六〇キロメートル）では、七月二十五日―二十七日は晴、二十八日は曇、二十九日―八月二日は晴、八月三日―四日は雨であった。『山陰新聞』によれば、八月二日夕方から翌日まで松江で大雨が降った。志賀の登攀は到着直後の好天時（七月二十六日、二十七日）ではなく、七月二十九日深夜から八月二日早朝までの間と推定できよう。

2　登山口

大正三年に志賀が登った時、整備された登山道はなかった。「正面登山道」（現在廃止）と「夏山登山道」（現在使用）が建設されたのは大正十年であった。志賀の使った登山口はこの「正面登山道」に近いが、そのものではない[48]。したがって本多秋五が地元の人から聞いた、「大山の腰をめぐる道路と、今の桝水高原のスキー用リフトの上の終点とが接するあたり」から登る「正面登山道」を、志賀の登攀ルートとするのは間違っている[49]。私の説も正確ではなかった[50]。

志賀の登山より一年前に刊行された『五万分一地形図松江八号大山』[51]では、山腹をめぐる「横手道」の標高「814」という印のそばに「小径」を意味する点線があり、頂上に向かう。この「小径」は志賀の滞在する蓮浄院（標高約八〇〇メートル）から約一二五〇メートル離れる西側にある。「小径」は標高一一三〇メートルで土の崖に差しかかり、標高一三〇〇メートルで二つに分かれる。一つは南へ、一つは西南へ向かい、二つとも頂上に達す。志賀の登山もこの「小径」を使ったのだろうと思う。それを示すヒントは、『暗夜行路』の描写にある。

十二時頃寺を出た。（略）竹さんがよく仕事をしてゐた場所から十町程進むともう木はなく、左手が萱の繁つた山の斜面で、空は晴れ、秋のやうな星がその上に沢山光つてゐた。路傍に風雨にさらされた角材の道しるべが少し傾いて立つてゐた。それが登山口で、両方から萱の葉先の被ひかぶさつた流の底のやうな凸凹路を、皆一列になつて、（略）登つて行つた。[52]（下線は引用者、以下も同じ）

「寺」とは蓮浄院で、当時登山の出発点とされることがよくあった。[53]竹さんの「仕事をしてゐた場所」は下記の引用に出ている。蓮浄院に泊る謙作は、「手紙を出しに河原を越し、鳥居の所まで行つた」後、

今度は今行つた方向とは反対の方へ出かけた。（略）路傍に山水を引いた手洗石があり、其所だけ道幅が広くなつてゐる所で、竹さんが仕事をしてゐた。枝を拡げた大きな水楢がその辺一帯を被ひ、その葉越しの光りが、柔かく美しかつた。[54]

「鳥居」とは蓮浄院の東側にあり、直線距離約五〇〇メートル（迂曲距離約七〇〇メートル）離れる参道をはさんで建つ「銅の鳥居」を指す[55]。「反対の方」とは、蓮浄院の西側の「横手道」で、竹さんの仕事場のあるところである。蓮浄院から約六〇〇メートル離れる「清浄泉」の近くだと思われる。ここは平成二十四年現在も流れ続ける山水を受ける自然石の手洗鉢があり、周辺は水楢の大木が少しだけあり、道幅が広くなっている。

謙作はここからさらに「十町程」（一一〇〇メートル）進んで登山口に到着したと描かれているが、実際、志賀が歩いたのは「十町」ではなく、せいぜい「六町」（約六五〇メートル）だろうと思う。当時の大半の記録は、蓮浄院から登山口までは約一二五〇メートルとし、鳥居から蓮浄院までの七〇〇メートルを入れれば、合計約二〇〇〇メートルとしているからである[56]。つまり、志賀は蓮浄院から六〇〇メートル歩いてから清浄泉に至り、さらに六五〇メートル歩いてから登山口に至る。志賀の登山口からのルートは、山頂に向かう最短距離であったことは『五万分一地形図松江八号大山』で確認できる。現在、その登山口を示す跡形は何もないが、そこは観光看板「歴史の道――大山道（横手道）：桝水分かれの道標／横手道」が立っている。その看板から約一〇〇メートル離れる北側の分かれ道に今も「道標」はある[57]。

3　曙光を迎える位置

『暗夜行路』では、謙作は一時間ほど登山してから休憩して頂上まで登らず、半睡状態に入り、夜明けを待つ。これは志賀の体験に基づく。志賀は昭和三十三年、「常盤松の某日」と題する談話で、次のようにいう。

大山に他の人と一緒に登つた。その間に、食べたものが悪くて私が腹をこはしてしまつて、登る気力がなくなつて、大山の中途に十二時過ぎから夜明までとまつてゐた。
その時は、不安も何もない、非常にいい気持だつた。二十五年たつてからその時のことを書いたのですが、よほど深く心に感じてゐたのか、その時の気持でも景色でもよく憶えてゐた。
同じやうな場合を書いて、前の時には、大きな自然の中に自分が吸ひ込まれていくのを不安に感じたのだが、大山の時には、「もういつ死んでもいい」といつた穏やかな気持だつた。同化して行く気持だつた。(58)

志賀（あるいは謙作）が夜明けを待つ場所は、『暗夜行路』（第四の十九）の描写から推測することができる。

○　一時間程登ると大分高い所へ来た感じがした。夜でもそれが分つた。そして其辺で、兎に角、一ト休する事にした。

○　「身体が本統でないから、私は此所から帰る。一時間程すれば、明るくなるだらうし、それまで此所で休んでゐる」

○　「今の倍以上登らんなりませんな」

という言葉を読めば、登山した時間、夜明けまでの時間、皆が休みを取る場所、周囲は草だけが生えていることと、『五万分一地形図松江八号大山』(59)と新しい地図とを照合してみれば、夜明けを迎えたのは前述の「小径」が二股に分かれて少し広くなった標高一三〇〇メートルのところではないかと思う。それは行者谷に通ずる小道と交差する所で、現在の夏山登山道の六合目附近にある。

大山を数回登山した雪吹敏光は、日の出の観測の場所を薦めている。「未だ高山帯に達せざる所より道を左に採り、東方に折れて爆裂火口の外壁凡そ五千尺に近き處に至りて旭日を待つべし」として、頂上からの観測を薦めていない。それは「頂上にては他の山に遮られて日出は見るを得ず」と思うからである。[60] 雪吹の書いた観測場所の地図を見れば、現在の「夏山登山道」の七合目と八合目の中間にあたる。

しかし、志賀はそこまでも登っていないようである。『暗夜行路』の描写を読んでみよう。

彼は膝に臂を突いたまま、どれだけの間か眠つたらしく、不図、眼を開いた時には何時か、四辺は青味勝ちの夜明けになつてゐた。星はまだ姿を隠さず、数だけが少くなつてゐた。空が柔かい青味を帯びてゐた。それを彼は慈愛を含んだ色だと云ふ風に感じた。山裾の靄は晴れ、麓の村々の電燈が、まばらに眺められた。米子の灯も見え、遠く夜見ケ浜の突先にある境港の灯も見えた。或る時間を置いて、時々強く光るのは美保の関の燈台に違ひなかつた。湖のやうな中の海は此山の陰になつてゐる為め未だ暗かつたが、外海の方はもう海面に鼠色の光を持つてゐた。

明方の風物の変化は非常に早かつた。少時して、彼が振返つて見た時には山頂の彼方から湧上るやうに橙色の曙光が昇つて来た。それが見る見る濃くなり、やがて又褪はじめると、四辺は急に明るくなつて来た。[61]

謙作が目にしたのは「山頂の彼方から湧上るやうに橙色の曙光が昇つて来た」という景色である。もし志賀は標高一五〇〇メートルまで登っていれば、海面からの日の出を見下ろすことができたはずである。したがって、志賀の休憩場所は標高一三〇〇メートル附近と確定できる。つまり、雪吹の推薦した場所（七合目と八合目の間）ではなく、また五来重が推測した「九合目」[62] でもない。当時、西南に面して坐った志賀は、首を廻らして、東側の二〇〇〇メートルくらい離れた三鈷峰の「頂上」（標高一五一六メートル）の後ろから射してきた曙光を見ていたのである

（文末の図を参考）。

4　日の出の時刻と方位

志賀の登攀した大正三年七月二十九日から八月二日までの日の出の時刻と方位を知るには、近年の七月二十九日から八月二日までの天文記録を参考にすればよい。太陽暦なので、百年離れても大差はない。平成二十四年七月二十九日から八月二日までは、鳥取県西伯郡大山町から見る日の出の時刻は五時一二分―五時一五分、方位は北から六六度六分―六七度二一分、東北東である[63]（ただ、山腹での観測は僅差がある）。私が平成二十四年八月三日に夏山歩道の七合目に近いところで観測したとき[64]、北西の空に青味の光が現れたのは四時三四分、太陽が海から昇り始めたのは五時一一分、海面を離れたのは五時一四分、三鈷峰頂上から光が射してきたのは五時二五分、方位は六九度である。志賀が見たのも大体同じ時刻と方位（東北東）の陽光だと推定できる。

四　影大山の移動

時任謙作の迎えた曙光の描写はほとんど志賀の体験に基づくものであろう。しかし、謙作が大山から見下ろした大山の影の移動に虚構がある。

中の海の彼方から海へ突出した連山の頂が色づくと、美保の関の白い燈台も陽を受け、はつきりと浮び出した。間もなく、中の海の大根島にも陽が当り、それが赤鱏を伏せたやうに平たく、大きく見えた。村村の電燈は消え、その代りに白い烟が所々に見え始めた。然し麓の村は未だ山の陰で、遠い所より却つて暗く沈んでゐた。謙作は不図、今見てゐる景色に、自分のゐる此大山がはつきりと影を映してゐる事に気がついた。影の輪廓が中の海から陸へ上つて来ると、米子の町が急に明るく見えだしたので初めて気付いたが、それは停止することなく、恰度地引網のやうに手繰られて来た。地を嘗めて過ぎる雲の影にも似てゐた。中国一の高山で、輪廓に張切つた強い線を持つ此山の影を、その儘、平地に眺められるのを稀有の事とし、それから謙作は或る感動を受けた。(65)

この下線の部分は、はたして志賀が目撃した景色だったのだろうか。

地面に落される大山の影について、地元は「影大山」と呼ぶ。影大山が地面のどこまで伸びるかは、太陽の方位、高度と深く関係する。影が北西にある中海に投射される基本条件は、太陽が東南方位になければならない。だが七月下旬から八月上旬までの太陽の方位が東北東にあるので、それは無理なようである。

他の時期に日本海かさらに遠いところまで届いた「影大山」の記録が三種類ある。

（あ）「九月下旬より十月の間」に、雪吹は「此朝暾の地平線に上りて漸く照り渡らんとする頃、日本海上遥かに黒色遠山の如きもの見ゆれども、之れ決して山にあらず、数時間の後消散して痕跡だもなきに至る」ことを見た。(66)日本海に大山の影を落すには太陽方位が九〇度以上でなければならないだろう。かりに平成二十四年十月五日を例にとれば、日の出六時五分の太陽方位は九五度四分で、六時一九分の太陽方位は九七度四分となるので、雪吹の記録した「九月下旬より十月の間」の影大山の長さは信用できよう。

（い）小島烏水は「満山草多ク、樹木至ツテ稀ナリ、日出ヅルトキハ、山影ヲ杵築辺マデ落ストイフ(67)」と記録している。つまり、山の影が大山の西側から約七〇キロメートル離れた杵築（出雲大社）まで届いたという。だが時期は不明である。

（う）金関丈夫は「初秋のころ」、大山山頂（弥山）から約八三キロメートル離れた南西西の三瓶山まで届いた影大山を見た。「東の空に、朱雲のなかから紅に燃え立つ太陽が出るとき、自分たちの立っている大山の姿が、西の空に立つ三瓶山に投影し、その頂上にうけた陽が、だんだん下へ広がってゆく雄大で荘厳な光景を見ることができ」[68]たと追想した。

私の平成二十四年八月三日の観測は、太陽が大山の影を地面に落したのは五時三二分、太陽方位は約七〇度、海面からの高度は約二度五分。その影が一番遠く届いたのは、大山山頂弥山から約一八キロメートル（水平直線距離、以下も同様）離れた西側にある母塚山の山頂（北緯三五度二二分二七秒、東経一三三度一九分二九秒、標高二七三メートル）附近である。大山の影は、約三〇キロメートル離れる中海ばかりか、約二〇キロメートル離れる米子市にも届いていない。つまり、志賀の描いた「影の輪廓が中の海から陸へ上つて来ると、米子の町が急に明るく見えだした」という景色の出現は、大正三年七月二十九日から八月二日までの間は不可能だったようである。

もし中海まで届く大山の影が志賀の想像（創造）であれば、その影は「恰度地引網のやうに手繰られて来た」というスピード感も志賀の想像（創造）したものだろう。実際、影は短いし、その移動の速度も遅いので、「地引網」を手繰るようなスピード感はなかった。雪吹の見た大山の影も「数時間の後消散」したものである。

私の観測では、太陽が海面から上昇しはじめたのは五時一一分、二十一分経ってから、五時三二分に母塚山の山頂に大山の影を落とす。太陽が天上へ高く登るほど、影の長さが縮み、母塚山の山頂から四キロメートル離れる東南方面の峰山の山頂まで縮むのに四分かかり、さらに七キロメートル離れる東南方面の溝口まで縮むのに四十七分かかって、時刻は六時二八分となり、太陽高度は約一三度二分、方位は七七度八分となった。そのような遅い速度の影の移動からは、志賀の描写したあのダイナミズムは得られない。三木利英も大山の影が溝口に届いているのを観測して、影の移動の速度はかなり遅いと感じている。[69]

五　虚構の必要性

なぜ志賀は、幅が短く、移動が遅い大山の影を、あの迫力に富むイメージに作り上げたのであろう。執筆した時点（昭和十二年）で、地元の常識である日本海まで届く冬の影大山を伝聞していたことを思い出したのだろうか。[70]それとも、大山の影が中海の上を覆わなかった現実を物足りなく思い、記憶に修正を加えていたのだろうか。「印象が深かつた為めか、案外はつきり頭に浮んでくれたので大いに助かつた」という志賀の言葉は後者を指す可能性がより高い。ここで検討すべきなのはこの虚構が作中で果した役割である。

まず、志賀の描写を読めば、大体の読者は『出雲国風土記』の有名な国引の神話を思い出すだろう。三木利英は、志賀は「素朴な古代人の雄大な『国引神話』の深く遠い、神秘な夏の黎明の光景に接することによって、はじめて『暗夜行路』を完成さ」せ、「作品に内的生命の源泉を与えることができた」と見ている。[71]国引神話の一部分を引用してみよう。

三縒（みつより）の綱（つな）、打ち懸けて、霜黒葛（しもつづら）へなへなに、河船のもそろもそろに、国来国来（くにこくにこ）と、引き来て、縫へる国は、三穂（ミホ）の埼なり。持ち引ける綱は、夜見島（ヨミシマ）是なり。堅め立てし牂牁（かし）は、伯耆（ハハキ）ノ国なる大神（オホカミ）ノ岳（タケ）是なり。[72]

つまり、引っぱられてきた土地は今日の美保の崎、その綱は夜見ケ浜、その綱を止める杭は伯耆大山、という壮大な創造神話である。

志賀は神話や伝説に深い興味を持つ人である。松江に滞在した時、友人三浦直介に『出雲国風土記』の郵送を頼んだようである。なぜなら、三浦の大正三年八月三日付の志賀宛の手紙に、「出雲風土記は先つき大供会に行きみちに頼んで置いたから行くとき持つてゆく[73]」と書いているからである。志賀に依頼されたから持っていくというニュアンスが読み取れる。

『出雲国風土記』に興味を持つことから見れば、志賀の大山滞在は、国引神話の原点を探る目的もあったかもしれない。志賀は神話や伝説を生み出した根源を、自然の形態から探ることを好む。この好みは、『暗夜行路』の謙作の言動にも反映されている。たとえば、謙作が汽船で尾道から瀬戸内海を渡り、多度津へ向かう途中、「古風な石の燈台」を見かけて、

他の島の若い娘が毎夜其燈明をたよりに海を泳ぎ渡つて恋人に会ひに来る。或る嵐の夜、心変りのした若者は故意に其燈明を吹き消して置いた。娘は途中で溺れ死んだ。かういふよくある伝説にはどれも似合はしい燈明だつた。[74]

謙作は燈明の位置や形によって、この伝説が生まれたことの可能性を確認している。一方、湖山長者のような伝説のある湖山池と比較して、謙作は東郷池を「何の趣きもない湖」として、伝説もないだろうと推測する。「人口に膾炙される伝説を持つた場所は何かの意味でさういふ趣きを具へてゐるものだ」と考える。[75] 謙作の考えは志賀の考

えを反映しているといえよう。

自然界が人間の想像力を刺激すれば、伝説もおのずから生まれてくる、という考えは、なぜ影大山の描写に虚構を交えたかを説明してくれる。現実の影大山が志賀の想像力を十分に刺激したからこそ、その虚構が「案外はつきり頭に浮んでくれた」のかもしれない。その虚構の風景は、志賀の登攀時に不可能ではあっても、九月下旬になってからあり得ることは、人々の証言と地元の冬の影大山の写真で分かる。

また、移動範囲の虚構とは無関係に、影大山の移動の速度は太陽の運行によるもので、夏でも冬でも同じはずである。「恰度地引網のやうに手繰られて来た」という描写は、地引網の作業のイメージを喚起してしまう。もちろん地引網の速度は、影大山の移動よりかなり速いものだと思われる。

その虚構があったからこそ、影大山の移動範囲も速度もダイナミズムに富み、国引神話が映像化されているといえよう。この天地創造の雰囲気は、出生の呪詛を遁れて、「総ては自分から始まる、俺が祖先だ[76]」と決心した謙作に、視覚的な〈世界の始まり〉を与えることになる。

結び

『暗夜行路』の伯耆大山の描写にも、草原、森、光、水が含まれている。前述のように、この四要素の組み合わせで出来た風景は、志賀の夢によく現れ、作品にも頻繁に描写されている。しかも、いずれも志賀（あるいは作中人物）の身辺にあるものである。しかし、影大山の雄大さは高くて遠いところから眺望しなければ、分からない。これは志賀の愛する風景の巨大版ともいえよう。『暗夜行路』の伯耆大山は、志賀の夢景色と現実の風景を融合さ

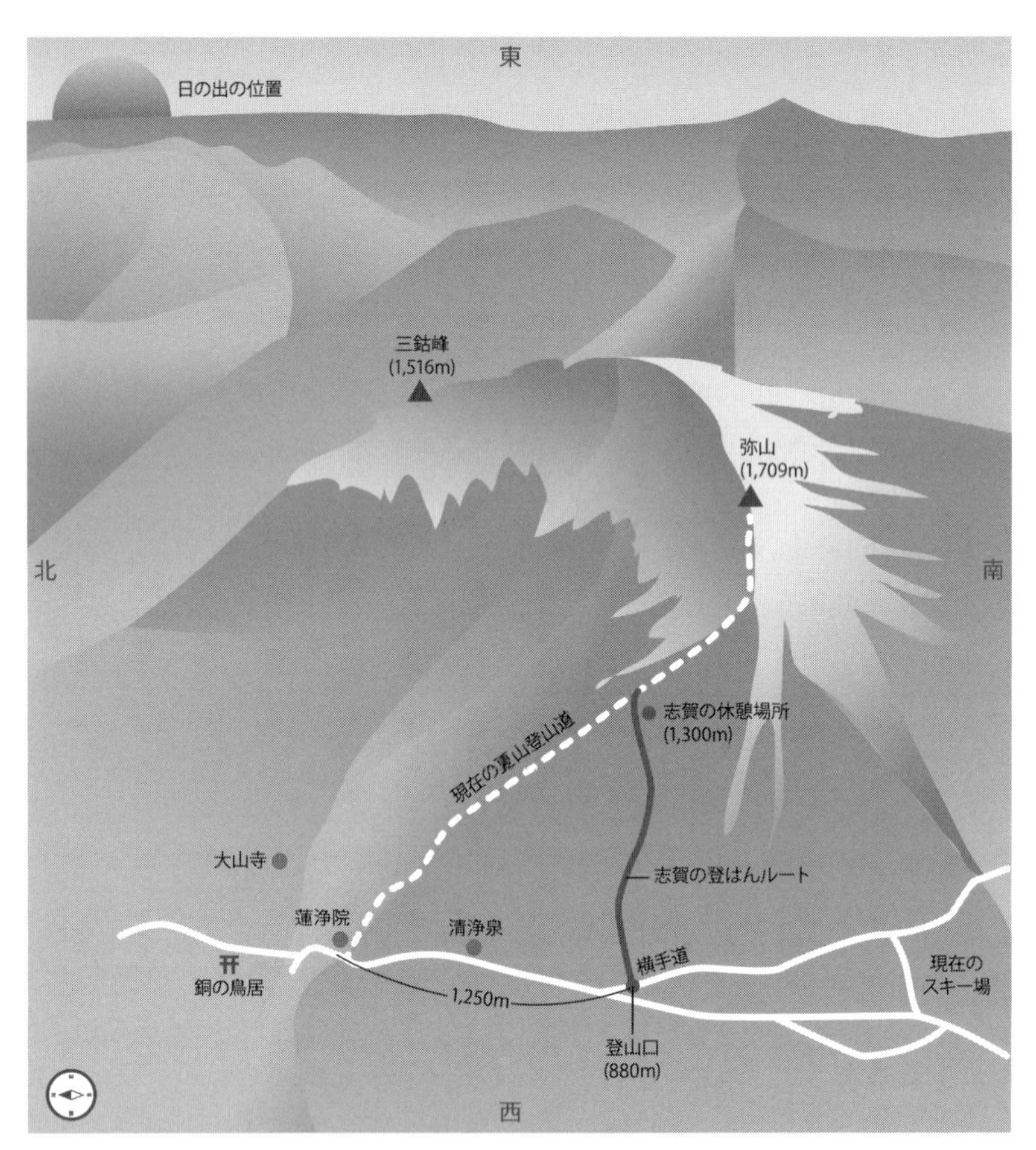
東
日の出の位置
三鈷峰
(1,516m)
弥山
(1,709m)
北
南
志賀の休憩場所
(1,300m)
現在の裏山登山道
大山寺
志賀の登はんルート
蓮浄院
清浄泉
銅の鳥居
横手道
1,250m
現在の
スキー場
登山口
(880m)
西

志賀直哉の大山登攀図

せたものだと思われる。夢を基準に現実を観察し、現実の風景を夢というフィルターにかける手法は、自然描写に富む志賀文学の本質の一部といえよう。

註

（1）『志賀直哉全集』全十五巻＋別巻、岩波書店、昭和四十八—五十九年、『志賀直哉全集』全二十八巻、岩波書店、平成十一—十四年。
（2）夢を描き、夢に言及した志賀の作品は、『旅中日記寺の瓦』（明治四十一年）、『挿話』（明治四十二年）、『孤児』（明治四十三年）、『速夫の妹』（明治四十三年）、『イヅク川』（明治四十四年）、『不幸なる恋の話』（明治四十四年）、『濁つた頭』（明治四十四年）、『襖』（明治四十四年）、『祖母の為に』（明治四十五年）、『クローディアスの日記』（大正元年）、『児を盗む話』（大正三年）、『和解』（大正六年）、『断片』（大正八年）、『或る男、其姉の死』（大正九年）、『夢』（大正九年）、『焚火』（大正九年）、『暗夜行路』（大正十—昭和十二年）、『廿代一面』（大正十二年）、『梟』（大正十四年）、『瑣事』（大正十四年）、『黒犬』（大正十四年）、『邦子』（昭和二年）、『蘭斎歿後』（昭和二年）、『夢から憶ひ出す』（昭和二年）、『豊年虫』（昭和四年）、『朝昼晩』（昭和九年）、『身辺記：亡き義母の夢』（昭和十二年）、『病中夢』（昭和十四年）、『怪談』（昭和二十一年）、『秋風』（昭和二十四年）、『昨夜の夢』（昭和二十五年）、『妙な夢』（昭和二十六年）、「夢か」（昭和三十三年）、『盲亀浮木』（昭和三十八年）などがある。
（3）藤枝静男「志賀直哉と夢」（『近代文学』昭和二十九年十月）、引用は町田栄編『日本文学研究大成　志賀直哉』（国書刊行会、平成四年、三一四頁）。
（4）日比野正信「志賀直哉の夢について」（『愛媛国文研究』昭和四十年十二月、一一四・一一六・一一八頁）。
（5）饗庭孝男「志賀直哉論——その「自然」と「夢」——」（『文学界』昭和五十年八月）、引用は町田栄編『日本文学研究大成　志賀直哉』三四六頁。
（6）町田栄「志賀直哉の「夢」を読む——「イヅク川」から『暗夜行路』——」（紅野敏郎、町田栄編『志賀直哉「暗夜行路」を読む』青英舍、昭和六十年）、引用は町田栄編『日本文学研究大成　志賀直哉』三六一頁。

（7）坂口周「デジャ＝ヴュのフィールド——志賀直哉「イヅク川」から内田百閒へ——」（『日本近代文学』平成二十二年十一月、六四・七八頁）。
（8）大正二年十一月六日日記、『志賀直哉全集』第十巻（岩波書店、昭和四十八年）、七二三頁。
（9）「暗夜行路草稿2」『志賀直哉全集』第六巻（岩波書店、昭和四十八年）、一八頁。
（10）『断片』（『解放』大正八年十一月）、引用は『志賀直哉全集』第二巻（岩波書店、昭和四十八年）、二三四頁。
（11）「手帳7」『志賀直哉全集』第十五巻（岩波書店、昭和五十九年）、一四五頁。
（12）「手帳9」『志賀直哉全集』第八巻（岩波書店、昭和四十九年）、六八七頁。
（13）『青臭帖』（『中央公論』昭和十二年四月）、引用は『志賀直哉全集』第七巻（岩波書店、昭和四十九年）、三三二頁。
（14）「手帳12」『志賀直哉全集』第十五巻、二五九—二六〇頁。
（15）「ノート13」『志賀直哉全集』第十五巻、三四八頁。
（16）「ノート1」『志賀直哉全集』第十五巻、二六八頁。
（17）未定稿「或る旅行記」、『志賀直哉全集』第十五巻、四五二頁。
（18）『稲村雑談』（『作品』昭和二十四年三月）、引用は『志賀直哉全集』第八巻、八五頁。
（19）「ノート11」『志賀直哉全集』第十五巻、三三四頁。
（20）「手帳4」『志賀直哉全集』第十五巻、六六—六七頁。
（21）「手帳5」『志賀直哉全集』第十五巻、七二頁。
（22）座談会「作家の態度」（『文芸』昭和二十三年六—七月）、引用は『志賀直哉全集』第十四巻（岩波書店、昭和四十九年）、七一—七二頁。
（23）「手帳3」『志賀直哉全集』第十五巻、四九頁。
（24）明治四十五年三月十九日日記『志賀直哉全集』第十巻、五六二頁。
（25）明治四十五年三月三十日日記『志賀直哉全集』第十巻、五六七頁。
（26）未定稿「竹本東猿を聴いて」『志賀直哉全集』第九巻（岩波書店、昭和四十九年）、二四五頁。
（27）未定稿「せめふさげ（十一）夢」『志賀直哉全集』第九巻、二八八頁。

(28) 明治四十四年一月五日日記『志賀直哉全集』第一〇巻、四五九頁。
(29) 未定稿「河畔の青野（夢）」『志賀直哉全集』第九巻、一二三三―一二三四頁。
(30) 明治三十九年五月七日の有島生馬宛書簡、『志賀直哉全集』第十五巻、五〇一頁。
(31) 未定稿「山の水車」『志賀直哉全集』第九巻、一九〇頁。
(32) 『イヅク川』（『白樺』明治四十四年二月）、引用は『志賀直哉全集』第一巻（岩波書店、昭和四十八年）、二七五頁。
(33) 『蘭斎歿後』（『大調和』昭和二年四月）、引用は『志賀直哉全集』第三巻（岩波書店、昭和四十八年）、四一八―四一九頁。
(34) 『和解』（『黒潮』大正六年十月）、引用は『志賀直哉全集』第二巻、四〇八頁。
(35) 小説『転生』（『文芸春秋』大正十三年三月）、引用は『志賀直哉全集』第三巻、一八五頁。
(36) 小説『豊年虫』（『週刊朝日』昭和四年一月）、引用は『志賀直哉全集』第三巻、五〇五―五〇六頁。
(37) 『暗夜行路』第三の八（『改造』大正十一年二月）、引用は『志賀直哉全集』第五巻（岩波書店、昭和四十八年）、三三六、三三八頁。
(38) 『暗夜行路』第四の十一（『改造』昭和二年十一月）、引用は『志賀直哉全集』第五巻、五二二頁。
(39) 「ノート1」『志賀直哉全集』第十五巻、二八一頁。
(40) 須藤松雄「『暗夜行路』の大山と大正三年の大山体験」（『日本近代文学』昭和五十年十月）、二九頁。
(41) 大久保喬樹『森羅変容：近代日本文学と自然』（小沢書店、平成八年）、二一一頁。
(42) 昭和十二年三月五日付の網野菊宛書簡『志賀直哉全集』第十二巻（岩波書店、昭和四十九年）、四五〇頁。
(43) 「続創作余談」（『改造』昭和十三年六月）、引用は『志賀直哉全集』第八巻、二一頁。
(44) 『志賀直哉全集』第十七巻（岩波書店、平成十二年）、二六七頁。
(45) 大正三年九月二日執筆の「暗夜行路草稿22　女に関して」『志賀直哉全集』第六巻、三二五―三二六頁。
(46) 「年譜」『志賀直哉全集』第十四巻、三八五頁、「年譜」『志賀直哉全集』第二十二巻（岩波書店、平成十三年）、二三頁。

(47)『暗夜行路』第四の十八、第四の十九（『改造』昭和十二年四月）、引用は『志賀直哉全集』第五巻、五六九頁、五七六頁。

(48)大山の自然を守る会編集発行『大山と私たち』昭和四十六年初版、四十七年第五刷、十三頁、「大山探検隊も「暗夜行路」の志賀直哉も正面登山道をのぼっている」が、「いまの正面登山道そのものではなさそう」とある。

(49)本多秋五『志賀直哉』下（岩波書店、平成二年）、八八頁。

(50)拙文「志賀直哉における〈曙光〉」『淵叢　近代文学論集』平成八年、六七―六八頁。

(51)『五万分一地形図松江八号大山』大日本帝国陸地測量部発行、大正二年。

(52)『暗夜行路』第四の十九（『改造』昭和十二年四月）、引用は『志賀直哉全集』第五巻、五七五―五七六頁。

(53)『明治・大正・昭和・平成時代の歴史を語る　大山今昔写真集』（立花書院、平成二十年）。八四頁。掲載写真のキャプションは「宿坊蓮浄院の出発　大正3年、作家志賀直哉は大山寺を訪れ、この蓮浄院に宿泊した」とある。

(54)『暗夜行路』（第四の十六）（『改造』昭和十二年四月）、引用は『志賀直哉全集』第五巻、五五六頁。

(55)「伯耆国角盤山大山境内之図及附近地里程略図」（大山寺、明治四十四年）では、「金鳥居」と表記される。この図の原物は未見、大山自然歴史博物館で展示された写真で確認。

(56)当時の記録は九種ある。①久保得二『檜木笠：紀行文集』（博文館、明治三十四年、二一五頁）では、「大山神社鉄華表のあたりより右に折れ、作州へ通ふ間道を取りて、行くこと半里、初めて攀づるを得べし」とあり、「鉄華表」は銅の鳥居で、「半里」は約二〇〇〇メートル。②高頭式編『日本山嶽志』（博文館、明治三十九年、六三八頁）の小島烏水の増補文では、「大山神社ノ華表ヨリ右折シ、磧ヲ渉リ、山麓美作道ニ出デ半里ニシテ初メテ横腹（ヨコテ）ト称スルトコロヨリ、登山道トナル」とある。③河東秉五郎（碧梧桐）『日本の山水』（紫鳳閣、大正四年、五七八頁）では、出雲出身俳人竹内映紫楼が明治四十三年に登攀する時、「大山寺より二十町、絶頂への登山路」は「別に定まりたる径あるにあらず」とし、「二十町」も約二〇〇〇メートル。④田山花袋編『新撰名勝地誌巻八山陰道之部』（博文館、明治四十五年、一九六―一九七頁）では、「本社鉄華表の辺に出で、美作通ひの間道を辿ること半里、初めて世峯にさし掛り」とある。⑤鉄道院の『遊覧地案内』（明治四十五年、五八頁）では、「神社の鳥居より右折し、行くこと半里にして横腹と云ふ所より愈峻嶮なる登山道となる」とある。⑥池田喜市郎『伯耆の大山』(大山寺、明治四十五年、二六—二七頁)では、「横手道を行くこと約廿町にして山の傾斜稍緩なる處を訪ね密ませる草萊を分けて登る素より別に登山道と称するものあるにあらず」とあり、「横手道にして若し数歩を枉ぐれば石の大華表と有名の清浄泉に達すべし溝口江尾御杋線の賽客は是れより本山に入るの道筋とす」とある。⑦日本漫遊案内社編『帝国漫遊案内』(明文館、大正二年、三七一頁)では、「社の華表より右折して行くこと半里、横腹と称する所より路愈険となる。満山樹梢稀に、草茫々たり。草を把持して漸く登る」とある。⑧北尾燎之助「大山より船上山へ」『山岳巡礼』(梅津書店、大正八年、三七八頁)では、北尾が大正五年七月に登山した時、「七時四十五分溝口に下る道に逢ふ。此辺へ来ると道に高い。山下の広野一面に青毛氈を敷きたる如く孝霊山の雲際に聳ゆるを見る。八時、愈々東に向つて、一直線に雲の中に分入る」とある。つまり、清浄泉に近い「溝口に下る道」との交差点から登山口までの距離は、七時四五分から八時まで歩いたので、六五〇メートルの可能性が高く、志賀の「登山口」とも一致する。⑨竹内芳之助『伯耆大山寺参拝と登山の栞』(大山寺、大正八年、一〇頁)では、「出発は通常午前二時乃至三時頃より行はる、これ頂上に於ける日の出の光景を見むがためなり、道は先づ南口より上る、途中阿弥陀堂の前、石の大鳥居、清浄泉を過げ、横手パノラマを闇の裡に行きて更らに十数町、これより直角に左折し山背の急峻に向へば」とある。他に、明治三十九年八月に登頂を試みた『大阪毎日新聞』のチームは、「蓮浄院で朝食をとり、地元別動の応援隊と、あす頂上での会見を約して一応別れ、西へ作州街道十八町を歩き、それより四十九度の急な登路を一直線に、山頂めざしてあえぎ登る」とある。つまり蓮浄院から約一九〇〇メートル歩き、上記の人々の歩いた距離より約六〇〇メートル長くなる。山下政夫「明治末期の登頂(毎日新聞と大山)」、『伯耆坊大山』(創元社、昭和三十九年、一一七頁)参考。また、鳥居から登山口まで「一里」(約四〇〇〇メートル)あるという記録も三種あり、志賀の登山口よりさらに二〇〇〇メートル先へ進んだところにある登山口である。たとえば、(A)大町桂月『山水めぐり』(博文館、明治三十四年、三五〇—三五四頁)では、「華表の側の旅店」を出て、「一里ばかり山腰をめぐりて行」ってそこから「大山の絶頂迄」登ると記す。(B)奥原福市(碧雲)編『山陰鉄道名勝案内』(有田有斐堂、明治四十五年、八四—八五頁)では、「大山寺より、山腰を繞ること約一里、これより坂路二十町にして絶巓に達すべし」とある。(C)雪吹敏光編『大山と三瓶』(秦慶之助出版、大正三年、三八—四二頁)では、「大なる江尾街道を西に向ひて進み、暗く繁茂せる山毛欅の深林を通行すべし。(略)此道路を西々南し、第一、第二の上部河原帯（上部河原帯とは山巓の禿地を云ふ）を過ぎ、第三の上部河原帯に近つかんとする所に道標あり、高六尺の石柱にして『三十三度供養右こやなぎ、ゐび／左みつくゐ湯原』と記しあり。登山者は必ず此附近迄進むべし之より一直線に山巓に向つて進めば高山植物の密集地に至るを得べし」とある。「高六尺の石柱」の道標を、「伯耆国角盤山大山境内之図及附近地里程略図」（大山寺、明治四十四年）の写真（大山自然歴史博物館で展示）で確認できる。つまり清浄泉から西に向かっていけば、二つの分かれ道があり、一つ目は横手道と溝口道の交差点で、現存の道標がある。二つ目は横手道と江尾道の交差点で、「高六尺の石柱」の道標がある。二つの分かれ道は『五万分一地形図松江八号大山』にも記される。雪吹の使った登山口は、志賀の使った登山口よりさらに二〇〇〇メートル先にある。

(57)　私の測量では、この石の道標は高さ一・三メートルで、「従是　右　みぞ口二ぶ道　左　ゐび並みづくゐ道」と判読できる。だが、『大山みち〜道標と石地蔵が語る大山信仰〜』（鳥取県西伯郡淀江町淀江中央公民館、昭和五十四年、一一〇頁）では、「みぞ口二ぶ道」ではなく、「みぞ口二ぶへ」と判読される。註（56）の⑧の「七時四十五分溝口に下る道に逢ふ」はこの分かれ道を指す。

(58)　「常盤松の某日」志賀直哉『夕陽』桜井書店、昭和三十五年、七七頁。

(59)　国土地理院『伯耆大山』（昭和五十年）、自然観察研究会「大山地区案内図　1/25,000」『伯耆大山』（北海道地図株式会社、平成十年）。

(60)　雪吹敏光編『大山と三瓶』（秦慶之助出版、大正三年）、三九頁の図、五〇頁。

(61)　『暗夜行路』第四の十九（『改造』昭和十二年四月）、引用は『志賀直哉全集』第五巻、五七九頁。

(62)　五来重「伯耆大山の地蔵信仰と如法経」（串田孫一・今井通子・今福龍太編『日本の名山19、大山』博品社、平成十年、一六五頁）。

(63)　国立天文台 http://eco.mtk.nao.ac.jp/cgi-bin/koyomi/koyomix.cgi による。方位とは、北を〇度とし、東回りに測った角度である。

(64)　私の観測は平成二十四年七月二十六日と八月三日の二回であり、志賀の見た大正三年七月二十九日から八月三日までの太陽の方位と高度とは非常に近い。

(65)『暗夜行路』第四の十九(『改造』昭和十二年四月)、引用は『志賀直哉全集』第五巻、五八〇頁。
(66)雪吹敏光編『大山と三瓶』四八―五〇頁。
(67)高頭式編『日本山嶽志』の小島烏水の増補文、博文館、明治三十九年、六三八頁。
(68)山下政夫「陽は大山から」『伯耆坊大山』(創元社、昭和三十九年)、一四七頁。
(69)三木利英『志賀直哉と大山――こころの軌跡を求めて――』(錦正社、昭和五十三年)、二三八頁、影は「南西にあたる溝口町の山野に映る」ので、現在の鳥取県西伯郡伯耆町溝口は、弥山からは約九キロメートル離れる。
(70)平成二十四年現在、大山自然博物館には冬の大山の影が日本海を覆う写真が飾られ、志賀の描いた夏の影大山に関して疑問も呈されている。
(71)三木利英『志賀直哉と大山――こころの軌跡を求めて――』二四一―二四二頁。
(72)島根県皇典講究分所編『出雲風土記:注解』(松陽新報社、明治四十五年)、九頁。当時松江に滞在した志賀はこの本を見た可能性がある。
(73)『志賀直哉全集別巻』岩波書店、昭和四十九年、四三三頁。
(74)『暗夜行路』第二の四(『改造』大正十年四月)、引用は『志賀直哉全集』第五巻、一七七頁。
(75)『暗夜行路』第四の十二(『改造』昭和二年四月)、引用は『志賀直哉全集』第五巻、五二六頁。
(76)『暗夜行路』第三の八(『改造』大正十一年二月)、引用は『志賀直哉全集』第五巻、三四〇頁。

コラム

日本のねむり衣の文化誌
――近代以降の眠りのよそおいの表象――

鍛治　恵

眠るとき、何を着ていますか？　この問いに対して、多くの人は「寝間着」「パジャマ」と答えるだろう。どのような格好で就寝するか、自然環境やその人の身分、つまり社会環境などから、次のような四つの分類が考えられる。昼間の恰好のまま眠る。着ている服を脱いで裸になって眠る。着ている服を脱いで下着で眠る。睡眠時専用の服に着替えて眠る。日本は、睡眠時専用の服に着替えて眠る「ねむり衣型*」に分類される。本稿では、近代以降の、特に女性のねむり衣を中心に概観してみたい。

冒頭の問いの答の一つ「寝間着（寝巻）」は、江戸時代の浴衣を原型とする和風のねむり衣といえよう。戦後になると、様々な生活材がアメリカからもたらされ、生活スタイルや生活習慣を欧米風に改善することが求められて、洋風のねむり衣や着替えという習慣が一般に普及していった。当時、欧米の一般家庭を描いた映画やテレビ、新聞漫画が、新しい時代の豊かな生活をイメージさせるビジュアル資料であった。そこには、見たこともない家電製品とともに、ベッドやネグリジェ、パジャマ、ガウンといった新しい洋風のねむり衣が、豊かな家庭生活に欠かせない道具として登場し、戦後の日本女性たちを魅了したようだ。当時の業界紙『日本繊維新聞』昭和三十一年十月二十日付には、「外国映画を鑑賞した女性たちによって、ネグリジェに対する購買度が急速に上がった」という記事が見える。

戦後の新しいねむり衣の代表ともいえるネグリジェは、まさしく生活の洋風化の賜であり、暖かな住環境の整備やナイロンなどの新素材開発が流行の背景にあった（図1・2）。折しも、昭和三十四（一九五九）年、皇太子と美智子様のご成婚は、好景気ともあいまって庶民のあいだに結婚ブームを到来させた。華やかさとセクシーさを演出するネグリジェは、経済的にも次第に豊かになりつつあった日本の平均的新婚家庭のナイトライフに、女で

図2　ワコールが昭和38（1963）年に発表した「フルフルネグリジェ」

図1　漫画「サザエさん」にも登場するネグリジェ。高度経済成長期、ねむり衣のスタイルは年齢、性別による分化が進んだ。「サザエさん」（『朝日新聞』昭和40〈1965〉年3月6日付）Ⓒ長谷川町子美術館

あることを強調した装いとして新妻が着るのに特にふさわしいと考えられたようである。当時は、結婚の祝いの品として家族や友人から贈られることも少なくなかったという。五十年代から六十年代半ばにかけて、このネグリジェやパジャマといった洋風のねむり衣が多数生産され普及する一方、日本古来の寝間着（寝着）も引き続き着用されるということから、多様なねむり衣が混在する時代であった。

しかし、やがてまもなくネグリジェは姿を消してしまう。洋風の生活スタイルへの憧れを背景に、女性が競って身につけたネグリジェだったが、現実にはそれほど着心地のよいものではなかったようだ。この女性専用ねむり衣ネグリジェの盛衰については、当時の日本女性がおかれていた社会状況からも考えてみることができる。高度成長期に入ろうとする当時の日本では、夫が都心で仕事に従事し、妻は家庭で家事と育児に専念するという男女の役割分担のスタイルが確立しつつあった。都市部では食住は分離され、家の中では寝る場所は洋風化の一環として、寝室が設けられベッドが望ましいとされた。寝室はロマンチックでムーディな夢のある空間であり、ネグリジェは昼間の服から着替えて移っていく、そんな時間、空間に装う衣服だった。

七十年代に入ると、ユニセックス現象と呼ばれる現象が、ファッションの世界で巻き起こった。この時代に始まったウーマンリブ運動の根底に流れる「男女平等」の思想や、女性の意識を揺さぶった時代の動きは、女らしさを強調し、女性専用であったネグリジェを、過去の時代のものとして拒否するには十分だったのではないだろうか。七十年代半ばから、日本の女子労働力は上昇へ転じ専業主婦率も低下してゆく。高度成長期以降の女性の位置の移り変わりが、ねむり衣にも表象されているとみることはできないだろうか。

やがて七十年代が終わる頃、ネグリジェの衰退と同時に、眠る時の専用のねまきやパジャマに対して、くつろぐ時にも兼用できる「部屋着」という概念の服が登場してくる。インナーウェアのメーカーは、そのまま家の近所まで外出してもよいような「部屋着」を、アウターウェアのメーカーは、室内でも気楽に着られる服として「部屋着」を用意し始めた。一方、健康への関心が高まり、フィットネスやエアロビクスの最初のブームが訪れ、

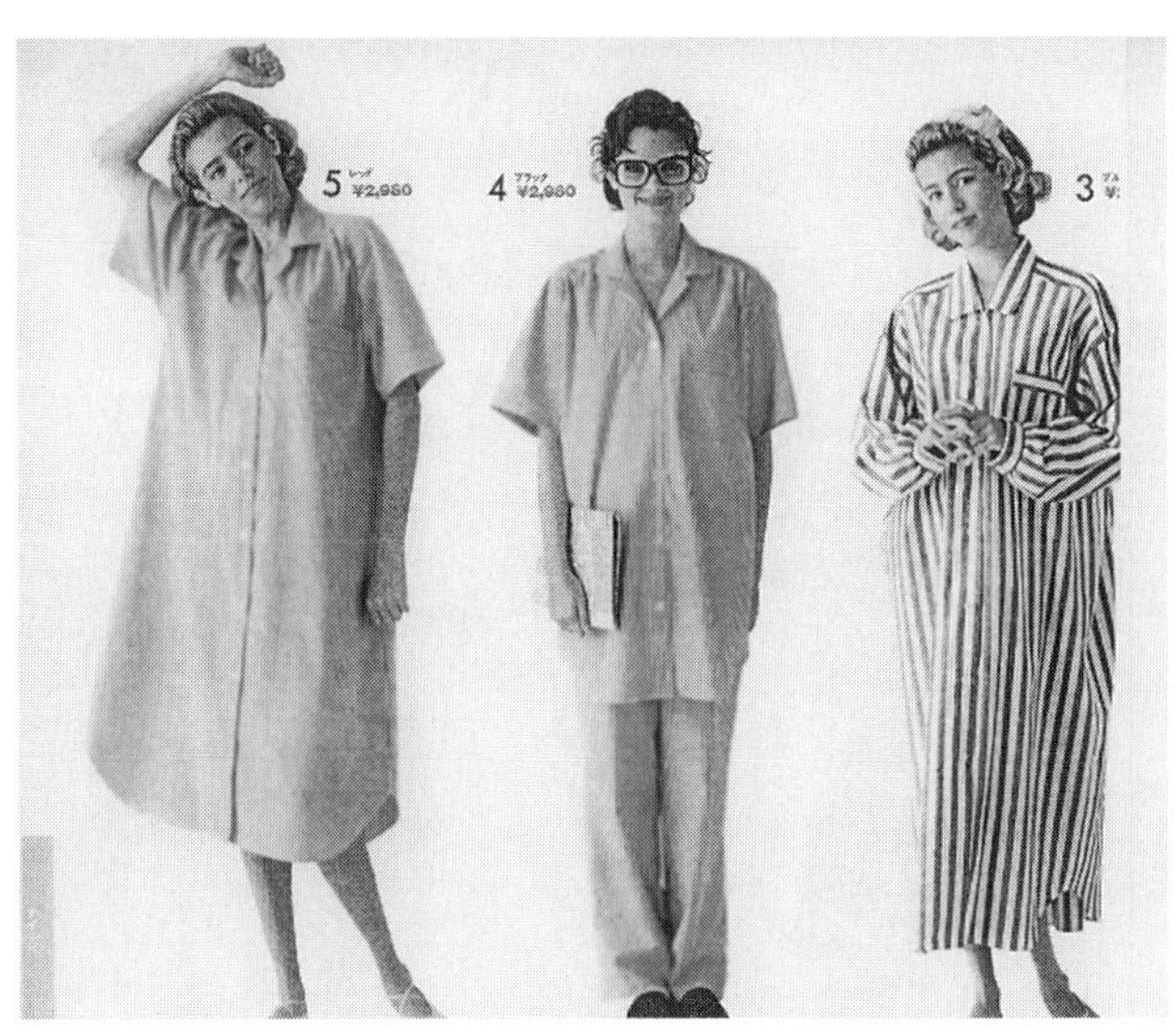

図3　シャツタイプのねむり衣。昼間の服との区別が薄れている。（千趣会1989年春夏カタログより）

Tシャツやトレーナーといったスポーツカジュアルウェアが流行する。

八十年代後半から九十年代、さまざまな業態の終夜営業開始とインターネット時代の到来により都市は夜型化し、昼夜の区別があいまいになっていった。夜活動する人々が増え、若年層を中心に、くつろぐ時と眠る時の両方で兼用する着方が一般化していく。自宅でテレビやビデオを見ながらくつろぐ、そのときの「部屋着」はTシャツやスポーツカジュアルウェアとなり、そのまま眠りにつく。翌朝目覚めて、着替えることなくコンビニへ買い物に行く……。このような生活スタイルが、Tシャツなど、さまざまな昼間の服を私たちに新たなねむり衣の仲間として受け入れさせた。通販会社大手の千趣会一九八九年の春夏カタログを見ると、そこにはもはや部屋着との区別がほとんどなくなったねむり衣の写真を見ることができる（図3）。

戦後、生活習慣の改善の最優先課題として、食寝分離――食べる場所と眠る場所を分けることが求められた。同時に、専用のねむり衣に着替えることで、眠る時間と目覚めている時間も分けられていた。分けることが求められた近代工業化社会に対して、現代情報化社会は、グローバル化の時代、インターネットによる「つながる」時代。Tシャツに代表される部屋着という睡眠とくつろぎの兼用服は、昼と夜の区別が曖昧になる「分けない」時代ならではのねむり衣なのである。

今日、日本人の睡眠時間は圧迫され、眠りの問題も多くなっている。削られ軽んじられる一方、より健康志向が強まるなかで快眠への意識や欲求も高まり、睡眠は二極化しているといえよう。健康という個人の問題の中で睡眠やねむり衣も考えられるようになる中、寝室は個人が再生産の場としての意味あいを持つようになり、今また、きちんと着替えようと提言されている。眠りへの準備として、有効な入眠儀式の一つとして、つとめていわれるのが専用の服への着替えなのである。ねむり衣の新たな時代が到来しようとしているのではないだろうか。

＊ねむり衣……眠る時に着る服の総称として、睡眠文化研究会による造語。

【参考文献】『ねむり衣の文化誌』睡眠文化研究所、吉田集而編、冬青社、二〇〇三年。

夢と文化の読書案内

荒木　浩

一　「夢学」を学ぶ

『クライング』（Tom Lutz. *Crying: The Natural and Cultural History of Tears.* W.W. Norton, 1999）という本がある。一九九九年の秋、コロンビア大学に短期滞在していた時に、ニューヨークタイムズ日曜版の書評で出会った本だ。副題の通り、涙の科学から、美術や文学に渉る泣くことの詩学まで、いわば「泣学」総体の記述がある。[1]

「夢」についても、かつて「夢学（Oneirologie）」と総称される拡がりで研究が進められた時代があった。およそ百年前の大正六年（一九一七）に高峰博が著した**『夢学』**（有文堂）は、次のような大枠を示して論じられている。

第一篇　夢学総論（第一章　何故に夢は研究すべきか〈夢学とは何？〉、第二章　睡眠とは何ぞや、第三章　覚醒意識、夢中意識、第四章　夢の分類法各種）

第二篇　夢学各論上（夢と身体）（第一章　五官器と夢との関係、第二章　身体内部よりの刺戟）

第三篇　夢学各論中（夢と精神）（第一章　精神自己の刺戟、第二章　精神作用と夢）
第四篇　夢学各論下（特殊夢）（第一章　小児夢、第二章　性欲夢、第三章　魘感及び夢魘、第四章　飛行夢及び墜落夢、第五章　表徴夢、第六章　夢と文学其の一〈文学的色彩の夢〉、第七章　夢と文学其の二〈夢中意識の文学的創作〉）
第五篇　夢学綜説及表解
附録　夢の故事並に熟語、挿図及び挿画目次、索引目次

細目は省略するが、高峰は、医学や精神科学から、歴史学、宗教や文学・伝承などの成果までを視野に入れて、「夢学」の「総論」を構成している。今日の日本で、こうした全体的視界のもとに「夢学」の議論を展開できる研究者がはたしてどれだけいるだろうか。一方で海外では、「Dreaming」や「Dream Culute」と枠取って、むしろ積極的に、さまざまな本が出版され続けている。私が関心を抱いたり、本書に結実した日文研の「夢と表象」研究会で話題に出た論著を摘記しても、たとえば次のようなリストをすぐに挙げることができる。

・***Dream Cultures : Explorations in the Comparative History of Dreaming***. edited by David Shulman and Guy G. Stroumasa. Oxford University Press, 1999.
・Serinity Young. ***Dreaming in the Lotus : Buddhist Dream Narrative, Imagery, and Practice***. Wisdom Publications, 1999.
・***The Indian Night : Sleep and Dreams in Indian Culture***. edited by Claudine Bautze-Picron. Rupa &

Co., 2009.
・William V. Harris. ***Dreams and Experience in Classical Antiquity.*** Harvard University Press, 2009.
・***Night-time and Sleep in Asia and the West : Exploring the Dark Side of Life.***（Anthropology of Asia series）edited by Brigitte Steger and Lodewijk Brunt. Routledge Curson, 2003.

それぞれを一覧しても、広範な夢や睡眠の世界が硬軟取り混ぜて分析されており参考になる。就中、仏教の夢に関心を抱く日本文学研究者の私には、二番目（*Dreaming in the Lotus*）と三番目（*The Indian Night*）の論著に教えられるところが多い。この他にロジャー・イーカーチ『**失われた夜の歴史**』（樋口幸子・片桐佐智子・三宅真砂子訳、インターシフト、二〇一五年二月）という「夜」の意義を歴史的に問う名著の第Ⅳ部「私的な世界」にも、「悪夢」や「夢とビジョン」が項目立てて論じられる。そのコンテクストも示唆的である。

二　夢と日本文化の研究史概観

二―一　河東仁の研究

その中で、日本の夢と文化の問題に対象を絞って考えてみれば、近年もっとも意義のある仕事は、河東仁『**日本の夢信仰――宗教学から見た日本精神史**』（玉川大学出版部、二〇〇二年）であろう。同書は、古典作品を用いて通時的に豊富な分析がなされており、研究の俯瞰も参考になる。その序「研究の目的と歴史」2「わが国における夢信仰の研究史」には、近代日本における「夢観」をめぐって、懇切な歴史的概観が示されている。関連するところを一部抜き出しておこう。

日本における夢観の変遷を、古典文学をとおして探ろうとする研究は、これまでもさまざまな形でなされてきた。そうしたなかで先鞭をつけたのが、明治期を代表する哲学者の一人、井上円了（一八五八―一九一九）である。まず明治二一年（一八八八）に、「熱海百夢」と題する論文を、『哲学会雑誌』に発表する。病気療養のため豆州熱海に逗留した七〇日余りのあいだに見た一〇〇例の夢を記録したものであり、これを手始めとして、本格的な夢研究に入る。そして明治二八年（一八九五）に、「仏教の夢説一班」を雑誌『東洋哲学』に連載する。仏典に説かれている霊夢譚、そして睡眠や夢をめぐる仏教的な解釈を整理したものである。また明治三三年（一九〇〇）には、仏教以外の夢想にも視野を広げた論文「夢想篇」を、自らが主宰する『妖怪学雑誌』にて、たてつづけに発表する。仏教のみならず中国の夢観、アリステレスやヒポクラテスにはじまる西洋の夢観、さらに日本における夢観を紹介し整理したものであるが、彼の妖怪学と同様、夢に対してあくまでも啓蒙的な観点から迫ろうとしている。

ちなみにこの一九〇〇年には、西洋においても、それまでの非科学的な夢占いと訣別し、夢に科学的なメスを入れようとした、フロイトの『夢判断』（*Die Traumdeutung*）が公刊されている。

一方、日本における夢研究の最初の単行本、石橋臥波の『夢』（寶文館）が公刊されたのは、明治四〇年（一九〇七）のことである。『古事記』『日本書紀』の時代から江戸期の文芸まで、そこに登場する夢譚を丹念に拾いだし、その整理分類を試みている。学術的な客観性にも目が向けられ、主観や先入観が入らぬよう、まずは材料の蒐集に専念し、そののちに整理分類するという方法がとられている。それゆえ基礎的な資料として、その後の夢研究の基礎になった書ともいえる。ただし冒頭に叙（序）を寄せた富士川游が、この書を夢に対する「研究の前業」と位置づけているように、必ずしも膨大な資料の整理分類に成功しているとはいいがたい。しかしこの書が、わが国における夢研究の記念碑的な存在であることは確かである。

続けて河東は、大正から昭和にかけての研究史を通覧する。

大正期から昭和初期　その後の注目すべき研究としては、大正六年（一九一七）に、高峰博の大著『夢学』（有文堂）が登場している。夢学（Oneirologie）の総説的な書であり、ビネーやフロイトそしてベルグソンなどに依拠した、夢への心理学的なアプローチも取り込まれている。この時期の特徴は、名島潤慈が指摘しているように、臨床心理学的な視角からの夢研究が爆発的に増大したことになる。(2)

また河東は、「文学との関係で夢を論じた研究としては、柳田國男の手になる「初夢と昔話」（一九三七）、「夢と文芸」（一九三八）以外、この時期には特筆すべき研究は見当たらない」が、演劇における大正モダニズムにおける「世阿弥の能の特異性」の再認識がなされたことと、「世阿弥の時代にはなかった「夢幻能（むげんのう）」なる用語が誕生し」たことをなどを指摘している。

そして戦後「最高峰に位置する」研究として、「昭和四七年（一九七二）に刊行された、西郷信綱の『古代人と夢』（平凡社）」が特記される。そして河東は、西郷が「古代人」の夢として区切ったのは、「武士の登場をもって日本における夢の歴史に一線が引かれたとの立場から」であり、「そうした武士観の先駆けとなったのが、昭和四二年に公刊された古川哲史の**『夢――日本人の精神史――』**（有信堂）である」と研究史の文脈を記述する。

二―二　西郷信綱のインパクト

たしかに西郷信綱**『古代人と夢』**(3)が夢研究へもたらした先駆的意味の高さと示唆性の拡がりは、現代の日本文化研究者の「夢観」に決定的な転機――文字通りのパラダイムチェンジをもたらした。夢の語義、インキュベーション、その外部性など、近代と異なる古代の夢の特質を、私たちがいわば常識として等価的に捉えて共有することができるようになったのは、『古代人と夢』の存在なくしては考えられない。

だが一方で、西郷自身の言説が、自らの特立的印象を必要以上に強めたことも事実である。西郷は「われわれは、昔の人のこうした夢、ならびにそれに対するかれらの態度が何を意味しているかについて、まだ一度もまともに問うということをしていない。……とにかくこの方面の探求はまだほとんど試みられていない有様で」と切り捨てた上で、先行研究をかろうじて次のように整理した。

もっとも、先立つ業績がまるでないわけではなく、私の知るかぎりそれは二つある。石橋臥波『夢――歴史、文学、美術及び習俗の上に現はれたる夢の学術的研究』という本が明治四十年に出ており、芳賀矢一校閲で、井上哲次郎、高楠順次郎、富士川游といったお歴々が序を寄せている。学術的研究とは銘うってはいるものの、実は「研究の前業（フォールアルバイト）」（富士川游）ともいうべき一種の資料集で、そして資料集としてなら今でも多少役立つ本ではある。次いで古川哲史『夢―日本人の精神史』（昭和四十二年）という本がある。「参考書はなく、いわば孤立無援の状態で書かれた」と後記にあるとおり、これは日本人の夢にかんする最初の苦心の作であり、私もいろいろ教えられた。とくに資料面での開拓がいちじるしい。ただ、古事記から志賀直哉に至る夢の記事を満遍なく拾いあげ、それに月並みな解説を加えていくという形で、果たして精神史がなりたつのかどうか。精神史というからには、人間精神と歴史とのかかわりかた、つまり人間の世界連関において夢とは何かという問題が、もっと痛切に考察されねばならないのではあるまいか。……とにかく日本人の夢に関する参考文献は、この二冊きりである。「孤立無援」ではないけれど、私も出発点につきもどされる。（下略）

この断言のインパクトは大きい。あたかもすべてはここから始まると『古代人と夢』は自己言及し、その後の同書への評価は、この言説を無限大に拡幅する。

その結果、いま見ると、石橋臥波**『夢――歴史、文学、美術及び習俗の上に現はれたる夢の学術的研究』**（宝文館、一九〇七年）や高峰の『夢学』という先駆的研究への評価が、過当に薄められてしまった感がある。特に石橋の『夢』は、その未熟さを名指しで断言されたため、よけいに不十分な先行研究として決めつけられ、読まれもせずに捨て置かれて、存在すらも忘れ去られてしまったのではないだろうか。

たとえば十年前に刊行された岩波書店『文学　隔月刊』「**《特集》夢の領分**」（第六巻・第五号、二〇〇五年九、一〇月号）を見てみよう。この特集は、日本の古典文学を起点と中心においた、夢文化に関する重要な論集となっている。大谷雅夫「夢――歌語と詩語」、多田一臣「古代の夢――『日本霊異記』を中心に」、久保田淳「『源氏物語』

の夢――その諸相と働き」、伊東貴之「醒めて見る夢――古代中国の思想・文学に現れた夢の言説」、末木文美士「仏教と夢」、山中玲子「〈井筒〉への道」、中務哲郎「夢で女と通ず」、高橋義人「現実から夢へ、夢からまた現実へ」、ピエール・パシェ「見るものに対する責任」、根本美作子「イメージの呪縛」、斎藤環「夢の重力――夢分析の余白に」、石井達朗「ダンスと夢――夢の生成に向けて踊り、夢の廃墟に立ちつくす――」、松浦寿輝「下天の内をくらぶれば」、鈴木健一「古典文学の夢」、須田千里「「夢十夜」考説」、鈴木啓子「鏡花の夢――転位の表現様式」、深沢眞二「枯野の夢夏艸の夢（上）」などと優れた論考が並ぶ。

多くはエッセイ風の形式で個別に論述を展開しているため、言及対象の重複と不統一が目立つのが少し残念だが、巻頭の大谷論文などは、『萬葉集』など上代文学をめぐる夢の様相について、中国文学の分析とその影響を精細に論じ、卓越した批評性を有する研究である。この論文は後に「加筆訂正」され、同著『歌と詩のあいだ　和漢比較文学論攷』（岩波書店、二〇〇八年）のⅡ部に「1　夢」として収められた。吉川幸次郎「思夢と愕夢」、出石誠彦「上代支那史籍に見ゆる夢の説話について」、柳田國男「初夢と昔話」なども取り挙げて示唆に富むが、石橋臥波の『夢』についてては――もちろん高峰の『夢学』にも――言及はない。石橋が指摘した古典文学の分類などにも触れられないまま[4]、「夢の思想の新旧の相」の併存が論じられている。総じてこの特集号では、近代の夢研究を概観する須田の論考以外には、『夢』や『夢学』に言及する論文はないようだ。

もっとも石橋の研究への顧慮がなくなったのは、石橋の今日の知名度と西郷の評価と相俟って、おそらくかつてはきわめて手に入りにくい資料だったためだろう。CiNii でも二十館未満の図書館しか検出できない。しかし現在は、国立国会図書館デジタルコレクション（http://dl.ndl.go.jp/info:ndljp/pid/760909）として全冊の無料ダウンロードができる。海外も視野に入れれば、むしろ西郷の本より絶対的に簡便な閲覧が可能となったといえるだろう。

石橋の『夢』には、夢の「歴史的研究」——神代から徳川時代まで——としての画期的意味がある。時代ごとの夢の意義分類も、一通りすべての輪郭を描いており、むしろ私たちの見落としに気付かされる面もある。

いったいに、夢の研究や分析は、研究者それぞれの思い入れが強く、往々にしてエッセイのように語られることが多いせいか、すでに論じられたことのトートロジーを、気付かずに犯している場合が多いようにも思う。明治期の研究を無原則に過褒するのはもちろん禁物だが、しかるべき研究史的蓄積は必要である。

三　石橋臥波『夢』とその周辺

石橋臥波『夢』については、その書誌的な構成にも目を引かれる。本書は、芳賀矢一「閲」で、序には井上哲次郎、高楠順次郎、富士川游の文章が並ぶ。それがすべて夏目漱石（一八六七〜一九一六）と深い縁と交流のある同時代人であることに着目したい。

たとえば富士川游（一八六五〜一九四〇）だが、漱石とは書簡のやりとりもあり、彼と広島医学校の同級で深い友人関係にあった尼子四郎（一八六五〜一九三〇）は漱石の家医である。芳賀矢一（一八六七〜一九二七）は漱石と同年で、漱石が東京帝国大学講師時代にすでに教授であった。井上哲次郎（一八五六〜一九四四）は、東大学長時代に小泉八雲の代わりに漱石を東大講師に据えた人物。漱石は井上の講義を受講しており、メモ書きも残る。[5]『三四郎』の「先生」のモデルという。高楠順次郎（一八六六〜一九四五）には次のようなエピソードが伝わっている。

先生は一寸したことでもよくおこつた。僕が一ぺんから云ふ話をした。人から聞いた話で、高楠順次郎が、夏目さんなんか大学に居るよりも、外へ出て作家になつた方がよかつた人だと云ふことを言つて居たと云ふ話をしたら、先生は忽ちムツとして、俺に言はせれば高楠こそ大学に居ない方がいいんだと言つた。（芥川龍之介「夏目先生」『芥川龍之介全集』第十四巻、岩波書店、一九九六年）

『夢』をめぐる人々は、このように漱石にとって気になる存在ばかりであった。だが肝心の石橋臥波について、私はあまり知見がない。大藤時彦『日本民俗学史話』（三一書房、一九九〇年）に繰り返し述べられるところによれば、石橋は、『郷土研究』創刊と同年の大正二年（一九一三）に発刊された日本民俗学会の機関誌『民俗』の編集者で、同会の幹事もつとめた。「明治四五年五月、東京帝国大学山上会議所に於て発会式を挙げ、幹事として前記石橋氏と永井如雲氏が推挙され」た日本民俗学会には、「当時の帝国大学の文学部を中心にした教授連中、大家と言われた人々がはいって居る。例えば、人類学会の基礎を築いた坪井正五郎、東洋史の白鳥庫吉、インド哲学の高楠順次郎、妖怪学の井上圓了、宗教学の加藤玄智、大言海の大槻文彦などで」、井上円了、芳賀矢一、大槻文彦、加藤玄智、吉田東伍、高楠順次郎、高木敏雄、坪井正五郎、富士川游、福田徳三、三宅米吉、白鳥庫吉、関根正直、関野貞らが評議員をつとめる。人類学会の鳥居龍藏、伊能嘉矩、また南方熊楠、伊波普猷なども寄稿しているが、柳田國男とは関わらない（大藤前掲書）。

石橋は、「医学博士で文学博士でもあった富士川游について居た人で、富士川氏が『人性』という雑誌を出して居た時から編集に携わって居た人である。……石橋臥波には『厄年の話』『鬼』などの民俗学関係の著述があり、かなり今日の民俗学の範囲に属して居る仕事をした人である」（大藤前掲書）。

漱石にとって、いろんな意味で気になる『夢』の刊行は、『**夢十夜**』発表の前年であった。『夢十夜』には神世の夢や運慶の登場など、夢の「歴史的」展開がある。東北大学の漱石文庫に当該の資料はないが、内容と人脈から、漱石への直接的影響を考えるべきかと思う。[6] 石橋の『夢』や高峰の『夢学』に対する再評価や今日的視点からの再刊（たとえば引用文献の見直しなどを施した注釈的研究として）なども必要なのではないだろうか。

四　今日の研究まで

さて、以下は、文字通りの「読書案内」として、今日に至る夢の文化の研究や概説を、書籍となったものに絞って、心覚えの参考程度に摘記しておく。なお以前、二〇〇四年度時点でのメモを拙稿「明恵『夢記』再読――その表現のありかとゆくえ――」[7] に記したので、同稿の参照を乞い、代表的なもの以外は重複を避けて、新しい情報を中心に記述する。

四―一　古典と夢

・江口孝夫『**日本古典文学　夢についての研究**』（風間書房、一九八七年）

この本は、文字通り江戸時代までの日本古典文学の夢を対象に、第一章　文学作品にみる夢の時代相（奈良時代、平安時代、鎌倉・室町時代、江戸時代）、第二章　文学作品の夢（源氏物語、蜻蛉日記ととはずがたり、浜松中納言物語と狭衣物語、今昔物語集とその周辺、太平記、椿説弓張月と里見八犬伝、昔話の夢）、第三章　夢の特性（夢の成因、夢像の顕現、夢の伝達機能）、第四章　夢の作品化（夢解き、夢と虚構、夢の怪談性、夢の故事・諺）、第五章　夢書とその周辺（夢占逸旨、江戸時代夢占い書の系譜、夢の呪法）、参考文献などから構成される。文学作品の夢を中心に、その分類と細かな分析がなされたもの。特に第五章の「夢書」の分類は便利である。江口には他に『**夢と日本古典文学**』（笠間選書、一九七四年）、『**「夢」で見る日本人**』（文春新書、二〇〇一年）などの簡便な著作もある。

この他、歴史的研究としては、

・カラム・ハリール『**日本中世における夢概念の系譜と継承**』（雄山閣、一九九〇年）
・河添房江他編『**叢書　想像する平安文学　第5巻　夢そして欲望**』（勉誠出版、二〇〇一年）
・酒井紀美『**夢語り・夢解きの中世**』（朝日選書、二〇〇一年）
・倉本一宏『**平安貴族の夢分析**』（吉川弘文館、二〇〇八年）
・名島潤慈『**夢と浄土教　善導・智光・空也・源信・法然・親鸞・一遍の夢分析**』（風間書房、二〇〇九年）
・三田村雅子・河添房江編『**源氏物語をいま読み解く3　夢と物の怪の源氏物語**』（翰林書房、二〇一〇年）
・上野勝之『**夢とモノノケの精神史　平安貴族の信仰世界**』（京都大学学術出版会、二〇一三年）

などがある。一連の著作には、宗教や社会生活、物の怪などの関連等も論じられ、夢をめぐるテーマの学際性にも注意される。

四―二　海外の夢と研究

中国の夢については、著名な二点を掲出しておく。

・吉川忠夫『**中国古代人の夢と死**』（平凡社選書、一九八五年）

・劉文英『**中国の夢判断**』（湯浅邦弘訳、東方書店、一九九七年）

広く比較文化史的な夢の考察には、たまたま同名の二著がある。

・多田智満子『**夢の神話学**』（第三文明社、一九八九年）

・井本英一『**夢の神話学**』（法政大学出版会、一九九七年）

ヨーロッパの夢をめぐる古典的研究も、翻訳の刊行順に、一部示しておく。

・ジャック・ルゴフ『**中世の夢**』（池上俊一訳、名古屋大学出版会、一九九二年）

・M.ポングラチュ、I.ザントナー『**夢占い事典**』（種村季弘、池田香代子、岡部仁、土合文夫訳、河出文庫、一九九四年）

・アルテミドロス『**夢判断の書**』（叢書アレクサンドリア図書館Ⅱ、国文社、一九九四年）

・エルヴェ・ド・サン＝ドニ侯爵『**夢の操縦法**』（立木鷹志訳、国書刊行会、二〇一二年）

・W.イェンゼン、S.ジークムント・フロイト『**グラディーヴァ／妄想と夢**』（種村季弘訳、平凡社ライブラリー、二〇一四年）

この他にも多くの著作があるが、私の把握能力の狭さゆえに追い切れず、割愛に従う。ただ最後の『夢の操縦法』は、その帯に「フロイト、ブルトン、澁澤龍彦が刮目した夢研究史上の古典的著作がついに邦訳なる。古今の夢解釈の歴史と、二千夜近くにわたった自らの夢日記を独創的に分析し、夢判断の先駆的書籍として関心が高まる最重要著作。月王ルートヴィッヒⅡ世や『さかしま』のデ・ゼッサントにも比せられる、十九世紀末の《夢の実験家》による一大奇書」と記されるように、近年の劃期的刊行である。

四―三　明恵『夢記』

日本で（あるいは世界にも）珍しい代表的夢見の中世人として、四十年もの夢記録を記した明恵の**『夢記』**がある。これについては、前掲拙稿「明恵『夢記』再読」で中心的に記述したが、その後の進展も大きい。追跡が出来るように、代表的なものを重ねて挙げておく。

・河合隼雄**『明恵――夢を生きる』**（京都松柏社・法藏館〈発売〉、一九八七年、講談社プラスアルファ文庫、一九九五年、英訳あり）
・奥田勲**『明恵　遍歴と夢』**（東京大学出版会、一九九四年）
・野村卓美**『明恵上人の研究』**（和泉書院、二〇〇二年）
・荒木浩編著**『〈心〉と〈外部〉――表現・伝承・信仰と明恵『夢記』――』**（大阪大学大学院文学研究科広域文化表現論講座共同研究研究成果報告書、二〇〇二年）
・柴崎照和**『明恵上人思想の研究』**（大蔵出版、二〇〇三年）
・平野多恵**『明恵――和歌と仏教の相克』**（笠間書院、二〇一一年）
・前川健一**『明恵の思想史的研究――思想構造と諸実践の展開』**（法藏館、二〇一二年）
・平野多恵・奥田勲・前川健一編**『明恵上人夢記　訳注』**（勉誠出版、二〇一五年二月）

新しい研究状況については、最後の『明恵上人夢記　訳注』に詳述される。同書は、高山寺の外で現存するいわゆる「山外本」の『夢記』の収集と注解・研究で、長年の研究会での読解を積み重ねた成果であり、現在の『夢記』研究の到達点を示す。

明恵の『夢記』は外国でも早くから注目されている。河合隼雄『明恵――夢を生きる』の英訳を含めて、海外での出版にもつとに次のようなものがある。

・Frédéric Girard. ***Un moine de la poete Kegon a l'époque de Kamakura, Myōe (1173-1232) et le "Journal de ses rêves."*** D'école Française d'Extrême-Orient, 1990.

・George Tanabe. ***Myōe the Dreamkeeper : Fantasy and Knowledge in Early Kamakura Buddhism***. Harvard University Press, 1992.

・Kawai, Hayao. ***The Buddhist priest Myōe : A Life of Dreams***. Translated and Edited by Mark Unno. Lapic Press, 1992.

四―四　特集号や論集など

雑誌の「夢」特集号も多い。最近のものに限っても、

・岩波書店『文学　隔月刊』には前掲特集の他、「**《特集》〈夢〉と文学**」（第一三巻・第六号、二〇一二年一一、一二月号）があり、兵藤裕己「泉鏡花の近代――夢のうつつ、主体のねじれ――」、貫成人「主体の破れ／夢の存在論――夢と哲学――」、佐々木正人「意識の横にある無意識――マイクロスリップ考――」、木村朗子「中世社会における夢の表現機制」、一柳廣孝「「精神分析」という物語――近代日本における文学場との関係を中心に――」、伊東信宏「作曲された悪夢――リゲティ『アパリシオン』をめぐって――」、根本美作子「夢の〈うつわ〉」、山本ひろ子「その先の異郷へ／隠れ里幻視行――折口信夫の初期作品から――」、御子柴道夫「ロシア文

学における夢」、入船亭扇辰「夢・いろはに」、田口ランディ「夢から覚めて夢へ」などユニークな研究やエッセイが載る。特に一柳廣孝の論文はフロイト移入前後の文学との言説関係を詳細に分析していて参考になる。

・『考える人』「特集　眠りと夢の謎」（新潮社、創立一〇〇周年、二〇一三年冬号）

・『月刊みんぱく』二〇一四年三月号「特集　夢か、うつつか」（国立民族学博物館）は荒木浩、河東仁、木村朗子、岩谷彩子、神谷之康の諸氏が執筆する学際的研究エッセイ集である。国立民族学博物館のWebサイトでpdf版を講読できる。

・『怪』0043（KADOKAWA、二〇一四年十二月）には「**特集　夢 The Dream**」が付されている。荒木浩（総論）、木場貴俊、河東仁、金春安明、藤巻一保、近藤瑞木、飯倉義之、菊地章太、小馬徹、奥山直司、武田雅哉（以上「怪」の『夢十話』）、ブックガイド、荒俣宏（特別収録）が載る。

論集を二つ追記しよう。

・北浜邦夫監修、高田公理・睡眠文化研究所編『夢　うつつ　まぼろし——眠りで読み解く心象風景』（インターメディカル、二〇〇五年）

睡眠文化論の視点から、多様な研究者が夢を論ずるユニークな書である。一般読者に向けて分かりやすく説かれている。

・河東仁編『**宗教史学論叢　夢と幻視の宗教史**』（上・下巻、リトン、二〇一二、二〇一四年）

世界的視野で文字通り「夢と幻視の宗教史」を論じた重厚な論集である。本書の上巻については、書評を記した（註6参照）ので参照を乞う。

以上、本稿はあくまで、現時点での管見のメモである。今後も国際研究集会などを重ねて、研究知見を広げていきたい。なお、併せて本書に掲載された各編の参照を乞う。新しい視点から多くの参考文献も引用される。夢研究の地平を見通す新たな手引きとなるだろう。

註

（1）現在は、トム・ルッツ『人はなぜ泣き、なぜ泣きやむのか？　涙の百科全書』（別宮貞徳、藤田美砂子、栗山節子訳、八坂書房、二〇〇三年）という訳書でも読める。

（2）ここで言及される名島潤慈の研究は、「日本における夢研究の展望　歴史と研究領域の概観」『熊本大学教育学部紀要　人文科学』（四二、一九九三年）、「日本における夢研究の展望補遺（Ⅰ）　古代から近世における夢の言葉」（同上四三、一九九四年）、「日本における夢研究の展望補遺（Ⅲ）　古代日本に対する中国の影響」（『熊本大学教育実践研究』一三、一九九六年）、「日本における夢研究の展望補遺（Ⅳ）　籠りの夢の問題」（同上一四、一九九七年）、「日本における夢研究の展望補遺（Ⅴ）　貘と伯奇の問題」（同上一五、一九九八年）など参照。第一論文以外はインターネットで公開されている。

（3）平凡社選書、一九七二年、平凡社ライブラリー、一九九三年、『西郷信綱著作集　第2巻』（平凡社、二〇一二年）。

（4）西郷についての言及もないが、論述の内容からみて、大前提の常識という扱いだろう。

（5）今西順吉「わが国最初の「印度哲学史」講義（二）――井上哲次郎の未公刊草稿――」（『北海道大學文學部紀要』三九―二、一九九一年二月）参照。

（6）拙稿「（書評）河東仁編『夢と幻視の宗教史　上』」（『週刊読書人』二〇一三年六月二十八日号）、「夢」（『怪』Vol. 0043、KADOKAWA、二〇一四年十二月）に触れたことがある。

（7）荒木浩編『仏教修法と文学的表現に関する文献学的考察――夢記・伝承・文学の発生――』（平成14年度～16年度科学研究費補助金（基盤研究（C）（2））研究成果報告書（研究課題番号：14510462））、二〇〇五年三月）。関連する拙稿には、『日本文学　二重の顔〈成る〉ことの詩学へ』第四章（大阪大学出版会、二〇〇七年四月）、同「夢の形象、物語のかたち――ハーバード美術館所蔵「清盛斬首の夢」を端緒に――」（『国際シンポジウム　日本文学の創造物――書籍・写本・絵巻――』国文学研究資料館、二〇〇九年）、「夢のかたちとフキダシ（風船）の文化史」（『阪大ニューズレター』№44、大阪大学、二〇〇九年六月、http://www.osaka-u.ac.jp/ja/news/publicrelation/newsletter/files/nl44.pdf）、「宗教的体験としてのテクスト――夢記・冥途蘇生記・託宣記の存立と周辺――」、阿部泰郎編『中世文学と隣接諸学2　中世文学と寺院資料・聖教』（竹林舎、二〇一〇年十月）、「書物の成立と夢――平安期往生伝の周辺――」（上杉和彦編『生活と文化の歴史学1　経世の信仰・呪術』竹林舎、二〇一二年五月）、「知識集積の場――中世への表徴として」（苅部直・黒住真・佐藤弘夫・末木文美士『岩波講座　日本の思想2　場と器』岩波書店、二〇一三年）などがある。

おわりに——覚めない夢の結び目として——

荒木　浩

「夢と表象」を掲げて四年が経った。これ以前にも、前任校で、関連するテーマの共同研究を試みたことがある〈大阪大学、一九九九〜二〇〇一年度〉。それは『〈心〉と〈外部〉——表現・伝承・信仰と明恵『夢記』』という報告書に結実した。個人研究でも、夢の記やフキダシ型の夢の絵の意味、書物の成立と夢の関係などを考察し、いくつか習作の論文を書いている。それなりに時間を費やしてきたつもりだが、本音をいえば、「夢」はずっと苦手な研究対象だった気がする。茫漠として隔靴掻痒、追っても追っても、わからないことが拡がるばかりだ……。

ところが「はじめに」に記したような経緯もあってこの研究会にたどり着き、呻吟しつつ企画を立てることになった。おそるおそる始めた営みだったが、研究代表者の特権で、自分が望むメンバーに一人一人声をかけてグループを作り、さまざまな研究集団と協力を重ね、外部のゲストスピーカーを選んで聞きたい発表を依頼したりする醍醐味は、意想外に刺激的で楽しかった。議論をぶつけ合い、相互の批判をフィードバックしているうちに、あのもやもやが、少しずつ晴れてくる。

そして今度は、本書の編集という権利と義務で、誰よりも早く寄稿論文とコラムを読み、自分のイメージで配列する僥倖を得た。あらためてゲラ刷りを読み返すと、いいようのない充足感がわいてくる。四年間のコラボレーションを経て、共同研究メンバーは、私の小さな目論見などをはるかに超えて「夢と表象」概念を把捉し、いくつもの新たな成果を提案していたからである。各論文は、研究会での発表を前提とするのだが、すべて大幅にバージョンアップして全面的な改稿を加え、本書の体系に寄与している。たっぷりそれを読み込んで、私の夢研究へのコンプレックスも、ようやく解消の兆しを見せつつある。

だが、本書掲載論文と、巻末に一括して誌した共同研究会四年間の記録を併読すれば、次なる課題も浮かび上がる。たとえば、日本文化を超越した国際的な展開と、文理融合を含めた、より学際的な研究可能性の追求である。そこで、本研究会の総括的意味合いと、新たな研究へのキックオフとして、二〇一五年三月一―三日に、国際研究集会「夢と表象――その国際的・学際的研究展開の可能性」を開催した。この研究集会は、本研究会メンバーが多くコーディネーターやディスカサントにまわり、ほぼ同数の外部招聘者の発表とディスカッションを交わすかたちで構成した。講演会とシンポジウムを併催し、国内より四十二名、海外より九名（九カ国）が正式参加した。このイベントについては、予稿集を発刊したが、別に整理を行って、来年以降に、論文集としての成果報告出版を計画している。

＊　＊　＊

年度末が近づき、研究会の終了を間近にして、国際研究集会の準備に追われていた二月下旬。折しもあわただしく、ソウル出張が舞い込んだ。帰国便では、くたびれて本も読めない。モニターをザッピングすると、観たかったあの映画が載っていた。悦んで視聴を開始したのだが、一時間半程のフライトだ、残念ながら途中で飛行機は着陸し、映画の画面は消滅した。しょうことなしに、帰宅してから原作本を再読すると、ふと次の描写に遭遇した。

「夢みたいだったな」向かいに座る光太が言う。「自分の人生にこんなことがあるなんて思わなかった。最初で最後だと思うな」

どうして人は、現実よりいいものを夢だと決めつけるのだろう。こちらが現実で、明日戻る場所が、現実よりひどい夢なのだとは、なぜ考えないのだろう。梨花はそう思ったが口に出さず、

「最後なんてことはないわよ」光太に笑いかけて、グラスに残るシャンパンを飲み干した。

（角田光代『紙の月』）

そうだな。最後なんてことはない。文脈抜きで、勝手に私もそう思った。もし「こわれたユメにしがみつかずに早く帰れ」などといわれたら、小さく首を振って「ユメはまださめてないから　しばらくここにいる」（泉谷しげる『寒い国から来た手紙』）と答えておこう。それでいいとぼんやり思った。あれほど嫌がっていたはずなのに、どうやら私は、もう少しだけ「夢と表象」を追いかけたいと思っているらしい。

二〇一五年四月吉日

大枝山を望みつつ

荒木　浩

共同研究会開催記録（特にことわらないかぎり会場は国際日本文化研究センター）

【平成二十三年度】（「夢と表象――メディア・歴史・文化」）

第一回　五月十四、十五日

・荒木浩「共同研究「夢と表象――メディア・歴史・文化」についての趣旨と展望」
・入口敦志「夢の変容――下天托胎場面における吹き出し型の夢――」
・上野勝之「貴族社会における悪夢観念――宗教的表象の受容――」

第二回　七月二十三、二十四日（所外研究会、東京大学山上会館）

・郭南燕「志賀直哉の文学：夢を見る、夢に見られる」
・藤井由紀子「〈懐妊に関わる夢〉の諸相――『源氏物語』柏木の猫の夢を起点として――」
・高橋文治「神仙の夢――吹き出しと雲――」

第三回　九月十七、十八日

・笹生美貴子「中国語訳『源氏物語』について――霊夢描写を中心に――」
・荒木浩「夢と対話――想像力としての夢、眼を開ける、眼を閉じる」
・河東仁「聖書における夢とヴィジョン――シャーマニズム論の視角から――」

第四回　十二月三、四日（所外研究会、東京大学山上会館、「夢記の会」と合同）

・松薗斉「中世の日記と夢――『看聞日記』を中心に」
・小林あづみ（ゲストスピーカー）「「明恵上人夢記」目録作成を通して」
・加藤悦子「「春日権現験記絵」にみられる夢の造形について」
・奥田勲（ゲストスピーカー）「明恵上人夢記をめぐって――何を書き、何を書かなかったか――」（聖心女子大学）

第五回　一月二十一、二十二日

・丹下暖子「女房日記における〈夢〉の諸相」
・箕浦尚美「本地物語における申し子譚の位相」
・室城秀之「夢の描きかた」

【平成二十四年度】（「夢と表象―メディア・歴史・文化」）

第一回（通算第六回）四月二十一、二十二日
・平野多恵「明恵の夢と和歌」
・木村朗子「中世物語における夢の文法」
・楊暁捷「盛久の夢――『清水寺縁起』の一場面から絵巻の読み方を考える――」
第二回（通算第七回）七月十四、十五日
・中川真弓「念仏房の夢――『菅芥集』所収願文と『法然上人行状絵図』」
・池田忍「絵巻にみる女性の夢と参詣――歴博本「うたたね草紙」と「石山寺縁起絵巻」を手がかりに」
・松本郁代「花園院と夢想――持明院統の皇位継承をめぐって――」
第三回（通算第八回）九月十五、十六日
・林千宏「描写・記憶・夢――ルネサンス・フランス詩における視覚表現の諸相」
・福島恒徳「いわゆる夢中感得像をめぐって」
・ヨーク・B．クヴェンツァー「夢の概念――比較論の一つの試み」
第四回（通算第九回）十一月十七、十八日（所外研究会、立教大学池袋キャンパス、「睡眠文化研究会」と合同）
・安東民兒「浄土教肖像画の中から――善導大師像を中心として」
・堀忠雄（ゲストスピーカー）「入眠期の夢とレム睡眠の夢」
・豊田由貴夫（ゲストスピーカー）「パプアニューギニアにおける夢の民俗理論」
・酒井紀美（ゲストスピーカー）「夢見の場について」
第五回（通算第十回）一月二十六、二十七日

・金哲会「対象世界の構築における言語のはたらきと表象——人間性の曙光を目指して（一、象徴を操る動物―人間と言語、二、言語の働きと表象）」
・玉田沙織「起源譚をめぐる夢——『大和物語』第百四十七段論——」
・仙海義之「法然・親鸞の夢想——祖師絵伝が描く聖体示現」
※平成二十四年十一月二十七日、スピンオフ研究会として、
・アンドリヤナ・ツヴェトコビッチ「The Structure of the Dream Narrative in "Inception"（「インセプション」における夢の世界と物語構成）」というレクチャーとディスカッションを開催（京都大学稲盛財団記念館、重田眞義・京都大学教授と共催）。

【平成二十五年度】（「夢と表象——メディア・歴史・文化」）

第一回（通算第十一回）五月十一、十二日
・荒木浩「近時刊行の「夢と表象」をめぐる研究書・論集等について」
・鍛治恵「日本のねむり衣の文化誌——近代以降の眠りのよそおいの表象——」
・立木宏哉「明恵『夢記』の「編集」性——高山寺本第四篇から」
第二回（通算第十二回）七月十三、十四日
・アグネセ・ハイジマ「Representation of Dream in the 14th-16th Century Japanese Ink Painting and Gardening Art」
・高橋文治「神仙の夢——枕中の中国文学史——」
・上野勝之「平安・鎌倉時代の僧と夢の考察・作業メモ」
・河東仁「元型的表象の発現とイメージ系列化・概念化過程」
第三回（通算第十三回）九月二十一、二十二日
・笹生美貴子「中国語訳『源氏物語』の訳出方法——「夢」描写を中心に——」
・入口敦志「武家の夢三題——三成、利長、家康——」
・仙海義之「『仏祖統紀』における〈夢〉及び幻覚の記述」

・松薗斉「中世後期の日記の夢——日記の変質か、夢の変質か」
第四回（通算第十四回）十一月三十日、十二月一日
・木村朗子「日本中世の夢と占い」
・室城秀之「平安文学における死者の夢」
・中川真弓「慶政の見た夢」
・加藤悦子「夢の表象？——夕顔あるいは瓜——」
第五回（通算第十五回）一月二十五、二十六日
・丹下暖子「中古・中世における女性の日記と夢」
・李育娟「医者の夢——『今昔物語集』巻第十「病成人形、医師聞其言治病語」小考——」
・林千宏「夢におけるイメージの崩壊——ジョアキム・デュ・ベレー『夢』を巡って」
・安東民兒「空也の夢中見仏をめぐって」

【平成二十六年度】（とりまとめ研究会「夢と表象——その統括と展望」）
第一回　七月十三日
・ゲルガナ・ペトコヴァ「日本の本格昔話（Fairy Tales）における夢：その分類と役割」
第二回　十二月六日
・ダシュ・ショバ・ラニ（ゲストスピーカー）「仏教とジャイナ教における夢の概念と表象」
・宮内淳子（ゲストスピーカー）「宮沢賢治と夢——『銀河鉄道の夜』を中心に——」

執筆者紹介（掲載順）

荒木　浩（あらき　ひろし）
→奥付に記載

第一部

室城　秀之（むろき　ひでゆき）
一九五四年生まれ。平安時代物語文学。白百合女子大学教授。主著・主論文に『うつほ物語の表現と論理』（若草書房、一九九六年）、「夢はどう描かれるのか――物語絵における夢の表現――」（『中古文学』八六、二〇一〇年）など。

藤井　由紀子（ふじい　ゆきこ）
一九七四年生まれ。物語文学。清泉女子大学准教授。主論文に「光源氏の「日記」考」（『文学』十六―一、二〇一五年）など。

丹下　暖子（たんげ　あつこ）
一九八二年生まれ。日本古典文学。摂南大学非常勤講師。主論文に「日記というジャンルと『たまきはる』」（『中世文学と隣接諸学　十　中世の随筆――精立・展開と文体――』竹林舎、二〇一四年）など。

第二部

上野　勝之（うえの　かつゆき）
一九七三年生まれ。日本古代・中世文化史。京都大学非常勤講師。主著に『夢とモノノケの精神史』（京都大学学術出版会、二〇一三年）など。

松薗　斉（まつぞの　ひとし）
一九五八年生まれ。日本古代中世文化史。愛知学院大学文学部教授。主著に『日記の家――中世国家の記録組織――』（吉川弘文館、一九九七年）など。

松本　郁代（まつもと　いくよ）
一九七四年生まれ。日本文化史。横浜市立大学准教授。主著に『中世王権と即位灌頂』（森話社、二〇〇五年）など。

第三部

仙海　義之（せんかい　よしゆき）
一九六二年生まれ。中世仏教絵画史。公益財団法人阪急文化財団学芸課長。主論文に「二河白道図――テクストとイメージの源流を探る――」（『國華』一三九八・一三九九、二〇一二年）など。

中川　真弓（なかがわ　まゆみ）
一九七五年生まれ。日本中世文学。日本学術振興会特別研究員。

主論文に「石清水八幡宮権別当宗清亡息追善願文考――菅原為長の『本朝文集』所収願文を中心に――」（『詞林』五六、二〇一四年）など。

入口　敦志（いりぐち　あつし）
一九六二年生まれ。日本近世文学。国文学研究資料館准教授。主著に『武家権力と文学　柳営連歌、『帝鑑図説』』（ぺりかん社、二〇一三年）など。

加藤　悦子（かとう　えつこ）
一九五三年生まれ。日本中世絵画史。玉川大学芸術学部教授。主論文に「「春日権現験記絵」における神意の表現」（『中世絵画のマトリックスⅡ』青簡舎、二〇一四年）など。

早川　聞多（はやかわ　もんた）
一九四九年生まれ。日本美術史。国際日本文化研究センター名誉教授。主著に『春画のみかた――10のポイント――』（平凡社、二〇〇八年）など。

第四部

高橋　文治（たかはし　ぶんじ）
一九五三年生まれ。中国文学。大阪大学大学院文学研究科教授。主著に『モンゴル時代道教文書の研究』（汲古書院、二〇一一年）など。

李　育娟（り　いくけん）
一九七三年生まれ。日本漢学。国立台湾師範大学准教授。主著・主論文に『《江談抄》與唐、宋筆記研究――論平安朝對北宋文學文化之受容――』（文史哲出版社、二〇一三年）、「『注好選』と敦煌啓蒙書」（『国語国文』第八二巻第三号、二〇一三年）など。

笹生　美貴子（さそう　みきこ）
一九八〇年生まれ。平安文学。日本大学文理学部非常勤講師。主論文に「明石一族を取り巻く「夢」――〝夢実現の共同体〟の視座から――」（『日本研究』五〇、二〇一四年）など。

伊東　貴之（いとう　たかゆき）
一九六二年生まれ。中国近世思想史。国際日本文化研究センター教授。主著に『思想としての中国近世』（東京大学出版会、二〇〇五年）など。

第五部

河東　仁（かわとう　まさし）
一九五四年生まれ。宗教学。立教大学教授。主著に『日本の夢信仰――宗教学から見た日本精神史――』（玉川大学出版会、二〇〇二年）など。

林　千宏（はやし　ちひろ）
一九七七年生まれ。フランス文学。亜細亜大学経営学部准教授。主論文に「夢におけるイメージの崩壊――ジョアキム・デュ・ベレー『夢』(1558)を巡って――」(『ロンサール研究』十七、二〇一四年)など。

郭　南燕(かく　なんえん)

一九六二年生まれ。日本近代文学。国際日本文化研究センター准教授。主著・主論文に『Refining Nature in Modern Jaoanese Literature: The Life and Art of Shiga Naoya』(Lexington BOOKS、二〇一四年)、「外国人の日本語文学――国際語への歩み――」(『比較日本学教育研究センター研究年報』一一、二〇一五年)など。

鍛治　恵(かじ　めぐみ)

一九六三年生まれ。文化人類学。NPO法人睡眠文化研究会事務局長。主論文に「眠りの時間と寝る空間」(高田公理・鍛治恵〈共著〉『睡眠文化を学ぶ人のために』世界思想社、二〇〇八年)など。

【編者略歴】

荒木　浩（あらき　ひろし）

1959年新潟県生まれ。国際日本文化研究センター教授。日本古典文学専攻。博士（文学）。主著に『説話集の構想と意匠――今昔物語集の成立と前後――』（勉誠出版、2012）など多数。

夢見る日本文化のパラダイム

二〇一五年五月三一日　初版第一刷発行

編　者　荒木　浩

発行者　西村明高

発行所　株式会社法藏館
京都市下京区正面通烏丸東入
郵便番号　六〇〇-八一五三
電話　〇七五-三四三-〇〇三〇（編集）
〇七五-三四三-五六五六（営業）

装　幀　西岡　勉

印刷・製本　亜細亜印刷株式会社

ISBN 978-4-8318-7099-5 C3095